Das Buch

Sachsen im Jahr 1134: Die sechzehnjährige Adolana von Wohldenberg wird unfreiwillig zur Mitwisserin eines Mordkomplotts in königsnahen Kreisen. Sie verrät den Plan, aber es ist bereits zu spät, und die junge Frau muss nun selbst um ihr Leben bangen. Um sie zu schützen, wird sie von dem geheimnisvollen Junker Berengar an den Halberstädter Hof gebracht. Von nun an arbeitet sie bei Gertrud, der Gemahlin des sächsischen Welfenherzogs, als Hofdame. Doch zwischen Missgunst und der ständigen Angst vor Entdeckung muss sich Adolana erst noch ihren Platz erkämpfen.

Sechs Jahre später genießt sie als Hofdame schon längst das Vertrauen Gertruds. Doch das Machtgefüge im Reich hat sich geändert, und Adolana muss um ihre Stellung bangen. Als sie von ihrer Herrin und deren Mutter Richenza einen geheimen Auftrag erhält, begibt sich die junge Frau auf eine gefährliche Reise. Adolana gerät mitten in die kriegerischen Auseinandersetzungen zwischen den Welfen und den Staufern, die den neuen König stellen, und trifft erneut auf den Mann, dessen Erinnerung sie in den letzten sechs Jahren niemals losgelassen hat. Damit steht Adolana vor der schwersten Entscheidung ihres Lebens. Wird sie das in sie gesetzte Vertrauen enttäuschen oder die Liebe ihres Lebens verraten?

Die Autorin

Marion Henneberg wurde 1966 in Goslar geboren. Nach einem betriebswirtschaftlichen Studium in Stuttgart ist sie seit mehreren Jahren u. a. in der Erwachsenenbildung tätig. Sie lebt heute mit ihrer Familie in Marbach am Neckar. Dies ist ihr dritter historischer Roman. Weitere Informationen zur Autorin unter
www.marion-henneberg.de

Von Marion Henneberg sind in unserem Hause bereits erschienen:

Die Entscheidung der Magd
Die Tochter des Münzmeisters

MARION
HENNEBERG

Das Amulett
der Wölfin

Historischer Roman

Ullstein

Besuchen Sie uns im Internet:
www.ullstein-taschenbuch.de

Originalausgabe im Ullstein Taschenbuch
1. Auflage Mai 2011
© Ullstein Buchverlage GmbH, Berlin 2011
Konzeption: HildenDesign, München
Umschlaggestaltung: ZERO Werbeagentur, München
Titelabbildung: © The Bridgeman Art Library
Satz: Pinkuin Satz und Datentechnik, Berlin
Gesetzt aus der Sabon
Druck und Bindearbeiten: CPI – Ebner & Spiegel, Ulm
Printed in Germany
ISBN 978-3-548-28261-9

Für Sven und Sina,
auch ohne Drachen und Elfen ...

Stammtafel der in der Geschichte relevanten Welfen, Staufer und Süpplingenburger 1125–1140

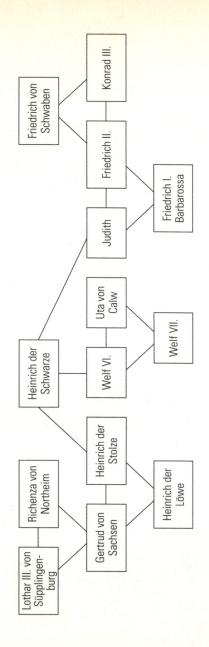

PROLOG

Burg Amras im Innthal –
Im Jahre des Herrn 1133

Mit versteinerter Miene zügelte der junge Reiter sein Pferd. Der entsetzliche Anblick, der sich ihm bot, schnürte ihm die Kehle zu und lähmte jede weitere Bewegung. Die kirchliche Kerzenprozession, die vor wenigen Tagen zu Lichtmess stattgefunden hatte und als Bittgang zur Vertreibung von Übel und Hunger galt, hatte offensichtlich nicht viel genutzt. Langsam glitt der Blick Berengars von Wolfenfels über die verkohlten Reste von Burg Amras bis hinunter zum Fuß der Anhöhe. Auf dem Schlachtfeld, durch das sich der Inn träge seinen Weg bahnte, waren gebückte Gestalten zu erkennen. Leichenfledderer, dachte er angewidert, als die markerschütternden Klagelaute derer, die um ihre Toten trauerten, die Anhöhe hinaufkrochen.

Der Junker schüttelte sich, als könnte es ihm damit gelingen, die schwere Last abzuwerfen, aber das Schlimmste stand ihm noch bevor. Daher schnalzte er kurz, und sein Pferd setzte sich wieder in Bewegung.

Je näher er dem weitläufigen Acker kam, desto stärker kämpfte der junge Mann mit der Übelkeit. Es war nicht so, dass er in seinem bisherigen Leben keine Toten gesehen hatte. Dieses Mal wappnete er sich jedoch gegen die Bilder, die seit Tagen in seinem Kopf herumspukten.

Bilder von den leblosen Augen seines älteren Bruders.

Was für einen schönen Anblick mag diese ehemals rein-weiße Winterlandschaft mal geboten haben?, ging es ihm unvermittelt durch den Kopf. Jetzt wirkte die Gegend vor ihm einfach nur grotesk. Zwischen den weißen und den blutgetränkten Schneefeldern brach dunkelbraune, harte Erde hervor, die bei keinem Betrachter den Gedanken an Reinheit aufkommen ließ, sondern nur an Tod und Verderben.

Die meisten der Gefallenen lagen bereits in einer Reihe, und mehrere Männer waren bereits dabei, die Toten auf einen Wagen zu legen, wobei sie keineswegs zimperlich mit ihnen umgingen. Zwei Priester sprachen den wehklagenden Frauen mit ihren Kindern, von denen einige mitten auf dem kalten Boden vor ihren toten Angehörigen hockten, Trost zu und versuchten sie zum Verlassen des Feldes zu bewegen.

»Die Männer des Grafen«, fragte Berengar einen der Priester stockend, »befinden die sich ebenfalls noch hier?«

Der Geistliche mit dem eingefallenen grauen Gesicht sah zu ihm auf, und der junge Mann fühlte sich unter dem prüfenden Blick reichlich unwohl. Der Kirchenmann hatte aber anscheinend nicht den Eindruck, dass von dem verfroren aussehenden Junker irgendeine Gefahr zu erwarten war. Flüchtig streichelte er dem kleinen Mädchen, das mit verängstigtem Blick neben seiner weinenden Mutter auf dem Boden hockte, über den Kopf und erhob sich. Berengar, der mittlerweile abgestiegen war, umklammerte das harte Leder der Zügel so fest, dass er den Druck durch die wärmenden Handschuhe hindurch spürte.

»Die Überlebenden sind gestern noch mit ihren Toten abgezogen, um sie auf dem Friedhof bei der Burg beizusetzen.«

Ein Gefühl der Erleichterung durchströmte Berengar,

so sehr freute er sich über den gewonnenen Aufschub. Möglicherweise hatte es sein Bruder doch geschafft und dieser unglückselige Traum von letzter Nacht beinhaltete nichts weiter als heimtückische, böse Gedanken, die sich hartnäckig hielten, seit er von den Kämpfen erfahren hatte. Eigentlich war es Berengars Wunsch gewesen, an der Seite seines Bruders zu kämpfen, aber sein Herr, dem er seit sieben Jahren als Knappe diente, hatte im Sterben gelegen. An der Seite des todkranken Mannes zu verweilen, hatte ihn einiges an Überwindung gekostet, wofür er sich sehr schämte. Die Verzweiflung stieg mit jedem Tag, den der Tod auf sich warten ließ, denn Berengar befürchtete, zu spät zur Schlacht zu kommen. Ebenso seine Wut über das ihm aufgezwungene nutzlose Warten und sein Zorn auf den baierischen Herzog Heinrich.

»Was ist mit dem Heer des Herzogs? In welche Richtung ist es gezogen?«, erkundigte er sich weiter.

Der Priester spie auf den Boden und wies dann mit versteinerter Miene in nördliche Richtung. »Angeblich trifft sich diese Ausgeburt des Teufels mit seinem Bruder, der ihm aus dem Schwäbischen zu Hilfe eilt. Die Gerüchte klingen nicht gut, denn beim nächsten Ziel seines Rachefeldzugs soll es sich um Donaustauf handeln. Wenn die Welfen wieder abziehen, wird es dort genauso aussehen wie bei uns«, erklärte der Gottesmann grimmig und zeigte dabei in Richtung der abgebrannten Burg.

Berengar dankte ihm und verließ erleichtert das Tal, um sich nach Wolfratshausen zu begeben. Dabei musste er höllisch aufpassen, dass er nicht auf das Heer des Herzogs traf, das denselben Weg verfolgte. Heinrich von Wolfratshausen, ein entfernter Verwandter von Berengars Mutter, hatte sich gegen den baierischen Herzog aufgelehnt und musste nun bitter dafür zahlen. Der militärischen Macht der Welfenbrüder hatte er nichts entgegenzusetzen.

Berengars Befürchtungen bewahrheiteten sich nicht, denn am nächsten Tag sah er die unzähligen Männer des Welfen nur aus weiter Ferne. Für einen kurzen Moment stellte er sich die bange Frage, ob der Herzog wirklich an Burg Wolfratshausen vorbeiziehen würde.

Eine andere Frage, die ihn seit Tagen nicht zur Ruhe kommen ließ, klärte sich jedoch kurz darauf. Bevor er die Burg erreichte, traf er auf die Männer mit den beiden schwer beladenen großen Ochsenwagen, und augenblicklich verstärkte sich das Gefühl der Beklemmung, das Berengar schon vom gestrigen Tag vertraut war.

Misstrauisch zogen einige der müde und abgekämpft wirkenden Soldaten die Schwerter, als sich der fremde Reiter näherte. Nachdem er sich vorgestellt und sein Anliegen geschildert hatte, steckten sie die Waffen weg und winkten Berengar heran.

Dabei hatte er in den Augen einiger Männer bereits die Antwort gelesen, die er so sehr fürchtete. Langsam stieg er vom Pferd. Jeder Schritt, der ihn näher zu dem schweren Holzwagen führte, schien ihm schwerer zu fallen als der vorangegangene, und als ein älterer Mann mit zerfurchtem Gesicht und einer frischen, mit groben Stichen vernähten Wunde am linken Oberarm die große Decke zur Seite schlug, blieb Berengar wie angewurzelt stehen. Die Toten lagen in mehreren Schichten übereinander, und durch die Kälte waren die Körper steifgefroren.

»Er liegt hier an der Seite«, brummte der Mann mit der leuchtend roten Narbe. »War ein netter Kerl, hat tapfer gekämpft bis zum Ende.«

Zögernd, fast widerwillig ging Berengar weiter, bis er an der Seite des Wagens die Stelle erreichte, auf die der Mann deutete. Sein Bruder Bardolf lag auf den anderen Toten, und auf den ersten Blick erschien sein Körper fast unversehrt. Gnädige Hände hatten ihm die Lider geschlossen, und das schwarze Tuch, das er nie abgelegt hatte, um den Hals drapiert. Während sich Berengar insgeheim fragte, woran sein Bruder gestorben war, legte er ihm eine Hand auf die eiskalte, fast wächsern wirkende Wange.

»Lasst ihn lieber so liegen«, warnte ihn der Ältere, ohne dass Berengar die Worte überhaupt wahrnahm.

Sachte, fast liebevoll betrachtete er die dunkle Haarsträhne, die Bardolf selbst im Tod noch ins Gesicht fiel und die ihn zu Lebzeiten immer gestört hatte. Instinktiv strich er seinem Bruder die Haare aus der Stirn und wich im selben Augenblick von jähem Entsetzen gepackt zurück.

Der gequälte Schrei, den er dabei ausstieß, glich dem eines verletzten Tieres. Unter den mitleidigen Blicken der Männer starrte Berengar auf den Kopf seines Bruders, der vor ihm auf dem gefrorenen Boden lag.

Auf die Frage, woran Bardolf gestorben war, hatte er nun eine grausame Antwort erhalten.

1. KAPITEL

Burg Wohldenberg – Oktober 1134

Mit aschfahlem Gesicht drückte sich die sechzehnjährige Adolana an die kalte Wand, die ihre Kemenate von dem Raum ihres Onkels trennte. Das Loch, an welches sie das linke Ohr presste, ermöglichte ihr zwar keinen Blick in den Nachbarraum, offenbarte aber das Gespräch, das ihr Onkel mit den drei Besuchern führte und dessen Inhalt mehr als besorgniserregend war.

»Nun, Herr von Wohldenberg, ich gehe davon aus, dass Ihr Euch meinen Vorschlag gut überlegt habt und mir zustimmen werdet.«

Ein kalter Schauer lief der jungen Frau über den schmalen Rücken. Allein die Stimme Hermanns von Winzenburg reichte aus, um sie frösteln zu lassen.

»Da ich keine Söhne habe, bleibt mir keine andere Wahl. Adolana ist meine Erbtochter, und ich werde mich Eurem Vorschlag fügen.« Bernhard von Wohldenbergs Antwort kam zwar zögernd, doch die Worte standen nun im Raum.

Adolana hielt unwillkürlich die Luft an und konnte den selbstzufriedenen Ausdruck auf dem Gesicht des unangenehmen Grafen förmlich vor sich sehen.

»Ihr seid sicherlich erfreut darüber, dass ich meinen Neffen Waldemar als zukünftigen Gemahl auserkoren habe. Das Mädchen hätte es zweifellos schlechter treffen können. Ich denke, wir sollten mit der Hochzeit nicht mehr allzu lange warten, schließlich steht der Winter bald vor der Tür. Wer weiß, vielleicht dürfen wir nächstes Jahr um diese Zeit bereits einen Stammhalter begrüßen.«

Eine Zeitlang herrschte Stille, dann erklangen die schweren Schritte der drei Männer.

Wie betäubt verharrte Adolana noch eine Weile an ihrem Platz, bis sie die Schultern straffte und die Kemenate verließ.

»Was wollte der Graf von Euch, Onkel?«, fragte sie ihren Onkel, als sie vor ihm stand.

Ihr war klar, dass ihr Tonfall alles andere als angemessen war, sofern sie überhaupt das Recht besaß, diese Frage zu stellen. Doch sie wusste, dass Bernhard von Wohldenberg sie abgöttisch liebte und ihr alles verzieh, weshalb sie diese Grenze nicht zum ersten Mal überschritt. Zudem war er ein überaus schwacher Mensch, der Auseinandersetzungen grundsätzlich mied.

»Onkel?«

Verunsichert blickte Adolana auf den Mann herunter, der ihr als einziger Angehöriger geblieben war. Die roten Flecken auf ihren Wangen, die sich immer dann wie aus dem Nichts heraus bildeten, wenn sie überaus nervös war, verschwanden ebenso schnell, wie sie gekommen waren. Erst jetzt fiel ihr auf, dass Bernhard sie gar nicht wahrnahm, sondern fast durch sie hindurchzusehen schien. Urplötzlich schwand die Empörung, die eben noch so gewaltig in ihr getobt hatte. Immerhin hatte ihr Onkel ihrer Mutter am Sterbebett geschworen, seine Nichte nicht gegen ihren Willen zu verheiraten.

Langsam trat Adolana einen Schritt zur Seite, denn sie wusste genau, worauf sein Blick gerichtet war, und gab ihrem Onkel die Sicht auf das wunderschöne Porträt

14

ihrer Tante frei. Deren frappierende Ähnlichkeit mit ihr wurde von Jahr zu Jahr verblüffender. Allein der einzigartige Charme Eilas fehlte Adolana in ihrer direkten Art gänzlich.

»Verzeih mir, mein Kind, aber ich hatte keine andere Wahl.«

Adolana zuckte zusammen. Wusste ihr Onkel etwa von dem Loch in der Wand, das sich hinter dem Bild befand?

Erst in diesem Moment sah Bernhard von Wohldenberg seiner Nichte direkt ins Gesicht, und ein wehmütiges Lächeln zeigte sich für einen Wimpernschlag auf den schmalen Lippen, die inmitten des dichten, bereits völlig ergrauten Vollbarts nur zu erahnen waren.

»Ich wollte dir schon lange davon erzählen, aber ich habe nicht den Mut dazu gefunden«, erklärte er ihr. »Jetzt sehe ich keinen anderen Ausweg mehr.«

»Wovon sprecht Ihr?«, flüsterte Adolana kaum hörbar.

Ihr Onkel erhob sich von seinem Stuhl und ging zum Fenster, von wo aus er den herrlichen Blick auf seine Ländereien genießen konnte, und winkte seine Nichte zu sich.

»Davon, dass ich meinen Schwur deiner Mutter gegenüber gebrochen habe. Davon, dass ich ganz allein die Verantwortung dafür trage und du für meine Schwäche büßen musst, Adolana.«

Seine Hand lag schwer auf der schmalen Schulter der jungen Frau, die mit blassem Antlitz seinen offenen Blick erwiderte. Darin lag ein Schmerz, den sie bisher noch nicht entdeckt hatte.

»Ihr wollt mich verheiraten?«, fragte sie.

Betrübt nickte Bernhard, der ihr mit einem Mal uralt vorkam, obwohl er nicht älter als Ende dreißig sein konnte. Der Besuch des Grafen schien ihren Onkel mehrere Jahre seines Lebens gekostet zu haben.

»Ich habe keine andere Wahl«, stieß er unvermittelt hervor. »Der verfluchte Hund hat mich in der Hand!«

Die Erwiderung blieb Adolana im Hals stecken, und so starrte sie ihn nur ungläubig an. Jäh brach der bisher offene Blick ihres Onkels, als er die Hand mit einem Ruck zurückzog, fast so, als hätte er sich verbrannt. Dann schlurfte er mit gebeugtem Kopf zu dem Gemälde seiner Frau hinüber, die viel zu früh von ihm gegangen war und seit deren Tod sich sein Leben Stück für Stück in Luft auflöste.

»Wieso habt Ihr keine Wahl? Ihr habt meiner Mutter Euer Wort gegeben und müsst Euch widersetzen. Wieso kann der Graf überhaupt eine solche Entscheidung für Euch treffen? Der Kaiser persönlich hat Euch die Ländereien als Dank für Eure wertvollen Dienste vermacht. Seiner Unterstützung könnt Ihr Euch sicher sein, wenn der Graf Euch bedroht.« Die Worte, die vorher nicht herauskommen wollten, sprudelten jetzt nur so hervor.

Adolana verschwendete keinen Gedanken daran, ob sie vielleicht zu viel gewagt hatte und ihr Onkel ob ihrer anmaßend klingenden Worte wütend werden könnte. Allerdings erfolgte seine Antwort eine Spur strenger, als sie es gewohnt war.

»Zügele deine Zunge, Mädchen! Du vergisst dich. Und was unseren Kaiser angeht – er wird mir mit Sicherheit nicht helfen, wenn er erfährt, dass ich mein Hab und Gut im Spiel an den Grafen Winzenburg verloren habe.« Die letzten Worte sprach er so leise, dass Adolana ihn kaum verstehen konnte.

Überhaupt verstand sie so gut wie gar nichts mehr und lehnte sich in einem unvermittelten Anfall von Schwäche gegen die kalten Mauern der Burg, die seit einigen Jahren ein sicheres Zuhause für sie waren.

»Beim Würfelspiel«, brachte Bernhard tonlos hervor. »Alles, was du siehst, wenn du hinausschaust, der Wald, die Gehöfte, die Felder dahinter, gehört jetzt ihm. Die Burg, diese verdammte Burg, oder vielmehr das, was sie einmal werden sollte, ist das Einzige, was er nicht bekommen hat. Mit dir als meine Erbtochter geht bald auch der Rest meines Eigentums auf ihn über. Genau wie das Bild meiner geliebten Eila.«

Fassungslos vernahm das junge Mädchen das Geständnis seines Onkels, ohne den Sinn des Gesagten richtig zu erfassen. Egal, was er für Gründe anführte, das Vertrauen war gebrochen.

Kraftlos lag Adolanas Hand auf dem Mauervorsprung, über dem sich der herrliche Blick ins Land erhob, augenblicklich fehlte ihr jedoch die Willensstärke, sich umzudrehen. Bisher hatte sie sich an der Umgebung nicht sattsehen können. Vor allem im Herbst, wenn die Wälder bunt wurden und aussahen, als hätte jemand einen Teppich aus verschiedenen Tüchern in den herrlichsten Farben ausgelegt. In der kleinen Siedlung unten im Tal lagen die Häuser der Bauern, die ihrem Onkel den Pachtzins zahlten. Jedenfalls war es bisher so gewesen. Wie durch dichten Nebel hindurch hörte sie seine nachfolgenden Worte, während die Verärgerung weiter in ihr brodelte.

»Aber ich sollte nicht klagen, immerhin hat mir der Graf von Winzenburg großmütig zugesichert, dass ich bis zu meinem Tod hier wohnen darf«, fügte Bernhard bitter hinzu. »Wovon ich allerdings leben soll?« Hilflos zuckte er die Achseln. »Der Kaiser wird jemanden wie mich nicht brauchen können.«

Die Hoffnungslosigkeit seiner Worte ließ Adolana nicht unbeteiligt, aber die Ohnmacht über ihre eigene Hilflosigkeit, in die das unbedachte Verhalten ihres Onkels sie gebracht hatte, überlagerte jegliches Mitleid.

»Ihr habt Euer Wort gebrochen und mich verkauft! Warum kämpft Ihr nicht um Euer Eigentum?«, schleuderte

Adolana dem Mann entgegen, der ihr in den letzten Jahren Vater und Mutter ersetzt hatte. Der Verrat saß zu tief, als dass sie ihre verletzten Gefühle hätte verbergen können, um ihm Trost zu spenden.

Sie wusste nicht allzu viel aus seiner Vergangenheit. Dass er seinerzeit König Lothar als dessen Vasall gedient hatte, war ihr dagegen bekannt. Während der verlustreichen Schlacht gegen das Heer des Herzogs von Böhmen im Jahre 1126 geriet der König in Gefangenschaft, aus der er, nicht zuletzt dank des diplomatischen Geschicks ihres Onkels, kurze Zeit später freikam. Verhandlungen lagen dem jungen Edelmann viel mehr als der Kampf mit dem Schwert. Ironischerweise war sein bester Freund ein Mann gewesen, dessen Umgang mit dem Schwert fast als kunstvoll zu bezeichnen war: Adolanas Vater.

Die beiden waren seit ihrer Kindheit eng verbunden und hatten sich gegenseitig über die harten Jahre in der Domschule Hildesheim hinweggerettet. Beide hätten nicht unterschiedlicher vom Gemüt sein können, aber der stille, zurückhaltende Bernhard verstand sich hervorragend mit dem draufgängerischen Wenzel, der sie mit seinen oft unüberlegten Handlungen in manch schwierige Situation brachte. Bei einem Überfall durch eine Bande von Wegelagerern retteten die beiden jungen Männer zwei entzückende Schwestern, die sie später heirateten.

Erst wurde Adolana geboren und zwei Jahre später ihr Bruder namens Friedrich, der jedoch mit drei Jahren an einem Fieber starb. Wenzel überlebte seinen Sohn um genau eine Woche und fiel bei der Schlacht vor Nürnberg gegen die Staufer, ein Jahr nachdem der König aus böhmischer Gefangenschaft freigekommen war. Bernhard, selbst schwer verletzt, hatte den Tod seines besten Freundes nie verwunden. Hinzu kam die Trauer darüber, dass es ihm und seiner jungen Frau nicht vergönnt war, Kinder zu bekommen. Als Wenzels Frau Johanna schließlich an einem Fieber erkrankte und kurze Zeit später ihrem Mann folgte, nahmen die beiden die damals fünfjährige Adolana zu sich. Für das völlig verstörte Kind begann eine glückliche Zeit, denn Bernhard und seine Frau Eila taten alles, damit Adolana den schlimmen Verlust ihrer gesamten Familie überwand.

Alles war gut, bis das Unglück geschah.

»Ich habe keine Kraft mehr, Adolana. Selbst meinen zusammengeschrumpften Besitz kann ich nicht mehr lange halten«, unterbrach Bernhard die trübsinnigen Gedanken seiner Nichte. »Außerdem bist du längst im heiratsfähigen Alter, und wenn du diese Heirat ablehnst, bleibt dir als letzter Ausweg nur der Eintritt ins Kloster. Wie du weißt, kenne ich die Äbtissin vom Kanonissenstift Gandersheim recht gut und könnte sie um Aufnahme für dich ersuchen.« Bernhards halbherziger Versuch, seine Tat zu rechtfertigen, misslang kläglich.

Vor Adolanas geistigem Auge erschien eine Frau im schwarzen Gewand der Benediktinerinnen. Sie war im Alter ihres Onkels, hatte freundliche Augen und ein gütiges Lächeln. Instinktiv wusste die junge Frau, dass ihr ein Leben als Nonne größere Schwierigkeiten bereiten würde als an der Seite eines Mannes, den sie möglicherweise im Lauf ihrer Ehe lieben lernen würde. Zu sehr hatte sie sich nach dem Tod ihrer Tante daran gewöhnt, sich kaum um Regeln kümmern zu müssen. In seiner grenzenlosen Trauer um seine Frau hatte ihr Onkel es versäumt, seiner Nichte Grenzen zu setzen. Adolana, fast immer auf sich allein gestellt, hatte sich zu einer sehr eigenständigen Person entwickelt. Sie musste das von klaren Regeln bestimmte Klosterleben mit jenem an der Seite eines Gemahls abwägen, an den sie alle ihre Rechte würde abgeben müssen. Wahrlich eine schwere Entscheidung.

»Nein«, antwortete Adolana leise und dennoch voller Überzeugung.

Auf einmal kehrten auch ihre schwindenden Kräfte zurück. Sie war niemand, der sich für längere Zeit entmutigen ließ, und versuchte, stets das Beste aus jeder Situation zu machen. Zudem rührte die um Mitleid heischende Miene ihres Onkels langsam an ihrem Gewissen. An der Seite eines Mannes bestanden sicher bessere Aussichten auf gewisse Freiheiten als in einem Konvent.

»Was ist mein zukünftiger Gemahl für ein Mensch? Wie alt ist er? Wie sieht er aus?«, bestürmte sie ihren Onkel.

Bernhard, der sich wieder ein wenig gefangen hatte, zuckte hilflos mit den Schultern. »Ich habe ihn kaum beachtet, so niedergeschlagen war ich wegen meines Versagens dir gegenüber. Alt ist er nicht, der Herr Waldemar, so viel kann ich dir sagen. Vielleicht ein, zwei Jahre älter als du.«

Adolana schalt sich, dass sie so lange gedankenverloren auf ihrem Lauschplatz verweilt hatte, nachdem die Besucher verschwunden waren. Möglicherweise hätte sie vorsichtig auf den Burghof hinausspähen und einen Blick auf den Auserwählten werfen können. Wenn sie schon keine andere Wahl hatte, wollte sie wenigstens selbst entscheiden, wann sie ihren Zukünftigen zum ersten Mal sah. *Könnte ich das nicht nachholen?*, kam es ihr plötzlich in den Sinn. *Warum nicht gleich sofort? Dazu müsste ich nur noch eine Kleinigkeit in Erfahrung bringen.*

»Wohin sind die Herren geritten? Zum Gut Heinrichs von Winzenburg?«, fragte sie betont beiläufig, um das Misstrauen ihres Onkels nicht zu wecken.

Er nickte düster, ohne zu ahnen, dass seine Nichte im selben Augenblick eine Entscheidung getroffen hatte. Mit langsamen Schritten schleppte er sich zu seinem Stuhl, auf dem er sich schwerfällig niederließ. Ohne sich die grauen, langen Haare zurückzustreichen, stierte er mit leerem Blick erneut auf die Wand gegenüber.

Adolana versetzte es wie immer einen Stich, den Verfall des einst so humorvollen Mannes mit ansehen zu müssen. Niemals wollte sie zulassen, dass Gefühle ihr Leben derart veränderten. Trauer war nötig, aber sich aufgeben? Insgeheim hegte Adolana allerdings den leisen Verdacht, dass ihr ständiges Verlangen nach der Bestätigung ihrer eigenen Stärke eine andere Ursache hatte. Die Furcht, nie jemanden zu finden, der sie mit derselben Aufopferung lieben würde wie ihr Onkel seine Frau. Die Furcht, für immer allein zu bleiben, sogar in einer Ehe.

Trotz ihrer Verachtung für den schwachen Charakter ihres Onkels und der Gewissheit, dass er sie wie eine Ware verschachert hatte, liebte sie ihn. Wenngleich sie seine völlige Abkehr vom Leben nicht guthieß, rangen ihr seine Beweggründe Hochachtung ab. Eher stieß sie die Teilnahmslosigkeit ab, die seitdem von ihm Besitz ergriffen hatte. Mit dem unerwarteten Tod ihrer Tante war selbst die kleinste Freude am Leben zusammen mit der Verschiedenen in kalter Erde begraben worden. Bernhard, vor dem Tod seiner Frau ein stattlicher Mann, hatte schließlich festgestellt, dass er gerade Adolanas Anblick brauchte, um weiterleben zu können. Diese Tatsache hatte sie am Ende vor einem Leben im nächstbesten Frauenstift gerettet, da Bernhard sie in der ersten Zeit nach dem Tod seiner Frau nicht mehr ansehen konnte und daher wegschicken wollte. Adolana blieb zwar bei ihm, aber seinen Schmerz konnte sie nicht lindern.

Adolana selbst fühlte sich mehr als ein Abbild ihrer Tante. Sie war kleiner und hatte grünbraune Augen, obwohl sie nur zu gerne die tiefblauen Eilas gehabt hätte, ebenso wie deren atemberaubende Figur. Eilas hochgewachsene Gestalt strahlte einen natürlichen Stolz aus, mit dem sie jeden Mann in ihren Bann schlug.

»Ich werde mich fügen und diesen Mann heiraten, Onkel. Ich tue das, weil Ihr immer gut zu mir wart und damit Ihr weiter hier leben könnt.«

Ohne eine Antwort von ihm zu erwarten, schlüpfte sie aus dem Raum, schnappte sich den braunen Umhang aus derber Wolle und eilte die Treppen hinunter. Die Trauer und Enttäuschung über den Menschen, der ihr am meisten bedeutete, hüllten sie wie eine dunkle Wolke ein. Adolana ahnte, dass dieses Gefühl sie wohl nie wieder ganz loslassen würde. Um sich abzulenken, musste sie handeln. Wenn auch nur im Rahmen ihrer geringen Möglichkeiten. Außerdem verlangte es sie nach jemandem, der nichts forderte, dafür aber gut zuhören konnte, ohne sie zu gängeln oder gar zu maßregeln.

Bereits im Hof blies ein starker Wind, der einen Vorgeschmack auf den nahenden Winter mit sich brachte.

»Wo ist Johannes?«, fuhr sie den jungen Stallknecht an, der den Stall ausmistete und der Nichte seines Herrn vor Schreck fast die hölzerne Gabel gegen den Arm geschlagen hätte, als er herumfuhr. Im selben Moment tat Adolana ihre grobe Art leid, schließlich konnte Menrad nichts dafür.

»Ich weiß nicht, edles Fräulein«, stotterte der halbwüchsige Bursche und sprang zur Seite, als sie sich mit einem entschuldigenden Lächeln an ihm vorbeidrängte, um ihre Stute zu satteln.

Kurze Zeit später trabte sie mit ihrer Stute Nebula über die hölzerne Brücke, die sich über den Burggraben spannte. Die halb fertige Burg Wohldenberg, an der seit Eilas Tod nicht weitergebaut wurde, erhob sich bereits kurze Zeit später hinter ihr auf der Kuppe des gleichnamigen Berges. Geübt lenkte Adolana ihr Pferd den Weg hinunter ins Tal, um sich anschließend in Richtung Derneburg zu wenden. Dort befand sich der große Herrenhof Heinrichs, der ein Bruder des Grafen von Winzenburg war.

Nebula schnaubte unwillig, als Adolana kurz nach Erreichen des Tals gleich wieder anhielt. Die Hütte am Ufer der Nette war zwar schon oft das Ziel der jungen Reiterin gewesen, wenngleich meist erst am Ende eines längeren Ausritts und nicht zu Beginn. Dafür hatte das Pferd immer zwei Personen zu tragen gehabt, denn Adolana hatte von ihrem Onkel die Erlaubnis erhalten, Johannes gelegentlich mitzunehmen. Den armen Krüppel, wie ihn die Leute in der Gegend abfällig nannten.

Möglicherweise habe ich eine Schwäche für Menschen, die meine Hilfe benötigen, ging es Adolana durch den Kopf, als sie sich dem kleinen Haus näherte. Die Sehnsucht, selbst einmal schwach sein zu dürfen, ignorierte sie wie gewöhnlich.

»Edles Fräulein, welch eine Freude!«, sagte die Mutter von Johannes und kam aus dem Haus gehumpelt.

Mit schlechtem Gewissen zog die junge Besucherin die linke Hand aus dem wärmenden Umhang hervor, um nach dem ledernen Beutel zu greifen. Die Frau des kürzlich verstorbenen Tagelöhners trug nur eine fadenscheinige, mehrfach geflickte graue Kotte, die dem kalten Wind kaum trotzte. Erst jetzt wurde Adolana bewusst, dass sich ihr Onkel noch vor ein paar Monaten besser um Mutter und Sohn gekümmert hatte.

Die Unterkunft wirkte verwahrloster als sonst. Hat Onkel Bernhard etwa auch die Essensrationen gekürzt?, fragte sie sich. So, wie die Mutter von Johannes aussah, war es mehr als wahrscheinlich. Verärgert über ihre eigene Achtlosigkeit sprang Adolana vom Pferd und gab der Frau die zwei Möhren, die sie zuvor im Stall eingesteckt hatte. Nebula würde den Verzicht sicher verschmerzen. Dabei nahm die junge Frau sich vor, mit ihrem Onkel darüber zu sprechen und ihn an seine Verpflichtung zu erinnern.

Immerhin hatte ihn die Mutter von Johannes seinerzeit zu dem schrecklichen Ort geführt, an dem Eila verunglückt war. Ohne es zu merken streichelte sie mit der freien Hand über das schneeweiße Fell ihrer Stute, deren Mutter den Todestag Eilas ebenfalls nicht überlebt hatte. Das Pferd hatte vor einem Wildschwein gescheut, das völlig unerwartet den Pfad gekreuzt und seine Reiterin daraufhin abgeworfen hatte. Bernhard, der gerade noch rechtzeitig gekommen war, um seine sterbende Frau wenigstens in den Armen halten zu können, hatte dem Vater von Johannes daraufhin blind vor Trauer und Verzweiflung die Axt aus der Hand gerissen und zugeschlagen. Adolana, damals knapp zehn Jahre alt, sollte diesen Anblick und die klaffende Wunde am Hals des Pferdes niemals vergessen. Das Bild prägte sich ihr fast noch besser ein als das der am Boden liegenden Eila, die selbst im Tod noch unglaublich schön war.

Jedenfalls betrachtete es Bernhard von da an als seine Verpflichtung, für die Frau zu sorgen, die es ihm wenigstens ermöglicht hatte, sich von Eila zu verabschieden. Damit hörte das ewige Hungern für die Familie von Johannes endlich auf, und vor allem für seine Mutter brachen bessere Zeiten an. Ihr Mann, ein Tagelöhner, konnte die Familie nur in guten Zeiten ernähren, und die waren selten genug. Bernhard verschaffte ihm eine Stelle als Knecht auf der Burg, bis der Mann vor ein paar Monaten erkrankt war und sich buchstäblich zu Tode gehustet hatte.

»Ist Johannes gar nicht da?«, fragte Adolana und wies gleich darauf auf den mit einem schmutzigen Tuch verbundenen Fuß der Frau. »Hast du dich verletzt?«

»Ich bin umgeknickt, wird schon wieder. Johannes holt Wasser, müsste gleich zurück sein.«

Sie hatte kaum ausgesprochen, da kam auch schon ein magerer Bursche hinter der Hütte hervor. Mit einem langen Stöhnen stellte er die beiden vollen Wassereimer auf den Boden.

»Ich habe Euch gehört und sogar gewunken, aber Ihr habt nicht zurückgewunken«, maulte Johannes, während er sich halbwegs aufrichtete und anklagend mit dem Finger auf Adolana zeigte.

»Benimm dich«, ermahnte seine Mutter ihn.

Sie hatte sich noch immer nicht daran gewöhnt, dass es dem edlen Fräulein völlig egal war, wie Johannes mit ihm sprach. Er konnte schließlich nichts dafür, denn nicht nur sein Körper war gezeichnet, sondern auch sein Geist war leicht verwirrt.

»Es tut mir leid, ich war in Gedanken«, entschuldigte sie sich, und sofort zeigte sich auf seinem schmutzigen Gesicht ein Strahlen. Es vertiefte sich, und auch seine braunen Augen fingen an zu leuchten, als Adolana fragte, ob er Lust zu einem Ausritt habe. Mit Johannes an ihrer Seite würde sie sich wohler fühlen, wenn sie auf dem Gut des Winzenburgers nach ihrem zukünftigen Ehemann Ausschau hielt.

Ohne den missbilligenden Ausdruck seiner Mutter zu beachten, schwang sich Adolana aufs Pferd und half Johannes, der trotz seiner körperlichen Beeinträchtigung unglaubliche Kräfte besaß, ebenfalls in den Sattel. Bei dem strengen Geruch, der von ihm ausging, rümpfte sie die Nase und nahm sich vor, ihn bei Gelegenheit zu einem Bad im Fluss zu überreden. Ein Vorschlag, der bei dem gutmütigen Burschen mit Sicherheit nicht auf Gegenliebe stoßen würde.

Bis zu dem Gut war es nicht allzu weit, und Adolana ließ die Stute erneut traben, bis ihr auf einmal ein Gedanke kam.

»Sollen wir ein wenig laufen?«, fragte sie und warf einen Blick über die Schulter.

»Weiß nicht«, kam prompt die mürrische Antwort.

Sie hatte fast damit gerechnet und auch Verständnis dafür, denn das linke Bein des Jungen war stark verkürzt und schmerzte fast ständig. Zudem war sein Rücken schief gewachsen und endete auf der rechten Seite in einem leichten Buckel, weshalb sein Oberkörper beim Humpeln stark nach rechts hing.

»Na gut, dann eben nicht, aber ich habe Durst und werde mir Wasser vom Fluss holen.«

Kaum hatte sie eine Handvoll von dem kühlen Nass getrunken, tauchte wie erhofft Johannes neben ihr auf und setzte sich auf einen der größeren Steine, die am Ufer lagen. Adolana spürte förmlich die Blicke der Bauern aus der nahen Siedlung im Rücken, auch ohne zu den Feldern hinüberzusehen. Von der einzigen Dienstmagd auf Burg Wohldenberg hatte sie erfahren, dass sich die Pächter ihres Onkels anfangs darüber das Maul zerrissen hatten, weil sie sich als edles Fräulein mit dem einfältigen Krüppel abgab. Dann aber schoben sie es auf die Rolle, die seine Mutter bei der unglückseligen Geschichte mit der armen Frau Eila gespielt hatte.

Adolana scherte sich keinen Deut um das Geschwätz der Leute. Nachdenklich ruhte ihr Blick auf Johannes, der ihr ans Herz gewachsen war. Mit Sicherheit wäre sie jetzt nicht hier mit ihm zusammen, wenn er nicht von Gott gezeichnet wäre. Ohne den verkrüppelten Körper würde er richtig gut aussehen, dachte sie, während sie die feinen Züge seiner linken Gesichtshälfte betrachtete, ohne sich an der leicht verzerrten anderen Seite seines Antlitzes zu stören. Mit einem Mal peinlich berührt, wischte sie sich die nassen Hände an ihrem dunkelgrünen Gewand ab. Dann räusperte sie sich und fragte Johannes, der von ihrer Verlegenheit nicht das Geringste mitbekommen hatte, ob er den Neffen des Grafen von Winzenburg kenne.

Schlagartig veränderte sich sein Ausdruck, und er führte ruckartig die zu Fäusten geballten Hände vors Gesicht,
während sich seine Augen angstvoll weiteten. »Böser
Mann, böser Mann«, flüsterte er und schaute sich dabei
ständig um.

Adolana fuhr es eiskalt den Rücken herunter. »Wer? Der
Graf oder sein Neffe?«, hakte sie vorsichtig nach.

»Graf Hermann«, kam zögerlich die kaum zu ver-
stehende Antwort. »Er hat mich geschlagen, als ich Holz
holen war. Da!«, empörte sich der junge Mann, diesmal
eine Spur lauter, und zog den weiten, zerschlissenen Ärmel
seines Hemdes bis zur Schulter hoch. Entsetzt hielt Adolana die Luft an, denn zwei dicke rote Striemen zierten den
dünnen Oberarm, die höchstwahrscheinlich keinen Tag alt
waren. »Hat mich angeschrien, was mir einfällt, einfach
sein Holz zu stehlen. Dabei ist es doch Herrn Bernhards
Wald. Und dann hat er mit seiner Gerte geschlagen. Ganz
fest.«

Seine Stimme hatte den weinerlichen Klang angenommen, den Adolana bereits gut kannte, und sie legte ihm
einen Arm um den bebenden Körper. Die guten Zeiten sind
nicht nur für mich zu Ende, dachte sie innerlich seufzend,
derweil sich Johannes langsam beruhigte. Sollte ihr zukünftiger Ehemann unter der Fuchtel seines Onkels stehen,
hätte nicht nur Johannes die harte Hand des Grafen zu
fürchten. Auch für die Pächter wäre die angenehme Zeit
dann vorbei.

»Und sein Neffe? Hat er dich auch geschlagen? War er
dabei?«, wagte Adolana einen neuerlichen Versuch.

»Wer?«, schniefte Johannes und starrte sie verständnislos an. Dann hellte sich seine Miene auf und er schüttelte
den Kopf. »Keine Ahnung, Fräulein Adolana, von dem
Neffen weiß ich nichts.«

In weniger als zwanzig Minuten hatten sie den Herrenhof in Derneburg erreicht. Nachdem sie das zugehörige Dorf durchquert hatten, passierten sie ungehindert das offene Tor des großen Gutes, das von einer stabilen Mauer geschützt wurde. Adolana wusste, dass die Bauarbeiten zeitgleich mit denen an Burg Wohldenberg begonnen hatten, nur dass sie hier auch beendet worden waren. Das Gut der beiden Brüder Winzenburg war äußerst stattlich, mit geräumigen Stallungen, einem Wirtschaftsgebäude sowie Unterkünften für das Gesinde und die Arbeiter, die mit ihren Familien die weitläufigen Felder rund um das Gut bestellten. Sogar eine kleine Kapelle gab es, die Adolana noch nie betreten hatte. Mit ihrem Onkel war sie ein- bis zweimal zu Gast im Herrenhaus gewesen, wobei sie weder Graf Hermann noch seinen Bruder Heinrich mochte, der mit seiner Gemahlin und dem kleinen Sohn auf dem Gut lebte. Selbst für Adolana war es bei einem dieser Treffen offensichtlich gewesen, dass Heinrich schreckliche Angst vor seinem älteren Bruder hatte.

Sie übergab ihr Pferd einem der Stallburschen und fragte nach Graf Winzenburg, erntete jedoch nur einen verständnislosen Blick, während der Junge auf seine Ohren zeigte.

Der Umgang mit Johannes hatte die von Natur aus äußerst ungeduldige Adolana vor allem eines gelehrt: Nachsicht. Also versuchte sie es ein zweites Mal, diesmal deutlich langsamer und so, dass der Junge von ihren Lippen lesen konnte.

Prompt hatte sie Erfolg. Die angestrengte Miene des Stallburschen hellte sich auf, bevor er mit den Schultern zuckte und eine unbestimmte Bewegung in Richtung Haus machte.

»Was wollen wir hier?«, fragte Johannes misstrauisch, als sie den Stall verließen. Obwohl er Adolana schon öfter zum Gut begleitet hatte, war sein Erlebnis mit dem Grafen anscheinend so tiefgreifend gewesen, dass er weitere Treffen vermeiden wollte. Die Möglichkeit, auf dem Gut auf den Grafen zu treffen, erschien Johannes offenbar nicht gering zu sein.

»Ich wollte mich nach dem Preis für die Schweine erkundigen, da bei uns vor ein paar Tagen ein Tier gestorben ist«, wich Adolana seiner Frage aus und klimperte mit den Münzen, die sie in dem Beutel an ihrem Gürtel trug. Eigentlich hatte sie sich dafür bei dem Tuchhändler, der vor einigen Wochen auf Burg Wohldenberg vorbeikommen wollte, etwas Schönes kaufen wollen, doch die Ankunft des Mannes hatte sich verzögert und Adolana hatte vergessen, die Münzen ihrem Onkel zurückzugeben. Das werde ich nun auch nicht mehr tun, dachte sie grimmig, nachher verliert er mein letztes Geld ebenfalls beim Würfelspiel.

Adolana hatte nicht vor, sich lange auf dem Gut aufzuhalten, doch sie wollte unter allen Umständen einen Blick auf ihren zukünftigen Gemahl werfen. Niemals würde sie es mit ihrer Neugier bis zu dem offiziellen Zusammentreffen aushalten, zu schrecklich waren ihre Vorstellungen von dem Mann, an dessen Seite sie ihr Leben verbringen sollte. Allerdings hatte sie keinerlei Pläne für den Fall, dass sich ihre Befürchtungen bestätigten.

»Weißt du, ob sich Graf Hermann hier aufhält?«, fragte Adolana eine der Mägde, die mit einem Stapel Tücher an ihr vorbeilief.

»Waren vorhin im Haus«, lautete die knappe Antwort der älteren Frau, bevor sie an den beiden Besuchern vorbeieilte.

»Komm, wir gehen um das Haus herum, vielleicht können wir irgendwo etwas sehen«, schlug Adolana vor.

Johannes schüttelte heftig den Kopf. »Nein, ich will da nicht hin! Außerdem habt Ihr gesagt, Ihr wollt ein Schwein.«

»Also gut«, seufzte sie, »du bleibst hier und versteckst dich, sobald du den Grafen siehst. Ich muss kurz etwas erledigen, es ist sehr wichtig für mich, hörst du! Ich finde dich nachher schon wieder, und dann reiten wir zusammen nach Hause.«

Hätte Adolana auch nur im Entferntesten geahnt, was kurz darauf geschehen würde, hätte sie auf der Stelle mit Johannes den Hof verlassen.

Der Junge wirkte nicht überzeugt, doch schließlich nickte er mit verdrießlicher Miene. Adolana schlenderte weiter über den Hof, während er vor der Stallwand in die Hocke ging – jederzeit zur Flucht bereit, sollte Graf Hermann auch nur in Sichtweite kommen. Johannes war bei den Menschen hier bekannt, und niemand behelligte ihn, denn er war in ihren Augen ein harmloser Spinner.

Adolana hatte den zweistöckigen Bau gerade erreicht, als sie einsehen musste, dass ihr Vorhaben von vornherein zum Scheitern verurteilt war, denn die einzige Fensteröffnung auf der Seite war mit einer dicken Decke verhängt. Wie nicht anders zu erwarten, dachte sie entmutigt, bei dem kalten Wind würde ich auch alle Öffnungen verhängen. Gerade als sie überlegte, ob sie es wagen sollte, zur anderen Seite des Hauses zu wechseln, hörte sie Stimmen vom Eingang her. Da es sich ohne Zweifel um Graf Hermann, der mit befehlsgewohntem Ton irgendjemandem Anweisungen erteilte, und seinen Bruder handelte, überlegte Adolana hastig, wo sie sich verstecken könnte.

Wie sollte sie den beiden ihr Erscheinen so kurz nach dem Besuch des Grafen bei ihrem Onkel erklären?

Wie aus heiterem Himmel blieb ihr Blick an der Holztür hängen, die in die kleine Kapelle führte und einen Spaltbreit offen stand. Gleich darauf war sie auch schon hineingehuscht und hatte die schmale Tür hinter sich zugezogen.

»Es ist eine Unverschämtheit, die ich nicht länger dulden werde!«, sagte der Graf aufgebracht.

Adolana zog sich hinter den klobigen Altarstein zurück und machte sich so klein wie möglich, während mehrere Personen die kleine Kapelle betraten.

»Ich verstehe nicht, wieso du dich so darüber aufregst, Bruder. Rede mit Burchard von Loccum. Er wird schon zur Vernunft kommen und einsehen, dass ein Burgenbau an dieser Stelle die reinste Provokation für uns bedeutet.«

Adolana spürte, wie sich ihr einer der in den Altar eingemeißelten zwölf Apostel schmerzhaft in den Rücken bohrte, und hoffte inständig, dass die beiden Herren von Winzenburg bald stehen blieben. Vielleicht lag es an dem Ort, dass ihre stille Bitte prompt erhört wurde, denn die Schritte verstummten.

»Eine Provokation, ganz genau. Und ich werde mich mit Sicherheit nicht dazu herablassen, mit meinem Lehnsmann darüber zu sprechen. Er weiß ganz genau, dass ich mir eine Burg an dieser Stelle nicht gefallen lassen kann«, gab Graf Hermann gereizt zurück.

Adolana konnte sich gut vorstellen, wie sein Bruder unter dieser Zurechtweisung schrumpfte. Heinrich besaß nicht das Rückgrat, um ihm zu widersprechen. Im nächsten Augenblick musste sie jedoch feststellen, dass sie sich geirrt hatte.

»Vergiss nicht, dass Burchard von Loccum in der kaiserlichen Gunst ziemlich weit oben steht, im Gegensatz zu …«, brach Heinrich leise ab, und eine Stille entstand, die selbst das Mädchen hinter dem wuchtigen Stein als gefährlich empfand.

»Im Gegensatz zu mir, wolltest du sagen«, vollendete Hermann den Satz seines Bruders, der sich dieses Mal einer Antwort enthielt. »Da magst du sicherlich recht haben, allerdings wird niemand erfahren, wer hinter diesem Überfall steckt. Ich war äußerst vorsichtig und werde zu diesem Zeitpunkt mit Bischof Bernhard ins Gespräch vertieft sein. Er ist äußerst verstimmt über Burchard von Loccums Vorhaben, in der Heberbörde eine Burg zu bauen. Einer der Baumeister des Klosters Clus soll mit Herrn von Loccum sogar schon an den Bauplänen sitzen, während mehrere Arbeiter die Bäume fällen. Die Arbeit am Kloster geht dagegen nur noch eingeschränkt voran. Das muss man sich mal vorstellen! Eine Unverschämtheit sondergleichen gegen das Hildesheimer Bistum, die wir uns nicht bieten lassen werden!«

Adolana hörte die Verärgerung des Grafen über das Verhalten seines Lehnsherrn deutlich heraus. Dessen Name war ihr kein Begriff, was aber nicht weiter verwunderlich war, denn ihr Onkel hatte sich schon lange aus dem Umfeld Kaiser Lothars zurückgezogen und nahm am politischen Geschehen keinen Anteil mehr.

»Bedenke, wie dieser Burchard überhaupt die Möglichkeit erhalten hat, eine Burg an solch exponierter Stelle zu bauen, mein Bruder. Kaiser Lothar hat ihn beim Goslarer Hoftag als Zeuge bei seiner Schenkung an das Kloster Clus genannt. Die Gabe umfasst mehrere Höfe und fast dreißig Morgen Land, die sich bei Gandersheim befinden und somit unter von Loccums Verantwortung fallen. Lothar *will,* dass sein Vertrauter hier weitere kaiserliche Stützpunkte bauen lässt. Du legst dich also indirekt mit unserem Kaiser an, wenn du gegen den Mann vorgehst, und ich denke, das weiß auch der Bischof.«

Die Tatsache, dass der Graf von Winzenburg nicht gerade zu den Unterstützern des Kaisers zählte, war sogar Adolana bekannt. Auf einem anderen Blatt stand die anmaßende Art, mit der Heinrich seinen Bruder anging.

»Wie schon gesagt, auf mich wird kein Verdacht fallen«, antwortete Hermann unwirsch.

Trotzdem unternahm der jüngere Bruder einen weiteren Versuch, Hermann von seinem Vorhaben, das Adolana erst nach und nach in seiner gesamten Tragweite bewusst wurde, abzubringen.

»Ist es überhaupt sicher, dass von Loccum sich in Gandersheim aufhält?«

»Selbstverständlich!«, donnerte der Graf los, mit dessen Ruhe es endgültig vorbei war. »Hältst du mich für einen Stümper? Burchard von Loccum nimmt dort sein Amt als Vogt wahr und wird sich, wie ich aus zuverlässiger Quelle erfahren habe, morgen wieder auf den Weg nach Hause begeben. Er legt grundsätzlich an der St.-Georgs-Kirche eine Pause ein, um sich zum Gebet zurückzuziehen, während seine Begleiter, gerade mal zwei Mann, in angemessener Entfernung auf ihn warten. Er fühlt sich vermutlich sehr sicher. Gut für uns.«

Die Arroganz seiner Worte, die Adolana schaudern ließen, zeigten bei seinem Bruder dagegen offenbar keine Wirkung.

»Gut, wie du meinst, aber lass wenigstens Waldemar aus der Geschichte heraus. Er ist viel zu unerfahren, außerdem sind wir es unserer Schwester schuldig, gut auf ihn zu achten.« Unwillkürlich hielt Adolana die Luft an, denn ohne Zweifel ging es gerade um ihren zukünftigen Bräutigam. Allmählich erkannte sie auch, dass es sich bei der Unterredung um die Planung eines Überfalls handelte, über dessen Ausgang sie lieber nicht weiter nachdenken wollte.

»Ach was, du warst schon immer ein Schwarzseher und hast noch nie meine Visionen geteilt. Waldemar ist mit seinen achtzehn Jahren genau im richtigen Alter und soll von Anfang an sehen, wie man sich zu seinem Recht verhilft. Er wird die Sache schon meistern, seine Mutter hat ihn lange genug verzärtelt. Zudem ist er gar nicht für die Schmutzarbeit zuständig, sondern soll sich nur davon überzeugen, dass alles nach Plan abläuft.« Ein dumpfer Schlag ertönte, wie bei einem kräftigen Schlag auf die Schulter. »Nicht wahr, mein Junge, du brennst doch förmlich darauf, dich zu beweisen?«

Adolana zuckte zusammen, als eine dritte Stimme erklang, denn sie war bisher davon ausgegangen, dass sich nur die beiden Brüder in der kleinen Kapelle befanden.

»Ja, Onkel, wenn Ihr es wünscht und für richtig erachtet.«

Das Mädchen wusste nicht, was es von der Stimme Waldemars halten sollte. Sie ähnelte der Heinrichs, behaftet mit der gleichen Unsicherheit und vermischt mit einer Spur Furcht, die ihr nicht sonderlich behagte und noch weniger imponierte. Solch einem Mann sollte sie in Zukunft als Eheweib gehorchen?

»Selbstverständlich wünsche ich es und erachte es als mein legitimes Recht«, folgte die scharfe Antwort des Grafen. »Ich werde mich von hier direkt zum Bischof begeben, und du wirst mit Arnold zur Georgskirche reiten.«

»Aber Onkel, das ist ein heiliger Ort.« Waldemars Einspruch erfolgte zaghaft, ohne jeden Nachdruck.

»Ihr müsst ihn euch ja nicht unbedingt in der Kirche schnappen. Meinetwegen könnt ihr damit warten, bis er die Gebete beendet hat«, erwiderte Graf Hermann mit schneidender Stimme. »Jetzt lasst uns aufbrechen, es wird spät.«

Erleichtert schloss Adolana die Augen und lehnte den Kopf an den kalten Stein, als die Schritte der Männer sich wieder entfernten.

»Waldemar, worauf wartest du noch?«

Erneut verkrampfte sich ihr Körper, als sie in der Stille die Antwort des jungen Mannes vernahm.

»Gleich, Onkel, gebt mir noch einen Augenblick Zeit für ein stilles Gebet.«

»Lass ihn! Seine Mutter ist erst zwei Wochen tot.«

Dieses Mal widersprach selbst Hermann der ungewohnt bestimmten Anweisung seines Bruders nicht. Einen Moment später hatten die beiden Brüder die kleine Kapelle verlassen, was unschwer am leichten Klappen der Tür zu erkennen war. Adolanas Herz schien aus der Brust springen zu wollen, als sich plötzlich schwere Schritte ihrem Versteck näherten und dicht davor innehielten.

Ein dumpfer Ton ließ sie vermuten, dass Waldemar vor dem Altar auf die Knie gefallen war. Nur durch den wuchtigen Stein von dem jungen Mann getrennt, wagte das Mädchen kaum zu atmen. Sie machte sich keine großen Illusionen, was mit ihr geschehen würde, falls der Neffe des Grafen sie hier fand.

Des Grafen Plan wäre damit kein Geheimnis mehr.

Wenigstens müsste ich diesen Waldemar dann nicht mehr ehelichen, dachte sie bitter, fragte sich allerdings im selben Atemzug, ob ein früher Tod dem wirklich vorzuziehen war. Die Zeit kam ihr unendlich lange vor, bis sich der Neffe des Grafen erhob und langsam zum Ausgang ging. Vorsichtig drehte sich Adolana zur Seite, um doch noch ihr eigentliches Vorhaben in die Tat umzusetzen, und wagte einen Blick auf ihren zukünftigen Gemahl. Aschblonde, schulterlange Haare und ein schmaler Rücken, der auch durch den dunkelblauen, wollenen Umhang nicht breiter erschien. Die mittelgroße Statur wirkte durch die leicht gebeugte Haltung noch gedrungener und vermittelte ein Bild eines jungen Mannes, der schwer an seinem Schicksal zu tragen hatte. Adolana harrte noch eine Weile in ihrem Versteck aus, bis sie es endlich wagte, die Kapelle ebenfalls zu verlassen.

Sie hatte einen Entschluss gefasst, und wie immer in solch einem Fall, konnte sie es nicht abwarten, ihn in die Tat umzusetzen.

Der Wind hatte weiter zugenommen und zerrte sofort an ihrer Kapuze, die sie tief ins Gesicht gezogen hatte, doch sie achtete weder darauf noch auf das emsige Treiben auf dem Hof. Die Wintersaat auf den Feldern rund um das Gut war eingesät, und um den Boden vor dem drohenden Wintereinbruch erneut zu hacken, war es derzeit zu nass. Ungewohnt früh hatte sich der Herbst in diesem Jahr gezeigt, weshalb auch die Tiere nicht mehr draußen weideten, sondern in den Ställen standen, die ihnen Schutz vor dem kalten Wind und den starken Regenfällen der letzten zwei Wochen boten. Hastig eilte Adolana zu dem Stall zurück, vor dem Johannes auf sie warten wollte, wobei sie den Pfützen geschickt mit kleinen Sprüngen auswich und einen Jungen vorbeiließ, der nur mit Mühe fünf Schweine mit einer Rute vor sich her in Richtung der Ställe trieb.

Sie hatte ihr Ziel noch nicht ganz erreicht, als sie Graf von Winzenburg erblickte, der sich gerade mit einem Mann unterhielt. Adolana war sofort klar, dass Johannes sich versteckt hatte. Ratlos sah sie sich um, stets darauf bedacht, nicht selbst entdeckt zu werden. Endlich fand sie den Jungen, der völlig verängstigt hinter einem großen Misthaufen hockte, und eilte zu ihm. Erst nachdem sie ihm versprochen hatte, sofort den Hof zu verlassen, huschten die beiden in den Stall.

»Was ist mit dem Schwein?«, fragte Johannes.

Adolana runzelte die Stirn, da sie zuerst nicht wusste, was er meinte. Dann seufzte sie ungeduldig und erklärte ihm leise, dass sie erst später ein Tier kaufen wolle.

Nachdem der Graf aus seinem Blickfeld verschwunden war, verringerte sich die Furcht von Johannes. Unverdrossen redete er auf Adolana ein, deren Angst hingegen kontinuierlich anstieg.

»Ihr wart so lange weg. Hört Ihr?«

Zerstreut wandte sie ihm ihre Aufmerksamkeit zu, da

sie befürchtete, dass Johannes sonst wie üblich immer lauter wurde. Leider führte ihr Beschwichtigungsversuch nicht zum gewohnten Erfolg

»Ich hatte solche Angst! Bestimmt hat er die Gerte wieder dabei, und ich will keine Schläge.«

»Niemand wird dich schlagen, Johannes, beruhige dich bitte«, flehte sie leise und legte einen Arm um den dünnen Jungen.

Er bedeutete ihr sehr viel, und sie hatte seit dem Tod ihrer Tante mehr Zeit mit ihm verbracht als mit ihrem einzigen Verwandten. Im Augenblick hätte sie ihn jedoch am liebsten geknebelt, damit er endlich still war. Wenn sich nur der Stallbursche ein wenig mehr beeilen würde, dachte sie panisch. Der Junge schien es jedoch äußerst interessant zu finden, was Johannes so alles von sich gab, und band die Zügel noch eine Spur langsamer los.

»Wieso wart Ihr mit dem Grafen in der Kapelle? Hat er Euch etwa auch geschlagen?«, fragte Johannes.

Hastig blickte Adolana sich um und erstarrte, denn fast zeitgleich drehte sich einer der beiden Männer am Ende des Stalles um. Adolanas Magen krampfte sich zusammen, als sie dem Mann, den sie vorhin nur von hinten gesehen hatte, direkt in die Augen starrte. Den verwirrten Blick des Stallknechts nahm sie kaum noch zur Kenntnis. Mit zwei Schritten war sie bei ihrer Stute und riss dem verdutzten Burschen die Zügel aus den Händen.

»Der Graf ist gleich hier, wir müssen weg«, zischte sie Johannes zu und schwang sich auf das Pferd.

Der zu Tode erschrockene Junge saß kaum hinter ihr im Sattel, da drückte Adolana Nebula schon die Hacken in die Seiten. Fast nebenbei nahm sie wahr, dass eine Hand sie am Fuß streifte und jemand »Haltet sie auf!« schrie, dann hatten sie den Stall verlassen. Buchstäblich im letzten Moment sprang ein Mädchen zur Seite, das in jeder Hand ein Huhn trug, und landete in einer großen Pfütze. Das Federvieh, das dadurch seine Freiheit für kurze Zeit erlangte, suchte gackernd das Weite.

Adolana sprengte durch das Tor, den Hof hinaus und durch das Dorf. Der Gedanke, dass sie so schnell wie nur möglich fort von diesem Ort musste, beherrschte sie, und sie spornte die Stute immer weiter an. Erst als sie freies Gelände erreichten, wagte Adolana einen kurzen Blick über die Schulter.

Sie erkannte zwei Reiter, die ihnen augenscheinlich folgten.

»Verdammt«, murmelte sie, obwohl sie ihrer Tante einst versprochen hatte, nicht mehr zu fluchen. Fieberhaft überlegte sie, ob sie es bis zur Burg Wohldenberg schaffen konnten, entschied sich dann aber anders, denn ein weiterer hastiger Blick zeigte ihr, dass die Verfolger mit ihren großen Rössern schnell aufholten. Ihre Stute war deutlich kleiner und musste außerdem zwei Reiter tragen. Sie würden es niemals schaffen! *Lieber Herrgott, hilf!*, flehte sie stumm, denn sie wollte weder am Tod von Johannes die Schuld tragen noch selbst sterben.

Plötzlich schoss Adolana ein wagemutiger Gedanke durch den Kopf, und sie verschärfte noch einmal das Tempo. Endlich erreichten sie das kleine Waldstück und tauchten ein in die dämmrige, vom Rauschen der Blätter erfüllte Welt, die ihnen hoffentlich den ersehnten Schutz bot. Kurz bevor der Weg sich gabelte, hielt Adolana das Tier an und sprang aus dem Sattel, wobei sie den verschreckten Johannes mit sich zog. Voller Schuldgefühle beim Anblick der schwitzenden Stute versetzte Adolana ihr einen Klaps und schlug sich mit dem Jungen ins dichte Unterholz, während Nebula davonpreschte.

Als ihre Verfolger im nächsten Moment an ihrem Versteck vorbeigaloppierten, duckten sich die beiden im Schutz der Bäume dicht auf den mit Laub übersäten Boden. Die Pferde der beiden Männer waren noch immer leise zu hören, als Adolana sich vorsichtig erhob und Johannes sanft mit sich zog.

»Komm, es ist nicht mehr weit bis nach Hause«, wisperte sie und atmete erleichtert auf, als Johannes willig nickte.

Als sie kurze Zeit später das Waldstück hinter sich gelassen hatten, tauchten am Ende der vor ihnen liegenden Wiese zwei Reiter auf, die mit hohem Tempo auf sie zuhielten.

2. KAPITEL

Müde hing Berengar im Sattel. Sie waren seit Stunden unterwegs, und er sehnte sich nach einem Lager, auf dem er seine lahmen Glieder ausstrecken konnte, um anschließend möglichst die ganze Nacht durchzuschlafen. Was natürlich eine Wunschvorstellung blieb, denn sein Herr, Graf Siegfried von Bomeneburg, hielt die Nachtruhe für reine Zeitverschwendung. Eigentlich machte es dem fast neunzehnjährigen Junker nichts aus, den ganzen Tag auf dem Pferderücken zu verbringen, doch seit seiner Krankheit, die ihn für Wochen ans Bett gefesselt hatte, war er geschwächt. Dabei hatte es ganz harmlos mit Schnupfen und Husten angefangen, weshalb Berengar sich anfangs nichts dabei gedacht hatte. Als dann am dritten Abend das Fieber dazukam und selbst die Aderlasse keine Besserung brachten, ließ die Frau seines Herrn aus dem Dorf ein altes Kräuterweib holen, und mit unzähligen Bechern aus Fieberkraut aufgegossenem Tee ließ es sich endlich senken. Allein beim Gedanken an den bitteren Geschmack des Getränks schüttelte es den jungen Mann, während er den aufkommenden Hustenreiz unterdrückte.

Bei diesem kalten Wind werde ich den Husten niemals los, dachte Berengar entmutigt, zog den einfachen, aber sehr warmen Umhang aus grober Wolle enger und folgte seinem Herrn. Daran würden auch die getrockneten Blätter des Immergrüns, die ihm die alte Frau in einem Leinensäckchen mitgegeben hatte, nichts ändern. Zumal sie ihm eingeschärft hatte, dass er sich davon nur wenige Tage lang einen Tee zubereiten dürfe, da die Wirkung der Pflanze auf Dauer zu stark sei.

Die Kapuze des Umhangs hing ihm schon seit einer Weile über dem Rücken. Bei diesen Böen war es ein hoffnungsloses Unterfangen, sie immer wieder ins Gesicht zu ziehen. Eigentlich müssten sie Kloster Korvey bald erreichen, jedenfalls hatte Graf Siegfried gemeint, es sei bloß ein Katzensprung von ihrem letzten Aufenthaltsort entfernt. Sie befanden sich auf einer der vielen Kontrollreisen seines Herrn, und obwohl dessen edle Gemahlin energisch gegen die Teilnahme des Knappen protestiert hatte, waren ihre Worte selbstredend ungehört verhallt. Graf Siegfried war hart gegen sich selbst und noch härter gegen andere. Berengar war erst seit einem halben Jahr bei ihm in der Ausbildung und kam eigentlich gut mit seinem Herrn zurecht. Mit einem Vater wie dem meinigen erscheint einem alles andere sowieso wie ein Spaziergang, dachte er.

»Berengar, Augen nach vorn! Wir sind gleich da, kaum dass wir aufgebrochen sind«, rief ihm Graf Siegfried gutgelaunt zu und riss ihn aus seinen Gedanken.

Der Anblick, der sich ihnen bot, war mehr als beeindruckend, vor allem da die Baustelle wegen der unaufhörlichen Regenfälle schier im Matsch versank. Am Vormittag hatten sie Kloster Amelungsborn verlassen, oder vielmehr das, was einmal daraus werden sollte, denn die Bauarbeiten hatten in diesem Jahr erst begonnen. Die Anlage Korvey stellte alles in den Schatten, was Berengar bisher an Klöstern gesehen hatte. Es musste ein erhabenes Gefühl sein, der Vogt eines solch gewaltigen Kirchenhauses zu sein, überlegte er neidlos. Wie unzählige Male zuvor strich er sich mit einer ungeduldigen Handbewegung die welligen dunkelbraunen Haare aus dem Gesicht, nur um sie gleich darauf wieder vor den Augen hängen zu haben.

Schweigend ritten sie durch die zum Kloster gehören-
de Siedlung, deren Ausmaße diese Bezeichnung eindeutig
Lügen strafte. Die Macht und Bedeutung Korveys zogen
immer mehr Menschen an, die dort sesshaft werden und
unter klösterlichem Schutz ein einigermaßen gutes Leben
führen wollten. Arbeit gab es genug, die Ländereien des
Klosters waren immens, und die Einnahmen stiegen von
Jahr zu Jahr. Darin lag auch der Grund für Siegfrieds Besuch, denn er wollte in seiner Eigenschaft als klösterlicher
Vogt das Güterverzeichnis inspizieren.

»Ihr träumt schon wieder«, fuhr der Graf seinen Knappen an und riss ihn damit aus der Betrachtung des Westwerks, das wie ein wehrhafter, burgenähnlicher Schutz
der fast dreihundert Jahre alten Klosterkirche vorgelagert
war.

Eilig sprang Berengar aus dem Sattel, reichte die Zügel dem wartenden Burschen und hastete seinem Herrn
hinterher, der bereits vorausgegangen war. Bevor sie die
wuchtige Vorhalle durch eines der drei Portale betraten,
herrschte Graf Siegfried einen der Benediktinermönche an,
dass er schleunigst den Abt von seinem Eintreffen unterrichten solle.

Der Knappe nutzte die Wartezeit und betrachtete ehrfürchtig den gewölbten Mittelraum, dessen Decke vier
gedrungene Säulen zwischen gemauerten, rötlich marmo-
rierten Pfeilern trugen. Unterdessen durchmaß sein Herr
zusehends ungeduldiger mit langen Schritten die große
Halle. Vereinzelt waren ein paar Mönche zu sehen, die
mit gesenkten Köpfen vorbeihuschten, und spontan kam
Berengar sein alter Lehrer in den Sinn. Der Mönch, ebenso
dem Benediktinerorden zugehörig wie die Bewohner dieses
Klosters, hatte ihn auf der Burg seines Vaters unterrichtet
und sich niemals von dem anmaßenden Wesen seines Brot-
gebers aus der Ruhe bringen lassen. Berengar bewunderte

seinen Lehrer für seine Gemütsruhe und sein Verständnis für jedermann. Schwer fiel ihm die Bewunderung lediglich bei jenen Gelegenheiten, wenn er den Lederriemen zu spüren bekam, weil er in den Augen seines Vaters wieder mal zu verträumt und weichherzig gewesen war.

»Mein lieber Siegfried, wie schön, dich hier begrüßen zu dürfen. Wir haben dich schon früher erwartet. Was hat dich aufgehalten? Die Bauarbeiten am Kloster Amelungsborn sind doch hoffentlich planmäßig verlaufen?«

Neugierig sah der Junker zu den beiden Männern hinüber, die sich mit offener Freundlichkeit begrüßten. Er hatte nicht gewusst, dass sein Herr so gut mit dem Abt des Klosters bekannt war.

»Kein Grund zur Sorge, Volkmar. Leider konnte ich erst einen Tag später als geplant aufbrechen, da mein Knappe von einem starken Fieber zu sehr geschwächt war«, antwortete Siegfried mit einem knappen Nicken in Richtung Berengars, der sich mit der nötigen Ehrerbietung vor dem Oberhaupt der Klostergemeinschaft verbeugte. »Bevor ich das Verzeichnis einsehen werde, möchte ich dir von meinen Plänen für das Westwerk erzählen«, fuhr der klösterliche Vogt fort, ohne auf die Verstimmung des Abtes zu achten, die seine Worte ganz offensichtlich hervorriefen.

Obwohl das Lächeln des älteren Mönches gleichbleibend freundlich blieb, konnte Berengar ganz deutlich eine Spur der Missbilligung in dessen blauen Augen erkennen. »Bei meinem letzten Besuch warst du zwar nicht sehr angetan von dem Vorschlag, aber ich bin der Ansicht, das Westwerk würde deutlich gewinnen, wenn wir die oberen Geschosse abreißen und durch Arkaden ersetzen ließen. Wir sollten bei einem Becher Wein darüber reden.«

Der Graf ging in Richtung des Durchgangs, der vermutlich zur Klosterkirche führte und genauso wuchtig und abweisend wirkte wie das burgähnliche Gebäude, in dem sie sich gerade befanden. Kurz zeigte sich ein Ausdruck von Unmut auf dem Antlitz des Abtes, dann folgte er Siegfried von Bomeneburg, der jedoch genau in dem Augenblick stehen blieb und sich umdrehte.

»Kümmert Euch um unser Gepäck, Berengar, und dann nutzt die freie Zeit und seht Euch diese herrliche Anlage gründlich an. Es reicht, wenn Ihr kurz vor dem Abendmahl bei mir seid, um beim Umkleiden zu helfen.«

Glücklich über dieses unerwartete Geschenk sah Berengar sich noch ein wenig in der großen Halle um, bis sein Blick an der westlichen Empore hängen blieb. Die große Rundbogenöffnung in der Mitte weckte sein Interesse.

»Nun, mein Sohn, würdet Ihr gerne einen Blick nach oben werfen?«

Mit einem schnellen Seitenblick stellte Berengar fest, dass direkt neben ihm ein großer Mönch stand, den er nicht hatte kommen hören. Seinem Aussehen nach schien er die vierzig bereits weit überschritten zu haben, obwohl seine grauen Augen viel jünger und äußerst neugierig wirkten. Am meisten bereitete ihm jedoch die Tatsache Unbehagen, dass er sich gerade genau das gewünscht hatte, was der Mönch ihm nun vorschlug. Doch der offene und ehrliche Gesichtsausdruck des Klerikers ließ kein Misstrauen erkennen, daher verdrängte er die Frage, ob der Mann womöglich Gedanken lesen konnte.

»Das würde ich in der Tat gerne tun, ehrwürdiger Bruder.«

Der Mönch lächelte und wies mit einer einladenden Geste in Richtung der breiten Treppe, die nach oben führte. »So folgt mir und staunt!«

Kurz darauf stiegen sie die breiten Stufen hoch, und während die harten Stiefelabsätze Berengars auf dem Steinboden laut widerhallten, waren die Schritte des Mönches nicht zu hören. Mit einem beiläufigen Blick stellte der Besucher fest, dass sein Führer Ledersandalen an den nackten Füßen trug. Während des Aufstiegs stellte sich der Kleriker als Bruder Thomas vor und erzählte in leichtem Plauderton vom Bau des Westwerks, das erst einige Jahre nach der Klosterkirche fertiggestellt worden war. Verlegen ob seiner eigenen Unhöflichkeit nannte auch Berengar seinen Namen und verstummte anschließend. Der Mönch hatte recht behalten, denn er konnte nur staunen, angesichts der herrlichen Wandmalereien, die ihnen in den buntesten Tönen entgegenleuchteten.

Mit seiner angenehmen, leicht akzentuierten Stimme erläuterte Thomas, dass sich der Kaiser bei seinen Besuchen hierher zurückziehe, um den Gottesdiensten beizuwohnen. Verblüfft stellte Berengar fest, dass man von der Empore einen ungehinderten Blick auf den Altar in östlicher Richtung genoss. Der Mönch wusste unglaublich viel, und seine lebhaften Schilderungen über vergangene Ereignisse begeisterten den jungen Mann zusehends. Keine seiner Fragen blieb unbeantwortet oder wurde mit ausweichenden Phrasen zur Seite geschoben, wie es Graf Siegfried gelegentlich tat, um seine eigene Unwissenheit zu überspielen.

Sie befanden sich in einem der Nebenräume, als Berengar mit einem Mal siedend heiß einfiel, dass er sich längst um das Gepäck hätte kümmern müssen.

»Entschuldigt bitte vielmals, Bruder Thomas, ich könnte Euren interessanten Ausführungen noch viel länger zuhören, aber ich muss die Sachen meines Herrn in seine Unterkunft bringen.«

»Dann werde ich Euch dorthin führen, wenn es Euch recht ist.«

Auf dem Weg nach draußen fragte Berengar seinen Begleiter interessiert nach dessen Herkunft und erfuhr, dass Thomas vor vielen Jahren als junger Bursche wegen einer unschönen Angelegenheit aus England hatte fliehen müssen und ziemlich schnell vom heiligen Benedikt von Nursia in den Bann gezogen worden war.

»Was fasziniert Euch so an einem arbeitsamen Leben voller unabdingbarer Regeln und Gebete, Bruder Thomas?«, fragte Berengar, der seine anfängliche Unsicherheit dem Mönch gegenüber längst abgelegt hatte.

»Kann es falsch sein, dem Tag eine geordnete Struktur zu geben? Und ist ein Leben im Müßiggang sinnvoller Arbeit vorzuziehen? Ich glaube nicht, mein Sohn, dass Ihr dieser Ansicht seid, oder lässt Euch Graf Siegfried viel freie Zeit?« Der Mönch lächelte nachsichtig, als Berengar die Röte ins Gesicht schoss. »Seht Ihr, so unterschiedlich sind unsere Wege gar nicht, abgesehen davon, dass Eure Arbeit oft darin liegt oder liegen wird, wertvolles Leben auszulöschen. Wir dagegen versuchen den armen Seelen um uns herum zu helfen, und das Gebet hilft uns bei unserer Arbeit.«

Berengar, der sich durch die leichte Zurechtweisung gekränkt fühlte, widersprach mit störrischer Miene. »Sicher stimmt es, dass wir alle nach Regeln leben müssen, aber Ihr müsst Euch auch in das fügen, was Eure Art zu leben betrifft.«

Thomas lachte amüsiert auf, was den Knappen noch mehr ärgerte, vor allem, weil er wusste, dass er sich ziemlich kindisch aufführte. »Wenn Ihr die Verbindung zwischen Mann und Frau meint, so habt Ihr selbstverständlich recht. Die Regeln meines Ordens legen mir auf, mein Leben ohne Eheweib zu führen. Ihr habt ohne Zweifel eine gute Erziehung genossen, seid äußerst wissbegierig und habt offenkundig nicht nur Eure Ausbildung in der Kampfkunst vorangetrieben. Obwohl«, murmelte er und heftete den Blick auf Berengar, »ich ziemlich sicher bin, dass Eure schmale, hochgewachsene Erscheinung und der stete nachdenkliche Blick Eurer dunklen Augen täuschen. Bestimmt handhabt Ihr Euer Schwert besser als so manch anderer, und der melancholische Ausdruck verschwindet vermutlich in dem Augenblick, da Ihr zuschlagen müsst. Ihr seid ein Edelmann und womöglich in naher Zukunft Ritter unseres Kaisers und sprecht gleichzeitig von freier Wahl?«

Berengars Gesicht verdüsterte sich bei den Worten des Mönches und den Bildern, die sie hervorriefen, wobei das der jungen Beatrix von Papenberg nicht unbedingt das schlechteste war.

»Seht Ihr, mein Freund, Ihr könnt auch nicht Euer Herz entscheiden lassen, sondern müsst Euch beugen, genau wie ich. Ihr gehorcht Eurem Vater und Eurem ausbildenden Ritter, und bei mir sind es die Regeln meines Ordens. Bedenkt jedoch, dass ich mich dem freiwillig unterworfen habe, auch wenn ich gestehen muss, dass es mir nicht immer leichtgefallen ist«, belehrte Thomas ihn mit milder Stimme. Dann fügte er mit einem Augenzwinkern hinzu: »Damit meine ich jetzt nicht die Arbeit und das Gebet.«

»Ehrwürdiger Bruder, unser Vater erwartet Euch dringend in seinen Räumen«, ersuchte ihn ein junger Novize inständig, der über den Hof direkt auf sie zugeeilt war und ungeduldig von einem Fuß auf den anderen trat.

Durch die Anrede des Novizen und der augenscheinlichen Ehrerbietung wurde Berengar schlagartig klar, dass es sich bei Bruder Thomas nicht um einen einfachen Mönch handelte, sondern um den Prior, den Stellvertreter des Abtes.

»Nun, dann muss ich unser Gespräch an diesem Punkt wohl unterbrechen, Berengar. Norbert, du wirst dich unserem Gast annehmen und ihm die Unterkünfte zeigen.«

»Selbstverständlich«, versicherte der Novize, ohne das Flehen in seinen Augen verbergen zu können.

»Aber, aber, mein lieber Junge, unser verehrter Vater

wird mein Eintreffen bestimmt erwarten können«, beschwichtigte der Mönch den nervösen Jungen. »Geduld ist eine Tugend, hast du das schon vergessen?«

»Ich nicht, ehrwürdiger Bruder, aber der Gast des Abtes ist kein Mitglied unseres Ordens und sich dessen vielleicht nicht bewusst«, antwortete Norbert leise.

Berengar sah sofort peinlich berührt zur Seite, wie immer, wenn andere Menschen die Arroganz seines Herrn zu spüren bekamen. Fast täglich hielt Graf Siegfried nicht nur ihm, sondern allen Menschen, die ihm unterstanden, seine eigene überlegene Stellung vor Augen. Berengar hatte in seinem eigenen Zuhause allerdings schon Schlimmeres erlebt, und sein Herr behandelte wenigstens seine Gemahlin gut.

»Schon gut, Norbert, ich bin schon auf dem Weg. Berengar, wir sehen uns bestimmt nachher beim Abendmahl im Refektorium«, sagte Thomas und ging, wobei sich der Knappe angesichts des gemächlich laufenden Mönches ein Grinsen verkneifen musste.

Der Novize atmete erleichtert auf und wandte sich mit neugierigem Blick an den Fremden. »Seid Ihr so freundlich und verratet mir Euren Namen, damit ich weiß, wo Ihr untergebracht seid?«

»Mein Herr ist der ungeduldige Mann, der gerade bei eurem Abt zu Besuch ist«, gab Berengar mit einem unschuldigen Lächeln zurück, wobei ihm der schuldbewusste Blick des Jungen schon fast wieder ein schlechtes Gewissen bereitete. Er war kaum älter als zwölf, und Berengar fühlte sich dazu verpflichtet, ihn wieder zu beruhigen. »Mach dir nichts draus, er ist zu jedem so.«

Am nächsten Morgen, kaum dass der Tag angebrochen war, verließ Graf Siegfried mit seinem Knappen die Klosteranlage. Das bleiche Licht des Mondes wurde immer wieder von dichten Wolken verdeckt, und es hatte erneut zu regnen begonnen. Die feinen Tropfen legten sich wie Tau auf die Wollumhänge der beiden schweigsamen Reiter und saugten sich ganz allmählich in das schwere Tuch. Obwohl Siegfried von Bomeneburg sicher eine weitaus bessere Unterkunft in den Räumen des Abtes in Anspruch genommen hatte, fühlte sich Berengar trotz der frühen Stunde ausgeruht und gestärkt.

Am vorigen Abend war der Knappe nochmals in den Genuss eines längeren und äußerst lehrreichen Gesprächs mit dem Prior gekommen. Gut gelaunt hatte er sich danach in die ihm zugewiesene Unterkunft zurückgezogen, während sich die Mönche vor ihrer wohlverdienten Nachtruhe in die Kapelle zur Komplet begaben, und war sofort auf dem frisch aufgeschütteten Strohlager eingeschlafen. Der große Schlafsaal war nur zur Hälfte besetzt, und die beiden Lager neben ihm waren frei geblieben. Selbst das ohrenbetäubende Schnarchen des dicken Fährmanns, dessen rötliche Nase sicher nicht vom Schnupfen herrührte, hatte er erst am nächsten Morgen bemerkt.

Dass ein so gelehrter Mann wie Bruder Thomas das Amt des Priors innehatte, wunderte Berengar keineswegs, wohl aber die Neuigkeit, dass es sich beim Abt um einen Vetter seines Herrn handelte. Die Stimmung zwischen den beiden Männern war bereits beim Abendmahl mehr als kühl gewesen, und die Verabschiedung fiel auf beiden Seiten eisig und knapp aus. Gleich darauf wollte sich der Abt in die Klosterkirche begeben, um mit den anderen Mönchen die Laudes abzuhalten. Als die beiden Reiter aufsaßen und gemächlich den Hof verließen, hallte ihnen der Lobgesang des Zacharias hinterher, der Berengar wie eine Mahnung für den anbrechenden Tag vorkam. Mit einem verstohlenen Seitenblick auf die verschlossene Miene seines Herrn fragte er sich fröstelnd, ob es bei der Durchsicht des Klosterverzeichnisses Unstimmigkeiten gegeben hatte oder ob die schlechte Laune eher von dem geplanten Umbau des Westwerks herrührte. Siegfrieds Vorschlag war bei seinem Vetter offenkundig nicht auf Gegenliebe gestoßen.

Nachdem sie bereits eine Weile durch den feuchten Morgen geritten waren, fragte Berengar vorsichtig in die Stille: »Wo wollt Ihr Euren Freund treffen, Graf Siegfried?«

Es schien, als wollte es überhaupt nicht heller werden, und er war froh über sein Wams, das mit wärmendem Schaffell gefüttert war.

»Wir werden in einer kleinen Kirche vor den Gandersheimer Toren auf ihn warten, da wir zweifellos vor ihm dort eintreffen werden«, antwortete sein Herr knapp und in einem Tonfall, der Berengar von weiteren Fragen abhielt.

Das karge Frühstück war lange verdaut, woran sein Magen ihn zunehmend geräuschvoll erinnerte, als die zeitliche Planung des Grafen durcheinandergeriet. Ein schwer beladener Wagen war auf dem aufgeweichten Weg seitlich abgerutscht und hing mit dem linken Hinterrad in einem kleinen Bach fest. Während Graf Siegfried die junge Frau mit keinem Blick würdigte, erkannte Berengar ihr verzweifeltes und ebenso hoffnungsloses Unterfangen, das Gefährt wieder freizubekommen, auf Anhieb.

»Herr, erlaubt Ihr einen kurzen Halt, damit ich Hilfe leisten kann?«

Endlich nahm der Graf ebenfalls von dem Unglück der jungen Bäuerin Kenntnis, stieg betont langsam von seinem Hengst und nickte seinem Knappen widerwillig zu. »Seht zu, dass Ihr den Karren schnell freibekommt. Ich werde dort vorne auf Euch warten und eine Kleinigkeit zu mir nehmen.«

50

Erleichtert saß Berengar ab und griff nach dem Beutel, in dem sich die Wegzehrung befand. Sehnsüchtig dachte er an das frische Brot und die großzügig bemessenen Scheiben Trockenfleisch, wovon er nun höchstwahrscheinlich nicht viel abbekommen würde, und brachte die Speisen dem Grafen, der unter einer dichten Baumgruppe auf ihn wartete.

Als er zum Bach hinunterging, lastete der mittlerweile vollgesogene Umhang schwer auf seinen Schultern, und die unangenehme Nässe drang langsam, aber sicher in sein Wams.

Sie hat Angst, dachte Berengar, als er die weit aufgerissenen Augen der Bäuerin bemerkte, und wurde sich dadurch erst seiner äußeren Erscheinung bewusst. Durch die längere Krankheit war seine sonst leicht gebräunte Haut blass geworden, wodurch die dunklen, fast schwarzen Augen noch intensiver wirkten. Ungeduldig schob er sich die nassen Haare aus dem Gesicht, die ihn gewiss nicht wie einen ehrbaren jungen Edelmann aussehen ließen. Kein Wunder, dass die arme Frau sich fürchtet, dabei wäre sie ohne die weit aufgerissenen Augen sicher um einiges hübscher, ging es ihm durch den Kopf.

»Kann ich dir helfen?«, fragte er betont höflich, ohne sich Gedanken darüber zu machen, was sein Herr davon hielt. Es handelte sich ja nur um ein armes Bauernmädchen.

Ein zögerndes Nicken kam als Antwort, doch Berengar merkte sofort, dass die junge Frau sich etwas entspannte. Er hatte schon öfter festgestellt, dass er eine beruhigende Wirkung auf andere hatte. Sein alter Lehrer hatte vor einigen Jahren einmal scherzhaft zu ihm gesagt, dass seine samtige Stimme zusammen mit dem manchmal schwermütigen Ausdruck seiner Augen dem zarten Geschlecht leicht gefährlich werden könne. Bisher hatte er jedoch nur eine

Frau getroffen, bei der er sich gewünscht hätte, sie dieser Gefahr auszusetzen. Allerdings hatte er den Mut dazu noch nicht gefunden.

»Ich will zum Kloster Brunshausen, die Hühner verkaufen, aber der Wagen steckt fest.« Der Blick der Frau glitt zu der Stelle, wo die Spitze seines Schwerts unter dem Umhang hervorlugte.

»Geh nach vorne zu deinem Ochsen und treib ihn an. Ich versuche unterdessen, das Rad freizubekommen.«

Zum Glück war das Wasser flach, und mit einiger Anstrengung schaffte er es, dass sich das hölzerne Rad mit einem schmatzenden Geräusch aus dem schlammigen Grund löste. Leider rollte es unerwartet schnell los, weshalb Berengar den Halt verlor und der Länge nach im Matsch landete.

»Huch!«

In den Aufschrei der Bäuerin mischte sich das schallende Gelächter Siegfrieds von Bomeneburg, der von seinem geschützten Platz aus den Befreiungsversuch beobachtet hatte. Mühsam erhob sich Berengar und warf dem nun ebenfalls kichernden Mädchen einen missgelaunten Blick zu. Dann stapfte er hocherhobenen Hauptes an dem mit Käfigen vollbeladenen Wagen vorbei, und das laute Gegacker der Hühner kam ihm vor wie Hohngelächter.

»Herr, wartet bitte!«

Widerwillig drehte er sich um und starrte verblüfft auf den dicken Kanten dunkles Brot, den das Mädchen ihm verlegen reichte.

»Verzeiht mir mein Lachen. Ein schöner Dank für Eure Hilfe, denkt Ihr bestimmt. Ich habe nicht viel, vielleicht möchtet Ihr das Brot trotzdem annehmen? Ich habe es selbst gestern gebacken.« Unter seinem durchdringenden Blick senkte sie schüchtern den Kopf und knickste, als er es dankend entgegennahm und sich nach dem Namen der

Gehöfte erkundigte, durch die sie kurz vorher geritten waren.

»Greene, edler Ritter! Unser Lehnsherr ist Graf von Winzenburg, und diesen Bach hier nennen wir Gande«, antwortete das Mädchen, das er auf höchstens fünfzehn schätzte.

»Ich bin kein Ritter«, klärte Berengar sie auf und nutzte ihre Ortskenntnis, um dem Grafen nicht weiterhin völlig unwissend folgen zu müssen. »Ist es noch weit bis zum Kloster Brunshausen?«

Die Bäuerin schüttelte heftig den Kopf, woraufhin eine ihrer nassen blonden, bis zur Hüfte reichenden Flechten nach vorne flog, und erklärte ihm, dass er nur noch ein kurzes Stück dem Lauf der Gande folgen müsse.

Mit einem warmen Lächeln dankte er ihr, woraufhin sie heftig errötete und über das runde Gesicht strahlte.

»Berengar!«

Trotz des bereits leicht gereizten Tons des Grafen drückte der Knappe noch schnell seine Verwunderung über die Lieferung des Mädchens aus und fragte, ob das Kloster keine eigenen Tiere besitze.

»Eine Seuche hat alle Hühner dahingerafft«, erwiderte sie und knickste tief, als er sich verabschiedete und mit langen Schritten in seinen völlig verdreckten Sachen möglichst würdevoll davonging.

»Nun, edler Retter! Seht Ihr, wohin Eure Hilfe Euch geführt hat?«, empfing ihn Graf Siegfried mit einem belustigten Grinsen und schwang sich auf sein Pferd. »Wie ich sehe, habt Ihr eine Belohnung erhalten, was ausgesprochen gut ist, denn mein Hunger war größer, als ich dachte.«

Achselzuckend steckte Berengar sich den Kanten Brot in den Mund, während er ebenfalls in den Sattel stieg, und folgte seinem Herrn durch das leicht bergige Gelände. In östlicher Richtung begann nicht weit von hier der Harz, und die Landschaft schien sich langsam auf die Höhen vorzubereiten. Zum Glück hatte es endlich aufgehört zu regnen, obwohl es in Anbetracht der nassen Kleidung eigentlich unerheblich war.

Kurz bevor sie ihr Ziel erreichten, trafen sie in einem Waldstück auf zwei bewaffnete Männer, die am Wegesrand mit ihren Pferden offenkundig auf jemanden warteten. Auf des Grafen ungeduldige Frage hin erklärten sie ihm, dass sich ihr Herr, Burchard von Loccum, in die nahe St.-Georgs-Kirche zum Gebet zurückgezogen habe.

Erfreut nickte Siegfried von Bomeneburg seinem Knappen zu. »Jetzt ist er doch vor uns eingetroffen. Auf, Berengar, wir wollen ihn nicht länger warten lassen. Ich habe ihn schon länger nicht mehr gesehen, und es gibt viel zu erzählen.«

Zwei Wegbiegungen weiter hielten sie ihre Pferde vor einer Kirche an, die aus Fachwerk und gemauertem Stein bestand. Niemand war zu sehen, nur ein einsames Ross wartete kauend an einem der Bäume auf seinen Reiter. Während die beiden ihre Tiere gleich daneben festbanden, fiel Berengar auf, wie still es mit einem Mal an diesem Ort war. Kaum ein Vogel zwitscherte in den Ästen über ihnen, und so folgte er mit einem unguten Gefühl seinem Herrn. Die schwere Eingangstür der Kirche öffnete sich knarrend und gab den Blick in den dämmrigen Innenraum frei.

Der Platz vor dem Altar war leer.

Die Schritte der beiden Männer hallten auf den Steinplatten wider, und Graf Siegfried schien nun ebenfalls von der Unruhe Berengars erfasst zu werden, denn er blieb abrupt zwischen zwei Pfeilern stehen. Fast zeitgleich legten sich die Hände der beiden Männer auf die Griffe ihrer Schwerter. Berengar wandte den Kopf nach links und erstarrte, als er die große Blutlache sah, in deren Mitte ein Mann lag.

Da erklangen schnelle Schritte vom anderen Ende der Kirche. Der junge Mann fuhr herum, zog zeitgleich sein Schwert und sah gerade noch jemanden aus dem Seiteneingang entfliehen. Berengar wollte ihm nachsetzen, als er hinter sich einen dumpfen Schlag hörte. Blitzschnell drehte er sich um und verfolgte mit wachsendem Entsetzen, wie Graf Siegfried zu Boden sank, während ihm die Waffe aus der Hand glitt und mit einem Klirren auf die Steinplatten fiel.

Das Niedersausen des wuchtigen Knüppels ahnte Berengar mehr, als dass er es kommen sah, und hechtete zur Seite. Im nächsten Moment krachte es in seiner Schulter, und ein schmerzerfüllter Schrei ertönte.

Sie hatten es gerade noch rechtzeitig bis in den schützenden Wald geschafft, ehe die beiden Reiter sie erreicht hatten. Adolana wollte sich mit Johannes zusammen ins dichte Unterholz schlagen, um dort zumindest notdürftig Schutz zu suchen, doch der Junge riss sich von ihr los. Er versetzte ihr einen heftigen Schubs, woraufhin sie einen der vielen Abhänge hinabrollte und schmerzhaft an dessen Fuß landete. Ohne auf ihren dröhnenden Kopf zu achten, mit dem sie einen der jungen Bäume gestreift hatte, sprang sie sofort wieder auf.

Warum um alles in der Welt hat er das getan?, fragte sie sich.

Aufgebracht und gleichzeitig von wilder Sorge um Johannes erfüllt, machte sich Adolana wieder an den Aufstieg. Zum Glück war nichts gebrochen, und so krabbelte sie hastig den schlammigen Hügel hoch, während sie versuchte, an den umstehenden Sträuchern Halt zu finden. Schlagartig hielt sie inne, als ihre Verfolger den Waldrand erreicht zu haben schienen. Anstatt der donnernden Pferdehufe waren nun Rufe zu hören.

»Ihr könnt euch nicht vor uns verstecken! Besser, ihr zeigt euch, dann sind wir gnädig, und ihr habt es schnell hinter euch.«

Obwohl ihr die bösartige Stimme fremd war und ihr zudem furchtbare Angst einjagte, schlich Adolana langsam weiter, den Blick nach oben gerichtet. Zu ihrem großen Glück wuchsen an dem Hügel viele Büsche, deren Blätter der kalten Witterung noch nicht zum Opfer gefallen waren und die ihr daher Schutz boten. Sie hatte ungefähr die Hälfte des Aufstiegs bewältigt, als ein Gesicht über ihr auftauchte. Hastig duckte sie sich hinter einer der dichten Pflanzen.

»Und, siehst du da unten wen?«

Dankbar über den einfachen Umhang aus brauner Wolle, den sie trug, vernahm Adolana ein unwirsches Brummen und atmete erleichtert auf. Vielleicht, dachte sie, hat Johannes tatsächlich ein gutes Versteck gefunden, und wir werden das hier überleben. Sie hatte den Gedanken kaum zu Ende gedacht, als ein grauenhafter Schrei ertönte, der sie erstarren ließ.

»Musste das sein? Er war offensichtlich nicht ganz richtig im Kopf, und niemand hätte seinen Worten Glauben geschenkt«, sagte jemand aufgebracht.

Immer noch unfähig, sich zu bewegen, vernahm Adolana die heftigen Worte Waldemars, den sie an der Stimme erkannt hatte, ohne dass sie in der Lage war, deren Bedeutung zu erfassen.

»Wir sollen sichergehen, hat Euer Onkel gesagt. Und jetzt werde ich nach dem Mädchen sehen«, antwortete der zweite Mann ungerührt.

Voller Panik hörte Adolana, wie jemand an den Rand des Hügels trat, weshalb sie sich instinktiv duckte und tiefer ins dichte Unterholz kroch.

»Das werde ich erledigen. Du bleibst hier und versteckst den Jungen.«

Als sich Waldemar ihrem Versteck auf dem abschüssigen und leicht rutschigen Boden näherte, kauerte sich Adolana in den Schutz der Farne, deren große Blätter wie ein grüner Teppich über dem Boden hingen und ihr zum Glück Schutz boten. Ob ihr Verfolger sie dennoch ausmachen konnte, möglicherweise sogar anhand der Spuren, die sie in der Eile nicht mehr in dem schlammigen Boden hatte verwischen können, vermochte sie nicht zu sagen. Selbst wenn ich seinem Blick entgehen sollte, wird er zweifellos das laute Pochen meines Herzens hören, dachte sie und zog ihre Kapuze noch ein Stück weiter ins Gesicht.

Der Mut, auf den sie immer so stolz gewesen war, blieb dieses Mal in ihrem Innern verborgen und duckte sich vor der alles umfassenden Furcht. Als Waldemar dicht vor ihrem Versteck stehen blieb, wurde Adolana von einer seltsamen Gleichgültigkeit erfasst. Johannes war tot, und sie würde sicherlich auch bald sterben. Was hatte es für einen Sinn, vor Angst kaum atmen zu können? Ihr zukünftiger Gemahl musste sie sehen, schließlich verweilte er genau vor der Stelle, an der sie Schutz gesucht hatte.

»Hier unten ist niemand. Wahrscheinlich ist das Bauernmädchen längst fortgerannt.«

Ungläubig vernahm sie die Behauptung Waldemars. Konnte es sein, dass sie seinem Blick entgangen war? Nein, dachte sie entschieden, während sie den Schritten lauschte, die sich hastig nach oben entfernten, er muss mich gesehen haben. Nur wieso hat er mich dann nicht getötet? Wie aus heiterem Himmel wurde ihr klar, warum er es nicht getan hatte. Als Bauernmädchen hatte er sie bezeichnet. Natürlich, er hatte nicht die geringste Ahnung, wer sie war! Schließlich waren sie sich noch nie zuvor begegnet, und in ihrer einfachen Aufmachung konnte er nur davon ausgehen, dass sie eines der Mädchen aus dem Dorf war. Vielleicht nahm er an, dass sie aus lauter Furcht niemandem etwas sagen würde. Wer würde ihr schon glauben? Unvermittelt schreckte Adolana aus ihren düsteren Gedanken auf. Kein Laut hatte sie hochfahren lassen, sondern vielmehr das Fehlen der Stimmen und Geräusche ihrer Verfolger.

Die beiden Männer waren fort.

Mühsam kroch Adolana aus ihrem Versteck, horchte nochmals angestrengt in den Wald hinein, bevor sie sich aufrichtete. Ihre Muskeln schmerzten von der unbequemen und verkrampften Haltung, und unbewusst wischte sie sich die mit feuchter Erde überzogenen Hände am Umhang ab, bevor sie sich an den Aufstieg machte. Als sie den kleinen Pfad erreichte, an dem Johannes ihr den Stoß versetzt hatte, war niemand mehr zu sehen.

»Johannes«, flüsterte sie mit schwacher Stimme, gleichzeitig von dem grauenhaften Wissen erfüllt, dass er ihr nicht antworten würde.

Nie mehr!

Zögernd folgte sie den Spuren, die von den schweren Männerstiefeln herrührten, und entdeckte nach kurzem Suchen die Leiche des Jungen. Sein Mörder hatte sich nicht viel Mühe damit gemacht, den toten Leib zu verstecken, sondern ihn lediglich ein wenig abseits des Weges ins Gebüsch gezogen. Dort lag Johannes auf dem Rücken, mit weit aufgerissenen Augen und einer hässlichen Stichwunde an der Stelle, wo bis vor kurzem sein Herz bestimmt genauso laut gepocht hatte wie das ihre. Mit voller Wucht wurde ihr klar, was sie schon die ganze Zeit über gewusst hatte – Johannes, der arme Krüppel, den alle immer nur belächelten, hatte ihr Leben gerettet, indem er sich geopfert hatte.

Leise segelte ein gelblich verfärbtes Blatt zu Boden, das ebenso tot war wie der Körper, auf dem es sanft landete. Mit stumpfem Blick betrachtete Adolana die bräunlichen, gezackten Ränder des Blattes und sank, von ihrem Schmerz überwältigt, zwischen Johannes und dem großen Haselnussbaum auf den Boden. Wie Hohn dünkte es ihr, denn er hatte sie manchmal scherzhaft »edles Fräulein Hasel« genannt, da ihn ihre Haarfarbe an die leckeren Früchte des Baumes erinnert hatte, die er so liebte. Geschüttelt von heftigem Schluchzen, kauerte sie am Boden, ohne darauf zu achten, dass sein Blut ihren Umhang am Saum verfärbte. Es dämmerte bereits, als sie sich langsam erhob. Ihr Blick erfasste Johannes' geöffnete Augen, und die Angst, die darin lag, war für sie kaum zu ertragen. Zärtlichkeit vermischte sich mit Schmerz, als sie vorsichtig die Lider des Toten herunterdrückte und anschließend ihren Umhang über ihn legte. Mehr konnte sie nicht für ihn tun, bis sie ihrem Onkel alles berichtet hatte und er dafür sorgen würde, dass Johannes' Mutter von dem Unglück verständigt wurde und ihr toter Sohn ein anständiges Begräbnis erhielt.

Es war schon dunkel, als Adolana endlich Burg Wohldenberg erreichte. In dem unerschütterlichen Glauben, Hilfe und Beistand von ihrem Onkel zu erhalten, war sie weinend ins Turmzimmer gestürmt. Nur, um gleich darauf feststellen zu müssen, dass sie sich gewaltig getäuscht hatte.

Deshalb wartete sie nun, todunglücklich und all ihrer Hoffnungen beraubt, zusammengekauert im Stall der Burg auf das Anbrechen des neuen Tages. Zitternd vor Kälte presste Adolana sich tiefer ins Stroh. Ihr Kopf schmerzte von den unzähligen Tränen und schien gleichzeitig leer und schwerelos zu sein. Mit brennenden Augen starrte sie seit Stunden gegen die Bretterwand des Stalles, in dem sie am späten Abend Zuflucht gesucht hatte. Nach wie vor konnte sie nicht fassen, was geschehen war, und hätte am liebsten alles vergessen. Die schrecklichen Bilder ließen sich nicht

vertreiben und tauchten immer wieder wie von Geisterhand in der Dunkelheit auf.

Johannes!

Als Adolana verzweifelt und schockiert Burg Wohldenberg erreicht hatte, war Bernhard über das Erscheinen
seiner Nichte überglücklich gewesen. Nachdem er mehrere
Stunden auf sie gewartet hatte, machte er sich offenbar
selbst die schlimmsten Vorwürfe, dass er sie einfach hatte
ziehen lassen. Der Tod des Jungen schien ihn zutiefst zu
entsetzen und zugleich in dem Entschluss zu bestärken,
sich dem Grafen niemals in den Weg zu stellen. Adolana
glaubte ihren Ohren nicht zu trauen, als ihr Onkel sich
strikt weigerte, etwas wegen der Mordpläne des Grafen
von Winzenburg zu unternehmen.

»Aus der Sache werden wir uns schön raushalten, mein
Kind«, entschied er, ohne auf Adolanas entrüsteten Widerspruch einzugehen. »Du hast keinerlei Vorstellungen davon, was der Graf mit uns macht, sollte er je erfahren, wer
seine Pläne durchkreuzt hat. Sobald der Kaiser von dem At-
tentatsversuch Kunde erhält, wird der Graf möglicherweise
sogar verurteilt werden, immerhin hast du mit angehört,
dass es sich bei diesem Herrn von Loccum um jemanden
handelt, der das Vertrauen unseres Herrschers genießt.«

»Wie sollte er uns denn etwas antun, wenn er dafür vom
Kaiser zur Rechenschaft gezogen wird?«, hatte Adolana
hitzig erwidert. Niemals hatte sie erwartet, dass ihr Onkel aus Furcht vor einer möglichen Rache den Tod eines
anderen Menschen ungesühnt lassen wollte. Er kann doch
nicht einfach so über Johannes' Tod hinweggehen, dachte
sie empört.

»Du musst noch viel über die Menschen lernen, mein
Kind. Der Graf hat überall Verbündete, die vor Mord nicht
zurückschrecken. Du hast es heute selbst miterlebt«, be-

lehrte er sie nachsichtig und fuhr leise fort: »Wenn es nur um mich ginge, würde ich nicht zögern. Aber du bist mir zu wichtig, als dass ich dein Leben wegen eines anderen Menschen in Gefahr bringen würde.«

»Und Johannes? Wir können ihn nicht dort im Wald liegen lassen! Die Tiere werden ...« Adolana brach ab, sie hatte mit einem Mal keine Kraft mehr und wäre am liebsten in ihr Bett gekrochen. »Bitte, Onkel Bernhard.«

»Selbstverständlich lassen wir ihn nicht dort liegen«, entrüstete er sich. »Ich werde mich gleich morgen früh zu der Stelle begeben, die du mir beschrieben hast, und ihn zu seiner Mutter bringen. Du darfst unter keinen Umständen etwas über die Beteiligung des Grafen am Tod des armen Johannes verlauten lassen. Weder seiner Mutter noch irgendjemand anderem gegenüber. Hörst du, Kind? Es gibt immer Gesindel, das sich in den Wäldern herumtreibt und Unschuldige überfällt. Johannes wäre nicht der Erste, der herumstreunendem Pack in die Hände gerät. Sie wird keine Fragen stellen.«

»Er ist mit mir fortgeritten.«

Bernhard nickte bedächtig und fuhr sich mit der Hand über die müden Augen. »Ich werde ihr sagen, dass er dich beschützen wollte und sich geopfert hat. Du konntest entkommen, während er leider nicht so viel Glück hatte. Denk daran, es waren irgendwelche Halunken.«

Adolanas heftigen Protest verbat er sich mit scharfen Worten. »Du hast selbst gesagt, dass dein zukünftiger Gemahl den Tod von Johannes gar nicht wollte. Überhaupt müssen wir jetzt vorsichtig sein und abwarten, was Graf Hermann als Nächstes tut. Es kann gut sein, dass er dich auf dem Gut gesehen hat, auch wenn seinem Neffen ein Erkennen nicht möglich war. Falls er sich dir gegenüber misstrauisch zeigt, werde ich dich augenblicklich zu deinem eigenen Schutz ins Gandersheimer Stift schicken.«

Damit erklärte er die Unterredung für beendet und schickte Adolana in ihre Kemenate.

Sprachlos über sein Vorgehen folgte sie widerspruchslos seinem Befehl. Ihr war klargeworden, dass ihr Onkel von seinem Entschluss nicht abrücken würde. Von ihm durfte sie keine Hilfe und Unterstützung erwarten. Und Johannes? Niemals könnte sie einfach so tun, als wäre nichts geschehen. Vor allem ihre gemeine innere Stimme, die sich immer lauter Gehör verschaffte, vermochte sie nicht zu ignorieren. Ich trage Mitschuld an seinem Tod, dachte sie verzweifelt und ließ den Schmerz zu. Sie würde handeln, und ironischerweise war es ihr Onkel, der sie zu ihrem Plan führte. Ich bringe dich zum Gandersheimer Stift, hatte er gesagt. Sie würde das Kloster aufsuchen, gleich morgen, und die Äbtissin um Hilfe ersuchen.

Die innerliche Leere, die kurz zuvor noch von ihr Besitz ergriffen hatte, verschwand allmählich, und eine tiefe Ruhe erfasste das unglückliche Mädchen. Als ihr Onkel sich nach endlosem Umherwandern zur Ruhe begeben hatte, huschte Adolana die Treppen hinunter, um im Stall die Nacht zu verbringen. So konnte sie wenigstens sicher sein, dass ihr Onkel, der in den frühen Morgenstunden einen leichten Schlaf besaß, nicht bemerkte, dass sie sich fortschlich. Obwohl sie todmüde war und sich völlig ausgebrannt fühlte, fand sie keine Ruhe. Erst weit nach Mitternacht fiel sie in einen unruhigen Schlaf, aus dem sie noch vor dem Morgengrauen erschöpft hochschreckte.

»Aufwachen, Menrad!«

Als sie ihn unsanft schüttelte, fuhr der Stallknecht aus dem Schlaf auf und starrte sie verständnislos an. Adolana hatte die Tür zu seiner Kammer, die sich direkt neben dem Stall befand, weit offen stehen lassen, damit das fahle Licht des Mondes einen Spaltbreit des Raumes erhellte.

»Zieh dich an, du musst Nebula satteln.«

Der halbwüchsige Junge war diesen ungeduldigen Ton von der Nichte seines Herrn gewohnt und sprang von seinem Lager auf. Adolana rümpfte die Nase, als sie das teilweise verfaulte Stroh bemerkte, auf dem Menrad die Nächte verbrachte, und schüttelte angeekelt den Kopf. Zum Glück war dem Jungen ihre Geste entgangen, da er sich in dem Moment gebückt und seine Beinlinge geschnappt hatte. Sie sog scharf die Luft ein, als er ihr sein entblößtes Hinterteil entgegenstreckte, welches das kurze Hemd nicht ganz bedeckte, und drehte sich hastig um.

»Wohin wollt Ihr zu so früher Stunde, Fräulein Adolana?«, fragte Menrad ohne jede Verlegenheit und kratzte sich am Kopf, während er sich herzhaft gähnend vor sie stellte.

Adolana verdrehte die Augen und legte einen Finger auf die Lippen. »Still! Sei nicht so laut, sonst werden noch alle wach«, ermahnte sie ihn. Kurz hatte sie mit dem Gedanken gespielt, sich alleine aus dem Stall zu schleichen, aber Menrad besaß ein feines Gehör, was die Geräusche von Tieren betraf. Wenn er auch vom Türenschlagen nicht erwachte, riss ihn schon das leiseste Rascheln der Tiere im Stall aus dem Schlaf. Sie konnte das Risiko nicht eingehen, dass er erwachte, während sie ihre Stute vom Hof führte, und mit seinem Geschrei ihren Onkel weckte.

Nebula schnaubte leise im Hintergrund. Die junge Stute hatte den Weg nach Hause allein gefunden und im Stall auf ihre Herrin gewartet. Deshalb war Bernhard von Wohldenberg auch so voller Sorge gewesen, als Adolana am Abend endlich aufgetaucht war. Er war es durchaus gewohnt, dass seine Nichte den ganzen Tag unterwegs war, und hatte sich damit abgefunden, ebenso wie mit ihrer Vernarrtheit in Johannes.

»Wieso wollt Ihr denn so früh schon ausreiten? Es ist ja

grad mal ein winziger heller Streifen am Himmel zu sehen«, wagte Menrad einen vorsichtigen Versuch, sie von ihrem Vorhaben abzubringen. Dabei kratzte er sich zuerst völlig ungeniert zwischen den Beinen und rieb sich anschließend über das rechte Ohr, das fast noch mehr abstand als das linke. Bernhard hatte zwar die strikte Anweisung erteilt, die Wünsche seiner Nichte ohne Nachfrage zu erfüllen, dennoch wirkte der Junge unschlüssig. Immerhin hatte sie bisher noch nie die Burg im Morgengrauen verlassen wollen.

»Ich kann nicht schlafen, der Mond ist voll, verstehst du?«, erwiderte Adolana.

Nein, Menrad verstand nicht, wie sie seinem einfältigen Blick entnehmen konnte. Ihre vorgetäuschte Gelassenheit kostete sie große Überwindung, aber der Stallbursche durfte nicht misstrauisch werden. Der Junge war vielleicht ein Jahr jünger als sie, und seine Mutter war die einzige Bedienstete auf der Burg. Da nur der Turm und ein kleiner Teil des Wohngebäudes fertiggestellt waren, schaffte sie diese Arbeit alleine, während ihr Sohn im Stall arbeitete und die Tiere versorgte. Bernhard von Wohldenberg ertrug seit Eilas Tod kaum Menschen in seiner näheren Umgebung. Das Grab seiner Frau befand sich in der kleinen Kapelle, die er eigens nach ihrem Tod hatte errichten lassen. Dort war er meistens zu finden, und mehr verlangte er kaum vom Leben.

Achselzuckend machte sich Menrad an die Arbeit, während Adolana erleichtert aufatmete. Zum Glück war dem Jungen Misstrauen fremd, und er hielt sich an die Anweisungen ihres Onkels, zu denen nicht gehörte, dass er das edle Fräulein begleiten musste.

»Ich bin gegen Mittag zurück«, erklärte sie knapp.

Menrad nickte und gähnte herzhaft. Sicher legt er sich gleich wieder auf sein Strohlager, dachte Adolana amü-

64

siert. Bevor sie aufsaß, befestigte sie das verknotete Tuch mit dem Proviant am Sattel. Dabei dachte sie an die wenigen Zeilen, die sie ihrem Onkel geschrieben hatte. Sie verschwendete keinen Gedanken an die Möglichkeit, dass er ihr folgen könnte, denn seit Eilas Tod hatte er die Burg nur zu ein paar Gelegenheiten verlassen. Das letzte Mal lag bereits über ein Jahr zurück.

Angespannt wartete Waldemar von Bregenstein nun schon seit über zwei Stunden darauf, dass die beiden Männer das Gelände des Gandersheimer Stifts endlich wieder verließen. Nachdem ihm nahezu im letzten Augenblick die Flucht aus der St.-Georgs-Kirche gelungen war, war er den beiden mit großem Abstand gefolgt. Das Blut des Schergen seines Onkels tränkte ebenso die Steinplatten des Gotteshauses wie das des Opfers, Burchards von Loccum. Beständig von der Furcht geplagt, von einem der beiden Männer entdeckt zu werden, war er ihnen unbemerkt bis zum nahegelegenen Stift auf den Fersen geblieben. Seit sie mit den beiden Toten die Tore des Stifts durchschritten hatten, blieb dem verunsicherten jungen Mann viel Zeit zum Nachdenken.

Er hatte noch immer die Möglichkeit, seinen Onkel von den Vorkommnissen zu unterrichten. Der Überfall war zwar gelungen, Hermanns Plan war letztendlich trotzdem fehlgeschlagen. Letzteres war seiner Meinung nach nur einem dummen Zufall zu verdanken. Warum mussten die beiden Männer auch zu diesem denkbar ungünstigen Zeitpunkt in der Kirche erscheinen?

Eigentlich habe ich mir nichts vorzuwerfen, ging es Waldemar durch den Kopf. Nichts, außer meiner feigen Flucht und … Seine Gedanken brachen ab, und während er versuchte, sich auf dem alten, abgestorbenen Baumstamm bequemer hinzusetzen, tauchte wie aus dem Nichts ein Bild vor ihm auf. Versteckt, im Dickicht der immergrünen

Farne, kauerte das verängstigte Mädchen auf dem durchweichten Waldboden, in der Hoffnung, seinem Blick und damit dem sicheren Tod zu entgehen. Selbstverständlich hatte er sie gesehen.

Und erkannt.

Sie war die Frau, deren Gesicht ihm nicht mehr aus dem Kopf ging, seit er ihr Porträt auf Burg Wohldenberg betrachtet hatte. Wie hätte er sie töten oder ihr Versteck dem Schergen seines Onkels preisgeben können?

Waldemar stieß einen tiefen Seufzer aus und strich sich nervös die Haare zurück. Es hätte alles so schön werden können! Endlich hatte sein verhasster Onkel einmal einen guten Vorschlag gemacht, als er ihm Adolana von Wohldenberg als Gemahlin ausgesucht hatte. Wäre nicht dieser aufmüpfige Burchard von Loccum dazwischengekommen, würde Waldemar immer noch von einer glücklichen Zukunft an der Seite dieser wunderschönen Frau träumen.

Dieser Traum war zerplatzt wie eine mit Wasser gefüllte Schweineblase. Das war auch der eigentliche Grund, warum er noch immer nicht zu seinem Onkel zurückgekehrt war. Seine Flucht aus der Kirche würde er selbstverständlich gestehen und die damit verbundene Verachtung mannhaft ertragen. Aber Hermann von Winzenburg hatte so seine speziellen Methoden, um an gewünschte Auskünfte zu kommen. Waldemar würde sich aber lieber die Zunge herausschneiden, als Adolana zu verraten.

Er war sicher nicht der furchtloseste Mann unter der Sonne, was nicht zuletzt an seiner Mutter lag, einer kränkelnden Witwe, die ihrem einzigen Sohn eine gute Ausbildung in einem nahegelegenen Kloster ermöglicht hatte. Die Ausbildung am Schwert war ebenfalls nicht vernachlässigt und von einem älteren Vasallen ihres verstorbenen Mannes äußerst gewissenhaft durchgeführt worden. Alle Gefahren hatte sie stets von ihrem einzigen Sohn ferngehalten.

Wäre sie nicht so unansehnlich und von äußerst schwacher Natur gewesen, hätten ihre Brüder sie sicher wieder verheiratet. Doch ein hässlicher Ausschlag hatte dies verhindert, und Waldemar hatte all die Jahre den Eindruck gehabt, dass seine Mutter mehr als zufrieden mit ihrem einfachen Leben war, solange sie ihr Auskommen und ihn an ihrer Seite hatte. Dann kam die Nacht, in der sie friedlich in ihrem Bett eingeschlafen war, und der knapp achtzehnjährige Waldemar begab sich in die Obhut seines gefürchteten Onkels.

Träge richtete der junge Mann den Blick auf die Reiterin, die sich dem Stift näherte, bis sich seine hellblauen Augen schlagartig verdüsterten und er aufsprang. Doch um einzugreifen, war es nun zu spät, denn Adolana wurde bereits Einlass gewährt.

Missgelaunt schlug Waldemar mit der Faust gegen einen dicken Eichenstamm. Was zum Henker hat sie hier zu suchen?, fragte er sich verbittert und gleichzeitig ratlos. Jäh schoss ihm ein furchtbarer Gedanke durch den Kopf, und er vergrub stöhnend das Gesicht in den Händen. Wollte sie ihr geheimes Wissen etwa mit jemandem teilen? Das wäre Wahnsinn! Sein Onkel würde früher oder später davon erfahren, und die Reaktion des Grafen konnte er sich auch ohne viel Phantasie lebhaft vorstellen. Jetzt gab es für Waldemar nur noch einen Weg: Er musste unter allen Umständen das Leben Adolanas schützen. Mit ihrem unerwarteten Auftauchen wurde alles noch viel komplizierter.

Oder möglicherweise doch nicht? Langsam ließ er die Hände sinken und richtete den Blick erneut auf die Stute Adolanas, die in der Nähe der Pforte angebunden wartete.

Ursprünglich hatte Waldemar das weitere Vorgehen der Fremden überprüfen wollen, um danach eine Entscheidung zu treffen. Jetzt reichten seine Pläne von einer Beseitigung der Männer bis hin zu einer Entführung Adolanas. Bei dem letzten Gedanken blieb er nun hängen. War ihr plötzliches Auftauchen nicht eine Fügung des Schicksals? Vielleicht stattete sie der Äbtissin nur einen unverfänglichen Besuch ab und begab sich bald wieder auf den Heimweg. Oder suchte sie mit ihrem belastenden Wissen Rat bei der Äbtissin?

Unruhe erfasste den jungen Mann, bis ihm klarwurde, dass es für ihn lediglich einen Ausweg gab. Nur einen Weg, der zu seinem persönlichen Glück führte.

Langsam ließ er sich wieder auf seinem Platz nieder, schob sich einen halb vertrockneten Zweig in den Mund und kaute abwartend darauf herum. Ein neues Leben lag vor ihm, und seine beiden Verwandten würden nicht mehr dazugehören. Seit er das Bildnis Adolanas im Zimmer ihres Onkels gesehen hatte, war er von ihr besessen. In Wirklichkeit war sie noch viel schöner, wenngleich bei ihrem Aufeinandertreffen im Stall ein Ausdruck von Furcht auf ihrem Antlitz gelegen hatte. Sie war seine Rettung, mit ihr würde er ein neues Leben beginnen. Fernab von seinem jähzornigen Onkel.

Mit neuer innerlicher Ruhe behielt er das Tor im Auge, während er mit wachsender Freude auf die Rückkehr Adolanas wartete.

3. KAPITEL

Am späten Vormittag hatte Adolana ihr Ziel erreicht. Da sie keine Ahnung hatte, wo dieser Burchard von Loccum zu Hause war, hatte sie kurzerhand beschlossen, ihn an jenem Ort aufzusuchen, an dem der Überfall stattfinden sollte. Dass die St.-Georgs-Kirche in der Nähe von Gandersheim zu finden war, hatte sie dem belauschten Gespräch entnommen. Der Weg dorthin war leicht zu finden, denn sie hatte die Äbtissin seinerzeit mit ihrem Onkel zum Stift begleitet. Adolana besaß die Fähigkeit, sich Gegenden, in denen sie einmal unterwegs war, unglaublich gut einzuprägen. So fand sie jeden Weg, und sei er noch so schmal, ohne Probleme wieder.

Größere Sorgen bereitete ihr dagegen die Frage, ob man sie überhaupt zur Äbtissin vorlassen würde. Sie ähnelte in ihrer einfachen, verschmutzten Kleidung mehr einer Magd als einem Edelfräulein, weshalb es wohl wenig Zweck hatte, unter ihrem richtigen Namen um Einlass zu bitten. Zumal sie sich nur einen breiten Schal aus grober Wolle umgehängt hatte. Langsam wanderte Adolanas Blick hinunter zum Saum ihres Kleides und blieb an den dunklen Flecken hängen. Das getrocknete Blut brachte die Erinnerung an Johannes mit einer solchen Wucht wieder an die Oberfläche, dass sie sich straffte und energisch an die Pforte des Stifts pochte. Sie würde vorgelassen werden, so wahr sie diesen Weg hinter sich gebracht hatte! Johannes sollte nicht umsonst gestorben sein.

Die kleine Klappe in der Pforte wurde geöffnet, und Adolana blickte in die misstrauischen Augen einer älteren Kanonissin, deren faltiges Antlitz keinerlei Regung verriet. Trotzdem ließ sie die junge Besucherin ohne weitere Fragen hinein, nachdem diese ihr erklärt hatte, sie habe eine äußerst wichtige Mitteilung für die Äbtissin.

»Das Pferd kannst du dort drüben anbinden«, sagte die Kanonissin teilnahmslos und wies auf einen der kleineren Bäume im Eingangsbereich. Falls sie sich wunderte, dass ein Mädchen in einer solch lumpigen Aufmachung ein so schönes Tier mit sich führte, ließ sie es sich nicht anmerken.

»Ich bringe dich zur Priorin, sie wird dann entscheiden, ob deine Angelegenheit tatsächlich von äußerster Wichtigkeit ist.«

Abrupt blieb Adolana stehen. »Ich werde nicht zur Priorin gehen. Die Äbtissin persönlich muss mich anhören.«

Es dauerte einen Moment, bis ihrer Führerin, die trotz ihres hohen Alters schnell voranschritt, endlich auffiel, dass Adolana ihr nicht folgte. Ihrer finsteren Miene nach zu urteilen war sie so etwas nicht gewohnt.

»Ach, und wieso sollte unsere ehrenwerte Äbtissin Zeit für dich haben?«, fragte die Kanonissin betont langsam, während ihr Blick abschätzend über die verdreckte Kleidung des Mädchens glitt.

Obwohl sich Adolana entsetzlich dafür schämte und am liebsten mit gesenktem Kopf davongerannt wäre, tat sie genau das Gegenteil. Sie hob das Haupt, was bei ihrer geringen Körpergröße jedoch nicht allzu viel hermachte, und sagte in einem Ton, der keinen Zweifel zuließ: »Weil es um Leben und Tod geht!«

Kurze Zeit später hätte Adolana viel dafür gegeben, wenn sie die Möglichkeit zur Flucht genutzt hätte. Versunken in einem tiefen Knicks, verharrte sie mit gesenktem Kopf in dem behaglich eingerichteten Wohnraum der Äbtissin. Liutgart wirkte genauso gütig, wie Adolana sie in Erinnerung hatte. Möglicherweise erkannte sie das Mädchen in seiner ärmlichen Erscheinung nicht, oder sie wollte abwarten, bis sich ihre Besucherin selbst offenbarte. Vielleicht lag es aber auch an der Anwesenheit der beiden Männer.

Auch wenn diese etwas lädiert aussahen und der Ältere zudem den Kopf verbunden hatte, handelte es sich eindeutig um Edelmänner. Während der Verletzte Adolana mit offenkundiger Geringschätzung betrachtete, zeigte sich in den dunklen Augen des jungen Mannes neugieriges Interesse.

»Erhebe dich, mein Kind. Was möchtest du mir sagen?«

Die Anwesenheit der Fremden verunsicherte Adolana, und sie überlegte fieberhaft, wie sie es schaffen könnte, die Äbtissin unter vier Augen zu sprechen. Schließlich entschied sie sich für den direkten Weg. »Bitte, hochwürdige Frau Äbtissin, würdet Ihr mir gestatten, es nur Euch zu erzählen?«

Während Liutgart das staubige Gesicht der jungen Besucherin erforschte, schnaubte der ältere Mann ungehalten und setzte zu einer Erwiderung an.

Liutgart erhob die Hand. »Bitte, Graf Siegfried, habt Nachsicht mit einem verängstigten Kind.« Dann wandte sie sich erneut Adolana zu und erkundigte sich mit sanfter Stimme: »Du sagtest, es gehe um Leben oder Tod? Deute ich die wahrhaft schreckliche Signifikanz dieser Worte richtig, dass du meine Hilfe benötigst, um das Leben eines oder mehrerer Menschen retten zu können? Wie ist dein Name, und wohin gehörst du?«

Verunsicherung mischte sich mit Erleichterung. Adolana war sich sicher gewesen, in den Augen der Äbtissin ein Anzeichen des Erkennens bemerkt zu haben. Wieso dann aber diese Frage? Wie aus heiterem Himmel wurde ihr klar, dass Liutgart ihr damit eine Möglichkeit bot, ihre Identität zu verschweigen.

»Man nennt mich Eila, und ich diene der Nichte eines edlen Herrn«, stellte sich Adolana leise vor.

Der verächtliche Laut Graf Siegfrieds zeigte deutlich, was er davon hielt, sich mit Untergebenen abgeben zu müssen. Alles an ihm war von einer Überheblichkeit, wie sie es bereits von Graf Hermann kannte. Ihr war durchaus klar, dass es nicht an ihrer ärmlichen Erscheinung lag, sondern vor allem daran, dass sie ein Mädchen war. Trotz ihrer Furcht bäumte sich innerlich alles in ihr auf bei der offenkundigen Geringschätzung ihrer Person. Spontan fiel ihr Menrad ein, und demonstrativ hob sie den Arm und wischte sich mit dem Ärmel ihrer Kotte die Nase ab, um abschließend geräuschvoll zu schniefen und dümmlich dreinzuschauen.

»Nachsicht ist eine Tugend, werter Graf«, sagte Liutgart.

Aus den Augenwinkeln konnte Adolana erkennen, dass der junge Mann nur mit Mühe ein Schmunzeln über die zwar milde, aber durchaus unmissverständliche Zurechtweisung unterdrückte, während der Graf Mühe hatte, sich zu beherrschen.

»Du kannst ruhig sprechen, mein Kind. Was bedrückt dich?«

Adolana erkannte, dass sie keine andere Wahl hatte, außerdem vertraute sie der Äbtissin, da ihr Onkel immer mit großer Achtung von der Ordensfrau gesprochen hatte. Selbst der mürrische Ausdruck des Grafen verschwand, als sie in knappen Sätzen davon berichtete, was sie in der kleinen Kapelle mit angehört hatte.

»Vielleicht kann dem Mann noch geholfen werden,

wenn ihn jemand warnt. Er darf bloß nicht zur St.-Georgs-Kirche gehen, wo ihm nach dem Leben getrachtet wird«, flehte sie eindringlich. »Kennt Ihr ihn, hochwürdige Frau Äbtissin?«

Eine merkwürdige Stille folgte auf die Frage, und unter den Blicken der Anwesenden fühlte sich Adolana äußerst unbehaglich. In den Mienen der beiden Männer spiegelte sich Verblüffung, mit der Gemütsruhe Liutgarts hingegen war es vorbei.

»Das hast du alles mitgehört, mein Kind, oder hat es dir womöglich jemand erzählt?«, fragte sie fassungslos und mit blassem Gesicht.

»Arbeitest du auf dem Hof Heinrich von Winzenburgs, oder was hattest du dort verloren?«, mischte sich zum ersten Mal der junge Begleiter des Grafen ein und brachte Adolana damit in eine verzwickte Situation.

Sie wollte ihre wahre Identität auch jetzt nicht preisgeben, um ihren Onkel nicht in Schwierigkeiten zu bringen. Er hatte es wahrlich schwer genug, auch ohne dass seine Nichte im Aufzug eines Bauernmädchens bei der Äbtissin hereinschneite und dem Grafen von Winzenburg Mordabsichten unterstellte. Möglicherweise hatte Liutgart sie tatsächlich nicht wiedererkannt.

»Meine Herrin wollte den Preis für eine Sau wissen«, erklärte Adolana mit schlichten Worten.

»Ach ja?«, höhnte der Graf. »Ich wusste gar nicht, dass Schweine in einer Kapelle gehalten werden. Euereins lügt doch alle, sobald es den Mund aufmacht. Wer sollte dir denn schon glauben, wenn dein Wort gegen das eines Edelmanns steht?«

Innerlich freute Adolana sich diebisch über seine Reaktion, die vorhersehbar gewesen war. Ihr war selbstverständlich klar, dass die Aussage eines Dienstmädchens letztendlich keinen Wert hatte, wenn es zu einer Anklage gegen Hermann von Winzenburg käme. Würde sie anderseits ihre Identität preisgeben, wäre ihr weiterer Weg vorgezeichnet, und sie könnte gleich hier im Stift bleiben. Allein aus Gründen der Sicherheit würde die Äbtissin darauf bestehen. Und das galt es unbedingt zu vermeiden! Dann suchte sie schon lieber den entfernten Verwandten ihrer verstorbenen Mutter auf. Zurück konnte sie jedenfalls jetzt nicht mehr, nachdem sie nun schon so weit gegangen war. Graf von Winzenburg würde es früher oder später herausbekommen, und ihr Onkel konnte ihr keinen Schutz bieten.

Adolanas Name und Person wurden hier und jetzt gebraucht, denn allein einer Adligen würde man eine solche Anklage abnehmen. Dann könnte ihr angebliches Dienstmädchen unbehelligt das Stift verlassen.

»Muss man dir denn alles aus der Nase ziehen?«, fuhr der Graf sie ungeduldig an. »Wer ist deine Herrin, und was weiß sie? Sprich endlich oder soll ich die Worte aus dir herausprügeln?«

Jäh brach Adolana in Tränen aus und warf sich vor dem Edelmann auf den Boden. Während sie laut und jammervoll schluchzte, vernahm sie die beschwichtigenden und mahnenden Worte der Äbtissin. Menschen wie dieser Graf Siegfried gingen immer den leichtesten Weg, und die Einschüchterung von Untergebenen war grundsätzlich effizient. Das wusste sie aus Erfahrung, und kurz blitzte die Erinnerung an die Striemen auf der Schulter von Johannes vor ihrem geistigen Auge auf. Die Tränen liefen danach wie von selbst, und sie konzentrierte sich ganz auf ihren Plan.

»Erbarmen, Herr! Ich habe doch nichts Schlimmes getan! Meine Herrin war Zeugin dieses Vorfalls. Sie hielt es für besser, wenn ihr Name nicht mit in diese Sache hineingezogen wird. Deshalb hat sie mich fast die ganze Nacht hindurch damit gequält, diese vielen Worte auswendig zu lernen, damit ich der hochwürdigen Äbtissin alles genau wiedergebe.«

Zögernd ergriff Adolana die Hand der älteren Frau und erhob sich.

»Deine Herrin muss keine Angst haben, sie wird geschützt und nicht in Gefahr gebracht werden, denn Hermann von Winzenburg wird niemals von ihr erfahren. Also, sag uns, um wen es sich handelt«, forderte Liutgart sie sanft auf.

Allein Adolana konnte für einen kurzen Moment eine Spur der Belustigung im Blick der älteren Frau sehen, als sie ihren eigenen Namen nannte. Graf Siegfried runzelte die Stirn, während sein junger Begleiter immer noch bestürzt über ihren heftigen Ausbruch wirkte.

»Bernhard von Wohldenberg? Von dem habe ich schon länger nichts mehr gehört. Hat sich seit dem Tod seiner Frau vor ein paar Jahren völlig zurückgezogen«, murmelte der Graf mehr zu sich selbst. »Ich denke, unser Kaiser wird bestimmt die Quelle dieser Anschuldigung für sich behalten. Das edle Fräulein hat nichts zu befürchten«, wandte er sich zufrieden an Liutgart, die zustimmend nickte und erleichtert aufatmete.

»Es ist gut, Mädchen, geh jetzt zurück nach Hause.«

Ungläubig starrte Adolana den älteren Mann an, der sich aufatmend auf einen der Stühle fallen ließ.

»Wollt Ihr denn nichts unternehmen?«, fragte sie empört. Im selben Augenblick wurde ihr klar, dass ihre Frage mehr als unverschämt war, da sie damit das Verhalten eines Edelmannes in Frage stellte.

Der finstere Ausdruck des Grafen sprach ohnehin eine klare Sprache, und Adolana machte sich auf eine scharfe Zurechtweisung gefasst.

Aber der junge Mann kam ihm zuvor. »Es ist zu spät dafür, der Mann ist bereits tot.«

Kalt lief es Adolana den Rücken hinunter, und ihr Blick fiel mit einem Mal auf den verbundenen Kopf des Grafen, der sie hochmütig musterte.

»Komm, mein Kind, ich werde dir zeigen, wo du etwas zu essen bekommst und dich ein wenig ausruhen kannst. Erst danach wirst du aufbrechen.« Die Äbtissin führte sie entschlossen aus dem Raum, öffnete gegenüber eine kleine Tür und schob sie mit sanftem Druck hinein. »Ich werde später nach Euch sehen, Fräulein Adolana.«

Einen Wimpernschlag darauf schloss sich die Tür hinter ihr. Bestürzt vernahm Adolana, wie der Schlüssel herumgedreht wurde, dann ließ sie sich niedergeschlagen auf den Schemel fallen, der zusammen mit einem wackeligen kleinen Tisch das gesamte Mobiliar der kleinen Kammer ausmachte.

Ihr schöner Plan, nach Norden zu reiten und Zuflucht beim Verwandten ihrer Mutter zu suchen, war damit gescheitert.

Sie saß in der Falle.

»Dieses arme Geschöpf hält keinerlei Druck stand. Graf von Winzenburg hat unzählige Verbindungen, die er bestimmt nutzen wird, wenn er sich vor unserem Kaiser verantworten muss.« Nachdenklich starrte Liutgart ins Feuer, das ihre Wohnstatt in diesen kalten Tagen erwärmte. Eine Zeitlang war nur das Knistern des trockenen Holzes zu hören, das langsam, aber unaufhörlich den Flammen zum Opfer fiel. Sie hatte vom ersten Augenblick an gewusst, um wen es sich bei ihrer Besucherin handelte. Da sie aber der Ansicht war, dass die Nichte Herrn von Wohldenbergs bestimmt gute Gründe hatte, ihre Identität nicht preiszugeben, hatte sie mitgespielt.

»Wieso sollte er annehmen, dass gerade die Nichte *dieses* Herrn hinter einer möglichen Anklage steckt?«

Die Äbtissin warf ihrem Gast auf dem wuchtigen Stuhl einen nachsichtigen Blick zu, während sie weiterhin ihre gichtigen Hände in die Nähe der angenehmen Wärme hielt. »Da wir nicht sicher sein können, ob er Adolana von Wohldenberg gesehen hat, müssen wir alle Vorsichtsmaßnahmen treffen, um sie zu schützen.« Mit einem Seufzer raffte sie ihren Habit und ging langsam auf den Grafen zu. »Graf von Winzenburg wird Erkundigungen einziehen, ob Fräulein Adolana oder ihr Onkel jemanden geschickt hat oder vielleicht sogar selbst am Tag danach fortgeritten ist. Früher oder später wird er herausbekommen, dass dieses Mädchen im Auftrag ihrer Herrin fast einen ganzen Tag fort war, und nach ihr suchen. Die Gefahr für Herrn Bernhards Nichte ist eindeutig geringer, wenn das Mädchen verschwindet. Und was Fräulein Adolana angeht – ich werde mit ihrem Onkel sprechen und ein schönes Stift für sie aussuchen.«

»Was meint Ihr mit verschwinden, hochwürdige Frau Äbtissin?«, hakte der Jüngere nach.

»Damit meine ich nichts anderes, als dass wir sie an einem sicheren Ort verstecken müssen, Herr Berengar. Ich werde auch darüber mit Bernhard von Wohldenberg sprechen. Wir kennen uns schon sehr lange.«

»Lasst sie doch hier bei Euch im Stift, zusammen mit ihrer Herrin«, schlug Siegfried gelangweilt vor. Er machte sich nicht die Mühe, sein Desinteresse an dem Verbleib des Mädchens zu verbergen.

Höchstwahrscheinlich ist er in Gedanken bereits beim Kaiser, um den verhassten Hermann von Winzenburg des Mordes anzuklagen, dachte Liutgart amüsiert.

»Durchaus wünschenswert, werter Graf, da sich aber eine entfernte Verwandte Hermanns von Winzenburg bei uns befindet, wäre dies nicht unbedingt die beste Lösung«, klärte sie die beiden Männer auf. Sie mochte Graf Siegfried nicht, wenngleich sie ihm, außer seiner Arroganz, keinerlei Vergehen vorwerfen konnte. Dass sein Knappe von einem anderen Schlag war, hatte sie schnell erkannt und nahm sich daher vor, den jungen Mann in ihre weiteren Pläne einzubeziehen.

»Nein, ich dachte mehr an eine Lösung, bei der wir wirklich sichergehen können, dass Graf Hermann sich nicht einmal mehr in ihre Nähe traut.«

»Ihr denkt an den Herzog von Sachsen? Oder meint Ihr etwa unseren Kaiser höchstpersönlich?«, fragte Graf Siegfried interessiert nach und zog fragend eine Braue hoch.

»Ich dachte eigentlich an die Gemahlin des Welfen, Herzogin Gertrud. Meines Wissens hält sie sich augenblicklich mit ihrem Sohn in der Halberstädter Domburg auf. Der Hof der Herzogin bietet genauso viel Schutz, schließlich ist sie die Tochter unseres verehrten Kaiserpaars. Hermann von Winzenburg würde sich niemals ihrem Wohnsitz nähern, denn er hasst den Welfenherzog.«

»Nicht nur er, hochwürdige Frau Äbtissin, nicht nur er«, bemerkte Siegfried und verwies mit einem hinterhältigen Grinsen auf seinen Knappen.

Schlagartig verfinsterte sich Berengars Miene, und äußerst besorgt fragte Liutgart nach den Gründen für dessen Abneigung gegen den Herzog.

»Er verheerte mit seinen Männern die Ländereien eines Vetters meines Vaters, des Grafen Otto von Wolfratshausen.«

Aufgrund der knappen Antwort drang die Äbtissin nicht weiter in den jungen Mann ein. Sie entsann sich dunkel der blutigen Auseinandersetzungen vor ungefähr drei Jahren, die nicht zuletzt durch das hochfahrende Verhalten des Welfen Heinrichs in seinem Herzogtum Baiern ausgelöst wurden. Genaueres war ihr zwar nicht bekannt, doch seit jenen Tagen trug der Herzog den Beinamen »der Stolze«, was ganz bestimmt nicht als schmückende Auszeichnung zu verstehen war.

»Nun, mein lieber Berengar, warum so zurückhaltend? Ihr müsst wissen, hochverehrte Frau Äbtissin, dass er nicht nur Herzog Heinrich als Feind auserkoren hat, sondern gleichzeitig auch dessen Bruder Welf«, stichelte Graf Siegfried weiter. »Der hat nämlich bei den Streitigkeiten um das Calwer Erbe seiner Gemahlin ebenfalls alles niedergeschlagen, was ihm unters Schwert kam. Da der Vater meines Knappen leider auf der falschen Seite stand, fielen seine Ländereien ebenfalls dem Welfen zu und brachten Berengar somit um sein väterliches Erbe.«

»Nun«, unterbrach ihn die Äbtissin, denn sie konnte die geradezu offensichtliche Lust des Grafen an der Qual des jungen Mannes nicht mehr ertragen, »sicher haben wir alle schon mal solch unschöne Dinge erleben müssen. Niemand hat es gerne, wenn in seinen Wunden herumgestochert wird, und ich denke, wir haben das zu respektieren.«

Die Maßregelung erfüllte ihren Zweck, und der Graf beließ es bei einem Achselzucken. Dennoch bestand er darauf, dass sein Junker das Mädchen zum Hof Herzogin Gertruds begleiten sollte.

»Ich werde mich derweil auf den Weg nach Loccum begeben und der armen Mutter meines ermordeten Freundes seinen Leichnam übergeben. Die edle Frau wird schwer an dem Verlust zu tragen haben und verdient es zumindest, die traurige Botschaft durch einen Vertrauten der Familie zu erfahren.«

Die Äbtissin seufzte tief, nickte aber schließlich ergeben. »Gut, dann werde ich mit dem Mädchen sprechen. Ich denke, dass ein Aufbruch noch heute sinnvoll ist. Kennt Ihr den Weg?«

Nach einem stummen Nicken Berengars verabschiedete Liutgart ihre beiden Gäste.

Eine Weile dachte sie noch über die seltsamen Wege nach, die das Leben immer wieder einschlug. Graf Siegfried war ihr, trotz seines unangenehm arroganten Wesens, nicht völlig unerträglich. Sicherlich schmerzte ihm noch immer der Kopf von der Wucht des Keulenschlags, doch er zeigte keinerlei Anzeichen von Schwäche. Trotz seines äußerst groben Verhaltens gegenüber seinem Knappen merkte man ihm an, dass er den jungen Mann schätzte. Für Liutgart stand es außer Frage, dass Mitleid und Wohlwollen keine Gefühle waren, mit denen Siegfried sich häufiger auseinandersetzte. Die Wertschätzung des Grafen hatte sich der Junker ohne Frage anderweitig verdient. Deshalb zweifelte die Äbtissin auch keinen Augenblick daran, dass Berengar die ihm gestellte Aufgabe meistern würde, auch wenn diese ein Aufeinandertreffen mit Herzog Heinrich bedeuten konnte.

Jetzt galt es nur noch, dem gleichzeitig sturen wie mitfühlenden Mädchen die Neuigkeit über seinen zukünftigen Aufenthaltsort zu überbringen.

»So versteht doch, hochehrwürdige Frau Äbtissin, ich kann unmöglich dorthin, weil ich zu dem Vetter meiner verstorbenen Mutter möchte. Dort bin ich ebenfalls in Sicherheit, denn seine Güter befinden sich in der Grafschaft Haldensleben und bieten mir fraglos den gleichen Schutz.«

»Es spricht für Euch, Fräulein Adolana, dass Ihr die Gefahr für Euer eigenes Leben außer Acht lasst, um den Tod eines Euch unbekannten Mannes zu verhindern. Aber Ihr müsst Euch keine Vorwürfe machen, dass Ihr zu spät kamt. Graf Siegfried und sein Knappe wissen nichts von Eurer wahren Identität, und dabei wollen wir es auch belassen. Schließlich reicht es, wenn Euer Name unserem Kaiser genannt wird, damit er gegen Herman von Winzenburg vorgehen kann. Zudem halte ich nichts davon, wenn zu viele Menschen Euren wahren Aufenthaltsort kennen. Beten wir zu Gott, er möge verhindern, dass Hermann von Winzenburg je davon erfährt.«

Es war zum Verzweifeln! Obwohl die Äbtissin Adolana versichert hatte, ihren Onkel zu benachrichtigen, war die Stiftsleiterin nicht dazu zu bewegen, von ihrem Plan abzurücken.

»Ich gebe Euch einen Brief für die Herzogin mit, in der ich ihr die besonderen Umstände erläutere. Sie ist eine gute Freundin von mir und wird Euch helfen.«

Vorsichtig legte Liutgart Adolana eine Hand auf die Schulter und mahnte mit sanfter Stimme: »Ich kann mir durchaus vorstellen, dass der Gedanke, an einem fremden Ort unter völlig fremden Menschen zu leben, schlimm für Euch ist. Doch als Ihr Euch dazu entschieden habt, den Mord zu verhindern, hattet Ihr sowieso bereits innerlich Abschied von Eurem Onkel genommen. Dass er Euch nicht schützen kann, dürfte Euch klar gewesen sein. Ihr habt Euch gegen den Willen Eures Onkels durchgesetzt und müsst nun den Preis dafür zahlen.« Adolana wollte zu einer Erwiderung ansetzen, aber die Äbtissin hob die Hand. »Ich verurteile Euer eigenmächtiges Handeln nicht, meine Tochter. Euer Weg ist ein anderer. Welche Richtung er einschlägt, bleibt abzuwarten.«

»Graf Hermann wird davon erfahren, dass ich nicht mehr auf Burg Wohldenberg lebe«, wandte Adolana ein.

»Es wird gewiss alles sehr schnell gehen«, stimmte Liutgart ihr zu. »Zumal sich unser Kaiser mit großem Gefolge demnächst in Halberstadt einfinden und spätestens dann von dem Attentat erfahren wird. So kann Euer Onkel eine mögliche Anklage gegen Graf Hermann zum Anlass nehmen, um Eure Verlobung mit dessen Neffen rückgängig zu machen. Stattdessen hat er Euch in ein Kloster geschickt. Wen interessiert es schon, wohin?«

Adolana gab auf. Sie wusste, wann sie sich geschlagen geben musste.

Kurze Zeit drauf saß sie erneut alleine in der kleinen Kammer und starrte voller Unbehagen durch die Fensteröffnung auf den Hof hinaus.

Ursprünglich hatte sie überlegt, ob sie einfach hinausspringen und das Weite suchen sollte, denn der Raum befand sich im Erdgeschoss. Leider herrschte jedoch reges Treiben auf dem Hof, weshalb eine unbemerkte Flucht völlig ausgeschlossen war. Unruhig wartete sie darauf, sich mit der Botschaft für die Herzogin und in der Obhut eines wildfremden Mannes auf die Reise in eine ungewisse Zukunft zu machen.

»Wie weit kommen wir noch bis zum Einbruch der Dunkelheit?«, fragte Adolana.

Sie hielt das Schweigen ihres Begleiters nicht länger aus. Seit sie das Gandersheimer Stift verlassen hatten, starrte er in düsterer Stimmung vor sich hin und würdigte sie keines Blickes.

»Wir haben Seesen bald erreicht und werden dort die Nacht verbringen. In einem der einfachen Gehöfte werden wir sicher ein Quartier finden«, antwortete Berengar ihr kurz angebunden, woraufhin sie von weiteren Fragen absah.

Kurze Zeit später kamen die beiden im Haus des Dorfvorstehers unter, der Adolanas Begleiter in seiner Beredsamkeit in nichts nachstand. Die Kinder des Bauern hatten alle bereits die elterliche Obhut verlassen, und so gestattete der alte Mann seinen beiden Besuchern, die Nacht auf einem Strohlager im warmen Wohnraum zu verbringen. Aufgrund einer Äußerung Berengars glaubte der Dorfvorsteher, dass es sich bei seinen Gästen um Geschwister handele. Adolana fand dies äußerst praktisch, obwohl noch nicht einmal von einer entfernten Ähnlichkeit die Rede sein konnte. Die Nächte waren kalt, und es lag ihr nichts daran, auch nur eine einzige davon unter freiem Himmel zu verbringen.

»Wie kommen wir am schnellsten nach Goslar?«, erkundigte sich Berengar beiläufig bei ihrem Gastgeber, während er den dunklen Kanten Brot in den dünnen Gerstenbrei tunkte.

Obwohl Adolana nicht gerade mit üppigen Mahlzeiten aufgewachsen war, so zählte diese zu den kläglichsten, die sie je zu sich genommen hatte. Sie wollte gerade nachfragen, wieso der junge Mann sich nach Goslar erkundigte, obwohl ihre Reise nach Halberstadt gehen sollte, als sie Berengars warnenden Blick auffing.

»Am schnellsten geht's quer durch den Harz«, nuschelte der Alte, während er das harte Brot stückchenweise in die hölzerne Schüssel warf, um es aufzuweichen. Da ihm fast alle Zähne fehlten, hatte Adolana Mühe, ihn zu verstehen. »Nach der Hälfte des Weges stoßt ihr auf die Indrista. Folgt ihrem Lauf durch das Tal. Auf der anderen Seite des Harzes befindet sich in nordöstlicher Richtung an der alten Straße die Kansteinburg, eine alte, verlassene Wallburg, die niemand mehr braucht. Von dort ist es nicht mehr weit.«

Sprachlos starrte Adolana den Alten an, denn so viele Worte hatte sie ihm niemals zugetraut. Als er jedoch genussvoll ein triefendes Stück Brot vom Holzlöffel schlürfte, wandte sie sich angeekelt ab. Der Anblick der angetrockneten Essensreste in dem spärlichen Bartwuchs des Bauern verdarb ihr den Appetit, und mit einem dankenden Lächeln nahm Berengar ihre halb volle Schale entgegen.

Noch vor Sonnenaufgang brachen die beiden wieder auf, und eine Münze aus Berengars Lederbeutel, den er unter seinem Wams trug, wechselte den Besitzer. Nach einem gemurmelten Dank schlurfte der alte Mann in seine Behausung zurück, die ihre Behaglichkeit durch das erkaltete Feuer in der Nacht verloren hatte.

Kurz darauf tauchten die beiden Reiter in die dämmrige Stille des Waldes ein. Obwohl es sich nur um das Harzrandgebiet handelte, führte der schmale Weg sie anfangs stetig bergauf. Zudem war der Boden auch in dieser Gegend, trotz des dichten Dachs der Bäume, stellenweise aufgeweicht, weshalb die Pferde gelegentlich wegrutschten. Dass es außerdem erneut regnete, machte die Reise gewiss nicht angenehmer. Bedingt durch diese Unwägbarkeiten, erreichten sie den Fluss deutlich später als erhofft. Das mächtige Rauschen der Indrista hörten sie allerdings schon viel früher.

»Wisst Ihr, wo der Fluss entspringt?«, rief Adolana in das Tosen des Wassers hinein, während sie mit den Augen dem Lauf des Flusses in höhere Gebiete folgte, bis er sich im dichten Wald verlor.

Fasziniert betrachteten die beiden die Kraft des Wassers, das sich an mächtigen Steinbrocken brach, die aussahen, als wären sie von Riesen dorthin gelegt, bevor es weiter seinem jahrhundertealten Lauf folgte.

»Nein!«, brüllte Berengar zurück. Dann zeigte er zuerst auf den Fluss und anschließend auf seine Ohren, drückte seinem Pferd die Fersen in die Seiten und beendete damit diesen seltenen Moment der Eintracht.

In der nächsten Zeit behielten sie die Indrista zu ihrer linken Seite und legten den Weg wie gewohnt schweigend zurück, obwohl sich der Fluss längst beruhigt hatte und das Tosen nur noch gelegentlich die Luft gänzlich erfüllte. Immerhin hatte Adolana von ihrem Begleiter erfahren, dass er dieses Gebiet bisher immer nur am Rand durchquert hatte und den oberen Harz ebenfalls nicht kannte. Sein Herr habe ihm aber von einigen Siedlungen erzählt, die so einsam lagen, dass die Einwohner in den langen

Wintermonaten gänzlich vom Leben außerhalb des Harzes abgeschnitten waren.

Nachdem sie gut zwei Stunden unterwegs waren, erreichten sie einen dicht neben dem Weg gelegenen Unterstand. Berengar schlug einen kleinen Halt vor, und Adolana willigte erleichtert ein. Obwohl sie hier im dichten Wald längst nicht so dem Regen ausgesetzt waren wie auf freiem Feld, drang die Feuchtigkeit langsam durch ihren Umhang, und ein trockenes Plätzchen erschien ihr mehr als verlockend. Während die beiden Pferde auf dem spärlich bewachsenen Waldboden die letzten Grashalme abzupften, entdeckte Adolana erfreut mehrere grob zurechtgehauene Holzklötze. Zwar wollte sie nach der Zeit im Sattel nicht unbedingt sitzen, war aber froh über den trockenen Platz für ihre Wegzehrung.

»Wer mag das hier errichtet haben?«, fragte Adolana in die Stille hinein, die außer von dem gewohnten Wasserrauschen nur durch gelegentliches Vogelgezwitscher unterbrochen wurde.

»Holzfäller«, vermutete Berengar und starrte dabei unverwandt auf den zurückgelegten Weg. »Überall in der Nähe des Weges liegen Baumstämme herum. Ich weiß nicht, ob in dieser Gegend Bergbau betrieben wird, aber Graf Siegfried hat mir erzählt, dass im Harz Silber abgebaut wird, wofür man viel Holz benötigt. Daher auch die Macht der Goslarer Pfalz, von welcher der Bauer gesprochen hat.«

»Warum habt Ihr den Bauern nach Goslar gefragt?«, erkundigte sich Adolana.

»Nun«, entgegnete ihr Begleiter und schenkte ihr nun endlich seine Aufmerksamkeit, »vielleicht weil ich der Meinung bin, dass nicht jeder über unser Ziel unterrichtet sein muss.«

Da sie der intensive Blick aus seinen dunklen Augen

leicht verunsicherte, lag Adolana viel daran, ihre Unruhe nicht offen zu zeigen. »Es ehrt mich zwar, dass Ihr mich für so wichtig haltet, dennoch erachte ich es für leicht übertrieben«, erwiderte sie daher. »Die hochwürdige Frau Äbtissin hat mir erst gestern noch davon erzählt, dass der Mörder des Mannes ebenfalls tot ist. Wer soll Graf Hermann also so schnell von dem Fehlschlag berichten?« Einer plötzlichen Eingebung folgend, fügte sie noch hinzu: »Zeichnet Euer Herr übrigens für den Tod des Winzenburger Schergen verantwortlich und hat deshalb diese Verletzung am Kopf?«

»Nein.«

Sprachlos über die knappe und wenig hilfreiche Antwort, sah sie dem jungen Mann dabei zu, wie er sich von ihr abwandte und in aller Ruhe begann, das Brot aus dem Tuch zu wickeln.

Was bildet sich dieser überhebliche Junker eigentlich ein?, ging es Adolana durch den Kopf. Sie hatte zwar durch das zurückgezogene Leben an der Seite ihres Onkels wenig Gelegenheit gehabt, um den Umgang mit jüngeren Männern ihres Standes zu pflegen, war sich aber durchaus bewusst, dass Berengars Benehmen mitnichten höflich war. Adolana vergaß völlig, dass er von ihrer Herkunft nichts wusste und ein Dienstmädchen in ihr sah.

»Habt Ihr überhaupt keine Erziehung genossen, oder glaubt Ihr Euch mir einfach nur so überlegen, dass Ihr ein angemessenes Benehmen nicht für erforderlich haltet?«, entrüstete sie sich. Kaum hatte sie ihrem Ärger Luft gemacht, da wurde ihr auch schon klar, welch Fehler ihr unterlaufen war. Hastig überlegte sie sich eine demütige Entschuldigung, doch ihr Begleiter kam ihr zuvor. Nachdem Berengar das Brot mitsamt dem Tuch fast zärtlich auf den feuchten Holzklotz gelegt hatte, musterte er die junge Frau erneut lange.

»Sicher bin ich dir überlegen, Eila«, erwiderte er leicht herablassend und zog die dunklen Augenbrauen fragend hoch. Die Betonung ihres Namens gefiel Adolana überhaupt nicht, denn es klang, als wollte er sich über sie lustig machen. »Du bist nur ein einfaches Mädchen, das bisher das Glück hatte, einem edlen Fräulein zu Diensten sein zu können, und das sich gerade ziemlich deutlich im Ton vergriffen hat.«

Mit zwei Schritten hatte er sich ihr genähert und ihre rechte Hand ergriffen. »Vielleicht verhält es sich aber auch so, dass du gar nicht diejenige bist, die du vorgibst zu sein?«, fragte er ruhig und drehte mit leichtem Druck ihre Handfläche nach oben. »Möglicherweise möchtest du mir ja erklären, warum deine Hände so zart sind wie die eines Edelfräuleins?«

Durch die unerwartete Berührung färbten sich Adolanas Wangen rot, und der leicht drohende Ton, der in seinen Worten mitschwang, verursachte ihr zusätzliches Unbehagen. Dann gewann ihre kämpferische Seite wieder die Oberhand, und sie riss sich mit einem Ruck los.

»Ihr glaubt mir meine Herkunft nicht, und es fehlt Euch trotzdem an angemessenem Benehmen?«, versetzte Adolana aufgebracht. »Selbst wenn ich nicht ein …«, setzte sie an, als der Knappe lauthals zu lachen anfing. »Was ist daran so lustig?«, fuhr sie ihn an und drängte sich kopfschüttelnd an ihm vorbei, um resigniert nach dem Brot zu greifen. Sie war es nicht gewohnt, so behandelt zu werden, und das verunsicherte sie. Zudem hatte die kurze Berührung ein wohliges Gefühl in ihr ausgelöst, und sein kehliges Lachen gefiel ihr ausnehmend gut.

»Verzeiht mir mein ungebührendes Verhalten, edles Fräulein.«

Mit einem kurzen Blick über die Schulter stellte Adolana verblüfft fest, dass Berengar sich verbeugte. Langsam wandte sie sich ihm zu, als er weitersprach und sie dabei unverwandt ansah.

»Glaubt Ihr nicht, es wäre besser, wenn Ihr mir die ganze Wahrheit erzählt? Nur so kann ich Euch wirklich schützen. Ihr müsst Euch auch keine Sorgen darüber machen, dass Graf Siegfried diese kleinen Ungereimtheiten ebenfalls aufgefallen sein könnten. Er verschwendet keinen zweiten Blick auf junge Frauen, die sich in derart schmutzige Tücher hüllen.«

Vielleicht lag es an der Ehrlichkeit seiner Worte, vielleicht aber auch nur daran, dass sie sich wieder ihres ärmlichen und unansehnlichen Äußeren bewusst wurde. Verlegen senkte Adolana den Kopf und begann zu erzählen. Anfangs noch stockend, schließlich immer hastiger, als ob sie es gar nicht schnell genug hinter sich bringen könnte. Als sie bei Johannes angelangt war, wurden ihre Worte so leise, dass Berengar Mühe hatte, sie zu verstehen, aber dann fing Adolana sich wieder.

Nachdem sie geendet hatte, war es eine Weile still, bis der Junker die fast beklemmende Ruhe unterbrach. »Graf Siegfried hat sich die Verletzung am Kopf zugezogen, als wir in der St.-Georgs-Kirche auf die Leiche seines Freundes gestoßen sind. Dessen Mörder hat uns im Hinterhalt aufgelauert und meinen Herrn niedergeschlagen. Zum Glück hat ihn der Schlag nicht mit voller Wucht getroffen, da er ein Geräusch gehört und sich gedreht hatte. Auch ich hatte Fortuna auf meiner Seite, denn mein Schwert war schneller als die Keule des feigen Mörders. Außer einer schmerzenden Schulter habe ich nichts davongetragen.«

Adolana hielt den Kopf leicht gesenkt, während sie ihren Begleiter aus den Augenwinkeln betrachtete. Er war älter als sie, aber sie vermutete, dass er wegen seiner Größe weitaus reifer wirkte. In dem Moment fiel ihr ein, dass die Äbtissin ihn als Knappe bezeichnet hatte, demnach war er sicherlich nicht älter als zwanzig. Die Härte seines schmalen, markanten Gesichts wurde durch die Ausstrahlung der dunklen Augen gemildert, die von dichten schwarzen Wimpern umrahmt waren, auf die eine jede Frau neidisch wäre.

Als Berengar sich räusperte und mit einer Hand übers Kinn fuhr, auf dem sich ein dunkler Bartschatten abzeichnete, wurde Adolana mit einem Mal bewusst, dass sie ihn schon seit einiger Zeit anstarrte, und sie drehte sich peinlich berührt um.

»Ist Euch vielleicht jemand gefolgt, als Ihr von Burg Wohldenberg aufgebrochen seid?«

Adolana schüttelte den Kopf. »Ich bin mir ziemlich sicher, dass mich keiner gesehen hat. Der Mörder befand sich zu diesem Zeitpunkt ja bereits auf dem Weg in die Kirche«, erwiderte sie, dankbar für die Möglichkeit, ihre Verlegenheit zu überspielen.

»Er war aber nicht allein, wie Ihr wisst. Vielleicht ist dieser Waldemar nicht mitgeritten, schließlich hat er Euch im Wald nicht verraten«, gab Berengar zu bedenken.

»Nein, auf gar keinen Fall!«, widersprach Adolana heftig. »Er hatte viel zu viel Angst vor seinem Onkel. Das war sogar für mich erkennbar, ohne dass ich einen Blick auf die Gesichter der Männer werfen konnte. In seiner Stimme lag Furcht, und ich kann mir nicht vorstellen, dass er dem Wunsch seines Onkels jemals zuwiderhandeln würde.«

Der junge Mann zuckte mit den Schultern und schob sich ein weiteres Stück Brot in den Mund. »Immerhin hat er sich auch widersetzt, als er Euch entkommen ließ«, gab er zu bedenken und brachte Adolana vollends in Verwirrung, als er leise hinzufügte: »Dann muss er es wohl doch gewesen sein.«

Auf ihre Frage hin erklärte er ihr, dass er bei seinem Eintreffen in der Kirche jemanden hatte flüchten sehen, ohne ihn jedoch zu erkennen.

Gleich darauf drängte Berengar zum Aufbruch. Zu Adolanas Erleichterung öffnete sich an manchen Stellen endlich der bewölkte Himmel, so dass zwischen den hohen Baumwipfeln vereinzelt ein Stückchen Blau zu sehen war.

Nach einem längeren Ritt, auf dem Berengar sich immer wieder umsah, ohne dabei auf seine Begleiterin zu achten, erreichten sie schließlich das Ende des Flusstals. Langenesse ließen sie linker Hand liegen und ritten weiter Richtung Osten, wobei sie die ein Stück weiter südlich gelegene Stadt Goslar nicht in ihre Reise einbezogen.

»Glaubt Ihr, wir erreichen Halberstadt bis heute Abend?«, fragte Adolana, die keinerlei Vorstellung davon hatte, wie weit das Ziel ihrer Reise entfernt lag.

Mittlerweile schienen die Wolken sich tatsächlich ausgeregnet zu haben, denn bis auf ein paar vereinzelte graue Reste war der Himmel herrlich blau. Adolana genoss die noch immer wärmenden Sonnenstrahlen des Herbsttages und beschloss, sich nicht weiter über die Schweigsamkeit ihres Begleiters zu wundern. Obwohl sich sein Verhalten ihr gegenüber seit ihrer letzten Rast merklich verbessert hatte, schien er kein Freund höfischer Reden und belangloser Floskeln zu sein.

Berengar zügelte sein Pferd und ritt zum ersten Mal gleichauf mit ihr.

»Wir haben mehr Zeit für die Durchquerung benötigt als gedacht. Ich kenne einen Hof, wo wir nach einer Übernachtungsgelegenheit fragen können«, sagte er mit einem Blick auf Adolanas Stute, die mit hängendem Kopf vorantrottete. »Euer Pferd lahmt. Ist Euch das nicht aufgefallen?«, meinte er stirnrunzelnd.

Aufgeschreckt hielt Adolana an und sprang herunter. Sofort erkannte sie die Ursache und zog den Dorn heraus, der sich in Nebulas linkes Vorderbein geschoben hatte. »Tut mir leid, meine Schöne«, flüsterte sie, während sie über das weiße Fell des Tieres strich.

»Lasst sie ein wenig grasen, damit sie das Bein schonen kann«, seufzte Berengar, der ebenfalls abgestiegen war und sein Pferd an den kleinen Bach führte, der schon seit geraumer Zeit neben ihrem Weg dahinplätscherte. Nachdem Ross und Reiter ihren Durst ausgiebig gestillt hatten, gingen sie zu einer kleinen Felsformation, die sich am Rand eines Waldgebiets befand. Berengar streckte sich auf einer der flachen Steinplatten aus, die von den warmen Sonnenstrahlen bereits getrocknet waren. Adolana wurde den Verdacht nicht los, dass ihr Begleiter die Reise hinauszögerte. Womöglich genoss er ihr Beisammensein ebenso wie sie selbst?

Adolana gefiel die Gegend. In der Ferne konnte sie die Anhöhen des Harzes erkennen, der sich schon seit Beginn ihrer Reise rechter Hand befand. Auf einmal verspürte auch sie Durst. Das kühle Wasser schmeckte wunderbar, und während ihre Stute neben ihr ausgiebig trank, wanderte Adolanas Blick zu ihrem ruhenden Begleiter. Selbst von hier konnte sie erkennen, dass Berengar die Augen geschlossen hielt und die warmen Strahlen der Nachmittagssonne genoss. Trotz seiner entspannten Haltung war sie sich fast sicher, dass er nicht schlief. Ohne einen genauen Grund dafür nennen zu können, fühlte sich die junge Frau in seiner Gegenwart wohl und gleichzeitig angespannt. Zweifellos verfügte ihr Begleiter über eine faszinierende Ausstrahlung, wenngleich Adolana mangels Erfahrung nicht viele Vergleiche ziehen konnte.

Eine flüchtige Bewegung oberhalb seines Schlafplatzes zog ihre Aufmerksamkeit auf sich, doch zwischen den großen Steinen wirkte alles ruhig. Unsicher suchte sie die Zwischenräume und den Rand des Waldes ab, konnte aber nichts Ungewöhnliches erkennen. Gerade als sie ihr Pferd ebenfalls zu dem Strauch führen wollte, geschah es. Voller Grauen sah sie zu, wie sich ein großer Gesteinsbrocken am Rand der Anhöhe direkt über Berengars Ruheplatz löste und hinabstürzte.

»Weg da!«

Ihr Schrei gellte durch die Stille und verschreckte Nebula, die einen Satz zur Seite machte und sich losriss. Gleichzeitig rannte Adolana los. Die ersten kleinen Steinchen hatten den Boden gerade erreicht, als Berengar sich zur Seite rollte und mit einem dumpfen Geräusch auf dem nassen Boden landete. Fast im selben Moment schlug der Brocken neben ihm auf und verfehlte ihn nur um Haaresbreite.

»Was ist mit Euch? Seid Ihr verletzt?«

Kurz bevor Adolana ihn erreicht hatte, rutschte sie auf dem schlammigen Boden aus und glitt neben seinen leblos daliegenden Körper. Vorsichtig drehte sie Berengar auf den Rücken und zog seinen Kopf auf ihren Schoß. Dabei stellte sie mit Entsetzen fest, dass er aus einer kleinen Wunde an der linken Schläfe blutete. Im ersten Moment glaubte sie panisch, er wäre tot, bis er ein langes Stöhnen von sich gab. Erleichtert schluchzte Adolana auf und schloss für einen Augenblick die Augen. Als sie sie wieder öffnete, begegnete sie seinem Blick, in dem Überraschung und Schmerz lagen.

»Wie geht es Euch?«, brachte sie stammelnd hervor, ohne sich der Tränen auf ihren Wangen bewusst zu werden. »Ich glaubte, Ihr wäret tot!«

»Mein Kopf dröhnt ein wenig, und vielleicht könntet Ihr so freundlich sein und mich aufstehen lassen?«, erwiderte Berengar mit belegter Stimme.

Jetzt erst fiel auch der jungen Frau auf, dass sie ihm noch immer mit sanften Bewegungen übers Haar strich, und sie zog hastig die Hand weg, als hätte sie sich verbrannt. Wie üblich spürte sie augenblicklich die roten Flecken auf ihren Wangen, die sie so sehr hasste, da ihre Gemütslage dadurch erst offensichtlich wurde. Nachdem sie ihm aufgeholfen hatte, standen sich die beiden schweigend gegenüber. Berengar unterbrach die betretene Stille und half Adolana damit, ihre eigene Befangenheit zu überwinden.

»Seltsam, dass sich ausgerechnet dieser große Stein gelöst hat. Ich werde mich da oben mal genauer umsehen, vielleicht entdecke ich ja etwas.«

»Wartet!«, sagte sie. »Erst muss ich das Blut auf Eurem Gesicht wegwischen. Ihr seht ja furchterregend aus.«

Adolana hatte ihre gewohnte Sicherheit wiedergefunden und wartete nicht auf eine Antwort, sondern eilte zum Bach. Dort riss sie sich einen Streifen ihres Unterkleids ab, da es sich um das einzige einigermaßen saubere Tuch handelte, das sie zur Verfügung hatte.

Kurze Zeit später hatte sie seine blutverschmierte Wange gesäubert und einen weiteren Streifen Stoff abgerissen, den sie ihm um den Kopf schlang und festband.

Dabei vermied sie es tunlichst, Berengar in die Augen zu sehen, und redete ununterbrochen. »Glaubt Ihr, dass jemand nachgeholfen hat? Habt Ihr Euch deshalb unterwegs immer wieder umgesehen? Werden wir verfolgt?«

Adolana hatte kaum das Ende des Streifens unter das Tuch geschoben, um es zu befestigen, als er ihre Hände ergriff und sie für einen Atemzug sanft festhielt.

»Hättet Ihr mich nicht gewarnt, hätte mich sicher nicht nur dieser kleine Stein getroffen. Ich schulde Euch mein Leben!«

»Ihr übertreibt maßlos. Schließlich habt Ihr Euch im selben Moment zur Seite gerollt. Sicher ist Euch das Geräusch aufgefallen, und Ihr habt instinktiv das Richtige getan. Auch ohne mein Geschrei«, wehrte Adolana ab und ließ mit leichter Enttäuschung die Arme hängen, als er ihre

Hände losließ und damit die Wärme seiner Berührung verflog.

»Mir ist es zwischendurch einige Male so vorgekommen, als wären wir nicht alleine, doch ich konnte niemanden entdecken. Bleibt hier unten, ich bin gleich wieder da.«

Was, wenn da oben jemand auf Euch wartet?, wollte Adolana ihm hinterherrufen, aber die Worte blieben ihr im Hals stecken. Was ist nur los mit mir?, dachte sie nervös und verschränkte die Arme vor der Brust, während sie den Kopf in den Nacken legte, um Berengars Weg zu verfolgen. Die leichte Nervosität legte sich erst wieder, als er kurze Zeit später wieder den Hügel zu ihr herunterkam. Fragend sah sie ihn an.

»Auf dem felsigen Boden war nicht viel zu erkennen, aber ein Stückchen weiter waren eindeutig Stiefelspuren. Wir sollten zusehen, dass wir weiterkommen.«

Verwirrt blickte Adolana ihm nach und verfolgte teilnahmslos, wie er Nebula am Zügel griff und hinter sich herzog.

»Ihr habt Glück, dass Euer Tier so friedlich ist und nicht das Weite gesucht hat.«

Während die junge Frau die Zügel nahm, fasste sie ihre Gedanken in Worte. »Ich bin es doch, deren Aussage sie fürchten müssten. Wieso solltet Ihr sterben? Und woher weiß Graf Hermann überhaupt so schnell von mir?«

»Warum glaubt Ihr, dass Graf von Winzenburg dahintersteckt?«, fragte Berengar und band die Zügel seines Pferds los. »Ich habe jemanden aus der Kirche flüchten sehen, kaum dass wir sie betreten hatten. Womöglich steckt ja dieser Unbekannte dahinter, von dem ich erst dachte, es sei dieser Waldemar? Außerdem ist ihm sicher klar, dass er als Erstes mich aus dem Weg räumen muss.«

Gedankenversunken saß Adolana auf und folgte ihrem Begleiter.

Gute drei Stunden später und nach einem extrem kläglichen Mahl hockten die beiden auf dem festgetretenen Boden der Scheune des Abbenroder Gutes. Dieses Mal hatten sie nicht so viel Glück wie am Tag zuvor, denn der Verwalter des Gutes, das einem gewissen Herrn von Lochten gehörte, gestattete ihnen lediglich, die Nacht bei den Tieren zu verbringen. Außer einer Schale dünnen Breis und einer zusätzlichen Decke wollte er nichts herausrücken, was Adolana ihm letztlich auch nicht verübeln konnte. Berengar, der sie wie am letzten Abend als seine Schwester vorgestellt hatte, sah nur wenig vertrauenerweckend aus, mit seinem blutigen Verband und der schmutzigen Kleidung, die in ihrem verdreckten Zustand Adolanas Äußerem in nichts nachstand.

Die anfänglich noch leicht beklemmende Atmosphäre löste sich bei den Geräuschen der Schweine und Ziegen schnell, und nachdem Berengar ihnen ein einigermaßen gemütliches Lager aus frischem Stroh bereitet hatte, genoss Adolana den Abend. Großzügig hatte der junge Mann die grobe Wolldecke seiner Begleiterin überlassen, die in Anbetracht der Kälte versuchte, über die dunklen Flecken und den strengen Geruch des Tuches hinwegzusehen. Seit dem Vorfall an der Felswand hatte Adolana das Gefühl, als herrschte eine zarte Vertrautheit zwischen ihnen. Teilweise gab Berengar seine Schweigsamkeit sogar auf und erzählte ihr zu ihrer großen Verwunderung aus freien Stücken einiges aus seinem Leben.

Sie erfuhr nicht nur, dass ihm der Tod seines Bruders immer noch schwer auf der Seele lastete, sondern auch von dem schwierigen Verhältnis zu seinem Vater. Seinen Hass auf den Welfenherzog Heinrich, der den Bruder des Knappen auf dem Gewissen hatte, bekannte er ebenso freimütig. Wenngleich der junge Mann all diese Dinge nicht in direkte Worte fasste, so gelang es Adolana dennoch mühelos, den eigentlichen Sinn dessen zu erfassen, was er ihr preisgab. Seine ungewohnte Offenheit lockerte ihr die Zunge, und zum ersten Mal seit dem Tod von Johannes sprach sie von ihren Schuldgefühlen. Für einen Moment sah es fast so aus, als wollte Berengar sie in seine Arme ziehen, doch der Augenblick verging so schnell wieder, dass er Adolana im Nachhinein wie eine flüchtige Erinnerung erschien.

Spät am Abend, als sie endlich das Licht der Öllampe löschten, wurde sie den Verdacht nicht los, ihm ihr gesamtes Inneres offengelegt zu haben. Obwohl Adolana sich an diesem ungastlichen Ort in Berengars Gegenwart sicherer fühlte als auf der Burg ihres Onkels, lag sie noch lange wach und lauschte seinen tiefen Atemzügen. Ihm schien die Kälte des Stalles nichts auszumachen, Adolana dagegen zitterte erbärmlich unter ihrer zusätzlichen Wolldecke. Aber noch etwas anderes hinderte sie daran, endlich einzuschlafen. Eine Zeitlang versuchte sie dieses neue, ihr gänzlich unbekannte Gefühl zu erkunden, aber die Bilder, die dadurch in ihr aufwirbelten, erschreckten sie, und das seltsame Kribbeln in ihrem Unterleib tat sein Übriges, um diesen Gedanken schließlich energisch Einhalt zu gebieten.

4. KAPITEL

Halberstadt, freier Bischofssitz –
Ende Oktober 1134

Früh am nächsten Morgen ritten sie weiter. Einer der Stallknechte hatte sie vor Wegelagerern in dem Waldstück gewarnt, durch das sie ihr Weg eigentlich geführt hätte. Um einem eventuellen Überfall zu entgehen, nahmen die beiden Reisenden einen Umweg in Kauf, was eine weitere Verzögerung mit sich brachte. Adolana genoss die letzten Stunden mit ihrem Begleiter, denn auch wenn dieser wieder in seine gewohnte Schweigsamkeit zurückgefallen war, die neu gewonnene Vertrautheit war geblieben.

Am Nachmittag des dritten Tages erreichten sie ohne weitere Zwischenfälle die Halberstädter Domburg, auf der sich Gertrud, die Frau des sächsischen Herzogs, mit ihrem Sohn Heinrich aufhielt. Erst nachdem Adolana den Wachen am Tor den versiegelten Brief der Äbtissin vorgezeigt hatte, gaben diese ihre beharrliche Weigerung auf, die beiden derangierten Besucher zur Herzogin vorzulassen.

»Euer Weg führt Euch direkt vom Gandersheimer Stift zu uns?«, fragte Gertrud von Sachsen mit einer angenehm melodischen Stimme. Leicht irritiert betrachtete sie den jungen Mann und seine Begleiterin.

In dieser Umgebung und beim Anblick der schönen Fürstin in ihrem herrlichen Surcot aus tiefblauem Brokat mit eingewebten silbrigen Fäden fühlte sich Adolana in ihrer einfachen und zerrissenen Kleidung unansehnlich und minderwertig. Berengar hingegen wirkte keinesfalls peinlich berührt angesichts ihres Aufzugs. Obwohl er der Herzogin augenblicklich seine Ehrerbietung erwies, strahlte seine gesamte Erscheinung mitnichten Demut, sondern eine natürliche Selbstsicherheit aus, ohne dabei den Eindruck von Hochmut zu vermitteln.

»In der Tat, Hoheit«, entgegnete er. »Mein Name ist Berengar von Wolfenfels, und ich habe auf Wunsch der hochehrwürdigen Äbtissin dieses junge Fräulein zu Euch begleitet, damit es Euren Schutz erbitten kann.«

»Meinen Schutz? Benötigt Ihr denn Schutz, Fräulein …?«

»Eila«, beeilte sich Adolana mit der Antwort und mit einem unauffälligen Seitenblick auf die drei Frauen, die sich seitlich der Herzogin aufgestellt hatten. »Alles Weitere steht in dem Brief, Hoheit.«

Nach einer stummen Aufforderung der Herzogin erhob sich Adolana aus ihrem tiefen Knicks und beobachtete verstohlen die etwa zwanzigjährige Frau beim Brechen des Siegels. Gertruds schönes Antlitz wurde von dem offenen, bis zur Hüfte reichenden braunen Haar umrahmt, das unter einem silbrigen Schleier durchschimmerte. Die Zartheit ihres Gesichts wurde durch die Strenge der geraden Nase und die etwas eng zusammenstehenden Augen leicht gestört. Allerdings unterstrich beides die würdevolle Ausstrahlung der jungen Herzogin, zu der Adolana eine spontane Zuneigung fasste.

»Ich kann mir durchaus vorstellen, dass Ihr hier bei mir bleiben könnt«, erklärte die Herzogin, während sie den Brief sorgfältig wieder faltete und ihn einer ihrer Damen reichte, die sich unauffällig im Hintergrund hielten. Offensichtlich hatte sie der Inhalt der Botschaft aufgewühlt, denn die Ruhe ihrer Stimme war verschwunden. »Allerdings werde ich eine endgültige Entscheidung erst nach der Rückkehr meines Gemahls treffen können. Eure Situation ist, sagen wir, etwas prekär. Ich erwarte den Herzog in den nächsten Tagen hier am Hof.«

Erneut knickste Adolana, wenngleich ihre Anspannung noch nicht ganz verschwunden war. Würde der als ungeheuer stolz verschriene Herzog seine Zustimmung erteilen? Und wie würde sich in dem Fall ihr Leben hier auf dem herzoglichen Hof gestalten?

»Fräulein Gesine wird sich Eurer annehmen.«

Erneut löste sich eine der drei jungen Frauen aus der Reihe und bedeutete Adolana und Berengar, ihr zu folgen. Mit leisen, anmutigen Schritten verließ die junge Frau die große Halle und führte die Besucher eine wuchtige Treppe hinauf. Im oberen Stockwerk ging es dann einen breiten Flur entlang, dessen kahle, hohe Wände Adolana frösteln ließen. Alles hier in der Domburg war mindestens fünf Mal so groß wie bei ihr zu Hause auf Burg Wohldenberg.

Gesine schritt zielsicher voran, ohne sich auch nur einmal umzusehen, und Adolanas Blick blieb an der scharlachroten Kotte hängen, deren eng zugeschnittenes Oberteil die zarte Gestalt der jungen Frau betonte. Das herrliche Gewand endete in einem weiten, bis zum Boden reichenden Rock und zog nicht nur Adolanas Aufmerksamkeit auf die ebenfalls eng gefasste Taille auf sich, die ein perlenbestickter schwarzer Gürtel betonte. Es versetzte ihr einen Stich, als sie mit einem verstohlenen Seitenblick feststellte, dass auch Berengar den Anblick zu genießen schien.

In dem Moment sah die Hofdame der Herzogin über die Schulter, so dass ihre langen weizenblonden Haare und die seidenen, aus demselben Tuch wie das Kleid gefertigten Bänder, die in zwei geflochtenen Strängen seidig schimmerten, mitschwangen und einen blumigen Duft verströmten.

Ohne Adolana zu beachten, teilte die junge Frau Berengar mit einem anmutigen Lächeln mit, dass sie noch ein Stockwerk höher müssten, um zu den Kammern zu gelangen.

»Es ist ganz reizend von Euch, dass Ihr Eure Zeit für uns opfert, edles Fräulein«, erwiderte Berengar mit einem leicht dümmlichen Lächeln.

Zum ersten Mal in ihrem Leben verspürte Adolana so etwas wie Eifersucht auf einen anderen Menschen. Zwar hatte sie als Kind schon des Öfteren ein wenig neidisch die Mütter anderer Kinder beobachtet und sehnsüchtig deren Liebkosungen verfolgt, ebenso wie sie sich stets gewünscht hatte, ein bisschen mehr von der grazilen Ausstrahlung ihrer Tante geerbt zu haben, anstatt des leicht spöttischen Zuges, der sich ohne ihr Zutun viel zu oft in ihre Worte schlich. Dieses Gefühl war hingegen anders, und es vermischte sich mit Resignation, etwas, das Adolana nicht an sich kannte. Entschlossen hob sie den Kopf ein wenig höher, als sie der blonden Gesine über die enge Wendeltreppe nach oben folgte. Unterwegs grübelte sie über den merkwürdigen Akzent der jungen Frau, der ihr einen gewissen Charme verlieh.

Gute zwei Stunden später machte sich die frisch gebadete und neu eingekleidete Adolana gutgelaunt erneut auf den Weg zur Halle. Dieses Mal folgte sie einem Dienstmädchen, das ihr gleich nach Betreten ihrer Kammer im Auftrag der Herzogin eine wunderschöne Kotte mit passendem Unterkleid gebracht hatte. Danach war ihr Mathilde, ein vorwitziges junges Mädchen in Adolanas Alter und mit vielen Sommersprossen auf der Stupsnase, nicht mehr von der Seite gewichen. Unnachgiebig schrubbte sie die verdreckten Glieder der jungen Frau mit Seife und einer harten Bürste, bis Adolana davon überzeugt war, dass ihre Haut so rot war wie das Kleid von Gesine. Tatsächlich verströmten ihre frisch gewaschenen Haare später den gleichen Blumenduft, und Adolana schwor sich, beim nächsten Mal auf klares Wasser zu bestehen, ohne den Zusatz getrockneter Blüten.

Ansonsten war sie mit ihrer Erscheinung durchaus zufrieden, vor allem, als sie Berengar begegnete und seinen ungläubigen Blick registrierte. Auch der junge Mann hatte die Zeit genutzt, um sich zu waschen und neu einzukleiden. Frisch rasiert, im flackernden Licht der festlichen, großen Halle, umgab ihn etwas Geheimnisvolles, das vor allem von dem schwer zu deutenden Ausdruck seiner dunklen Augen ausging. Zu diesem Zeitpunkt störte es Adolana nicht im Geringsten, die schöne Gesine an seiner Seite zu sehen, auf deren hübschem Antlitz sich für den Bruchteil eines Augenblicks Verdruss zeigte.

Freundlich nickte sie den beiden zu und freute sich insgeheim über Berengars bewundernde Blicke. Dann nutzte sie die Gelegenheit, sich bei ihrer großzügigen Gastgeberin zu bedanken.

»Es ist genau so, wie ich es mir gedacht habe. Dieses warme Braun steht Euch hervorragend und betont Eure blasse Haut, wohingegen die grüne Borte ausgezeichnet zu Euren Augen passt«, sagte die Herzogin begeistert.

Die Ehrlichkeit, die in den warmen Worten lag, tat Adolana gut. Wären nicht die Sorge um das Wohlergehen ihres Onkels und die Schuldgefühle wegen des Todes von Johannes gewesen, hätte sich fast so etwas wie Zufriedenheit in ihr ausgebreitet.

Anschließend wurde das Essen aufgetragen, und Adolana genoss das warme, herrlich duftende Brot mit den saftigen Scheiben Wildbret. Mindestens dreißig Personen waren zugegen, und der Raum wirkte durch die bunten Teppiche an den Wänden wohnlich und gemütlich. Der Rauch des Feuers zog durch einen Luftschacht ab, anstatt sich wie auf Burg Wohldenberg in der Halle zu verteilen, und zum ersten Mal in ihrem Leben trank Adolana Wein, der sie in einen Zustand angenehmer Schläfrigkeit versetzte.

Sie war sich durchaus der Blicke bewusst, die einige der Ritter im Saal ihr zuwarfen, und das ungewohnte Getränk tat sein Übriges. Ungeniert flirtete sie mit dem jüngeren Mann, der ihr gegenübersaß, wobei sie nicht versäumte, gelegentlich einen schnellen Seitenblick in Richtung Berengars zu werfen, dessen Gesichtsausdruck mit jedem Mal düsterer wirkte.

Während des Abendmahls spielte ein Musikant auf einer Drehleier, und Adolana empfand die Töne beim Essen anfangs als sehr angenehm. Dann geschah jedoch etwas Seltsames. Jeder neue Klang dröhnte in ihrem bis eben noch so leichten Kopf, und wie durch einen Schleier sah sie ihren Gesprächspartner vor sich, der eifrig den Mund öffnete, ohne dass sie auch nur ein Wort verstehen konnte. Heilige Mutter Gottes, dachte sie mit Schrecken, ich bin taub! Mit einem Ruck erhob sie sich vom Stuhl und stieß dabei an den Arm der dicken Frau neben ihr, die sie empört anstarrte. Es hat durchaus seine Vorteile, nichts mehr hören zu können, ging es Adolana wie aus heiterem Himmel durch den Kopf, und sie begann haltlos zu kichern.

»Die letzten Tage waren sehr anstrengend für das junge Fräulein«, meldete sich Berengar zu Wort. »Hoheit, ich bitte um Entschuldigung.«

Eine Art Schraubstock umfasste Adolanas Handgelenk, und abrupt hörte das grässliche Schwanken auf. Wie aus weiter Ferne und unendlich erleichtert darüber, ihr Hörvermögen doch nicht verloren zu haben, vernahm sie die Stimme der Herzogin.

»Selbstverständlich, das arme Mädchen! Bitte, Herr Berengar, seid Ihr so freundlich und helft ihr hinauf in ihre Kammer?«

Statt einer Antwort zog jemand mit Nachdruck an ihrem Handgelenk, während sie auf der linken Hüfte ebenfalls einen sanften Druck verspürte.

»Ich werde Euch nicht tragen, denn diese Blöße würdet Ihr Euch niemals verzeihen. Also setzt Ihr jetzt vorsichtig einen Fuß vor den anderen, und ich werde Euch stützen.«

Berengars leise Warnung dicht an ihrem Ohr ernüchterte Adolana schlagartig, und sie schaffte es tatsächlich, einigermaßen Haltung zu bewahren und unter dem eisernen Griff des jungen Mannes vor der besorgt aussehenden Herzogin sogar noch die Andeutung eines Knickses zustande zu bringen. Sie hatten kaum die prächtige Halle verlassen, als die Musik auch schon wieder einsetzte, die ebenso wie die Gespräche verstummt war.

Von dem Unmut auf den Gesichtern zweier Personen bekam Adolana genauso wenig mit wie von dem Aufsehen, das sie erregte. Während Gesine sich nur wenig später entschuldigte und die Gesellschaft verließ, erweckte der junge Mann gegenüber von Adolanas verlassenem Platz eher den Anschein, als wollte er seinen Ärger über die schnellere Reaktion des ihm unbekannten Mannes mit einem weiteren Becher Wein ertränken.

Nachdem Berengar sicher sein konnte, dass sie aus dem Blickfeld der anderen verschwunden waren, nahm er die Hand von ihrer Hüfte, bückte sich und hob sie kurzerhand hoch.

»Lasst mich runter«, protestierte sie ohne sonderlich großen Nachdruck, da sie Mühe hatte, das leichte Schwanken zu bewältigen.

Berengar ignorierte den Einwand und trug sie mit verbissener Miene die große Treppe hinauf, während Mathilde wie ein Schatten hinterherhuschte. Die Herzogin hatte der jungen Magd aufgetragen, sich um den neuen Gast zu kümmern, und Mathilde war für ihre Verlässlichkeit bekannt. Adolana nahm nur halb wahr, dass das Mädchen ihnen mit einigem Abstand folgte, wobei es Mühe hatte, mit Berengar Schritt zu halten.

»Lehnt Euch an, sonst brummt Euch morgen der Kopf nicht nur vom Wein«, zischte er ungehalten.

Dank seines Hinweises schaffte Adolana es gerade noch, dem schweren Holzaufbau der schmalen Wendeltreppe auszuweichen. Mittlerweile genoss sie die ungewohnte Nähe und schmiegte den Kopf an seine Schulter. Ein Verhalten, das sie zweifellos ohne den Genuss des Weines entsetzt hätte.

Viel zu schnell war ihre behagliche Lage vorbei, und völlig unvorbereitet setzte Berengar sie vor der Tür ihrer Kammer auf dem Boden ab.

»Hol frisches Wasser«, wies er Mathilde an, die erschrocken davonhastete.

Nachdem Adolana unsanft in den Raum geschoben worden war, drückte Berengar sie leicht gegen die Wand, während er mit einem Ruck die Tür schloss. Obwohl die Kammer nun fast in völliger Dunkelheit lag, konnte die junge Frau seinen unterdrückten Zorn selbst in ihrem benebelten Zustand spüren, und langsam kamen ihr erste Zweifel, ob er ihre Lage ebenso genoss, wie sie selbst es eben noch getan hatte.

»Habt Ihr denn gar keinen Stolz, dass Ihr Euch wie eine Dirne benehmen musstet?«, fragte er.

Vielleicht lag es an der Heftigkeit seiner Worte, dass Adolanas Schwindelgefühle jäh verschwanden und einer unbeschreiblichen Verlegenheit Platz machten. Dabei entging ihr völlig, dass er sich nicht im Mindesten über ihren Weingenuss und ihr vertrauliches Benehmen *ihm* gegenüber empörte. Beschämt senkte sie den Kopf und wünschte sich sehnlichst zurück nach Hause, in die Geborgenheit von etwas, das nicht mehr existierte.

»Ihr seid zu wertvoll für ein solches Verhalten«, murmelte Berengar.

Er legte ihr einen Finger unters Kinn und schob es mit sanftem Druck nach oben, bis sich ihre Blicke begegneten. Umfangen von der Tiefe seiner dunklen Augen spürte sie im nächsten Moment seine warmen Lippen auf ihrem Mund und schloss die Augen. Das unbekannte Gefühl in ihrem Magen breitete sich wie ein Wirbelsturm in ihrem Innern aus, und ihre Beine schienen auf einmal aus Butter zu bestehen.

»Edler Herr, ich bringe den Krug mit Wasser.«

Der Schreck beim Klang von Mathildes Stimme durchfuhr Adolanas Glieder, und hätte sie nicht die kalte Wand in ihrem Rücken gespürt, wäre sie mit Sicherheit zurückgezuckt. Berengar löste sich nur langsam von ihr und strich ihr nochmals leicht über die Wange, bevor er mit einem bedauernden Lächeln einen Schritt zurücktrat.

»Komm herein.«

Zögerlich wurde die Tür geöffnet, und im Schein der Fackel im Flur trat Mathilde, einen tönernen Krug in der Hand, in die kleine Kammer. Offensichtlich spürte die Dienstmagd die Spannung zwischen den beiden, denn sie blickte unsicher von Berengar zu Adolana, bis der junge Mann ihr mit einem Wink zu verstehen gab, wo sie das Gefäß hinzustellen hatte.

»Ich muss Fräulein Adolana noch kurz alleine sprechen. Warte draußen!«, wies er sie an und fügte seufzend hinzu: »Und lass die Tür weit geöffnet.«

Mathilde hatte den Raum noch nicht verlassen, als Berengar sich in den Nacken griff und gleich darauf eine Kette in seinen Händen hielt. Adolana war das Schmuckstück bisher nicht aufgefallen, da der junge Mann immerzu ein schwarzes Tuch um den Hals trug. Jetzt betrachtete sie fasziniert das silberne Amulett, das auf seiner flachen

Hand lag. Dabei vergaß sie sogar ihre Scham über den kurzen Kuss. Vor allem aber auch darüber, dass sie ihn so genossen hatte.

»Ich werde morgen in aller Frühe abreisen und wollte Euch dieses Amulett zum Abschied schenken. Dafür, dass Ihr mir das Leben gerettet habt …« Er unterbrach sich und hob die Hand, als sie widersprechen wollte. »Lasst es mich so ausdrücken: Zumindest hattet Ihr einen großen Anteil daran, dass ich einigermaßen unversehrt geblieben bin und der Stein mir nicht ein größeres Loch in den Kopf geschlagen hat.«

Bevor sie es sich versah, nahm Berengar ihre Hand, legte das Schmuckstück hinein und schloss ihre Finger darum.

»Unsere Wege trennen sich hier, und wir werden uns aller Wahrscheinlichkeit nach nicht wiedersehen.«

»Ich kann das nicht annehmen. Es ist viel …« Adolana stockte, als er ihr einen Finger auf die geöffneten Lippen legte.

»Eigentlich sollte ich mich für das eben Vorgefallene entschuldigen, schließlich habe ich Eure Lage ausgenutzt«, murmelte er leise, ohne den Blick von ihr abzuwenden. »Aber das kann ich nicht, denn es wäre unehrlich und falsch. Lebt wohl und gebt auf Euch acht.«

Im nächsten Augenblick war er verschwunden, und als Mathilde langsam hereinkam, stand Adolana mit Tränen in den Augen an die Wand gelehnt da.

»Fräulein Eila? Ist alles in Ordnung? Geht es Euch gut?«

Erst allmählich drangen die Fragen bis zu ihr durch, und die junge Frau schluckte den Kloß herunter, der sich in ihrem Hals festgesetzt hatte.

»Alles ist gut, Mathilde, ich brauche dich nicht mehr.«

Nachdem das Mädchen die Tür langsam zugezogen hatte, atmete Adolana tief durch und schloss für einen

Moment die Augen. Dann ging sie mit zaghaften Schritten zu der Fensteröffnung hinüber und zog die Decke zur Seite, die nicht nur die kalte Nachtluft abhielt, sondern auch das fahle Licht des Mondes. Sie öffnete die Hand und betrachtete Berengars Geschenk. Es war nicht unbedingt ein Schmuckstück, das sich eine Frau wünschen würde, denn dafür war die Form nicht grazil genug. Der silberne Wolf, der wachsam auf einem großen Felsen stand, strahlte zu viel Kraft aus, als dass er den Hals einer zarten Frau schmücken konnte. Die einsame Tanne gegenüber von dem Wolfsfelsen allerdings spiegelte die Einsamkeit wider, die Adolana verspürte, als sie sich in der bleichen Sichel des Mondes, der silbrig über dem hohen Baum stand, erkannte.

Eine tiefe Traurigkeit erfasste die junge Frau, als sie sich entschlossen die Kette um den schmalen Hals hängte und das kalte Silber des Amuletts zwischen ihren kleinen, festen Brüsten verschwinden ließ. Die Erkenntnis, dass sie ihr bisheriges Leben nun endgültig hinter sich gelassen hatte, brachte einen bitteren Nachgeschmack mit sich und raubte ihr für den Rest der Nacht die gewohnte Zuversicht.

Während Berengar mit zunehmendem Widerwillen dem immer lauter werdenden Redefluss der alten Frau lauschte, schweiften seine Gedanken mehrfach ab. Wie so oft, seit er Halberstadt hinter sich gelassen hatte. Am liebsten wäre es ihm sowieso gewesen, wenn er den direkten Weg zur Bomeneburg, dem Sitz seines Herrn, genommen hätte. Leider musste er aber erst noch dieses verdammte Versprechen einhalten, das ihm Adolana am Tag vor seiner Abreise abgerungen hatte. Deshalb saß er nun hier in dieser stinkenden Hütte und hörte sich ergeben den nicht enden wollenden Wortschwall an, um der Mutter des toten Johannes von Adolana ein paar Münzen auszuhändigen.

Seine Hochachtung gegenüber der jungen Frau hatte seit

Betreten der Hütte noch weiter zugenommen. Ihm wäre nicht ein Edelfräulein eingefallen, das sich für die Belange dieser Frau interessiert hätte. Schon gar nicht für den Seelenfrieden eines Krüppels.

Schließlich erhob er sich, denn es war an der Zeit, diesen unangenehmen Besuch zu beenden.

»Diese Münzen hier schickt dir Fräulein Adolana«, unterbrach Berengar die Frau, die mit leuchtenden Augen hastig nach den drei silbrig glänzenden Pfennigen griff und sie in einer Tasche ihres zerschlissenen Gewandes verschwinden ließ. »Du solltest davon eigentlich eine anständige Beerdigung für den Jungen bezahlen. Für dich bleibt trotzdem noch genug übrig.«

»Ach, das edle und gute Fräulein Adolana. Sie hat sich immer um meinen armen Johannes gekümmert. Zum Glück hat ihr Onkel, Gott hab ihn selig, noch dafür gesorgt, dass mein armer Johannes mit kirchlichem Segen unter die Erde kommt.«

Berengar, der sich bereits dem Ausgang zugewandt hatte, hielt abrupt inne und fuhr herum. Mit einer Hand packte er die dünne Frau am Arm, woraufhin sie erschrocken aufschrie.

»Wieso sprichst du von dem Herrn wie von einem Toten?«

Mit misstrauischem Blick wich die Alte ein wenig zurück und rieb sich das Handgelenk, das Berengar sofort wieder losgelassen hatte. Schließlich kam sie wohl zu dem Entschluss, dass dieser düstere junge Mann das Recht auf eine Antwort hatte. Hauptsächlich wegen der Geldstücke, wie Berengar vermutete, oder womöglich aus Angst um ihr eigenes jämmerliches Leben. Den Träger eines Schwertes zu verstimmen, zahlte sich in der Regel nicht aus.

»Vom Turm gestürzt hat er sich, der edle Herr. War seit dem Tod seiner armen Frau schwermütig, da hat ihm wohl

108

das Verschwinden des edlen Fräuleins den Rest gegeben. Dabei war es vorauszusehen, bei den Freiheiten, die seine Nichte sich ständig herausgenommen hat. Tja, es hat sich aber auch niemand darum gekümmert, ob sie all das Zeug lernt, das feine Damen können müssen. Das nimmt noch ein schlimmes Ende, habe ich oft genug zu meinem Johannes gesagt.«

Nur mühsam beherrscht erkundigte Berengar sich, wann denn dieser furchtbare Vorfall passiert sei.

»Erst gestern haben sie den armen edlen Herrn hinter seiner eigenen kleinen Kapelle verscharrt. Ohne kirchlichen Segen«, empörte sich die Mutter von Johannes.

Berengar verabschiedete sich, entsetzt über diese Nachricht.

Kurz darauf erreichte er Burg Wohldenberg, die still und verlassen auf der kleinen Anhöhe vor ihm aufragte. Erstaunt stellte der Junker fest, dass Adolanas ehemaliges Zuhause einer Baustelle glich, die im Laufe der Jahre in Vergessenheit geraten war. Außer dem Turm und dem Anbau, die beide seiner Vermutung nach als Wohnstätte dienten, gab es noch einen Stall, dessen Dach an einigen Stellen nur notdürftig ausgebessert war. Als er die kleine Brücke überquerte, hämmerten die Hufe seines Pferdes auf den Boden wie die Schläge eines Schmiedes, der auf seinen Amboss einschlug. Das Tor stand weit offen, was Berengar aber nicht weiter verwunderte, denn er war davon überzeugt, dass sich niemand mehr auf der Burg befand.

Der Hof machte einen verwahrlosten Eindruck. Überall lag Unrat, und in der Nähe des Stalls befand sich ein riesiger Misthaufen, der einen schier unerträglichen Gestank verströmte. Berengar entdeckte, dass der Misthaufen noch leicht dampfte, woraus er schloss, dass das verdreckte Stroh erst kürzlich dort hingebracht worden war. Just als er nachsehen wollte, wurde die Tür des Stalls aufgerissen und ein verschreckter, vielleicht Dreizehnjähriger starrte ihn aus weit aufgerissenen Augen an.

Das Auffallendste an dem Jungen waren die abstehenden Ohren. Unwillkürlich fiel Berengar der Kobold aus dem Lied ein, das ihm seine Mutter früher so oft vorgesungen hatte. Er hatte ihn sich immer mit solchen Ohren vorgestellt, allerdings hatte sein Kobold nicht einen solch ausgesprochen dümmlichen Gesichtsausdruck.

»Niemand da, Herr«, stotterte der Bursche, dessen völlig verwahrloste Kleidung sicher nicht weniger schlimm stank als der Misthaufen neben ihm.

»Lebt außer dir niemand mehr hier?«, fragte Berengar, während er in aller Seelenruhe abstieg.

Es lag ihm fern, dem armen Kerl Angst einzujagen, da er nun jedoch schon mal da war, konnte er auch versuchen, etwas über den Tod von Adolanas Onkel herauszubekommen. Aus unbestimmten Gründen fühlte er sich dazu verpflichtet, und deshalb hatte er auch den Weg zur Burg gewählt, anstatt sich direkt zum Grafen Siegfried zu begeben, nachdem er Adolanas Bitte nachgekommen war.

»Seit unser edler Herr gestorben ist, nur noch meine Mutter und ich, Herr«, antwortete der Junge, wobei er bei dem Wort »gestorben« kurz zögerte.

Da öffnete sich die Tür zum Wohnturm, und eine dicke Frau trat heraus. Bis auf seine Segelohren und ihre unglaubliche Leibesfülle glichen sich die beiden bis aufs Haar. Auch sie zeigte deutliche Anzeichen von Furcht. Betont freundlich sprach Berengar sie daher an, und nachdem er sich als Freund der Familie vorgestellt hatte, entspannten sich die beiden Dienstleute merklich. Aufgrund ihrer Erscheinung nahm Berengar an, dass sich die Frau beim Essen am auskunftsfreudigsten zeigte, und so fragte er sie, ob sie vielleicht etwas für seinen knurrenden Magen hätte.

Wie sich herausstellte, lag Berengar mit seiner Vermutung goldrichtig. Die Küche des Hauses gab zwar nicht mehr viel her, was mit Sicherheit nach dem Tod des Hausherrn am mangelnden Geld lag. Das frische Brot schmeckte allerdings köstlich, und es dauerte nicht lange, da hatte Berengar die Auskünfte über den Tod von Adolanas Onkel, nach denen er verlangt hatte. Auch wenn sie anders ausfielen, als er es sich erhofft hatte. Zu guter Letzt zeigte ihm die Frau sogar noch die verlassenen Räume von Adolana und ihrem Onkel. Schließlich sei er ein Freund der Familie, meinte sie unbefangen und bemerkte nichts von dem Aufblitzen in Berengars Augen, nachdem er das Zimmer des Grafen betreten hatte.

Gestärkt, aber nach seinem Besuch am Grab Bernhards von Wohldenberg in bedrückter Stimmung, verließ Berengar die Burg und damit auch Menrad und seine gesprächige Mutter. Da die beiden nicht wussten, wohin sie gehen sollten, wollten sie auf den nächsten Herrn der Burg warten und sich mit gemischten Gefühlen in ihr Schicksal ergeben. Unter vorgehaltener Hand hatte Menrad ihm beim Abschied zugeflüstert, dass Graf Hermann von Winzenburg bereits seine Ansprüche geltend gemacht hatte.

Berengar hatte noch keine Ahnung, was er mit dem nun umfangreichen Wissen über die Umstände von Bernhards Tod anfangen sollte, zumal er sich im Augenblick keineswegs in der Lage befand, irgendetwas zu verändern. Vielmehr bestärkten ihn nach reiflicher Überlegung die neugewonnenen Erkenntnisse eher darin, Adolana nichts von dem Tod ihres Onkels mitzuteilen. Er war sich sicher, dass sie früher oder später sowieso davon erfahren würde, wobei die Befürchtung bestand, dass niemand sie je über die wahren Umstände in Kenntnis setzte. Eine Tatsache, die ihm zwar nicht sonderlich behagte, die er momentan aber auch nicht ändern konnte.

Davon überzeugt, dass mit einer Verurteilung des Grafen von Winzenburg jegliche Schuld getilgt wäre, setzte er seinen Weg zur Bomeneburg fort, um dort die letzten beiden Jahre seiner Ausbildung hinter sich zu bringen. Der Gedanke, Adolana niemals wiederzusehen, trübte weiterhin seine Laune und würde ihn auf absehbare Zeit sicher auch nicht loslassen. Mit einem wehmütigen Lächeln legte er eine Hand auf die aufgerollte wollene Decke, in deren Innern sich seit seinem Besuch auf der Burg ein wertvolles Andenken befand, das seine Erinnerung an die junge Frau lebendig halten würde.

Berengars Besuch auf Burg Wohldenberg war nicht unbemerkt geblieben, denn in der Nähe der kleinen Brücke, versteckt hinter den ausladenden Zweigen einer knorrigen Bergkiefer, verbrachte Waldemar seine Zeit damit, sein weiteres Leben zu planen. Nach dem fehlgeschlagenen Versuch, Adolanas Begleiter aus dem Weg zu räumen, hatte er sich völlig entmutigt hierher zurückgezogen. Vor allem, weil er auf eine Möglichkeit hoffte, unbemerkt in das Zimmer des Grafen zu gelangen und das Porträt seiner Herzensdame an sich zu bringen.

Bisher waren seine Versuche leider gänzlich an der ständigen Anwesenheit dieser dicken Frau und ihres Sohnes gescheitert. Selbstverständlich stellten die beiden keine Gefahr für ihn dar, noch nicht einmal ein unüberwindbares Hindernis. Da er bei seiner Tat aber unentdeckt bleiben wollte, konnte er sich schlecht mit vorgehaltenem Schwert vor ihnen aufbauen und das Bild einfach mitnehmen. Schneller, als ein Vogel fliegen konnte, würde sein Onkel davon Wind bekommen, und damit wäre er nicht mehr im Ungewissen über das Schicksal seines Neffen.

Als zweite Möglichkeit bliebe ihm natürlich, die beiden Dienstleute einfach aus dem Weg zu schaffen. Das hätte er auch getan, wenn ihn nicht allein der Gedanke, zwei wehrlose und unschuldige Menschen deswegen kaltblütig umzubringen, mit Abscheu erfüllt hätte.

Zu allem Übel war wie aus dem Nichts plötzlich wieder dieser Kerl aufgetaucht, der das unverschämte Glück besessen hatte, drei ganze Tage alleine mit Adolana verbringen zu dürfen. Der Anblick des Knappen reichte Waldemar aus, um erneut ins Grübeln zu verfallen. Übellaunig starrte er auf das Turmfenster, aus dem Adolanas Onkel gestürzt war. Jedenfalls hatte ihm das dieser trottelige Menrad erzählt, als er dem Jungen wie zufällig in der Nähe der Burg beim Holzsammeln begegnet war. Der Ausdruck von nackter Angst in den Augen des Burschen war Waldemar nicht entgangen, und anfangs hatte er sich noch darüber gewundert. Waldemar hatte dem Stallknecht nie etwas angetan, gelangte aber irgendwann zu der Überzeugung, es hatte etwas damit zu tun, dass er mit dem Grafen von Winzenburg verwandt war. Vermutlich reichte diese Tatsache, um Furcht zu erzeugen. Immer wieder mein verhasster Onkel und seine unberechenbare schwarze Seele, dachte er. In hilfloser Wut schlug Waldemar gegen einen der Baumstämme. Angesichts des jähen Schmerzes, der seine Hand durchzuckte, stöhnte der verzweifelte junge Mann auf.

Während er sich die pochenden Finger hielt, ging er noch einmal alle Möglichkeiten durch. Wie wäre es, kam ihm plötzlich der Gedanke, wenn ich derjenige wäre, der Adolana schonend und teilnahmsvoll vom Tod ihres Onkels berichten würde? Sicher benötigt die junge Frau Trost angesichts des schweren Verlustes, dachte er mit einem diebischen Grinsen auf den Lippen. Ganz nebenbei könnte er dann einfließen lassen, dass er einen Mann in seinem Alter kurz nach der Tat beobachtet hatte, der in großer Hast vom Hof geritten war. Adolana konnte unmöglich wissen, dass er sich, als ihr Onkel den Tod gefunden hatte, überhaupt nicht in der Nähe der Burg aufgehalten hatte. Im Gegenteil, möglicherweise konnte er sie sogar davon überzeugen, dass er nicht an dem Mord in der Kirche beteiligt war. Die unschöne Tatsache, dass Adolanas geliebter Onkel in ungeweihter Erde ruhte und seine Seele in der Hölle schmorte, brauchte sie dagegen nicht zu erfahren.

Waldemars Begeisterung steigerte sich, als er sich ausmalte, wie er den Mann ausführlich beschreiben würde, so dass sie gar nicht umhinkäme, in ihm ihren Begleiter wiederzuerkennen. Zu tief saß die Erinnerung an die verstohlenen Blicke, die sie diesem Kerl immer wieder zugeworfen hatte. Es war nicht schwer gewesen, die beiden auf ihrer Reise zu beobachten, obwohl er das eine oder andere Mal den Eindruck gehabt hatte, ein gewisses Misstrauen in dem hochgewachsenen Junker geweckt zu haben.

Und dann Adolanas Sorge um diesen Kerl, als die Steine wie von Geisterhand hinabgestürzt waren und ihn leider nur beinahe erschlagen hatten. Doch bald würde er es ihm heimzahlen! Ein letztes Problem galt es allerdings zuvor zu überwinden. Wie sollte er bloß in die Nähe seiner großen Liebe gelangen? Schließlich war er immer noch ein Winzenburger, und denen war der Welfenherzog nicht gerade freundlich gesinnt.

Zwei Tage später und einige Meilen von der Burg Wohldenberg entfernt, brachte schließlich kein anderer als der Kaiser höchstpersönlich Waldemar auf die Lösung seines Problems. Der junge Mann hatte nach seinem fehlgeschlagenen Plan, sich des Begleiters von Adolana zu entledigen, um die junge Frau zu entführen und mit ihr dem Einflussgebiet seines Onkels zu entfliehen, die Verfolgung aufgegeben. Sein Entschluss, nicht zu seinem Verwandten zurückzukehren, bestand weiterhin. Allerdings musste er sich bald überlegen, wie er sich vor den Nachforschungen Hermanns auf Dauer schützen konnte.

Rein zufällig beobachtete Waldemar während einer Rast und aus sicherer Distanz den Kaiser an der Spitze seines großen Gefolges. Just in dem Moment fielen Waldemar die Worte seines Onkels Hermann wieder ein, dass der Kaiser demnächst in Halberstadt einen großen Reichstag abhalten werde.

Nachdenklich beobachtete Waldemar, wie die vielen Adligen, Bediensteten, Handwerker und sonstigen Gruppen vorbeizogen, die während eines derart großen Hoftags zusammenkamen, ohne selbst entdeckt zu werden.

Dabei kam ihm blitzartig der rettende Einfall. Er würde sein Wissen über den Mord an Loccum dem Kaiser verraten und seine eigene Rolle dabei als nebensächlich abtun. Immerhin entsprach das durchaus der Wahrheit. Damit würde er Adolana aus der Gefahrenzone holen, denn sie wäre nicht mehr als Zeugin nötig. Eine Tat, die ihr Herz für ihn einfach erwärmen musste! Kurz kämpfte der junge Mann mit seiner Furcht und der ihm eigenen Unsicherheit, doch dann siegte seine Hoffnung, mit diesem Schritt ein neues Leben, vielleicht sogar an der Seite Adolanas, beginnen zu können.

Als der große, herrschaftliche Zug zum Abend hin sein Lager aufschlug, näherte sich Waldemar langsam den Wachen und ließ sich, nach einiger Überzeugungsarbeit, von ihnen zum Kaiser bringen.

Zum ersten Mal hatte er sich damit gegen seinen übermächtigen Onkel durchgesetzt.

Wie gebannt starrte Adolana auf das beeindruckende Schauspiel, das sich ihr seit geraumer Zeit bot und kein Ende zu nehmen schien. Ganz Halberstadt bestaunte den feierlichen Einzug des Kaiserpaars und seines Gefolges durch das südliche Tor des steinernen Befestigungsrings. Da selbstverständlich auch die Bewohner der vorgelagerten Marktsiedlung den prächtigen Anblick genießen wollten, platzte das Gelände rund um den Dom aus allen Nähten.

Das letzte vergleichbare Ereignis, das seinen Glanz auf den Halberstädter Bischofssitz geworfen hatte, lag bereits über siebzig Jahre zurück. Erstaunlicherweise gab es tatsächlich noch einen Bewohner, der den Besuch des damals zehnjährigen Königs Heinrich erlebt hatte. Wenngleich der greise Priester bei diesem Ereignis gerade einmal selbst sechs Jahre gezählt hatte, so lauschten die Menschen nun seinen Geschichten von den prunkvollen Festlichkeiten zum damaligen Osterfest. Den diesjährigen Einzug musste sich der hochbetagte Kirchenmann nun zu seinem Leidwesen von den Halberstädtern schildern lassen. Aufgrund seiner Blindheit sowie zahlreicher anderer körperlicher Gebrechen blieb ihm das Ereignis verwehrt.

Adolana stand in der letzten Reihe und drückte sich mit dem Rücken gegen die Wand der Domburg. Obwohl sie nicht zusammen mit den anderen Hofdamen hinter der Herzogin stand, fühlte sie sich keineswegs einsam. Von dem immer lauter werdenden Gebrummel des Alten bekam sie ebenfalls nichts mit. Hingerissen von den rhythmischen Tönen der Musikanten, die den feierlichen Einzug begleiteten, bestaunte sie die farbenprächtigen Gewänder ebenso wie die aufwendig verbrämten Wagen und die herrlich geschmückten Pferde.

Von ihrem privilegierten Platz auf der Treppe zur Burg aus konnte sie das Treiben fast ungestört verfolgen. Da die junge Herzogin Adolana überhaupt keine Aufgaben übertrug, verfügte sie über ungewohnt viel freie Zeit. Während ihres kurzen Aufenthaltes am Hof hatte Adolana auf ihren Erkundigungen herausgefunden, dass die mächtige Domburg ursprünglich aus zwei Gebäuden, der Hauptburg sowie einer Vorburg, bestanden hatte und im Laufe der Jahrzehnte zu einer geschlossenen Anlage zusammengewachsen war. Die Kurien des Doms und Liebfrauenstifts befanden sich ebenfalls innerhalb des Befestigungsringes. Adolana hatte keine genaue Vorstellung von der Anzahl der Kleriker, die dort lebten, schätzte sie jedoch auf über vierzig, von denen die meisten ebenfalls dem Schauspiel beiwohnten. Einige taten dies mit missbilligenden Mienen angesichts der Pracht einiger Fürsten, andere mit unverhohlener Begeisterung.

Trotz ihrer Gebanntheit spürte Adolana plötzlich, dass jemand sie beobachtete, und suchte mit den Augen die Menge ab, die sich vor der Treppe zur Domburg versammelt hatte. Nirgendwo begegnete ihr jedoch ein ihr zugewandter Blick, trotzdem hielt sich das Gefühl hartnäckig und verstärkte sich sogar. Als die junge Frau verstohlen das schräg vor ihr stehende kaiserliche Paar beobachtete, kreuzten sich ihre grünbraunen Augen mit den grauen, fast farblosen der Kaiserin, und Adolana senkte verwirrt den Kopf. Einen Moment später richtete sie erneut ihre Aufmerksamkeit auf das bunte Treiben.

Bereits zum zweiten Mal, seitdem die Eltern der Herzogin eingetroffen waren, beschlich Adolana angesichts der beeindruckenden Erscheinung Kaiserin Richenzas ein seltsames Gefühl der Hilflosigkeit. Genauso war es ihr nach der freudigen Begrüßung Gertruds durch das Kaiserpaar ergangen. Für den Bruchteil eines Augenblicks hatte der durchdringende Blick der Herzoginmutter auf ihr geruht, fast so, als wollte sie den Wert einer Ware beurteilen. Adolana hatte dabei nicht den Eindruck gewonnen, als wäre das Ergebnis für sie besonders schmeichelhaft.

Beschäftigt mit ihren eigenen Gedanken und erneut abgelenkt durch das laute und bunte Treiben, entging Adolana, dass Gesines Gesicht einer steinernen Maske glich.

Erst als ein stattlicher Mann an dem kaiserlichen Paar und dessen Tochter vorbeikam, fiel Adolana der selbstgerechte Ausdruck des Reiters auf, und sie folgte seinem Blick.

Gesine war auf einmal so bleich, dass Adolana schon fürchtete, sie würde im nächsten Moment einfach zur Seite kippen. Die Lippen der Hofdame waren zu einem kaum mehr erkennbaren schmalen Strich zusammengepresst, und ihre Augen, die vor ein paar Tagen noch Berengar mit einem glänzenden Strahlen gelockt hatten, funkelten derart hasserfüllt, dass Adolana erschauerte. Später sollte sie erfahren, dass es sich bei Gesine um eine Nichte des ermordeten dänischen Herzogs Knud handelte.

Zwei Stunden später war die Begeisterung der meisten Anwesenden über den festlichen Einzug verstrichen, und auch Adolana folgte erleichtert und müde der Herzogin in den großen, herrlich geschmückten Saal der Domburg. Am Abend sollte dort ein prachtvolles Mahl stattfinden, und bereits am nächsten Tag sollte der Reichstag beginnen.

Über die anderen Hofdamen hatte Adolana erfahren, dass zwei bedeutende Ereignisse alles andere in den Schatten stellten: die Belehnung Albrechts von Ballenstedt mit der Nordmark und die Erneuerung des an den Kaiser gerichteten Treueids des dänischen Mitkönigs Magnus. Adolana bezweifelte stark, dass sie diesen sicherlich beeindruckenden Vorgängen beiwohnen durfte, denn die Kaiserin hatte ihr ausrichten lassen, dass sie noch vor dem Abendessen mit ihr zu sprechen wünsche. Sie konnte sich des Eindrucks nicht erwehren, dass Richenza mit ihrem Verbleib am Hof Gertruds nicht einverstanden war.

Die junge Frau musste noch lange auf die angekündigte Begegnung warten, und ihre Nervosität stieg von Stunde zu Stunde, seit sich der Kaiser und seine Gemahlin in ihre

Gemächer zurückgezogen hatten. Adolana hatte den einzigen Ort aufgesucht, der nicht mit Menschen überfüllt war – zumindest nicht mit lebenden. Das Friedhofsgelände befand sich westlich des Doms bei einem anderen Gotteshaus, der Liebfrauenkirche, und die unruhige junge Frau hatte diesen Platz bereits am zweiten Tag nach ihrer Ankunft in ihr Herz geschlossen. Die Toten auf dem nahen Friedhof störten sie nicht im Geringsten, denn Adolana hatte die Erfahrung gemacht, dass ihr die Ruhe solcher Orte eher guttat. Außerdem musste sie augenblicklich eher die Lebenden fürchten. Das ältere Gotteshaus gefiel ihr obendrein auch besser als der mächtige Dom, der sie eher einschüchterte, als ihr die ersehnte Ruhe zu bringen.

Eigentlich genoss Adolana die angenehme Stille der Apsis, doch diesmal hielt es sie nicht auf der harten Bank. Ruhelos ging sie im Schutz des Langhauses des über einhundert Jahre alten Kirchengebäudes zwischen zwei mächtigen alten Eichen hin und her und zermarterte sich den Kopf, worüber die Kaiserin wohl mit ihr sprechen wollte. Tief im Innern ahnte sie allerdings den Grund dafür. Da der Gemahl der Herzogin, Heinrich der Stolze, noch immer nicht eingetroffen war, hatte sich Gertrud zweifellos wegen einer Entscheidung über Adolanas weiteren Aufenthalt an ihre Mutter gewandt.

Auch die Herzogin bereitete sich auf das festliche Abendmahl vor. Wie gewohnt benötigte sie dafür nicht Adolanas Hilfe, sondern nur die ihrer anderen Hofdamen, allen voran Gesines. Bisher hatte dies Adolana nicht weiter gestört, da ihr dadurch ausreichend Zeit blieb, um ihre neue Umgebung zu erkunden. Nun, da sogar außerhalb der Befestigungsmauern Halberstadts ein großes Zeltlager entstanden war, war sie sich ihrer Rolle als Außenseiterin auf einmal mit voller Wucht bewusst.

Zwischen all den vielen Menschen gab es keinen einzigen, der ihr näher stand und mit dem sie ihre Sorge um das Wohlergehen ihres Onkels und die Angst vor dem Winzenburger Grafen teilen konnte. Gertrud hatte seit ihrem Ankunftstag kein Wort mehr an sie gerichtet, und auch die anderen Hofdamen gaben sich kühl und abweisend, wenngleich ohne die offenkundige Abneigung, die Gesine zur Schau trug. Bis zur Klärung ihrer Situation hatte die Herzogin Adolana das Reiten untersagt, weshalb sie des Gefühls der Freiheit, das sie fast so sehr brauchte wie die Luft zum Atmen, ebenfalls beraubt war. Zumal sie diese Entscheidung für völlig übertrieben hielt. Wohin sollte sie schon gehen?

Der Schmerz wegen Johannes und dessen tragischen Schicksals drang nicht selten mit aller Macht an die Oberfläche und raubte ihr fast den Atem. Ein weiteres, weitaus angenehmeres Bild schob sich ab und an davor, und es gelang Adolana weder, die damit einhergehende Sehnsucht zu unterdrücken, noch die dunklen, fast schwarzen Augen Berengars fortzuwischen.

Mit einem Stöhnen stützte sie sich mit einer Hand an dem dicken Baumstamm ab, ohne auf den Wind zu achten, der unaufhörlich an ihrem Umhang zerrte.

»Kann ich Euch helfen, edles Fräulein?«

Erschrocken fuhr die junge Frau aus ihrer Versunkenheit auf und starrte den fremden Mann peinlich berührt an. Dann stutzte sie, und im nächsten Augenblick erkannte sie, dass es Waldemar war, der sie in dieser niedergedrückten Stimmung überraschte. Im gleichen Moment fing sie an zu taumeln, und der Angstschweiß brach ihr aus, als der junge Mann nach ihrem Handgelenk griff.

»Bitte habt keine Angst, Fräulein Adolana«, flehte er mit leiser, eindringlicher Stimme. »Ihr müsst Euch nicht vor mir fürchten, denn ich könnte Euch niemals etwas antun.«

Mit einem Ruck riss sie sich los und trat einen Schritt zurück, so dass sie den harten Eichenstamm im Rücken fühlte. »Was wollt Ihr von mir?«

Erstaunt darüber, wie fest ihre eigene Stimme klang, straffte sich Adolana und versuchte gleichzeitig herauszufinden, ob ihr an diesem Ort Gefahr von dem Neffen des Winzenburgers drohte. Erleichtert atmete sie unmittelbar danach auf, denn in der Nähe der Liebfrauenkirche waren immer noch viele Menschen unterwegs.

»Meiner Freude darüber Ausdruck verleihen, dass wir uns so schnell wieder begegnet sind und dass Ihr bei guter Gesundheit seid.«

Waldemars dezenter Hinweis auf ihre letzte Begegnung im Wald behagte Adolana keineswegs, nichtsdestotrotz entdeckte sie in dem Gesicht des Mannes keine Anzeichen von Überlegenheit oder gar Bedrohung. Im Gegenteil. Zu behaupten, dass ihr der flehende Ausdruck in seinen Augen besser gefiel, war allerdings stark übertrieben.

»Wer sagt mir, dass Ihr jetzt nicht das durchführen wollt, was Ihr bei unserem letzten Aufeinandertreffen nicht geschafft habt?«, provozierte Adolana ihn.

Sie war verblüfft, als sich daraufhin der flehende Ausdruck noch verstärkte und sich in seinem Blick ein Schmerz zeigte, den sie nur zu gut von ihrem Onkel kannte. Und zwar von jenen Momenten, wenn er das Bild seiner Frau angesehen hatte.

»Wieso sollte ich so dumm sein und es hier tun, vor den Augen aller, obwohl es im Wald so viel leichter gewesen wäre? Glaubt mir bitte, dass ich niemals Euren Tod wollte, sondern nur das eine ...«, widersprach er stockend, um dann gänzlich abzubrechen.

Intuitiv scheute Adolana davor zurück, ihn zum Weiterreden zu ermutigen. Als sie es dann doch tat, bereute sie es im selben Augenblick.

»Die Erfüllung des Eheversprechens, das Euer werter Onkel, Gott habe ihn selig, mir gegeben hat.«

»Wieso sprecht Ihr von meinem Onkel, als wäre er tot?«, fiel Adolana ihm ins Wort, während ein unheilvolles Gefühl von ihr Besitz ergriff.

Waldemar von Bregenstein wurde bleich und ergriff erneut ihre Hand. »Ihr wisst es noch gar nicht? Oje, gerade ich Unglückseliger muss also derjenige sein, von dem Ihr diese Nachricht erfahrt.«

Ohne auf das sanfte Streicheln zu achten, mit dem Waldemar ihre Hand liebkoste, fragte sie tonlos: »Wieso? Wann?«

»Vor vier Tagen, edles Fräulein. Ich wollte Euch meine Aufwartung machen, als mir die völlig aufgelöste Dienstmagd Eures Onkels im Hof von Burg Wohldenberg begegnete und mich zu der Stelle zog, wo er … Ich meine, als sie mir von dem tragischen Unglück erzählte.«

»Unglück? Was für ein Unglück?«, flüsterte Adolana, während ihr bereits die Tränen übers Gesicht liefen.

»Es tut mir sehr leid, edles Fräulein, aber Euer Onkel ist offensichtlich aus dem Turmzimmer gestürzt«, antwortete Waldemar leise und mit einem hilflosen Schulterzucken.

Verzweifelt riss Adolana ihre Hand weg und schrie: »Ihr lügt! Mein Onkel würde sich niemals etwas antun!« Die leise Stimme in ihrem Hinterkopf, die gerade das Gegenteil behauptete, nahm sie kaum wahr.

»Sicher nicht!«, rief Waldemar ihr hinterher, obwohl Adolana bereits zwischen den vielen Menschen verschwunden war. »Deshalb habe ich ja auch versucht, den Mann zu finden, der mir auf dem Weg zur Burg begegnet ist. Wieso hört Ihr mich nicht an?«, murmelte er nun leise, schloss die Augen und lehnte seine Stirn gegen die dicke Eiche.

Wie durch einen dichten Nebel drang das energische Klopfen in Adolanas Unterbewusstsein, ohne sie jedoch wirklich zu erreichen. Umso mehr erschrak sie, als plötzlich jemand die Tür zu ihrer Kammer aufstieß. Mit einem Ruck fuhr sie von ihrem Bett hoch und setzte zu einer heftigen Zurechtweisung an. Zu ihrem großen Erstaunen sah sie sich jedoch nicht Mathilde gegenüber, sondern der Kaiserin, die mit in die Hüften gestemmten Händen vor Adolanas eingeschüchterter Dienstmagd stand. Im letzten Moment schluckte Adolana die Worte, die ihr bereits auf der Zunge lagen, hinunter und wischte sich über das verweinte Gesicht, während sie sich hastig erhob.

Der eisige Blick Richenzas wurde angesichts Adolanas jämmerlicher Gestalt ein wenig milder, färbte auf den Klang ihrer Stimme aber leider nicht ab. »Ich bin es nicht gewohnt, versetzt zu werden. Egal, was für Gründe die jeweilige Person vorbringt!«, sagte sie.

Bei der scharfen Zurechtweisung lief Adolana ein Schauer über den Rücken, und mit einem Mal fiel ihr die Frau wieder ein, die versucht hatte, sie auf ihrer haltlosen Flucht vom Friedhof aufzuhalten. Adolana hatte sie nur beiläufig bemerkt, die zugerufenen Worte kaum gehört und war, halb blind vor Tränen, einfach weitergehastet. Zu dem Zeitpunkt hätte höchstwahrscheinlich der Kaiser höchstselbst kein Gehör bei ihr gefunden.

Zerknirscht kniete Adolana nun tief vor Richenza, ohne den Blick zu senken. Nach dem Verlust ihres geliebten Onkels erschien der niedergeschlagenen jungen Frau ein zu demütiges Verhalten falsch und war ihr daher zutiefst zuwider.

»Verzeiht mir bitte, Euer Majestät. Ich würde gerne den Grund für mein Handeln vortragen, auch wenn es keine Entschuldigung dafür gibt«, entgegnete Adolana mit einem leichten Zittern.

In den grauen Augen der Kaiserin wechselte sich Ungläubigkeit mit Interesse und schließlich mit Neugierde ab.

»In der Tat, Fräulein Adolana. Oder soll ich Euch lieber Fräulein Eila nennen? Ich kannte Eure Tante, müsst Ihr wissen. Für mich zählt aber nicht nur die äußerliche Ähnlichkeit, sondern es kommt vor allem auf die inneren Werte an. Eila, Gott habe sie selig, war in jeglicher Hinsicht eine wahrhaftige Königin unter den Frauen.«

Adolana schluckte schwer und nickte. Die Kaiserin fasste nur das in Worte, was ihr selbst schon lange klar war. Trotzdem tat es weh.

»Wer hat Euch vom Tod Eures Onkels erzählt?«

Zögernd berichtete Adolana von dem Gespräch mit dem Neffen des Grafen von Winzenburg, ohne näher auf die Einzelheiten einzugehen.

»Er hat sich von seinem Onkel abgewandt und ist sogar bereit, als Zeuge vor Gericht gegen den Grafen auszusagen. Waldemar wird nicht nur von dem Attentat berichten, das sein Onkel in Auftrag gegeben hat, sondern auch von dem Mord an einem augenscheinlich schwachsinnigen Jungen. Seine einzige Bedingung war, dass Euer Name bei der Anklage seinem Onkel nicht zu Ohren kommt.«

Belustigt kräuselte Richenza die schmalen Lippen, als sie Adolanas überraschte Miene sah. Die leicht dreieckige Gesichtsform mit dem spitz zulaufenden Kinn hatte die über vierzigjährige Kaiserin ihrer Tochter Gertrud zweifelsfrei vererbt. Der Herzogin fehlten allerdings der harte Zug um den Mund und die Kälte im Blick.

»Wieso so verwundert? Ich war dabei, als dieser Waldemar mit seinem Anliegen im kaiserlichen Zelt aufgetaucht ist. Gleichzeitig hat er den Kaiser um Vergebung und um Aufnahme bei einem seiner Gefolgsleute gebeten, damit er die Ehrlichkeit seiner Worte beweisen kann. Sein Onkel, der Winzenburger Graf, wird sich der kaiserlichen Anklage stellen müssen. Der Kaiser will übrigens dem Wunsch des Herrn Waldemar entsprechen und einen neuen Herrn für ihn suchen, bei dem er seine Ausbildung zum Ritter beenden kann. Ich muss sagen, Ihr habt das Herz des jungen Mannes erobert, obwohl Ihr es nicht wahrhaben wollt. Drum lasst Euch einen Rat geben: Tragt Eure Gefühle nicht für alle anderen sichtbar auf Eurem Antlitz mit Euch herum. Ohne Frage hat Euch der Tod Eures Onkels schwer getroffen, gleichwohl solltet Ihr nach Möglichkeit ausschließlich innerlich trauern. Nur so bietet Ihr Euren Feinden keine Angriffspunkte und triumphiert selbst in Stunden der Not.«

Richenza wandte sich zum Ausgang, doch bevor sie das Zimmer verließ, sah sie nochmals über die Schulter.

»Meine Tochter besitzt diese Eigenschaft leider nicht, deshalb benötigt sie an ihrer Seite unbedingt Menschen, die sie schützen und die ihr sämtliche Unannehmlichkeiten sowie mögliche Verletzungen abnehmen, bevor sie damit in Berührung gerät. Ihr dagegen seid eine starke Person. Ich habe eine gute Menschenkenntnis und irre nur selten. Es wird sich bald zeigen, ob ich mich in Euch täusche. Seid pünktlich zum Abendessen. Niemand darf auch nur im Entferntesten auf den Gedanken kommen, Ihr hättet soeben einen schmerzlichen Verlust erlitten. Übrigens, mein Gewand steht Euch viel besser als mir!«

Minuten später starrte Adolana noch immer auf die Türöffnung, durch welche die Kaiserin verschwunden war. Besitze ich diese Eigenschaft tatsächlich? Kann ich tatsächlich irgendwann triumphieren und den Tod von Johannes rächen?, fragte sie sich.

Adolana ahnte, dass Richenza mit ihrer Vermutung möglicherweise gar nicht so falsch lag. Trotz des unbändigen Schmerzes über den gerade erlittenen Verlust meldete sich in ihr bereits wieder eine Stimme zu Wort, die an die Zukunft dachte. Zaghaft, aber vehement. Nicht im Tal der Trauer verbleiben, sondern vorwärts schauen. Das hatte sie ebenfalls mit ihrer Tante gemeinsam. Eila hatte ein hervorragendes Gespür für die richtigen Entscheidungen zum richtigen Zeitpunkt besessen.

Entschlossen wischte Adolana sich die letzten Tränen aus ihrem Gesicht, öffnete die Tür und rief nach Mathilde. Es gab viel zu tun, und sie hatte nur wenig Zeit. Trübe Gedanken und Grübeleien, die augenblicklich zu nichts führten, musste sie auf später verschieben.

5. KAPITEL

Zwei Stunden später, nach dem Genuss eines ebenso herrlichen wie üppigen Abendmahls, war es Adolana nicht vollständig gelungen, ihre Trauer zu vertreiben, wenngleich sie ihre Gefühle den anderen nicht mehr offenbarte. Nach einer wahrhaft meisterlichen Leistung Mathildes vermochte niemand mehr Tränenspuren auf ihrem Gesicht zu entdecken. Kaum hatte die verweinte junge Frau nach dem Dienstmädchen gerufen, stand es auch schon vor ihr, so als hätte es nur darauf gewartet.

Erst packte Mathilde kühle Tücher, die sie zuvor in einem Aufguss der Knotenbraunwurz gelegt hatte, auf das angeschwollene Gesicht. Anschließend suchte die einfallsreiche Magd kritisch das hellbraune Gewand ihrer Herrin nach Flecken ab, um danach Adolanas haselnussfarbene lange Haare mit derben Handgriffen durchzukämmen und mit einigen grünen Bändern zu verzieren, wobei sie das nötige Feingefühl vermissen ließ. Offensichtlich war das junge Mädchen noch immer leicht eingeschnappt wegen Adolanas ungebührlichem Verhalten am Abend vor Berengars Abreise.

Trotzdem hatte Adolana keinerlei Anlass, sich über mangelnden Respekt zu beklagen, denn das Ergebnis von Mathildes Bemühungen war zweifelsohne mehr als gut. Die bewundernden Blicke der anderen Gäste waren Bestätigung genug. Zudem gefiel ihr die unverfälschte Art des Mädchens, das sie ein wenig an sich selbst erinnerte.

Während Adolana einem Mann zuhörte, der nach eigenem Bekunden zum Gefolge des Erzkanzlers Adalbert von Mainz gehörte, wanderte ihr Blick zwischendurch noch immer vergeblich auf der Suche nach Gesine umher. Adolana konnte sich kaum einen Grund vorstellen, aus dem die hübsche Hofdame der Herzogin von diesem festlichen Ereignis fernbleiben sollte.

»Habt Ihr Mainz schon einmal besucht?«

Es dauerte einen Moment, bis Adolana den fragenden Blick ihres Gegenübers bemerkte. Schuldbewusst lächelte sie den jungen Mann an, denn sie hatte vom Inhalt des äußerst einseitigen Gesprächs kaum etwas mitbekommen. »Verzeiht mir bitte, wie lautete Eure Frage gleich?«

Zur ihrer großen Erleichterung schien der Junker nicht im Mindesten wegen der mangelnden Aufmerksamkeit des hübschen Edelfräuleins verschnupft zu sein.

»Ich hatte mich erkundigt, ob Ihr Mainz bereits kennengelernt habt. Es handelt sich um eine wunderbare Stadt, zu deren Wohlstand und Macht auch mein Herr einiges beigetragen hat.«

Interesse heuchelnd bat Adolana den Mann, dessen Name ihr zum Glück eben wieder eingefallen war, ihr unbedingt mehr zu erzählen. Geschmeichelt durch die Aufmerksamkeit, die sie ihm zuteilwerden ließ, setzte Dietwald seinen Bericht voller Elan fort. Davor holte er sich aber nochmals Adolanas Bestätigung.

»Ich weiß nicht, ob diese Dinge für ein Edelfräulein, wie Ihr es seid, von Wichtigkeit sind. Möglicherweise haltet Ihr sie für belanglos«, merkte er an, und seine offensichtliche Freude über ihre nochmalige Bitte beschämte Adolana fast schon wieder.

»Mein Herr, der Erzbischof von Mainz, ist gleichzeitig auch der Erzkanzler unseres Reiches und somit der rangerste aller sieben Kurfürsten. Die Mainzer Bürger haben ihm viel zu verdanken, und damit meine ich jetzt nicht nur das Freiheitsprivileg, nach dem sie sich nur innerhalb der Stadtmauern vor den Gerichten verantworten müssen. Von den vielen Vergünstigungen bei den Steuern ganz zu schweigen.«

Adolana hatte Mühe, der langweiligen Erläuterung zu folgen. Dietwald war zwar ganz ansehnlich mit seinen dunklen Locken und den sanften braunen Augen, aber sein ungläubiger Blick erinnerte sie irgendwie an die Kuh, die sie bis vor ein paar Wochen noch auf Burg Wohldenberg gehalten hatten. Mit einem Schlag war ihre Aufmerksamkeit wieder geweckt. Sie musste sich jedoch Mühe geben, seinen Worten zu folgen, da der Junker die Stimme gesenkt hatte.

»Der Einsatz unseres verehrten Erzbischofs hatte leider nicht nur Annehmlichkeiten zur Folge. Die Schwierigkeiten mit den Staufern nehmen immer weiter zu.«

»Was meint Ihr? Von welchem Einsatz sprecht Ihr?«, fragte Adolana, die das Gesagte sofort an Berengar erinnerte.

Mit einem hastigen Blick vergewisserte sich Dietwald, dass niemand ihr Gespräch belauschte, und rückte dichter heran. »Bei der letzten Königswahl ist nicht zuletzt dank der tatkräftigen Unterstützung des Erzbischofs das Votum auf unseren jetzigen Kaiser gefallen. Friedrich, der Herzog von Schwaben, und sein jüngerer Bruder Konrad haben ihm das bis heute nicht verziehen.«

Diesmal war Adolanas Anteilnahme nicht geheuchelt, als sie ihn darum bat, weiterzureden.

»Der schwäbische Herzog hat anfangs unserem verehrten Kaiser den Lehnseid verweigert, schließlich hatte er sich aufgrund seiner Herkunft selbst Hoffnung auf den Thron gemacht.«

Als Dietwald die verständnislose Miene Adolanas bemerkte, räusperte er sich und erklärte ihr leise, dass es sich bei Friedrichs Mutter um die Tochter des letzten salischen Kaisers handelte. Mittlerweile hatte der junge Mann seinen Stuhl dicht an den ihren herangezogen, so dass sie seinen Atem an ihrer Wange spüren konnte.

»Die beiden Stauferbrüder haben einige Kriege gegen unseren Kaiser geführt, wobei ich der Ansicht bin, dass der jüngere von ihnen die treibende Kraft ist. Schließlich mussten sie sich aber geschlagen geben und dem Kaiser beugen. Ich war dabei, als Friedrich sich in Bamberg als einfacher Büßer vor unserem Herrscher niederwarf. Ein wahrhaft beglückender Anblick, sage ich Euch.«

Wie rein zufällig strich Dietwald Adolana über den Arm, während er sie mit einem sehnsüchtigen Lächeln bedachte.

»Gewährt Ihr mir die Ehre und zeigt mir am morgigen Tag das Gelände der Domburg, edles Fräulein?«

Adolana erkannte, dass es Zeit wurde, sich zurückzuziehen, und lehnte bedauernd, aber entschieden ab. Die Enttäuschung über die unerwartete Zurückweisung zeichnete sich augenblicklich auf dem jungen, bartlosen Gesicht ab, das mit einem Mal wehleidig wirkte, wie bei einem kleinen Jungen, der vergeblich auf die Erfüllung eines Wunsches hoffte.

Bevor Adolana sich aus dem überfüllten Saal zurückzog, suchte sie die Herzogin auf, um deren Erlaubnis einzuholen. Obwohl Gertrud bisher auf die Hilfe der fremden jungen Frau verzichtet hatte, unterstand Adolana der jungen Herzogin. Wie erwartet nickte Gertrud nur geistesabwesend. Sofort richtete Adolana ihren Blick auf die Kaiserin, die neben ihrer Tochter an dem mit silbernen Bechern und Karaffen gedeckten langen Tisch saß, während ihr Gemahl etwas abseits stand und sich mit dem Erzbischof unterhielt, zu dessen Gefolge Dietwald gehörte.

»Ich sehe, wir haben uns verstanden, Fräulein Eila.«
Verwirrt senkte Adolana den Blick und versank in einem tiefen Knicks. Bedeutete diese Äußerung, dass sie bleiben durfte?

»Erhebt Euch und geht ein paar Schritte mit mir.«
Adolana traute den freundlichen Worten nicht, zumal sie in Richenzas kalten Augen deutliches Misstrauen las. »Ich finde es in höchstem Maße unschicklich für eine Hofdame meiner Tochter, wenn diese ständig in demselben Gewand herumläuft. Dieses Problem werden wir morgen klären.«

Mit dem letzten knappen Satz kam sie Adolanas Erklärung zuvor, und die junge Frau klappte den Mund wieder zu.

»Ihr habt Euch tapfer gehalten, trotz der schlimmen Nachricht, die Ihr kurz zuvor erhalten habt. Morgen Vormittag erwarte ich Euch zusammen mit meiner Tochter in meiner Kemenate. Dort werdet Ihr die wichtigsten Anweisungen für Euer zukünftiges Leben erhalten. Ich denke, es ist im Augenblick das Beste, wenn Ihr vorerst beim Namen Eurer Tante bleibt und nicht zu viel von Euch preisgebt. Zumindest, bis sich das Winzenburgische Problem gelöst hat.«

In Richenzas grauen Augen blitzte es kurz auf, und bevor Adolana sich versah, hatte die Kaiserin nach dem schwarzen Lederband gegriffen, das die junge Frau seit Berengars Abschied um ihren Hals trug. Zum Glück war das abgegriffene Band so lang, dass das Amulett in ihrem Ausschnitt verschwand. So entging Adolana neugierigen Fragen, denn sie empfand das Schmuckstück zwischen ihren Brüsten als tröstlich.

»Ihr habt sicher gute Gründe, dieses Medaillon zu tragen. Ich dagegen halte es für ein Edelfräulein ungeeignet. Außerdem macht es Euch angreifbar, denn es gibt Gefühle preis, die niemanden etwas angehen.«

Mit unergründlichem Blick betrachtete die Kaiserin noch einen Moment das Amulett auf ihrer flachen Hand, dann ließ sie es achtlos fallen. Gleich darauf hatte Adolana es mit einer schnellen Handbewegung wieder unter dem Stoff verschwinden lassen.

»Ich würde gerne den Menschen kennenlernen, dem es ursprünglich gehört hat. Solche Schmuckstücke sind oft der Spiegel unserer Seele, und in dem Fall handelt es sich sicher um eine äußerst faszinierende Seele«, murmelte Richenza so leise, dass Adolana den Eindruck bekam, die Worte seien eigentlich gar nicht für sie bestimmt.

»Und noch etwas.«

Der Eindruck, den Adolana soeben gewonnen hatte, verschwand wie eine Feder im aufkommenden Wind, denn Richenzas Stimme hatte wieder den gewohnt scharfen Ton angenommen.

»Falls Ihr vorhaben solltet, Euer Herz an Junker Dietwald zu verlieren – schlagt es Euch aus Eurem hübschen Kopf. Erstens ist er bereits verlobt, und zweitens, wobei dieser Punkt der eigentlich entscheidende ist, lohnt es sich nicht. Er würde *Euch* nicht glücklich machen und *mir* nichts nutzen. Außerdem hat der Kaiser sich in Anbetracht Eurer misslichen Lage entschlossen, Euch als Mündel anzunehmen. Ihr benötigt also momentan keinen Ernährer. Ihr dürft Euch entfernen.«

Mit einem Ausdruck der Verwirrung war Adolana aus dem großen Saal verschwunden und so schnell in ihre Kammer hinaufgeeilt, dass Waldemar ihr nicht folgen konnte. Als er den Gang erreichte, hörte er nur noch das Schließen der Tür. Unwillig schlug er mit der Faust gegen die Wand, und wie schon so oft half ihm der Schmerz, klarer zu denken.

Er würde sich nicht die Blöße geben, gegen eine Tür zu klopfen, die ihm sowieso nicht geöffnet wurde. Gewaltsam einzudringen kam überhaupt nicht in Frage, denn das würde Adolanas Herz mit Sicherheit nicht für ihn erwärmen. Bestimmt fand sich am nächsten Tag eine Gelegenheit, um ihr seine Beobachtungen über den fremden Mann mitzuteilen, der die Burg ihres Onkels so überstürzt verlassen hatte. Vielleicht nach dem feierlichen Akt mit dem äußerst abschreckend wirkenden Dänen. An diesem festlichen Ereignis würde selbstverständlich auch die Herzogin in der Begleitung ihrer Hofdamen teilnehmen. Dann wirst du mich anhören müssen, dachte er voller Überzeugung, bevor er sich mit einem grimmigen Lächeln auf den Lippen in seine Unterkunft zurückzog.

Am anderen Morgen wurde Adolana bereits früh aus dem Bett geholt. Aufgeregt plappernd stand Mathilde in ihrer Kammer und verhinderte so, dass die müde junge Frau erneut in einen traumlosen Schlaf fiel. Trotz der Wunder wirkenden Umschläge vom Vortag kämpfte Adolana mit einer bleiernen Müdigkeit und dem unvermeidlichen trockenen Brennen ihrer Augen. Erst als sie den Namen der Kaiserin aus dem munteren Geplauder heraushörte, wurde sie schlagartig wach.

»Was hast du gerade gesagt? Ich soll an der Seite der Herzogin am Reichstag teilnehmen?«

»Na ja, von teilnehmen würde ich nicht gerade sprechen«, erwiderte Mathilde verwundert. »Teilnehmen dürfen nur die Fürsten. Ich dachte, Ihr wüsstet das?«

»Du weißt doch, wie ich das meine«, gab Adolana ungeduldig zurück, während sie dem Mädchen das hellbraune Unterkleid aus den Händen riss und es sich überstülpte.

»Es ist der ausdrückliche Wunsch der Kaiserin, dass Ihr Herzogin Gertrud zur Seite steht. Deshalb müsst Ihr Euch jetzt auch wirklich beeilen, sonst bekomme ich den Ärger und nicht Ihr«, bat Mathilde ohne jede Unterwürfigkeit und entlockte ihrer Herrin damit ein respektvolles Lächeln, das in Anbetracht ihrer Lage allerdings schnell wieder verschwand.

»Da täuschst du dich aber gewaltig«, murmelte Adolana und ließ sich beim Anziehen helfen.

»Natürlich müsst Ihr vorsichtig sein. Nicht, dass es Euch so geht wie dem Fräulein Gesine. Man erzählt sich, dass die Arme Zimmerarrest hat«, plauderte Mathilde unbefangen weiter, ohne auf Adolanas sprachlose Miene zu achten.

Jetzt ist mir klar, wieso sie nirgendwo zu sehen ist, dachte Adolana ohne jede Schadenfreude. Sie war sich darüber im Klaren, dass ihr das Gleiche widerfahren konnte. Nervös strich sie sich über den Rock und bemerkte erst jetzt, dass es sich nicht um ihr braunes Gewand handelte.

»Woher hast du das?«, fragte sie argwöhnisch.

»Die Kaiserin hat es mir geben lassen. Und nicht nur dieses eine hier, sondern auch noch zwei andere. Seht nur, wie unglaublich hübsch das Rotbraune ist. Wie für Euch gemacht. Wie gut, dass Eure Figur der unserer zarten Kaiserin so ähnelt.«

Adolana hatte nicht den leisesten Schimmer, warum ihr diese Ehre plötzlich zuteilwurde. Der Argwohn verstärkte sich, denn eine Frau wie Richenza tat nichts ohne Berechnung. Daran gab es für sie nichts zu rütteln.

Am Abend desselben Tages fiel Adolana todmüde und mit schmerzenden Füßen auf ihre Bettstatt und genoss den Geruch des frischen Strohs. Obwohl die hinter ihr liegenden Stunden äußerst anstrengend gewesen waren, fühlte sie sich von einer gewissen Zufriedenheit erfüllt, denn im Stillen war sie davon überzeugt, die in ihr gesetzten Erwartungen erfüllt zu haben. Auch ihre Sorge darüber, ob die Entscheidung der Kaiserin die junge Herzogin verstimmt haben könnte, erwies sich als unbegründet. Freundlich, wie immer mit einer Prise Schwermütigkeit, war Gertrud ihrer neuen Hofdame begegnet, und in Adolana regte sich allmählich der Verdacht, dass die Herzogin gar keinen Wert auf eigene Entscheidungen legte. Richenza war eine einschüchternde Frau, die es gewohnt war, dass ihre Anweisungen nicht in Frage gestellt wurden. Schon gar nicht von ihrer eigenen, überaus sanftmütigen Tochter. Bei der mächtigen Kaiserin in Ungnade zu fallen wollte Adolana keinesfalls riskieren.

Wie Gesine.

Während der Curie hatte Adolana die ganze Zeit hinter ihrer Herrin gestanden, deshalb schmerzten ihre Füße auch so sehr. Die Schuhe aus braunem Ziegenleder sahen zwar sehr elegant aus, waren jedoch alles andere als bequem. Viermal hatte Gertrud den Kapitelsaal, in dem die weltlichen Handlungen stattfanden, mit ihr zusammen verlassen, um ihren Bedürfnissen nachzugehen. Jedes Mal unter dem leicht vorwurfsvollen Blick ihrer Mutter und den Verbeugungen der anwesenden Adligen des Reiches. Anfangs hatte Adolana Schwierigkeiten gehabt, dem Verlauf der Ereignisse zu folgen. Nach einiger Zeit fand sie jedoch alles derart faszinierend, dass sie jedes Mal größere Mühe hatte, ihren Unmut über das erneute Verlassen der Curie vor Gertrud zu verbergen.

Nach dem festlichen Einzug des Kaiserpaares in den Kapitelsaal bestimmte der Herrscher den Siegelbewahrer. Neben einigen nicht ganz so wichtigen Anliegen der anwesenden Fürsten, deren Namen Adolana alle nichts sagten, bestand der Höhepunkt in der Belehnung Albrechts von Ballenstedt mit der Nordmark. Beeindruckt von der stattlichen und würdevollen Erscheinung des Mannes, verfolgte Adolana den festlichen Akt. Nachdem der Graf den Treueeid geschworen hatte, küsste er das Zepter des Herrschers, welches ihm Lothar symbolisch überreichte, und bekräftigte damit den rechtlichen Akt. Als Albrecht sich anschließend wieder erhob und den Versammelten zuwandte, wirkte sein eher düsteres Gesicht anfangs ausdruckslos. Als der Blick des über dreißigjährigen Grafen über die Menge glitt, blitzte indes für den Bruchteil eines Augenblicks Triumph in seinen dunklen Augen auf.

Der restliche Tag verlief unglaublich schnell, und zu Adolanas Erleichterung blieb sie von weiteren direkten Begegnungen mit der Kaiserin verschont. Dank ihrer neuen Aufgabe als Hofdame bekam die junge Frau viele Dinge mit, die sie zwar spannend fand, aber nicht unbedingt als wichtig für sich erachtete. Dazu gehörte, dass sie versuchen musste, sich die Namen sämtlicher Personen einzuprägen, die sie kennenlernte.

Einen der Adligen kannte sie dagegen bereits.

Graf Siegfried von Bomeneburg hatte anfangs große Mühe, das verwahrloste Mädchen aus dem Stift in der eleganten Erscheinung Adolanas wiederzuerkennen. Er traf einen Tag nach dem Kaiserpaar ein, und Adolanas Herz tat einen Sprung, als sie den Grafen entdeckte. Nicht so sehr aus Freude über das Wiedersehen, sondern vielmehr aus der Hoffnung heraus, Berengar wiederzusehen. Diese Hoffnung zerschlug sich jedoch nach den ersten Worten des Grafen, als er sie auf dem Weg zu ihrer Kammer abends abpasste.

»Ich muss schon sagen, Fräulein Adolana«, begann er mit leiser Stimme. Er war zwar unerträglich in seiner überheblichen Art, jedoch von wachem Verstand und hatte seine Schlüsse aus ihrer Vorstellung in Gandersheim gezogen. »Ihr habt uns ein schönes Schauspiel geliefert. Von wegen Dienstmädchen. Wer hätte gedacht, dass sich unter der armseligen Erscheinung eine solche Augenweide versteckt?«

Durch seinen taxierenden Blick unangenehm berührt, hielt Adolana ihm stand und senkte nicht den Kopf. Die Ebenen hatten sich geändert. Sie war zwar eine Frau, aber nicht mehr arm und noch dazu in einer geachteten Position. Auf einmal war sie der Kaiserin für die beiden zusätzlichen Gewänder dankbar, und mit einer langsamen Handbewegung strich sie über den Rock aus schwerem, herrlich schimmerndem gelb-blauem Tuch aus Atlas.

»Vielleicht liegt hierin der Grund für das Ausbleiben meines Knappen verborgen. Hat er Euch ebenfalls so gesehen? Möglicherweise habt Ihr ihm sein verschlossenes Herz gebrochen und er hat sich in die Tiefen des Harzes zurückgezogen, um sein Unglück zu beweinen.«

Die sarkastische Ausdrucksweise des Grafen überraschte Adolana kaum, und sie empfand sie im höchsten Maße als unpassend. Zu ihrem Leidwesen sah sie sich gezwungen, Berengars längere Abwesenheit zu erklären, zumal sie selbst daran die Schuld trug. Wenn auch nicht in dem Sinne, wie der Graf es sich in seiner überheblichen und schmutzigen Phantasie ausmalte. Gleichzeitig breitete sich in ihr ein unglaubliches Glücksgefühl aus, da Berengar ihrem Wunsch nachgekommen war, denn bis zu diesem Zeitpunkt hatte sie darüber noch Zweifel gehegt.

»Ihr tut Junker Berengar unrecht, werter Graf, und schmeichelt mir viel zu sehr. Ich hoffe, dass Ihr mir verzeihen werdet, aber ich habe Euren Knappen aus lauter Sorge um meinen Onkel gebeten, ihm einen Brief von mir zu überreichen. Durch meinen Wunsch habe ich ihn in eine Zwickmühle gebracht, so fürchte ich. Denn er war hin- und hergerissen zwischen seinem Pflichtgefühl, sofort wieder zu Euch zu eilen, und seinem Anspruch, dem Wunsch eines Edelfräuleins zu entsprechen. Bitte vergebt mir und zürnt auch ihm nicht.«

Die Verwirrung des Grafen über den schnippischen Ton

Adolanas, der so rein gar nicht zu ihren schmeichelnden Worten passen wollte, steigerte sich noch, als das hübsche junge Fräulein ihm ein bittendes Lächeln schenkte. Da Siegfried von Bomeneburg nichts mehr hasste, als die ihm ureigene Arroganz zu verlieren, räusperte er sich und erklärte mit einem aufgesetzten Lächeln, dass ihm nichts ferner läge, als seinen Knappen für eine solch hehre Tat zu verurteilen. Überhaupt wünsche er dem Fräulein alles erdenklich Gute, sie müsse sich keine Sorgen machen, dass ihr Name dem Grafen von Winzenburg zugetragen werde. Dafür bürge er selbst höchstpersönlich mit seinem Wort.

»Ihr macht mich gleichzeitig glücklich und im höchsten Maße verlegen, Graf Siegfried«, erwiderte Adolana, während sie ihn mit der Hand scheinbar unabsichtlich am Arm streifte. »Vielleicht hattet Ihr noch keine Gelegenheit dazu, die neueste Entwicklung zu erfahren, aber unsere Kaiserin ist der Auffassung, dass meine wahre Herkunft hier vorerst geheim bleiben sollte. Deshalb möchte ich Euch nicht nur um Diskretion, sondern auch darum bitten, mich zukünftig ausschließlich mit Eila anzusprechen.«

Vom Tod ihres Onkels schien der Graf ebenfalls noch nichts gehört zu haben, und Adolana hegte kein Verlangen, ihn darüber in Kenntnis zu setzen. Zu groß war die Gefahr, im selben Augenblick in Tränen auszubrechen.

Nach einer galanten Verbeugung des Grafen zog sich Adolana überaus zufrieden mit sich selbst zurück. Wenngleich sie erstaunt darüber war, dass ihr ein solch ambivalentes Verhalten fast wie von selbst gelang, war es ihr keineswegs unangenehm. Die Ereignisse der letzten Woche hatten ihre feste Überzeugung, dass absolute Ehrlichkeit unabdingbar war, schwer ins Wanken gebracht. Ihren Onkel hatte sie damit in den Tod getrieben. Den Gedanken, dass er als Selbstmörder ohne Gottes Segen begraben worden war und in der Hölle dafür ewiglich würde büßen müssen, verdrängte sie sofort wieder. Tief in ihrem Innern hatte sie diese Tatsache noch immer nicht akzeptiert und klammerte sich an den Wunsch, jemand anders möge für seinen Sturz aus dem Turmfenster verantwortlich sein.

Was hätte es ihr denn gebracht, wenn sie Graf Siegfried ihre Abneigung deutlich gezeigt hätte? Mit Sicherheit keine Unterstützung und höchstwahrscheinlich Ärger für Berengar. Fraglich war allerdings, ob sie mit diesem Verhalten ihre Grundsätze nicht verriet. Aber damit würde sie sich später auseinandersetzen.

Eine Bestätigung ihrer neuen Sichtweise erhielt Adolana gleich am nächsten Tag, als sie sich auf den Weg zum Frühstück in die große Halle begab. Herzogin Gertrud war noch nicht anwesend, dafür begegnete ihr der Kaiser, der sein Morgenmahl allem Anschein nach bereits beendet hatte, und sie knickste ehrerbietig.

»Fräulein Eila, setzt Euch zu mir«, sagte Richenza, als Adolana den Raum betrat.

Innerlich widerstrebend folgte die junge Frau der Anweisung der Kaiserin und setzte sich nach einer förmlichen Begrüßung auf den freien Stuhl links von der Herrscherin. Da Lothars Platz an Richenzas anderer Seite ebenfalls leer war und noch nicht übermäßig viele der Hoftagsgäste diese frühe Mahlzeit einnahmen, konnten sie ungestört miteinander sprechen.

»Ihr habt Euch gestern gut gehalten. Meine Tochter hat sich in Eurer Gegenwart wohl und gestützt gefühlt, weshalb Ihr auch heute wieder den Ereignissen im Kapitelsaal beiwohnen dürft.«

»Vielen Dank, Euer Majestät.«

»Das heutige Ereignis wird Euch bestimmt ebenfalls gefallen, denn es handelt sich um die Erneuerung eines

Treueids des dänischen Mitkönigs Magnus. Er sitzt übrigens dort am Ende der Tafel«, erklärte Richenza mit leiser, eindringlicher Stimme.

Während die Kaiserin ihren silbernen Becher an die schmalen Lippen führte, schaute Adolana fast gelangweilt über die reich gefüllten Tischreihen. Sofort erkannte sie den Mann wieder, bei dessen Anblick Gesine neulich schlagartig leichenblass geworden war. Seitdem befand sich Gesine auf ihrem Zimmer.

»Ich werde Euch gleich mit ihm bekannt machen und möchte, dass Ihr für mich etwas in Erfahrung bringt. Jetzt wird sich herausstellen, ob Ihr Euch meines Vertrauens würdig erweist.«

Als Richenza die Überraschung in Adolanas Blick bemerkte, runzelte sie die Stirn.

»Denkt an Eure Mimik und hört mir einfach zu. Zum besseren Verständnis möchte ich Euch zunächst erklären, dass König Magnus nur deshalb auf den Thron gekommen ist, weil er seinen Vetter ermordet hat, der ihm den Anspruch hätte streitig machen können. Knud war Herzog von Schleswig und mit meinem Gemahl und mir gut bekannt, denn er wurde für einige Jahre an unserem damals noch herzoglichen Hof erzogen. Er war ein guter und gerechter Mensch, und wir haben ihn sehr geschätzt. Jetzt fragt Ihr Euch vielleicht, warum unser Kaiser auf den Treueid eines Lehnsmannes Wert legt, der Schuld am Tod eines, lasst es mich ruhig so deutlich sagen, Freundes trägt? Nun, die politische Situation erfordert es. Nicht mehr, aber auch nicht weniger.«

Hätte jemand die Kaiserin beobachtet, so hätte er den Eindruck, es handele sich bei dem Gespräch um ein harmloses Geplauder zwischen zwei Frauen, von denen eine erzählte, während sich die andere aufs Zuhören beschränkte. So gelassen und unverbindlich wirkte Richenza. Adolana musste den Blick senken, damit niemandem auffiel, wie unwohl sie sich fühlte. Langsam, aber sicher begann sie nämlich zu ahnen, wohin das Gespräch mit der Kaiserin führte.

»Natürlich hat sich König Magnus nicht unbedingt nur Freunde mit dieser Tat gemacht. Zusammen mit seinem Vater muss er sich seitdem immer wieder gegen die Halbbrüder des Ermordeten zur Wehr setzen. Hier kommt jetzt Eure Aufgabe. Wir müssen schnellstens in Erfahrung bringen, inwieweit der norwegische König in diese unangenehmen Streitigkeiten verwickelt ist, und direkten Nachfragen folgen nicht unbedingt Wahrheiten. Versteht Ihr, warum wir die Haltung des Norwegers in Erfahrung bringen müssen?«

Bedächtig hob Adolana den Kopf und hielt dem forschenden Blick der grauen Augen stand. »Weil es um die Unterstützung der richtigen Seite geht?«

Richenza nickte zufrieden, tunkte ein Stück Brot in die Schale mit dem goldgelben Honig und schob es sich in den Mund. Nachdem sie mit einem Schluck Wein nachgespült hatte, erhob sie sich. Gleich darauf befand sie sich auf Augenhöhe mit Adolana, der erst jetzt einfiel, dass sie sich noch gar nicht für die beiden neuen Gewänder bedankt hatte, was sie hastig nachholte.

»Ich halte nichts von Verschwendung, Fräulein Eila«, sagte die Kaiserin nun wieder mit erhobener Stimme, damit es jeder in der näheren Umgebung hören konnte. »Von der Statur her ähnelt Ihr mir, und es gefällt unserem Herrgott, wenn wir Gutes tun.« Dann senkte die Herrscherin die Stimme erneut, während sie Adolanas Arm ergriff und das Mädchen mit leichtem Druck mit sich führte. »Ich werde Euch nun mit dem Mann bekannt machen. Die Auskünfte, nach denen es uns verlangt, wird er bei einem netten, aber belanglosen Plausch mit einem hübschen jungen Fräulein möglicherweise gedankenlos herausrücken. Meine Tochter wird sich heute Nachmittag nach den anstrengenden Abhandlungen im Kapitelsaal in ihre Gemächer zurückziehen. Ich habe gehört, dass Ihr gerne ausreitet. Welch passende Gelegenheit sich damit bietet.« Sie wandte sich dem Dänen zu. »König Magnus! Ich hoffe, unsere bescheidenen Speisen munden Euch?«

Der Däne, ein Bär von einem Mann, erhob sich betont bedächtig und versicherte Richenza, dass er noch nie im Leben so gut gefrühstückt habe.

»Erweist Ihr mir die Ehre und wohnt der Erneuerung meines Eides bei?«, fragte er.

»Selbstverständlich! Ebenso wie dieses edle Fräulein hier«, die Kaiserin wies auf Adolana, »bin ich schon ganz erpicht auf den festlichen Akt.«

Unangenehm berührt durch die knappe Verbeugung des Dänen, spürte Adolana, wie sich die verräterischen roten Flecken auf ihren Wangen ausbreiteten. Dem massigen Hünen schien es zu gefallen, denn ein breites Grinsen zeigte sich auf dem bärtigen Gesicht.

»Wäre es sehr vermessen, wenn ich darum bitten würde, dass diese junge Dame heute Abend beim Essen an meiner Seite weilt? Sie erinnert mich an meine Nichte, und so fern meiner Heimat und meines Eheweibs täte ihre Gesellschaft meinem Gemüt gut«, wandte sich Magnus an die Kaiserin, die ihm die Bitte, wie Adolana verbittert feststellte, mit einem verständnisvollen Lächeln gewährte.

»Wenn Ihr uns nun bitte entschuldigen würdet?«

Mit dem abscheulichen Gefühl, soeben verschachert worden zu sein, folgte Adolana der Kaiserin bis zu dem gewaltigen Treppenaufgang. Der Gedanke, diesen blonden Riesen an seine Nichte zu erinnern, tröstete sie nicht wirklich.

»Das wäre also geschafft! Seht zu, dass Ihr noch einen

Ausritt mit ihm arrangiert. Spätestens heute Abend wird er Euch voll und ganz erlegen sein.«

»Kennt Ihr seine Nichte? Wart Ihr deshalb so sicher, dass er Interesse an einer Bekanntschaft mit mir hat? Er ist schließlich ein König!«

Richenza bedachte Adolana mit einem seltsamen Blick, in dem fast ein wenig Mitleid lag. »Sein Interesse an Euch ist mir gestern bereits aufgefallen. Auch wenn Ihr anscheinend nichts davon bemerkt habt, was mit Sicherheit Eurem zarten Alter zuzuschreiben ist. Denkt daran, in allererster Linie ist er ein Mann und dann ein König. Gebt also acht und seid nicht leichtfertig.«

Adolana war überaus unschuldig in den Dingen, von denen Richenza sprach. Die Warnung, die unterschwellig mitklang, als Richenza dem Ausgang zustrebte, verunsicherte und ängstigte das Mädchen. Wie sollte sie bloß an die Neuigkeiten kommen, nach denen es Richenza verlangte? Adolana schätzte den dänischen Mitkönig auf mindestens fünfunddreißig Jahre. Die Angst verfestigte sich, als die Kaiserin sich nochmals zu ihr umwandte und sagte: »Mir ist übrigens nichts von einer Nichte bekannt.«

Der Neffe des Winzenburger Grafen kannte Dietwald zwar nicht persönlich, aber beide hatten eine Gemeinsamkeit: ihr Interesse an Adolana. Während es sich bei dem zwanzigjährigen Junker des Mainzer Erzbischofs eher um eine verträumte Verehrung handelte, schließlich wusste er um die Erwartungen, die seine Verlobte und seine Familie ihm gegenüber hegten, handelte es sich bei Waldemar bereits um eine Art von Besessenheit. Entgegen seiner Vermutung war es ihm bisher noch nicht gelungen, Adolana allein anzutreffen. Die entrückten Blicke des Nebenbuhlers waren ihm zwar entgangen, nicht aber der begehrliche Ausdruck auf dem Gesicht des Dänen.

Nach dessen Eid zog sich die Curie in zäh verlaufenden Stunden bis zum Nachmittag hin. Bevor Waldemar auch nur eine entfernte Chance hatte, dichter an Adolana heranzutreten, musste er hilflos zusehen, wie sie mit einer größeren Gruppe davonritt, zu der auch Magnus gehörte. Herzogin Gertrud, der sie in den letzten zwei Tagen nicht ein einziges Mal von der Seite gewichen war, hatte sich zurückgezogen. Auch Waldemars neuer Herr, Meingot von Merseburg, zeigte sich mehr an einem Nickerchen interessiert als an einem Ausritt in die nähere Umgebung. So konnte der niedergeschlagene Junker nur der knapp zwanzigköpfigen Gruppe hinterhersehen, als die Reiter durch das südliche Haupttor aus der Stadt preschten. Das Donnern der Hufe, kaum dass die Befestigungsanlagen der Stadt hinter ihnen lagen, klang dem jungen Mann noch längere Zeit in den Ohren. Selbst als die Reiter schon längst seinem Sichtfeld entschwunden waren, verharrte Waldemar noch immer unschlüssig auf seinem Platz in der Nähe der Torkapelle.

Seltsamerweise hielt ihn ein unbestimmtes Gefühl der Sorge um Adolana gefangen, das er sich nicht erklären konnte. Wie aus heiterem Himmel stand ihm die Ursache hierfür klar vor Augen. Es war der Ausdruck von Beklommenheit und Furcht, den er bei ihr wahrgenommen hatte. Und zwar von dem Zeitpunkt an, als sich der dänische Mitkönig an ihre Seite geheftet hatte und sein Pferd, kaum dass sie im Sattel saß, neben ihre kleinere Stute drängte.

Sie würde keine Chance haben und wäre Magnus hilflos ausgeliefert. Mit einem Mal war Waldemar klar, was er tun musste, um seine Angebetete zu retten.

Nebula schien die Nervosität ihrer Reiterin zu spüren, denn das Tier tänzelte derart unruhig, dass Adolana Mühe hatte, sie auf einem Fleck zu halten. Sie waren in südliche Richtung geritten, und die Stelle, an der die Gruppe nun hielt, war durchaus eine Rast wert. Vor ihnen wuchs ein bewaldetes Gebiet in mehreren größeren Stufen in die Höhe, und unterhalb davon plätscherte ein kleiner Bach. Adolana konnte die malerische Umgebung allerdings nicht genießen, da sie ständig darauf bedacht war, den Berührungen des Dänen auszuweichen. Mal lag eine behandschuhte Hand auf ihrem Arm, ein anderes Mal lenkte er sein mächtiges Streitross so dicht an Nebula heran, dass sein Bein das ihre wie unabsichtlich streifte. Adolana war viel zu unerfahren, um dem König freundlich, aber bestimmt seine Grenzen aufzuzeigen. Zu ihrer eigenen Beruhigung sagte sich die junge Frau daher immer wieder, dass sie sich keine Sorgen machen müsse, solange sie nur in der Gruppe blieb.

Das Wetter war an diesem dritten Tag der Curie zwar kalt, aber traumhaft schön, denn die Sonne strahlte mit der ganzen Kraft, die sie an einem der letzten Oktobertage noch aufbieten konnte.

»Habt Ihr schon einmal das Meer gesehen, Fräulein Eila?«

Adolana verdrehte kurz die Augen, bevor sie sich vom Vikar des Halberstädter Bischofs abwandte und ihre Aufmerksamkeit notgedrungen dem blondbärtigen Mann zu ihrer Linken schenkte. »Leider nicht, Euer Majestät.«

»Das ist wirklich zu schade, edles Fräulein. Das Meer hat eine beeindruckende Wirkung auf uns Menschen. Beim Anblick der unglaublichen Kraft des Wassers kommen wir uns ganz klein und unbedeutend vor.«

Wie es von einer unwissenden, jungen adligen Dame erwartet wurde, riss Adolana staunend die Augen auf, während sie sich zweifelnd fragte, wie sich solch ein Koloss von einem Mann je klein fühlen konnte. Überhaupt erinnerte sie die Aussprache des dänischen Mitkönigs stark an Gesine, die ihr dadurch ständig im Kopf herumspukte. Über deren Schicksal hatte Adolana von einer der anderen Hofdamen unter vorgehaltener Hand einiges erfahren. Gesine weigerte sich vehement, an der gleichen Tafel wie Magnus, der Mörder ihres Onkels, zu speisen. In diesem Fall hatte Adolana ausnahmsweise vollstes Verständnis für Gesine, wenn nicht gar Bewunderung für ihre Courage. Schließlich hatte ihre Weigerung zur Absetzung als erste Hofdame Gertruds geführt. Außerdem hatte sie während der gesamten Curie Zimmerarrest. Ein hartes Los, denn so eine Ansammlung Adliger bedeutete immer auch die Chance, das Herz eines dieser Männer für sich zu entflammen. Das war eine nicht zu unterschätzende Möglichkeit für die mittellose Gesine, mit der die sich immer hilfloser fühlende Adolana augenblicklich liebend gern getauscht hätte. Wieder steckte sie in einer Situation, in der ihr Mut sie im Stich ließ.

»Ganz zu schweigen von dem unglaublichen Gefühl, über den Meeresboden zu galoppieren.«

Während Adolana versuchte, durch die leichte Bewegung ihrer Schulter die schwere Hand Magnus' abgleiten zu lassen, wandelte sich das Erstaunen in ihrem Blick in Ungläubigkeit.

Ein dunkles, tiefes Lachen, das Adolana seltsamerweise als gar nicht so unangenehm empfand, ließ den Körper des Dänen erzittern.

»Das Wasser weicht in regelmäßigem Abstand immer wieder zurück. Niemand weiß genau, wohin. Bis es irgendwann wiederkommt und man aufpassen muss, dass die heranschwappenden Wellen einen nicht einkreisen. Denn dann ist man verloren. Schneller als das Wasser ist noch nicht einmal mein Pferd.«

Adolana, die nichts als Bäche und Flüsse kannte, hatte Mühe, sich dieses Meer vorzustellen. Gefangen in ihren Gedanken, bemerkte sie nicht, wie die Hand des Dänen wie unabsichtlich nach unten glitt. Für einen kurzen Moment blitzte im Sonnenlicht etwas an dem schwarzen Lederhandschuh auf, dann bäumte sich Nebula schrill wiehernd auf und raste davon.

Nur mit Mühe gelang es Adolana, sich auf dem völlig panischen Pferd zu halten. Obwohl sie eine erfahrene Reiterin war und sich praktisch mit ihrer Stute verwachsen fühlte, schaffte sie es nicht, das Tier unter Kontrolle zu bringen. Unter dem Donnern der Pferdehufe hörte die junge Frau ein weiteres Tier, das sich schnell näherte. Adolana umklammerte die Zügel, um nicht aus dem Sattel zu rutschen, während die herannahenden Geräusche immer lauter wurden.

Als eine mit schwarzem Rindsleder behandschuhte Hand nach ihren Zügeln griff, wusste Adolana, wer für ihre Rettung verantwortlich war. Kaum hatte Magnus das Tier in unmittelbarer Nähe einer Baumgruppe zum Stehen gebracht, sprang er von seinem riesigen Hengst und zog Adolana ebenfalls herunter.

»Ist Euch etwas geschehen?«

Für einen kurzen Moment ließ sich Adolana täuschen, denn seine Besorgnis klang echt.

»Es ist alles in Ordnung. Habt Dank für Eure Hilfe«, murmelte die junge Frau, während sie versuchte, sich seinem festen Griff zu entziehen.

»Ihr zittert, edles Fräulein. Nach dem Schreck benötigt Ihr sicher noch Halt!«

Einem Schraubstock gleich umklammerte Magnus sie mit einem Arm, während er ihr mit der freien Hand die Haare nach hinten strich. Ihre erfolglosen Versuche, sich freizumachen, riefen außer leisem Gelächter keine weitere Reaktion bei ihm hervor.

Dieses Mal fand sie seine Erheiterung keineswegs als angenehm.

»Warum sträubt Ihr Euch wie eine kleine, wilde Katze? Gehört das zu Eurem Plan?«, murmelte Magnus rau.

147

Welcher Plan, wollte Adolana herausschreien, aber die Worte blieben ihr im Hals stecken, als er ihr mit den Lippen über den freien Nacken strich. Intuitiv verlagerte sie ihr Gewicht nach links und trat mit dem anderen Fuß kräftig zu, doch ihre leichten Schuhe aus weichem Ziegenleder zeigten bei den hohen Stiefeln des Dänen keine Wirkung.

»Was ist nur los mit Euch?«, fragte der König.

Obwohl er abrupt von ihr abließ und sie ein Stück von sich wegschob, stöhnte Adolana auf, denn ihre Arme schmerzten von dem harten Griff, mit dem er sie in ihrem Rücken festhielt. Seine Verärgerung stand ihm deutlich ins Gesicht geschrieben, und jäh schossen ihr die Tränen in die Augen.

»Verdammt, jetzt heult das Weib auch noch! Sprecht endlich! Was wollt Ihr mit dem Possenspiel erreichen?«

Magnus hatte seinen Griff gelockert, was nicht hieß, dass Adolana dadurch eine Möglichkeit sah, zu entkommen, denn seine rechte Pranke hielt ihre Handgelenke noch immer fest genug. Sie wusste allerdings auch, dass sie nur diese eine Option zur Flucht aus dieser fast ausweglosen Situation hatte. Eine kleine Spitze ihres Mutes war zurückgekehrt.

»Bitte, Herr!« Vor lauter Aufregung vergaß sie sogar, dass sie einen König vor sich hatte. »Ich habe keinerlei Erfahrung mit Männern! Falls mein Verhalten Euch zu der Annahme geführt hat, dass es sich anders verhält, so tut es mir leid! Bitte, lasst mich gehen!«

Ungläubig starrte Magnus sie an, dann begann er zu grinsen und seine blauen Augen verzogen sich unter den buschigen blonden Augenbrauen zu schmalen Schlitzen.

»Das ist ein Spiel! Erst Euer unnahbares Verhalten, mit dem Ihr jeden Mann, der noch halbwegs beieinander ist, zum Lodern bringt, und nun dieses unschuldige Getue, um nicht nur mein Verlangen, sondern auch den Beschützer in mir zu wecken! Jetzt ist genug geredet, mein Täubchen! Die Zeit schwindet und die anderen werden sich bald wundern, wo wir bleiben.«

Im nächsten Moment hatte der Däne sie zu sich herangezogen und brutal seine Lippen auf ihren Mund gedrückt. Scheinbar mühelos hob Magnus sie hoch und trug sie ein paar Schritte, bis er sie unvermittelt wieder auf den Boden fallen ließ. Ihre auf dem Rücken verkreuzten Arme wurden gegen etwas Hartes gepresst, was sie im selben Moment als Baumstamm erkannte. Eingeklemmt zwischen der zerfurchten Rinde und ihrem eigenen Rücken, ließ Magnus ihre Hände los und drückte mit seinem Knie ihre Beine auseinander, während er gleichzeitig versuchte, ihren Rock hochzuschieben. Die Finger seiner anderen Hand umklammerten ihr Kinn und verhinderten so das heftige Drehen ihres Kopfes. Schmerzhaft drückte sich dabei die harte Baumrinde gegen ihre Kopfhaut, als Adolana unter dem Druck seiner Hand ihren Mund öffnete und seine Zunge eindrang. Die schiere Angst machte jeden brauchbaren Gedanken zunichte. Nicht mehr in der Lage, irgendetwas zu ihrer Verteidigung zu tun, hoffte Adolana nunmehr, dass alles bald schnell vorbei war.

Als sie wie durch einen Nebel zwischen dem Rascheln ihres Kleides und dem Stöhnen des Dänen das Geräusch von Hufen auf hartem Boden vernahm, kehrten ihre Lebensgeister schlagartig zurück. Auch Magnus schien es trotz seiner Erregung wahrgenommen zu haben, denn ihr Kinn war plötzlich frei. Mit dem Mut der Verzweiflung wandte sie ruckartig den Kopf nach rechts und stieß einen gellenden Schrei aus. Im nächsten Moment spürte sie einen heftigen Schmerz am Hinterkopf, und ihr wurde schwarz vor Augen.

6. KAPITEL

War sie zwischendurch schon bei Bewusstsein?«
Aus weiter Ferne drangen die Worte zu Adolana,
ohne dass sie deren Sinn erfasste. Ihr Kopf schmerzte, und
ein unbestimmtes Gefühl der Furcht hinderte sie daran,
ihre Augen zu öffnen.

»Hat sie irgendetwas gesagt?«

Wieder diese Stimme. Adolana kannte sie mit Sicherheit,
wusste aber nicht woher. Zudem löste sie Unbehagen in ihr
aus, was sie nicht gerade dazu ermutigte, sich bemerkbar
zu machen.

»Du meldest es mir sofort, wenn sie zu sich kommt.«

Keine Antwort, Schritte, dann das Zuziehen einer Tür.
Stille.

Adolana wartete noch einen Moment ab, ehe sie zögernd
die Augen öffnete. Der freudige Schrei Mathildes ließ sie
zusammenzucken.

»Ihr seid wach! Gelobt sei Jesus Christus! Ich sage es
gleich unserer Kaiserin!«

»Warte.«

Adolana bemerkte den Zwiespalt in den Augen des
Dienstmädchens, schließlich hatte es dem ausdrücklichen
Befehl sofort Folge zu leisten. Andererseits mochte sie das
junge Edelfräulein und spürte vielleicht dessen Furcht, die
aus dem mit Nachdruck ausgesprochenen einzelnen Wort
deutlich herauszuhören war.

»Bitte! Gib mir nur einen kleinen Moment, Mathilde.

Was macht es schon aus?«, flehte Adolana eindringlich und versuchte sich aufzusetzen. Blitzartig schoss der Schmerz durch ihren Kopf, und stöhnend sank sie zurück auf ihr Lager. Was war bloß geschehen? Bis auf die gleichmäßigen Schläge eines Schmiedehammers, die ihren Kopf zum Zerspringen brachten, schien er leer zu sein.

»Könnt Ihr Euch nicht mehr erinnern?«, fragte Mathilde verwundert, während sie ein Tuch auswrang und damit die Stirn der jungen Frau betupfte.

Vorsichtig, um weiteren Schmerz zu vermeiden, schüttelte Adolana den Kopf, und während das Dienstmädchen erzählte, kehrte ihr Erinnerungsvermögen langsam zurück.

»Der junge Mann, ich habe seinen Namen leider vergessen, kam gerade dazu, als Ihr Euch beim Sturz von Eurem Pferd den Kopf angeschlagen habt. Nach dem blassen Äußeren des Junkers zu urteilen, muss Euer Schrei markerschütternd gewesen sein.«

Welcher junge Mann?, dachte Adolana verwirrt und versuchte erfolglos das Gesicht des Dänen zu verdrängen.

»Hat er mich gefunden?«

»Na ja, direkt gefunden wohl eher nicht«, gab Mathilde ausweichend zurück. »Dieser Nordmann, ich kenne auch seinen Namen nicht, aber er ist wohl königlichen Geblüts, hat Euch auf seinem Pferd zurückgebracht. Er ist Euch nachgesetzt, als Eure Stute losgaloppiert ist. Wäre unser Kaiser nicht dazwischengegangen, hätte er dem armen Tier auf der Stelle den Garaus gemacht.«

Entsetzt über das grausame Schicksal, das ihre Stute fast ereilt hätte, stöhnte Adolana erneut, griff sich an den Kopf und schloss die Augen. Das Verschwinden Mathildes nahm sie nur undeutlich wahr.

Leise drangen die Geräusche der Spielleute und das Gelächter der Menschen unten in der großen Halle zu Adolanas Kammer herauf. Der letzte Tag der Festivität war angebrochen. Arme Herzogin, ging es Adolana mit einem Mal durch den Kopf, jetzt muss sie sich schon wieder an eine andere Hofdame gewöhnen. Vorsichtig versuchte sie aufzustehen, und dieses Mal tat ihr der Kopf nicht mehr ganz so weh. Mathilde schien für alle Probleme einen passenden Kräuterumschlag zu kennen. Behutsam betastete Adolana die leichte Schwellung am Hinterkopf, die bereits ein bisschen verschorft war. Sie hatte richtig Glück gehabt, wobei ihr Glück nicht darin bestand, den Sturz überlebt zu haben, wie ihr alle weismachen wollten. Nein, mit ihrem Gedächtnis war auch die Erinnerung an Waldemar zurückgekehrt, dem sie zweifellos die Rettung ihrer Jungfräulichkeit zu verdanken hatte. Von beidem musste niemand etwas wissen.

Außer der Kaiserin.

Mit Schaudern dachte Adolana an Richenzas Reaktion, als sie ihr von der versuchten Vergewaltigung erzählt hatte. Hier in ihrer Kammer, kaum dass ihr Bewusstsein wiedergekehrt war, hatte die Herrscherin sie aufgesucht und Erklärungen gefordert.

»Ihr seid ein hirnloses und wehleidiges Geschöpf, das es nicht verdient hat, am Hof meiner Tochter ein gutes Auskommen zu erhalten.«

»Aber *ich* habe doch überhaupt nichts getan«, verklang Adolanas schwacher Versuch, sich zu verteidigen. »Er hat mir Gewalt angetan.«

Ein eisiger Blick aus zwei grauen Augen erstickte ihren Einwand.

»Ja glaubt Ihr denn, ein Mann wie er erzählt Euch diese Dinge aus lauter Freundlichkeit? Es liegt an Euch, wie geschickt Ihr es anstellt. Ich habe Euch für intelligenter gehalten. Ihr wusstet doch, was ich von Euch erwarte.«

»Meint Ihr damit etwa …«

»Ich meine gar nichts«, fuhr die Kaiserin dazwischen.

»Es war Euch klar, worum es ging, und Ihr habt es ver-
masselt.«

Nach dieser harten Zurechtweisung hatte die junge Frau
verletzt geschwiegen und mit unbewegtem Gesicht von
ihrer Enthebung als Hofdame Notiz genommen. Selbst
Richenzas Ankündigung, sie mit dem nächstbesten Mann
zu verheiraten, der sie haben wollte, nahm sie stoisch entgegen.

Wenigstens muss ich Magnus heute beim Fest nicht
mehr entgegentreten, dachte Adolana verbittert, während
Richenza mit einem lauten Knall die Tür hinter sich zuschlug.

Seufzend ging die junge Frau zu der schmalen Fensteröffnung in dem dicken Mauerwerk und betrachtete die unzähligen Sterne, die in dieser fast wolkenlosen Nacht am
dunklen Himmel standen und das fahle Licht der Mond-
sichel unterstützten.

Ob Berengar in diesem Moment ebenfalls zum Himmel
hinaufsah?

Nicht zum ersten Mal erwischte sich Adolana bei dem
Gedanken an den Junker. Trotz düsterer Zukunftsaussichten glaubte sie fest an ein Wiedersehen – vielleicht, irgendwann?

Mit gleicher Inbrunst wusste Adolana, dass sie bei diesem
Treffen auf gar keinen Fall einem anderen gehören durfte.
Also musste sie dem Vorhaben der Kaiserin entgegenwir-
ken, denn ein Ehemann war sicher schnell gefunden. War
es Zufall, dass der Neffe des Winzenburger Grafen wie aus
dem Nichts wieder aufgetaucht war?

Fast, als würde sie sich selbst antworten, schüttelte Adolana heftig den Kopf und wurde augenblicklich mit einer
jähen Schmerzattacke belohnt. Nein, sie glaubte zwar an
das Schicksal, aber nicht an solche Zufälle.

Dann straffte sie die Schultern und ignorierte das beständige Pochen im Kopf. Sie würde Kaiserin Richenza schon zeigen, dass sie ihren Platz hier verdiente. Sie würde sich behaupten, eine andere Möglichkeit hatte sie nicht. Nach dem Tod ihres Onkels besaß sie kein Zuhause mehr, und an das, was der Winzenburger Graf mit ihr anstellen würde, sollte er irgendwann von ihrer Rolle und ihrem Wissen erfahren, mochte sie lieber nicht denken. Doch vorher musste sie noch etwas anderes erledigen.

Am besten sofort.

Gesine zuckte zusammen, als es unerwartet an ihrer Tür klopfte. Sie hatte sich so sehr auf die Geräusche konzentriert, die von unten heraufdrangen, dass sie die leisen Schritte überhaupt nicht gehört hatte. Umso überraschter war sie, als sie auf ihr »Wer da?« den Namen hörte, mit dem sie am allerwenigsten gerechnet hatte.

»Was wollt Ihr?«, fragte sie.

Durch den Türspalt gelang es Gesine gerade so eben, einen Blick auf die spätabendliche Besucherin zu werfen. Selbst in dem flackernden Licht der vereinzelten Fackeln in dem sonst tiefdunklen Gang war die Blässe Eilas offensichtlich. Schade, dass es nur der Hinterkopf war und nicht ihr Gesicht, dachte die junge Dänin betrübt. Selbstverständlich hatte ihre Zofe ihr die Geschichte über Eilas Sturz bereits am Nachmittag mitgeteilt. Von der Herabsetzung durch die Kaiserin wusste sie dagegen noch nichts.

»Darf ich eintreten? Ich halte es nicht gerade für klug, gewisse Dinge vor der Tür zu besprechen.«

Nach kurzer Überlegung öffnete Gesine und ließ die verhasste Rivalin eintreten. Alles war gut gewesen, bis dieses Edelfräulein Eila auftauchte. Dass mit ihr etwas nicht stimmte, hatte Gesine vom ersten Moment an gewusst. Dieser Brief, den die Neuankömmlinge ihrer Herzogin überreicht hatten, beschäftigte ihre junge und sanfte Gertrud über alle Maßen.

Entgegen ihrer sonstigen Gewohnheit hatte sie diesmal aber nichts über den Inhalt verlauten lassen, weshalb Gesine nichts anders übriggeblieben war, als abzuwarten. Diese Wartezeit hatte sie sich mit dem interessanten Begleiter der fremden jungen Frau versüßen wollen. Leider musste sie auch hier das Feld räumen, denn für eine Frau mit ihren Erfahrungen war es offensichtlich, dass Junker Berengar außer Höflichkeit nichts für sie übrighatte.

Dafür aber umso mehr für dieses Fräulein Eila.

In dem Moment fiel ihr eine wichtige Sache ein, die sie ihrer Gegnerin noch unter die Nase reiben konnte. Wie hatte sie das nur vergessen können?

»Gibt es etwas, womit ich den dänischen Mitkönig treffen könnte?«, fragte Adolana.

Gesine sog scharf die Luft ein und griff nach dem Handgelenk der jungen Frau.

»Was habt Ihr mit dieser Ausgeburt der Hölle zu schaffen?«, fuhr sie die Besucherin an.

»Lasst mich los! Dann erzähle ich Euch, worum es mir geht.«

Zögernd folgte Gesine der kühlen Aufforderung und hörte sich mit zunehmender Erheiterung den knappen Bericht Eilas an.

»Habt Ihr Euch genug amüsiert?«, fragte ihre Besucherin gekränkt.

Als Antwort hatte Gesine nur ein Schulterzucken übrig. Ihr war klar, dass Eila ihr nicht alle Einzelheiten der Geschichte erzählt hatte. Es passte jedoch durchaus zur berechnenden Art Richenzas, diese unerfahrene junge Frau, deren ganz gewisser Reiz die Männer zu Eroberungen anstachelte, für ihre Zwecke zu benutzen. Schließlich war es ihr selbst ähnlich ergangen. Sollte sie Eila helfen, damit diese ihre Aufgabe zur Zufriedenheit der Kaiserin erledigte?

Niemals!

»Ich habe Euch nicht für so naiv gehalten. Wer hoch hinaus will, muss damit rechnen, tief zu fallen«, erwiderte sie schließlich ungerührt.

»Das sagt gerade Ihr«, gab Eila zurück. »Schade, ich habe geglaubt, Euch mit meinem Verhalten unrecht getan zu haben. Anscheinend war dem nicht so.«

Während Eila sich abrupt erhob, wog Gesine fieberhaft alle Vor- und Nachteile gegeneinander ab. Lag hierin nicht die Chance für ihre eigene Rehabilitation? Bot sich in der Gestalt Eilas vielleicht endlich eine Möglichkeit, es dem Mörder ihres geliebten Onkels heimzuzahlen? Nein! Sie hatte mit diesem Kapitel ihres Lebens abgeschlossen und musste in die Zukunft sehen. In dieser Zukunft gab es nur Platz für *eine* Vertraute der Herzogin. Eher würde sie mit dem Teufel paktieren, als Eila zu helfen.

»Was erwartet Ihr jetzt von mir? Mitleid? Da muss ich Euch enttäuschen, denn Ihr müsst selbst für Euer dummes Verhalten geradestehen. Ihr habt mir meinen Platz an der Seite der Herzogin genommen – jetzt seht zu, wie Ihr aus dieser Sache herauskommt.«

Wie beiläufig griff Gesine nach einem dunklen Tuch, das unter ihrer Bettdecke gesteckt hatte, und verbarg für einen Atemzug ihr Gesicht darin.

Als Gesine ihre Besucherin erneut ansah, wusste sie, dass sie sogar mehr erreicht hatte, als sie ursprünglich gehofft hatte. Selbst in dem unruhigen Licht der Kerze, das zuckende Schatten an die Wände des gemütlich eingerichteten Raumes warf, konnte sie die Bestürzung der jungen Frau deutlich erkennen. Die eben noch gefasste Eila wirkte bleich und entsetzt, fast so, also hätte sie einen Geist gesehen. Das Possenspiel konnte beginnen.

»Wie dumm von mir. Dabei hat Junker Berengar mich ausdrücklich bei seiner Abreise in den frühen Morgenstunden gebeten, niemandem, vor allem nicht Euch, von seinen Empfindungen mir gegenüber zu erzählen. Wie konnte ich mein gegebenes Versprechen nur so leichtfertig und gedankenlos brechen?«

»Wieso gerade mir nicht?«, krächzte Eila, die bis zur Tür zurückgewichen war und sich nun Halt suchend mit dem Rücken dagegenlehnte.

»Nun«, entgegnete Gesine sanft, »er wollte Euch wohl nicht verletzen, da er glaubt, dass Ihr tiefere Gefühle für ihn hegt.«

Mit einem triumphierenden Lächeln starrte Gesine in das dämmrige Licht des Ganges hinaus und lauschte den hastigen Schritten ihrer entschwundenen Besucherin.

Es ist wahr, ging es der jungen blonden Frau durch den Kopf, während sie leise die Tür schloss, Barmherzigkeit ist eine Tugend, Rache schmeckte dagegen so viel süßer. Gerade deshalb verstand sie nicht, warum Eilas enttäuschte Verzweiflung ihr so zusetzte.

Die Musik aus der großen Halle war schon lange verklungen. Ebenso wie das laute Geplauder der Gäste und das alberne Gekicher der jungen Damen in der weiten Dunkelheit der Nacht wie Gerüche aus einer anderen Welt entschwunden waren. Wie Adolanas Tränen seit Stunden versiegt waren. Noch immer lag sie still, fast leblos auf ihrer Bettstatt aus frischem Stroh, die mit duftendem Heu durchsetzt war, und starrte in die Dunkelheit. Wie ein Verbündeter brachte der klägliche, langgezogene Laut eines Kauzes das Gefühl der Einsamkeit und Hoffnungslosigkeit, das sie komplett erfüllte, gut zum Ausdruck.

Verloren!

Die letzte Hoffnung ihrer geschundenen Seele war durch

mitfühlende Worte zerschlagen worden und damit auch Adolanas Sicherheit, diese Wegstrecke ihres Lebens durchzustehen. Nie hätte sie geglaubt, dass Berengars Kuss nur ein Spiel gewesen war – das Spiel mit ihrer Unerfahrenheit. Ihre Gefühle waren für ihn anscheinend so offensichtlich wie die Furcht eines vom Fuchs verfolgten Hasen.

Schlug bekanntlich nicht auch das von Angst zerfressene Tier immer wieder Haken, um seinem Gegner zu entkommen? Aber wer war ihr Feind?

Adolana setzte sich auf und lauschte in die Stille der Nacht. Selbst der leichte Wind, der noch am Tag über die schöne, vom Sonnenlicht durchflutete Herbstlandschaft gezogen war, hatte sich gelegt, so dass sogar das verfärbte, abgestorbene Laub ruhig an den fast kahlen Zweigen hing. Wie aus heiterem Himmel schoss ihr plötzlich ein Gedanke durch den immer noch leicht schmerzenden Kopf. Sie hatte keinen Feind im eigentlichen Sinne. Es galt nur die Sehnsucht zu überwinden. Die Sehnsucht nach Geborgenheit, die für sie verloren war. Dann würde ihr niemand mehr weh tun können. Sie musste sich einfach mit dem Gedanken abfinden, allein zu sein und für ein Leben zu kämpfen, das ihr eine gewisse Unabhängigkeit bot.

Nie wieder wollte sie sich dem Schmerz verletzter Gefühle und zerschlagener Hoffnung aussetzen müssen. Nie wieder sich an etwas klammern, das leichter davonflog als ein getrockneter Strohhalm auf den brachliegenden Feldern.

Ruckartig erhob sich Adolana und ging zu der schmalen Fensteröffnung hinüber. Die Sterne leuchteten noch immer genauso zahlreich auf sie herab. Die blinkenden Himmelskörper hatten sich nicht verändert, die junge Frau, die zum zweiten Mal innerhalb weniger Stunden zu ihnen hinaufblickte, war dagegen eine andere geworden. Entschlossen griff Adolana nach dem Lederband, das sie trotz der Mahnung Richenzas noch immer um den Hals trug, und zog es sich über den Kopf. Das einzige Zugeständnis an die Kaiserin war ein schimmerndes, fast milchfarbenes Seidentuch gewesen, das den Blick auf die abgegriffene Schnur verwehrte.

Fast zögernd fiel Adolanas Blick erneut auf das Amulett, und für einen Moment schien es ihr, als würde der silberne Wolf ihretwegen den glänzenden runden Mond über dem steilen Felsen anheulen. Ohne auf den Schmerz zu achten, der sich in ihrer Brust ausbreitete, packte sie das Schmuckstück und versteckte es unter ihren Kleidern auf dem Boden der kleinen Truhe. Sie war das dritte Möbelstück in ihrer kleinen Kammer, neben einem dreibeinigen Schemel und einem kleinen Tisch. Nach kurzer Überlegung wühlte die junge Frau zwischen ein paar Leinentüchern, bis sie auf den gesuchten Gegenstand stieß und ihn vorsichtig herausnahm. Die glatte Klinge des Dolches glänzte im fahlen Licht, als sie ihn in die Höhe hielt. Nicht noch einmal wird mein Mut mich im Stich lassen, dachte sie und legte die Waffe neben sich auf das Lager. Langsam schloss Adolana die Augen und ignorierte das Gefühl der Leere, während die Sterne ungerührt weiter leuchteten und sich am fernen Horizont langsam bereits ein zarter heller Streifen zeigte.

Am nächsten Morgen, noch vor dem feierlichen Gottesdienst, der gleichzeitig das Ende der Curie einläutete, war Adolana dankbar für ihren in der Nacht gefassten Entschluss, jeden Gedanken an Berengar aus ihrem Herzen zu verbannen.

Mit dem ersten Tag des neuen Monats änderte sich auch das Wetter. Es schien fast, als hätte der Wind in der Stille der letzten Nacht Kraft gesammelt, denn der November brachte kalte und stürmische Böen, die mit der Morgendämmerung von Osten aufzogen. Möglicherweise sorgten die verstorbenen Heiligen dieser oft so erbärmlichen Welt dafür, dass jeder arme Sünder in Gedanken an sie innehielt, um über sein verfehltes Leben nachzudenken.

Adolana versteckte ihr bleiches Gesicht nicht unter der wollenen Kapuze ihres Umhangs, um es zu wärmen, denn sie liebte den Wind und genoss das Gefühl, wenn er mit ihren langen, glatten Haaren spielte. Im Gegensatz zu den anderen Tagen waren nur wenige Menschen unterwegs, was womöglich an dem festlichen Gelage des vergangenen Abends lag. Der Mann, den Adolana suchte, war dagegen bestimmt schon auf den Beinen. Jedenfalls hoffte sie das, denn sie wollte Magnus noch vor der heiligen Messe sprechen, da sie danach möglicherweise keine Gelegenheit mehr dazu erhielt.

Dabei kam ihr nicht in den Sinn, dass nach ihr ebenfalls gesucht wurde.

»Fräulein Adolana, bitte!«

Der Wind trug den flehenden Ruf mit sich, während Adolana resigniert dicht vor einem großen Stein mit einem merkwürdigen Muster stehen blieb und sich umdrehte.

»Hört mich endlich an. Wieso geht Ihr mir ständig aus dem Weg? Was habe ich getan, dass Ihr mich wie einen räudigen Hund betrachtet, der um Eure Zuneigung buhlt?«

»Nichts, Herr Waldemar, außer, dass Ihr die Mitschuld am Tod dreier Menschen tragt, von denen zwei mir mehr als alles auf der Welt bedeutet haben«, versetzte sie mit kalter Stimme.

Der Neffe des Winzenburger Grafen sah schlecht aus und rang zudem nach Atem, was ihr das altbekannte Gefühl des schlechten Gewissens einbrachte. Kurz zögerte sie, schüttelte dann aber den Kopf. In ihrem neuen Leben durfte sie sich solche unnützen und gefährlichen Empfindungen nicht erlauben. Sie hatte ihre Lektion gelernt, und die Pille hatte mehr als bitter geschmeckt.

Waldemar war ihr Wandel durchaus nicht entgangen, aber er war verzweifelt, und den Verzweifelten ist alles egal und jedes Mittel recht.

»Mitschuld am Tod des Jungen vielleicht, weil ich nicht schnell genug den Schergen meines Onkels daran gehindert habe. Und ich will gewiss nicht leugnen, dass ich auch den Tod des Mannes in dieser kleinen, abgelegenen Kirche nicht verhindert habe. Doch was hätte ich tun sollen? Werft mir Feigheit vor, das wäre wahr, aber trage ich wirklich Schuld am Tod dieser Menschen? Es war nicht mein Schwert, durch das sie zu Tode gekommen sind.«

»Spart Euch Eure Ausflüchte und Entschuldigungen«, erwiderte Adolana und sah, dass Waldemar vor der Kälte ihrer Worte zurückschreckte.

Aber auch ihre Augen hatten jegliche Wärme verloren. Unwiederbringlich. Wieder regte sich in der Gegend ihres Herzens etwas, das sie nicht mehr fühlen wollte. Trotz ihrer festen Vorsätze gelang es ihr nicht völlig, das Mitgefühl für diesen Junker auszublenden, der nicht von ihr lassen konnte. Möglicherweise hatte die Tatsache, dass sie es ihm zu verdanken hatte, einer Schändung durch den Dänen im letzten Moment entgangen zu sein, keinen geringen Anteil daran. Den Dank, den sie ihm dafür schuldete, konnte sie ihm aber augenblicklich nicht entgegenbringen. Aber gebot es nicht der Anstand?

Vielleicht lag es jedoch auch an Waldemars eingefallenen Wangen, die in ihrer Bleichheit ihren eigenen in nichts nachstanden? Oder an dem hoffnungslosen Ausdruck seiner hellbraunen Augen, die ihr Funkeln verloren hatten? Welche Gedanken verbargen sich hinter dieser Verzweiflung, an der sie selbst einen großen Anteil hatte? Hätte sie auch nur im Entferntesten geahnt, welche Sätze sich in seinem Kopf formten, wäre sie ohne ein weiteres Wort davongeeilt und hätte sich ihren Dank für später aufgespart.

Waldemars Augen begannen zu leuchten, als Adolana ihm mit knappen Worten dankte.

»Fräulein Adolana …«, begann er sofort mit neu erwachter Entschlossenheit.

Doch sie fiel ihm kurzerhand ins Wort. »Nennt mich nicht so! Ihr kennt den Namen, unter dem ich hier jetzt lebe. Leben muss, wegen Euch.«

»Gibt es eigentlich auch etwas in Eurem Leben, an dem Ihr mir nicht die Schuld gebt, Fräulein Eila? Macht Ihr es Euch damit nicht allzu leicht? Ich gebe durchaus zu, dass ich nicht den Schneid besessen habe, mich den Anweisungen meines Onkels zu widersetzen. Habe ich nicht bewiesen, dass ich für Euch alles riskiere? Ich habe sogar meinen Onkel bei unserem Kaiser für das Verbrechen angeklagt. Und warum? Um Euch zu schützen.« Der aufgebrachte junge Mann hatte sich in Rage geredet und griff nach Adolanas Arm, als sie sich brüsk zum Gehen wandte.

»Geht es um diesen Mann?«, fragte er.

Adolana fuhr herum und riss sich dabei von ihm los. »Wen meint Ihr?«, fragte sie lauernd. Waldemar konnte nichts von Berengar wissen, da er bei ihrem letzten Gespräch behauptet hatte, nicht zur Kirche, sondern zur Burg Wohldenberg geritten zu sein. Oder verhielt es sich völlig anders, und die Besorgnis Berengars auf der Reise nach Halberstadt wegen eines möglichen Verfolgers war berechtigt gewesen?

»Dienstboten geben ihr Wissen gern preis«, erwiderte Waldemar von Bregenstein verächtlich. »Vor allem, wenn es dafür eine Belohnung gibt. Einer der Stallburschen hat mir von Eurem Begleiter berichtet. Was habt Ihr mit diesem Mann zu schaffen?«

Innerlich atmete Adolana auf. Sie konnte es sich nicht erklären, aber sie war erleichtert darüber, dass Waldemar sie nicht angelogen hatte. Vielleicht lag es daran, dass sie eine weitere Enttäuschung damit abwenden konnte. Einer der Stalljungen. Zum Glück nicht Mathilde, das wäre ebenfalls enttäuschend gewesen.

»Das geht Euch nichts an, denn Ihr besitzt keinerlei Rechte mehr auf mich.«

»Nein, es geht mich nichts mehr an«, stimmte Waldemar bitter zu. »Trotzdem möchte ich Euch beweisen, wie viel mir an Euch und Eurem Wohlergehen liegt, und da ich befürchte, dass Ihr die traurige Botschaft über den Tod Eures Onkels durch mich falsch verstanden habt, bitte ich Euch, hört mich weiter an.«

Die Kraft schien Adolana zu verlassen, als sie mit hängenden Schultern der Erzählung des Junkers lauschte.

»Der junge Mann trieb sein Pferd an, als wäre der Teufel hinter ihm her. Kurz danach habe ich Euren Onkel unterhalb des Turmfensters gefunden und die weinende Dienstmagd nach dem Priester geschickt.«

Es trifft mich nicht, es bedeutet mir nichts, ging es Adolana wiederholt durch den Kopf, und sie ignorierte die Frage des Junkers, ob ihr die Beschreibung des Mannes etwas sagen würde. Statt einer Antwort wollte sie nun ihrerseits von Waldemar wissen, was ihr schon so lange auf der Seele lastete.

»Wurde meinem Onkel der priesterliche Segen bei seiner Bestattung erteilt?«, flüsterte sie, so dass Waldemar bei dem stürmischen Wind Mühe hatte, sie zu verstehen.

Nach seinem stummen Nicken brachte sie tatsächlich ein gequältes Lächeln zustande, dankte ihm für die Auskunft und ging ohne ein weiteres Wort zügig in Richtung des südlichen Tors.

Adolana war schon lange aus seinen Augen verschwunden, als Waldemar plötzlich zusammenzuckte.

»Gott zum Gruß, mein Sohn. Welche Sorgen quälen

Euch an so einem Tag? Wir sollten nicht in Trauer gedenken, denn allein Gott weiß um die Heiligkeit derer, die nicht heiliggesprochen werden.«

Der Junker, der gedankenverloren an dem großen Felsbrocken gelehnt hatte, erhob sich rasch und erwiderte die Begrüßung des Priesters. Der Wind riss an der Soutane des Mannes, dessen kleine Augen unter den ergrauten, buschigen Augenbrauen fast verschwanden und ihm einen misstrauischen Ausdruck verliehen.

»Es ist nichts, Hochwürden, bloß ein plötzlicher Anfall von Schwäche«, wiegelte Waldemar ab, den es im Augenblick als Letztes nach den vorwurfsvollen Ermahnungen eines Klerikers verlangte.

»Dann solltet Ihr Euch nicht unbedingt hier erholen«, entgegnete der Geistliche und wies auf den großen Felsbrocken, an dem der Junker sich angelehnt hatte.

»Wieso? Was meint Ihr?«

»Ihr suchtet gerade Halt am Lügenstein des Teufels. Seht, dort könnt Ihr noch den satanischen Daumenabdruck erkennen. Seinerzeit, beim Bau unseres wunderschönen Doms, hoffte der Leibhaftige, dass hier ein Hort für gottlose Gestalten entstehen möge. Als er aber die Kreuzform des Gebäudes entdeckte, schwebte er wutentbrannt mit diesem ungeheuren Felsstück heran und drohte, die Mauern zu zerschmettern. Allein durch das Versprechen, dicht neben unserem Gotteshaus eine Weinschenke zu bauen, entschied er sich dagegen und ließ ihn hier zu Boden fallen.« Dem Tonfall nach zu schließen, hielt der Kleriker ihn für einen minderbemittelten jungen Mann, dem unbedingt mit Nachsicht zu begegnen war.

»Warum erzählt Ihr mir das alles, Hochwürden?«, fragte Waldemar mit zunehmendem Unwillen. Der Mann war ihm in höchstem Maße unsympathisch, und er wollte allein sein, um Adolanas Reaktion zu überdenken.

»Ich wollte Euch nur meine Hilfe anbieten, für den Fall, dass Ihr das junge Fräulein vorhin verletzt habt und nun nicht wisst, wie Ihr Euren Fehler wiedergutmachen könnt. Bis zur heiligen Messe ist noch Zeit, falls Ihr Euer Gewissen erleichtern wollt.«

Unter dem lauernden Blick des Priesters und mit einer gemurmelten Entschuldigung entfloh Waldemar.

Unbewusst schlug er ebenfalls den Weg zum südlichen Ausgang ein, doch von Adolana fehlte freilich jede Spur. Wieso bin ich nur immer auf der Suche nach ihr?, dachte er zunehmend deprimiert, wenn sie mich sowieso jedes Mal einfach stehen lässt. Warum schlage ich sie mir nicht einfach aus dem Kopf und suche mir ein anderes nettes Mädchen? Gleichzeitig war ihm die Antwort klar. Weil sich Adolana in seinem Herzen festgesaugt hatte wie ein Blutegel im Fleisch seines Opfers. Dem Weichtier war mit Salz beizukommen, wie aber konnte er die Sehnsucht stillen, die ihn seit ihrer ersten Begegnung quälte?

Adolana war der Frage nach dem unbekannten Mann aus dem Weg gegangen, dabei hatte er ihrem Gesicht genau angesehen, wer ihr bei der Beschreibung sofort in den Sinn gekommen war. Dafür hatte sie ihn mit ihrer Frage in eine unangenehme Lage gebracht, und er konnte nur hoffen, dass sie niemals das Grab ihres Onkels besuchen würde.

»Verdammt, wo steckt sie denn bloß wieder?«

Erschreckt durch seinen lauten Fluch beschleunigte ein junges Mädchen mit einem Korb voller Eier im Arm seinen Weg in Richtung des Küchentrakts, um möglichst viel Abstand zwischen sich und den schlecht gelaunten Junker zu bringen.

Aber davon bekam Waldemar nichts mit, dessen Blick weiter ruhelos die Gegend absuchte.

Ihre Aufgabe lag klar vor ihr, und für einen Augenblick sammelte sich Adolana, um dann mit einem Lächeln auf den Lippen aus dem Schatten der kleinen Torkapelle zu treten. Bei den Männern, die vor ein paar Minuten aus dem Gästehaus gekommen waren, handelte es sich um Adelige, die sich bereits entsprechend für die heilige Messe gekleidet hatten. Adolana holte tief Luft und strich sich mit einer Hand die Kapuze vom Haar, das der Wind sogleich erfasste. Mit der grünbraunen Kotte, die unter ihrem Umhang hervorblitzte und ebenfalls den kalten Böen als Spielzeug diente, sah sie aus wie eine Waldgöttin. Strähnen ihres langen haselnussfarbenen Haares wirbelten durch die Luft und ließen das blasse Gesicht noch zarter erscheinen.

»Verzeiht mir mein aufdringliches Benehmen, Euer Majestät, aber könntet Ihr mir bitte einen Moment Eurer kostbaren Zeit widmen?«, bat Adolana Magnus mit eindringlicher Stimme.

Die dröhnende Stimme des dänischen Mitkönigs hatte sie bereits lange vorher vernommen. Ihre Vermutung hatte sich zum Glück als richtig erwiesen. Solch einem Mann konnte der ungezügelte Weingenuss am Abend zuvor nichts anhaben.

Jetzt löste sich die hünenhafte, massige Gestalt aus der Menge, und die Gespräche um sie herum verstummten abrupt. Der misstrauische Blick des Königs verschwand zwar nicht völlig bei Adolanas lieblichem Anblick, trotzdem kam er zu ihrer Erleichterung der Aufforderung nach.

»Geht es Euch besser, edles Fräulein? Ihr habt mir mit Eurem Sturz einen bösen Schrecken eingejagt.«

Adolana versank in einem tiefen Knicks und konnte so geschickt den in ihren Augen aufblitzenden Groll verbergen. Darüber, dass die Lüge, die in der mitfühlenden Frage versteckt lag, diesem dänischen Mistkerl so glatt über die Lippen kam.

»Zu meiner großen Erleichterung – ja. Aber der Herrgott allein weiß, ob ich jetzt hier vor Euch stehen würde, wäret Ihr nicht gewesen.«

Was Ihr könnt, das kann ich ebenfalls, dachte Adolana und schenkte Magnus ihr schönstes Lächeln, in das sie Dankbarkeit und Verführung zugleich legte. Dass sich ihre Schauspielkunst durchaus sehen lassen konnte, bemerkte sie an dem schwindenden Misstrauen des Dänen. Schnell nutzte sie die Gunst der Stunde und fügte seufzend hinzu, dass sie sich leider an nichts mehr erinnern könne.

»Wenn ich Euch meine Hilfe anbieten dürfte, um Eure Lücken zu schließen, würde ich mich außerordentlich glücklich schätzen.« Ein süffisantes Lächeln unterstrich die schmierigen Worte, und Adolana unterdrückte die aufkommende Übelkeit. »Leider verlassen wir nach der Messe diesen gastlichen Ort bereits wieder. Darf ich Euch daher jetzt zu einem kleinen Spaziergang einladen?« Ohne Adolanas Antwort abzuwarten, befahl er seinen Männern, vor der Kirche auf ihn zu warten, und reichte ihr den Arm.

Sie ließ es geschehen.

»Kennt Ihr den Weg außerhalb der Stadtmauer? Vor den Toren gibt es ein paar kleinere Gehöfte, und der Weg, der hindurchführt, ist gut befestigt«, plauderte Magnus in leichtem Tonfall und mit einem Blick auf Adolanas braune Schnürschuhe aus weichem Ziegenleder. »Es sei denn, Ihr fürchtet den Sturm oder andere Gefahren, edles Fräulein.«

Adolana ignorierte den lauernden Blick und versuchte auch die Berührung durch die mächtige Pranke zu vergessen, die ihre Hand auf seinem Arm umschloss.

»Warum sollte ich in Eurer Gegenwart Angst empfinden?«, fragte Adolana mit einem unschuldigen Lächeln und hoffte im selben Moment, dass ihr übertriebenes Verhalten nicht sein Misstrauen erweckte. Der Däne schien

sich glücklicherweise in seiner männlichen Beschützer-
funktion bestärkt zu sehen und strafte den Torwärter, der
sich geflissentlich verbeugte, mit Nichtachtung.

»Eine schöne Gegend hier. Zu dieser Seite ähnlich flach
wie in meiner Heimat. Es würde Euch dort bestimmt gefallen.«

Die tiefe Röte erschien auf den blassen Wangen der
jungen Frau bei diesem zweideutigen Angebot und dem
eindeutigen Blick ganz wie von selbst. Alles lief gut, sie
durfte jetzt keinen Rückzieher machen. Das Geschrei der
Gänse auf einem der kleinen Höfe, an dem sie gerade vor-
beigingen, bestärkte sie in dem am Abend zuvor gefassten
Entschluss. Hier hatte sie nichts zu befürchten, denn wenn
auch von den lärmenden Kindern der Bauern, die allem
Anschein nach Fangen spielten, keine Hilfe zu erwarten
war, so hielt allein deren Gegenwart den dänischen Mitkönig sicher von Zudringlichkeiten ab.

»Das glaube ich gern, Majestät, aber wieso sollte ich mich
mit Träumen quälen, die unerreichbar für mich sind?«

»Ihr könnt Euch wirklich an nichts mehr erinnern?«,
fragte Magnus mit einem Mal misstrauisch.

Jetzt habe ich den Bogen überspannt, ging es Adolana
durch den Kopf, und sie beeilte sich, seinen Argwohn zu
zerstreuen.

»Sicher erinnere ich mich daran, dass meine Stute wie
aus heiterem Himmel losgaloppiert ist. Den furchtbaren
Ritt werde ich nie in meinem Leben vergessen. Danach war
plötzlich alles um mich herum schwarz. Aber dass Ihr mir
gefolgt seid, um mein durchgehendes Pferd aufzuhalten,
weiß ich durchaus noch.«

Argwöhnisch beäugte Adolana den Weg hinter die Gehöfte und Richtung Fluss, den Magnus gewählt hatte. In
der Kälte des ersten Novembertages hockte eine einzelne
Dienstmagd neben einem Weidenkorb voller Wäsche und

tauchte ein rotes Tuch in das eisige Wasser. Sie hatte den beiden Spaziergängern den gebeugten Rücken zugewandt und bemerkte sie nicht. Zudem war der Sturm stärker geworden, und das Plätschern beim Eintauchen des Kleidungsstückes verhinderte ohnehin jede andere Wahrnehmung.

Doch dieses Mal blieb Adolana ruhig, denn sie hatte ja vorgesorgt.

»Mir ist völlig schleierhaft, wieso meine Stute ausgebrochen ist. Sie ist ein ruhiges Tier und hat noch nie so panisch reagiert«, seufzte Adolana.

Verstohlen lugte sie nach dem großen silbernen Ring, der auf Magnus' behandschuhtem Mittelfinger steckte. Wie zwei Ränder einer Krone umrahmten die gezackten Außenkanten den schwarzen, schimmernden Stein.

»Das Verhalten von Tieren ist nicht zu erklären«, belehrte sie der Däne, dessen lange blonde Haare im Wind flatterten. »Ihnen fehlt der Verstand, der uns Menschen auszeichnet. Sagt mir, wollt Ihr nicht gerne das Meer sehen?«

Abrupt blieb er stehen, griff nach Adolanas anderer Hand und zwang sie damit, zu ihm aufzusehen. Die meisten Männer waren größer als sie, der Däne überragte sie dagegen gleich um fast zwei Köpfe. Adolana hielt seinem begehrlichen Blick stand, obwohl sie ihm liebend gerne den gierigen Ausdruck aus den Augen gekratzt hätte.

Doch noch musste sie warten.

»Macht es Euch Spaß, ein mittelloses Mädchen ohne Familie mit Euren Fragen zu peinigen, Herr?«

»Es liegt mir fern, Euch zu peinigen, schönes Fräulein. Vielmehr dürstet mich nach Euch«, murmelte Magnus mit rauer Stimme und zog sie zu sich heran. Die unangenehme, nun schon bekannte nackte Angst breitete sich wieder in Adolana aus. Während er sein Gesicht dem ihren näherte, fiel ihr jäh der Teil seiner Wangen auf, der nicht mit wildem Bartwuchs bedeckt war. Rote Äderchen durchzogen die Haut, und Adolana schloss für einen Moment die Augen.

»Kommt mit mir und lasst mich Eure Familie sein.«

Hart presste er seine Lippen auf ihren Mund, und mit einem Ruck löste sich Adolana von dem Kuss und drehte den Kopf zur Seite.

»Bitte! Wenn uns jemand sieht.«

»Wen stört's?«, brummte Magnus und schob den Kopf über ihren gebogenen Nacken.

Voller Entsetzen spürte Adolana kurz darauf den leichten Druck seiner Zähne. Noch hatte sie nichts von dem erreicht, was sie wollte, und seine Berührungen wurden immer dreister. Der Dolch musste weiter auf seinen Einsatz warten, bis sie das erfahren hatte, was Richenza unbedingt wissen wollte.

»Ich könnte niemals so weit in den Norden gehen«, stieß Adolana hervor und versuchte sich von seiner mächtigen Brust wegzudrücken. »Jeder weiß doch, welch schreckliche Barbaren dort oben leben. Vor denen könnt selbst Ihr mich nicht schützen.«

Unbeeindruckt von ihren Abwehrversuchen griff Magnus nach ihren Handgelenken und hielt Adolana völlig überraschend ein Stück von sich weg. »Barbaren? Ich hoffe, Ihr meint damit nicht mich, Fräulein Eila«, entgegnete er mit einem breiten Grinsen. »Aber wenn es Euch tröstet, ich werde sogar mit den schlimmsten Nordmännern fertig. Außerdem solltet Ihr nicht jedem Ammenmärchen Glauben schenken.«

Wieder zog er sie zu sich heran, doch Adolana spürte, dass ihn das ständige Reden ablenkte, und nutzte ihre Chance, während sie im letzten Augenblick den Kopf zur Seite drehte.

»Trotzdem macht mir der Gedanke Angst. Habt Ihr denn wenigstens Verbündete in Eurer Heimat?«, fragte sie.

Mit einem empörten Schnauben hob Magnus den Kopf. Adolana packte die Furcht, als sie das boshafte Flackern in seinen Augen bemerkte.

»Du musst noch lernen zu schweigen, Weib! Verbündete? Pah, ich brauch niemanden, um mich und meinen Grund und Boden zu verteidigen. Soll ich dir sagen, was ich von Verbündeten halte?«, fragte der Däne und spie auf den Boden. Dankbar über die richtige Windrichtung, wagte Adolana angesichts seines offensichtlichen Grolls keine Erwiderung. »Mein letzter Verbündeter, dieser norwegische Hund, hat sich mit meinen schlimmsten Feinden verbündet und will mir den Garaus machen. Mir! Das stelle sich einer vor! Und jetzt verschone mich mit deinem ständigen Geplapper von Furcht. Wenn ich dir sage, dass du bei mir sicher bist, dann hast du es verflucht noch mal nicht anzuzweifeln.«

Dieses Mal war er schneller. Während er sich erneut ihrer Lippen bemächtigte, legte er ihr eine seiner Pranken auf den Hinterkopf und verhinderte damit ein Wegdrehen.

Adolana hatte allerdings alles, was sie benötigte.

Ein überraschtes Grunzen ertönte, als sich die Spitze der Dolchklinge gegen das bärtige Kinn des Dänen bohrte und er langsam von ihr abließ.

»Alle Achtung, an Euch ist eine Komödiantin verloren gegangen«, gab er widerwillig zu. »Ich hätte auf meinen Instinkt hören sollen.«

»Nun, Majestät, vielleicht achtet Ihr zukünftig wirklich mehr auf Euren Verstand als auf die Gefühle zwischen Euren Beinen«, säuselte Adolana mit einem süßen Lächeln, während sie gleichzeitig versuchte, das Zittern in ihren Gliedmaßen unter Kontrolle zu bekommen. Die Waffe aus der Truhe verschaffte ihr schließlich nur halbwegs Sicherheit.

»Was wollt Ihr jetzt tun? Glaubt Ihr wirklich, dass ich Euch unbehelligt ziehen lasse, sobald Ihr den Dolch von meinem Hals genommen habt? Oder soll ich Euch mein Ehrenwort geben, dass Ihr anschließend gehen könnt?«, fragte der Däne mit der ihm ureigenen Selbstsicherheit.

Ohne ihren Zwiespalt preiszugeben, behielt Adolana ihr Lächeln bei. Leider hatte er recht mit seiner Äußerung, und sie schalt sich innerlich, dass sie ihren sicheren Rückzug nicht bedacht hatte.

»Nun, wir könnten zusammen in dieser Haltung zurückgehen, bis wir wieder unter Menschen sind. Ich könnte natürlich auch Eurem Ehrenwort als König glauben, aber …«, brach sie ab, denn in dem Toben des Windes mischten sich andere Geräusche.

Auch Magnus hörte den sich rasch nähernden Lärm und drehte zögernd den Kopf nach links, immer darauf bedacht, nicht zu dicht an die Klingenspitze zu kommen.

In dem Moment machte Adolana den nächsten Fehler.

Kaum dass sie seinem Blick gefolgt war, hatte er sie am Handgelenk gepackt und zugedrückt. Mit einem leisen Ächzen ließ Adolana die Waffe fallen, die ihr einst Bernhard von Wohldenberg zur Erinnerung an Eila vermacht hatte. Die Gruppe von Reitern näherte sich zügig Halberstadt. Wenn er sie jetzt packen und zu der Baumgruppe schleppen würde, bekäme davon höchstwahrscheinlich niemand etwas mit.

Der genarrte Däne hatte sein Interesse an ihr anscheinend verloren. Sein Schlag traf sie zwar nicht unvorbereitet, aber dennoch mit solcher Wucht, dass sie zusammensackte und nach Luft schnappte.

»Ihr habt großes Glück, edles Fräulein«, sagte Magnus mit leiser, aber scharfer Stimme, während in seinem Blick fast so etwas wie Bedauern lag. »Ich rate Euch, mir niemals wieder in die Quere zu kommen.«

Dann stapfte er mit großen Schritten in Richtung des nördlichen Tores und ging der Reiterschar entgegen.

Während sie mit dem dumpfen Schmerz in ihrem Unterleib kämpfte, sah Adolana ihm nach. Ihr unsteter Blick erfasste das Banner, dessen rote Farbe sie jäh an das Blut von Johannes erinnerte. Fast wie eine Bestätigung ihres Handelns empfand Adolana das einsetzende Geläut der Domglocke, die die Gläubigen des Ortes zum Gottesdienst rief. Mühsam rappelte sich die junge Frau auf. Das Atmen wurde wieder ein wenig leichter, wenngleich sich ihre gesamten Innereien einen neuen Platz im Bauchraum zu suchen schienen.

Wäre sie von den körperlichen Qualen nicht so umnebelt gewesen, hätte sie erkannt, wem die Führung der mindestens einhundert Mann starken Reitergruppe oblag.

Zwei Stunden später als geplant und unter Protest des Halberstädter Bischofs Otto von Kuditz begann die heilige Messe. Für Kaiser Lothar stand es außer Frage, mit dem Beginn zu warten, bis sich sein Schwiegersohn Herzog Heinrich und dessen Bruder Welf VI. von der strapaziösen Reise erholt und festlich gekleidet hatten.

Adolana hatte den unerwarteten und äußerst willkommenen Aufschub genutzt und sich auf ihr Lager gelegt, nachdem sie die über ihr desolates Erscheinungsbild aufgebrachte Mathilde auf später vertröstet und aus ihrer Kammer geschoben hatte.

Nun kniete sie mit frisch frisierten Haaren und einem sauberen Kleid in einem satten ockerfarbenen Ton mit eingenähten Stoffbahnen in einem herbstlichen Grün neben Gesine. Die neue Errungenschaft aus schwerer Seide hatte Adolana erneut der Kaiserin zu verdanken – ebenso wie ihre Platznachbarin. Richenza hatte anscheinend beschlossen, die beiden Hofdamen ihrer Tochter an Allerheiligen zusätzlichen Qualen auszusetzen, denn das bedeutete die aufgezwungene Nähe für beide Frauen. Das neue Kleid hatte Adolana als Dank für die Auskunft über den norwegischen König erhalten, wobei sie nicht den Eindruck gehabt hatte, als hätte sie die Kaiserin mit ihrem Bemühen besänftigt.

»Wer den Tempel Gottes verdirbt, den wird Gott verderben. Denn Gottes Tempel ist heilig, und der seid ihr …«

Geistesabwesend lauschte Adolana den lateinischen Worten des Bischofs, die sie in Gedanken gleich übersetzte. Eine Hinterlassenschaft aus besseren Zeiten, denn ihre Tante Eila, die bei Nonnen aufgewachsen war, hatte sie Lesen und Schreiben gelehrt. Verdarb sie mit ihrem Handeln das Haus Gottes? Sie hatte vorsätzlich gelogen, um an die gewünschten Auskünfte des Dänen zu kommen. Zudem quälten sie trotz ihres festen Entschlusses, keinen Gedanken mehr an Berengar zu verschwenden, diese unsäglichen Zweifel. Stimmten die Beobachtungen Waldemars, der ihr auch hier im mächtigen Halberstädter Dom ständig verstohlene Blicke zuwarf? Und nicht zuletzt diese boshafte Gesine mit Berengars elendem schwarzem Tuch!

»Wie er, der euch berufen hat, heilig ist, so soll auch euer ganzes Leben heilig werden. Denn es heißt in der Schrift: Seid heilig, denn ich bin heilig.«

Adolana zuckte unter den mahnenden Worten des Bischofs zusammen, die er aus dem ersten Petrusbrief zitierte. Heilig sein. Wie sollte sie das bloß anstellen, bei den Gedanken, die in ihrem Kopf herumschwirrten. Dabei machten ihr weniger die mörderischen zu schaffen als die unzüchtigen. Wie immer, wenn sie sich Berengars Kuss in Erinnerung rief, stellte sich das schon vertraute Ziehen im Bauch ein. Wer ist er?, fragte sie sich. Ein Mildtäter, der jedem hübschen Mädchen eine Hinterlassenschaft machte? Was hatte das Amulett noch für eine Bedeutung, wenn er nur kurz danach Gesine das Tuch überreicht hatte?

Ihre Überlegungen verkamen zu einer Lappalie angesichts der Furcht, Berengar könnte etwas mit dem Tod ihres Onkels zu schaffen haben. Nein, dieser Gedanke tat zu weh, als dass sie ihn zu Ende bringen konnte. Es gab nur eine Lösung aus dieser vertrackten Angelegenheit für sie, und dabei musste sie bleiben. Sonst wäre nicht nur ihr Seelenheil auf immer und ewig verloren, sondern vermutlich auch irgendwann ihr Verstand!

»Sie standen in weißen Gewändern vor dem Thron und vor dem Lamm und trugen Palmzweige in ihren Händen.«

Adolana atmete tief durch und straffte die Schultern. Das lange Knien ermüdete sie, und um sich abzulenken, suchte sie nach dem Mann, dem sie wenn nicht ihr Leben, so zumindest den Erhalt ihrer Jungfräulichkeit zu verdanken hatte.

Berengar dagegen wollte den Tod des Herzogs, um seinen Bruder zu rächen.

Zwischen Heinrich dem Stolzen und seiner zarten Frau kniete mit der gleichen geraden Haltung wie sein Vater der kleine Heinrich. Der Vater beugte das Haupt nicht und machte damit seinem Beinamen alle Ehre. Auf der anderen Seite neben ihm kniete sein gut zehn Jahre jüngerer Bruder, und die mangelnde Ähnlichkeit war verblüffend. Beide waren zwar von geringer Größe und konnten ihre südliche Abstammung nicht verleugnen, denn die dunklen Haare und die trotz der Jahreszeit leicht getönte Haut einten sie. Aber damit hörten die Gemeinsamkeiten auch schon auf. Denn während der Herzog von schlanker, fast schon zäher Gestalt war, haftete seinem jüngeren Bruder etwas Mildes an. Obwohl keinesfalls fettleibig, wirkte sein Körper gegen den von Heinrich ebenso weich wie sein freundliches Gesicht sanft. Die Nase des Stolzen endete spitz, und die schmalen Lippen waren zu einem Strich zusammengepresst.

Unbewusst fragte sich Adolana, ob die Herzogin die Küsse ihres Gemahls ebenso genoss, wie …

»Verdammt!«

Mit einem verlegenen Lächeln entschuldigte sie sich bei ihrer Nachbarin, da sie unbewusst leise geflucht hatte. Die nickte mit säuerlicher Miene und wandte sich wieder dem Bischof auf der Kanzel zu.

Suchend glitt Adolanas Blick nach oben. Umgeben von hohen Pfeilerarkaden lag die Westempore vor ihr, auf der das kaiserliche Paar, abgeschirmt vom Volk, am Gottesdienst teilnahm. Die eindringliche Stimme des Bischofs zog Adolanas Blick wieder zum Altar. Beeindruckend sah der Kirchenfürst aus, wie er mit erhobenen Händen in seiner dunkelroten, reich bestickten Casula Gott für seine unendliche Gnade dankte. Während ihr Blick weiter zu dem wunderschönen großen Teppich wanderte, der die Wand neben dem Altar bedeckte, gelang es der jungen Frau endlich, ihr aufgewühltes Gemüt unter Kontrolle zu bringen. Ob sie die unvermittelte Ruhe den Engeln zu verdanken hatte, die mit friedlichem Gesichtsausdruck vor Abrahams Hütte warteten? Auf jeden Fall hätte sie fast das Ende der Messe verpasst, so versunken war sie in die Betrachtung der herrlich satten Farben des Teppichs, dessen Figuren fast lebendig auf sie wirkten.

Einige Stunden später hatten sie sich in kleiner Runde, was immerhin noch ungefähr einhundertundfünfzig Gäste bedeutete, in der großen Halle zusammengefunden und genossen das wie gewohnt köstliche Mahl. Viele Besucher des Hoftags waren nach der heiligen Messe in großer Eile aufgebrochen, da sie durch den verspäteten Beginn ohnehin bereits kostbare Zeit verloren hatten. Der dänische Mitkönig zählte zu Adolanas Erleichterung ebenfalls dazu, wie auch der nette Junker Dietwald, der seinen Herrn, den Erzbischof aus Mainz, begleitete. Auch Graf Siegfried hatte Halberstadt verlassen, und Adolana fragte sich, wie sein Zusammentreffen mit Berengar verlaufen würde.

Verdruss bereitete dem Edelfräulein allein die Tatsache, dass sich Waldemar nach wie vor unter den Gästen befand. Noch dazu zwei Plätze neben ihr, direkt gegenüber der reizend aussehenden Gesine, deren Stupsnase sich bei jedem ihrer glockenhellen Lacher niedlich kräuselte. Mit ihr musste sich Adolana auch den Becher teilen, was gewiss nicht nur ihr schwerfiel.

»Vergebt mir, edles Fräulein, aber darf ich Euren Namen erfahren?«

Bevor Adolana dem jungen Priester antwortete, zeigte sie entschuldigend auf den Mund. Nachdem sie den saftigen Happen gebratenen Wildschweins heruntergeschluckt hatte, kam sie lächelnd seiner Frage nach. Der Kleriker besaß eine freundliche Ausstrahlung, der selbst die große Hakennase nichts nehmen konnte. Adolana schätzte ihn auf Mitte zwanzig, und schnell entwickelte sich zwischen ihnen ein munteres Gespräch.

Der Mann gehörte Welfs Gefolge an und hätte eigentlich Uta, die blutjunge Gattin seines Herrn, begleiten sollen. Diese war jedoch derzeit guter Hoffnung und musste daheim das Bett hüten. Deshalb hatte er nur einige persönliche Briefe seiner Herrin im Gepäck, die er der jungen Herzogin übergeben sollte. Im Licht der Fackel, die direkt hinter ihm an der Wand in ihrer eisernen Halterung steckte, glänzte der glattrasierte runde Kreis in der Größe einer Hostie auf seinem Schädel. Adolana genoss die Unterhaltung mit dem jungen Kirchenmann, der nichts über ihre Vergangenheit wusste. Seinen arglosen Fragen wich sie geschickt aus. Sie war das Edelfräulein Eila ohne Familie, das Mündel des Kaisers. Adolana war überrascht, wie leicht es ihr fiel, in diese Rolle zu schlüpfen.

Eine nette Anekdote des Priesters entlockte ihr ein Lachen, das jedoch gleich darauf erstarb, als sie bemerkte, dass Waldemar mitgehört hatte. Wie immer lag in seinen Augen ein Flehen, das an Adolanas Nerven zerrte. Würde er nicht immer mit diesem leidenden Gesichtsausdruck herumlaufen, wäre er sogar recht ansehnlich, dachte sie. So aber vermittelten die zusammenstehenden Augen mit den leicht hängenden Mundwinkeln das Bild eines gescholtenen Jungen. Sogar seine Nasenspitze schien nach unten zu drängen, was den trübsinnigen Eindruck nur noch verstärkte. Allein in den hellblauen Augen Waldemars zeigte sich ein Leuchten, das tief verborgene Kräfte erahnen ließ. Der Neffe des Winzenburger Grafen trug ein dunkelblaues Wams aus schimmernder Seide, unter dem ein ebenfalls dunkles Hemd hervorlugte. Zumindest wirkt er äußerst würdevoll, dachte Adolana, während sie sich von einem der Diener nachschenken ließ. Würdevoll und traurig.

Der junge Priester wandte sich nun Waldemar zu und verwickelte ihn in ein Gespräch, woraufhin Adolana sich ausklinkte und den Blick schweifen ließ. Das Kaiserpaar schien sich gut mit seinem Schwiegersohn zu verstehen, denn beide unterhielten sich angeregt mit Heinrich. Richenza fügte sich offensichtlich auch hier nicht in die Rolle der zurückhaltenden Kaiserin, woran ihr Gatte aber keinen Anstoß zu nehmen schien.

Allein die Herzogin saß etwas verloren neben ihrem Gemahl und erinnerte Adolana an ein Vögelein, das aus dem Nest gefallen war. Gelegentlich führte Gertrud den silbernen Becher an die Lippen und tupfte sich anschließend mit einem blütenweißen Tuch sofort imaginäre Tropfen vom Mund, der Adolana in Form und Farbe an die fast geschlossene Blüte des Feuermohns erinnerte. Trotzdem hatte die Rückkehr ihres Gemahls eine erfreuliche Wirkung auf die Herzogin, denn der melancholische Ausdruck in ihren blauen Augen war auf wundersame Weise verschwunden.

Gedankenverloren schob sich Adolana ein mit Honig bestrichenes Apfelstück in den Mund, während von rechts Gesprächsfetzen zu ihr herüberdrangen. Erst als sie die aufmunternden Worte des Priesters vernahm, horchte sie auf.

»Wisst Ihr, Junker Waldemar, man sollte immer seinem Herzen folgen und auf Gott vertrauen. Fasst Mut und traut Euch!«

Aus den Augenwinkeln heraus nahm Adolana das nachdenkliche Nicken Waldemars wahr und ahnte voller Unbehagen, welches Vorhaben sich hinter dem merkwürdigerweise gar nicht mehr traurigen Antlitz des jungen Mannes zusammenbraute.

Zum Glück wird auch dieses Problem bald beseitigt sein, dachte sie, ohne das Gefühl von Beklommenheit wirklich abschütteln zu können. Wenn der neue Herr des Junkers abreiste, musste auch Waldemar Abschied nehmen und seine falschen Hoffnungen wohl oder übel begraben.

7. KAPITEL

Berengar!«
Der Junker stieß einen leisen Fluch aus, als er vor
Schreck leicht den Arm verriss und der Pfeil Sekunden später gute drei Fuß neben seinem Ziel in einer dicken Eiche
stecken blieb. Nun war Graf Siegfried also wieder zu Hause angekommen und die angenehme Zeit ohne Schikanen
damit vorüber.

»Ich komme, Herr«, rief er zurück.

»Ah, Ihr seid dabei, Eure Kunst zu perfektionieren,
Herr Berengar. Gut, gut. Allerdings habe ich mit Euch
noch ein Hühnchen zu rupfen, da ich hier vergeblich auf
Euch gewartet habe und schließlich notgedrungen alleine
nach Halberstadt aufgebrochen bin. Wo habt Ihr Euch
so lange herumgetrieben? Solltet Ihr nicht das Mädchen
abliefern und dann schleunigst wieder zur Bomeneburg
reiten?«

Verbunden mit einer geschliffenen Entschuldigung erklärte Berengar ihm den Grund für die Verzögerung. Siegfrieds herablassender Blick streifte den fehlgeleiteten Pfeil
Berengars, bevor er mit einem nachsichtigen Lächeln zustimmend nickte.

»Aber, Berengar, auch ich habe kein Herz aus Stein und
würde nachgeben, wenn ein so außerordentlich anziehen-
des junges Fräulein eine Bitte an mich richten würde. Wer
hätte geahnt, dass sich unter diesem schmutzigen Äußeren
eine solche Perle verbirgt. Ihr hättet Fräulein Eila auf der

Curie sehen sollen, mein lieber Freund. Zu schade, dass Ihr nicht dabei wart.«

Misstrauisch zuckte Berengar mit den Schultern. Wenn Graf Siegfried auf diese vertrauliche Anrede verfiel, dann hegte er erfahrungsgemäß keine angenehmen Hintergedanken.

»Aber was rede ich denn da. Es war schon ganz gut so, sonst hätte es Euch sicher das Herz zerrissen, wenn Ihr mit angesehen hättet, wie das liebe Fräulein Eila dem dänischen Mitkönig den Kopf verdreht hat«, fuhr der Graf in beiläufigem Ton fort, den sein listiger Blick allerdings Lügen strafte.

Sein Junker bemühte sich um ein teilnahmsloses Gesicht, und da die erhoffte Reaktion offenbar ausblieb, wies Siegfried ihn schroff an, sich um seine Sachen zu kümmern. »Mein Schwert muss dringend poliert werden, und bei der Gelegenheit könnt Ihr Euch zudem um meine Rüstung kümmern. Eine schwere Aufgabe wartet auf uns, für die ich gerüstet sein will. In spätestens zwei Tagen brechen wir zur Winzenburg auf und bringen unserem Kaiser den Mann, nach dem es ihn verlangt.«

Abrupt drehte sich der Graf um und ging mit großen Schritten auf die Bomeneburg zu. Berengar legte an, zielte und sah dem leicht zischenden Pfeil hinterher. Auch ohne sich umzudrehen, spürte er, dass der Graf stehen geblieben war, und wandte sich langsam zu ihm um.

Die jähe Veränderung auf dem Antlitz seines Herrn war so offensichtlich, dass Berengar sich schleunigst entschuldigend verbeugte, um das kurze triumphierende Aufblitzen in seinen Augen verbergen zu können. Graf Siegfrieds vorher noch erheitert wirkende Augen hatten sich zu schmalen Schlitzen verengt, und vor Wut schaubend wandte er seinem Knappen den Rücken zu. Mit einem schadenfrohen Grinsen auf den Lippen sah Berengar ihm nach, bevor er in die entgegengesetzte Richtung schlenderte. Mit einem Ruck zog er gleich darauf den Pfeil aus der Mitte der Zielscheibe heraus und betrachtete ihn nachdenklich.

Eigentlich sollte er sich wegen des bevorstehenden Auftrags sorgen. Die Winzenburg war kein Bretterverschlag, sondern ein solide errichtetes Gebäude aus Stein, das einem Bollwerk glich. Berengar hatte bisher nur einmal aus der Ferne einen Blick auf die Burg geworfen, die auf einem Bergsporn des Sackwaldes thronte. Aber die Erinnerung an den mächtigen fünfeckigen Bergfried war noch lebendig genug, um sich keine Illusionen über einen schnellen Sieg zu machen. Dass Graf Hermann von Winzenburg sich freiwillig in Gefangenschaft begeben würde, kam Berengar erst gar nicht in den Sinn. Wenigstens war damit das Schicksal der Burg Wohldenberg wieder offen, womit Berengars Gedanken über eine mögliche Belagerung der Winzenburg erneut von dem Bild einer jungen Frau mit haselnussfarbenen langen Haaren und grünbraunen Augen verdrängt wurden. Einer jungen Frau, deren sinnliche Lippen ein spöttisches Lächeln umspielte.

»Reiß dich endlich zusammen, Mann«, murmelte der Junker leise, damit niemand seine eigene Ermahnung hörte, und zog heftiger als nötig den anderen Pfeil aus dem dicken Baumstamm, bevor er sich ebenfalls auf den Rückweg zur Burg machte. Aber das imaginäre Bild der flirtenden Adolana ging ihm nicht mehr aus dem Sinn, und innerlich verfluchte er Graf Siegfried dafür.

Die barschen Anweisungen hallten den Hügel hinunter bis zu den ersten Baumreihen unterhalb der Burg.

Hermann von Winzenburg war seit fünf Tagen damit beschäftigt, die ohnehin schon beachtliche Abwehr seiner Burg weiter zu verstärken. Nachdem weder sein Neffe noch der angeheuerte tumbe Kerl von ihrem Auftrag zurückgekehrt waren, hatte er schleunigst Erkundigungen eingezogen. Die Ergebnisse waren erfreulich und gleichzeitig beängstigend.

Um den gedungenen Mörder war es nicht schade, im Gegenteil, somit sparte er sich die versprochene Entlohnung. Schließlich war Burchard von Loccum tot und sein Ziel damit erreicht. Das spurlose Verschwinden Waldemars bereitete ihm allerdings einiges an Kopfzerbrechen. Nicht, dass er groß um den jungen Mann trauerte, falls ihm ebenfalls etwas zugestoßen war. Vielmehr sorgte er sich um die Loyalität seines Neffen. Waldemar hasste und fürchtete ihn zugleich. Die Frage war nur, welches Gefühl war stärker?

Richtig schlimm wurde es für den Grafen aber erst, als er erfuhr, dass der Kaiser inzwischen wusste, wer hinter dem Mord an seinem Vertrauten steckte.

Der Winzenburger hegte keinen Zweifel an der Entschlossenheit des Herrschers und täuschte sich hierin auch nicht. Ebenso wie er sich nicht in der Feigheit von Heinrich, seines eigenen Bruders, geirrt hatte, der ihn wieder mal im Stich ließ. Lothar erhob Anklage, und kein anderer als Graf Siegfried von Bomeneburg würde gegen ihn zu Felde ziehen.

Mit grimmiger Miene beobachtete Graf Hermann das emsige Treiben seiner Männer. Er hatte ein paar nette kleine Überraschungen vorbereitet, denn ganz sicher hatte er nicht vor, sich kampflos zu ergeben.

Das Einzige, was ihn davon abhielt, sich mit seinem möglichen Tod zu arrangieren, war sein Neffe. Graf Hermann war noch nicht völlig von dessen Verrat überzeugt, wusste aber, dass Waldemar ihm den Rücken gekehrt hatte. Ein unerhörtes Vergehen, das sein Neffe nur wagte, weil er von der ausweglosen Situation wusste. Es gab aber einen weiteren Grund, der den Winzenburger an Waldemars alleiniger Schuld zweifeln ließ. Gerüchte waren ihm zugetragen worden. Gerüchte von einem spurlos verschwundenen Edelfräulein. Leider hatte Graf Hermann nichts aus ihrem Onkel, diesem Weichling, herausbekommen. Und solange nicht das Gegenteil bewiesen war, setzten sich die Zweifel fest. Das hatte seinen Grund: Das Mädchen, das vor über einer Woche vom Gut seines Bruders geflohen war, hatte große Ähnlichkeit mit dieser Adolana gehabt.

Er war sich fast sicher, auch ohne Beweise.

Waldemar hätte sich am liebsten in ein Mauseloch verkrochen, allerdings drängte die Zeit, und wenn er nicht am nächsten Morgen mit Meingot von Merseburg, seinem neuen Herrn, bei dem er bis zur Schwertleite bleiben sollte, nach Süddeutschland aufbrechen wollte, musste er die Sache hinter sich bringen.

»Unser Kaiser kann nun ein paar Minuten für Euch erübrigen. Also fasst Euch kurz.«

Mit einem hochmütigen Blick auf den nervösen jungen Mann, der bereits seit über zwei Stunden vor der Tür zu den Gemächern des Kaisers wartete, wies der Truchsess den Besucher mit einer knappen Handbewegung hinein. Es ist so weit, und jeder Fluchtgedanke ist hinfällig, dachte Waldemar und kämpfte mit der Übelkeit, die in seinen Eingeweiden rumorte und nun gewaltsam Besitz von ihm ergriff. Ruhig bleiben, ermahnte er sich. Nachdem er dem würdevollen weißhaarigen Diener Lothars gefolgt war, kniete der Junker vor einem wuchtigen Eichenschreibtisch nieder. Während Waldemar auf ein Zeichen des Kaisers wartete, versuchte er angestrengt, die Anwesenheit Richenzas zu ignorieren, denn unter dem unergründlichen Blick der grauen Augen erfasste ihn erneut Panik.

»Nun, Junker, was gibt es so Dringendes, dass Ihr mich vor Eurer Abreise unbedingt noch sprechen müsst?«

Langsam erhob sich Waldemar, wobei er inständig hoffte, dass seine zitternden Knie standhaft blieben. Der Kaiser wirkte im Gegensatz zu seiner knapp fünfzehn Jahre jüngeren Gemahlin wie die Güte in Person, obwohl dem Junker durchaus bewusst war, dass er einen Mann vor sich hatte, der das Reich die letzten zehn Jahre mit seiner klugen Politik geführt hatte.

Im Augenblick sah Waldemar in ihm aber nur einen fast sechzigjährigen Mann mit ergrautem Haar und gestutztem Bart, in dessen tiefliegenden Augen die Neugier aufblitzte. »Verzeiht mir meine Dreistigkeit, Euer kaiserliche Majestät, aber da Euch meine traurige Familiengeschichte bereits bekannt ist, wusste ich mir keinen anderen Rat, als Euch nochmals in Eurer Großherzigkeit zu behelligen«, begann Waldemar stotternd und mit hochrotem Kopf. »Herr von Merseburg will morgen in aller Frühe aufbrechen, und der Gedanke quält mich seit Tagen. Könnte ich nicht, ich meine, wäre es sehr vermessen von mir, Euch um eine Verlängerung meines Aufenthaltes hier zu bitten, bis das Urteil über meinen Onkel verhängt ist?«

Damit war es heraus, und Waldemar konnte nur hoffen, dass er sich nicht zu stümperhaft angestellt hatte. Verblüfft bemerkte er, wie sich Lothars Mund inmitten des weißgrauen Bartes zu einem vergnügten Lächeln verzog.

»Um welche junge Dame geht es Euch, Junker? Ich kann Euch beruhigen, auch in Merseburg gibt es hübsche junge Mädchen, die sich von schmeichelnden Worten gerne das Herz verzaubern lassen. Und was den Grafen Winzenburg angeht, so wird es mit Sicherheit noch eine Weile dauern, bis ich über ihn Recht sprechen kann. Oder denkt Ihr, Euer Onkel wird sich freiwillig ergeben und wie ein Lamm dem Urteilsspruch entgegensehen?«

Bei dem Vergleich des Kaisers verschwand die Röte aus Waldemars Gesicht. Mein Onkel und ein Lamm? Wohl eher ein Wolf, dachte Waldemar grimmig. Und freiwillig? Nie und nimmer! Wieso zum Henker glaubte der Kaiser, dass es ihm um eine Frau ging?

»Nun, mein werter Gemahl, ich denke, ich weiß, um wen es hier geht. Fräulein Eila, ach nein, wie dumm von mir, Fräulein Adolana meine ich selbstverständlich. Nicht wahr, Herr Waldemar, ihr gehört Euer Herz?«

Richenza wartete die Antwort gar nicht ab, sondern wandte sich ihrem Mann zu, der mit ratlosem Gesichtsausdruck eine Erklärung einforderte.

»Ihr erinnert Euch nicht? Die Nichte des, ähem, verstorbenen Bernhard von Wohldenberg, die die Planung des heimtückischen Mordes an unserem guten Freund Burchard von Loccum mit angehört und weitergeleitet hat. Unsere Tochter hat ihr eine Stellung als Hofdame angeboten.«

Lothars Gesicht hellte sich auf, und er hakte bei Waldemar nach, dem sämtliche Farbe aus dem Gesicht gewichen war. Nach seiner zögerlichen Zustimmung wurde der Kaiser eher nachdenklich, während Richenza nicht ablehnend wirkte. Lothars grüblerisches Schweigen war mehr, als der Junker ertragen konnte, und er heftete seinen Blick auf die edle Kotte des Kaisers aus dunkelrotem Samt, deren Halsausschnitt mit goldenen Stickereien verziert war.

»Ich verstehe Euch, schließlich war sie Euch vor dieser unglückseligen Geschichte versprochen. Tatsächlich hege ich aber große Zweifel, ob es richtig von Euch ist, daran festzuhalten. Dieses Fräulein Adolana wird Euch höchstwahrscheinlich niemals ohne Vorbehalte begegnen, schließlich seid Ihr trotz allem ebenfalls ein Winzenburger. Und, wenn ich mich nicht täusche, der rechtmäßige Erbe. Ach nein, ich vergaß, es gibt ja noch einen Bruder. Heinrich ist sein Name, oder? Trotzdem, es ist nicht klug, was Ihr Euch ersehnt, und das nicht nur, weil Eure Auserwählte nach dem Tod ihres Onkels völlig mittellos dasteht.« Die Miene des Kaisers verdüsterte sich, als er weitersprach: »Wie gesagt, ohne jegliches Erbe, denn mir wurde zugetragen, dass Bernhard von Wohldenberg seinen gesamten Besitz an Euren Onkel verloren hat.«

»Vielleicht könnte der Junker doch noch so lange hier verweilen, bis die unselige Angelegenheit mit seinem Onkel geklärt ist? Der ehrenwerte Herr von Merseburg hätte gegen ein späteres Eintreffen seines neuen Junkers sicherlich nichts einzuwenden«, mischte sich erneut die Kaiserin ein und schenkte Waldemar ein aufmunterndes Lächeln.

Lothar schien dagegen noch unschlüssig, gab dann aber schließlich seine Einwilligung. »Ihr werdet am Hof des Herzogs bleiben. Er wird abschließend entscheiden.«

Dankbar verbeugte sich Waldemar, ohne wirklich zu verstehen, warum die Kaiserin sich für ihn eingesetzt hatte. Letztendlich war es ohne Belang, denn was zählte, war der zeitliche Aufschub. Nun lag es an ihm, wie er Adolanas Herz doch noch für sich gewinnen konnte.

Während sich ihr Gemahl dem Studium einer Schenkungsurkunde zuwandte, schlenderte Richenza zum Fenster hinüber. Waldemar blieb nur aus einem einzigen Grund noch hier, als Prüfung für Adolana. Dieser junge Mann war der Hofdame ihrer Tochter mehr als lästig, und Richenza wollte sehen, wie Adolana mit diesem Mühlstein der Vergangenheit umging. Sie hatte noch viel mit der jungen Frau vor, die ihre erste Hürde mit Magnus letzten Endes wie erwartet gemeistert hatte.

Ein feines Lächeln umspielte ihre Lippen. Die Kaiserin wusste um ihren Ruf. Sie galt als kalt und hartherzig. Aber das war nur die halbe Wahrheit. Für ihre Familie würde sie alles tun, alles, was nötig wäre. Deshalb brauchte sie intelligente Menschen wie Adolana. Es gab diejenigen, die ebenso nach Macht strebten und dafür selbst die eigene Mutter an den Galgen brachten, und dann noch die anderen, die keine andere Wahl hatten, wenn sie nicht als mittellose Huren auf der Straße enden wollten. Wie Adolana.

Es würde sich zeigen, ob das Mädchen auch integer genug war, um sich nicht nur das Vertrauen, sondern auch ihren Respekt zu erarbeiten.

*Süpplingenburg – Stammsitz Kaiser Lothars
im November 1134*

Verdrossen wartete Adolana auf den jungen Heinrich, den Sohn des Herzogpaars, der mit Hilfe eines der Stallknechte aufsaß. Sein kleines Pony, das erste Pferd des Sechsjährigen, stand geduldig auf dem Hof in der Novemberkälte. Gedankenverloren fuhr die junge Frau über die Kruppe ihrer Stute. Die Stelle, an welcher der gezackte Ring des dänischen Mitkönigs sich in Nebulas Fleisch gebohrt hatte, war gut verheilt und kaum noch zu spüren.

Die Herzogin hatte mit ihrem Sohn und dem Gefolge Halberstadt vor einer guten Woche verlassen, und sie befanden sich nun auf dem Stammsitz des Kaisers. Der Herrscher selbst war bereits kurz nach Ende der Curie in Halberstadt wieder aufgebrochen und weilte augenblicklich bei Verhandlungen mit dem polnischen Herzog Boleslaw. Dafür war die Kaiserin bei ihnen geblieben.

Als Grund ihres Verbleibs hatte sie angeführt, ihrer gesundheitlich angeschlagenen Tochter Beistand leisten zu wollen. Dabei ging es Richenza hauptsächlich um die Erziehung des jungen Heinrichs. Dessen Vater befand sich ebenfalls auf der Wasserburg der Süpplingenburger, um die Ländereien seines Schwiegervaters zu inspizieren und Recht zu sprechen.

Adolana hatte bei den wenigen Gelegenheiten, bei denen sie den Herzog zu Gesicht bekommen hatte, indes nicht den Eindruck gehabt, als gäbe es wegen der Einmischungen mit seiner Schwiegermutter Missklänge. Im Gegenteil. Seltsamerweise kam Adolana nicht umhin, die Kaiserin mehr und mehr zu bewundern. Sie fügte sich nicht in das allgemein erwartete Bild einer folgsamen Ehefrau und Mutter, sondern mischte sich ohne Scheu tatkräftig in das politische Geschehen ein.

Natürlich agierte sie nicht an der Oberfläche, denn das stand noch nicht einmal einer Kaiserin zu. Vielmehr nutzte sie geschickt ihre Verbindungen, die sie allein durch ihre Herkunft besaß. Richenza entsprang einem alten sächsischen Hochadelsgeschlecht und knüpfte nahezu unauffällig ständig neue Fäden, um die Macht des Kaisers und des Hauses Süpplingenburg zu festigen und weiter auszubauen. Damit unterstützte sie seit langem ihren Mann und seit der Heirat ihrer Tochter Gertrud mit Heinrich dem Stolzen auch das welfische Haus. Nach dem Tod des letzten Kaisers hatte sich mit Lothar aus dem Geschlecht der Süpplingenburger ein Sachse gegen die Staufer durchgesetzt. Nun galt es, die kaiserliche Nachfolge nach Lothars Tod zu sichern, und es war allgemein bekannt, dass es sich bei dem kaiserlichen Schwiegersohn, dem sächsischen Herzog Heinrich, um Lothars Favoriten handelte.

Deshalb auch Richenzas unermüdlicher Einsatz und die gelegentliche Einmischung in die Erziehung ihres Enkelsohns. Gertrud war gewiss eine kluge Frau, die das Beste für ihren kleinen Sohn wollte. Allerdings fehlte es ihr eindeutig an Rücksichtslosigkeit, derer es oft bedurfte, um zum gewünschten Ziel zu gelangen. Da Gertrud von milder Güte und Sanftheit geprägt war, hatte Adolana sie längst ins Herz geschlossen, während sie versuchte, der Kaiserin möglichst auszuweichen. Ein hoffnungsloses Unterfangen, da sie sich auf dem Stammsitz des Kaisers permanent über den Weg liefen.

Denn obwohl Adolana Richenza für ihren Mut und ihre Klugheit bewunderte, fürchtete sie deren listige Schachzüge. Nichts anderes waren die Menschen in Richenzas Umgebung für sie – Figuren auf einem Schachbrett, die sie nach Gutdünken hin und her schob und die bei Versagen schmachmatt gesetzt wurden. Das war auch der Grund für Adolanas schlechte Laune, die im Gegensatz zur sprühenden Lebendigkeit Gesines stand. Die Kaiserin hatte beide Hofdamen Gertruds Sohn zugeteilt, um über sein Wohlergehen zu wachen.

Während Adolana es als bodenlose Gemeinheit empfand, ihre Zeit ständig mit Gesine verbringen zu müssen, schien es die blonde junge Frau regelrecht anzuspornen. Sie überschlug sich förmlich in ihren Anbiederungen bei dem kleinen Heinrich und tat alles in ihrer Macht Stehende, um seine Wünsche zu erfüllen. Der Sechsjährige war das Ebenbild seines Vaters, was nichts anderes bedeutete als Hochmut in Kleinformat. Heinrich konnte aber durchaus ein sehr netter Junge sein. Mit der Erziehung und Bildung seines vornehmen Elternhauses hatte er sich, trotz seines zarten Alters, eine perfekte Mischung aus Höflichkeit und Distanz angewöhnt.

Davon war jedoch an diesem grauen und stürmischen Herbsttag nichts zu bemerken.

»Ich wünsche auszureiten«, befahl der kleine Mann.

Als der Junge nach dem Lateinunterricht den Wunsch oder vielmehr den Befehl gegeben hatte, hatte Adolana vorsichtige Bedenken geäußert. Wie erwartet ohne Gehör zu finden. Selbstverständlich war Gesine dem Jungen voller Eifer beigesprungen und hatte ihn in seinem Entschluss bestärkt. Sie würde ihn sogar in die Hölle begleiten, nur um Adolana keinen Boden zu überlassen.

Der kleine Heinrich ritt bereits seit einem guten Jahr und fühlte sich auf dem Rücken seines lebhaften Ponys sicher. Das Wetter sprach hingegen nicht unbedingt für einen gemütlichen Ausritt. Die Kälte zog durch jede Ritze der Wasserburg, weshalb Adolana die kleine Halle, in der ständig ein warmes Feuer loderte, als Aufenthaltsort bevorzugte. Vor allem die schwarzen Wolken, die sich zu immer größeren Gebilden auftürmten, bis der starke Wind sie wieder auseinanderriss, machten ihr Sorgen.

Für einen kurzen Moment spielte Adolana noch einmal mit dem Gedanken, ihre im Grunde genommen anmaßende Drohung dem Jungen gegenüber wahrzumachen und die Kaiserin von dem Vorhaben zu unterrichten, ließ es dann aber bleiben. Hauptsächlich, weil Richenza sich bei ihrer Tochter angesteckt hatte und seit dem gestrigen Abend ebenfalls mit leichtem Fieber und Schnupfen das Bett hütete. Gertrud ging es bereits besser, sie war aber weiterhin schwach und ruhte deshalb vorwiegend. Der Herzog war schon in den frühen Morgenstunden aufgebrochen.

»Fürchtet Ihr Euch vor ein paar Regentropfen? Oder ist es der Sturm, der Euch schreckt, Fräulein Eila? Eure Laune ist schlimmer zu ertragen als das grässlichste Wetter.«

Der Wind trug die neckischen Worte des Jungen davon und riss unnachgiebig an dem warmen blauen Wollumhang.

»Nein, Durchlaucht, ich schrecke nicht vor Regen und Sturm zurück. Meine einzige Sorge gilt Eurem Wohlergehen, und ich fürchte, dass ein Ausritt Eurer Gesundheit schaden könnte.«

Als Antwort verdüsterte sich das kindliche Gesicht, und er schob die Unterlippe schmollend ein Stück vor. »Unsinn«, meinte Heinrich beleidigt, denn er hasste es, sich vernünftigen Argumenten zu beugen.

Seufzend folgte Adolana dem Jungen, der bereits den

Bau der St.-Johannis-Kirche passiert hatte und zum Tor hinaus ritt. Die Hufschläge der Tiere, als sie die hölzerne Brücke über dem Wassergraben überquerten, klangen wie eine Warnung in Adolanas Ohren. Kaum hatten sie das Burggelände verlassen, als auch schon Gesine zu dem Jungen aufschloss und ihre Pferde in einen leichten Galopp fielen.

»Ich teile Eure Bedenken durchaus, edles Fräulein, doch Ihr habt ja gesehen, wie eigensinnig der junge Herr sein kann«, sagte Waldemar, der sie ebenfalls begleitete.

Ohne auf die Bemerkung einzugehen, erhöhte auch Adolana das Tempo. Zum einen wollte sie zu den beiden vorderen Reitern aufschließen, zum anderen der Gesellschaft des Junkers entkommen. Die Zuteilung Waldemars zum Begleitschutz des jungen Heinrichs zählte ebenfalls zu Richenzas Anweisungen. Wie viel Freude muss es dieser Frau bereiten, meine Seelenqualen mit anzusehen?, dachte Adolana bitter. Seit sie der Kaiserin beim Halberstädter Reichstag die gewünschten Auskünfte des dänischen Mitkönigs überbracht hatte, war sie wieder gnädig in den Dienst bei der Herzogin aufgenommen worden.

Ebenso wie Gesine.

Gertrud war gleichbleibend freundlich und bevorzugte keine der beiden Frauen. Adolana vermutete, dass Richenza auch ihr Ratschläge erteilt hatte.

Adolana hielt den Blick stur geradeaus gerichtet, als Waldemar wie erwartet zu ihr aufschloss. Die Burganlage befand sich in der leicht hügeligen Landschaft der sumpfigen Schunter-Niederung und bot an schönen Tagen einen herrlichen Anblick. Heute jedoch war der sonst so ruhig dahinfließende Fluss aufgewühlt, und als sie die Stelle passierten, an der von rechts ein namenloser Bach der Schunter weiteres Wasser zuführte, trat das Gewässer sogar über die schlammigen Ufer. Die kleine Reitergruppe hielt sich in nördlicher Richtung und folgte dem alten Salzweg.

Das größere Dorf, das sie unterwegs hätten sehen müssen, war wegen der schlechten Sicht kaum auszumachen. Nur die schemenhaften Umrisse einiger Grubenhäuser der mindestens vierzig Wohnstätten umfassenden Siedlung zeigten sich undeutlich. Adolana hatte Mathilde einmal dorthin begleitet, deren Eltern im Auftrag der Kaiserin auf ihren Webstühlen edle Tücher herstellten. Zu der Dienstmagd hatte sich mittlerweile eine zarte Freundschaft entwickelt. Standesunterschiede hatten Adolana noch nie gestört.

Als sie die Kreuzung erreichten, an dem der neue Handelsweg von Braunschweig nach Magdeburg führte, zügelte der Junge sein Pony. Mittlerweile hatten sich Adolanas schlimmste Befürchtungen bestätigt, denn ein heftiger Graupelschauer brach über die Reiter herein. Binnen kürzester Zeit war der graubraune Boden mit einer weißen Schicht kleiner, perlenartiger Gebilde überzogen.

»Wir sollten wirklich umkehren, Euer Durchlaucht«, versuchte es Waldemar ohne sonderlich großen Nachdruck in der Stimme. Und so verhallte sein Appell wirkungslos. Fast schien es, als wollte der Junge den Naturgewalten trotzen, denn Heinrich hob den Kopf und streckte dabei das Kinn hervor. Die Kapuze des Umhangs wurde ihm erneut vom Kopf gerissen, und der Wind erfasste seine dunklen, kinnlangen Haare.

Der Blitz, der einen Wimpernschlag später folgte, hätte jedoch die Fassade fast zum Einsturz gebracht.

»Durchlaucht, wir müssen zurück! Ein Gewitter zieht auf«, schrie Adolana in das Toben des Windes hinein.

Der darauffolgende Knall war so gewaltig, dass sie zusammenzuckte. Ein kurzer Seitenblick bescheinigte ihr Gesines Entsetzen. Nach Schadenfreude stand Adolana nicht der Sinn, dazu fürchtete sie sich selbst mehr als genug.

»Also gut«, brachte Heinrich zitternd hervor, »kehren wir um.«

Trotz ihres Unwillens über den Starrsinn des Jungen, dem sie diese prekäre Lage zu verdanken hatten, empfand Adolana Mitleid mit ihm. Er war noch ein Kind, zwar starrsinnig und hochmütig, aber eben nur ein Kind.

Während sie die Pferde antrieben, fegte der Wind mit unglaublicher Geschwindigkeit kleinere Hagelkörner über den mit weißen Körnchen übersäten Boden. Pausenlos zuckten gewaltige Blitze am fast nächtlichen Himmel und tauchten die ganze Gegend in ein gespenstisches Licht. Doch am schlimmsten waren die Donnerschläge, die jedem von ihnen durch Mark und Bein gingen. Adolanas Finger waren taub von der Kälte, und die Hagelkörner verursachten ihr vor allem an den ungeschützten Körperteilen Schmerzen, die angesichts ihrer geringen Größe kaum vorstellbar waren. Völlig durchnässt trieb sie Nebula immer weiter an, blieb aber dabei immer dicht bei dem Jungen, dessen Pony bereits langsamer wurde.

Der Hagelschauer endete so plötzlich, wie er begonnen hatte. Leider verbesserte der übergangslos einsetzende prasselnde Regen ihre Lage nicht wirklich. Der Sturm peitschte Wände aus unzähligen aneinandergereihten Tropfen über den mittlerweile durchweichten Boden. Endlich ließ das Gewitter nach, denn die Zeitspanne zwischen den Blitzen und den darauffolgenden Donnerschlägen vergrößerte sich. Erleichtert atmete Adolana auf, als in der Ferne im aufflammenden Licht eines Blitzes die Süpplingenburg auftauchte.

Geschafft, dachte Adolana im selben Moment, als das Furchtbare geschah.

Die gleißende Helligkeit vermischte sich praktisch ohne Übergang mit dem Krachen des Holzes und dem wuchtigen Knall des Donners. Gesines gellender Schrei übertönte sogar noch den heulenden Wind. Die knorrige Birke verfehlte Waldemar und Gesine nur um Haaresbreite, aber die Pferde wurden von den schweren Ästen umgeworfen und die beiden Reiter unter den fast kahlen Zweigen begraben. Es war allein dem erschöpften Pony zu verdanken, dass Adolana mit dem Jungen ein Stück hinter den beiden anderen ritt. Buchstäblich im letzten Moment gelang es ihr, Nebula zu zügeln. Heinrichs Pony wieherte schrill, und voller Panik brach es aus. Eben noch hatte sich das erschöpfte Tier dicht neben Adolanas Stute befunden, im nächsten Moment war es in dem wolkenbruchartigen Regen verschwunden.

Für den Bruchteil eines Augenblicks zögerte Adolana, während sie einen verzweifelten Blick auf die beiden Menschen warf, die unter den Ästen kaum auszumachen waren, dann setzte sie dem Pony nach. Wahre Sturzfluten prasselten auf sie herab, während sie ihr Pferd immer weiter antrieb. Doch das Pony blieb verschwunden. Gerade als Adolana völlig entmutigt eine andere Richtung einschlagen wollte, sah sie die Fliehenden.

In dem heller werdenden grauen Licht erkannte die junge Frau voller Entsetzen, dass Heinrich sich nicht mehr lange halten konnte. So entkräftet das Pony vorher auch gewesen war, die Panik hatte seine gesamten Energiereserven mobilisiert, und es rannte mit unverminderter Geschwindigkeit weiter. Auch Nebula war bereits geschwächt. Dieses Mal nahm Adolana jedoch notgedrungen keine Rücksicht auf ihre Stute und spornte sie unerbittlich weiter an.

Halt dich fest, flehte sie inbrünstig, während ihre Lippen die Worte zuerst tonlos formten und dann herausschrien. »Bitte, halt dich fest!«

Sie wusste, welche Angst der Junge spüren musste, schließlich hatte sie sich erst vor kurzem in einer ähnlichen Situation befunden. Heinrich war allerdings erst sechs und hielt mit Sicherheit nicht mehr lange durch. Der Abstand zwischen ihnen schmolz beharrlich, und sie hatte den Jungen fast erreicht, als er seitlich aus dem Sattel rutschte. Ein panischer Schrei erklang, dann war Adolana auf gleicher Höhe. Sie griff nach der völlig durchweichten Kapuze seines Umhangs und betete, dass die Schnüre halten würden, ohne den Jungen zu erwürgen.

»Lass los!«

Ein kurzer Moment des Zauderns, dann ließ Heinrich mit klammen Fingern los, und die Zügel hüpften herrenlos auf und nieder. Gleich darauf brachte Adolana ihre Stute zum Stehen, rutschte vorsichtig vom Rücken des Tieres und fing den Jungen auf. Heinrichs bleiches Gesicht zeigte keine Regung. Die Augen waren geschlossen, der kleine Mund stand offen.

Völlig erledigt sank Adolana mit ihrer Last zu Boden.

»Atme, bitte, bitte, atme doch«, murmelte sie inbrünstig. Sanft bettete sie den Kopf des Jungen in ihrem Schoß und wischte ihm gedankenverloren die Regentropfen von den nassen Wangen.

Erst fiel ihr das leichte Zittern seiner Lippen gar nicht auf, dann bemerkte sie die kaum wahrzunehmende Bewegung, schloss die Augen und schickte ein Stoßgebet zum aufklarenden Himmel. Als sie erneut einen Blick auf Heinrich warf, hatte er die Augen schon halb geöffnet. Pure Erschöpfung sprach aus dem dunklen Braun, und nach dem nächsten Wimpernschlag blieben die Lider erneut geschlossen. Während Adolana überlegte, wie sie den Jungen am schnellsten zur Burg zurückbringen konnte, hörte sie Pferde näher kommen. Als sie die Reiter erkannte, atmete sie erleichtert auf, ohne jedoch die letzte Spur Furcht verdrängen zu können.

»Was ist mit ihm? Ist er verletzt?«, fragte der Herzog.

Nach dem scharfen Galopp brachte Heinrich sein Pferd

zum Stehen, sprang herunter und kniete sich neben seinen Sohn. »Sag doch was, Junge!«

Der Herzog rang um Fassung, und Adolanas Angst kroch gleich einer Raupe an einem Baumstamm immer höher, bis sie ihr schließlich die Kehle zuschnürte. Gerne hätte sie etwas zur Beruhigung des besorgten Vaters gesagt, aber ihr blieben die Worte im Hals stecken. Außer einem hilflosen Achselzucken brachte sie nichts zustande.

»Seid Ihr von Sinnen, bei diesem Unwetter mit dem Jungen auszureiten?«, fuhr der Herzog sie an.

Er schob die Hände unter den Körper seines Sohnes, der erneut in eine tiefe Ohnmacht gefallen war. Mit unendlicher Vorsicht erhob sich Heinrich der Stolze, ohne auch nur einen Blick von dem Jungen zu lassen. Während einer seiner Männer mit Bedacht den bewusstlosen kleinen Heinrich hielt, damit der Fürst aufsitzen konnte, war Adolana noch immer zu keiner Bewegung fähig.

Ein leises, kaum wahrnehmbares Stöhnen durchbrach die Stille, als der Herzog seinen Sohn wieder entgegennahm und behutsam vor sich in den Sattel setzte. Den schlaffen Körper des Jungen an sich gelehnt und mit einem Arm umfangen, sah Heinrich auf Adolana herab, die noch immer auf dem durchweichten Boden hockte und mit weit aufgerissenen Augen zu ihm aufschaute.

»Betet zu Gott, dass er wieder gesund wird«, sagte er nur.

Dann wandte sich die ungefähr zehn Mann starke Gruppe von ihr ab und ritt in Richtung der Süpplingenburg. Adolana spritzte der Matsch nur so entgegen, ohne dass sie versuchte, schützend die Hände vors Gesicht zu halten.

Die erbarmungslose Kälte in den Augen den Herzogs hatte sie jeglicher Handlungsfähigkeit beraubt.

Ohne große Rücksichtnahme zogen die Männer des Herzogs den verletzten jungen Mann unter den Ästen der Birke hervor und achteten auch nicht weiter auf sein schmerzverzerrtes Gesicht. Der Fürst hatte sie angewiesen, die beiden Verletzten zur Burg zu schaffen. Er selbst war unverzüglich weitergeritten, um seinem Sohn schnellstmöglich Hilfe zukommen zu lassen.

Heinrichs Befehl klang in Waldemars Ohren eher wie eine lästige Anweisung, die er aus menschlicher Güte ausgesprochen hatte, ohne von ihrer Richtigkeit überzeugt zu sein. Neben sich hörte er Gesine jammern, und mit einem kurzen Seitenblick überzeugte er sich davon, dass die Männer mit der jungen Hofdame eindeutig sanfter umgingen als mit ihm. Der Junker stieß einen leisen Fluch aus, als er mit dem schmerzenden Bein an einem der knorrigen Äste hängen blieb. Nach einem heftigen Ruck eines der Helfer ließ der Baum jedoch sein letztes Opfer los, allerdings nicht, ohne dem gepeinigten Waldemar eine unangenehm tiefe, lange Schramme als Erinnerung zu hinterlassen.

»Stell dich nicht so an. Wenn der Junge stirbt, werden deine Qualen unendlich sein«, schnauzte ihn der Mann an und ließ Waldemar ohne Vorwarnung fallen, wobei er mit dem Kopf hart auf dem Boden aufschlug.

Zum Glück hat der Regen die Erde aufgeweicht, dachte der Junker bitter und biss die Zähne aufeinander, um einen erneuten Schmerzlaut zu unterdrücken.

Einen Augenblick später entfuhr dennoch ein langes Stöhnen seinen Lippen, als jemand ihn bäuchlings über einen Pferderücken warf. Waldemar wollte den Kopf heben, um nach Gesine zu sehen, aber leider gehorchte sein pochendes Haupt seinem Willen nicht und baumelte weiter nach unten.

Eine gute Stunde später befand sich Waldemar allein in seiner Unterkunft. Bisher hatte sich niemand um ihn gekümmert, und die anderen Betten, die als Unterbringung für die Knappen der Ritter dienten, waren leer. Eine Tatsache, die ihn aufgrund der Tageszeit nicht weiter verwunderte, für die er jedoch mehr als dankbar war. Sein ganzer Körper war eine einzige Qual, am meisten sorgte er sich indes um den stechenden Schmerz in seinem rechten Bein. Zum wiederholten Mal befühlte er die Stelle an seiner Wade und zuckte ebenso zusammen wie davor. Ihm war klar, dass der Knochen gebrochen war. Das allein war schlimm genug, allerdings schmerzte seine linke Schulter fast noch stärker, und er wusste kaum, wie er liegen sollte.

Obwohl es keine Stelle an seinem Körper gab, die ihn nicht plagte, überstrahlte die Furcht alle seine Gebrechen. Seine Gedanken kamen nicht zur Ruhe, und mit jeder Minute, die verstrich, wurde seine Sorge um die Konsequenzen seines Handelns größer. Ihm war längst klargeworden, dass er dem Wunsch des Jungen nicht hätte nachgeben dürfen. Leider widersprach es seiner Natur, sich gegen den Willen höhergestellter Personen durchzusetzen. Und er wusste, dass er in einer ähnlichen Situation keinen Deut anders entscheiden würde. Vielleicht machte ihm gerade diese Erkenntnis so sehr zu schaffen.

Waldemar musste eingedöst sein, denn als die Tür zu seiner Kammer aufgerissen wurde, schrak er auf.

»Ich möchte nur eines von Euch wissen: Habt Ihr versucht, meinem Sohn den Ausritt auszureden?«, fragte Herzog Heinrich geradeheraus.

Kleinlaut schüttelte Waldemar den Kopf, während er sich aufzurichten versuchte. Der Schmerz schoss fast gleichzeitig in Schulter und Wade, und mit einem Stöhnen sank er zurück auf sein Lager. »Nicht nachhaltig genug, Durchlaucht«, flüsterte er.

»Bleibt liegen.«

Den barschen Worte fehlte jegliches Mitleid, und sie schüchterten den Junker weiter ein. Eine Weile war es still, und nach einem verstohlenen Seitenblick auf die versteinerte Miene des Herzogs hätte der junge Mann sich am liebsten die fadenscheinige Decke über den Kopf gezogen. Gerade als Waldemar schon aufatmen wollte, weil sein Besucher sich zum Gehen wandte, richtete Heinrich nochmals eine Frage an ihn.

»Könnt Ihr mir erklären, warum Euer gesunder Menschenverstand Euch nicht dazu verleitet hat, meinen Sohn von seinem Vorhaben abzuhalten?«

Waldemar war klar, dass sein Schicksal ohnehin besiegelt war. Niemals würde der Herzog ihn hier am Hof behalten, und ob er seine Ausbildung zum Ritter an anderer Stelle fortführen durfte, schien ihm im Augenblick keineswegs mehr sicher. Wenigstens wollte er sein letztes bisschen Stolz behalten und bei der Wahrheit bleiben – auch wenn er sich damit nicht gerade mit Ruhm bekleckerte.

»Das Einzige, was ich zu meiner Verteidigung vorbringen kann, ist, dass ich so erzogen worden bin. Mein Onkel hat keinerlei Widerspruch geduldet«, gab Waldemar bedrückt zu und versuchte die beschämende Erinnerung an die heftigen Schläge mit dem Lederriemen beiseitezuschieben. Dabei setzten ihm allerdings mehr die Bilder der gaffenden Bediensteten seines Onkels zu als der Gedanke an das Brennen auf seinem nackten Hintern. »Bestraft mich, Euer Durchlaucht, aber verschont Fräulein Eila. Sie war die Einzige, die Bedenken geäußert und Euren geschätzten Sohn um Einsicht gebeten hat.«

Erst jetzt hob Waldemar den Blick zum Herzog, dessen unerwartet milder Ausdruck ihn verwunderte.

»Ich schicke einen Wundarzt zu Euch, damit er Eure Verletzungen behandeln kann.«

Heinrich hatte bereits die Tür erreicht, als sich Waldemar, durch die Freundlichkeit seiner Worte ermutigt, nach dem Jungen erkundigte.

»Er ist noch schwach und wird bestimmt einen ziemlich starken Schnupfen bekommen, aber es geht ihm schon besser.«

Eine Woge der Erleichterung und Dankbarkeit durchfuhr den jungen Mann, und als kurz danach der angekündigte Besucher kam, hatte die eiserne Faust der Furcht sein Herz wieder freigegeben.

Mit feuchten Haaren, aber in trockenen Kleidern ging Adolana ihrem Schicksal entgegen. Das Zittern in den Knien ignorierte sie beständig, ob sie das Beben ihrer Stimme ebenfalls mit Nichtachtung strafen konnte, würde sich gleich zeigen. Die Miene des Fürsten verhieß jedenfalls nichts Gutes. Nach Heinrichs knapper Aufforderung erhob sich die junge Frau und ertappte sich dabei, dass sie gerne in ihrem tiefen Knicks verharrt wäre. Unbewusst straffte Adolana die Schultern, als sie dem Blick des Herzogs begegnete. Seltsamerweise konnte sie außer der erwarteten Verärgerung auch unverhohlenes Interesse darin entdecken. Hingegen war sich die junge Hofdame der Streitlust, die sich in ihrer eigenen Miene widerspiegelte, überhaupt nicht bewusst.

Die Wärme in der kleinen Halle umfing Adolana, deren durchgefrorene Glieder sich noch immer steif und unangenehm taub anfühlten. Höchstwahrscheinlich werde ich sowieso an den Folgen dieses katastrophalen Ausritts sterben, dachte sie, während ihr ein Schauer über den Rücken lief und sie frösteln ließ. Vielleicht lag es aber auch an den vielen Augenpaaren, die sie auf ihrem Körper spürte, als würden sie an ihr festkleben. Die Ritter des Herzogs, die an der langen Tafel mit ihrem Fürsten zusammen speisten, zeigten ihre Neugier. Einige der gestandenen Männer unterbrachen sogar ihre Gespräche, um dem Donnerwetter zu lauschen, welches das edle Fräulein in Kürze über sich würde ergehen lassen müssen. In manch einer Miene zeigte sich ein klein wenig Mitleid mit dieser hübschen jungen Dame. Andere hingegen schüttelten angesichts der hochmütigen Haltung Adolanas den Kopf. Sie war sich sicher, dass viele sich fragten, ob sie möglicherweise etwas schwachsinnig war, da es ihr offensichtlich an Demut mangelte.

»Nun, Fräulein Eila, obliegt Euch das Wohlergehen meines Sohnes?«

Nervös nestelte Adolana an den roten Fransen ihres Schals herum, den sie sich schnell übergeworfen hatte, damit sie nicht ganz so heftig fror. Geholfen hatte das wollene Kleidungsstück bisher nicht.

»Das ist richtig, Euer Durchlaucht«, entgegnete die junge Frau mit leiser, aber fester Stimme. Adolana verzichtete auf den Hinweis, dass sie sich die Verantwortung für den Jungen mit Gesine teilte. Es war eine Tatsache, auf die der Herzog ihrer Meinung nach nicht hingewiesen werden musste.

»Habt Ihr Euch dessen als würdig erwiesen?«, erkundigte sich Heinrich betont freundlich.

Adolana ließ sich von der Liebenswürdigkeit der Worte nicht beirren, denn sie erreichte weder seine Augen noch den schmalen Mund des Herzogs. Heinrichs Urteil über mich steht längst fest, ging ihr mit einem Mal auf. Diese jähe Erkenntnis hatte jedoch eine unerwartete Wirkung auf sie. Anstatt sich niedergeschlagen vor dem Herzog auf den Boden zu werfen, verstärkte sich die gefährliche Mischung aus Stolz und Trotz. Sie würde ihrem Onkel keine Schande bereiten und demütig um Vergebung bitten.

»Sicher war es falsch, dem Wunsch Eures verehrten

Sohnes nachzugeben, Euer Durchlaucht. Ich kann es leider nicht mehr rückgängig machen und nur hoffen, dass Heinrich sich bald wieder bester Gesundheit erfreuen wird«, antwortete Adolana kühl und hielt den dunklen Augen stand, die in ihr Innerstes eindringen wollten.

»Kein Wort der Verteidigung?«

Der Herzog zog fragend die Augenbrauen hoch, woraufhin sich die breite Stirn in Falten legte.

Mittlerweile war es so still in der Halle, dass außer dem Knistern des Feuers kein Laut zu hören war. Erst jetzt wagte Adolana einen hastigen Seitenblick zur Kaiserin. Der Stuhl zwischen Richenza und ihrem Schwiegersohn war leer, und Adolana mutmaßte, dass die besorgte Gertrud an der Seite ihres kleinen Sohnes weilte. Bettele nicht um Gnade, ermahnte sie sich leise, und die versteinerte Miene der Gemahlin des Kaisers half ihr merkwürdigerweise dabei.

»Nein!«

Wie um ihre Aussage zu bekräftigen, schüttelte die junge Frau heftig den Kopf. Dann besann sich Adolana anders und fügte hinzu: »Nur eines möchte ich noch anbringen: Euer Sohn ist ein wahrhaft mutiger Junge, der selbst den stärksten Naturgewalten die Stirn bietet.«

Der neutrale Ton ließ keinen Zweifel an der Aufrichtigkeit zu, und niemand der Anwesenden hegte den Verdacht, dass sich das beschuldigte Edelfräulein beim Herzog einschmeicheln wollte.

Das stolze Lächeln Heinrichs war so flüchtig, dass Adolana fast an eine Einbildung glaubte. Als sie jedoch das langsame Klatschen hörte, wandte sie sich mit ungläubigem Blick nach rechts. Der dumpfe Ton rührte von den behandschuhten Händen Richenzas her, die nach dem dritten Aufeinanderschlagen mit einer grazilen Bewegung aufstand und dabei Adolana unverwandt ansah. Verblüfft stellte die junge Frau fest, dass zum ersten Mal Wärme in den sonst so kalten grauen Augen lag.

»Meinen Glückwunsch, Fräulein Eila. Wie ich erfreut feststellen muss, habe ich mich nicht in Euch getäuscht.«

Mit Adolanas Beherrschtheit war es nun vorbei. Einem erzürnten Fürst konnte sie entsprechend begegnen, auch einer eisigen Richenza. Aber eine erheiterte und sogar freundliche Kaiserin ging über das erträgliche Maß hinaus.

»Vergebt mir, Eure Majestät, aber ich verstehe nicht ganz«, stammelte Adolana verwirrt, während ihr Blick zwischen Heinrich und seiner Schwiegermutter hin- und herflog.

»Die Kaiserin hat mir Euer Verhalten vorhergesagt«, übernahm der Herzog die Erklärung. »Wir wussten bereits von den anderen beiden Begleitern, dass Ihr die Einzige wart, die sich gegen den Ausritt ausgesprochen hat. Ganze zweimal habt Ihr den Versuch unternommen, meinen Sohn davon abzubringen. Er hat mir sogar gesagt, dass Ihr ihm mit seiner Großmutter gedroht habt«, fügte er hinzu. Durch den dichten dunklen Bart war das leichte Schmunzeln kaum zu sehen, trotzdem entging es Adolana nicht, ebenso wenig wie das leise Gemurmel, das erneut eingesetzt hatte.

Die mit Spannung erwartete Strafe war ausgeblieben, daher wandten sich die meisten Männer nun wieder wichtigeren Dingen zu. Auch wenn keiner so recht verstand, warum die für ihre Strenge gefürchtete Kaiserin in einen unerklärlichen Anfall von Güte und Milde verfallen war. Herzog Heinrich, dessen Miene mehr Erheiterung als Stolz zeigte, begab sich zusammen mit Richenza zum Kamin, wohin Adolana ihnen nach einer flüchtigen Aufforderung folgte. Ihr Verstand hatte die unerwartete Wendung noch nicht ganz verarbeitet, und ihre Gliedmaßen fühlten sich nun zwar wärmer, dafür aber weich wie Butter an.

Adolana sah sich zu einer Erklärung genötigt, kaum dass sie die beiden erreicht hatte. »Vergebt mir, Majestät, aber ich habe dem Jungen nicht mit *Euch* gedroht, sondern nur damit, Euch von dem geplanten Ausritt zu unterrichten.«

Richenza winkte ab.

»Lasst es gut sein! Euch ist kein Vorwurf zu machen, und wenn, dann nur der eine, dass Ihr nicht Eurem Verstand gefolgt und zu mir gekommen seid.« Ein leichter Hustenanfall unterbrach Richenzas Entgegnung, und nachdem sie sich mit einem spitzenumrandeten kleinen Leinentuch die Nase geschnäuzt hatte, sprach sie weiter. »Ihr mögt von Herrn Waldemar halten, was Ihr wollt, aber er hat sich sofort für Euch eingesetzt, ohne Rücksicht auf seine eigene Person. Fräulein Gesine hat sich ein wenig schwerer mit der Wahrheit getan, aber zu guter Letzt hat auch sie das bestätigt, was mein Enkelsohn zuvor kleinlaut zugegeben hat.«

»Was bedeutet das für mich?«, fragte Adolana vorsichtig. Die zufriedenen Gesichter der beiden verhießen zwar nicht unbedingt Schlechtes, doch die Erfahrung hatte sie gelehrt, vorsichtig zu sein.

»Ihr seid ab sofort und auf ausdrücklichen Wunsch der Herzogin wieder ihre erste Hofdame.« Adolanas Augen weiteten sich, und sie setzte zu einer Erwiderung an. Sofort hob die Kaiserin mahnend die schmale Hand, und Adolana klappte den Mund unverrichteter Dinge wieder zu. »Ich erwarte keine Dankbarkeit und auch keinen Widerspruch. Diese Position ist Euch angemessen, denn Ihr stammt, wenn nicht aus hochadligem, so zumindest aus einem Geschlecht mit tadellosem Ruf. Euer Onkel hat dem Kaiser stets treu zur Seite gestanden. Mit Eurem mutigen

Handeln habt Ihr bewiesen, dass Euch das Leben meines Enkelsohns wichtiger ist als Euer eigenes.«

Und der unehrenhafte Tod Bernhards von Wohldenberg? So einfach liegen die Dinge, dass diese sündhafte Begebenheit mit dem dunklen Tuch des Vergessens überzogen wurde, dachte Adolana. Sie konnte nichts dagegen tun, dass der Gedanke an ihren Onkel Bitterkeit in ihr auslöste. Trotz der Anschuldigungen Waldemars hatte sie das Schreckgespenst, dass ihr Onkel möglicherweise seinem Leben selbst ein Ende gesetzt hatte, nicht ganz verdrängen können. So abwegig erschien es ihr nämlich keineswegs, denn Bernhard hatte sein Leben schon vor dem Verschwinden seiner geliebten Nichte als düster und hoffnungslos angesehen.

»Außerdem vergesst Ihr eine Kleinigkeit, wertes Fräulein Adolana«, richtete der Herzog leise das Wort an sie.

Es mutete Adolana seltsam an, mit ihrem richtigen Namen angesprochen zu werden. Nachdem die Belagerung der Winzenburg begonnen hatte, war die Gefahr von ihr genommen. Hinzu kam, dass Waldemar gegen seinen Onkel ausgesagt hatte und Adolana als Zeugin gar nicht mehr gebraucht wurde. Hatte dieser sonst so hochfahrende Mann gespürt, wie elend sie sich fühlte? Und wirklich, für einen Moment konnte sie so etwas wie Mitleid in den braunen Augen erkennen.

»Durch Euren wagemutigen Ritt habt Ihr meinem Sohn das Leben gerettet. Ihr seid geritten, als wäre der Leibhaftige hinter Eurer Seele her. Dafür werde ich Euch ewig dankbar sein, denn Heinrich hätte sich bei all seiner Tapferkeit nicht mehr lange im Sattel halten können. Das war für mich, selbst auf die weite Entfernung hin, deutlich sichtbar. Deshalb will ich Euch für eine spätere Hochzeit eine kleine Mitgift zur Verfügung stellen. Der Betrag wird Euch dann ausgehändigt.«

Adolana starrte den Herzog mit offenem Mund an, über dessen Wangen angesichts ihrer offenkundigen Sprachlosigkeit ein vergnügtes Lächeln huschte.

»Ach ja, wenn Ihr bitte noch kurz bei meinem Sohn vorbeischauen wollt, denn er möchte unbedingt seine Dankesworte loswerden.«

8. KAPITEL

Abwesend starrte Adolana aus dem Fenster in die Dunkelheit hinaus. Kein Stern stand am Himmel, und auch der Mond zeigte sich nur gelegentlich zwischen den Wolken. Es hatte sich herausgestellt, dass der Sturm um die Mittagszeit Kraft gesammelt hatte, um dann zum Abend hin erneut mit voller Wucht loszuschlagen. Hätte Adolanas Fensteröffnung einen hölzernen Laden besessen, wäre er sicher zum Schutz vor dem kalten Wind geschlossen worden. Andererseits liebte Adolana schon von klein auf die ungestüme Macht des Windes und genoss sein klagendes Heulen, weshalb sie die zähe Lederhaut zum Abdecken achtlos auf dem Boden liegen ließ. Bei den kraftvollen Sturmböen war sie dankbar für das Privileg, den Schutz der dicken Burgmauern genießen zu dürfen. Mit einem leichten Schaudern dachte Adolana an die instabile Hütte von Johannes' Mutter und hoffte inständig, dass Berengar ihr die Münzen überbracht hatte.

Als es klopfte, schrak die junge Frau zusammen. Bei dem zaghaften Pochen befürchtete sie schon einen Besuch Waldemars, dann erinnerte sie sich aber daran, dass die Herzogin ihr von den schlimmen Verletzungen des armen Junkers berichtet hatte.

Bevor sie zur Tür ging, steckte sie hastig das schimmernde Geschenk der Herzogin unter ihr Kissen.

»Wer ist da?«

Als Adolana die geflüsterte Antwort hörte, zögerte sie

einen Moment, denn sie war sich nicht sicher, ob sie sich einem Gespräch mit Gesine gewachsen fühlte.

»Es kommt jemand die Treppe hoch. Öffnet bitte!« Das gedämpfte Flehen erreichte sein Ziel, und die junge Dänin schlüpfte durch den Türspalt.

Behutsam verschloss Adolana den Eingang hinter ihrer nächtlichen Besucherin – nicht eine Sekunde zu früh, wie die schweren Stiefelschritte bestätigten.

»Nun, was wollt Ihr von mir?«

Vielleicht lag es an Adolanas eisiger Stimme oder an der Finsternis in der kleinen Kammer, dass Gesine vernehmlich durch die Nase ausatmete und einen Schritt zurücktrat. Dabei stieß sie gegen den Tisch, denn Adolanas Unterkunft war in der Tat alles andere als geräumig.

»Verdammt.«

»Aber, aber, edles Fräulein. Ein Fluch aus Eurem Mund? Ich bin zutiefst erschüttert«, spottete Adolana leise und lachte in sich hinein.

»Ja, verhöhnt mich nur. Ihr könnt es Euch ja jetzt leisten«, giftete Gesine mit gekränkter Miene zurück.

»Wenn Ihr deswegen gekommen seid – hier ist die Tür.«

Bevor Adolana erneut den Blick in den schummrig erhellten Flur freigeben konnte, hielt Gesine sie zurück.

»Wartet! Entschuldigt bitte, deswegen bin ich sicher nicht gekommen. Im Gegenteil.« Die junge Frau holte tief Luft, und trotz der Dunkelheit konnte sich Adolana das fein gemeißelte Antlitz lebhaft vorstellen. »Könnten wir etwas Licht bekommen?«

Mit einem ergebenen Seufzer tastete sich Adolana an der Besucherin vorbei zum Tisch, auf dem sie schnell die Schale mit dem Talglicht fand. Nur das leichte Rascheln ihrer Kotte war zu hören, als sie hinaus auf den Gang huschte und das Licht an der brennenden Fackel in der eisernen

Wandhalterung entzündete. Gleich darauf erhellte ein spärlicher Schein die Kammer, und mit einer ungeduldigen Handbewegung wies Adolana auf den Schemel, während sie sich an der Fensterabdeckung zu schaffen machte.

Gesine sah schlecht aus, selbst in der schummrigen Beleuchtung, befand Adolana, als sie sich ihr gegenüber auf den Rand des Bettes setzte. Der linke Arm der jungen Dänin war unter einem dicken Verband verschwunden, und mehrere unschöne rotblaue Flecken zierten ihre ansonsten makellose Haut. Als ihr der wollene Schal von der linken Schulter rutschte, zeigte sich auf ihrer zarten, blassen Haut ein hässlicher Kratzer von der Länge einer Kinderhand. Welch eine Ironie des Schicksals, ging es Adolana durch den Kopf, ausgerechnet an der Stelle, die Gesine immer so gern und vor allem so vorteilhaft zur Schau gestellt hat.

So schnell wie der Schal herabgerutscht war, hatte die Dänin ihn wieder hochgezogen und setzte eine trotzige Miene auf.

Allmählich ging Adolana der unerwünschte Besuch auf die Nerven, denn außer den Schal unter dem bläulich angeschwollenen Kinn zusammenzuhalten, tat Gesine nichts. Eine Zeitlang verfolgte Adolana interessiert die offenkundige Unbehaglichkeit ihrer Besucherin, dann wurde es ihr zu bunt.

»Falls Ihr Gesellschaft benötigt, bin ich wohl kaum die richtige Wahl. Falls Ihr mir allerdings etwas sagen möchtet, wäre ich Euch außerordentlich verbunden, wenn Ihr mich nicht mehr allzu lange warten lasst.«

»Selbstverständlich. Ich bin ein wenig durcheinander, was bei diesen ganzen schrecklichen Vorfällen wohl entschuldbar ist.«

»Vorfälle?«, wunderte sich Adolana.

»Ach so, ich vergaß, dass Ihr von den anderen Entscheidungen noch gar nichts wisst. Nun denn, um es kurz zu machen, meine Zeit hier am Hof geht zu Ende. Ich werde in Kürze heiraten.«

Adolana sog scharf die Luft ein und suchte in Gesines Gesicht nach Anzeichen von Emotionen jeder Art. Bis auf die Erschöpfung gab ihre Miene nichts preis.

»Wieso? Wen denn?«, fragte Adolana überrascht. »Ihr habt den Jungen doch nicht absichtlich in Gefahr gebracht. Weshalb werdet Ihr so bestraft?«

Gesine legte den Zeigefinger der rechten Hand auf die Lippen und gab ein langgezogenes »Schscht« von sich. Wieder rutschte ihr der Schal von der Schulter, dieses Mal schien die junge Frau es aber überhaupt nicht zu bemerken. Betroffen und verletzt senkte Adolana unbewusst den Blick. Erst jetzt bemerkte sie das Bündel Stoff, das unter dem bandagierten Arm Gesines ruhte und halb durch den Wollschal verdeckt wurde.

»Die Hochzeit hat nicht unbedingt etwas damit zu tun, obwohl es unserer Kaiserin mit Sicherheit nicht ungelegen kam. Ich weiß nicht, ob Euch der kraushaarige junge Mann beim Reichstag in Halberstadt aufgefallen ist«, erklärte Gesine nachsichtig, als hätte sie eine äußerst begriffsstutzige Person vor sich.

Adolana deutete ein Schulterzucken an, und Gesine fuhr in dem ungewohnt milden Ton fort: »Wie dem auch sei, er hat sich anscheinend Hals über Kopf in mich verliebt und bei seinem Vater um Erlaubnis gebeten, mich heiraten zu dürfen.«

Ungläubig schüttelte Adolana den Kopf. Diese Gesine war unglaublich von sich eingenommen. Dabei klang ihre Erzählung weder affektiert noch eingebildet. Es war einfach selbstverständlich für Gesine, dass alle Männer sofort ihrem Liebreiz verfielen.

»Leider war sein Vater von einer wenig begüterten Partie nicht sehr angetan, wie ich mittlerweile erfahren habe, aufgrund einiger gut gemeinter Erinnerungen des Kaisers aber schnell bereit, mich mit einem seiner Vetter zu vermählen.«

»Kaiser Lothar?« Verwirrt schüttelte Adolana den Kopf. »Was hat der denn damit zu tun?«

Wieder dieses nachsichtige Lächeln, und Adolana verspürte das heftige Verlangen in sich, Gesines Gesicht einen weiteren blauen Fleck hinzuzufügen.

»Ich bin sein Mündel«, klärte Gesine sie auf. »Wenn alles geregelt ist, werde ich nach Osten reisen und heiraten.«

Die völlig teilnahmslose Erklärung ließ Adolana frösteln. Die junge Dänin erzählte davon mit der gleichen Emotionslosigkeit, wie sie der Köchin einen besonderen Essenswunsch der Herzogin übermittelte. Sollte die Aussicht, an der Seite eines unbekannten und zweifellos viel älteren Mannes zu leben und das Bett mit ihm zu teilen, sie wirklich völlig unberührt lassen?

»Starrt mich nicht so an«, entfuhr es Gesine, »und klappt den Mund zu! Es ist völlig normal, und Ihr solltet Euch daran gewöhnen, dass auch Euch irgendwann eine Verbindung angetragen wird. Dabei ist das alles nur nebensächlicher Kram, denn der eigentliche Grund, warum ich Euch aufgesucht habe, ist dieser.«

Mit einem Ruck griff Gesine nach dem Bündel Stoff auf ihrem Schoß und schüttelte es heftig. Im nächsten Augenblick flog etwas Dunkles auf den Boden, und bevor Gesine sich danach bücken konnte, hatte Adolana es bereits aufgehoben.

Berengars Tuch.

Sie hatte es in dem Augenblick erkannt, als es zu Boden sank. Gleichzeitig fiel ihr ein, dass er es der jungen Dänin geschenkt hatte, und warf es hastig zurück an seinen ursprünglichen Platz, fast, als hätte sie sich die Finger daran verbrannt.

212

»Wieso bringt Ihr mir das? Es gehört Euch, ich brauche es nicht!«

Vor Ärger darüber, dass sie das Zittern ihrer Stimme nicht unter Kontrolle bekam, ballte Adolana die Hände zu Fäusten.

Die Milde verschwand sofort aus Gesines Gesicht, und für den Bruchteil eines Augenblicks zeigte sich ein Ausdruck von Reue.

»Es gehört mir nicht«, bekundete Gesine schlicht und fügte angesichts von Adolanas verblüffter Miene mit einem gewissen Maß an Zerknirschung hinzu: »Eure Zuneigung für Herrn Berengar war offensichtlich, und ich gebe zu, dass es mich ein wenig gestört hat. Ich bin es nicht gewohnt, dass ein Mann mir keine Aufmerksamkeit schenkt«, erklärte die junge Dänin fast entschuldigend. Auf Adolanas Einwand hin, sie habe Berengar schließlich die gesamte Zeit beim Festessen an ihrer Seite gehabt, schüttelte sie entschieden den Kopf. »Ich habe ihm keine andere Wahl gelassen, und da Ihr ihn an jenem Abend mit Nichtachtung gestraft habt, habe ich meine Chance genutzt.«

Gesines Gedanken schienen abzuschweifen, und für einen kurzen Moment starrte sie mit leerem Blick in die flackernde Flamme. Nur ganz nebenbei nahm sie wahr, dass der Sturm nun endgültig abgeflaut war, denn durch die Fensteröffnung drang kein Laut in die Kammer. Die eigenartige Stille lastete schwer auf Adolana, die wollte, dass Gesine endlich fortfuhr und die ersehnten Worte aussprach. Oder bleiben sie unausgesprochen und damit Wunschgedanken?, fragte sie sich.

»Ist Euch eigentlich bewusst, wie sehr Ihr das Herz des Junkers umfangen habt?« Fast ein wenig fassungslos schüttelte Gesine erneut den Kopf, so als könne sie es immer noch nicht glauben. »Dabei seid Ihr noch nicht einmal so hübsch wie ich. Und dennoch, irgendetwas habt Ihr an

Euch, was manch Männerherz schneller schlagen lässt.« Die Dänin hob die Hand und brachte Adolanas Einwand damit zum Erliegen. »Es ist bestimmt wahr, ich habe es in Halberstadt beobachtet. Auch hier gibt es einige Ritter, die Euch mit schmachtendem Blick verfolgen. Das Komische daran ist, dass Ihr es kaum bemerkt. Mittlerweile bin ich zu der Überzeugung gelangt, dass es an Eurer Art liegt. Ihr wirkt desinteressiert, aber auf eine seltsam interessante Art unverbindlich freundlich. Euer Mund verspricht Sinnlichkeit und die Wärme Eurer Augen Leidenschaft, Eure abwehrende Haltung hingegen Stolz und Unnahbarkeit. Ich hege keinen Zweifel mehr daran, dass Eure Anziehungskraft in diesem Widerspruch liegt. Doch sei es drum, es ist mir egal, denn ich bin nicht mehr lange genug hier, um mir darüber den Kopf zu zerbrechen.«

Adolana hatte genug gehört, vor allem über Dinge, die sie eigentlich gar nicht hatte wissen wollen. Die Komplimente, die Gesine mit Sicherheit nicht leicht über die Lippen gekommen waren, wurden durch die abfällige Art im gleichen Atemzug hässlich und berechnend. Gegenwärtig hegte sie nur noch den einen Wunsch, dass das Edelfräulein endlich verschwinden möge.

»Ich denke, es reicht«, entgegnete Adolana mit bebender Stimme. »Es ist besser, wenn Ihr jetzt geht.«

Erstaunt sah Gesine zu ihr auf. Der Gedanke, dass ihre Worte Adolana getroffen hatten, kam ihr augenscheinlich nicht in den Sinn. Ohne dem geäußerten Wunsch nachzukommen, führte sie ihre Erklärung zu Ende. »Er hat Euch die ganze Zeit über beobachtet und jeden einzelnen Schluck Wein gezählt. Als Ihr fast zu Boden geschlagen seid, war er so schnell an Eurer Seite, dass ich nur staunen konnte. An dem Nachmittag vor dem Fest hatte Herr Berengar seine Sachen einer der Mägde zum Waschen gegeben. Ich war zufällig dabei, als er das Mädchen darum bat.

Sein Tuch allerdings«, dabei zeigte Gesine auf das Bündel in ihrem Schoß, »dieses hässliche Stück Stoff hat er nicht aus der Hand gegeben, sondern selbst gewaschen. Ich bin zu ihm getreten und habe ihn gefragt, warum er sich wie ein Waschweib selbst über den Wasserbottich beugt, anstatt es ebenfalls dem Dienstmädchen zu geben. Er meinte daraufhin nur, dass er persönliche Gründe dafür habe, da er sehr daran hänge.«

Langsam sank Adolana erneut auf das Bett, wobei sie das empörte Knarren des Holzes dieses Mal nicht registrierte. Sie hatte ihn nie nach dem Tuch gefragt, das er immer um den Hals getragen hatte. Bis auf den Abend, als er sie zum Abschied geküsst hatte, fiel ihr unvermittelt ein.

Als hätte Gesine ihre Gedanken gelesen, lieferte sie im selben Augenblick die Begründung. »Gerade weil ihm dieses hässliche Ding anscheinend so viel bedeutete, habe ich ihn darum gebeten. Mein schönstes Lächeln habe ich ihm geschenkt, doch er hat einfach abgelehnt. Könnt Ihr Euch das vorstellen? Niemand hat mir bisher etwas abschlagen können, ich bin ein solches Verhalten von Männern nicht gewohnt. Deshalb habe ich es kurzerhand von der Leine genommen, über die er es zum Trocknen gehängt hatte.«

Mit der ihr eigenen Beharrlichkeit hielt Gesine erneut Adolana das Tuch hin, die es nun zögernd ergriff.

»Wenn es überhaupt jemandem zusteht, dann Euch. Es sind ein paar hässliche Flecken darauf, die Euch sicher nicht weiter stören. Nehmt es als schöne Erinnerung, die Euch trösten soll, wenn Ihr eines Tages jemand anderen heiraten werdet.«

Mit der gewohnten Herablassung erhob sich die Dänin und verließ die Kammer, ohne Adolana noch eines Blickes zu würdigen.

Nur mit Mühe und dem letzten Funken eiserner Beherr-
schung schaffte es Gesine bis in ihr eigenes Zimmer, das
nur wenig größer war als Adolanas. Sie hatte es geschafft
und ihre Abneigung zu ihrer Gegenspielerin überwunden.
Es war ihr schwergefallen, der letzte Rest Anstand hatte es
ihr aber geboten. Über Adolanas Lippen war in Gegenwart
des Herzogs kein schlechtes Wort über sie gekommen. Das
hatte er ihr jedenfalls gesagt, als seine kalten Vorwürfe auf
sie niederprasselten. Gegebenenfalls trat Gesine andere
Menschen mit Füßen, zollte aber durchaus Personen Respekt, die es verdient hatten. Anerkennung, keine Freundschaft!

Jetzt hielt sie die Tränen nicht länger zurück, die zu ver-
gießen ihr Stolz und ihre Erziehung ihr bisher verboten
hatten. Niemals würde sie sich die Blöße geben und vor
anderen Menschen Schwäche zeigen. Selbst als die Kaiserin ihr eröffnet hatte, dass sie einen passenden Gemahl für
sie gefunden habe, bewahrte sie die Fassung.

Ungehemmt kamen ihr die Schluchzer über die Lippen,
und Gesine drückte den Kopf ins Kissen, um das verräterische Geräusch in der Stille zu dämpfen.

Selbstverständlich hatte sie Angst vor ihrem zukünftigen
Gemahl. Er war alt, mindestens schon Anfang vierzig, und
damit das Gegenteil ihres Verlobten. Ihres verstorbenen
Verlobten, berichtigte sie sich und legte den Kopf seitlich
auf das nass geweinte Kissen. Erik, der Mann, dem sie seit
Kindertagen versprochen gewesen war, gehörte ebenfalls
zu den Toten, die der von Magnus ausgelöste Krieg über
ihr Land gebracht hatte. Ein gutaussehender blonder Re-
cke, nur wenige Jahre älter als sie selbst.

Von ihrem zukünftigen Gemahl hatte sie dagegen keinerlei Vorstellungen. Vor allem nagte seit der Eröffnung
durch die Kaiserin die Angst an ihr, er könne einen körperlichen Defekt oder ein abstoßendes Äußeres haben. Ob-

wohl sie sich dafür schämte, tat ihr die Aussichtlosigkeit von Eilas Hoffnungen gut. Richenza würde ohne Zweifel auch für die junge Hofdame ihrer Tochter einen passenden Ehemann finden. Einen, der ihren Plänen zupasskam. Einen, der in seiner Haltung zum Kaiser einen Unsicherheitsfaktor darstellte und deshalb der Überwachung bedurfte. Wie abgesprochen würde Gesine in regelmäßigen Abständen Botschaften an die Kaiserin schicken. Harmlose Briefe eines Mündels an die Gönnerin. Richenza würde der Braut zwei zuverlässige Personen mitschicken, so waren die Vereinbarungen. Eine Zofe und einen jungen Priester, beides keine Menschen, denen Gesine in großer Zuneigung verbunden war.

So würde es auch Eila ergehen. Irgendwann.

Mit langsamen und gleichmäßigen Bürstenstrichen fuhr Adolana durch die langen, leicht gewellten Haare der Herzogin und blickte dabei immer wieder aus dem gegenüberliegenden Fenster. Für einen Tag Mitte November war es ausgesprochen angenehm, und Gertrud genoss die sanfte Wärme der Sonnenstrahlen ebenso wie ihre Hofdame.

Wenn überhaupt etwas diese harmonische Atmosphäre störte, dann war es das laute Hämmern, das vom Innenhof zu ihnen herauf drang. Da sich an einer der Säulen der St.-Johannis-Kirche Risse gezeigt hatten, gab der Kaiser dem Steinmetz zusätzlich den Auftrag, die Säulen um den Chorbereich zu verzieren. Interessiert und bereitwillig war Adolana bereits einen Tag nach der Ankunft auf der Süpplingenburg dem jungen Heinrich in die fast fertige Stiftskirche gefolgt. Beide hatten dem Steinmetz bei der Arbeit zugesehen und fasziniert beobachtet, wie er dem Schaft einer Säule mit Hilfe seines Hammers und eines Meißels das Aussehen eines Knotens verlieh.

In dem Gotteshaus auf seinem Stammsitz hatte Lothar,

seinerzeit noch Herzog von Sachsen, die Grablege für sich und seine Familie geplant. Schelmisch hatte Heinrich Adolana gefragt, ob er ihr die Krypta unter dem Chor zeigen dürfe. In dem dunklen Gewölbe hatte Adolana ihr Unbehagen angesichts des gespannten Blicks des Jungen verborgen und war froh gewesen, als Heinrich enttäuscht wieder ins Kircheninnere wollte.

Nach der kaiserlichen Krönung in Rom änderte Lothar jedoch seine Pläne. Eine mächtige Basilika sollte nach seinem Tod seinen Ruhm als Herrscher widerspiegeln. Deshalb würden sie spätestens im kommenden Jahr mit dem Bau einer dreischiffigen kreuzförmigen Pfeilerbasilika in Lutter beginnen. Richenza sollte später einmal dort mit ihrem Gemahl die letzte Ruhestätte finden, und die Krypta in der St.-Johannis-Kirche würde leer bleiben.

»Ich hoffe, dass Heinrich den armen Priester nicht zu sehr aufregt. Sein Vater erwartet einen Wissensdurst von dem Jungen, den er augenblicklich noch nicht ganz erfüllt«, bemerkte Gertrud.

Die junge Herzogin hatte sich erholt und war, bis auf einen leichten Husten, wieder völlig gesund. Entspannt legte sie den Kopf in den Nacken und schloss die Augen. Zwischen der jungen Fürstin und Adolana hatte sich in den letzten Tagen ein harmonisches Verhältnis entwickelt, das beiden guttat. Gesines Abreise hatte eine Wirkung wie Sonnenstrahlen, die auf zähen Morgennebel trafen. Die Angespanntheit Adolanas löste sich nach und nach, und Gertruds distanziertes, wenngleich freundliches Verhalten verwandelte sich in offene Vertrautheit.

»Ich würde unseren Priester nicht gerade als arm bezeichnen. Er versteht es sehr gut, mit Eurem Sohn umzugehen. Erst gestern hat er mir von den guten Fortschritten berichtet«, widersprach Adolana und registrierte zufrieden die Erleichterung, die sich auf Gertruds Gesicht zeigte.

Der junge Priester aus dem Gefolge Welfs war dem Wunsch des Herzogs gefolgt und hatte, nach der Zustimmung seines Herrn, einen Teil von Heinrichs Unterricht übernommen. Es dauerte nicht lange, und Latein wurde zum ausgesprochenen Lieblingsfach des Jungen. Heinrich der Stolze war der Meinung, dass ein zukünftiger Fürst nicht nur des Lesens und Schreibens mächtig sein sollte, sondern sich auch in der Dichtung auskennen müsse. Dem neuen Lehrer gelang das Kunststück, ihm die verschiedenen Schriften auf eine so anschauliche Art näher zu bringen, dass der Wissensdurst des bisher eher gelangweilten Jungen praktisch unerschöpflich schien.

»Er mag Euch übrigens sehr«, entschlüpfte es mit einem Mal der Herzogin.

»Wer? Der Priester?«, erkundigte sich Adolana und runzelte die Stirn.

»Eila, er ist ein Mann Gottes«, empörte sich Gertrud in gespielter Entrüstung. »Nein, ich meinte meinen Sohn. Ich sehe es an der Art, wie er mit Euch umgeht. Nicht dieses herablassende Getue, das er leider allzu oft zeigt, sondern echter Respekt und auch Zuneigung«, gestand die junge Mutter ein.

Adolana lachte auf und nickte eifrig. »Ihr mögt mit Eurer Beobachtung recht haben, Hoheit. Aber ich mache mir nichts vor, denn der einzige Grund dafür liegt in meiner Reitkunst. Heinrich rechnet es mir hoch an, dass ich ihn damals gerettet habe. Davon abgesehen ist Euer Sohn ein gescheiter und netter Junge.« Wenn er nicht gerade wieder voller Hochmut durch die Gegend stolziert und die Dienstboten umherscheucht, fügte Adolana in Gedanken hinzu.

Gertrud stimmte in das Lachen ein und betrachtete zufrieden ihre glänzenden Haare, die unter einem Schleier aus durchscheinend zartgelber Seide steckten. Der von einem silbernen Rahmen mit filigranen Verzierungen umfasste Spiegel stand auf einem kleinen Tischchen aus dunklem Holz mit schmalen, leicht gebogenen Beinen, das in seiner Zerbrechlichkeit hervorragend zu seiner Besitzerin passte.

»Es gibt da noch jemanden, der Euch sehr zugetan ist«, murmelte Gertrud zu ihrem Spiegelbild. Sie blickte jedoch in Adolanas Richtung, die bei den Worten erstarrte.

»Bitte, Hoheit, ich möchte nicht mit ihm sprechen.«

»Euer Verhalten ist verletzend und würdelos. Herr Waldemar mag seine Fehler haben, doch er ist ein feiner Mensch und mehr als verzweifelt. Ihr geht ihm aus dem Weg, und wenn es ihm tatsächlich mal gelingt, Euch abzufangen, nutzt Ihr seine körperliche Hemmnis schamlos aus.« Der Ton war vorwurfsvoll, gleichwohl zeigte ein kaum merkliches Zucken um Gertruds Mundwinkel herum Adolana, dass die Herzogin nicht ganz so empört war, wie sie vorgab.

»Schenkt ihm Euer Gehör, mehr verlange ich nicht. Übrigens wäre meine Mutter nicht gänzlich gegen diese Verbindung. Ich konnte sie bisher davon überzeugen, dass Ihr für mich unentbehrlich seid. Zudem behagt mir der Gedanke nicht, Euch meilenweit von mir entfernt in einem kalten, fremden Land zu wissen.«

Alarmiert durch die beiläufig geäußerten Worte kniete sich Adolana vor ihre Herzogin und ergriff deren schmale weiße Hand.

»Wovon redet Ihr? Gibt es etwa dahingehend Pläne?«

Jetzt erst wurde der Herzogin die Bedeutung ihrer Äußerung bewusst, und sie zog die Hand zurück. »Bitte erhebt Euch. Ich sollte Euch das eigentlich gar nicht sagen, aber meine Mutter möchte Herrn Waldemar nach seiner Genesung nach Dänemark schicken. Der dänische Mitkönig Magnus ist ein Vasall meines Vaters, und der Junker soll dort seine Jahre bis zum Ritterschlag verbringen. Meine

Mutter war der Ansicht, dass er nicht die schlechteste Partie für Euch sei, was natürlich bedeutet, dass Ihr …«

»Dass ich mitgehen müsste«, beendete Adolana tonlos den Satz ihrer Herrin. Sie hatte sich erneut von dem freundlichen Verhalten der Kaiserin täuschen lassen. Wie aus heiterem Himmel kamen ihr Gesines Worte in den Sinn. Hatte die junge Dänin womöglich mehr über die Pläne gewusst?

»Ich werde mich weiter für Euch einsetzen, doch versprechen kann ich nichts – leider. Wenn mein Gemahl mich unterstützen würde, aber ich wage es nicht, ihn mit solchen Dingen zu behelligen. Überdies drängt die Zeit, da er morgen leider wieder Richtung Baiern abreist, wie Ihr wisst.«

Spontan hatte Gertrud die Hand ihrer bis ins Mark erschütterten Hofdame ergriffen und drückte sie voller Wärme. Adolana dankte ihr förmlich und erkundigte sich, ob ihre Hilfe noch benötigt werde. Nach der zögerlichen Verneinung floh Adolana fast aus dem Gemach der Herzogin in ihre Kammer.

Wie immer, wenn sie sich hilflos und alleingelassen fühlte, setzte sie sich ans Fenster und starrte in das warme Licht des schönen Spätherbsttages. Das heisere Krächzen einer Krähe riss sie aus ihren Gedanken, und unbewusst griff sie sich in den Nacken und zog die Kette über den Kopf. Fast zärtlich fuhr sie mit den Fingern über das silberne Amulett, das sie seit dem Abend, als Gesine in ihrer Kammer aufgetaucht war, wieder ständig trug. Statt an dem speckigen Lederband hing das Medaillon nun an der zarten silbernen Gliederkette, die Gertrud ihr als Dank für die Rettung ihres Sohnes geschenkt hatte. Wie Adolana längst in Erfahrung gebracht hatte, war die Anregung von Richenza gekommen.

Mit einem Ruck erhob sich Adolana, hängte sich die lange Kette um und ließ den Anhänger im Ausschnitt verschwinden. Das hellgrüne Seidentuch drapierte sie mit gekonnten Handgriffen darüber, damit das Schmuckstück keine neugierigen Blicke auf sich ziehen konnte.

Es wurde Zeit, dass sie sich um ihre Zukunft kümmerte.

Mit nachdenklicher Miene kehrte Adolana kurz darauf dem Bergfried den Rücken zu und ging langsam über den Hof. Das Gemurmel der Kanoniker, das aus der Stiftskirche zu ihr herausdrang, nahm sie nur nebenbei wahr. Erst die tiefe Stimme des Propstes riss sie aus ihren Gedanken. Adolana mochte den Leiter des Kapitels, ein fast fünfzigjähriger weißhaariger Mann von enormer Leibesfülle, dessen Lippen fast immer von einem Schmunzeln umspielt wurden.

Überhaupt waren ihre Erfahrungen mit den Stiftsherren hier weitaus angenehmer als in Halberstadt. Diese Weltgeistlichen gehörten keinem Orden an und hoben sich damit auch vom Stift der Benediktiner nahe bei der neu entstehenden Basilika in Lutter ab. Probst Heinrich war zudem der Leiter von Lothars kaiserlicher Kanzlei, und Adolana genoss die Gespräche mit dem unglaublich gebildeten Mann, der ihr zuweilen die schwierigen politischen Verhältnisse plausibel machte. Er war es auch, der ihr den Konflikt zwischen den Staufern und den Sachsen verständlich erklärt hatte.

Fraglos lagen jetzt zwei weniger angenehme Gespräche vor ihr. Bei einem davon war Fingerspitzengefühl, beim anderen Raffinesse nötig. Es zeigte sich, dass ihre List gleich beim ersten Anlauf fehlschlug, denn der Herzog liebte die direkte Ansprache und hasste es, manipuliert zu werden.

Dabei war es ihm völlig gleichgültig, ob es sich um die liebreizende Hofdame seiner Gemahlin handelte, was er Adolana schnell spüren ließ.

»Sagt geradeheraus, worum es Euch geht«, verlangte Heinrich brüsk, als Adolana umständlich auf die Geschichte zu sprechen kam, die zwischen dem Winzenburger Grafen und ihrem Onkel Bernhard vorgefallen war.

Sie hatte den Herzog zufällig nach einem seiner Ausritte im Stall angetroffen und um eine kurze Unterredung gebeten. Seit Adolana seinen Sohn gerettet hatte, begegnete er ihr nicht mehr mit gleichgültigem Hochmut, sondern fand stets ein paar freundliche Worte für sie.

Die junge Frau holte tief Luft, bevor sie ihr Anliegen vorbrachte. Zuerst noch zögerlich, dann sprudelten die Worte nur so aus ihr heraus. Heinrichs Gesicht verfinsterte sich zusehends, und in ihrem aufgebrachten Zustand entging Adolana diese Verwandlung leider völlig.

»Es steht Euch nicht zu, wegen dieser Dinge an mich heranzutreten, genauso wenig solltet Ihr Euch anmaßen, mögliche Pläne der Kaiserin in Frage zu stellen«, wies er sie kurz angebunden zurecht.

»Aber Hoheit, Ihr hattet mir zugesichert, dass ich Eurer Gemahlin weiterhin als Hofdame dienen darf«, erinnerte ihn Adolana vorsichtig.

»Ihr vergesst Euch! Wer seid Ihr, dass Ihr mich an mein gegebenes Wort erinnert?«, donnerte Heinrich los. Adolana zuckte unwillkürlich zusammen, und angesichts ihrer erschrockenen Miene verschwand die steile Falte zwischen seinen Brauen. Leise sprach er weiter: »Ich bin mir sehr wohl meines Versprechens bewusst, und da nicht nur meine Gemahlin, sondern auch die Kaiserin große Stücke auf Euch hält, werde ich über diese Verfehlung hinwegsehen.«

Adolana murmelte einen Dank, während sie die Finger in den Schweif des Ponys grub, das dem Tod durch einen schnellen Schwertschlag des Herzogs seinerzeit in letzter Sekunde entgangen war. Nur das eindringliche Flehen seines Sohnes hatte Heinrich von dem Entschluss abbringen können.

»Habt Ihr Euch bereits für einen Aufenthaltsort entschieden, wohin ich den Junker abordnen soll?«, erkundigte sich Heinrich mit einem spöttischen Lächeln, das angesichts von Adolanas Verblüffung sogar seine dunklen Augen erreichte. Die feinen Falten, die sich dabei bildeten, ließen ihn sympathischer erscheinen, als er unzweifelhaft war. »Nun, edles Fräulein, aufgrund besagter Gründe sehe ich mich außerstande, Euch diese Bitte abzuschlagen. Also, gibt es einen Ort Eurer Wahl?« Adolanas ratloses Gesicht reichte ihm als Antwort, und da sie immer noch schwieg, fasste er seine Überlegungen in Worte: »Wartet mal, wie wäre es, wenn ich ihn dem Befehl meines Bruders unterstellte? Ist der schwäbische Raum weit genug weg?«

Mit einem kappen Nicken verließ der Herzog anschließend den Stall. Die beiden Ritter, die vor dem geöffneten Tor auf ihn gewartet hatten, schlossen sich dem Herzog wortlos an. Dessen jovialer Gesichtsausdruck war wieder verschwunden und hatte der gewohnten Reserviertheit Platz gemacht.

Erst viel später sollte Adolana den wahren Grund für das unerwartete Entgegenkommen des Herzogs erfahren. Seine Frau hatte ihre Furcht überwunden und ihren Gemahl nochmals eindringlich um den Verbleib Adolanas gebeten. Allein das hätte möglicherweise nicht ausgereicht, wenn nicht auch noch sein geliebter Sohn an die väterliche Milde appelliert hätte. Letztendlich war der Grund Adolana in dem Moment, als der Herzog den Stall verließ, sowieso egal.

Das zweite Gespräch erwies sich als noch viel unangenehmer und schwieriger. Bauchschmerzen plagten Adolana, als sie Waldemar beim Polieren seines Schwertes auf einer Bank in der Halle vorfand. In seine Arbeit versunken, bemerkte er sie erst spät, sprang bei ihrem Anblick aber sofort auf, wobei die glänzende Waffe mit einem dumpfen Knall auf den mit frischem Stroh ausgelegten Boden fiel. Sein schmerzhaft verzogenes Gesicht entging Adolana genauso wenig wie die Röte, die seine Wangen überzog. Beides bereitete ihr Unbehagen.

Die Halle war leer, bis auf einige Ritter, die bei ein paar Bechern warmem Bier zusammensaßen und den letzten Tag vor ihrer Abreise genossen. Waldemar hatte es mit seiner Ungeschicklichkeit geschafft, sich ihrer hundertprozentigen Aufmerksamkeit zu versichern. Zu seinem großen Glück entgingen ihm ihre neugierigen Blicke und die gegenseitigen verstohlenen Stöße mit den Ellenbogen. Adolana war sich hingegen der schamlos grinsenden Männer vollends bewusst und seufzte leise. Anscheinend war es jedermann hier am Hof bekannt, wer ihr beharrlichster Verehrer war.

»Behaltet Platz, Junker. Wenn Ihr erlaubt, setze ich mich ein wenig zu Euch.«

Die freundlichen Worte hakten sich mit der Kühle ihrer Stimme, denn obwohl Waldemar in der letzten Zeit einige Sympathiepunkte bei ihr hatte sammeln können, drängten sich jedes Mal die leeren Augen des toten Johannes dazwischen.

»Wartet, ich nehme nur schnell die alten Lappen weg«, überschlug sich der junge Mann.

Er beugte sich vor und griff nach dem schmutzigen Tuch, mit dem er höchstwahrscheinlich zuvor seine Stiefel gewienert hatte. Dabei stieß er mit der Schulter gegen seinen tönernen Becher, dessen Inhalt sich über Adolanas hellblauer Kotte ergoss.

»Herr im Himmel! Bleibt sitzen und rührt Euch nicht, bevor noch Schlimmeres geschieht«, zischte Adolana zwischen zusammengepressten Zähnen hervor.

Jetzt bemerkte auch Waldemar das Interesse der Ritter, deren mitleidloses Gejohle die Halle erfüllte. Wie ein getretener Hund ließ sich das Objekt der Belustigung auf seinen Platz zurückfallen und sank in sich zusammen. Eine Woge des Mitleids erfasste Adolana, und sie vergaß auf der Stelle ihren Ärger. Was war schon ein Fleck lauwarmes Bier im Vergleich zu diesem Häufchen Elend, dessen Unglück zum großen Teil auch in ihrer Schuld lag. Obwohl sie nichts dafür konnte, schließlich hatte sie ihn nicht um seine Liebe gebeten. Ebenso wenig wie er selbst wohl etwas für diese Entwicklung konnte.

»Fasst Euch, ich bitte Euch, Herr Waldemar! Gebt den anderen keinen Grund, sich über Euch das Maul zu zerreißen.«

Vielleicht lag es an der derben Wortwahl Adolanas, dass Waldemar den Kopf hob und sich straffte, vielleicht aber auch an ihrer Hand, die für einen flüchtigen Moment auf seinem Arm verweilte.

»Verzeiht mir, edles Fräulein, ich benehme mich wie ein Tölpel, wann immer Ihr in meiner Nähe seid«, murmelte der junge Mann tonlos.

Mit einer wegwerfenden Handbewegung wischte sie seine Entschuldigung zur Seite und bemühte sich, die Ungeduld aus ihrer Stimme zu nehmen. »Ach was, mein Kleid trocknet wieder, macht Euch deswegen keine Gedanken. Wie geht es Eurem Bein?«

Dabei betrachtete Adolana nachdenklich den rechten Unterschenkel des Junkers, der in einem mit Eiweiß bestrichenen festen Verband aus Leinen steckte. Aus den Augenwinkeln stellte sie mit Befriedigung fest, dass die Männer am anderen Ende der Halle sich wieder ihren Gesprächen zuwandten. Möglicherweise hatten sie eine handfeste Zurechtweisung erwartet oder, Gott behüte, einen Kniefall des Junkers und waren nun enttäuscht über den leisen Wortwechsel, der so unspektakulär vonstattenging.

Zum ersten Mal hatte Adolana das Gespräch mit ihm

gesucht, und sie konnte deutlich erkennen, wie diese Tatsache Waldemar aufbaute. Eine leichte Farbe überzog seine Wangen, und in den Augen zeigte sich ein kurzes Funkeln. Seltsamerweise freute sich Adolana darüber. Es gab schlechtere Menschen als Waldemar.

»Es geht schon wieder, danke. Seit die Schmerzen in meiner Schulter verschwunden sind, fühle ich mich wie neugeboren.«

Man musste nicht mit besonderer Feinfühligkeit gesegnet sein, um zu erkennen, dass Waldemar mit Sicherheit übertrieb. Obwohl das Ereignis bereits einige Tage zurücklag, waren die Spuren noch immer erschreckend deutlich zu sehen. Dicht am Haaransatz verlief bis zur linken Schläfe eine Narbe, die auf den ersten Blick wenigstens sauber und anständig vernäht war. Der kleine Finger seiner rechten Hand war geschient, und am Ausschnitt seines Hemdes waren zwar unschöne, aber dennoch langsam verblassende Flecke zu sehen. Ihr Mitgefühl war nicht gespielt, als sich Adolana nach der Art der Schulterverletzung erkundigte.

Achselzuckend berichtete Waldemar davon, wie der zwergenähnliche Wundarzt sie eingerenkt hatte.

»Ich hätte niemals gedacht, dass ein so alter und vor allem so kleiner Mann solche Kräfte besitzt. Zweifellos versteht er sein Handwerk, denn die Brüche heilen schnell, und die Salbe aus Schmalwurz riecht zwar etwas unangenehm, hilft aber.« Waldemar griff nach seinem Schwert und legte es ohne weitere Zwischenfälle neben sich auf die Bank. Es schien ihm peinlich zu sein, über seine Verletzungen zu sprechen, und Adolana respektierte seine Verlegenheit. Es wurde ohnehin Zeit, auf den Punkt zu kommen.

»Ich hörte, dass Ihr in Kürze nach Dänemark aufbrechen werdet?«

Seine hellblauen Augen bekamen etwas Lauerndes, das Adolana genauso wenig gefiel wie das gewohnte Flehen.

»Habt Ihr in diesem Zusammenhang sonst noch etwas vernommen?«

Adolana atmete tief durch. Plötzlich wurde ihr klar, dass sie diesen Mann nicht mehr hasste, falls sie überhaupt je so ein tiefes Gefühl für ihn empfunden hatte. Aber er hielt die Erinnerung an schreckliche Dinge wach, die sie lieber vergraben und niemals mehr hervorholen würde. Zudem fand sie seine Art einfach lästig, wie sie sich eingestehen musste. Er mochte als Kind unter seinem grausamen Onkel gelitten haben, doch andere Menschen litten ebenfalls, noch dazu erheblich stärker. Es war an der Zeit, ihm das klarzumachen.

»Schlagt es Euch aus dem Kopf«, sagte sie mit unvermittelter Schärfe. »Schlagt Euch mich aus dem Kopf, es wird niemals eine Verbindung zwischen uns geben. Ich kann nicht, und daran wird sich auch zukünftig nichts ändern.«

Adolana wollte sich erheben, doch Waldemar war schneller und fasste nach ihren Händen. »Warum seid Ihr so grausam zu mir? Ich würde mein Leben für Euch geben und schwöre beim Allmächtigen, dass ich mit dem Tod des Jungen und dieses Mannes in der Kirche nichts zu tun habe.«

Ruckartig riss Adolana sich los und erhob sich. »Ich bin nicht grausam, sondern höre nur auf mein Herz, genau wie Ihr es tut. Die beiden haben aber nun einmal nicht dieselbe Sprache, und es wäre besser für uns beide, wenn Ihr mich endlich in Ruhe lassen würdet. Lebt wohl und alles Gute für Euch.«

Bevor Waldemar zu einer Erwiderung ansetzen konnte, eilte Adolana aus der Halle, die Treppe hinauf und in ihre Kammer, die direkt neben dem geräumigen Gemach der Herzogin lag. Es war geschafft. Morgen würde Waldemar abreisen und endlich aus ihrem Leben verschwinden. Er wusste es nur noch nicht. Klammheimlich beneidete sie ihn sogar um das Ziel seiner Reise, denn Welfs Zuhause befand sich im Schwäbischen. Dort, wo auch Berengar eines Tages wieder hingehen würde.

Das Gespräch hatte ihr mehr zugesetzt, als sie erwartet hatte. Kurze Zeit hatte Adolana sogar daran gedacht, ganz darauf zu verzichten. Waldemar würde die Nachricht schließlich von einem der Männer des Herzogs erfahren. Aber es passte nicht zu ihr, unangenehmen Situationen aus dem Weg zu gehen. Trotz allem, was geschehen war, hatte Waldemar eine anständige Verabschiedung verdient. Schließlich war er mehr als einmal selbstlos für sie eingesprungen.

Müde und erleichtert zugleich lehnte sich Adolana an die Mauer neben der Fensteröffnung und ließ den Blick in die Ferne streifen. Es gibt schlechtere Orte im Leben einer mittellosen jungen Frau ohne Familie, dachte Adolana mit aufkeimender Hoffnung. Sie hatte es geschafft, sich ihren Platz an der Seite der Herzogin zu sichern, und würde ihn nicht kampflos aufgeben.

Mit entschlossener Miene ballte Adolana die Hand zur Faust und schlug gegen den Mauervorsprung. Als sie den jungen Priester zusammen mit seinem Schüler über den Hof gehen sah und das glückliche Lachen des Jungen bis zu ihr herauf schallte, schloss Adolana zufrieden die Augen. Sie wusste nicht, was die Zukunft für sie bereithielt, aber zumindest gab es wieder eine Zukunft für sie. Das allein war ein tröstlicher Gedanke.

9. KAPITEL

Müde betrachtete Adolana die gebrechlich wirkende Frau, die seit geschlagenen zweieinhalb Stunden vor dem wuchtigen Steinsarg ihres Mannes kniete. Richenza war in den letzten Jahren, seit dem Tod ihres Mannes Lothar, merklich gealtert. Vor den vielen Schicksalsschlägen hatte sie ihr stolzes Alter mit einer Energie getragen, die manch eine Zwanzigjährige vor Neid erblassen ließ. Andererseits war sich Adolana durchaus bewusst, dass Richenza immer noch über einen wachen, scharfen Verstand verfügte und eine Zähigkeit besaß, die ihr auch das lange Knien vor der letzten Ruhestätte des Kaisers ermöglichte. Außer einem mit Schafwolle gefüllten Kissen erlaubte sie sich keinerlei Komfort, und die Kälte, die im unfertigen Ostteil des Gotteshauses herrschte, hatte längst von Adolana Besitz ergriffen.

»Lasst uns gehen«, sagte die Kaiserin in die Stille.

Unter dem Protest ihrer kalten Glieder eilte Adolana an Richenzas Seite und half ihr auf. Allein die zusammengepressten Lippen der einundfünfzigjährigen Witwe gaben die unterdrückte Wut über den langsamen Verfall ihres Körpers preis. Beide verbeugten sich vor dem toten Herrscher sowie vor seinem Schwiegersohn, der ihm zwei Jahre später nachgefolgt war und an seiner Seite ruhte.

»Hoffentlich haben wir endlich Nachricht von Heinrich und der Herzogin erhalten«, murmelte Richenza mit schmerzverzerrtem Gesicht. Der Druck ihrer Hand auf

Adolanas Arm zeugte davon, wie schwer das regelmäßige Knien der älteren Frau fiel. Dennoch konnte keine Macht der Welt sie davon abhalten. Ebenso wenig, wie niemand sie daran hindern konnte, ihre Tochter weiterhin als Herzogin zu bezeichnen, denn eigentlich stand dieser Titel der ebenfalls verwitweten Gertrud nicht mehr zu.

»Ihr enttäuscht mich, Adolana. Früher habt Ihr wenigstens die Augen verdreht, wenn Ihr Euch unbeobachtet fühltet. Seid Ihr etwa zu der Ansicht gelangt, dass das Geschwätz einer alten Frau nicht weiter beachtenswert ist?«, stichelte Richenza, während die beiden zusammen das Totenhaus und damit den Ostbau der kaiserlichen Stiftskirche verließen.

Ungerührt zuckte Adolana die Schultern. Die Zweiundzwanzigjährige lebte nun schon seit fast sechs Jahren am Hof Gertruds. Die gelegentlichen Spitzen der Kaiserwitwe regten sie längst nicht mehr auf.

»Sorgen würde ich mich höchstens, wenn Ihr plötzlich aufhören würdet zu kämpfen und die Herrschaft des Stauferkönigs auch innerlich anerkennt«, gab sie mit einem freundlichen Lächeln zurück.

»Niemals werde ich mich mit diesem eigenmächtigen Handeln abfinden, denn der Gemahl meiner Tochter wäre der rechtmäßige Nachfolger meines Lothar gewesen«, versetzte Richenza ungehalten. In ihren Augen zeigte sich dabei die Achtung, mit der sie Adolana seit einigen Jahren betrachtete.

Dann hätte es sich bei dem Stolzen um den ersten Mann im Reich gehandelt, der nicht als Sohn, sondern als Schwiegersohn seinem Kaiser auf den Thron gefolgt wäre, dachte Adolana mit leichter Skepsis. Vielleicht wäre es sogar geglückt, wenn, ja wenn da nicht einige unglückliche Umstände gewesen wären. Es war indes müßig, die alten Geschichten immer wieder aufzuwärmen, denn es änderte nichts an der politischen Lage. Jetzt galt es nur zu retten, was es noch zu retten gab. Für Heinrich, den Sohn des verstorbenen Herzogs.

Adolana hatte nach wie vor die Stellung der ersten Hofdame Gertruds inne und begleitete diese normalerweise auf ihren Reisen. Doch die Witwe Heinrichs des Stolzen sorgte sich um die Gesundheit ihrer Mutter, die seit dem Tod des Sachsenfürsten zunehmend verbitterter wurde. Deshalb hatte sie Richenza überredet, Adolana als Stütze in der Süpplingenburg zu behalten, und war alleine mit ihrem Sohn abgereist.

Eigentlich war es der jungen Frau ganz recht, denn eine Begegnung mit Rudolf von Stade wäre so ziemlich das Letzte, was sie sich wünschte. Ihre Erfahrungen mit dem rücksichtslosen und über alle Maßen selbstgefälligen Grafen, den Gertrud aufsuchen wollte, waren von eher unangenehmer Art.

Letzteres war Richenza durchaus bekannt. Vielleicht hatte sie deshalb der Bitte ihrer Tochter zugestimmt.

Wie es stets der Fall war, hatten die Bauarbeiten während der Zeit der herrschaftlichen Besuche stillgestanden, um die Ruhe der Kaiserwitwe nicht zu stören. Trotz der respektvollen Verbeugung war es der Gruppe lombardischer Steinmetze deutlich anzusehen, was sie von den fast täglichen Unterbrechungen hielten. Zu Lebzeiten des Kaisers aus Italien gerufen, arbeiteten sie nun bereits seit über fünf Jahren an der Klosterkirche, deren bedeutende Reliquien gut verwahrt darauf warteten, endlich ihre Plätze einzunehmen. Aber ein baldiges Ende der Bauarbeiten war nicht in Sicht, obwohl an dem wunderschönen Gotteshaus nach Lothars Tod mit vereinfachten Plänen weitergearbeitet wurde.

Mit Meister Nikolaus, dem bedeutenden Bildhauer aus Verona, hatte Adolana während ihrer regelmäßigen Wartezeit gelegentlich ein paar Worte gewechselt, was sich aufgrund der sprachlichen Schwierigkeiten als recht anstrengend erwies. Zum Bewundern seines Kunstwerks, ein Jagdfries an der Hauptapsis, bedurfte es dagegen mit Sicherheit keiner Worte. Die Begeisterung, die sich in Adolanas Augen jedes Mal zeigte, sprach für sich und löste ein Strahlen auf dem Gesicht des Meisters aus.

Obwohl die Stiftskirche in Lutter längst noch nicht fertiggestellt war, zeigte sich jetzt schon die Stattlichkeit des Gotteshauses und wurde damit dessen Anspruch als Grablege eines Kaisers durchaus gerecht.

Die beiden Frauen stiegen in den wartenden Wagen und ließen das ebenfalls von Lothar gegründete Benediktinerkloster hinter sich. Sie passierten den Platz mit den einfachen Holzhütten, in denen die Handwerker seit Beginn der Bauarbeiten lebten und deren Anzahl seit dem Tod des Kaisers ungefähr gleich geblieben war.

Den kurzen Weg zur Süpplingenburg legten sie schweigend zurück. Das Ruckeln des Wagens wirkte einschläfernd, und bei Richenza forderte das Alter bald seinen Tribut. Wie sanft sie aussieht, dachte Adolana in einem Anflug von Zärtlichkeit, bevor sie den Blick von dem schlafenden Gesicht abwandte, um das spärliche Grün der Landschaft zu genießen. Sie liebte diese Zeit, in der die Natur zwar noch zögerlich, aber unaufhaltsam die hügelige Gegend mit verschwenderischen Farben ausstattete.

Adolanas Gedanken schweiften ab und gingen ein Jahr zurück nach Quedlinburg. Ahnungslos und gänzlich unvorbereitet hatte der Tod Heinrichs des Stolzen sie alle mit voller Wucht erwischt. Die Gerüchte, er sei vergiftet worden, kursierten bis heute. Der Tod des Achtunddreißigjährigen traf sie zu einer Zeit, in welcher der einst so mächtige Welfe endlich die königlichen Truppen des staufischen König Konrads aus Sachsen zurückgeschlagen hatte. Gertruds Gemahl hatte zwar alles verloren, und die Schmach über den Entzug seiner beiden Herzogtümer saß noch immer tief, aber das militärische Geschick und sein damit verbundener Ehrgeiz waren ungebrochen.

Zusammen mit seinen Vasallen aus den verschiedensten sächsischen Adelsgeschlechtern war es ihm vorher gelungen, den neuen, vom Stauferkönig ernannten Herzog Albrecht von Ballenstedt zu vertreiben und dessen Ländereien zu verheeren. Die Brandschatzungen und Plünderungen jener Zeit waren unbeschreiblich, ebenso wie das Leid der Menschen, die im Machtbereich des geflohenen Sachsenherzogs lebten.

Da Gertrud durch den Tod ihres Mannes mit Entscheidungen konfrontiert war, die das Wohl ihres Sohnes und die Erhaltung der Macht des welfischen Hauses in Sachsen betrafen, war sie in den letzten sechs Monaten viel gereist. Adolana, die stets an ihrer Seite blieb, war über das Ausmaß der Zerstörungen entsetzt gewesen, ebenso wie ihre Herrin, die kaum Zeit hatte, ihren Verlust zu betrauern.

Die Reisegruppe hatte gerade die kleine Siedlung passiert, die sich keine Viertelmeile vom Burggelände entfernt befand, als Adolana aufging, dass irgendetwas nicht stimmte. Der Weg vor ihnen war aufgewühlt, so, als hätten ihn mindestens ein Dutzend Pferde kurz vorher passiert. Noch bevor sie die Zugbrücke erreichten, um den gut befüllten Wassergraben um das Burggelände zu überqueren, bestätigten sich Adolanas Ahnungen.

»Majestät, wir haben Besuch«, raunte sie der schlafenden Richenza ins Ohr, die augenblicklich erwachte.

Anstatt der erhofften Nachricht erwartete sie im schattigen Innenhof der Burg eine Überraschung. In Begleitung dreier Männer, von denen zwei Adolana bekannt waren, wartete Gertrud höchstpersönlich mit ihrem Sohn auf die Rückkehr ihrer Mutter.

Der Schmerz, den sie beim Anblick des Grafen von Stade empfand, raubte Adolana fast den Atem. Es war das erste Mal, dass sie ihn seit dem furchtbaren Ereignis bei einem ihrer Aufträge wiedersah. Obwohl sich die Gier von damals diesmal nicht in den blaugrauen Augen widerspiegelte, wandte Adolana sich mit einem jähen Schaudern ab. Sie hatte angenommen, dass sie die gewaltsame Schändung durch den Grafen überwunden hatte, und musste nun feststellen, dass dem nicht so war.

»Was fällt diesem Verräter ein«, murmelte Richenza mehr zu sich als zu Adolana, deren trübe Gedanken dadurch vertrieben wurden. Ihre Neugier war entfacht.

Mit unstetem Blick streifte die junge Hofdame den leicht untersetzt wirkenden Mann. Poppo von Blankenburg war nicht gerade das, was Richenza einen lieben Gast nannte, obwohl er durch Heirat zur Familie gehörte. Seine Frau, deren Name zum Leidwesen der Witwe ebenfalls Richenza lautete, war ihre Cousine, und die beiden wurden mit Vorliebe und Geringschätzung von ihr als Schmarotzer betitelt. Verräter waren sie aber Adolanas Wissen nach keine.

Unsicherheit lag auf dem Gesichtsausdruck des dritten Mannes, den Adolana auf Ende zwanzig schätzte. Die braunen, stark gelockten Haare trug er kurz, und das hagere Gesicht endete in einem spitzen Kinn. Formvollendet verbeugten sich die drei Männer vor Richenza, die ihre volle Aufmerksamkeit ihrer Tochter und Heinrich widmete.

»Heinrich, wie war die Reise?«, fragte sie.

Der mittlerweile fast zwölfjährige Junge war das Ebenbild seines Vaters, und nur Adolana wusste, wie sehr seine Mutter mit dieser unglaublichen Ähnlichkeit zu kämpfen hatte. Ohne Schwierigkeiten konnte die Hofdame die zwiespältigen Gefühle Gertruds nachvollziehen, schließlich war es ihr selbst vor fast sechs Jahren mit ihrem verstorbenen Onkel ähnlich ergangen.

»Danke der Nachfrage, Großmutter. Alles war nach unseren Vorstellungen«, entgegnete der Junge, unterstützt durch ein nachsichtiges Lächeln seiner Mutter.

»Graf Rudolf, Vetter Poppo«, begrüßte Richenza nacheinander die Besucher höflich, aber ohne jede Herzlichkeit. Für den Hageren hatte sie sogar nur ein frostiges Nicken übrig, während sie ihn schweigend fixierte. Adolana, mit der Wirkung von Richenzas eisigen grauen Augen bestens vertraut, wunderte sich keineswegs, als der ohnehin nur mittelgroße Mann zu schrumpfen schien.

Bernhard von Plötzkau! Schlagartig wurde Adolana klar, wen sie vor sich hatte. Nach dem Tod Lothars hatte er sich auf die Seite des neuen Stauferkönigs geschlagen und Albrecht von Ballenstedt als Nachfolger des Herzogs seine Gefolgschaft versichert.

Endlich durchbrach Richenza die angespannte Stille. »Dass Ihr es überhaupt wagt, Euch hier blicken zu lassen, Bernhard.«

Bevor der derart unfreundlich empfangene Mann sich dazu äußern konnte, meldete sich Gertrud zu Wort.

»Vergebt mir, Mutter. Es war meine Idee, Graf Bernhard mitzubringen.«

Ungläubig starrte Richenza ihre Tochter an, die dem Blick jedoch standhielt. Gertrud hat durch den großen Verlust an Stärke gewonnen, stellte Adolana zum wiederholten Mal zufrieden fest.

»Gerade du solltest ihn meiden wie die Pest. Hast du vergessen, dass er deinen Mann verraten und gemeinsame Sache mit den Staufern gemacht hat?«

»Bitte, hört mich an«, sagte Bernhard von Plötzkau.

Interessiert betrachtete Adolana den Mann, dessen Rechtfertigungsversuch Richenza mit einer Handbewegung unterband. Sein Verrat hatte sich nicht ausgezahlt. Gegen die breite Unterstützung, die der verstorbene Welfenfürst

Heinrich der Stolze seinerzeit nach seiner Absetzung durch den König vom sächsischen Adel erhalten hatte, kamen die Männer um den neuen Herzog herum nicht an.

»Schweigt! Ich dachte, ich hätte Euch eindeutig zu verstehen gegeben, dass ich Euch nicht mehr an meinem Hof zu sehen wünsche.«

Betreten starrte der Gescholtene zu Boden. Adolana war bekannt, dass er bitter für sein Handeln gezahlt hatte. Die Burg Bernhards von Plötzkau war belagert, erobert und von den Truppen des Magdeburger Erzbischofs niedergerissen worden. Dem Burgherrn war zwar die Flucht gelungen, jedoch gab es in Sachsen niemanden mehr, der ihm Unterschlupf gewährte. In seiner Not hatte er um Gnade bei Richenza gefleht, die für ihn zähneknirschend bei ihrem Schwiegersohn Heinrich ein gutes Wort eingelegt hatte. Und das aus gutem Grund, denn der Verräter Bernhard war ihr Neffe, und gegen verwandtschaftliche Bande war selbst Richenza mitunter machtlos.

»Mutter, wenn Ihr gestattet, würde ich es Euch gerne erklären«, unternahm Gertrud einen erneuten Anlauf.

Während ihre Herrin auf die Zustimmung ihrer Mutter wartete, tauchte ein weiterer Name in der Erinnerung Adolanas auf. Hermann von Winzenburg. Unter Kaiser Lothar für den Mord an Burchard von Loccum verurteilt, lebte er jahrelang im Rheinischen in der Verbannung. Mit dem Tod des Kaisers und der Krönung des Stauferkönigs hatte der Mann, dessen Schicksal so eng mit Adolanas verbunden war, eine neue Chance gewittert und sich mit Bernhard von Plötzkau zusammengetan. Adolana verspürte Bitterkeit darüber, dass auch dem Winzenburger nach der Niederlage die Flucht gelungen war.

Gertruds sanfte Stimme drängte sich in Adolanas Erinnerung.

»Selbstverständlich habe ich es nicht vergessen, Mutter.

Hier geht es aber nicht um verletzten Stolz, sondern um meinen Sohn. Um sein Erbe zu sichern, braucht er die Unterstützung all seiner Vasallen, und Graf Bernhard wird ihm den Treueschwur leisten«, stellte Gertrud mit ruhiger Stimme fest.

Fasziniert von der noch immer ungewohnten Entschlossenheit ihrer Herrin wartete Adolana die Antwort Richenzas mit angehaltenem Atem ab. Diese presste jedoch nur die Lippen zusammen und trat hocherhobenen Hauptes den Weg zur Halle an.

Die verdatterten Mienen der drei sächsischen Adligen waren dermaßen grotesk, dass Adolana am liebsten lauthals losgelacht hätte. Angesichts der schweren politischen Lage, in der sie sich seit dem Tod des Herzogs befanden, blieb ihr jedoch das Lachen im Halse stecken.

»Dein Angebot an diesen feigen Verräter entbehrt jeglicher Grundlage. Du ziehst mit deinem Handeln die Grundsätze deines Mannes in den Schmutz«, wetterte Richenza.

Sie war sich ihrer Wirkung auf andere grundsätzlich bewusst. Leider gehörte ihre Tochter seit einiger Zeit nicht mehr zu den Menschen, die sich von ihrem Zorn beeindrucken ließen. Früher hatte sie sich immer gewünscht, Gertrud wäre nicht so leicht zu beeinflussen. Jetzt dagegen war sie sich nicht sicher, ob die Wandlung ihrer Tochter ihr behagte.

»Ihr könnt mir viel vorwerfen, Mutter, aber sicher nicht, dass ich das Andenken meines geliebten Mannes entehren möchte. Ihr wisst doch am besten, wie es um uns alle steht. Ihr wart dabei, damals bei der Krönung des Staufers zu Pfingsten beim Hoftag in Bamberg, und habt sein Königtum anerkannt, ebenso wie alle anderen sächsischen Adligen, die unter vorgehaltener Hand nach wie vor murren.«

Wie jedes Mal, wenn das Gespräch auf diesen schwarzen

Tag in Richenzas Leben kam, vereisten ihre Gesichtszüge.
»Du weißt ganz genau, dass ich damals keine andere Wahl
hatte. Die Königskrone war für deinen Mann zu diesem
Zeitpunkt bereits verloren, und wir Sachsen mussten ge-
meinschaftlich auftauchen, um unsere Macht eindrucksvoll zu demonstrieren.«

»Nur leider ohne jeden Erfolg«, murmelte Gertrud leise.

»Sprich lauter, du weißt, dass mich mein Gehör im Stich
lässt.«

In der Tat zählte dieses Gebrechen zu den wenigen,
die das fortschreitende Alter der immer noch zarten Frau
beschert hatte. Trotz der geringen Körpergröße strahlte
Richenza mit ihrer stolzen Haltung noch immer eine ach-
tungsgebietende Würde aus, die selbst die hochtrabendsten
Fürsten erblassend auf die Knie zwang.

»Ich meinte nur, dass ich Eure Tat gewiss zu würdigen
weiß, vor allem, weil sie Euch einiges an Kraft abverlangt
hat. Vergebt mir, aber muss ich Euch daran erinnern, was
danach geschehen ist? Wir verfolgen beide das gleiche Ziel,
Mutter. Lasst uns unsere Kräfte bündeln und am gleichen
Strang ziehen«, bat Gertrud und ergriff Richenzas schmale
Hände.

Seltsam berührt starrte die ältere Frau auf ihre ver-
schlungenen Finger. Richenza war für ihre Tochter nie eine
liebevolle Mutter gewesen und lehnte Gefühlsausbrüche
grundsätzlich ab. Aber diese kleine Geste wühlte sie auf
unerklärliche Weise auf und berührte ihr Innerstes.

Trotzdem war Richenza die Erste, die sich aus der Vertrautheit löste. Sie ging ein paar Schritte und legte die
Hände auf den Mauervorsprung am Fenster. Die weiten,
trichterförmigen Ärmel ihrer eleganten Kotte aus dunkelrotem Samt fielen nach unten, und die golddurchwirkten,
umsäumten Ränder ereichten dabei fast den Boden.

Schließlich wandte sich Richenza erneut ihrer Tochter zu. Mit einem Mal fühlte sie sich unglaublich müde, und ihr Gesicht, das von dem Wimpel aus eierschalenfarbenem Tuch vollständig umfasst wurde, wirkte klein und traurig.

»Wenn du der Ansicht bist, dass wir die Interessen deines Sohnes und damit den welfischen Machtanspruch am besten verteidigen, indem wir kriecherisches Getier wie Graf Bernhard als Vasallen wieder in unsere Gnaden aufnehmen, so teile ich diese zu meinem größten Bedauern nicht. Solche Männer wechseln ihre Gunst wie der Wind die Richtung. Ich sage dir, hier hilft nur der Kampf, wie schon dein Schwager Welf ihn für uns in unserem verlorenen Herzogtum Baiern führt«, antwortete Richenza ungewohnt leise.

Gertruds Miene blieb reglos, und wieder wunderte sich die Kaiserwitwe über ihre Tochter, die ihr auf einmal fremd und zugleich unglaublich nah war. Wann hatte diese Wandlung eingesetzt? Erst mit dem Tod Heinrichs oder bereits vor Jahren, als Gertrud erfolgreich gegen sie intervenient und die Hochzeit Adolanas mit Waldemar verhindert hatte? Wie betäubt schüttelte Richenza den Kopf und starrte in die blauen Augen Gertruds, die sie entfernt an die ihres verstorbenen Mannes erinnerten. Völlig überwältigt von dem Gefühl, fügte sie kaum hörbar hinzu: »Tu, was du tun musst.«

Mit diesen Worten rauschte Richenza mit letzter Anstrengung aus dem Gemach ihrer Tochter. Dabei schwang ihr weiter Rock zur Seite und gab den Blick auf zwei verschiedenfarbige, wundervoll bestickte Geren frei. Eines der keilförmig eingesetzten Stoffstücke war aus leuchtendem Blau mit silbrigen Sternen, die in dem einfallenden Sonnenlicht aufblitzten.

Adolana sprang hastig von der Bank auf, als Richenza auf den Gang trat. Sie hatte vor dem Gemach ihrer Herrin gewartet, um ihr nach der Auseinandersetzung mit ihrer Mutter beizustehen. Jetzt hatte es dagegen den Anschein, als benötigte die Kaiserwitwe Unterstützung.

»Setzt Euch bitte, Herrin«, riet Adolana der schwankenden Frau und hielt sie am Arm fest.

Der Schleier aus durchscheinender goldglänzender Seide umrahmte Richenzas Kopf wie ein Heiligenschein. Spontan erinnerte sich Adolana, dass die über fünfzig Jahre alte Frau einst an der Seite ihres Mannes zwei Italienzüge gemeistert hatte und bei dem letzten den Tod ihres geliebten Gemahls miterleben musste. Unter ihrer Führung wurde dereinst Lothars Leichnam nach Lutter gebracht und am letzten Tag des Jahres 1137 unter einem provisorisch errichteten Totenhaus im halb fertigen Ostteil der zukünftigen Stiftskirche beigesetzt.

Der Moment der Zerbrechlichkeit ging vorüber, und mit einer flüchtigen Handbewegung, als wolle sie ein lästiges Insekt vertreiben, zog Richenza den Arm weg.

»Es ist nichts, Adolana. Geht hinein zu meiner Tochter und helft ihr beim Ankleiden für das Abendmahl.«

Kurz ruhten Richenzas graue Augen auf Adolanas Gesicht, dann ging sie langsam in Richtung ihres Gemachs.

Als Adolana klopfte und in die Kemenate ihrer Herrin trat, stand diese mit hängendem Kopf am Fenster. Eilig trat sie zu ihr, um ihr Trost zuzusprechen, obwohl sie Mutter und Tochter am liebsten geschüttelt hätte. Warum mussten sich die beiden Witwen das Leben nur so schwer machen?

»Grämt Euch nicht so sehr, Hoheit. Trotz ihrer harten Art liebt sie Euch über alle Maßen, und das wisst Ihr auch.« Adolanas Worte zeigten Wirkung, denn die niedergeschlagene Gertrud rang sich ein Lächeln ab.

»Schon gut, Ihr müsst mich nicht auf die Vorzüge meiner Mutter hinweisen. Das Schlimme ist nur, dass wir so nicht weiterkommen. Entweder ganz oder gar nicht, das ist ihre Linie, in der ein Wort wie ›Zugeständnis‹ eher weniger vorkommt. Dabei macht es mir fast ein wenig Angst, dass ich ihr immer ähnlicher werde.«

Gertrud von Sachsen holte tief Luft, schürzte die Lippen und legte die Stirn in Falten, bis sie wie aus heiterem Himmel auflachte und spontan Adolana umarmte.

»Was tut es schon zur Sache? Dann muss ich eben alleine mit den Herren Grafen sprechen. Stellt Euch vor, meine Mutter hat mir sogar indirekt ihren Segen erteilt. Es geschehen noch Wunder, sage ich Euch. Sicher wird sie bis zur Abreise des Grafen Bernhard aus Protest in ihren Gemächern bleiben. Ach, Adolana, ich bin froh, dass Ihr an meiner Seite seid. Es tut gut, in diesen fürchterlichen Zeiten eine wahre Vertraute zu haben. Auch so eine Tatsache, die meine Mutter mir bis heute nachträgt.«

Adolana erwiderte die Umarmung und zog eine Grimasse, die Gertrud zum Glück verborgen blieb. Denn die ganze Wahrheit würde die junge Witwe niemals erfahren. Es stimmte zwar, dass sich Gertrud vor fast fünf Jahren ihrer Mutter in den Weg gestellt hatte, als diese Adolana vermählen wollte. Aber natürlich hatte Richenza es so geschickt eingefädelt, dass Adolana ihr in zwei, drei Fällen ihre Hilfe nicht verwehren konnte. Selbstredend ohne die Herzogin von ihren Bitten, wie Richenza es nannte, in Kenntnis zu setzen.

Zweimal lief alles problemlos, und Adolana konnte ihrer Kaiserin die gewünschten Auskünfte übermitteln. Beim letzten Auftrag musste sie jedoch bitter dafür bezahlen, dass sie von Richenzas Gnaden ein überwiegend sorgloses Leben am Hof der Herzogin führen durfte. Nach der Schändung durch den Stader Grafen hatte Adolana sich in ihrer Not an Heinrich den Stolzen gewandt. Ohne dass sie ihre Demütigung zugeben musste, hatte dieser sich erneut für sie eingesetzt. Die Aufträge besonderer Art hörten schlagartig auf.

Wer würde sie jetzt schützen, nach dem Tod des baierischen Herzogs?

Adolana war sich sicher, dass Richenza in dieser wahrlich schweren Zeit mehrere Verbündete hatte, deren Treue sie sich nicht mehr ganz gewiss sein konnte. Und wo erfuhr man als Frau mehr als im Bett eines solchen Mannes? Allein bei dem Gedanken daran lief es Adolana eiskalt den Rücken herunter.

»Was ist mit Euch? Verschweigt Ihr mir etwas? Wovor fürchtet Ihr Euch?«, hakte Gertrud nach.

Adolanas Versuch, die Zweifel ihrer Herrin mit einem aufmunternden Lächeln zu zerstreuen, gelang nur halbherzig. Womöglich konnte sie den Moment nutzen und Gertrud darum bitten, nicht am Abendessen teilnehmen zu müssen?

»Nichts, Hoheit, es ist alles gut«, erwiderte sie.

Sie brachte es nicht über sich, Gertrud allein zu lassen, und dieses Mal gelang ihr tatsächlich ein Lächeln, das alle etwaigen Bedenken ausräumte.

»Erheben wir unseren Becher auf das große Volk der Sachsen, deren Führer sich erneut dem Befehl des Stauferkönigs widersetzt haben.« Rudolf von Stade hielt den silbernen Becher hoch über die Tafel, die sich unter den üppigen Speisen bog, und beweihräucherte sich wie üblich selbst.

Die Köchin, eine magere, große Frau, hatte in der kurzen Zeit Unglaubliches geleistet. Neben knusprig braunen Hühnchen gab es Fisch aus dem nahen Petersteich. Der geräucherte Karpfen war eine Köstlichkeit, bei der alle Gäste am Tisch kräftig zulangten. Adolana genoss die zarten, nach Buchenholz schmeckenden Stücke, da sie wusste, aus welcher Hand sie stammten.

Mathilde, einst ihr Dienstmädchen, lebte seit ihrer Heirat mit dem Schmied im nahen Dorf am fischreichen Teich und kümmerte sich nun um das Räuchern der Fische anstatt um Adolanas Kleidung. Mit dem zweiten Kind schwanger, strahlte die stets gutgelaunte Mathilde eine Lebensfreude aus, die ihresgleichen suchte. Adolana freute sich über das Glück der jungen Frau, wenngleich sie deren Nähe manchmal schmerzlich vermisste. Im Laufe der Jahre hatte sich eine vertrauensvolle Freundschaft zwischen ihnen beiden entwickelt.

Hinzu kam, dass sie seitdem mit einem unangenehm sauertöpfischen Ding vorliebnehmen musste. Ermentraud, die Tochter eines Burgvogts, hielt es für unter ihrer Würde, der Hofdame Gertruds von Sachsen zu Diensten zu sein, und hatte ihre Einstellung zu Anfang oft genug kundgetan. Bis es Adolana eines Tages gereicht hatte. Hinterher taten ihr die scharfen Worte zwar leid, doch seitdem war an Ermentrauds Benehmen nichts mehr auszusetzen. Selbst an die anhaltend mürrische Miene des Mädchens hatte Adolana sich gewöhnt.

Nach dem Gekicher vom entgegengesetzten Ende der Tafel amüsierte sich Ermentraud augenblicklich köstlich, wie Adolana verdrossen bemerkte. Feinfühligkeit fehlt diesem jungen Mädchen völlig, dachte Adolana besorgt, sonst hätte es längst bemerkt, dass sich die beiden Damen des Hauses keineswegs glänzender Stimmung erfreuten. Als Richenza Ermentraud mit einem tadelnden Blick bedachte, was diese jedoch nicht mitbekam und weiter ungeniert mit einem Begleiter des Grafen von Plötzkau flirtete, befürchtete Adolana das Schlimmste.

»Nun, Graf Rudolf«, versetzte Richenza, die entgegen aller Erwartungen doch am abendlichen Essen teilnahm,

»nur weil die meisten der sächsischen Adligen dem Ruf des Königs zum Hoftag nach Frankfurt nicht gefolgt sind, heißt das noch lange nicht, dass diese Entscheidung auch klug war.«

»Ihr selbst habt uns bei dieser Entscheidung unterstützt, liebste Base«, kam Poppo von Blankenburg dem verdutzten Rudolf zu Hilfe und zog nun seinerseits das Missfallen der Kaiserinwitwe auf sich. Sie hasste es, wenn er sie derart vertraut ansprach.

»Nachdem der König unser Gesuch um sicheres Geleit abgelehnt hat, ist mir wohl keine andere Wahl geblieben«, entgegnete Richenza mit eisiger Stimme.

»Andererseits kann man ihm keinen Vorwurf machen, nachdem der Magdeburger Erzbischof Burg Anhalt erobert und niedergebrannt hat«, wandte Gertrud ein.

Adolana stimmte ihr heimlich zu, doch in dieser Runde ihre Meinung zu äußern, stand ihr nicht zu. Allerdings hatte sie sich im Laufe der letzten Jahre ein umfassendes politisches Wissen angeeignet, von dem nur ihre Herrin wusste und Richenza allenfalls ahnte.

Die Kaiserinwitwe setzte bereits zu einer Erwiderung an, als erneut albernes Gekicher ertönte. Langsam erhob sich Richenza und stützte dabei die Hände auf die Tischplatte. Nach und nach verstummten die Gespräche, bis nur noch das leise Gemurmel Ermentrauds zu hören war. Als der Junker seiner ausgelassenen Nachbarin warnend den Ellbogen in die Seite stieß, schrie sie empört auf und öffnete den Mund. Zu Adolanas großer Erleichterung bemerkte endlich auch das begriffsstutzige Mädchen, dass etwas nicht stimmte. Unsicher über die ungewohnte Stille drehte Ermentraud den Kopf und sah sich dem eisigen Blick Richenzas ausgesetzt. Ihr rundliches Gesicht wurde von einer dunklen Röte überzogen.

»Mundet Euch unser Wein, Fräulein Ermentraud?«, erkundigte sich die Kaiserinwitwe mit einer Freundlichkeit, die Adolana immer wieder faszinierte. Nur wer ihr dabei in die Augen sah, konnte den unterdrückten Ärger darin erkennen. Und sollte schleunigst den Kopf einziehen.

Leider gehörte Ermentraud nicht zu den Glücklichen. »Vielen Dank, Eure Majestät, der Wein schmeckt hervorragend«, antwortete die junge Frau erfreut.

»Ich hoffe sehr, dass Ihr ihn genossen habt, denn es war vorerst der letzte Becher. Ihr dürft Euch jetzt auf Eure Kammer zurückziehen.«

Ermentraud erbleichte, erhob sich und verließ mit gebeugtem Haupt die Halle.

Damit reihte sie sich in die Gruppe der Zurechtgestutzten ein, unter der sich auch Adolana befand. Mit dieser öffentlichen Demütigung würde Ermentraud ab sofort sicher alles in ihrer Macht Stehende tun, um niemals mehr die Missbilligung Richenzas auf sich zu ziehen.

»Es bleibt abzuwarten, welche Richtung der Staufer in der sächsischen Frage einschlagen wird. Dem Herrgott sei es gedankt, dass wenigstens Welf den Stauferkönig in Atem hält. Wie mir berichtet wurde, zieht er mit seinem Heer gegen eines der königlichen Hofgüter. Wenn ich mich richtig entsinne, war es Waiblingen.«

»Welf hat es auf jeden Fall am schwersten von uns, denn er muss seine schwäbischen Besitztümer verteidigen. Die Staufer sitzen ihm ja faktisch im Genick«, gab Poppo zu bedenken und kratzte sich das beachtliche Doppelkinn.

»Mein verehrter Onkel kämpft für meinen rechtmäßigen Herzogtitel in Baiern, und er wird siegreich aus dieser sowie allen nachfolgenden Schlachten hervorgehen«, meldete sich Heinrich zu Wort.

Verblüfft wandten alle Anwesenden sich dem Zwölfjährigen zu, der die kontrovers geführte Diskussion bisher schweigend verfolgt hatte. Gertrud legte für einen Moment beschwichtigend eine Hand auf die ihres Sohnes, dem sein Unbehagen darüber deutlich ins Gesicht geschrieben stand. Schließlich war er Heinrich, der Sohn des Stolzen, und kein kleines Kind mehr.

Adolana war vermutlich die Einzige an der langen Tafel, die die verletzten Muttergefühle Gertruds wahrnahm.

»Erheben wir also unseren Becher auf Welf und seinen Sieg bei Waiblingen!«, rief Rudolf von Stade und hob erneut das silberne Trinkgefäß hoch.

Ende April – In der Nähe des Königsguts Waiblingen

Es war Wahnsinn!

Auch ohne die Erfahrungen in Italien, die er auf dem Feldzug des verstorbenen Kaisers Lothar an der Seite Graf Siegfrieds gesammelt hatte, war Berengar die Aussichtslosigkeit ihres Unterfangens schon im Vorfeld klar.

Nicht allein die Unausgewogenheit der beiden gegnerischen Parteien machte einen möglichen Sieg von vorneherein undenkbar. Berengar hatte in den zurückliegenden Jahren schon öfter erfahren dürfen, dass Überlegenheit allein nicht zwingend den Sieg ausmachte. In diesem Fall stand den rund eintausend Männern des Welfen ein Heer von knapp achthundert Soldaten gegenüber, obwohl Berengar mit einer deutlich größeren Truppe auf der gegnerischen Seite gerechnet hatte. Leider besaß Welf mehr Berittene, was ihm allein Grund zur Sorge bereitete. Vor allem aber war es des Welfen ausgereifte Technik, welcher Berengars Lehnsherr, der Löwensteiner Graf Adalbert, nichts entgegenzusetzen hatte. Impulsiv und von Rachegedanken besessen, hatte sich Adalbert ohne große Vorbereitungen auf den Weg gemacht, um den Bruder des verstorbenen Sachsenherzogs endlich zur Hölle fahren zu lassen. Wer diesen Weg in Kürze gehen würde, war jedoch mehr als fraglich.

»Warum so sorgenvoll, Berengar? Habt Ihr nicht schon mehrfach einer Überzahl an Feinden gegenübergestanden? Und dies allem Anschein nach bisher überlebt.«

»Vielleicht ist Fortuna aus diesem Grund der Meinung, sich lange genug um mich gekümmert zu haben. Außerdem frage ich mich, worauf die da unten eigentlich warten«, gab Berengar zurück und klopfte seinem nervös tänzelnden Hengst beruhigend den Hals.

Er besaß das gewaltige Schlachtross seit fast drei Jahren. Berengars mutiger und unerschrockener Einsatz im Heer des schwäbischen Herzogs Friedrich hatte ihm nicht nur die ersehnte Schwertleite, sondern auch eine großzügige Entlohnung eingebracht. Ein beachtlicher Teil davon war für eine anständige Ausrüstung und das Pferd draufgegangen. Der Rest steckte im Wiederaufbau von Burg Wolfenfels.

»Den Tag, an dem Fortuna sich von Euch abwendet, möchte ich gerne erleben«, erwiderte Adalbert mit einem eigentümlichen Lächeln, bevor er sich den eisernen Helm aufsetzte und die vorderste Reihe seiner Ritter abritt.

»Vielleicht geschieht das schneller, als Ihr glaubt«, murmelte Berengar und nahm ebenfalls seinen Kopfschutz zur Hand. Er war sehr dankbar für das eiserne Geflecht, das den Nacken bedeckte, und die Polsterung im Innenteil des Helms, die er nachträglich hatte anfertigen lassen.

Für einen Apriltag war es ungewohnt heiß, und der Schweiß rann in kleinen Bächen über Berengars Körper. Die beiden Heere standen sich an diesem Vormittag auf den Feldern gegenüber, die zum königlichen Gut Waiblingen gehörten. Einzelne grüne Spitzen der Frühsaat wurden unter den Hufen der Pferde und den nachfolgenden Fußabdrücken der Soldaten zurück in die Erde gestampft. Die Verzweiflung der Bauern über die Vernichtung ihrer harten

Arbeit würde auf die Verzweiflung der Ritter bei einer verlorenen Schlacht folgen. Und Blut war kein geeigneter Dünger für das lebensnotwendige Getreide.

Die Sonne stand ungünstig für das Heer des Löwensteiner Grafen, denn sie schien den Männern direkt in die Augen. Wenn wir noch lange auf den Befehl zum Angriff warten müssen, werden bei dieser Hitze bald die Ersten vom Pferd fallen, dachte Berengar grimmig. Obwohl der Ritter dankbar für den zusätzlichen Schutz aus hartem Leder war, den er unter dem Hemd aus unzähligen eisernen, kleinen Ringen trug, beneidete er diejenigen, die auf den erweiterten Schutz verzichteten. Sei es aus Geldmangel oder aus Übermut.

Das ungute Gefühl in der Magengegend verstärkte sich, als er mit zusammengekniffenen Augen erneut das gegnerische Heer musterte. Irgendetwas stimmte nicht. Er befand sich auf einer leichten Anhöhe und hatte damit einen guten Blick über die feindliche Macht. Mit einem grimmigen Laut riss Berengar sich den Helm vom Kopf und wischte sich über die schweißnasse Stirn. Seine dunklen Haare klebten am Kopf, und eine Locke fiel ihm erneut ins Auge. Verdammt, irgendetwas passte da unten nicht. Wie aus heiterem Himmel wurde ihm klar, was ihn störte. Als Berengar am frühen Morgen die grobe Anzahl der Berittenen geschätzt hatte, waren es deutlich mehr gewesen, als sich jetzt an vorderster Front befanden. Unruhe erfasste ihn, und er drückte seinem Pferd die Fersen in die Flanken.

Adalbert richtete noch immer siegesgewisse Worte an seine Männer, deren Nervosität mit jeder Minute zunahm. Offenkundig gereizt, unterbrach er seinen Appell an den Mut und die Tapferkeit seiner Soldaten und vernahm die geflüsterte Warnung seines Ritters.

»Keinem unserer Wachen ist aufgefallen, dass sich ein Teil des feindlichen Heeres entfernt hat«, gab Adalbert zu bedenken. Nachdenklich blickte er zu dem welfischen Banner, dessen stehender roter Löwe in der Windstille schlaff herunterhing. »Selbst wenn es sich um eine Taktik handelt, können wir nicht mehr zurück. Die Tapferkeit meiner Männer wird uns mit Gottes Hilfe den Sieg bringen. Geht auf Eure Position und legt die unsäglichen Zweifel ab.«

Resigniert folgte Berengar dem Befehl seines Lehnsherrn. Kaum hatte er seinen Platz in der vordersten Reihe wieder eingenommen und den Helm aufgesetzt, ertönte auch schon der Ruf.

»Zum Angriff!«

Anfangs schöpfte Berengar noch Hoffnung. Adalberts Männer kämpften tapfer, und wenn sie sich auch in der Unterzahl befanden, so hatten sie den Vorteil, ausgeruht in den Kampf zu ziehen. Welf und seine Männer kamen dagegen vom Sieg gegen Leopold, den baierischen Herzog, dessen Heer sie bei der Burg Phalei geschlagen hatten.

Der Lärm der Schlacht umhüllte Berengar wie eine vertraute Außenhaut, während er den Hengst weiter vorwärts trieb und mit dem Schwert die Gegner zur Linken und Rechten niederschlug. Blut spritzte ihm gegen den Helm und ins Gesicht, als er die ungeschützte Stelle am Hals eines feindlichen Ritters durchstieß und die Klinge mit einem Ruck wieder herauszog. Als im Sonnenlicht links von ihm etwas aufblitzte, riss er im letzten Moment den Schild hoch, der mit einem dumpfen Geräusch zerbarst. Den Rest des unbrauchbar gewordenen Schutzes warf er von sich. Gleichzeitig wehrte er den nächsten, heftigen Schlag seines Gegners ab, und mit verbissenen, kraftvollen Bewegungen kreuzten er und sein Gegner die Klingen.

Berengar kehrte den Nachteil des verlorenen Schildes um, griff mit der freien Linken nach der Streitaxt und schlug die scharfe Klinge in den Oberschenkel seines Feindes. Der markerschütternde Schrei des Ritters ging im allgemeinen

Kampfgetöse unter. Einen Lidschlag später hatte Berengar dem Mann den Todesstoß versetzt. Den gebrochenen Blick seines Gegners sah er bereits nicht mehr.

Gerade als er wieder Mut schöpfte, was den Ausgang der Schlacht betraf, bestätigten sich seine schlimmsten Befürchtungen. In ihrem Rücken tauchten die Reiter auf, die er zu Beginn der Schlacht vermisst hatte. Jetzt mussten die Männer des Löwensteiner Grafen an zwei Fronten kämpfen. Die Ritter des Welfen trafen auf Adalberts schlecht ausgerüstete Fußtruppen und hatten leichtes Spiel mit ihnen. Nur wenigen Soldaten gelang es mittels eiserner Haken die Ritter von ihren Schlachtrössern zu ziehen und ihre Messer in die ungeschützten Stellen zwischen den Kettenpanzern zu stoßen.

Berengar drängte mit einigen anderen zurück, um den in Not geratenen Fußtruppen zu Hilfe zu eilen. Dabei kam er gegen den Strom der Reiter auf den mächtigen Pferden kaum an. Sein Hengst geriet mehr als einmal ins Straucheln, denn der Boden war mittlerweile von Toten und Verwundeten übersät. Immer wieder holte Berengar mit dem Schwert aus, um Gliedmaßen abzuschlagen und Köpfe zu spalten. Die Lage hatte sich mit dem Auftauchen der Berittenen grundlegend geändert, und Berengar machte sich keine Illusionen über den Ausgang der Schlacht.

Da tauchte nicht weit von ihm sein Lehnsherr auf, bedrängt von zwei feindlichen Rittern. Ohne zu zögern trieb Berengar den Hengst weiter an, um näher an den Löwensteiner Grafen heranzukommen, und änderte die Richtung. Dadurch traf ihn der Morgenstern nicht mit voller Kraft, sondern erwischte ihn nur an der Seite. Die Wucht des Schlages reichte allerdings aus, um ihn aus dem Sattel zu holen. Nach Atem ringend landete er auf einem toten Fußkämpfer, dessen Körper nur noch aus einer blutigen Masse bestand. Ein großer Schatten legte sich vor die Sonne.

Trotz der Schmerzen zwang sich Berengar hochzukommen. Dadurch sah er die todbringende, mit eisernen Spitzen bestückte Waffe auf sich zuschwirren und sprang im letzten Moment zur Seite. Der Schmerz, der ihn jäh an der Aufprallstelle durchfuhr, ließ ihn aufschreien, und glücklicherweise blieb seinem Gegner ein erneuter Treffer versagt. Vom Boden aus konnte Berengar die grauen Beine seines Hengstes erkennen, der reiterlos versuchte, dem Getümmel zu entkommen. Entschlossen hechtete der verletzte Ritter auf das Tier zu und griff im Fallen nach der Streitaxt, die wieder am Sattel hing. Das Schwert war ihm beim Sturz aus der Hand geglitten und damit außer Reichweite.

Ein markerschütterndes Brüllen hinter ihm warnte ihn gerade noch rechtzeitig, so dass der Morgenstern dicht neben ihm aufschlug und den Arm eines Toten zerschmetterte.

Mit einem hastigen Blick erkannte Berengar den langen Haken, der neben dem Fußsoldaten auf dem blutdurchtränkten Boden lag, packte ihn und sprang auf. Die Kette, an der die eiserne Kugel hing, klirrte laut, als ihr Besitzer sie erneut hochriss. Dieses Mal war Berengar allerdings schneller. Er holte aus, schlug den Haken in das Kettenhemd seines Gegners und zog ihn mit einem Ruck vom Pferd.

Was vorher wegen der blendenden Sonne unmöglich war, gelang ihm jetzt problemlos, als sein Gegner sich in Sekundenschnelle wieder aufgerappelt hatte. Der Teil des feindlichen Gesichts, der nicht von dem eisernen Schutz verdeckt war, kam Berengar nicht bekannt vor. Die Überraschung in den blauen Augen verschwand, und die vollen Lippen verzogen sich zu einem brutalen Lächeln, bevor der Ritter den Morgenstern fallen ließ und seine Streitaxt zog.

Berengar hatte bisher selten Schwierigkeiten gehabt,

seine Gegner niederzuzwingen, doch dieser Kämpe war gleichwertig. Zu allem Unglück verfügte er auch noch über einen Schild.

Die Schreie der Verletzten und Sterbenden und das angstvolle Wiehern der Pferde nahm Berengar nicht mehr wahr, als er dem ersten kraftvoll ausgeführten Schlag auswich und ebenfalls ausholte. Der fremde Ritter knickte ein, als die scharfe Schneide ihn am Oberschenkel verletzte, kam aber sofort wieder auf die Beine und schaffte es, dem nächsten Schlag Berengars auszuweichen. Der Schmerz, der den Ritter im selben Moment durchfuhr, ließ ihn aufstöhnen, und mit einem boshaften Grinsen zog der andere ein Messer aus Berengars Oberschenkel. Vor dem nächsten Schlag duckte sich der Verletzte weg, packte dabei den Griff der Streitaxt unterhalb der Klinge und stieß seinem Gegner den stumpfen Teil der Waffe mit voller Wucht gegen den Kiefer. Voller Genugtuung sah er den Mann zu Boden sinken, dann traf ihn etwas hart am Kopf.

Als Berengar zusammensackte, hatte er bereits das Bewusstsein verloren.

10. KAPITEL

Wartet, ich begleite Euch.«

Adolana presste die Lippen aufeinander, als sie die Stimme erkannte, und spornte ihre Stute an. Ganz sicher würde sie nicht auf den Grafen von Stade warten. Ohne sich umzusehen, gelangte sie über die heruntergelassene Brücke und schlug erleichtert den Weg in Richtung Dorf ein. Sie sollte sich bei Mathildes Mutter erkundigen, wann das von Gertrud in Auftrag gegebene Tuch fertig sei, und freute sich, bei der Gelegenheit auch Mathilde wiederzusehen.

Adolanas Herz machte einen Sprung, als sie an die überschäumende Fröhlichkeit ihrer Freundin dachte. Ihr ehemaliges Dienstmädchen lebte nach seiner Heirat nur ein paar Häuser neben seinen Eltern. Dass Richenza die meisten ihrer Stoffe weiterhin bei der Familie herstellen ließ, hatte ihnen einen angenehmen Wohlstand eingebracht.

Überhaupt war es den meisten Bewohnern hier immer sehr gut gegangen, im Vergleich zu anderen Dörflern sogar ausgesprochen gut. Seit dem Tod Lothars und seines Schwiegersohns hatte sich das Blatt allerdings gewendet, wenngleich die Einwohner einen Überfall durch marodierende Soldaten des neuen Herzogs erfolgreich abgewehrt hatten.

Die Nähe zur Süpplingenburg bot ihnen guten Schutz, denn Richenza und Gertrud verfügten auch in diesen schweren Zeiten über starke Truppen und treu ergebene Gefolgsleute.

Der einst so schwunghafte Handel nach Lutter hatte merklich nachgelassen, denn auch die Mönche des Benediktinerstifts besaßen nicht mehr genügend Geld. Es reichte kaum noch, um die für den Bau der kaiserlichen Stiftskirche notwendigen Werkzeuge zu beschaffen. Die Absetzung Heinrichs des Stolzen und die darauffolgenden kriegerischen Auseinandersetzungen mit dem Stauferkönig und Heinrichs Nachfolger in Sachsen, Albrecht von Ballenstedt, hatten die Truhen Richenzas zusehends geleert.

Bei feinem Sprühregen und kräftigem Wind erreichte Adolana das Dorf. Ihr Weg führte sie zwischen den Grubenhäusern hindurch, in denen sich die Arbeitsstätten der Bewohner befanden. Trotz des ungemütlichen Wetters herrschte reges Treiben in der Siedlung, die in den letzten Jahren auf fast fünfzig Häuser angewachsen war. Auch derzeit wurde gebaut, wie Adolana mit einem hastigen Seitenblick unter ihrer feuchten Kapuze hervor feststellte. Die lauten Hammerschläge, die von dem fast fertiggestellten Dachstuhl herunterklangen, übertönten sogar das Kreischen der Kinder, die in den Pfützen spielten. Bei dem Wetter mussten sie wohl noch warten, bis sie das Dach mit Weidenruten decken und anschließend mit Lehm abdichten konnten.

Am Ende der Siedlung befand sich die Arbeitsstätte von Mathildes Ehemann Volkert. Um diese Tageszeit fand Adolana sicher auch ihre Freundin dort vor, der sie den Auftrag Richenzas weitergeben wollte. Auch wenn die ehemalige Dienstmagd ihrer eigentlichen Leidenschaft in dem kleinen Grubenhaus direkt neben der Schmiede ihres Mannes nachging, das nur zur Westseite hin eine Wand aufwies, half sie noch immer ihren Eltern an den Webstühlen aus.

Trotz des grauen und verhangenen Wetters und der

schlechten Sicht konnte Adolana den feinen Rauch sehen, der direkt aus den Dächern der beiden nebeneinanderstehenden Häuser hervorquoll. Fast roch sie schon den Duft nach Kräutern und Buchenholz, der mit den geräucherten Fischen, die Mathilde in dem nahen Petersteich fing, untrennbar zusammenhing.

»Sei gegrüßt, Volkert«, schrie Adolana in das laute Klingen des schweren Hammers hinein, der in gleichmäßigen Abständen auf ein glühendes Stück Eisen schlug.

»Meister!«

Erst das Brüllen seines jungen Gehilfen ließ den Schmied in seiner Arbeit innehalten. Volkert hörte von Geburt an schwer. Adolana hegte jedoch den stillen Verdacht, dass er den Makel angesichts von Mathildes munterem Geplauder eher als angenehm empfand. Der baumlange Ehemann der sommersprossigen jungen Frau war eine furchteinflößende Erscheinung. Dank der schweren Arbeit hatte er wahre Muskelberge an den Armen, um die ihn nicht wenige Männer gelegentlich beneideten. Dabei war Volkert ein durch und durch gutmütiger Mensch, der nur selten übellaunig wurde. Zudem liebte er Mathilde heiß und innig, und da seine Frau Adolana in Freundschaft verbunden war, schloss er auch das edle Fräulein in seine Zuneigung ein.

»Fräulein Adolana! Verzeiht, ich habe Euch nicht gehört. Sucht Ihr meine Frau?«

Auf ihr Nicken hin wies Volkert nach rechts, in Richtung des Grubenhauses, in dem sich die Räucherei befand. »Die dämlichen Fische wird sie selbst dann noch räuchern, wenn unser nächstes Kind auf die Welt will«, beschwerte sich Volkert.

Zwischen seinen Augen zeigte sich eine steile Falte, und sein Unmut über Mathildes Arbeitseifer stand ihm deutlich ins Gesicht geschrieben. So müssen die gefürchteten Nord-

männer ausgesehen haben, ging es Adolana nicht zum
ersten Mal durch den Kopf, während sie schmunzelnd
Volkerts Erklärung lauschte. Das Bild des dänischen Mitkönigs dagegen verdrängte sie schnell wieder. Sie musste
Magnus nicht länger fürchten, denn er war schon ein Jahr
nach ihrem letzten unschönen Zusammentreffen in einer
Schlacht gefallen.

»Was brummst du, Mann? Geht es dir etwa schlecht bei
mir? Streichle ich dich etwa nicht jeden Abend, wenn du
müde nach Hause kommst?«, fragte Mathilde.

Die Schwangere trat neben Adolana, hakte sich bei ihr
ein und warf ihrem Mann einen herausfordernden Blick
zu.

»Du streichelst mich schon, und das ist auch schön. Viel
schöner wäre es aber, wenn deine Hände nicht immer so
nach Fisch stinken würden.« Dabei verzog er den Mund zu
einem breiten Lächeln, und ein schelmischer Funke blitzte
in seinen blauen Augen auf.

»Ihr beide solltet euch wirklich schämen. Selten habe
ich Eheleute erlebt, die ihre Liebe zueinander in ständigen
Frotzeleien ausdrücken«, schimpfte Adolana ohne Nachdruck und grinste in sich hinein, als sie erkannte, was ihre
Freundin im Schilde führte.

Auch Volkert hatte die herannahende Gefahr rechtzeitig
erkannt und duckte sich schnell, als ein besonders großer
Karpfen in seine Richtung flog. Achtlos ließ der Schmied
sein Werkzeug fallen und stürzte hinter seiner flüchtenden
Frau her. Gleich darauf hob er Mathilde unter ihrem lauten
Protestgeschrei vorsichtig hoch und drehte sie im Kreis.

Mit leichter Wehmut verfolgte Adolana die Neckereien
der beiden. Würde sie jemals auch ein solches Glück mit
einem Mann erleben?

»Du bist einfach schrecklich! Ich weiß überhaupt nicht,
warum ich dich geheiratet habe«, empörte sich Mathilde

im Spaß und drückte ihrem Mann einen Kuss auf die ruß-
verschmierte Wange.

Volkert richtete sich wieder zu seiner vollen Größe auf
und murmelte mit einem schiefen Grinsen: »Ich wüsste da
schon ein oder zwei Dinge.« Den anschließenden Knuff in
die Seite schien er überhaupt nicht zu bemerken.

»Ich bin mir sicher, dass der lieben Mathilde mehr als
ein bis zwei Dinge einfallen«, mischte sich Adolana ein.
»Ihr beide seid einfach füreinander geschaffen.«

»Mutter, komm. Wir wollen Fische gucken.«

Adolana drehte sich um und erblickte die knapp dreijäh-
rige Miltrud, die mit roten Wangen und nassen Haaren am
Eingang zur Schmiede stand. Mit den vielen Sommersprossen auf der niedlichen Stupsnase glich sie ihrer Mutter.

»Wieso hast du deine Kapuze nicht auf?«, sagte diese
mit strengem Blick, was dem Kind aber augenscheinlich
nicht allzu viel ausmachte.

Adolana wusste, dass Mathilde ihrer Tochter nie lange
böse sein konnte, und Miltrud wusste es ebenfalls.

»Lass sie doch. Das bisschen Regen wird sie schon nicht
umbringen«, brummte Volkert und bückte sich, um den
Hammer wieder aufzuheben.

Mathilde warf Adolana einen vielsagenden Blick zu, die
daraufhin nur entschuldigend mit den Schultern zuckte.
Sie würde den Teufel tun und sich hier einmischen.

»Wie soll ich unserem Kind Gehorsam beibringen, wenn
mein Mann grundsätzlich anderer Meinung ist?«, fragte
Mathilde.

Der Gescholtene sparte sich die Antwort, griff nach dem
Schwert, dessen Klinge er gerade bearbeitet hatte, und legte das erkaltete Metall in die glühenden Kohlen der mit
großen Steinen eingefassten Nebenesse. Hastig beeilte sich
sein Gehilfe, mittels eines Blasebalgs Luft in den Ofen zu
pusten, um das Feuer wieder anzufachen.

Bevor Mathilde sich über das Verhalten ihres Mannes erneut beschweren konnte, packte Adolana ihre Freundin beim Arm. »Komm, wir gehen rüber zu dir. Dort riecht es gut, und es ist auch nicht so laut.«

Nach kurzem Zögern hakte Mathilde sich bei Adolana ein, und die kleine Miltrud hüpfte erfreut über den Aufbruch neben ihnen her.

»Was verschafft mir die Ehre Eures Besuches? Braucht Eure Herrin wieder etwas von meinem Fisch für ihre Tafel?«, fragte Mathilde und zog die Tür hinter ihnen zu. Ihre Tochter hopste zum Tisch, auf dem sich mehrere bereits ausgenommene Fische befanden. Ein großes Messer mit blutiger Klinge lag daneben und erzählte stumm vom grausigen Ende der Tiere. In einer speziell dafür ausgehobenen Grube war die Esse, die Mathilde zum Räuchern der Fische nutzte.

»Ausnahmsweise liegst du mit deiner Vermutung falsch, obwohl die hohen Herren, die seit gestern am Hof der edlen Frau Gertrud weilen, deinen Fisch geradezu verschlungen haben. Nein, es geht um das Tuch, das die Kaiserin bei deinen Eltern in Auftrag gegeben hat. Weißt du, wie weit sie damit sind? Dann brauche ich bei ihnen nicht noch vorbeizugehen. Ach, Mathilde, die Plaudereien mit dir fehlen mir sehr.«

In dem Augenblick zuckte die junge Frau zusammen und verzog stöhnend das Gesicht.

Erschrocken griff Adolana sie am Arm. »Was ist mit dir?«

Die werdende Mutter legte eine Hand auf den gewölbten Leib und atmete langsam aus. Als sich ihre Gesichtszüge entspannten, wurde auch Adolana ruhiger.

»Es ist furchtbar stark und zappelig. Dabei muss es noch fast einen Monat warten.« Resigniert schüttelte Mathilde den Kopf und strich sich noch einmal über den Bauch, so, als wollte sie ihr Ungeborenes beruhigen. »Ich hoffe nur, dass es nicht nach Volkert kommt. Seine Mutter hat mir voller Stolz berichtet, was für ein Riese er schon bei der Geburt war. Darauf kann ich gut und gerne verzichten.«

Adolana fand die Furcht ihrer Freundin durchaus verständlich, denn bis die kleine Miltrud das Licht der Welt erblickt hatte, waren fast zwanzig Stunden vergangen und Mathilde hatte so viel Blut verloren, dass alle um ihr Leben gebangt hatten.

»Wisst Ihr, ein wenig fürchte ich mich schon vor der Geburt«, flüsterte die werdende Mutter und rückte dichter an Adolana heran. »Andererseits möchte ich um nichts auf der Welt darauf verzichten, bei meinem Mann zu liegen. Wenn ich mir vorstelle, dass unser verstorbener Kaiser, Gott hab ihn selig, in den letzten Jahren aus Frömmigkeit darauf verzichtet hat. Welch ein großes Opfer.«

Eine leichte Röte überzog Adolanas Wangen. Sie kannte die Gerüchte, die seit Lothars Tod langsam verebbten, weil die Leute allmählich das Interesse daran verloren. Nach ihrer eigenen Erfahrung konnte sie die Entscheidung des Kaiserpaares allerdings gut nachvollziehen. Den Schmerz, den sie bei der Vergewaltigung durch den Stader Grafen verspürt hatte, würde sie niemals vergessen. Andererseits klangen die Worte ihrer Freundin ehrlich. Gab es da noch andere Empfindungen, die sogar Freude daran weckten?

Adolana erschien diese Vorstellung im Augenblick völlig abwegig, und dennoch … Vor einer halben Ewigkeit gab es etwas, was dieser Sehnsucht möglicherweise ähnelte. Ihre Empfindungen spiegelten sich offenbar in ihrer Miene wider, denn Mathilde legte den Arm um sie.

»Ihr müsst diesen Vorfall endlich vergessen. Es gibt andere Männer, erinnert Euch. Legt Eure Verschlossenheit ab, dann findet auch Ihr Euer Glück«, tröstete ihre Freundin sie leise.

Manchmal ist sie mir direkt unheimlich, dachte Adolana und entgegnete schroffer als beabsichtigt: »Ich glaube nicht, dass dich das etwas angeht.«

Dabei war Mathilde der einzige Mensch, dem sie damals von der gewaltsamen Schändung erzählt hatte. Bei Berengars Abschied war die Frau des Schmieds ebenfalls anwesend gewesen. Sie wusste von Adolanas verborgenen Empfindungen.

Trotz der brüsken Zurechtweisung ließ sich Mathilde nicht so leicht abspeisen. Die junge Frau wollte gerade zu einer Erwiderung ansetzen, als draußen ein ohrenbetäubender Lärm einsetzte.

»Ein Überfall!«, schrie Mathilde, nachdem sie die Tür einen kleinen Spaltbreit geöffnet hatte, um einen vorsichtigen Blick nach draußen zu werfen. Mit bleicher Miene eilte sie zu ihrer Tochter, packte sie am Handgelenk und lief zurück zur Tür.

»Wo willst du mit ihr hin?«, zischte Adolana ihr zu und verstellte den beiden den Weg.

»Volkert! Ich muss zu ihm.«

»Bist du von Sinnen? Dann laufen wir denen direkt in die Arme. Er wird sie schon hören, der Junge ist bei ihm.«

Mehrere Pferde preschten am Haus vorbei, und das Kreischen der Frauen und Kinder wurde lauter. Zwischen dem Brüllen der Männer und dem Wiehern der Pferde erklangen immer wieder Schreie im Todeskampf, die Adolana erzittern ließen.

»Wir müssen Miltrud verstecken«, drängte sie ihre Freundin und schob die beiden zur gegenüberliegenden Wand des Grubenhauses.

Dort lagerten die Netze, die Mathilde für ihre Arbeit benötigte. In einem Weidenkorb daneben befanden sich die Fische, die noch nicht ausgenommen waren. Die beiden Frauen sahen sich an und hatten den gleichen Gedanken.

Während Adolana den Korb ergriff, schob Mathilde ihre verängstigte Tochter unter das engmaschige Netz. Das Mädchen weigerte sich, denn es spürte die Furcht seiner Mutter.

»Nein, bei dir sein«, jammerte Miltrud, trotzdem drückte Mathilde sie mit einem energischen Handgriff unter das Netz, während sie beruhigende Worte flüsterte.

Kaum hatten sie die restlichen Fische aus dem Korb über den unkenntlichen Haufen am Boden geworfen, wurde auch schon mit einem harten Schlag die Tür eingetreten.

Zwei Männer standen im Eingang. Bei ihrem Anblick suchten Adolana und Mathilde instinktiv die Hand der anderen, um sich Halt zu geben. Bei dem älteren der Eindringlinge zeigte sich ein brutales Grinsen auf dem mit blutigen Spritzern überzogenen Gesicht, als er erkannte, dass ihnen nur zwei hilflose Frauen gegenüberstanden. Mit einem Ruck steckte er den Griff seiner Streitaxt in den abgewetzten Ledergürtel, während der andere, ein großer, schmal gebauter junger Mann, sein Schwert sinken ließ.

»Ein trächtiges Weib«, stieß der kleinere Mann hervor und heftete seinen Blick auf Mathildes prallen Bauch.

Adolanas Hals war wie zugeschnürt, als sie den Ausdruck von Begierde bemerkte. Blitzschnell griff sie mit der freien Hand nach dem Messer auf dem Tisch und schob ihre Freundin hinter sich.

»Die Kratzbürstige ist für dich«, murmelte der grobschlächtige Kerl mit dem stierenden Blick, dessen eckiges Gesicht ein dichter Bart zierte.

Der Schlaksige zögerte kurz, folgte dann aber dem Älteren, der die Pranken bereits nach Mathilde ausstreckte. Adolana stieß blindlings zu, doch der Kämpe hatte den Angriff kommen sehen und zog den Arm zurück, während sein Gefährte ihr mit einem harten Hieb das Messer aus der Hand schlug. Der andere Mann versetzte Adolana eine Ohrfeige, deren Wucht sie gegen den Tisch prallen ließ.

Daher entging ihr Mathildes kaltblütig ausgeführte Tat.

Die Unachtsamkeit der beiden Angreifer ausnutzend, hatte sie einen der eisernen Spieße ergriffen, auf denen sie normalerweise die Fische zum Räuchern aufzog. Jetzt steckte einer davon im Hals des Grobschlächtigen, der mit ungläubigem Blick zusammensackte.

Sein Gefährte zog eine Waffe, um sie gegen Mathilde zu richten, aber ein markerschütterndes Brüllen von der Tür ließ ihn herumfahren. Seine Reaktion beim furchterregenden Anblick Volkerts war schnell, aber nicht schnell genug. Kraftlos fiel die Streitaxt zu Boden, kurz bevor der schwere Hammer mit einem dumpfen Ton ebenfalls auf den festgestampften Lehmboden knallte. Volkert hatte gut gezielt, wie die weit klaffende Wunde am Kopf des Eindringlings eindrucksvoll bestätigte.

Adolana hatte sich bereits aufgerappelt, als Volkert seine Frau an den Händen ergriff und mit prüfendem Blick musterte.

»Einen grässlichen Fisch hast du damit aufgespießt«, murmelte er besorgt. Aufschluchzend klammerte Mathilde sich an ihren Mann, der sie mit seinen starken Armen vorsichtig umschlang.

»Wir müssen weg von hier«, drängte Adolana.

Das Paar löste sich aus der Umarmung, und auf Volkerts Frage nach seiner Tochter bückte Mathilde sich, um Miltrud aus ihrem Versteck zu befreien.

Adolana bemerke als Erste die herannahende Gefahr, ihre Warnung kam trotzdem zu spät. Als Mathilde auffuhr, ohne auch nur einen Fisch auf dem Versteck ihrer Tochter beiseitegeschoben zu haben, taumelte sie und schrie gellend auf. Mit einem Schritt war Adolana bei ihr und hielt ihre Freundin fest. Mathilde starrte jedoch nur mit schreckgeweiteten Augen auf die Spitze des Schwerts, die aus der blutigen Wunde im Bauch ihres Mannes herausstach.

»Nein!«

Mathildes verzweifelter Schrei ließ Adolana das Blut in den Adern gefrieren, ebenso wie der kalte Blick des Mannes, der die todbringende Klinge achtlos und mit einem heftigen Ruck aus Volkerts Leib zog. Im Gegensatz zu den anderen beiden Männern trug der Eindringling ein Kettenhemd, das sicher schon bessere Zeiten gesehen hatte. Sein Gesicht war nichtssagend, wenn man von der Leidenschaftslosigkeit absah, mit der er zum Schlag gegen die noch immer hysterisch schreiende Mathilde ausholte.

Plötzlich brach draußen ein ohrenbetäubender Tumult los, der den Lärm des Überfalls noch in den Schatten stellte, und Adolana nutzte die unverhoffte Chance, als ihr Gegner kurz innehielt und einen Blick über die Schulter warf. Sie ließ Mathilde los, bückte sich und griff nach dem anderen Gegenstand, den Volkert mit ins Grubenhaus genommen hatte. Das Ende der eisernen, flachen und bisher nur halb fertigen Klinge glühte noch leicht, als Adolana danach griff und sie schaudernd Volkerts lebloser Hand entwand.

Gleichzeitig mit dem Brüllen des Mannes kam sie wieder hoch, konnte aber nicht mehr verhindern, dass ihre Freundin nach einem brutalen Faustschlag zu Boden ging. Mit einem hasserfüllten Schrei stieß Adolana das Schmiedewerk Volkerts dem Angreifer genau unterhalb des Kettenhemdes in die Hüfte und ignorierte dabei den Schmerz in ihren Händen, der vom scharfkantigen Ende der Waffe herrührte. Diesmal brüllte der Mann vor Schmerz auf, und als er Adolana das mit blutigen Kratzspuren überzogene Gesicht zuwandte, erkannte sie die Leidenschaft in seinen blutunterlaufenen Augen.

Die Leidenschaft zu töten.

Glücklicherweise zeigte die Verletzung ihre Wirkung, und sie konnte mit einem Hechtsprung zur Seite springen.

Raus, ging es Adolana durch den Kopf. Bloß raus hier! Sie hatte keinerlei Zweifel daran, dass der neu angefachte Kampflärm von Richenzas Gefolgsleuten stammte, die gegen die eingefallenen Männer kämpften. Wer hätte den Dörflern sonst zu Hilfe eilen sollen?

Als das Schwert dicht neben ihr in den Boden drang, rollte sie herum und sprang auf. Dabei hoffte sie inständig, dass der Mann ihr in seiner Wut nachsetzte und sich nicht an die bewusstlose Mathilde erinnerte.

Mit drei Schritten war sie aus dem Haus und sah sich den Hufen eines Pferdes gegenüber, das sich wiehernd vor ihr aufbäumte. Vor Schreck erstarrt, den Verfolger im Nacken, erkannte Adolana den Grafen von Stade, der mit gezogenem Schwert im Sattel saß und entgeistert auf sie herabblickte. Hart riss er an den Zügeln, während Adolana durch das ohrenbetäubende Brüllen hinter ihr aus ihrer Erstarrung erwachte und instinktiv zur Seite sprang.

Sie reagierte schnell. Es reichte dennoch nicht mehr, und der Pferdehuf traf sie an der linken Schulter. Mit einem lauten Schrei ging Adolana zu Boden. Dabei schlug sie mit dem Kopf so unglücklich auf einen Stein auf, dass sie sofort von einer gnädigen Ohnmacht umfangen wurde. Das Aufblitzen des Schwertes entging ihr daher, genau wie der todbringende Schlag, der mit voller Wucht ausgeführt wurde.

»Behaltet Platz.«

Langsam folgte Berengar der Anweisung des Mannes, dem er es zu verdanken hatte, überhaupt noch am Leben zu sein. Als der vom Streitkolben getroffene Ritter wie ein Baum seitlich umgekippt war, hatte Herzog Friedrich mit einem gezielten Schlag den feindlichen Fußsoldaten außer Gefecht gesetzt.

Gerne nahm er daher den stechenden Kopfschmerz hin, der sich seit dem heftig ausgeführten Schlag bei der verlorenen Schlacht um das Waiblinger Königsgut gelegentlich einstellte. Zum Glück hatte er sich in dem Moment, als der Streitkolben auf seinen Helm niedersauste, leicht weggedreht. Andernfalls wäre es wohl sein Ende gewesen, denn der Wucht der metallenen Beschläge hätte ein Helm nichts entgegenzusetzen. Die anderen Verletzungen, von denen der tiefe Stich in seinem Oberschenkel noch zu den harmlosesten gehörte, waren gut verheilt. Auch die Rippe, die bei dem Schlag mit dem Morgenstern gebrochen war, machte ihm kaum noch zu schaffen. Grundsätzlich hatte sich das hochwertige Ringpanzerhemd, unter dem er noch einen zusätzlichen ledernen Schutz trug, mehrfach ausgezahlt.

»Guten Abend, Euer Durchlaucht. Was verschafft mir die Ehre Eures Besuches?«, fragte er.

Friedrich II., Herzog von Schwaben, ließ sich mit einem Stoßseufzer schräg gegenüber von Berengar am Feuer nieder. Interessiert betrachtete der Ritter das nachdenkliche Gesicht des Mannes, der ihm die Antwort noch schuldig blieb. Das flackernde Licht der Flammen tauchte das Antlitz des Fünfzigjährigen in ein gespenstisches Licht, was vermutlich zum großen Teil an seiner Augenklappe aus dunklem Leder lag. Die Versehrtheit verlieh dem Herzog selbst bei schönstem Sonnenschein ein verwegenes Äußeres, das seinem im Grunde heiteren Gemüt kaum gerecht wurde.

»Ich wollte mich nur nach Eurem Befinden erkundigen. Und vielleicht auch ein wenig mit Euch fachsimpeln.«

Gedämpftes Gemurmel drang von den anderen Lagerfeuern zu ihnen herüber. Die Überlebenden der Schlacht hatten nach tagelanger Flucht endlich ihr sicheres Versteck erreicht. Unter der Führung des schwäbischen Herzogs waren sie Richtung Norden geritten, um in die Sicherheit der dichten Wälder einzutauchen. Es mutete fast zynisch an, dass sie nun hier im Burghof der Löwensteiner Ruine saßen, die zum Besitz von Graf Adalbert gehörte. Vor nunmehr fast sieben Jahren hatte sie Welf VI. zerstört, der Bruder des verstorbenen Heinrichs des Stolzen.

»Es geht mir gut, danke der Nachfrage.«

Friedrich nickte kaum merklich und kam dann gleich zur Sache. »Ich würde Euch gerne in meinen engeren Ritterkreis aufnehmen. Was sagt Ihr dazu? Graf Adalbert muss sich aufgrund seiner Verletzungen sicher noch ein paar Tage schonen, bis er wieder reiten kann, und ich brauche gute Männer wie Euch. Ich habe deswegen auch schon mit ihm gesprochen.«

Verblüfft starrte Berengar den Herzog an, dessen Miene in der Dunkelheit des späten Abends und dem zuckenden Licht des kleinen Feuers schwer einzuschätzen war. Wäre dieser Mann nicht zufällig mit seiner vierzigköpfigen Ritterschar zu ihnen gestoßen, hätte es düster für sie alle ausgesehen. So hatten sie sich gemeinsam freigekämpft und damit Gevatter Tod noch mal ein Schnippchen geschlagen.

Den Schmerz ignorierend, den die heftigen und unbedachten Bewegungen in seinem Kopf auslösten, beugte sich Berengar vor und verzog augenblicklich das Gesicht.

»Bereitet Euch die Wunde am Kopf noch Probleme?«, fragte Friedrich.

Er wusste die Besorgnis des Herzogs zu schätzen, argwöhnte aber, dass Friedrich sein Angebot zurückziehen würde, sollte er ihm nicht gesund erscheinen. Deshalb beeilte er sich, den aufkommenden Verdacht zu entkräften. »Gelegentliches Schädelbrummen wie nach einem Abend, an dem man dem Wein zu sehr zugesprochen hat«, entgegnete Berengar mit einer wegwerfenden Handbewegung.

»Ihr könnt von Glück sagen, dass Euch die Waffe nicht mit voller Wucht erwischt hat. Absolut unehrenhaft für einen Ritter, sich mit einem Streitkolben zu bewaffnen. Habe ich nie verstanden.«

Berengar zuckte nur mit den Achseln. Angesichts der Tatsache, dass jemand einen Morgenstern gegen ihn geführt hatte, kam ihm die Verurteilung der anderen Waffe lächerlich vor. Prinzipiell hatte Friedrich recht mit seiner Äußerung. Andererseits waren Streitkolben und Morgenstern gut geeignet, um den eisernen Kettenschutz der Ritter zu durchbrechen, und wurden daher immer wieder eingesetzt.

»Wann gedenkt Ihr aufzubrechen?« Berengar konnte seine Neugier kaum zügeln.

Er hatte nichts gegen seinen bisherigen Lehnsherrn, den Löwensteiner Grafen, doch die Aussicht, an der Seite Friedrichs reiten zu dürfen, war mehr als verlockend. Viele der Ritter, die er in den letzten Jahren kennengelernt hatte, rissen sich um einen Platz im Gefolge des Herzogs von Schwaben. Der Bruder des Königs galt als tapfer und zielstrebig, war ein geistreicher Gesprächspartner und zeigte sich gegenüber seinen Vasallen als gütiger und großzügiger Lehnsherr.

»Spätestens übermorgen. Ich muss zum König«, entgegnete Friedrich und lächelte erfreut. »Ihr habt Mut und seid dabei ergeben, ohne diese widerwärtige Speichelleckerei mancher Ritter. Ohne Frage steht Euch die Verwunderung über mein Angebot ins Gesicht geschrieben.« Der Herzog rückte ein Stück näher an den Ritter heran, um die Unterhaltung leiser fortführen zu können. »Es war in Italien, als Ihr Eurem jetzigen Lehnsherrn zu Hilfe geeilt seid. Und das, obwohl seine Lage damals als aussichtslos zu bezeichnen war.«

Berengar brauchte einen Augenblick, um sich daran zu

erinnern, dass er Friedrich bei den Männern gesehen hatte, die ihn mit dem schwerverletzten Adalbert von Löwenstein in Empfang genommen hatten. Es stimmte, er hatte sich damals ohne große Überlegungen bis zu dem Grafen durchgekämpft, der mit einigen seiner Ritter von einer Übermacht an Gegnern bedrängt worden war. Rückblickend betrachtet, mit den Erfahrungen der letzten Jahre, fand er seine damalige Handlung eher leichtsinnig und seinem Naturell widersprechend. Denn eigentlich wurde er immer für seine gut durchdachten Strategien gelobt, ebenso wie für die wohlüberlegten Entscheidungen. Und jetzt sollte sich gerade diese eine Handlung für ihn auszahlen?

»Ich habe das getan, was jeder an meiner Stelle getan hätte«, antwortete er deswegen ausweichend.

»Wohl kaum.«

Die Schärfe in den Worten Friedrichs überraschte Berengar, und er enthielt sich einer Erwiderung. Zumal er nichts Passendes darauf zu sagen wusste.

Anscheinend erwartete der Herzog auch keine Antwort, denn er fuhr in milderem Ton fort: »Wie dem auch sei. Ich habe mich damals beim Kaiser dafür verwendet, dass Ihr Eure Schwertleite empfangt und anschließend als Vasall beim Grafen Adalbert dienen durftet. Nun möchte ich, dass Ihr Eure Fähigkeiten in meine Dienste stellt. Welf wird sich mit dem Sieg bei Waiblingen nicht zufriedengeben. Er muss seine Besitztümer hier im Schwäbischen halten. Etwas anderes bleibt ihm gar nicht übrig. Leider ist mein Bruder dem Welfen gegenüber viel zu milde, aber das ist eine andere Geschichte.«

Friedrich erhob sich abrupt und sah abwartend zu Berengar hinüber.

»Es ist mir eine Ehre, Durchlaucht, unter Euch dienen zu dürfen«, antwortete der Ritter mit belegter Stimme und stand ebenfalls auf, um sich vor seinem neuen Herrn zu verbeugen.

Ein zufriedenes Lächeln zeigte sich auf Friedrichs Gesicht, bevor der Herrscher ihm eine angenehme Nachtruhe wünschte und mit großen Schritten in Richtung der Ruine des Bergfrieds davonging.

Nachdem er das letzte Feuer passiert hatte, verschluckte ihn die tiefe Dunkelheit der Nacht. Der Himmel war stark bewölkt, wenngleich der Regen zum Glück bisher ausgeblieben war. Berengar ließ sich erneut langsam auf seinen Platz nieder, ohne dass sich die gewohnte Ruhe wieder einstellte. Er war froh darüber, den Schlafplatz am Feuer für sich allein zu haben. Die meisten Ritter des Herzogs waren ihm fremd, was sich nun bald ändern würde. Von seinem Lehnsherrn, ehemaligen Lehnsherrn, verbesserte er sich schnell in Gedanken, waren viele der Männer, mit denen ihn eine lose Freundschaft verband, in der Schlacht gefallen oder befanden sich verletzt in der Obhut der Benediktinermönche des Murrhardter Klosters. Den kleinen Umweg hatten die Fliehenden auf Geheiß des Herzogs auf sich genommen, um den Verwundeten die bestmögliche Hilfe angedeihen zu lassen. Außerdem kamen die übrigen Männer anschließend schneller voran.

Grübelnd nahm Berengar einen trockenen Zweig und warf ihn in die kleiner werdenden Flammen.

Ihm war klar, dass Friedrich mit der Andeutung über seinen Bruder bereits zu viel gesagt hatte. Schließlich musste sich der Ritter ihm gegenüber erst noch bewähren, bis er ins Vertrauen gezogen werden konnte. Dass es ihm gelingen würde, daran zweifelte Berengar keinen Moment. Er hatte seinen abgrundtiefen Hass gegenüber den Welfen nicht erst mit dem Tod Heinrichs des Stolzen überwunden. Ihm war längst klargeworden, dass sein eigener Bruder nicht das Opfer eines Teufels in Menschengestalt geworden war, sondern dass der verstorbene sächsische Herzog nur seine Rechte eingefordert hatte. Bardolf war schlicht zur falschen Zeit am falschen Platz gewesen. Oder, anders gesagt, der Stärkere hatte gewonnen.

Die nächsten Monate würden zeigen, ob er selbst auf der richtigen Seite stand.

Die angenehme Kühle auf ihrer schmerzenden Stirn war das Erste, was Adolana wahrnahm. Fast zeitgleich tauchten in ihrem Innern grausame Bilder auf, die blitzartig wieder in einem unendlich scheinenden Nichts verschwanden und Platz für weitere schreckliche Erinnerungen machten.

Volkert!

Was war mit dem Mann ihrer Freundin? Bitte, lieber Gott, lass ihn am Leben! Gleichzeitig wusste Adolana, dass ihr stummes Flehen vergeblich war, denn sie hatte das Bild von dem durchbohrten Leib deutlich vor Augen. Die junge Frau stöhnte auf, als sie versuchte, den Kopf zu bewegen. Müsste sie nicht der armen Mathilde beistehen, anstatt hier unnütz auf ihrer Kammer herumzuliegen?

Der Schmerz überwältigte sie, und die Bilder des furchtbaren Geschehens stürmten auf sie ein. Adolana hatte den Grafen von Stade auf seinem aufbäumenden Pferd vor sich erkannt, und er war nicht alleine gewesen. Das riesige Schlachtross kam ihr schlagartig wieder in den Sinn und damit auch der heftige Schlag auf ihre Schulter. Warum hatte sie dazu noch das Gefühl, als wollte ihr Kopf zerspringen?

»Bleibt ruhig liegen, Fräulein Adolana. Ihr seid verletzt und müsst Euch schonen.«

Adolana kannte die warmherzige Stimme, wusste allerdings nicht, welches Gesicht dazugehörte.

»Guda, was ist mit dem Schmied?« Adolana hatte notgedrungen die Augen geöffnet und freute sich darüber, die ältere Magd an ihrer Seite zu sehen. Guda war die gute

Seele des Hauses und kümmerte sich darum, dass die jüngeren Mägde ihre Arbeit zur Zufriedenheit Richenzas erledigten.

Anstatt einer Antwort schlug die grauhaarige Frau die Augen nieder und schüttelte stumm den Kopf.

»Mathilde? Wo ist sie? Wie geht es ihr?«

Kaltes Entsetzen packte Adolana, als sie an die Hoffnungslosigkeit dachte, die zweifellos von ihrer Freundin Besitz ergriffen hatte. Die kleine Miltrud musste nun ohne ihren Vater aufwachsen.

Das hilflose Schulterzucken der älteren Magd trug nicht gerade dazu bei, Adolana die ersehnte Ruhe zu schenken.

Plötzlich kam ihr ein anderer Gedanke, und sie erkundigte sich mit bangem Gefühl nach dem ungeborenen Kind. Bitte, Gott, gib, dass es beiden gutgeht, flehte sie.

Endlich hob Guda den Kopf. Die grauen Haare hatte sie wie üblich unter einem braunen Tuch versteckt, und ein schmerzlicher Ausdruck lag auf dem runzeligen Gesicht. »Ein Junge«, flüsterte sie fast tonlos. »Sie hat noch in der Hütte einen Jungen geboren, neben dem toten Körper ihres Mannes. Die arme Mathilde hat sich die Seele aus dem Leib geschrien, als die Männer den Schmied heraustragen wollten. Seine leblose Hand hat sie nicht losgelassen, keinen einzigen verdammten Moment.«

Entsetzt schloss Adolana die Augen. Wieso gerade ihre Freundin? Die beiden hatten sich so sehr geliebt. »Wie geht es ihr? Und was ist mit der kleinen Miltrud?«

Guda nahm das Tuch von Adolanas Stirn und tunkte es in die Schüssel, die auf dem Boden neben dem Bett stand. Die verletzte junge Frau hätte sie liebend gerne zu einer schnellen Antwort gedrängt, doch es war der alten Magd anzusehen, dass sie Zeit brauchte, um sich zu sammeln. Während Guda vorsichtig das ausgewrungene Tuch zurücklegte, stieß sie einen tiefen Seufzer aus.

»Es geht ihr gut. Beiden geht es gut. Jedenfalls körperlich. Mathilde hat nur ein paar blaue Flecken, aber die kleine Miltrud spricht seit dem Überfall kein einziges Wort mehr.«

»Wie lange habe ich geschlafen?«, fragte Adolana, der es so vorkam, als wären seit dem schrecklichen Geschehen höchstens ein paar Minuten vergangen.

»Ihr seid mit dem Kopf auf einen Stein aufgeschlagen und wart längere Zeit bewusstlos. Die edle Frau Gertrud hat sich sehr um Euch gesorgt. Seit Graf Rudolf Euch gestern hergebracht hat, war sie bestimmt schon dreimal hier. Ich soll ihr sofort Bescheid geben, wenn es Euch bessergeht.«

»Warte«, bat Adolana und griff nach Gudas faltiger Hand. »Ich habe den gestrigen Tag und die ganze Nacht durchgeschlafen?«

»Und den heutigen auch fast, denn es ist bereits später Nachmittag. Bitte, ich muss jetzt gehen.«

Adolana kämpfte gegen das Verlangen an, die Magd am Gehen zu hindern. Aber sie kannte Gudas Pflichtbewusstsein und ihre Ergebenheit gegenüber Gertrud und Richenza und wollte sie nicht in Gewissensnöte bringen.

Kaum hatte Guda den Raum verlassen, als die erschöpfte junge Frau auch schon von ihren Gefühlen überwältigt wurde. Zu dem tiefen Mitgefühl für Mathilde kam die Wut über den Überfall und das Leid, das den Menschen in der Siedlung zugefügt worden war. Wie viele von ihnen hatten ihr Leben lassen müssen? Wieso musste ausgerechnet der Graf von Stade ihr Lebensretter sein? Gerade er, der die Verantwortung für die Alpträume trug, die sie seit ihrer Vergewaltigung regelmäßig heimgesucht hatten.

Seit dem Tod des Kaisers und vor allem seit der Verhängung der Acht über Heinrich den Stolzen ging alles seinem Untergang entgegen. Wenigstens hatten sie bis zum Tod des entmachteten sächsischen Herzogs unter seinem Schutz gestanden und keine Überfälle solcher Art fürchten müssen. Nun trug Gertrud die Last der Verantwortung und die Sorge um den Erhalt des Erbes für ihren Sohn. Adolana wusste, dass sich ihre Herrin über alle Maßen bemühte und ihr Bestes gab. Im Gegensatz zu ihrer Mutter Richenza und dem Bruder ihres verstorbenen Gatten strebte sie eine Einigung mit den Staufern an, den neuen Herrschern im Reich.

Damit stand sie allerdings auf nahezu verlorenem Posten.

Schnelle, sich nähernde Schritte und das ruckartige Öffnen der Tür unterbrachen Adolanas Gedankengänge, und mit steigender Unruhe sah sie den beiden Besuchern entgegen.

»Adolana! Dem Herrn sei gedankt, es geht Euch wieder besser.«

Gertrud wirkte ehrlich besorgt, als sie sich an den Rand des Bettes ihrer Hofdame setzte.

»Wir haben uns alle so sehr um Euch gesorgt. Zum Glück hat Graf Rudolf schnell gehandelt und Euch zurück zur Süpplingenburg gebracht.«

Adolana murmelte einen Dank in Richtung des Mannes, der am Fußende ihres Bettes Stellung bezogen hatte und nun leicht den Kopf neigte. Sie konnte es ihrer Herrin nicht verübeln, dass sie so von der Tat des Grafen eingenommen war, schließlich hatte Adolana sie seinerzeit nicht eingeweiht.

Zudem konnte man Graf Rudolf einen gewissen Charme nicht absprechen. Die braunen, kinnlangen lockigen Haare des Dreißigjährigen umrahmten sein kantiges Gesicht und nahmen den blaugrauen Augen die Kälte.

»Wer trägt die Verantwortung für den Überfall?«, fragte Adolana ihre Herrin, die ihre kalte Hand ergriffen hatte und mit leichtem Druck festhielt.

»Albero von Krommberg, Abschaum in den Diensten unseres erlauchten Herzogs«, übernahm Rudolf die Beantwortung der Frage.

Der Graf von Stade zählte wie viele andere aus dem sächsischen Hochadel zu den Menschen, die den Grafen von Ballenstedt als Nachfolger im sächsischen Herzogsamt nicht anerkannten. Sein abfälliger Tonfall verwunderte Adolana daher nicht.

»Wobei es durchaus sein kann, dass der Überfall ohne Zustimmung seines Lehnsherrn erfolgt ist. Wie Ihr sicher wisst, hat er Euren verstorbenen Gatten wie die Pest gehasst und sah nun wohl die Stunde seiner Rache für die erlittene Schmach gekommen«, ergänzte der Stader Graf in Richtung Gertruds, die ihn fragend ansah. »Herzog Heinrich hielt nicht viel von diesen Emporkömmlingen. Sie zählen erst seit einer Generation nicht mehr zu den Unfreien, und Albero hatte immer wieder versucht, sich unter Eurem Gatten zu profilieren.« Rudolf hielt kurz inne, zuckte dann mit den Schultern und grinste bösartig. »Meines Wissens jedoch ohne Erfolg. Euer Gatte hatte eine besondere Art, die Menschen spüren zu lassen, wenn er sie für Dreck hielt. Genau das war Albero, Dreck, hinterhältiger Dreck«, ergänzte er mit einer entschuldigenden Verbeugung.

Adolana stimmte dem Grafen insgeheim zwar zu, was das Verhalten Heinrichs des Stolzen betraf, empfand aber Mitgefühl mit Gertrud, die ihren Gemahl trotz allem geliebt hatte.

»Ganz sicher gibt all das diesem Ungeheuer nicht das Recht, unschuldige Menschen zu überfallen und abzuschlachten«, sprang Adolana ihrer Herrin bei. Sie fand es ungerecht, dass Rudolf es so darstellte, als trüge der verstorbene Herzog wegen seines Verhaltens selbst die Schuld an dem Überfall. »Zweifelsohne habt *Ihr* es diesem Abschaum heimgezahlt.«

Rudolf heftete den Blick nun auf sie und lächelte unergründlich. Sein voller Mund versprach Leidenschaft, doch seit sich die Lippen dieses Mannes Adolanas Mund seinerzeit gewaltsam bemächtigt hatten, erregten sie nur noch Abscheu in ihr.

»Ich vergaß, edles Fräulein. Ihr hattet durch Euren Sturz bereits das Bewusstsein verloren und konntet daher nicht miterleben, wie ich den Kopf vom Rumpf des Mannes trennte«, gab Rudolf augenzwinkernd zurück. Dabei war ihm nicht anzumerken, ob er aus Adolanas Frage herausgehört hatte, dass sie ihn ebenfalls für Abschaum hielt. Die Tatsache, dass es sich bei ihm um einen der treuesten Anhänger der Welfenfamilie handelte, änderte nichts an Adolanas Einstellung.

Die Witwe des Herzogs warf dem Stader Grafen einen scharfen Blick zu, dem er mit halbherziger Zerknirschung begegnete.

»Ich glaube nicht, werter Graf, dass wir die unangenehmen Einzelheiten Eures ohne Zweifel ehrenhaften und mutigen Eingreifens hier näher ausführen müssen. Ich denke, Fräulein Adolana benötigt Ruhe. Wir werden Euch jetzt wieder allein lassen, meine Liebe.«

Zu Adolanas Überraschung küsste Gertrud sie zum Abschied auf die Stirn und flüsterte, dass sie später allein wiederkommen wolle.

»Ich folge Euch auf dem Fuße, edle Dame. Vorher muss ich Fräulein Adolana nur noch eine kurze Frage stellen, die mir auf der Seele brennt. Und da ich morgen wieder abreise …«, erwiderte Rudolf und verharrte mit einem entwaffnenden Lächeln an seinem Platz.

Gertrud wirkte für einen Moment unschlüssig, zuckte dann aber die Schultern und ermahnte ihn, sich kurz zu fassen. Gleich darauf war sie verschwunden.

Adolana fühlte sich mehr als unwohl, obwohl ihre Herrin wohlweislich die Tür offen gelassen hatte. Seit ihrer letzten unschönen Begegnung hatte sie sich nicht mehr allein mit dem Grafen in einem Raum befunden. In meinem Zustand wird er ja wohl nicht über mich herfallen, dachte sie und begegnete trotzig seinem durchdringenden Blick.

»Ich wäre Euch sehr dankbar, wenn Ihr Euch kurz fassen könntet, Graf Rudolf. Ich bin müde und habe Schmerzen.«

»Sicher, ich werde Euch nicht lange behelligen«, gab der Stader zurück und verließ seinen Platz, um sich an den Rand des Bettes zu setzen.

Unwillkürlich rutschte Adolana dichter zur Wand, was dem Grafen ein bedauerndes Lächeln entlockte.

»Damals gab es für mich keinen Zweifel daran, dass Ihr bei mir liegen wolltet.«

Der Graf hob die Hand, als Adolana zum Protest ansetzte.

»Wartet bitte. Den Worten der edlen Richenza konnte ich seinerzeit nur entnehmen, dass Ihr, nun, wie soll ich mich ausdrücken, ein Geschenk darstellt. Sozusagen für die Auskünfte, die sie sich von mir erhoffte.«

Adolana konnte nicht mehr an sich halten. »Das ist ja wohl die unglaublichste Lüge, die ich je gehört habe. Waren mein Nein und meine Gegenwehr wirklich so missverständlich?«, versetzte sie aufgebracht.

»Nein«, gab Rudolf zu. »Zu diesem Zeitpunkt war mein Verstand leider, nun, sagen wir mal, ausgeschaltet. Im Nachhinein betrachtet muss ich trotzdem sagen, dass ich wahrscheinlich wieder genauso handeln würde, obwohl es bestimmt viel schöner für uns beide gewesen wäre, wenn Ihr Euch mir hingegeben hättet. Eure Lippen versprechen so viel Sinnlichkeit, die ich gerne erwecken würde.«

»Es wäre wirklich besser, wenn Ihr jetzt gehen würdet.« Es fiel Adolana schwer, nicht loszuschreien, denn seine

Selbstgefälligkeit war kaum noch zu ertragen. Zumal er es so hinstellte, als ob sie die Schändung selbst zu verantworten hätte. Als er ihr flüchtig mit der Hand über die Wange strich, erstarrte sie.

»Ich schreie, wenn Ihr nicht sofort geht«, presste sie mühsam hervor. »Dieses Mal werde ich nicht schweigen, nur aus Angst vor der Position, die Ihr innehabt.«

»Keine Sorge, ich gehe schon«, erwiderte der Graf lässig und erhob sich. »Schade, dass Ihr Euch so wenig für mich erwärmen könnt. Seid versichert, es hätte Vorteile für Euch. Einen Rat will ich Euch zu guter Letzt noch geben. Ihr solltet bei Euren gelegentlichen Aufträgen für Richenza immer auch die möglichen Konsequenzen im Auge behalten. Ich hatte kurz nach unserer Begegnung ein Gespräch mit dem Grafen Gernot. Ihr erinnert Euch noch an ihn?«, fragte er, als er ein kurzes Aufblitzen in Adolanas Augen bemerkte. »Nun, er erinnerte sich jedenfalls lebhaft an Euch, obwohl er es sehr bedauert hat, Euch nicht näher kennengelernt zu haben. Angeblich habt Ihr Euch wegen Unpässlichkeit zurückgezogen. Ihr könnt von Glück sprechen, dass es sich bei Graf Gernot um einen wahren Edelmann handelt.«

Mühsam beherrscht wandte sie sich ab, so dass ihr sein bedauernder Blick entging, bevor er das Zimmer verließ.

Unruhig und in Gedanken versunken blieb Adolana zurück. Graf Gernot hatte sie ebenso wie die anderen drei Verbündeten des damaligen Kaisers längst verdrängt. Widerstrebend musste sie dem verhassten Stader recht geben. Sie hatte stets Glück gehabt bei ihren Missionen. Bis auf ein paar Küsse und unangenehme Berührungen hatte sie alles körperlich unversehrt überstanden. Wäre Graf Rudolf nicht dazwischengekommen, wer weiß? Vielleicht wäre sie immer noch im Auftrag Richenzas unterwegs?

Tief in ihrem Innern spürte sie, dass mit der Unsicherheit im Reich, was die Position der Welfen anging, auch ihre Stellung am Hof Gertruds wackelte. Gertrud hatte zugegebenermaßen an Selbstbewusstsein gewonnen, doch letztendlich war sie eine Frau und eine junge dazu. Welches Schicksal war ihr vorbestimmt? Würde sie Adolana an ihrer Seite behalten können?

Ohne einer Lösung näher zu kommen, schlummerte sie wieder ein.

11. KAPITEL

Trotz der Bettruhe war es Adolana nicht entgangen, dass eine größere Gruppe Reiter eingetroffen war. Wegen der starken Kopfschmerzen lag sie jedoch am späten Vormittag noch immer im Bett, so dass sie es nicht rechtzeitig zum Fenster schaffte. Als sie die kleine Öffnung im dicken Mauerwerk erreicht hatte, gelang ihr nur noch der Blick auf einen Teil der Ankömmlinge. Der Rest stand bereits unter dem hölzernen Vordach, das an den Ställen angebracht war. Da sie die fünf Männer nur von oben sehen konnte, erkannte sie keinen von ihnen. Offensichtlich hatten sie eine längere Reise hinter sich gebracht, denn ihre Kleidung war staubig, und die Gesichter wirkten müde. Nach und nach stiegen sie von ihren Pferden und reichten die Zügel den Stallburschen, die sich um die erschöpften Tiere kümmerten.

Die meisten der Männer sahen sich neugierig im Hof um, nur einer hob den Blick. Erschrocken fuhr Adolana zurück, da der Mann sie direkt erfasst hatte. Sie hatte ihn noch nie in ihrem Leben gesehen, doch irgendetwas an seinem Äußeren löste Unbehagen in ihr aus. Sie wartete noch einen kurzen Moment, bevor sie vorsichtig wieder einen Blick nach draußen wagte. Der Fremde war verschwunden.

Die Gruppe hatte sich in Bewegung gesetzt und ließ sich vom Vogt der Süpplingenburg in Richtung des Wohnturms führen. Bei einem der Männer stutzte sie, denn irgendetwas an ihm erinnerte sie vage an jemand anderen. Als alle aus ihrem Blickfeld verschwunden waren, verflüchtigte sich die Empfindung, und Adolana wandte sich achselzuckend ab. Ein guter Grund, weiterhin den Raum nicht zu verlassen. In ihrem desolaten Zustand konnte sie schlecht ihre Pflichten bei der edlen Frau Gertrud wahrnehmen, geschweige denn den Besuchern entgegentreten. Um den Kopf trug sie immer noch den Leinenverband, und auch die Schulter war fest bandagiert. Nur gut, dass es bereits so warm ist, dachte Adolana und schlang die Arme um den Körper.

Trotz der hellen Sonnenstrahlen, durch die der Raum angenehm warm war, fröstelte es sie in dem dünnen Unterkleid. Mit einem zweifelnden Blick auf die große tönerne Schüssel auf dem Tisch, neben der die derbe Kanne mit Wasser stand, entschloss sie sich nach kurzer Überlegung für eine schnelle Wäsche. So gut es ihr die noch immer schmerzende Schulter erlaubte, legte sie sich anschließend wieder mit einem tiefen Seufzer der Erleichterung ins Bett und zog die Decke über sich. Zum Glück ließen die Kopfschmerzen langsam nach, so dass sie sich nicht mehr ganz so schrecklich fühlte wie am gestrigen Tag.

Ich muss spätestens morgen nach Mathilde und ihren Kindern schauen, dachte sie schläfrig, da fielen ihr auch schon die Augen zu.

Die Schritte gehörten eindeutig nicht zu einem Mann, denn dazu waren sie zu flink und vor allem zu leise. Adolana runzelte die Stirn, als sie direkt vor ihrer Tür endeten und sich der eiserne Knauf sachte drehte.

Hatte Guda etwas vergessen? Die ältere Magd war bereits kurz vor Einbruch der Dunkelheit verschwunden, da sie in der Halle mithelfen musste. Der gedämpfte Lärm drang bis hinauf in ihr Zimmer. Durch Guda hatte Adolana auch erfahren, wer die Fremden waren, deren Eintreffen Adolana um die Mittagszeit beobachtet hatte.

Sie gehörten zu Welf, dem Schwager Gertruds, der den Kampf gegen die Staufer von seinen schwäbischen Gütern aus weiterführte. Und das durchaus mit Erfolg, wie Adolana von ihrer Herrin und auch aus gelegentlichen Äußerungen Richenzas erfahren hatte. Welf wollte vor allem den baierischen Herzogtitel wiedererlangen, den der König seinem verstorbenen Bruder seiner Meinung nach zu Unrecht entzogen hatte. Nicht nur Adolana fragte sich, ob er ihn für sich selbst oder für den jungen Heinrich, seinem Neffen, zurückforderte.

Zumindest erhielt Welf tatkräftige Unterstützung von einigen adligen baierischen Familien, die den neuen Herzog Leopold nicht anerkannten und auf die Tradition im welfischen Hause hinwiesen. Schon der Vater Welfs, Heinrich der Schwarze, hatte schließlich den Herzogtitel innegehabt.

Verblüfft starrte Adolana die Witwe des Herzogs an und beeilte sich, von ihrem Lager hochzukommen.

»Bleibt liegen.«

Der leisen Stimme Gertruds war die Unruhe anzuhören. Selbst im undeutlichen Licht der kleinen Öllampe konnte Adolana die Besorgnis auf dem hübschen Antlitz ihrer Herrin erkennen.

»Ich kann nicht lange bleiben, wollte aber unbedingt vor meiner Mutter mit Euch sprechen«, sagte sie.

Adolanas Magen krampfte sich bei den Worten augenblicklich zusammen, denn wenn Richenza etwas von ihr wollte, bedeutete das nichts Gutes.

»Wisst Ihr schon von dem Besuch, der heute eingetroffen ist?«, fragte Gertrud und fuhr in gedämpftem Tonfall fort, als Adolana zustimmend nickte. »Mein Schwager hat uns die Nachricht seines Sieges beim Waiblinger Königsgut geschickt. Ein wichtiger Erfolg, nach dem Sieg über Leopold von Österreich bei der Burg Phalei.«

Wieder nickte Adolana.

»Welf schickt nach Geld. Er braucht mehr Männer und vor allem mehr Waffen. Der König wurde bisher im westlichen Teil des Reiches aufgehalten. Jetzt scheint er seine Ritter zu sammeln, um gegen das Heer meines Schwagers zu ziehen«, erklärte Gertrud flüsternd.

»Wann rechnet der Bruder Eures verstorbenen Gemahls damit, auf König Konrad zu treffen?«, fragte Adolana.

»Ich weiß nicht genau, denn die Angaben seines Gesandten waren sehr vage. Wir haben jetzt Anfang Mai, und der König benötigt sicher einige Zeit, um ein entsprechend großes Heer zusammenzustellen.«

»Damit sieht es gut aus für den edlen Welf, oder?«, erkundigte Adolana sich vorsichtig, als sie in den Augen ihrer Herrin Furcht aufflackern sah.

»Möglich«, flüsterte Gertrud zögerlich. »Wahrscheinlicher ist aber, dass der König mehr Anhänger auf seine Seite ziehen kann als mein Schwager. Ich hatte ein längeres Gespräch mit dem Grafen Bernhard.« Als Gertrud die Ratlosigkeit ihrer Hofdame erkannte, fügte sie eine Erklärung hinzu. »Ihr erinnert Euch vielleicht an den hageren Mann, für den meine Mutter kaum ein Wort zur Begrüßung übrighatte.«

»Ach, jetzt weiß ich, von wem Ihr sprecht. Aber kann man es ihr verübeln? Schließlich hat er sich mit dem Winzenburger Grafen gegen Euren verstorbenen Gemahl verbündet.«

»Glaubt nicht, dass mir das Treffen mit dem Verräter leichtgefallen ist«, versetzte Gertrud ungewohnt scharf. »Durch ihn habe ich aber erfahren, dass Graf Winzenburg mit einigen Männern zum König gestoßen ist. Außerdem hat er zwei seiner Vettern auf seine Seite gezogen, die dem

König ebenfalls mit ihren Vasallen den Treueschwur geleistet haben.«

Instinktiv griff Adolana nach der Hand der verzweifelt wirkenden jungen Frau. Sie fühlte sich kalt und seltsam kraftlos an, und Gertruds Versuch, zu lächeln, misslang kläglich.

»Zudem haben die Staufer seit der Heirat Friedrichs von Schwaben, dem Bruder des Königs, die Grafen von Saarbrücken auf ihrer Seite und damit die gesamte Machtfülle ihrer großen und verzweigten Familie. Mainz und Trier sind sowieso gegen uns und stehen treu zu Konrad. Selbst langjährige Untergebene meines Vaters wie die Zähringer haben sich ihrer verwandtschaftlichen Beziehung zu den Staufern erinnert und sich gegen die Welfen gestellt.« Wieder stieß Gertrud einen langen Seufzer aus. »Vieles ist sicherlich dem Verhalten meines Gemahls anzulasten. Wisst Ihr, was Otto von Freising über ihn gesagt hat? Sein zur Schau getragener Stolz habe ihm auf dem Italienzug den Hass seiner Umgebung eingebracht.«

Die Bitterkeit der leisen Stimme machte Adolana schwer zu schaffen, und sie tröstete ihre Herrin mit dem Hinweis, dass der Freisinger Bischof wohl kaum als neutraler Beobachter gelten könne. Schließlich sei er mit dem König verwandt. Insgeheim dachte sie dabei aber an das festliche Abschlussessen in Halberstadt, an dem sie ebenfalls teilgenommen hatte. Dort hatte Heinrich in seiner selbstbewussten Art von »seiner Herrschaft vom Meer bis zum Meer« geprahlt.

»Ihr müsst ihn nicht verteidigen, liebste Adolana, ich weiß, wie er war. Deshalb macht es mich auch traurig, da es durchaus Eigenschaften an ihm gab, die edel und gut waren. Leider muss ich immer mehr erkennen, dass mein Sohn ebenfalls diesen hochmütigen Wesenszug in sich trägt.« Als hätte die Erwähnung des jungen Heinrichs etwas in ihr wachgerüttelt, änderte sich Gertruds Haltung. »Es ist meine Pflicht, alles in meiner Macht Stehende zu tun, um ihm sein Erbe zu erhalten. Ob er später erneut um die verlorenen Herzogtitel seines Vaters kämpfen wird, liegt dann nicht mehr in meinen Händen. Deshalb bitte ich Euch, den Auftrag meiner Mutter nicht abzuschlagen und die Männer Welfs in den Süden des Landes zu begleiten.« Gertrud hob die Hand, als Adolana zum Sprechen ansetzte. »Sie wird Euch das Geld anvertrauen, das mein Schwager so dringend benötigt. Offiziell werdet Ihr als Beistand zur edlen Frau Uta reisen. Welfs Gemahlin ist guter Hoffnung und würde sich über Euren Besuch sehr freuen. Ich bitte Euch ebenfalls zu reisen, denn Ihr sollt meinem Schwager einen Brief von mir übergeben. Von dieser Nachricht, geschweige denn von ihrem Inhalt, darf meine Mutter unter keinen Umständen erfahren«, beschwor Gertrud ihre Hofdame.

Adolana holte tief Luft, bevor sie antwortete. »Wieso dieser ganze Aufwand? Die Lehnsmänner Eures Schwagers können bestimmt auch ohne mich das Geld überbringen. Und einer wird sich bestimmt finden, dem Ihr Eure Botschaft anvertrauen könnt.«

»Es ist viel unauffälliger, wenn Welfs Ritter als bewaffneter Begleitschutz einer edlen Dame auf ihrer Reise in den Süden des Reiches fungieren. Welf hat schon für eine Verbreitung des Wunsches seiner Frau gesorgt, so dass vielen Eure Ankunft bereits bekannt ist«, drängte Gertrud. »Zudem wüsste ich niemanden, dem ich diesen heiklen Brief anvertrauen könnte.«

Etwas in ihrer Stimme ließ Adolana aufhorchen.

»Wer ist denn noch dabei? Kennt Ihr sie alle?«

»Nein, nein. Selbstverständlich nicht«, beeilte sich ihre Herrin zu antworten. »Im Gegenteil. Mir ist nur der Anführer bekannt. Er genießt als einer der wenigen Männer das

Vertrauen meines Schwagers, wie ich von meiner Mutter erfahren habe. Sollte er aber das Geld in Besitz nehmen, so weiß man nicht, was in den Köpfen seiner Begleiter vorgeht. In diesem Fall hegen sie aber gar keinen Verdacht, da sie davon ausgehen, als Eure Beschützer unterwegs zu sein.«

»Wer ist es?«, fragte Adolana tonlos, und ihre schlimmsten Befürchtungen bestätigten sich, als Gertrud ihr zögernd den Namen Waldemar von Bregenstein nannte.

»Jetzt geh schon zur Seite«, herrschte Mathilde ihre Tochter an, die augenblicklich in Tränen ausbrach und den Kopf in Adolanas Schoß vergrub. Während die junge Frau mit sanften, gleichmäßigen Bewegungen über den Kopf des Mädchens strich, ebbten die erstickt klingenden Schluchzer langsam ab. Als sie sich ihrer Freundin zuwandte, schluckte Adolana die Vorwürfe, die ihr auf der Zunge lagen, wieder herunter. Erbarmungswürdig war in Bezug auf Mathildes Aussehen noch geschönt ausgedrückt. Mit versteinerter Miene wusch die Trauernde die gefangenen Fische, schlitzte sie mit geübten Griffen der Länge nach auf, um sie anschließend nebeneinander aufzustecken. Mit leichtem Schaudern dachte Adolana, dass mit diesem Spieß möglicherweise sogar einer der Angreifer getötet wurde.

Vier Tage waren seit dem Tod ihres Mannes und der Geburt ihres Sohnes gerade erst vergangen, doch Volkerts Witwe hatte in dieser kurzen Zeit bereits merklich an Gewicht verloren. Das graubraune Oberkleid schlotterte wie ein leerer Sack an dem mageren Körper. Die tiefen Ringe unter den einst so lebensfrohen Augen ließen das bleiche Gesicht wirken wie das einer Toten.

Adolana kannte ihre Freundin gut genug, um zu wissen, dass sie sich das Leben genommen hätte, wären nicht die beiden Kinder gewesen.

Gertrud hatte ihrer Vertrauten die Erlaubnis erteilt,

einmal am Tag nach der jungen Mutter und Witwe zu schauen. Adolana sorgte sich sehr um den Zustand ihrer Freundin, deren fröhliches Wesen mit einem Schlag verschwunden war. Bei ihrem Besuch wollte sich Adolana außerdem endlich nach den Arbeiten an dem Tuch für Gertrud erkundigen.

Miltrud hatte sich so weit beruhigt, dass sie das Köpfchen hob und einen scheuen Blick in Richtung ihrer Mutter warf.

In dem Moment fing Miltruds kleiner Bruder in seinem Weidenkörbchen leise an zu greinen. Adolana sah, wie sich augenblicklich Mathildes Rücken versteifte und sie in ihrer Tätigkeit innehielt. Als das Weinen des Säuglings lauter wurde, beschloss Adolana, ihn ebenfalls zu sich auf den Schoß zu nehmen, in der Hoffnung, ihn noch eine Weile beruhigen zu können.

Leider kam ihr der Gedanke zu spät.

Mit einem lauten Knall landeten die aufgespießten Fische in der Ecke des Grubenhauses, das bei dem Überfall nicht in Brand gesetzt worden war.

»Ich halte das nicht mehr aus«, rief Mathilde.

Miltrud fing fast zeitgleich mit dem Schrei ihrer Mutter erneut an zu weinen, und auch der kleine Volkert, nach seinem Vater genannt, steigerte sein Geheul. Am liebsten hätte Adolana fluchtartig das Haus verlassen, so hoffnungslos und verzweifelt war die Atmosphäre. Was haben wir einst hier gelacht, dachte sie müde und erhob sich vorsichtig, ohne Miltrud wegzuschieben.

»Schscht, es wird alles wieder gut, meine Kleine«, flüsterte Adolana dem verängstigten Mädchen zu und bückte sich, um Volkert herauszuheben. Der arme Junge war vom Schreien schon beängstigend rot im Gesicht, und Adolana, der jegliche Erfahrung im Umgang mit Säuglingen fehlte, bekam einen Schreck.

»Nichts wird wieder gut.«

Die tonlose Stimme Mathildes drang durch das Weinen der Kinder. Adolana wollte sich zu ihr umdrehen, doch sie hatte alle Hände damit zu tun, den schreienden Volkert sicher festzuhalten, ohne Miltrud loszulassen. Als sie es endlich geschafft hatte, war sie schweißgebadet und ihre Freundin verschwunden.

Zu Adolanas grenzenloser Erleichterung tauchte kurz danach die Großmutter der beiden Kinder auf. Mathildes Mutter war eine große, hagere Frau, die nur selten lachte. Obwohl Adolana die ältere Frau, die mit ihren knochigen Fingern die schönsten Stoffe webte, nie besonders ins Herz geschlossen hatte, war sie nun äußerst dankbar über ihr Erscheinen.

»Du bleibst jetzt bei mir, meine Süße. Das edle Fräulein wird nach deiner Mutter sehen und mit ihr sprechen. Dann wird sie bald wieder so sein, wie sie immer war.«

Zweifelnd blickte Adolana die alte Weberin an, in deren klaren blaugrauen Augen unerschütterliche Zuversicht lag.

»Geht zu ihr, ich bitte Euch.« Obwohl als Bitte geäußert, klang es mehr wie ein Befehl. »Mathilde achtet Euch und wird auf Euch hören. Macht ihr klar, dass sie Verantwortung trägt und ihre Pflicht zu erfüllen hat.«

Adolana wies auf Volkert, dessen Schreien zumindest den ängstlichen Unterton verloren hatte.

Die alte Frau schüttelte den Kopf. »Zum Glück ist der Kleine kräftig, und Schreien schadet nicht. Ich bleibe hier. Wenn ihre Brüste schmerzen, wird sie schon zurückkommen.«

Ratlos stand Adolana gleich darauf auf dem Dorfplatz und schaute sich suchend um. In den zahllosen anderen Geräuschen, die von den Bewohnern der Siedlung herrührten, war sogar das Geschrei des kleinen Volkerts fast nicht zu hören. Es war erst früh am Nachmittag, und die Menschen gingen entweder ihrem Handwerk in den Grubenhäusern nach oder arbeiteten auf den Feldern. Anfang Mai gab es viel zu tun, und nach den vielen Regentagen sorgte nun das schöne Wetter für gutes Wachstum. Manche halfen auch beim Wiederaufbau der drei abgebrannten Wohnstätten.

Irgendetwas fehlt unter den vielen verschiedenen Geräuschen, dachte Adolana mit einem Mal. Als ihr klarwurde, was sie vermisste, krampfte sich ihr Magen zusammen. Volkert konnte seinen Hammer nicht mehr in gleichmäßigen Abständen auf das Eisen schlagen.

Volkert war tot.

Wenigstens war ihr jetzt klar, wo sie nach Mathilde suchen musste.

Sie entdeckte die kauernde Gestalt sofort, als sie die Schmiede betrat. Das Feuer war noch nicht kalt, würde aber sicherlich bald ausgehen, wenn es niemand wieder anfachte. Resolut trat Adolana an ihre Freundin heran, die den Kopf zwischen ihren Armen vergraben hatte.

»Wo ist Karl?«, fragte sie.

Als sie Mathildes gemurmelte Antwort vernahm, bestätigte sich nur ihr Verdacht.

»Ich habe ihn fortgeschickt. Er hat hier nichts zu suchen.«

»Er ist immerhin der Bruder deines Mannes und hat sich bereit erklärt, die Schmiede zu übernehmen, als der Schultheiß ihn gefragt hat.«

Karl hatte bis vor kurzem in der Schmiede gearbeitet. Die beiden kamen gut miteinander aus, bis der jüngere Karl sich nichts mehr sagen lassen wollte. Er war ehrgeizig und hatte deshalb vorgehabt, das Dorf zu verlassen, um woanders sein Glück zu suchen.

Adolana reichte es langsam. Die alte Odila, Mathildes Mutter, hatte recht. Trauer war richtig, ja sogar nötig, nur gab es immer noch zwei kleine Menschen, die ihre Mutter brauchten.

Sie kniete sich neben ihre Freundin und legte ihr die Hand auf den schmalen Rücken.

»Was denkst du? Wenn Volkert auf dich hinabsehen würde, bereitest du ihm gerade Freude?«, fragte sie leise.

Die am Boden liegende Gestalt fuhr so ruckartig auf, dass Adolana das Gleichgewicht verlor und auf dem Hinterteil landete.

»Was wisst Ihr schon?«, giftete Mathilde sie an. Trotz des dämmrigen Lichts, das in der Schmiede herrschte, war das zornige Funkeln in ihren Augen nicht zu übersehen.

Na, wenigstens ist jetzt wieder Leben in ihr, dachte Adolana trocken, zuckte aber im nächsten Moment zusammen, als Mathilde weitersprach.

»Ihr seid älter als ich und habt noch nie die Liebe kennengelernt. Keine Ahnung habt Ihr von dem Gefühl der Geborgenheit, wenn alles in einem zerspringen will vor lauter Glück, den einen gefunden zu haben.«

Starr vor Schreck verharrte Adolana in ihrer Position. Noch niemals zuvor hatte die Freundin ihr solche Gemeinheiten an den Kopf geworfen. Sie verstand die Verbitterung der Witwe, dennoch verletzten die heftigen Worte sie zutiefst. Gerade Mathilde, die jedes kleine Geheimnis Adolanas im Laufe der Jahre erfahren hatte. Trotzdem versuchte sie, nicht im gleichen scharfen Ton zurückzuschlagen.

»Du hast vollkommen recht«, erwiderte sie daher mühsam beherrscht. »Ich bin schon zweiundzwanzig und immer noch allein. Du dagegen bist nicht allein. Wach auf aus deiner Trauer, Mathilde, und sieh dir deine Kinder an. Miltrud hat die gleichen blonden Haare wie ihr Vater und ist ebenso gutmütig. Wenn ich in ihre blauen Augen sehe, dann erblicke ich Volkert. Und dein kleiner Sohn? Von Ähnlichkeit kann man noch nicht sprechen, aber mit dieser Stimme wird er eines Tages bestimmt genauso stark werden wie sein Vater.«

Mathilde hatte stumm zugehört, mit seltsam regloser Miene. Selbst die Wut verschwand wieder aus den Augen, die nun fast leblos wirkten. Instinktiv ergriff Adolana Mathildes schlaffe Hände und hielt sie fest. Fast hatte sie die Hoffnung schon aufgegeben, als sich endlich etwas bei ihrer Freundin regte. Anfangs fiel ihr das leichte Zittern der Unterlippe gar nicht auf, deshalb erschrak sie auch, als die am Boden zerstörte junge Frau sich losriss und das Gesicht in den Händen verbarg.

Tränen kamen keine, wahrscheinlich hatte sie in den letzten Tagen alle vergossen. Aber das Zittern verstärkte sich, und als Adolana erneut nach den Händen ihrer Freundin griff und sie ihr mit sanfter Gewalt vom Gesicht zog, konnte sie die Veränderung erkennen.

»Verzeih mir«, flüsterte Mathilde mit gebrochener Stimme. »Es war nicht richtig von mir, meine Wut an dir auszulassen.«

Adolana war so erleichtert, dass ihr überhaupt nicht auffiel, dass Mathilde zum ersten Mal die förmliche Anrede wegließ. Bisher hatte sie sich trotz ihrer Freundschaft immer geweigert, obwohl Adolana es ihr mehr als einmal angeboten hatte. »Aber ich bin so furchtbar unglücklich.«

Dann kamen die Tränen.

Sie konnte später nicht sagen, wie lange sie mit Mathilde im Arm auf dem Boden gehockt hatte. Irgendwann zeigten die beruhigenden Worte, zusammen mit den sanften Bewegungen, mit denen Adolana ihr über den bebenden Rücken strich, ihre Wirkung. Langsam löste Mathilde sich aus der Umarmung und brachte ein mühsames Lächeln zustande. Dann weiteten sich ihre Augen, und sie schlug eine Hand vor den Mund.

»Euer Kleid! Es ist ja ganz nass!«

Verwirrt sah Adolana an sich herunter und betrachtete die beiden großen feuchten Stellen auf dem Stoff unterhalb ihrer Brüste.

»Ich fürchte, der kleine Volkert wird nicht glücklich darüber sein, dass du seine Milch einfach so verschwendest«, bemerkte Adolana trocken.

Die beiden Frauen fingen gleichzeitig an zu kichern, was sich schnell in haltloses Gelächter steigerte und erst nach einiger Zeit verebbte. Für Mathilde war es wie eine Befreiung, obwohl ihrer Miene anschließend das Schuldbewusstsein anzusehen war. Resolut wischte sie sich die Lachtränen aus dem Gesicht, stand auf und reichte Adolana die Hand.

»Danke«, sagte sie schlicht, jedoch mit ergreifender Ehrlichkeit und voller Wärme.

Dann verschwand sie und ließ ihre zutiefst gerührte Freundin zurück. Diese schrak aus ihren Gedanken erst auf, als der junge Karl zögernd ins Haus trat, denn in dem Moment wurde ihr bewusst, dass sie vergessen hatte, Mathilde von der bevorstehenden Reise zu erzählen.

Bevor sie erneut das Grubenhaus aufsuchte, das fast immer von dem herrlichen Duft nach geräuchertem Fisch durchzogen war, schlug sie den Weg zum Webhaus ein.

Adolana war überzeugt davon, dass Odilia bereits zurück war. Als sie das Grubenhaus betrat, in dem die Webstühle aufgestellt waren, stand Mathildes Mutter konzentriert vor dem großen Arbeitsgerät. In gerader Haltung, die Füße zwischen den runden Tongewichten, durch deren Loch die Kettfäden gezogen waren und die damit für die nötige Straffung sorgten, arbeitete sie konzentriert.

Im Gegensatz zu vorhin hatte Odilia die Haare unter einem hellbraunen Leinentuch verborgen, das sie sich locker um den Kopf geschlungen hatte. Neugierig betrachtete Adolana das Tuch, das bereits zur Hälfte in seiner ganzen Pracht erkennbar war. Sattes Rot vermischte sich mit einem intensiven Blau, das man an schönen Tagen gelegentlich am Himmel beobachten konnte. Der weiße Flügel eines Vogels, vermutlich eine Taube, war ebenfalls schon erkennbar. Leinen verarbeitete die geschickte Weberin jedenfalls nicht, denn sie arbeitete an einem Auftrag von Gertrud.

Das junge Mädchen aus dem Ort, das der Weberin zur Hand ging, gab seiner Lehrmeisterin ein Zeichen und wies zur Tür. Von den beiden anderen Frauen, die an dem zweiten Stuhl webten, bemerkte keine die Besucherin.

Odilia führte mit ein paar schnellen Handgriffen das Holzschiffchen, auf dem sich das kostbare Garn befand, durch die gespannten Kettfäden und drehte sich dann um.

»Ich benötige ungefähr noch zehn Tage für das Tuch. Die Muster sind sehr aufwendig, deshalb dauert es etwas länger«, antwortete die Weberin auf Adolanas Frage hin, wann das Tuch für ihre Herrin fertig sei.

»Ist gut. Die edle Frau Gertrud benötigt es erst im September zum heiligen Fest der Kreuzerhöhung, an dem sie in Halberstadt teilnehmen wird. Die Schneiderin hat also noch genügend Zeit.«

Mit dem Hinweis, dass sie nun für längere Zeit abwesend sei, verabschiedete sich die junge Frau.

Kein Geschrei tönte Adolana entgegen, als sie Mathildes Grubenhaus noch einmal betrat. Der kleine Volkert hing zufrieden saugend an der Brust seiner Mutter, und auch Miltrud hatte sich an Mathilde gelehnt und spielte mit einer Holzkugel.

Es war ein Bild der Eintracht und des Glücks.

Adolana hoffte, dass es ihrer Freundin gelingen möge, in den kommenden Wochen immer öfter solche Momente zu erleben.

Mit knappen Worten berichtete die Hofdame von ihrem Auftrag, ließ ihre Ängste jedoch wohlweislich weg, und auch von Waldemar erzählte sie nichts. Mathilde hatte genug eigenen Kummer.

»Wann werdet Ihr zurückkommen?«, fragte sie.

Die bange Frage löste einen Wirbel von Gefühlen in Adolana aus. Ja, wann? Sie wusste es selbst nicht genau. Noch in diesem Jahr oder vielleicht erst im nächsten? Wenn Uta, Welfs Gemahlin, ein Kind erwartete, konnten gut und gerne einige Monate ins Land gehen. Wer wusste schon, was alles auf sie zukommen würde?

Deshalb antwortete Adolana ausweichend. Ihr war durchaus klar, dass dies ein denkbar ungünstiger Moment war und Mathilde sicher noch ihre Unterstützung benötigte. Leider hatte sie jedoch keine Wahl. Adolana beugte sich zu ihrer Freundin hinab, die sich schwerlich erheben konnte, und umarmte sie vorsichtig.

»Ich werde wiederkommen. Und dann werde ich die unglaublichen Kräfte deines Sohnes bewundern, genauso wie die Schönheit Miltruds.«

Mathilde antwortete nicht, sondern griff nach dem Amulett, das bei der Bewegung aus Adolanas Ausschnitt gerutscht war und nun in der Luft baumelte.

»Ihr werdet nicht zurückkommen«, murmelte sie leise, während sie das schimmernde Schmuckstück betrachtete. »Jedenfalls nicht so bald. Sucht Euer Glück und haltet es fest. Es steht Euch zu.«

Dann öffnete sie die Hand, und Adolana steckte das Amulett hastig und mit hochrotem Kopf zurück an seinen angestammten Platz. So viele Jahre trug sie es nun schon an jedem einzelnen Tag und sogar in der Nacht. Einzig auf ihrer Reise zum Grafen von Stade, als sie Richenza dorthin begleitet hatte, verwahrte sie es in der Truhe, zwischen ihren Gewändern. Nach der Schändung durch den Grafen war Adolana zu der Überzeugung gelangt, das Amulett von nun an immer zu tragen, da es ihr offensichtlich Glück brachte. Auch bei dem Überfall war sie fast unversehrt mit dem Leben davongekommen, was sie in ihrer Meinung über die schützende Wirkung des Wolfsamuletts bestärkte.

»Was du immer für ein dummes Zeug redest«, entgegnete Adolana mit belegter Stimme, strich Miltrud über das Köpfchen und verließ die drei Menschen, die ihr so viel bedeuteten.

»Ist die edle Frau Gertrud ausgeritten?«, fragte Adolana einen der Stallburschen, als sie den Hof der Süpplingenburg wieder erreicht hatte.

»Sie wollte nach Lutter«, nuschelte der Junge und wischte sich mit der Hand die strähnigen Haare aus der schweißnassen Stirn. Adolana überlegte nicht lange, nahm ihm die Zügel aus der Hand und schwang sich erneut auf Nebulas Rücken. Eigentlich hatte die Auskunft der Weberin Zeit bis zur Rückkehr Gertruds, aber Adolana war unruhig, und in solchen Momenten fühlte sie sich am wohlsten auf dem Rücken ihres Pferdes. Als sie an der St.-Johannis-Kirche vorbeiritt, starrten die steinernen Gesichter von den Wandkonsolen auf sie herab und riefen in ihr wie immer ein ungutes Gefühl hervor. Manche der leblosen Augen besaßen einen vorwurfsvollen Ausdruck, fast so, als hätten sie die Schmach der Zurücksetzung durch ihren Erbauer Lothar nicht vergessen.

Sie hatte kaum die halbe Wegstrecke nach Lutter hinter sich gebracht, als in der Ferne zwei Reiter auftauchten. An der schwarzen Kleidung erkannte Adolana ihre Herrin, der Begleiter blieb ihr jedoch fremd. Erst beim Näherkommen wurde ihr klar, um wen es sich handelte, und sie atmete tief ein. Die junge Frau blieb ruhig, denn sie hatte sich innerlich bereits auf das Zusammentreffen eingestellt. So konnte sie Waldemar von Bregenstein mit einem freundlichen Lächeln begegnen, als die beiden sie erreichten.

»Adolana! Seid Ihr auf der Suche nach mir? Ihr erinnert Euch sicher noch an Herrn Waldemar? Es ist ja schon ein paar Jahre her«, plauderte Gertrud betont beiläufig und mit angestrengtem Lächeln drauflos.

Als könnte ich meinen Beinahegemahl je vergessen, dachte Adolana und neigte den Kopf.

»Sicher. Hattet Ihr eine gute Reise, Herr Waldemar? Es würde mich interessieren, wie lange wir für den Rückweg benötigen. Vielleicht hättet Ihr die Freundlichkeit, mich darüber aufzuklären«, begrüßte Adolana den Mann an Gertruds Seite, der ihr Lächeln ebenso freundlich erwiderte.

Die Jahre hatten ihn verändert. Das Flehen in seinen hellblauen Augen, das Adolana seinerzeit fast rasend gemacht hatte, war verschwunden. Mit ihm leider auch die Sanftheit, die sie immer als angenehm empfunden hatte. Die früher schulterlangen Haare waren bis knapp über die Ohren sorgfältig gestutzt, das Kinn war noch immer glatt rasiert. Die schmalen Schultern waren breiter geworden, das konnte Adolana selbst unter der grünen Kotte erkennen. Überhaupt war Waldemar im Gegensatz zu früher äußerst farbenfroh gekleidet. Rote Borten zierten sein Gewand, und ein Gürtel gleicher Farbe war um die nicht ganz so schmale Körpermitte geschlungen. Ein hübscher bronzener Beschlag mit einem seltsam gezackten Muster hielt ihn zusammen.

»Danke der Nachfrage, edles Fräulein. Wenn unsere Rückreise ebenso gut verläuft, dann werden wir ungefähr zehn Tage unterwegs sein.«

Keine Frage nach ihrem Befinden und auch sonst keine

weiteren unnötigen Angaben. Nur ein kurzes, kaum merkliches Aufblitzen in seinen Augen zeigte Adolana, dass sein Interesse möglicherweise nicht ganz erloschen war.

Während sie zu dritt in Richtung der Süpplingenburg ritten, berichtete Adolana von den Fortschritten der Weberin. »Habt Ihr sonst noch etwas für mich, das erledigt werden muss? Sonst würde ich mich um den morgigen Aufbruch kümmern. Ich habe noch einiges zu packen«, fragte Adolana ihre Herrin, die im Gegensatz zu sonst nach dem Besuch an der Grablege ihres Mannes nicht ganz so bleich und mitgenommen aussah.

»Das kann Ermentraud übernehmen«, wunderte Gertrud sich, verfolgte die Angelegenheit jedoch nicht weiter, was möglicherweise an der verschlossen wirkenden Miene Adolanas lag. Gertrud wusste von der gegenseitigen Abneigung der beiden Frauen, und sie schätzte die selbstgefällige Art Ermentrauds ebenfalls nicht. Adolana hatte sich nur widerstrebend damit abgefunden, dass ihr Dienstmädchen sie begleitete.

»Ihr habt natürlich den restlichen Nachmittag frei. Denkt daran, auch wärmere Kleidungsstücke einzupacken, denn meine Schwägerin befindet sich noch am Anfang ihres Umstands. Man weiß nicht, wie lang der nächste Winter wird. Vielleicht könnt Ihr überhaupt nicht reisen und müsst auf das Frühjahr warten.«

Gertruds Bemerkung löste ein ungutes Gefühl in Adolana aus, wie immer, wenn sie an die vor ihr liegende Reise dachte. Zumindest eine Sorge war ihr seit dem Aufeinandertreffen mit Waldemar genommen, denn aus dem verliebten Junker war ein gereifter Mann geworden. Schwärmereien würde sie sich sicher nicht mehr von ihm anhören müssen. Außerdem waren sie nicht allein unterwegs. Was mochten das für Männer sein, mit denen sie die nächsten Tage und möglicherweise auch Nächte verbringen würde?

»Wo werden wir des Nachts unterkommen?«, fragte Adolana, als ihr eine weitere ihrer Sorgen einfiel.

»Wir werden selbstverständlich für Euch und Eure Zofe eine angemessene Unterkunft aufsuchen. Teilweise wird es sich um Frauenklöster handeln, manchmal jedoch auch um ein Lager in einem Dorf. Je nachdem, wie wir vorankommen. Sollte sich vor Anbruch der Dunkelheit keine Übernachtungsgelegenheit mehr finden, dann bleibt uns das Wetter, so Gott will, hoffentlich wohlgesonnen. Wir haben alles dabei, um Euch ein Zelt für die Nacht aufzubauen.«

Adolana dankte ihm mit gemischten Gefühlen. Als sie den Burghof erreicht hatten, entschuldigte sie sich bei ihrer Herrin und eilte auf ihre Kammer. Froh darüber, Ermentraud am Morgen mit klaren Worten beigebracht zu haben, dass sie ihre Hilfe nicht benötige, genoss sie die Stille. In den nächsten Tagen würde sich kaum eine Möglichkeit bieten, eine Zeitlang ohne Gesellschaft zu verbringen.

Mit einem Stoßseufzer öffnete Adolana die Truhe, in der schon seit längerem nicht mehr nur die drei Kleidungsstücke lagen. Prall gefüllt mit schönen Gewändern, gab der Inhalt den Wohlstand wieder, in dem Adolana mittlerweile lebte. Zielsicher griff sie zwischen zwei Kleider und zog den Dolch heraus, den sie vor einer Ewigkeit, wie ihr schien, gegen den dänischen Mitkönig Magnus gerichtet hatte. Sicher war es nicht verkehrt, diese zwar kleine, doch ungemein wirksame Waffe mitzunehmen, und mit einer energischen Handbewegung verschwand der Dolch in der ledernen Tasche, die sie von ihrer Herrin als Geschenk erhalten hatte. Fast wehmütig fuhr Adolana mit den Fingern über das edle, dunkle Rindsleder.

Falls sich Mathildes Ankündigung bewahrheiten sollte, dann hielte sie nun ihr Abschiedsgeschenk in den Händen. Eine weitere Mahnung ihrer Freundin spukte ihr im Kopf herum, und instinktiv fasste sich Adolana an den Ausschnitt ihrer Kotte und löste die Verschnürung.

Silbrig blitzte das Amulett in den einfallenden Sonnenstrahlen auf, als die junge Frau zögernd über den Wolf strich, der auf seinem Felsen den Mond anheulte.

Berengar war in seine Heimat zurückgekehrt. Das wusste sie bereits seit dem Italienzug des verstorbenen Kaisers, denn Graf Siegfried hatte sich lautstark darüber empört, dass ihm der Knappe einfach entzogen worden war. Viel mehr hatte Adolana nicht herausfinden können, ohne unnötige Aufmerksamkeit auf sich zu ziehen. Er hatte wegen seiner Tapferkeit in Italien den Ritterschlag erhalten und diente seitdem einem gewissen Grafen von Löwenstein. Berengars ehemaliger Lehnsherr fühlte sich durch Lothars Entscheidung in seiner Ehre gekränkt und nahm es dem Knappen übel, dass er dankbar über den Wechsel wirkte. So jedenfalls lauteten Graf Siegfrieds Worte.

Adolana konnte Berengar verstehen.

Sie hatte nicht oft an ihn gedacht in den letzten Jahren, obwohl sie sein Geschenk Tag und Nacht trug. Seit Mathildes Prophezeiung rumorte es aber wieder in ihrem Innern. Würde sie ihn je wiedersehen? Oder hatte das Schicksal ganz andere Pläne mit ihr?

Seit sieben Tagen waren sie nun schon unterwegs. Die Reise lief nicht wie erhofft, denn sie lagen bereits zwei Tage hinter Plan. Mit ihren männlichen Begleitern hatte Adolana keinerlei Schwierigkeiten. Sie verhielten sich ihr gegenüber freundlich und zuvorkommend. Nur einer von ihnen, derjenige, der am Tag seiner Ankunft im Hof der Süpplingenburg zu Adolana hochgesehen hatte, hielt sich in allen Dingen auffällig zurück. Obwohl er ihr keinen Anlass dazu gegeben hatte, fühlte sich die junge Frau in seiner Gegenwart äußerst unwohl. Sicher gründete sich dieses Gefühl nicht allein in dem abstoßenden Äußeren des Mannes. Sein Unterkiefer war seltsam verschoben, wodurch das Gesicht insgesamt schief wirkte. Die obere Gesichtshälfte war dagegen sogar recht ansehnlich. Selten hatte Adolana bisher so intensiv blaue Augen gesehen. Und noch weniger den offenen Ausdruck der Grausamkeit. Da er sich grundsätzlich abseits der Gruppe hielt, verdrängte Adolana mehr oder weniger das Gefühl der Furcht, das seine Nähe auslöste.

Seit ihrem letzten Aufenthalt im Kloster Fulda hatten sich zwei Ordensbrüder aus dem Kloster Korvey ihrer Gruppe angeschlossen. Die beiden wollten sie bis zur Burg Weinsberg begleiten und von dort aus in östlicher Richtung bis zur Comburg weiterziehen. Waldemar hatte als Anführer der Gruppe ohne Zögern zugestimmt, dennoch konnte Adolana sich des Eindrucks nicht erwehren, dass ihm die beiden Begleiter nicht willkommen waren. Auch die anderen Männer hielten sich bedeckt und murrten nur hinter vorgehaltener Hand über den unverhofften kirchlichen Beistand. Einzig Adolana schien sich zu freuen, und das hatte seinen Grund.

Waldemars unverbindliche Freundlichkeit hatte sich im Verlauf der Reise gewandelt. Anfangs war es ihr gar nicht aufgefallen, zumal sie die ersten drei Nächte in klösterlichen Gästehäusern übernachtet hatten und dadurch gar keine Nähe entstehen konnte. Bevor sie das Kloster Fulda erreichten, mussten sie jedoch draußen nächtigen, und Waldemar war nicht von ihrer Seite gewichen, bis sie sich bewusst früh am Abend in ihr Zelt zurückgezogen hatte. Anscheinend hatte der Ritter die Sehnsüchte nur verdrängt und ihre unverfängliche Art als Ermutigung aufgefasst. Denn auch dieser besondere Ausdruck, wenn sein Blick auf ihr ruhte, war in seine Augen zurückgekehrt.

In Fulda war dann alles anders. Ermentraud, die bisher

eher durch ihre Jammerei über das stundenlange Sitzen auf dem Pferderücken und der ungehemmten Tändelei mit einigen der Männer aufgefallen war, wurde krank, weshalb sie ihren Aufenthalt unfreiwillig verlängern mussten. Adolana genoss die unverhofft freie Zeit und schlenderte über das wunderschöne Gelände des Klosters, wobei sie gleich am ersten Abend Bruder Thomas kennenlernte. Sie kannte wenige Männer, die eine solche Ruhe und Zuversicht ausstrahlten wie dieser über fünfzigjährige Benediktinermönch, der kein Mitglied der Fuldaer Ordensgemeinschaft war, sondern zum Kloster Korvey gehörte.

Als es Ermentraud endlich nach zwei Tagen besserging, brachen sie früh am Morgen auf. Adolana genoss nun wieder die Reise, denn Thomas verharrte in ihrer Nähe, genauso wie sein jüngerer Ordensbruder Norbert sich an seiner Seite hielt. Thomas war gleichmäßig freundlich zu dem schlaksig wirkenden Achtzehnjährigen, wirkte manchmal aber peinlich berührt ob dessen unverhohlener Bewunderung für ihn.

Wie gewohnt legten sie um die Mittagszeit herum eine kleine Pause ein. Adolana zog sich in Gesellschaft der beiden Ordensbrüder auf einen umgestürzten Baumstamm zurück, wo sie in stummer Eintracht ihr Brot mit dem kalten Schinken zu sich nahmen. Das köstliche Mahl stammte aus der Klosterküche, und Adolana genoss die Speisen, bis sich langsame Schritte näherten.

»Erlaubt Ihr, Hochwürden?«

»Bitte«, entgegnete Thomas mit einer einladenden Handbewegung. »Wer sind wir, dass Ihr uns hier in diesem wunderschönen Wald um Erlaubnis fragen müsst?«

Waldemar von Bregenstein ließ sich auf dem trockenen Boden gegenüber von Adolana nieder. Das Wetter war ihnen seit ihrem Aufbruch hold, was sich bald ändern würde, denn es zogen dichte und dunkle Wolken auf.

»Es wird sich zeigen, ob dieser Wald wirklich wunderschön ist«, gab der Ritter zurück.

Verwundert sah Adolana sich um. Über ihr zwitscherte es in den grünen, dicht belaubten Baumwipfeln, und in der Nähe plätscherte ein Bach. Als sie einen von Waldemars Männern ein Stück weiter zwischen den Bäumen erkannte, stutzte sie. Üblicherweise hielten während der Rast nur ein bis zwei Männer Wache, und eigentlich war Bertold dazu eingeteilt. Ein junger Heißsporn, der gerne die Gesellschaft Ermentrauds genoss. Suchend glitt ihr Blick weiter, und tatsächlich, ein dritter Mann, sie meinte den dicken Hubert zu erkennen, bildete mit den anderen einen wachsamen Ring.

»Gibt es Grund zur Besorgnis, Herr Waldemar, oder warum habt Ihr heute drei Männer zur Wache eingeteilt?«, fragte sie.

Der Ritter wandte sich ihr mit einem nachsichtigen Lächeln zu. »Nicht drei, sondern vier Männer, edles Fräulein. Der Grund hierfür liegt in der Umgebung, in der wir uns befinden. Nicht weit entfernt steht die Steckelsburg, deren Bewohner nicht gerade welfenfreundlich eingestellt sind.«

Plötzlich empfand Adolana den dichten Wald als bedrückend und unheimlich und vergaß, ihre Empfindungen zu verbergen.

»Ich will Euch nicht beunruhigen, Fräulein Adolana, verzeiht mir bitte. Meine Sorge ist sicher übertrieben, aber die Erfahrung hat mich gelehrt, vorsichtig zu sein. Man lebt dadurch schlichtweg länger. Erlaubt Ihr mir eine Frage, hochwürdiger Herr?«, wandte Waldemar seine Aufmerksamkeit an Thomas.

Der Mönch kaute weiterhin seelenruhig und erweckte nicht den Anschein, beunruhigt zu sein. Norbert schaute hingegen fortwährend über die Schulter, und der Appetit schien ihm abhandengekommen zu sein.

»Was ist der Grund für Euren Besuch im Comberger Kloster?«

»Unsere Mitbrüder haben angeblich zwei wundervolle Kunstwerke in ihrer Klosterwerkstatt geschaffen, von deren Herrlichkeit bis weit über die Grenzen der Comburg gesprochen wird. Dabei geht es mir vor allem um das Antependium, denn unser Altarvorsatz müsste dringend restauriert werden. Ich möchte mir ein paar Anregungen holen.«

Waldemar nickte nachdenklich und kaute dabei an seiner Unterlippe. »Mich beschäftigt da noch eine ganz andere Sache. Ist es richtig, dass es sich bei dem klösterlichen Vogt von Korvey um den Grafen Siegfried von Bomeneburg handelt?«

Adolana stockte der Atem. Kehrte mit Waldemar etwa ihre gesamte Vergangenheit zurück?

Thomas betrachte den Ritter interessiert, aber ohne Argwohn. Adolana ging nicht davon aus, dass er wusste, wessen Neffe er vor sich hatte und dass der Vogt des Klosters für die damalige Festsetzung des Grafen von Winzenburg mit verantwortlich zeichnete. »Ihr liegt mit Euerer Annahme völlig richtig«, bestätigte er und fügte dann mit feiner Ironie hinzu: »Wollt Ihr unsere Gesinnung überprüfen?«

Täuschte sich Adolana, oder blitzte es übermütig in den grauen Augen des Ordensbruders auf?

»Nein, nein, natürlich nicht. Männer Gottes sind uns bei jeder Art von Gesinnung willkommen«, beeilte sich Waldemar jegliche Zweifel zu entkräften.

»Die Männer der Kirche sollten nur eine Gesinnung vertreten, nämlich die Gottes«, mahnte Thomas sanft und setzte den Wasserschlauch an, um das trockene Brot herunterzuspülen.

Verwirrt stimmte Waldemar ihm zu und erhob sich dann mit der gemurmelten Entschuldigung, er müsse sich um den Aufbruch kümmern.

Adolanas Anspannung wuchs während der folgenden Stunden, obwohl sie keiner Menschenseele begegneten. Am Abend schlugen sie ihr Lager an einem kleinen Weiher auf, der sich mitten im Wald an einer Lichtung vor ihnen auftat. Die halb verfallene Hütte, die inmitten einer Baumgruppe stand, wirkte trostlos und nicht besonders vertrauenerweckend.

Zwei Männer bauten das Zelt für die beiden Frauen auf, während die anderen das Gelände sicherten. Die Ordensbrüder machten sich ebenfalls nützlich und kümmerten sich um das Feuer. Adolana kam sich schmerzlich überflüssig vor, deshalb griff sie sich eines ihrer Unterkleider und ging damit zum Wasser. Seitdem sie von der Süpplingenburg aufgebrochen waren, hatte sie die Hilfe Ermentrauds abgelehnt, denn sie wollte so wenig wie möglich mit ihr zu tun haben. Das Dienstmädchen nutzte die ungewohnte Freiheit, indem es seine Zeit so oft es ging mit dem jungen Bertold verbrachte.

Adolana runzelte die Stirn, als sie die junge Frau bemerkte, die Bertold beim Befestigen der Plane neckte. Im letzen Moment schluckte sie die scharfe Zurechtweisung hinunter, die ihr bereits auf der Zunge gelegen hatte, dann wandte sie sich um und bückte sich. Wer kann es ihr verübeln?, dachte sie, während sie das leinene Kleidungsstück ins Wasser tauchte. Ermentraud hatte keinerlei Mitgift zu erwarten und musste sich um ihre Zukunft kümmern. Ohne den mürrischen Gesichtsausdruck sah sie richtig hübsch aus, mit ihrem rundlichen Gesicht und den geröteten Wangen. Die langen blonden Haare hatte sie mit einem blauen Band in der Farbe ihrer Augen zurückgebunden. Mit einem gleichgültigen Schulterzucken wandte sich Adolana erneut dem verschwitzten Wäschestück zu.

»Sollte das nicht Euer Dienstmädchen erledigen?«

Adolana packte das vollgesogene Kleidungsstück an beiden Enden und wrang es kräftig aus, bevor sie sich erhob und Waldemar antwortete. »Ich brauche keine Hilfe«, erwiderte sie knapp und sah sich nach einem tief hängenden Ast um.

»Ich erinnere mich sehr gut an Eure Eigenständigkeit.«

Bevor Adolana reagieren konnte, hatte Waldemar bereits das nasse Unterkleid aufgefangen, das vom Ast gerutscht war. »Darf ich?«, fragte er und hängte es erneut auf, ehe er sich mit einer leichten Verbeugung entfernte.

Errötend sah Adolana ihm nach. Als der Ritter den jungen Bertold scharf anwies, gefälligst seine Arbeit zu tun und nicht herumzutändeln, mischte sich in ihre Verwirrung leichter Ärger.

12. KAPITEL

Ihr liegt ihm am Herzen«, stellte Thomas leise fest, als er kurze Zeit später mit Adolana zusammen das Abendessen zu sich nahm. Die junge Frau hatte sich mit dem Ordensmann etwas abseits vom Feuer unter die Zeltplane gesetzt, um Schutz vor dem Regen zu suchen. Norbert unterhielt sich angeregt mit einem Junker in seinem Alter, der vor allem durch die feuerroten Haare und das bleiche Gesicht auffiel. Ermentraud hatte dagegen kurzerhand die Hütte aufgesucht. Sicher grollte sie ihrer Herrin, da sie annahm, dass ihr Auserwählter die Zurechtweisung seines Herrn einer Bemerkung Adolanas zu verdanken hatte. Adolana verschwendete keinen Gedanken an Ermentrauds Übellaunigkeit, zweifelte aber daran, ob das halb verfallene Dach ihres Zufluchtsortes den Regen abhalten würde.

»Wir kennen uns flüchtig von früher«, antwortete Adolana ausweichend. Zwischen dem älteren Ordensbruder und ihr hatte sich zwar in den letzten Tagen ein Vertrauensverhältnis entwickelt. Sie hegte jedoch kein Verlangen, das Vergangene durch ihre Worte neu zum Leben zu erwecken.

Thomas drang nicht weiter in sie ein, sondern begann leise und indem er die unerwartete Zweisamkeit nutzte zu erzählen.

»Die Comburg ist übrigens gar nicht unser Ziel.«

»Wie bitte?«, fragte Adolana und starrte ihn verblüfft an.

»Wir wollen zum König. Er ist der Einzige, der uns bei unserem Problem helfen kann«, fuhr der Mönch ungerührt fort. »Es geht um unseren klösterlichen Vogt, Graf Siegfried von Bomeneburg. Ihr kennt ihn ohne Frage auch, das habe ich Eurem Gesicht vorhin angesehen. Er ist unserem ehrwürdigen Abt nicht wohlgesonnen und war mit dessen Wahl vor zwei Jahren auch nicht einverstanden, wenngleich er sie nicht verhindern konnte. Der Druck auf den hochehrwürdigen Adelbert wird immer stärker, vor allem seit der jüngere Bruder des Grafen Abt im Kloster Amelungsborn geworden ist. Dabei ist Heinrich für die Abtwürde viel zu jung, denn er ist noch keine fünfundzwanzig.«

»Hat der Graf dafür gesorgt, dass sein Bruder das Amt erhält?«, fragte Adolana verwirrt. »Ich dachte, weltliche Fürsten haben keinen Einfluss auf kirchliche Ämter.«

Thomas betrachtete sie mit einem nachsichtigen Lächeln. »Eigentlich sollte es so sein. Der Abt wird von den wahlberechtigten Mitgliedern unseres Klosters gewählt, und der Bischof erteilt seine Zustimmung. So jedenfalls ist der Ablauf normalerweise. Unser Norbert hier«, erklärte der Mönch und nickte in Richtung des Jüngeren, der sich immer noch angeregt unterhielt, »darf nicht mitwählen, denn er ist noch kein Priester. Die Macht des Grafen ist groß, und Amelungsborn reicht ihm nicht. Er will seinen Bruder in Korvey haben, dessen Machteinfluss deutlich größer ist als der des relativ jungen Amelungsborn. Graf Siegfried ist nicht gerade ein Freund der Staufer, deshalb habe ich unserem edlen Ritter auch nicht den wahren Grund unserer Reise genannt. Gut möglich, dass er uns trotzdem mitgenommen hätte, aus christlichen Beweggründen, doch wozu soll ich sein Gewissen unnötig belasten?«

»Wieso erzählt Ihr es mir? Ich gehöre ebenfalls zur welfischen Gefolgschaft und könnte mein Wissen weitergeben«, erkundigte sich Adolana neugierig.

»Nennt es Menschenkenntnis oder einfach Gottvertrauen«, sagte Thomas lächelnd. Sogar seine grauen Augen geben das Lächeln wieder, stellte Adolana stillvergnügt fest. Nie hätte sie gedacht, dass Augen in dieser Farbe etwas anderes als Kälte oder Entschlossenheit zeigen könnten.

»Irgendetwas sagt mir, dass Ihr dem Grafen Siegfried ebenfalls nicht wohlgesonnen seid«, fügte Thomas hinzu und betrachtete Adolana aufmerksam.

»Es wäre nicht übertrieben, zu behaupten, dass ich ihn nicht ausstehen kann«, gab Adolana seufzend zu. Dann erzählte sie ihm die ganze Geschichte, angefangen vom armen Johannes und ihrer Flucht, vom Tod ihres Onkels und, ja, auch von Berengar. Als sie seinen Namen nannte, kam es ihr vor, als veränderte sich die Miene des sonst reglos dasitzenden Mönches unmerklich. Da er aber nicht weiter darauf einging, schob sie den Eindruck beiseite.

»Herrn Waldemars Zuneigung Euch gegenüber wundert mich nun nicht mehr.«

Adolana zuckte mit den Schultern und blieb ihm eine Antwort schuldig.

Nach einer Weile erhob sich Thomas, wünschte eine gute Nacht und ging zu seinem Schlafplatz. Die Männer hatten über ihre Decken eine große Plane gehängt, um dem Regen wenigstens ein wenig trotzen zu können. Leider drückte der aufgekommene Wind die Nässe auch von den Seiten unter den spärlichen Schutz und drang in die Kleidung der Schlafenden. Adolana wurde durch das gleichmäßige Prasseln in den Schlaf geschaukelt.

Von den Männern, die um Mitternacht Wache hielten, erwischte es zunächst den jungen Bertold. Der Junker war nicht zum ersten Mal den Verführungskünsten Ermentrauds erlegen, als sie ihn mit einem einladenden Lächeln zu sich auf den Boden zog. Es war ihr zwar noch nicht gelungen, ihm ein Eheversprechen zu entlocken, aber sie spürte, dass ihr Ziel zum Greifen nah war. Gleich darauf stöhnte sie leise auf und wölbte ihren weichen Körper ihrem Geliebten entgegen. Hektisch nestelte Bertold an den Bändern seiner Brouche, die mit den Beinlingen verbunden waren, und drang gleich darauf mit einem glückseligen Seufzen in Ermentraud ein. Als er lautlos auf ihr zusammenbrach, wusste die junge Frau im ersten Moment überhaupt nicht, was mit ihrem heißblütigen Geliebten passiert war.

Und danach war es zu spät.

Eine behandschuhte Hand legte sich schwer auf Ermentrauds weit geöffneten Mund, bevor ihr der erste Schrei entweichen konnte, und drehte ihr den Kopf unsanft nach links, in Richtung des Waldes. Das unstete Licht einer Fackel tanzte vor ihren weit aufgerissenen Augen, und ihre anfängliche Starre wich kopfloser Angst, in der die junge Frau wie wild um sich schlug und ziellos mit den Füßen trat, soweit es ihr das Gewicht des Ermordeten ermöglichte. Bis ihr jemand ein Tuch in den Mund schob und ihr die Handgelenke ebenso wie die Fußknöchel fesselte und damit jegliche Gegenwehr unterband. Das Schlimmste daran aber war für die panische Ermentraud, dass der arme Bertold auf ihr liegen blieb, während die Angreifer leise weiter zum Lager schlichen. Eine gnädige Ohnmacht war ihr verwehrt, als die ersten Tropfen Blut aus seinem eingeschlagenen Schädel über ihre Stirn rannen. Deshalb konnte sie sich aus den kaum wahrzunehmenden Geräuschen des Überfalls den weiteren Verlauf auch nur zusammenreimen.

Ein dumpfer Ton, wie der eines umgekippten Sacks Mehl, zeigte ihr den Tod einer weiteren Wache an. Grausige Bilder von aufgeschnittenen Kehlen erschienen ihr vor dem inneren Auge, das Tuch in ihrem Mund verhinderte jedoch ein verzweifeltes Schluchzen. In ihrer Hoffnungslosigkeit hörte Ermentraud das Schleichen mehrerer Angreifer, die sich von ihr fort bewegten. Das Blut des Mannes, das aus der klaffenden Wunde an seinem Hals rann und bereits mit dem Regen vermischt die Erde tränkte, konnte sie zum Glück nicht sehen.

Ermentrauds halb ersticktes Weinen hörte schlagartig auf, als ein knackender Zweig die unheimliche Stille durchbrach und gleich darauf zwei Klingen aufeinanderschlugen.

Adolana wurde von einem furchterregenden Brüllen aus dem Schlaf gerissen. Beim Geräusch der sich kreuzenden Klingen zog sich ihr der Magen zusammen, und ihr Herz fing an zu rasen. Vorsichtig spähte sie unter ihrer Plane hervor, aber das kümmerliche Licht des heruntergebrannten Lagerfeuers ließ zuerst keine genaue Beobachtung zu. Die kämpfenden Schatten, vermischt mit dem Geschrei der Männer, boten ein unwirkliches Bild, von dem Adolana sich nicht lösen konnte. Als sich ihre Augen langsam an die von zwei Fackeln unterbrochene Dunkelheit gewöhnt hatten, erkannte sie Hubert, der mit einem der feigen Angreifer kämpfte.

Danach erblickte die verängstigte Frau auch Waldemar und die restlichen Männer, die mit gezogenen Schwertern die Angreifer abzuwehren versuchten. Als dicht neben ihrem Zelt ein Schatten auftauchte, zuckte sie zusammen.

»Wir müssen hier verschwinden!«

Erst als Thomas sie am Arm packte und sie leicht schüttelte, erwachte Adolana aus der Erstarrung. Im selben Moment sackte einer der Männer mit einem grässlichen Stöhnen zusammen. Sein aufschlagender Körper löschte die letzten Flammen des Feuers und hüllte die Umgebung in vollständige Dunkelheit.

Adolana war froh, dass Thomas einen Arm stützend um sie gelegt hatte, während sie dem grimmig aussehenden Mann hinterherstolperten. Es hatte zu regnen aufgehört, doch ihre Umhänge hingen ihnen sowieso schon klamm am Körper. Ihnen war zuerst die Flucht geglückt, bedauerlicherweise hatte Norbert sich dann in der finsteren Nacht den Knöchel verstaucht und behinderte ihr Fortkommen damit zusätzlich. Am frühen Morgen wurden die Fliehenden gestellt und befanden sich nun wieder auf dem Rückweg zu ihrem alten Lager.

Adolana graute vor dem, was sie dort vorfinden würden. Norbert stand die Furcht buchstäblich ins Gesicht geschrieben, denn die Tränen rannen ihm seit der Gefangennahme ungehindert übers Gesicht. Der junge Ordensbruder litt unter den Schmerzen, die ihm jeder einzelne Schritt verursachte. Auch Thomas konnte trotz seiner teilnahmslosen Miene seine Besorgnis nicht ganz verbergen.

»Was bringst du denn für einen Fang? Zwei Mönche und ein Weib? Nicht gerade das, was ich erwartet habe.«

Die Stimme des Mannes dröhnte durch den stillen Morgen und ließ Adolana erschauern. Mit einem schnellen Blick erkannte sie, dass ihre schlimmsten Befürchtungen noch übertroffen wurden. Fünf Tote lagen am Rand des Weihers, deren Blut das Wasser in diesem Bereich bereits rötlich verfärbt hatte. Fassungslos erkannte Adolana den Junker, mit dem Norbert sich angefreundet hatte und dessen rote Haare immer in alle Richtungen abstanden. Neben ihm lag ein Mann in verkrümmter Haltung, von dem sie während ihrer gesamten Reise kein einziges Wort vernommen hatte. Bertold erkannte sie nicht sofort, denn er lag als Einziger auf dem Bauch, so dass das Wasser ihm in gleichmäßigen Abständen über das halb verdeckte Gesicht schwappte. Seine Hose war seltsamerweise bis zu den Knien heruntergezogen.

Waldemar war gerade bei den Verletzten, die unweit ihrer toten Gefährten kauerten. Einer der vier Männer, die den Überfall überlebt hatten, lag ausgestreckt im Matsch und stöhnte leise. Der notdürftige Verband um seinen Kopf war im Gegensatz zu dem blutdurchtränkten am Oberschenkel fast sauber zu nennen. Hubert saß auf den ersten Blick unverletzt neben seinem Anführer, der eine Verletzung am linken Arm hatte. Dann bemerkte Adolana jedoch, dass die halb lange Kotte des kräftig gebauten Ritters an der Seite aufgeschlitzt war und darunter ebenfalls ein Verband hervorblitzte. Ernst, ein drahtiger, kleiner Ritter um die dreißig, hatte eine frische, lange Wunde auf der Wange, die noch immer leicht blutete. Jäh fiel Adolana das Fehlen des Mannes auf, in dessen Gegenwart sie sich immer äußerst unwohl gefühlt hatte. Allerdings wusste sie in dem Moment nichts mit ihrer Beobachtung anzufangen. Lag seine Leiche womöglich ein Stück weiter hinten?

»Die Wunde muss versorgt werden.«

Verblüfft hefteten die fremden Männer ihre Blicke auf Adolana, die trotz ihrer Angst den Kopf noch ein wenig höher hob. Fast schien es ihr, als würde Richenza hinter ihr stehen. *Zeige niemals deine Angst, und verliere nie die Fassung! Vor allem nicht vor Menschen, die dir Übles wollen.* Richenzas mahnende Worte gaben ihr seltsamerweise Kraft, die Situation durchzustehen, ohne in Tränen auszubrechen. Denn das hätte sie eigentlich viel lieber getan.

Der Mann mit der tiefen Stimme kam auf sie zu und baute sich vor Adolana auf. Alles an ihm strahlte Autorität aus, und seine Kleidung war aus edlem Tuch. Ein Ritter, ging es Adolana durch den Kopf, ein Ritter der Staufer.

»Dann hat das verdammte Weibsstück also doch die Wahrheit gesagt«, murmelte er leise, griff zur Kapuze und zog sie Adolana mit einem Ruck herunter.

Ermentraud! Siedend heiß schoss ihr der Gedanke an ihre Zofe durch den Kopf. Was war mit ihr? Bisher hatte sie die junge Frau nirgendwo gesehen, und eine Welle der Scham überkam Adolana, weil es ihr nicht sofort aufgefallen war. Dadurch vergaß sie sogar ihre Angst vor dem Mann, der sie forschend betrachtete. Sie drehte den Kopf nach links und suchte den Waldrand ab, bis der Mann sie am Kinn packte und zwang, ihn anzuschauen.

»Lasst sie in Ruhe!«

Überrascht, jedoch ohne den Griff zu lockern, heftete der Ritter den Blick auf Thomas, dessen ruhige Stimme aus einer anderen Welt zu kommen schien.

»Verzeiht, ehrwürdiger Bruder, leider kann ich Eurer Bitte nicht Folge leisten«, frotzelte der Mann, was Gelächter unter seinen Gefolgsleuten hervorrief. Der Fremde zwang Adolana, den Kopf seinen Männern zuzudrehen, und er grinste boshaft, als ihre Augen sich weiteten. Ermentraud lag wie ein Stoß alter Säcke zusammengerollt zu den Füßen der Männer und gab keinen Laut von sich. Bitte lass sie nicht auch tot sein, flehte Adolana stumm.

»Was habt Ihr mit dem Mädchen gemacht?«, flüsterte sie tonlos.

Auf ein knappes Nicken des fremden Ritters hin versetzte einer der Männer der jungen Frau einen Tritt. Das klägliche Jammern Ermentrauds zerriss Adolana fast das Herz, obwohl sie erleichtert war, dass ihr Dienstmädchen lebte.

»Ihr seht, der kleinen Hure geht es gut.«

In dem Moment drückte Ermentraud sich mit den Händen hoch, und Adolana stockte der Atem. Die linke Gesichtshälfte der jungen Frau war stark geschwollen, und das, was einmal ihr Kleid gewesen war, hing nur noch in Fetzen vom Oberkörper.

»Der Herr wird Euch strafen für das Leid, das Ihr der

armen, unschuldigen Frau angetan habt«, zischte Bruder Thomas nur mühsam beherrscht.

»Arm vielleicht, aber unschuldig ganz sicher nicht«, höhnte der Fremde und riss Adolana mit sich.

Der ältere Mönch konnte nur verzweifelt zusehen, während einer der Männer die Stricke festhielt, mit denen ihre Handgelenke gefesselt waren. Dann wurden die beiden Ordensbrüder unsanft in Richtung Waldrand geschubst und dort zu Boden gestoßen.

Da Adolana Mühe hatte, nicht über den Saum ihrer Kotte zu stolpern, entging der jungen Frau Waldemars gequälter Blick.

Kurz vor der übel zugerichteten Ermentraud blieb der Ritter stehen, und aufgrund der Furcht, die mit einem Mal aus den Augen der geschändeten jungen Frau sprach, erahnte Adolana, wer ihr diese Schmerzen zugefügt hatte.

»Seht sie Euch genau an. So wird es auch Euch ergehen, wenn Ihr uns anlügt. Obwohl ich im Nachhinein zugeben muss, dass dieses Weibsstück entgegen meiner Annahme nicht gelogen hat. Die Behauptung, dass ihre Herrin mit zwei Mönchen geflohen sei, war ja richtig. Die anderen ehrenwerten Herren haben es dagegen alle bestritten, und ich wäre um ein Haar davon ausgegangen, dass es dieses geheimnisvolle Edelfräulein gar nicht gibt.«

Unbehagen erfasste Adolana, und zum ersten Mal kam ihr der Verdacht, dass es sich nicht um einen zufälligen Überfall handelte. Wieder mischte sich das Bild des fehlenden Mannes dazwischen. Sollte er mich verraten haben? Nur: Über welches Wissen verfügt er überhaupt?

»Sprecht endlich.«

Adolana nahm all ihren Mut zusammen und hob den Kopf, um dem Anführer in die Augen sehen zu können. Er war mittelgroß und kräftig gebaut. Sein Haar war ebenso ergraut wie das von Bruder Thomas, wenngleich bei dem Mönch wegen der Tonsur nicht mehr viel übrig war. Mit den buschigen Augenbrauen, die seltsamerweise fast schwarz waren, und dem graumelierten Vollbart haftete dem Mann etwas Brutales an.

»Ich habe nicht die leiseste Ahnung, was Ihr von mir wollt.«

Die Ohrfeige erfolgte so unvermittelt, dass Adolana noch nicht einmal schützend eine Hand heben konnte. Sie taumelte, fing sich aber schnell. Den wütenden Schrei Waldemars nahm sie nur halbwegs wahr. Den dumpfen Schlag, dem gleich darauf ein unterdrückter Schmerzensschrei folgte, dafür umso mehr. Trotzdem zwang sie sich, nicht in seine Richtung zu sehen, aus Angst, gänzlich den Mut zu verlieren.

»Die Nachricht für den Welfenhund«, zischte der Mann mit finsterem Gesichtsausdruck.

»Die Welfen haben mehrere Hunde, aber ich habe für keinen von ihnen eine Nachricht. Ich bin auf dem Weg zu meinem Onkel, den ich besuchen will, und weiß wirklich nicht …«

Dieses Mal war Adolana vorbereitet und konnte den Schlag mit dem Arm abfangen. Allerdings war er auch nicht mit voller Wucht ausgeführt, denn sie war sicher, dass sie sonst nicht mehr auf den Füßen gestanden hätte. Mit einer brennenden linken Gesichtshälfte und einem tauben Kinn erwiderte sie trotzig seinen Blick.

»Ihr seid diejenige, die wir suchen, da bin ich mir sicher. Doch ich bin ein Edelmann und biete Euch zwei Möglichkeiten. Gebt uns die gewünschte Nachricht der Kaiserin, und Ihr seid mit Euren Begleitern frei. Die erste wäre, dass wir Euch freundlich darum bitten und Ihr bei Nichtgewähren in kürzester Zeit Eurer Magd gleicht. Oder aber wir verschonen Euch und werden stattdessen jemand anderen für Euch leiden lassen.«

Adolanas Lider flatterten nur einen kurzen Augenblick, trotzdem entging die kleine Veränderung dem aufmerksamen Blick des Ritters nicht.

»Nein, bitte nicht«, jammerte Ermentraud, als auf einen Wink des Anführers einer seiner Männer die junge Frau hochzerrte und ihr die Arme nach hinten bog. Durch die körperliche Blöße wirkte sie noch verletzlicher, als sie es ohnehin schon war.

»Lasst sie«, bat Adolana leise, woraufhin der Mann ihrem Wunsch nachkam und sie sich wieder auf den Boden kauerte.

Da er anscheinend davon ausgeht, dass ich eine mündliche Botschaft für den Welfen habe, kann ich ihm vielleicht eine Lüge auftischen, schoss es Adolana blitzartig durch den Kopf, während der Anführer sie abwartend musterte.

»Schade eigentlich«, gab er bedauernd von sich, während sein Blick an ihrer zierlichen Figur hängen blieb. »Die da hat schon mehrere über sich drübersteigen lassen. Der Letzte hat es leider nicht mehr geschafft, die Hosen wieder hochzuziehen«, plauderte er munter weiter.

Seine Männer, deren Anzahl Adolana auf mindestens zwölf schätzte, johlten ausgelassen. Dabei schickte sie mehrere Stoßgebete zum Himmel, damit die Männer nicht auch noch auf den Gedanken kamen, ihr die Kotte vom Leib zu reißen. Dann würden sie das fein säuberlich eingenähte Geld Richenzas finden und, was vielleicht viel schlimmer wäre, auch Gertruds geheime Nachricht.

»Nun? Ich warte.«

»Ich soll hier vor allen diese wichtige Botschaft verkünden?«, fragte Adolana ungläubig. Sie versuchte Zeit zu schinden, denn etwas wirklich Gutes war ihr bisher nicht eingefallen.

Wieder packte der fremde Ritter sie und zog sie von den

anderen weg zu ihrem Zelt, auf dessen Dach sich eine große Wasserpfütze gesammelt hatte.

»Also?«

Lässig lehnte der Anführer an dem Baum, dessen Blätterdach in der letzten Nacht einige Tropfen abgefangen hatte. Erst letzte Nacht, dachte Adolana. Waren seitdem wirklich nur ein paar Stunden vergangen? Sie drehte den Kopf nach rechts und schaute über das Wasser des Weihers, das im trüben Licht des Tages grau und kalt aussah. Mit einem Mal wusste sie, welchen Bären sie dem Mann aufbinden konnte.

»Der dänische König hat den Welfen Unterstützung zugesagt. Er wird das Heer persönlich anführen und zusammen mit den sächsischen Fürsten den edlen Herrn Welf bei seinem Anspruch auf den baierischen Herzogtitel unterstützen«, sagte sie leise und mit der gewissen Prise Hochmut, die Richenza sie gelehrt hatte.

Der lauernde Blick, mit dem ihr Peiniger der Antwort gelauscht hatte, verschwand ebenso schnell wie die Anspannung aus seinem muskulösen Körper.

»König Erik?«, murmelte er mehr zu sich selbst und schüttelte nachdenklich den Kopf. Dann zuckte er mit den Schultern und betrachtete Adolana mit einer Mischung aus Ungläubigkeit und Bosheit. »Warum nicht? Habt Dank für Euer Entgegenkommen, wertes Fräulein. Falls Ihr mir etwas verschweigen solltet, werde ich es herausbekommen. Aber ich denke, das ist Euch klar. Wir werden noch eine Weile unterwegs sein, bis Ihr Euer Wissen direkt meinem Herrn weitergeben könnt. Doch keine Angst, Ihr seid ein appetitlicher Happen, dessen Wohl ich mit meinem Schwert verteidigen werde.«

Ebenso schnell, wie er kurz zuvor Adolana eine Ohrfeige verpasst hatte, zog er sie jetzt zu sich heran und drückte seinen Mund auf ihre Lippen. Der Kuss war brutal und zum Glück kurz. Adolana war kaum frei, als sie ausholte und ihm ihrerseits eine Ohrfeige versetzte.

»Ihr habt mir Euer Wort als Edelmann gegeben«, fauchte sie und hob instinktiv den Arm, als der Ritter nach einem kurzen Moment der Verblüffung erneut ausholte.

»Schlagt zu und Ihr seid tot.«

Im ersten Augenblick sah Adolana nur die Spitze eines ziemlich großen Messers, die auf den Hals des Anführers gerichtet war. Die Stimme hatte in ihr ein merkwürdiges Kribbeln ausgelöst, das sich verstärkte, als sie in die dunklen, fast schwarzen Augen des Mannes sah, der halb hinter ihrem Peiniger auftauchte.

»Berengar«, flüsterte sie tonlos und schwankte.

An der Seite ihres Sohnes verließ Gertrud die Stille der St.-Johannis-Kirche und tauchte in das geschäftige Treiben des Burghofes ein.

»Wenn Ihr erlaubt, werde ich nach den Aufbauarbeiten im Dorf sehen, Mutter«, bat der zwölfjährige Heinrich höflich.

Zerstreut nickte sie ihrem Sohn zu, der sich hocherhobenen Hauptes in Richtung Stall begab. Die schmale Gestalt hielt sich kerzengerade und erinnerte sie schmerzlich an ihren verstorbenen Mann. Selbst Heinrichs dunkelbraune Haare, die er kinnlang trug, und der etwas steife Gang, der bei einem Zwölfjährigen seltsam anmutete, glichen seinem Vater. Die junge Witwe stieß einen langen Seufzer aus und ließ sich, einer spontanen Eingebung folgend, auf der Steinbank nieder, die sich an der langen Seite des Kirchenschiffs befand. Mit geschlossenen Augen genoss Gertrud die Wärme der Sonnenstrahlen und versuchte in den paar gestohlenen Minuten Kraft zu sammeln.

Eigentlich hätte sie gleich nach dem Besuch des Gotteshauses, das ihr so viel mehr bedeutete als die halb fertige

Stiftskirche in Lutter, ihre Mutter aufsuchen müssen. Ungeachtet dessen brauchte sie einfach ein wenig Zeit. Zeit, die ihr seit dem Tod ihres Mannes ständig zu fehlen schien. Genauso wie seitdem das schlechte Gewissen an ihr nagte, da sie ihrem Sohn nicht mehr gerecht wurde. Jedenfalls empfand sie das so, obwohl sie sich nicht sicher war, ob Heinrich die letzten Monate ebenfalls so empfand. Langsam, aber stetig entschwand der Junge ihrem Einfluss, was nicht nur an Richenzas regelmäßigem Einwirken auf ihn lag. Es war das Erbe seines Vaters, der Stolz des Welfengeschlechts, das er in sich trug, dessen war sich Gertrud sicher.

»Kann ich Euch helfen, meine Tochter?«

Gertrud öffnete die Augen und schirmte sie mit der Hand gegen die Helligkeit der Sonnenstrahlen ab. In dem Augenblick hallte der Hufschlag zweier Pferde über den Burghof, in Richtung der heruntergelassenen Zugbrücke. Ohne hinzusehen wusste die Herzogwitwe, dass ihr Sohn die Süpplingenburg verließ.

»Danke, ehrwürdiger Herr Propst. Ich habe mich nur ein wenig ausgeruht und die Wärme des herrlichen Tages genossen«, antwortete Gertrud dem ehemaligen Leiter der kaiserlichen Kanzlei ihres verstorbenen Vaters, dessen Rat sie immer gerne gesucht und geschätzt hatte.

Bei ihrem Problem konnte er ihr unglücklicherweise nicht helfen, deshalb gab sie, wenn auch widerstrebend, ihren sonnigen Platz auf und erhob sich. Es war unnötig, den Vorsteher des Kollegiatsstifts mit diesen Dingen zu belasten.

»Dann sucht wenigstens die Hilfe unseres Herrn, wenn Ihr meine nicht annehmen könnt. Er wird Euch beistehen.«

Nach ihrem Dank und dem Versprechen, in einem innigen Gebet Beistand zu ersuchen, sah sie dem Geistlichen nach, wie er in Richtung des Wohngebäudes ging. Sämtliche Stiftsmitglieder wohnten in dem solide gebauten Haus, dessen Außenwand mit der Mauer verbunden war, die den Innenbereich mit Kernburg und Stift umgab. Mit einem erneuten Seufzer wandte sie sich anschließend in Richtung des Wohnturms, um ihre Mutter aufzusuchen. Die einzige Person, die ihr zwar keinen Beistand, aber möglicherweise Hilfe anbieten konnte.

»Ich fürchte, wir können nichts mehr für Adolana tun.«

Mit diesem einen Satz machte Richenza die Hoffnung ihrer Tochter zunichte. »Selbstverständlich werden wir gleich einen unserer besten Reiter hinterherschicken, wenngleich der Abstand meines Erachtens bereits viel zu groß ist.«

»Hätte Graf Bernhard bloß früher von dem möglichen Verräter erfahren«, stöhnte Gertrud und ließ sich auf einen der dick gepolsterten Stühle in der Kemenate ihrer Mutter fallen.

Sie hatte die Nachricht des Plötzkauer Grafen vor einer halben Stunde erhalten. In dem sicheren Wissen, dass sie eigentlich nichts mehr tun konnte, um die Gefahr abzumildern, in der ihre Hofdame schwebte, hatte sie zunächst Trost in der St.-Johannis-Kirche gesucht.

»Hätte Bernhard von Plötzkau sich seinerzeit nicht den Staufern zugewandt, wäre vieles anders gekommen«, erwiderte Richenza verächtlich. Die Kaiserwitwe saß am Fenster vor ihrem großen Stickrahmen, dessen düstere Farben Gertruds Stimmung weiter drückten.

Müde schüttelte die Tochter den Kopf. Sie war diese ganzen Streitigkeiten und Machtspiele so leid.

»Vergebt mir, aber das hat rein gar nichts damit zu tun. Er hat einen Fehler gemacht und versucht nun mit aller Kraft, ihn wiedergutzumachen. Ich werde mich gleich darum kümmern, dass jemand der Gruppe nachreitet. Wenn Adolana etwas angetan wird, könnte ich mir das niemals verzeihen«, sagte Gertrud mit einer Hoffnungslosigkeit, die ihrer Stimme zum letzten Mal beim Tod ihres Gemahls angehaftet hatte.

»Das kannst du gerne tun. Ich zweifele allerdings am Erfolg dieses Unternehmens. Wenn die Gruppe aufgrund eines Verrats überfallen wurde, wird man niemanden mehr retten können. Für den Fall, dass Adolana verschleppt wurde, gilt meines Erachtens das Gleiche. Wer sollte sie auf Feindesgebiet retten?«, brachte Richenza ihre Bedenken hervor und drückte damit die Stimmung ihrer Tochter noch weiter.

Nachdem ihre Tochter das Gemach verlassen hatte, starrte Richenza auf den abgestorbenen Baum, den sie zur Hälfte bereits fertiggestickt hatte.

Überall um sie herum Verrat. Sie, die sonst vor Tatendrang und Energie nur so strotzte, fühlte sich seit geraumer Zeit erschöpft und ausgelaugt. Ihr Mann fehlte ihr, und das mit jeder Minute eines jeden Tages und jeder langen, dunklen Nacht, die seit seinem Tod vergangen waren. Wäre da nicht ihr Enkelsohn, würde sie sich am liebsten in ein Kloster zurückziehen und auf den Tod warten. Diese Freiheit besaß sie zu ihrem Leidwesen nicht, denn Heinrich war noch sehr jung und brauchte jede Unterstützung, damit sein Erbe nicht gänzlich verlorenging.

»Schade um das schöne Geld«, murmelte die verbitterte Frau und schob die lange Nadel durch das Tuch. Schon nach dem nächsten Stich ließ sie die Hand erneut auf den Schoß sinken, und ihre grauen Augen füllten sich mit Tränen.

Es gab nur wenige Menschen, denen sie Achtung entgegenbrachte. Adolana gehörte dazu. Die junge Frau hatte sich in den letzten Jahren ihren Respekt erkämpft. Mit Gradlinigkeit, Loyalität und einer gehörigen Portion Mut. Zudem besaß Adolana eine Menschlichkeit, die wahrlich selten war. Die junge Frau kümmerte sich um all jene, die in Not gerieten, und auf ihre Freundschaft war Verlass.

Die geflüsterten Worte waren so leise, dass die Kaiserwitwe sie selbst kaum hörte.

»Bitte halte deine schützende Hand über sie.«

Zum Glück hatte Adolana rechtzeitig nach der dicken Stange gegriffen, an der die Plane ihres Zeltes befestigt war. Der eichene Stecken wackelte bedenklich, hielt aber dem unerwarteten Druck stand.

»Berengar?«, fragte der Anführer der Männer, der sich plötzlich auf der anderen Seite wiederfand. »Berengar von Wolfenfels? Was zum Teufel soll das?«

Adolana, die sich noch immer mit weit aufgerissenen Augen an der Stange festhielt, hörte bei der Erwähnung des Namens hinter sich gedämpftes Gemurmel.

Ohne die Klinge des Messers auch nur ein winziges Stück vom Hals des Mannes wegzunehmen, trat der Angesprochene einen Schritt zur Seite, so dass er halb zu sehen war. Auch wenn Adolana vorher seine Stimme nicht wiedererkannt hätte, müsste sie nun keinen Moment zögern. Die dunklen, welligen Haare trug er länger, als sie es in Erinnerung hatte, und selbst unter dem speckigen dunkelbraunen Umhang waren die breiten Schultern zu erkennen. Dessen ungeachtet waren es der gleiche nachdenkliche Blick und die gleiche sehnige, hochgewachsene Statur wie bei ihrem letzten Treffen vor fast sechs Jahren.

»Ihr befindet Euch kaum in der Position, um Fragen zu stellen, Rudger«, bemerkte Berengar gelassen. »Sagt Euren Männern, sie sollen die Waffen ablegen und in der Nähe des Feuers auf einen Haufen werfen.«

»Glaubt Ihr wirklich, Ihr allein habt gegen uns alle auch nur den Hauch einer Chance? Egal was über Euch erzählt wird, Ihr überschätzt Eure Fähigkeiten gewaltig, denn wenn ich meinen Männern sage, sie sollen ohne Rücksicht auf mich vorgehen, werden sie genau das tun«, stieß der Mann rau hervor.

»Wer sagt denn, dass ich alleine bin?«, fragte Berengar.

Wie auf Kommando traten fünf grimmig aussehende Männer mit gezogenen Schwertern zwischen den Bäumen hervor, ohne dass irgendjemand vorher von ihnen Notiz genommen hatte. Jeder war bemüht, nichts von dem zu verpassen, was zwischen den beiden Rittern vorging.

Die Neuankömmlinge befanden sich zwar immer noch in der Unterzahl, doch die Gefangensetzung ihres Anführers verunsicherte Rudgers Männer. Zögernd traten sie nach und nach alle ein Stück vor und warfen ihre Waffen auf den nassen Boden.

»Wieso tut Ihr das? Wir sind auf derselben Seite, schon vergessen? Außerdem bedroht Ihr einen Gefolgsmann des Königs. Ich bin in seinem Auftrag unterwegs und rate Euch schleunigst, dieses Possenspiel zu unterlassen«, drohte Rudger von Papenberg zornig. Die Haut in seinem Gesicht, die nicht von dem grauen Vollbart verdeckt wurde, nahm eine ungesunde rote Farbe an.

»Mir kommen gleich die Tränen«, spottete Berengar. »Ich weiß zwar nicht, wem Ihr Eure Dienste dieses Mal angeboten habt, aber Konrad ist es ganz bestimmt nicht.«

Zeitgleich griff der dunkel gekleidete Ritter nach Rudgers Schwert und zog es mit einem Ruck hervor. Wie durch Zauberei tauchte plötzlich ein weiterer Mann auf, und Adolana hielt erschrocken die Luft an. Noch nie zuvor in ihrem Leben hatte sie so einen Menschen gesehen. Dunkelhäutig, hager und fast noch ein Stück größer als Berengar, kam er ihr vor wie ein Wesen aus einer anderen Welt. Ohne dass es einer weiteren Aufforderung Berengars bedurfte, band der Fremde mit geübten Bewegungen die Handgelenke des Gefangenen auf dem Rücken zusammen.

Der überraschte Rudger hatte sich schnell unter Kontrolle und zischte mit einem Blick auf den Dunkelhäutigen: »Abd al-Mansur! Ich hätte mir denken können, dass der Einäugige dahintersteckt.«

Während sich der fremdländisch aussehende Begleiter Berengars nach dem Schwert bückte und zu Adolanas Erstaunen dabei das weiße Tuch, das er um den Kopf geschlungen hatte, nicht herunterfiel, wurde ihr bewusst, dass sie beobachtet wurde.

»Jetzt seid so gut und erzählt mir, warum Ihr diese friedliche Reisegruppe überfallen habt. Euer Charakter war zwar noch nie der beste, bisher war mir allerdings nicht bekannt, dass Ihr unter die Räuber gegangen seid«, erkundigte sich Berengar interessiert, nachdem er den Blick von Adolana abgewendet hatte.

»Friedliche Reisende?«, höhnte Rudger. »Dass ich nicht lache! Ihr dürft dem unschuldigen Blick dieses edlen Fräuleins hier keinen Glauben schenken. Sie befindet sich im Besitz brisanter Nachrichten, die für unseren König von entscheidender Wichtigkeit sind. Ihr solltet mich jetzt wirklich losbinden und meine Männer und mich ziehen lassen.«

»Hat sie Euch das etwa gesagt?«, fragte Berengar ungläubig.

Ungeduldig schüttelte Rudger den Kopf und gab ein unwilliges Schnauben von sich. »Zuerst natürlich nicht. Behauptete, sich auf dem Weg zu ihrem Onkel zu befinden. Aber dann ist sie damit herausgerückt. Sicher hätte ich noch mehr aus ihr herausbekommen, wenn Ihr nicht eingeschritten wäret.«

»Gar nichts hättet Ihr erfahren. Und mit dem, was sie

Euch angeblich mitgeteilt hat, könnt Ihr nichts anfangen«, entgegnete Berengar trocken und wandte sich erneut Adolana zu, die ihren bisherigen Halt nicht mehr benötigte und sich von dem Schrecken erholt hatte.

»Ach, seid Ihr allwissend, oder woher nehmt Ihr diese Erkenntnis?«, erkundigte sich Rudger spitz.

»Nichts von alldem. Sie befindet sich in der Tat nicht auf dem Weg zu ihrem Onkel, sondern zu ihrem Verlobten. Ich bin ihr entgegengereist.«

Verblüffung zeigte sich nicht nur in von Papenbergs Miene. Adolana schnappte hörbar nach Luft, wich Berengars Blick aber verwirrt aus.

»Eine völlig neue Entwicklung, das muss ich schon sagen. Woher wisst Ihr davon, dass sich diese spröde Schönheit vermählen wird?«

Seit seinem Auftauchen grinste Berengar zum ersten Mal freundlich und entgegnete trocken: »Ich muss es wissen, schließlich handelt es sich um mein zukünftiges Eheweib.«

Adolana hätte nicht gedacht, dass Rudgers Verblüffung sich noch steigern könnte, zumal sie selbst Berengars Antwort gar nicht richtig verarbeitet hatte. Doch im Gegensatz zu ihr wandelte sich die Miene des Ritters in jähe Belustigung.

»Fast hättet Ihr es geschafft, Berengar. Ein verflucht gerissener Hund seid Ihr, das muss ich Euch lassen. Fast wäre ich Euch auf den Leim gegangen. Aber ich durchschaue Euch. Niemals handelt es sich bei dieser Welfengetreuen um Eure Verlobte.«

»Verzeiht mir, bitte, Fräulein Adolana, aber es muss sein.«

Ehe sie es sich versah, griff Berengar nach ihrem Umhang und schlug eine Seite zurück, so dass die noch feuchte blaue Kotte zum Vorschein kam. Als er nach dem Tuch fasste, das sie wie immer locker gebunden um den Hals trug, trat Adolana automatisch einen Schritt zurück.

Berengar war jedoch schneller. Mit einem Ruck löste sich das dünne Tuch und fiel achtlos zu Boden. Er stutzte für den Bruchteil eines Augenblicks, nachdem er die silberne Kette ergriffen hatte, und ließ sie dann los, als hätte er sich verbrannt.

»Seid so gut und reicht mir Euer Schmuckstück«, bat er mit belegter Stimme.

Adolanas Gesicht glühte vor Scham, als ihr klarwurde, was er wollte. Woher weiß er, dass ich sein verdammtes Geschenk immer noch trage?, dachte sie verwirrt, während ihre Hände wie von selbst zu der Kette glitten. Im nächsten Moment reichte sie ihm das Amulett und zwang sich dabei, seinen Blick zu erwidern. Als sich ihre Hände flüchtig berührten, zog sich ihr der Magen zusammen, und die Hitze auf ihren Wangen verstärkte sich.

»Habt vielen Dank«, murmelte Berengar leise und mit einer Spur Erleichterung. Dann hielt er die Kette hoch, so dass das silberne Amulett in der Luft pendelte. »Ich nehme an, Ihr kennt das Wappen meiner Familie?«

Rudger von Papenbergs kräftige Statur schien zu schrumpfen, als er zögernd nickte und kaum hörbar »Wolfenfels« raunte.

»Edle Adolana, für immer Euers«, sagte Berengar ruhig und reichte ihr mit forschendem Blick das Schmuckstück.

Erst nach einigem Zögern griff die junge Frau danach und hängte sich die Kette langsam wieder um.

Eine Zeitlang war es still an dem kleinen Weiher, dann schien Rudger erst auf die Idee zu kommen, die Verlobte selbst zu fragen.

Obwohl Berengar sich ruhig verhielt und sie seinen Blick nicht erwiderte, konnte Adolana seine Anspannung förmlich spüren. Einen winzigen Moment zögerte sie, und die erneute Stille schien sie plötzlich zu erdrücken. Wie sollte sie reagieren? Einfach zustimmen, ohne die möglichen Folgen zu beachten? Wie würde Richenza reagieren, deren Mündel sie nach dem Tod des Kaisers geworden war? Wobei Adolana sich eingestehen musste, dass diese Frage im Moment für sie kaum entscheidend sein sollte. Richenza war weit weg und konnte ihr ohnehin nicht helfen. Andererseits hatte sie Berengar als einen Mann kennengelernt, der sein Handeln selbst in jungen Jahren gründlich durchdachte. Kurz entschlossen reckte sie das Kinn ein wenig in die Höhe und antwortete mit fester Stimme: »Sagt mir, Ritter, warum sollte ich wohl sonst ein solches Amulett um den Hals tragen? Es gibt wahrhaft zartere Schmuckstücke für ein Edelfräulein.«

Mit einem verstohlenen Seitenblick nahm sie Berengars Erleichterung wahr, während Rudgers Gesichtsausdruck missmutiger denn je wurde.

»Nun denn, dann bitte ich um Verzeihung für das Leid, das ich Euch und Euren Reisegefährten angetan habe.«

Allein die Verbeugung des fremden Edelmannes war die Lüge wert, dachte Adolana und schob ihre Bedenken zur Seite. Was sollte ihr schon groß passieren? Berengar würde sie ohne Frage sicher an ihr Ziel geleiten, und dort würden sich ihre Wege erneut trennen.

Wie falsch sie mit der Annahme lag, sollte Adolana bereits kurze Zeit später erfahren, kaum dass ihr vermeintlicher Verlobter den schlechtgelaunten Rudger von Papenberg von seinen Fesseln befreit hatte.

Adolana hatte sich an die Verletzung auf der Wange des drahtigen kleinen Ritters erinnert und zu der Gruppe begeben. Dem aufmunternden Blick des älteren Mönches begegnete sie trotz ihrer Erleichterung mit einem kläglichen Lächeln. Zusammen mit Norbert und den anderen Männern stand er bei dem fremdländisch aussehenden Mann, der die Gefangenen mittlerweile von ihren Fesseln befreit hatte. Leider hatte er auch in aller Stille die Schnittwunde des Verletzten versorgt und damit für Adolana jede Möglichkeit der Ablenkung zunichtegemacht.

Waldemar lag offensichtlich bewusstlos am Boden. Eine Welle des Mitleids überrolle Adolana bei dem Anblick seines bleichen, blutverschmierten Gesichts, und sie hockte sich neben den Schwerverletzten. Schließlich hatte Waldemar den harten Fußtritt gegen den Kopf nur erhalten, weil er ihr hatte beistehen wollen.

Ohne sich um die anderen zu scheren, riss Adolana ein Stück ihres leinenen Unterkleids ab und reichte es einem jungen Mann aus ihrer Reisegruppe, der bis auf eine kleine Wunde am Arm unverletzt schien.

»Taucht es bitte ins Wasser.«

Adolana wäre gern selbst zum Weiher gegangen, entschied sich aber aus zwei Gründen dagegen. Zum einen lag die Aufmerksamkeit fast aller Männer auf ihrem Handeln, zum anderen graute es ihr davor, sich in die Nähe der Leichen zu begeben.

Der durcheinander wirkende Junker hatte ihr gerade das nasse Tuch gereicht, als die meisten Männer nach ihren Schwertern griffen. Auch Adolana zuckte bei dem Geräusch der sich nähernden Reiter zusammen. Als die ersten aus der Gruppe den Wald durchbrachen und auf der Lichtung beim Weiher erschienen, zog Rudger gelassen und mit einem merkwürdigen Grinsen die Hand vom Griff des Schwertes, das Berengar ihm zwischenzeitlich gereicht hatte.

»Wie schön, Euch hier zu sehen, Georg«, begrüßte er den Anführer der fast zwanzig Mann starken Reitergruppe und ging mit ausgebreiteten Armen auf ihn zu.

Eine unheilvolle Ahnung breitete sich in Adolanas Bauchgegend aus, und ein Blick in Richtung Berengar bestätigte ihren Verdacht. Seine bislang eher unbeteiligte

Miene wirkte nun grimmig und angespannt, denn damit befanden sie sich deutlich in der Unterzahl.

Haben wir jetzt etwa noch etwas zu befürchten?, fragte sich Adolana und legte das nasse Stück Tuch auf Waldemars Stirn. Beide Ritter sind Anhänger des Stauferkönigs, und weder ich noch meine Begleiter sind durch meine vermeintliche Verlobung weiterhin in Gefahr. Oder womöglich doch?

»Mein lieber Georg, Ihr habt wahrlich den besten Zeitpunkt ausgesucht, den Ihr finden konntet«, begrüßte Rudger von Papenberg den blonden Neuankömmling, der mittlerweile abgestiegen war und ziemlich erstaunt die Umarmung erwiderte. »Sicher erinnert Ihr Euch noch an Berengar von Wolfenfels. Stellt Euch vor, um ein Haar hätte ich dieses hübsche Edelfräulein für eine welfische Verräterin gehalten. Dabei handelt es sich um seine Verlobte, und um meinen Fehler wiedergutzumachen, werde ich nun alle auf meine Burg einladen, damit wir dort Hochzeit feiern.«

Adolana schnappte hörbar nach Luft und starrte ungläubig zuerst auf Rudger, dessen Strahlen etwas Bösartiges anhaftete, und dann auf den Mann, den er Georg genannt hatte. Erst jetzt fiel ihr auf, dass sich sein Erstaunen in Schadenfreude verwandelt hatte. Hilfesuchend sah sie zu Berengar hinüber, der für einen Moment unschlüssig wirkte, sich aber schnell wieder fasste und Gelassenheit ausstrahlte.

Er weiß eine Lösung für dieses Dilemma, ging es Adolana jäh durch den Kopf, und sie traute ihren Ohren darauf kaum, als sie seine Antwort hörte.

»Auch wenn ich gehofft hatte, auf Burg Wolfenfels heiraten zu können, so würde ich niemals wagen, Euer Angebot auszuschlagen. Immerhin bringt mich das schneller ans Ziel all meiner Wünsche, als ich es mir je erträumt hatte.«

13. KAPITEL

Es lag sicher nicht nur an der Kälte, die in der kleinen Kapelle herrschte, dass sich Adolanas Hände eisig anfühlten und unablässig zitterten. Selbst Thomas' wohlklingende Stimme löste in ihr zum ersten Mal ein leichtes Unbehagen aus. Und obwohl sie der Sprache mächtig war, verstand die junge Frau kaum den Sinn der lateinischen Worte. Erst der warme und feste Händedruck, mit dem Berengar ihre zitternde Hand hielt, löste ihre Erstarrung.

Nachdem sie die Toten am Rand der Lichtung beerdigt hatten und der ältere Ordensbruder für die Verstorbenen ein Gebet gesprochen hatte, waren sie aufgebrochen. Am frühen Nachmittag hatten sie die Steckelsburg erreicht, und keine zwei Stunden später fand sich Adolana an der Seite Berengars in der kleinen Kapelle der Burg wieder. Obwohl Rudger von Papenberg dem Brautpaar keine Gelegenheit gegeben hatte, um allein ein paar Worte zu wechseln, verstand Adolana auch so, dass es keinen anderen Ausweg für sie gab. Dahingehend machte sich die verstörte junge Frau keine Illusionen. Sie wurden nur so lange freundlich auf der Steckelsburg behandelt, wie sie das taten, was der Burgherr wollte. Und der hatte sich aus irgendeinem, für die junge Frau unerfindlichen Grund in den Kopf gesetzt, Berengar ohne weitere Verzögerung mit ihr zu vermählen.

Aus den Augenwinkeln betrachtete sie den Mann, der in Kürze ihr Ehemann sein würde. Seine gelassene Haltung war vorgetäuscht, das konnte sie an dem gelegentlichen

Zucken eines Muskels an seinem Kinn erkennen. Ansonsten wunderte sie sich fast ein wenig über das Gefühl der Geborgenheit, das sie an seiner Seite empfand. Trotz der unwirklichen Situation fühlte sie sich sicher, was höchst seltsam war.

Zum Glück hatte Berengar durchsetzen können, dass Thomas sie traute. Adolana war mehr als überrascht gewesen, als sie entdeckt hatte, dass die beiden Männer sich kannten. Obwohl sie es dem Mönch ein wenig nachtrug, dass er sie über seine Bekanntschaft mit Berengar im Unklaren gelassen hatte, war sie dennoch froh, in dieser unwirklichen Situation seinem vertrauten Gesicht gegenüberzustehen.

»Hiermit erkläre ich euch zu Mann und Frau.«

Entsetzt fuhr Adolana aus ihren Gedanken auf. Hatte sie überhaupt vor Gott eingewilligt? Sie konnte sich gar nicht an ihre Zustimmung erinnern.

»Nicht so schüchtern, Berengar. Ihr dürft Euer Eheweib nun küssen.«

Rudgers hämische Worte dröhnten Adolana in den Ohren, und als ihr Angetrauter flüchtig mit den Lippen ihre Wange streifte, verflog urplötzlich die Kälte.

»So zurückhaltend kenne ich Euch gar nicht. Wegen uns braucht Ihr Euch keineswegs zügeln.«

Verhaltenes Gelächter erklang. Einige der Anwesenden schienen tatsächlich nicht vergessen zu haben, wo sie sich befanden. Den übrigen half Thomas mit scharfen Worten auf die Sprünge.

»Mäßigt Euch, edle Herren. Eure Worte sind vermessen vor dem Angesicht Gottes.«

Selbst Rudgers anzügliches Grinsen verschwand, als er dem Brautpaar aus der Kapelle nach draußen folgte.

Die dichte Wolkendecke war aufgerissen, und vereinzelt schickte die Maisonne ihre warmen Strahlen auf die Erde.

Was für ein wundervoller Hochzeitstag, dachte Adolana bitter, obwohl sie sich insgeheim eingestehen musste, dass sie im Grunde gar nichts gegen ihren Gemahl einzuwenden hatte. Beide hatten sich nicht umziehen dürfen. Im Gegensatz zu Adolanas zerrissener Kotte gab Berengar in seiner dunklen, leicht abgetragenen Kleidung aus edlem Tuch einen stattlichen Bräutigam ab. Wie mag ihm wohl zumute sein?, überlegte die Frischvermählte, während sie verstohlen sein gelassen wirkendes Gesicht musterte. Sicher hatte er sich in seinen kühnsten Träumen nicht vorgestellt, wohin ihn seine Lüge bringen würde. Gab es womöglich eine andere Frau, an die er gerade dachte? Und die jetzt für ihn unerreichbar geworden war, da er durch diese Heirat an eine ihm fast fremde Welfenanhängerin gebunden war?

»Fast hatte es den Anschein, als würdet Ihr nach dem Tod meines verehrten Schwagers doch noch zu meiner Familie zählen, Berengar.« Rudgers Worte trieften vor Sarkasmus und ließen Adolana aufhorchen.

Was meinte er damit? Nach einer Antwort suchend, richtete Adolana den Blick fragend auf Berengar, dessen eben noch gelassener Gesichtsausdruck wie versteinert wirkte.

»Tut mir außerordentlich leid, dass ich Euch enttäuschen muss. Sicher ist es nicht meine schlechteste Entscheidung, dass ich mich gegen eine zukünftige Verwandtschaft mit Euch gewandt habe«, entgegnete Berengar leidenschaftslos und ergriff die Hand seiner Frau. »Bestimmt werdet Ihr verstehen, dass wir jetzt aufbrechen müssen. Ich möchte, dass meine Gemahlin so schnell wie möglich ihr zukünftiges Zuhause kennenlernt.«

Sofort verfinsterte sich der Ausdruck des Burgherrn. »Eure erste Nacht werdet Ihr hier verbringen, denn morgen erwarte ich meine Schwester. Sie wird Euch sicher gratulieren wollen.«

Rudgers Männer zogen sich fast unmerklich dichter um ihren Herrn zusammen, und der Druck von Berengars Hand verstärkte sich. Ritter Georg stand mit erwartungsfrohem Ausdruck neben dem Burgherrn.

In dem Augenblick wurde Adolana klar, dass Rudger sie nicht gehen lassen würde. Er hasste Berengar, das war vom ersten Moment an offensichtlich gewesen. Würde er sie hier irgendwann alle ermorden lassen und irgendwo verscharren, wie die armen Männer auf der Lichtung? Wer wusste schon, wo sie sich befanden? Und was zum Henker ist mit Rudgers Schwester?, fragte sie sich.

Unbewusst hatte Adolana die Nähe ihres Gemahls gesucht. Mit einem Mal fiel ihr auf, wie gelassen Berengar trotz der Aussichtslosigkeit ihrer Situation blieb.

»Was gibt es?«, fragte Thomas neben ihr leise, der gerade erst die Kapelle verlassen und nichts von dem Gespräch mitbekommen hatte.

Die Antwort lieferte Berengar selbst und überraschte damit nicht nur seine Gemahlin, sondern vor allem Rudger.

»Ich bin mir sicher, dass die edle Beatrix den Weg zur Burg Wolfenfels nicht scheuen wird, um mir ihre guten Wünsche zu überbringen«, entgegnete der Ritter trocken. »Auch mein Lehnsherr, Herzog Friedrich, wird von mir erwarten, dass ich ihm meine Gemahlin vorstelle. Daher habe ich mir erlaubt, Abd al-Mansur vorauszuschicken, um dem Herzog meine unverhoffte Vermählung mitzuteilen.«

Die Gesichtsfarbe des Burgherrn wechselte von einer ungesunden Blässe zu einer noch bedenklicheren Röte, als er sich aufgebracht nach dem Mann mit der seltsamen Kopfbedeckung umsah.

Auch Adolana war das Fehlen des Fremden bisher nicht aufgefallen. Wann hatte er sich von der Gruppe entfernt, und vor allem, wie war es ihm gelungen, unbemerkt zu entkommen?

»Glaubt ja nicht, dass ich das vergessen werde«, stieß Rudger zwischen zusammengepressten Lippen hervor.

Berengar zuckte mit den Schultern und bemerkte fast beiläufig: »Nun, dadurch unterscheidet Ihr Euch von Eurer Schwester. Sie vergisst immer wieder, was ich ihr vor ihrer Eheschließung gesagt habe.«

Mit gemischten Gefühlen betrachtete Adolana das zynische Lächeln, das die Lippen ihres Gemahls umspielte. Die bittere Erkenntnis, fast gar nichts von ihm zu wissen, bereitete ihr mit einem Mal Unbehagen. Trotzdem ließ sie sich willig mitführen, als Berengar nach ihren Pferden verlangte und die Tiere auf Rudgers unwirschen Befehl hin herbeigebracht wurden.

Völlig überraschend nutzte der schlechtgelaunte Burgherr den Moment, als Adolana bereits auf Nebula saß und ihr Gemahl zu seinem Tier ging.

»Seid so gut, edle Frau Adolana, und grüßt mir den Vater Eures Gatten herzlich. Ich bin sicher, er wird sehr glücklich über seine neue Schwiegertochter sein.«

Ehe Adolana reagieren konnte, hatte Rudger nach ihrer Hand gegriffen und sie an seine Lippen geführt.

Hastig und voller Ekel riss sie die Hand weg. Die ganze Zeit über hatte sie geschwiegen, doch jetzt reichte es ihr. »Bevor mir Euer Name über die Lippen kommt, beiße ich mir lieber die Zunge ab«, zischte sie und zog ihm mit einem heftigen Ruck die Zügel aus den Händen.

Der aufglimmende Zorn in Rudgers Augen entging ihr genauso wenig wie die Erheiterung, die ihre unschickliche Androhung bei ihrem Gemahl auslöste.

»In spätestens zwei Tagen werdet Ihr Euer neues Zuhause kennenlernen, Adolana«, sagte Berengar, und die Wärme seiner Worte umfing sie wie eine schützende Hülle.

Sie waren nicht mehr weit von Burg Wolfenfels entfernt, und Berengar hätte die Ankunft gerne noch weiter hinausgezögert. Der Wagen mit den Verletzten, den Rudger ihnen zähneknirschend geliehen hatte, folgte ihnen mit einigem Abstand. Das langsame Fortkommen hatte Berengar dazu bewogen, zwei seiner Ritter zum Schutz der Verwundeten zurückzulassen. Die verbliebenen drei Männer begleiteten seine Gemahlin und ihn. Die verletzte Ermentraud hatte ebenfalls die Fahrt auf dem Wagen gewählt und damit den Beistand der beiden Ordensbrüder, die sich um die Versorgung der Wunden kümmerten. Die junge Frau machte einen besorgniserregend apathischen Eindruck. Adolana hatte ihrem Gemahl nichts von ihrem Verdacht erzählt. Solange sie keine Beweise hatte, wollte sie Ermentraud nicht unnötig in Schwierigkeiten bringen. Ihr Dienstmädchen hatte bereits genug grauenhafte Dinge erleiden müssen. Vielleicht hatte auf der Süpplingenburg tatsächlich jemand anders an der Tür gelauscht, als Adolana den Auftrag und die Münzen von Richenza erhalten hatte.

Da sie nach ihrem Aufbruch von der Steckelsburg nicht mehr viel Zeit bis zum Abend hatten, verbrachten sie die Hochzeitsnacht im Gästehaus der Abtei in Hammelburg. Berengar hatte es nicht für notwendig erachtet, die erste Nacht mit seiner Gemahlin in der Nähe von Klosterbrüdern zu verbringen, und so hatte Adolana mit zwei anderen Frauen in einem Raum etwas abseits des Klostergebäudes genächtigt. Eigentlich war er es gewohnt, mit vielen Männern in einem Schlafraum zu nächtigen. In dieser Nacht hatten ihn die Geräusche der anderen indes fast um den Verstand gebracht.

Wenigstens hatten sich die Brüder der Abtei um die Verletzten gekümmert. Danach hatte Thomas mit seinem jüngeren Begleiter die Nacht über bei ihnen gewacht. Unausgeruht und schlecht gelaunt drängte Berengar am nächsten

Morgen zum Aufbruch. Er wollte nach Hause. Zugleich graute es ihm davor.

Da Burg Wolfenfels ungefähr drei Tagesritte von der Steckelsburg entfernt lag, mussten sie noch einmal ein Quartier für die Nacht suchen. Durch den frühen Aufbruch in Hammelburg schafften sie es, in der Abenddämmerung das Gut der Herren von Wighartesheim zu erreichen. Die treuen Stauferanhänger bereiteten den Reisenden ein köstliches Mahl und stellten der völlig erschöpften Adolana ein herrlich weiches Bett zur Verfügung. Zum ersten Mal seit ihrer Eheschließung stellte Berengar die junge Frau als seine Gemahlin vor. Dennoch lehnte er es ab, das Gemach mit ihr zu teilen, und schob die fadenscheinige Begründung vor, sie müsse Kraft für die Weiterreise sammeln und brauche daher Ruhe.

Unter dem anzüglichen Grinsen der anderen Männer war Adolana vor Verlegenheit errötet, und er hatte sich insgeheim verflucht, dass er ihr diese Peinlichkeit nicht erspart hatte.

Der Ritter hatte mit seiner Gemahlin auf ihrem gesamten Ritt kaum ein Wort gewechselt. Ihre verschlossene Miene ermutigte ihn aber auch nicht gerade dazu, das Wort an sie zu richten. Was schwirren nur für Gedanken in ihrem Kopf herum?, fragte er sich zum wohl hundertsten Mal. Sie musste Anfang zwanzig sein. War das ihre erste Ehe? Bei seinem nächsten Gedanken breitete sich ein unbekanntes Gefühl in seinem Innern aus, fast so, als würde sein Magen von einer Faust umschlungen und zusammengepresst. War sie womöglich sogar verheiratet und hatte nur aus Angst geschwiegen? Dann wäre ihre Verbindung ungültig. Fraglich war, ob sie wirklich vor Gott diesen Frevel begangen hätte? Der Gedanke, dass es einen Mann vor ihm gegeben haben könnte, machte Berengar wütend und traurig zugleich. Einen Mann, der möglicherweise die Liebe dieser

Frau, *seiner* Frau, errungen hatte. Die Vorstellung zerrte an seinen Nerven und nistete sich in seine Gedanken ein. Er musste diese Angelegenheit so schnell wie möglich klären, sonst würde er keine Ruhe finden.

Wieder wagte er einen verstohlenen Blick zur Seite. Wie schön sie war! Nein, nicht schön im eigentlichen Sinn, verbesserte er sich schnell, sondern von einer Ausstrahlung, die ihn bereits vor fast sechs Jahren in ihren Bann gezogen hatte. Das Äußere täuschte über die Zähigkeit der zarten Frau hinweg.

Meiner Frau, fügte er insgeheim hinzu und zuckte im selben Moment zusammen, da die zarte Frau einen spitzen Schrei ausstieß.

»As-salāmu 'aleikum«, begrüßte Abd al-Mansur mit einer angedeuteten Verbeugung die Reiter, während seine Hand auf der linken Brust ruhte.

»Wa-'aleikum as-salām«, erwiderte Berengar den Gruß und gab der Gruppe das Zeichen zum Halten.

»Wie lange wartest du schon hier?«

»Ich habe Ausschau nach euch gehalten. Wenn ihr bis Einbruch der Dunkelheit nicht gekommen wärt, hätte ich den Herzog informiert.«

»Hast du meinen Vater bereits von unserer Ankunft unterrichtet?«, fragte Berengar nach kurzem Zögern.

Als Antwort nickte der Mann nur. Dann verschwand er ohne ein weiteres Wort zwischen den Bäumen und kehrte kurz darauf auf dem Rücken seines Pferdes zurück.

»Ihr müsst keine Angst vor ihm haben«, beruhigte Berengar seine Gemahlin, deren furchtsamer Ausdruck ihn unerwartet ärgerte. War sie nicht ebenfalls vor Jahren einem Jungen in Freundschaft verbunden, dessen Erscheinung nicht der gängigen Form entsprach? Als er jedoch Adolanas Antwort hörte, entspannte sich Berengar sichtlich.

»Ich fürchte mich keineswegs vor ihm. Einzig seine Fähigkeit, völlig lautlos und unerwartet zu erscheinen, verunsichert mich ein wenig.«

»Dann solltet Ihr Euch vor Eurem Gemahl in Acht nehmen, denn er beherrscht diese Kunst ebenfalls.«

Verblüfft starrte Adolana den dunkelhäutigen Mann an, der lächelnd den Kopf neigte und dann vorausritt.

»Wird Euer Vater sehr aufgebracht sein?«

Adolanas vorsichtig geäußerte Frage rührte Berengar und bekräftigte ihn in dem Entschluss, ihr nicht schon vorab von seiner Befürchtung zu erzählen.

»Er wird bestimmt schneller von Eurem Liebreiz verzaubert sein, als Ihr es Euch vorstellen könnt«, sagte er nur.

Adolana wirkte nicht überzeugt, denn sie schürzte die Lippen und versank erneut in brütendes Schweigen.

Sicher hatte Adolana ihr unerwartetes Wiedersehen eine größere Überraschung bereitet als ihm selbst. Beim Klang ihrer Stimme hatte er erst seinen Ohren kaum trauen wollen. *Nachdem* sie Rudger geohrfeigt hatte. Er war im Auftrag Friedrichs unterwegs, um den Wahrheitsgehalt des Gerüchts zu überprüfen, dass eine Botschaft an den Welfen unterwegs sei. Außerdem war dem Herzog zu Ohren gekommen, dass Rudger vom Löwensteiner Grafen losgeschickt worden war. Diese Nachricht gefiel Friedrich überhaupt nicht, da er in jedem Fall als Erster die möglicherweise brisanten Auskünfte erhalten wollte. Außerdem misstraute er Berengars ehemaligem Herrn, da dieser dem Welfen noch immer seine persönliche Schmach heimzahlen wollte.

Dass es sich bei dem Gesandten um eine Frau handelte, damit hatte noch nicht einmal der Herzog gerechnet.

Allerdings musste sich Berengar eingestehen, dass ihm die Idee, sich als Adolanas Verlobten auszugeben, gar nicht

so schlecht gefiel. Ebenso, wie er Rudger kaum für die erzwungene schnelle Heirat grollte. Wohl aber zürnte Berengar ihm, weil er Adolana lieber in der kleinen Kapelle von
Burg Wolfenfels geehelicht hätte.

Und das lag nicht nur daran, dass er sie in den vielen
Jahren nicht vergessen konnte, sondern auch an Beatrix.

Rudgers Schwester.

Vereinzelt drangen die Sonnenstrahlen durch die Baumwip-
fel über ihm, weshalb er jedes Mal die Augen zusammen-
kneifen musste. Auf dem Rücken liegend hatte Waldemar
auch gar keine andere Wahl, denn jede einzelne Bewegung
schmerzte. Seit er den harten Fußtritt gegen den Kopf bekommen hatte, hatte der Ritter das Gefühl, dass seine
Schädeldecke kurz vorm Platzen stand. Der Schmerz in der
Wunde am linken Arm, die von einem Messer herrührte,
war dagegen fast lächerlich.

Letztendlich waren selbst die Qualen in seinem Kopf
nichts gegen die niederschmetternde Erkenntnis, dass Adolana nun für immer verloren war.

Waldemar war aus seiner Bewusstlosigkeit erst erwacht,
als Adolana das Lager am Weiher bereits verlassen hatte.
Berengars Auftritt war daher komplett an ihm vorbei-
gegangen. Der Stiefeltritt gegen den Kopf war so hart gewesen, dass er es nicht geschafft hatte, sich auf sein Pferd
zu schwingen. Daher war er zusammen mit den anderen
Verletzten auf einen Karren verfrachtet worden, den Rudger ihnen geschickt hatte. Auf der Steckelsburg waren sie
erst in dem Moment eingetroffen, als das frisch getraute
Paar die Kapelle verlassen hatte. Auch jetzt zockelten sie in
einer quälend langsamen Geschwindigkeit auf ihr Ziel zu.
Ein Ziel namens Gefangenschaft.

Die kalte Wut hatte Waldemar gepackt, als er seinen
alten Widersacher von früher erkannte. Die Tatsache, dass

er darin einen Vorteil gegenüber Berengar hatte, half ihm leider momentan kein bisschen weiter.

Überhaupt machte er sich keinerlei Illusionen, was mit ihm und seinen Männern geschehen würde. Berengar von Wolfenfels war durch und durch den Staufern ergeben und stand seit kurzem sogar in den direkten Diensten des schwäbischen Herzogs. Waldemar war als enger Gefolgsmann Welfs gut unterrichtet und hatte von seiner Position aus stets versucht, über sämtliche Schachzüge ihrer Gegner auf dem Laufenden zu bleiben. Deshalb war ihre Situation als Gefangene des Staufertreuen aussichtslos. Selbst wenn Adolana sich für ihre ehemaligen Begleiter verwenden würde, blieben sie in diesen Zeiten erbitterte Gegner.

Niemals würden er und seine Männer auf freien Fuß gesetzt werden, solange der Konflikt zwischen seinem Herrn und dem König nicht beigelegt war. Dabei quälte ihn vor allem die Erkenntnis, in einer wichtigen Angelegenheit versagt zu haben. Die Position, die er sich im Laufe der letzten Jahre bei Welf erarbeitet hatte, war ihm zu wichtig, als dass er sie aufs Spiel setzen wollte. Zudem lag ihm wirklich etwas an seinem Lehnsherrn, der viel zugänglicher war als sein verstorbener Bruder. Bei Welf hatte Waldemar das Gefühl der Achtung und Anerkennung erfahren. Für ihn würde er sein Leben geben.

Doch was soll ich tun? Was kann ich in dieser ausweglosen Lage schon ausrichten, fragte er sich. Begleitet von diesen düsteren Gedanken rumpelte der alte Karren mit den Verwundeten über die hölzerne Zugbrücke ihres Ziels.

Burg Wolfenfels, das neue Zuhause der Frau, die er hatte beschützen sollen, war erreicht.

»Das sieht dir ähnlich! Als ob es nicht reicht, dass du seit langem die Wünsche deines alten Vaters ignorierst.

Nun stellst du mich auch noch vor vollendete Tatsachen. Schleppst mir ein Weibsstück an, das nicht nur völlig mittellos, sondern noch dazu ohne Namen von Bedeutung ist.«

Aschfahl ließ Adolana den Ausbruch des Mannes, der seit kurzem ihr Schwiegervater war, über sich ergehen. Dankbar darüber, dass Berengar ihr Halt gab, fragte sie sich, was sein Vater wohl zu ihrem Aufenthaltsort der letzten Jahre sagen würde. Seine Begeisterung darüber mochte sie sich im Moment lieber nicht ausmalen.

»Selbst als mein Vater solltet Ihr Euch mit Euren beißenden Bemerkungen vorsehen«, sagte Berengar mühsam beherrscht. »Meine Gemahlin verdient eine freundlichere Begrüßung als die ätzenden Worte eines verbitterten alten Mannes. Außerdem hat ihr Name sehr wohl eine Bedeutung, aber die braucht Euch nicht weiter zu kümmern.«

Berengars Verärgerung schien seinem Vater gleichgültig zu sein, und auch der unterdrückte Zorn, der in der Stimme des Sohnes mitschwang, beeindruckte ihn offensichtlich nicht. Plötzlich lag etwas Listiges in seinem Blick, mit dem der verhärmt aussehende Mann seine Schwiegertochter musterte.

»Nun ja, lange muss ich mir wohl keine Gedanken um diese Ehe machen. Solch ein zartes Geschöpf wird kaum die Geburt eines Kindes überstehen.«

Die Gehässigkeit der Worte ließ Adolana entsetzt nach Luft schnappen.

Ohne seine schockierte Gemahlin loszulassen, griff Berengar um sie herum und zog einen der Stühle heran, die um den großen Tisch in der Eingangshalle standen. Ehe Adolana es sich versah, drückte ihr Mann sie herunter. Er selbst ging mit langen Schritten zum Kopfende der derben Holztafel und blieb dicht vor seinem Vater stehen. Obwohl er sehr leise sprach, konnte Adolana die scharfe Warnung problemlos verstehen.

»Nur weil Ihr mein Vater seid, lasse ich Euch diese abstoßende Bemerkung durchgehen. Aber ich warne Euch. Solltet Ihr nochmals meine Gemahlin beleidigen oder Ihr womöglich schlimmeres Leid antun, dann wird Burg Wolfenfels nicht mehr Euer Zuhause sein.«

Kälte durchfuhr Adolana, die einerseits für Berengars Unterstützung dankbar war. Andererseits erschreckte sie die kompromisslose Schärfe seiner Drohung, und sie hoffte inständig, niemals den Hass ihres Mannes auf sich zu ziehen.

Berengars Vater nahm die Warnung offenbar ernst, denn er presste beleidigt die Lippen aufeinander, während sich in seinen hellbraunen Augen Furcht abzeichnete.

»Und jetzt bin ich sicher, dass Ihr die neue Herrin von Burg Wolfenfels angemessen begrüßen möchtet«, erinnerte ihn Berengar, ohne die Schärfe aus seiner Stimme zu nehmen.

Der alte Mann nickte und sagte in schleppendem Tonfall: »Verzeiht die unüberlegten Worte eines alten Mannes, Tochter, und seid mir willkommen.«

Berengar verschränkte die Arme und lehnte sich in entspannter Haltung gegen die dicke Eichentischplatte. Die grimmige Miene zeigte allerdings seine wahre Stimmung. »Sicher seid Ihr müde und möchtet Euch zurückziehen. Meine Gemahlin und ich werden alleine speisen.«

Auf seinen Wink hin eilten die beiden Männer, die stumm in einer Ecke der ungemütlich wirkenden Halle gewartet hatten, herbei und stellten sich je auf eine Seite von Berengars Vater. Als sie sich hinabbeugten und den Stuhl des Mannes ergriffen, wurde Adolana schlagartig klar, warum ihr Schwiegervater sich bei ihrem Eintreffen nicht von seinem Platz erhoben hatte. Beide Beine des alten Mannes endeten in Stümpfen kurz vor der Stelle, an der sich die Knie befunden hätten.

Die Abneigung, die sie aufgrund der harten, beleidigenden Worte gegenüber Berengars Vater empfunden hatte, verschwand, und eine Welle des Mitleids breitete sich in der jungen Frau aus, das angesichts der starren Miene des Mannes weiter zunahm. Kurz bevor die beiden Knechte mit ihrer menschlichen Last Adolanas Platz passierten, drehte der Zurechtgewiesene den Kopf in ihre Richtung.

Jegliches Verständnis und Mitgefühl gefroren augenblicklich in ihr unter dem Hass, der in dem Blick ihres neuen Verwandten zu sehen war.

Uta von Calw, Welfs Gemahlin, schritt unruhig den Wehrgang ab. Von hier aus hatte sie einen prächtigen Blick hinab ins Tal, dessen Mittelpunkt die mächtige Burg Weinsberg bildete. Seit Tagen wartete die werdende Mutter nun schon auf das Eintreffen der Hofdame ihrer Schwägerin. Adolana war Uta von ihren wenigen Besuchen auf den nördlichen Besitzungen der Welfen bekannt. Das Beharren ihres Mannes darauf, die junge Frau als Beistand kommen zu lassen, erweckte ihren Argwohn, und sie nahm an, dass es etwas mit den kriegerischen Auseinandersetzungen zu tun hatte, in die ihr Mann seit dem Tod seines Bruders verwickelt war.

Erneut schweifte ihr Blick über die schöne Landschaft. Wenngleich der Burgberg fast bis zum Fuße kahl geschlagen war, um jegliches unbemerkte Annähern nahezu unmöglich zu machen, wuchsen an einer schmalen Seite einige Weinreben. Ihr Dasein verdankten die Pflanzen der Leidenschaft ihres Mannes für guten Wein. In diesen schönen Junitagen holte die Natur alles auf, was sie bei dem vielen Regen und der damit verbundenen Kühle bisher nicht geschafft hatte. Die Felder, auf denen Dinkel angebaut wurde, strotzten nur so von kräftigen und großen Halmen. Höchstens noch sechs Wochen, dann würden die Bauern das Getreide

mähen und die Halme zu Garben binden, damit sie nach-
trocknen konnten, bevor sie gedroschen wurden.

Als eine Gruppe Krähen mit lautem Geschrei über Burg
Weinsberg hinwegzog, schrak Uta aus ihren Gedanken auf.
Instinktiv legte sie eine Hand auf den gewölbten Leib, in
dem ihr Kind heranwuchs. Nach etlichen Fehlgeburten be-
tete sie jeden Tag mehrere Male um einen guten Ausgang,
damit sie ihrem Mann endlich den ersehnten Erben in die
Arme legen konnte. Leider hatte sie noch viele Tage des
Hoffens und Bangens vor sich, denn das Kind sollte erst im
Spätherbst zur Welt kommen. Sie war jetzt fünfundzwanzig
Jahre alt und seit über elf Jahren die Ehefrau des Welfen.

Es war nicht immer leicht gewesen, doch Uta liebte ihren Mann und hatte ihm auch zur Seite gestanden, als nach
dem Tod ihres Vaters Gottfried ihr Vetter Adalbert von
Löwenstein mit Welf um ihr Erbe gestritten hatte.

Obwohl Uta als einziges Kind des Calwer Grafen keinerlei Rechte besaß, fand sie es ausgesprochen anmaßend,
dass ihr Vetter überhaupt Ansprüche erhob. Schließlich
handelte es sich um das Erbe *ihres* Vaters, und somit gingen nun sämtliche Besitztümer an ihren Ehemann über.

Danach war Adalbert in seiner Wut gegen Welf zu Felde
gezogen und wurde sogar von den Zähringern unterstützt,
die Utas geliebte Schauenburg belagerten. Hätte seinerzeit
nicht Kaiser Lothar eingegriffen, würde sie nun möglicherweise nicht hier stehen.

Nicht, dass sie kein Vertrauen in das taktische Geschick
ihres Gatten hatte, der ansonsten von mildem Gemüt und
den angenehmen Seiten des Lebens zugetan war. Ganz
anders als sein verstorbener Bruder. Gott hab ihn selig,
dachte Uta und bekreuzigte sich hastig, denn sie hatte ihn
immer ein wenig gefürchtet.

Obwohl zu Lebzeiten im Schatten seines mächtigen Bruders, hatte sich Welf daran nicht gestört. Deutlich jünger,

bewunderte er stattdessen den selbstbewussten Heinrich und sah in ihm sogar schon den zukünftigen König. Aber alles war anders gekommen.

Jetzt bestimmte der stolze Bruder sogar noch im Tod die Handlungen ihres Mannes. Denn Welf führte diesen Krieg für seinen Neffen. Für ihn wollte er die verlorenen Herzogtitel zurückerobern. Obwohl Uta durchaus in der Lage war, die Gründe ihres Mannes objektiv zu sehen. Das baierische Herzogreich reizte ihn selbst. Und der siegreiche Ausgang der Schlacht gegen den amtierenden Herzog Leopold bei der Burg Phalei hatte Welf eindeutig beflügelt.

Vor allem aber der Sieg gegen Utas Vetter, den Löwensteiner Grafen Adalbert, beim Waiblinger Gut, war Balsam für seine Seele. Das hatte sie ihm bei seiner Rückkehr sofort angesehen und ihn ermahnt, nun nicht alle Vorsicht außer Acht zu lassen.

Denn sein eigentlicher Gegner hieß Konrad, ihn galt es zu besiegen.

Anfangs hatte Uta ihren Mann noch dahingehend umzustimmen versucht, dass er versuchen sollte, diese Zwistigkeiten auf diplomatischem Weg zu lösen. Aber zu dem Zeitpunkt hatten sich die Spitzen, die sich durch die erlittenen Erniedrigungen seines Bruders in Welfs Herz gebohrt hatten, bereits festgesetzt. Hinzu kamen die ständigen Einmischungen der Witwe Lothars. Uta empfand beim Gedanken an Richenza genauso viel Unbehagen wie bei ihrem verstorbenen Schwager. Einzig Gertrud, seine Witwe, stand ihr nahe.

Der Besuch ihres Gemahls, bei dem er Adolanas Kommen angekündigt hatte, lag nun auch schon wieder ein paar Wochen zurück, und die Sorge um sein Wohlergehen belastete die werdende Mutter schwer. Leider hatte er ihren Wunsch abgelehnt, sich auf die drei Tagesritte entfernte Schauenburg zurückziehen zu dürfen. Seiner Meinung nach war Burg Weinsberg durch ihre Lage und guten Befestigungsanlagen der sicherste Platz für seine Frau.

Uta hatte sich widerspruchslos gefügt. Obwohl der Gedanke, hierzubleiben, sie ängstigte, ohne dass sie dafür einen genauen Grund nennen konnte. Weinsberg war zwar nicht übermäßig gut bemannt, aber stark befestigt. Und bestimmt sicher.

Plötzlich runzelte Uta die Stirn. In der Ferne wirbelte Staub auf, und das Sonnenlicht blendete sie zu sehr, als dass sie den Grund dafür erkennen konnte. Als sie die Augen mit einer Hand abschirmte, erblickte sie einen einzelnen Reiter, der auf die Burg zuritt.

Ein ungutes Gefühl breitete sich in ihr aus. Wenn eine Gruppe erwartet wurde und nur ein einzelner Reiter eintraf, war das grundsätzlich kein gutes Zeichen. Langsam ging sie in Richtung der steilen Treppe, die hinunter in den Burghof führte. Dabei hoffte sie inständig, dass Adolana nichts geschehen war. Ebenso wie den anderen Männern, allen voran Ritter Waldemar, dessen Wesen sie immer als sehr angenehm empfunden hatte.

Während sie diese stummen Bitten zum Himmel schickte, verstärkte sich in ihr das Gefühl, dass etwas Furchtbares passiert war.

Das Abendmahl war schlicht, aber von gutem Geschmack. Die Eheleute aßen schweigend, und die Stimmung war bedrückt. Selbst die Ritter des Burgherrn unterhielten sich mit gedämpfter Stimme, und die Erwiderungen der Frauen kamen ebenfalls geflüstert zurück. All diese Leute hatten der jungen Burgherrin Glück gewünscht und das Paar hochleben lassen. Als jedoch Adolanas Niedergeschlagenheit, die anfänglich noch den harten Worten des alten Herrn zugeschrieben wurde, nicht nachließ, verschwand die gute Laune. Berengars Blick ruhte mehr als einmal prüfend auf seiner Gemahlin, die fast immer die Augen gesenkt hielt und nur der jungen Magd ein freundliches Lächeln zuwarf. Jedes Mal, wenn das Mädchen ihren Becher mit Wein füllte oder ihr eine weitere Scheibe Fleisch auf das schlichte Brett legen wollte.

Adolana fühlte sich schlecht, und daran trug nicht nur der Vater ihres Gemahls die Schuld. Auch die Worte dieses grässlichen Rudgers, der Berengar eigentlich als baldiges Familienmitglied gesehen hatte, nagten an ihr. Erneut griff sie zum Becher und trank ein paar Schlucke des köstlichen Weins. Selbstverständlich spürte sie die Verwunderung der Anwesenden, von denen sie die meisten Namen wieder vergessen hatte. Einzig Abd al-Mansur war ihr im Gedächtnis haften geblieben, wobei der es vorgezogen hatte, alleine zu speisen. Gleich nach ihrem Eintreffen war der schweigsame Mann verschwunden.

Auch die häufigen Seitenblicke ihres Mannes setzten ihr zu, denn sie spürte seine zunehmende Verärgerung. Höchstwahrscheinlich überlegte er bereits, ob seine Frau zu viel trank, da er sie bei ihrer letzten Begegnung deswegen hatte auf ihre Kammer begleiten müssen. Jetzt wird er mich dagegen auf unser gemeinsames Gemach bringen, ging es ihr schlagartig durch den Kopf, und mit einem mulmigen Gefühl im Magen hob sie erneut den Becher.

»Ich denke, Ihr habt genug getrunken für heute, Adolana. Der Tag war lang und anstrengend. Sicher möchtet Ihr Euch zurückziehen und von den Strapazen erholen.«

Sanft, aber bestimmt nahm Berengar ihr das tönerne Trinkgefäß aus der Hand und stellte es zurück auf den Tisch. Obwohl Adolana aus den Augenwinkeln festgestellt hatte, dass er selbst ebenfalls kräftig dem Wein zusprach, war davon weder seiner Stimme noch der Körperhaltung etwas anzumerken.

»Ich kann sehr gut alleine gehen«, sagte sie und erschrak

über den schleppenden Tonfall. Ihre Zunge war mit einem Mal doppelt so schwer, und die Wände der Halle schwankten. Hastig ergriff sie Berengars Arm, und gemeinsam verließen sie den Saal.

»Liegt es an mir, oder trinkt Ihr allgemein mehr, als Ihr vertragen könnt?«

Berengars beiläufige Frage drang ganz allmählich durch den Schwindel, der noch immer Adolanas Kopf beherrschte. Sie hatten ihr Ziel erreicht, und langsam sah sich die junge Frau in dem großen Raum um. Beim Anblick des großen Bettes wurde sie schlagartig wieder nüchtern.

»Ich habe eigentlich nicht viel getrunken. Vielleicht ein wenig zu hastig, das will ich nicht abstreiten«, verteidigte sich Adolana und drehte sich zu ihrem Gemahl um, der es fertigbrachte, entspannt und gleichzeitig lauernd am Türrahmen zu lehnen.

»Dann liegt es also an mir«, sagte er.

Es klang eher wie eine Feststellung als nach einer Frage. Trotzdem fühlte sich Adolana zu einer Antwort genötigt. Seine gelassene Haltung ärgerte sie, ohne dass sie dafür einen Grund nennen konnte.

»Möglicherweise? Bis vorgestern wusste ich nicht einmal, dass es Euch noch gibt. Haltet Ihr es für so unwahrscheinlich, dass eine junge Frau durch solch ein Ereignis ein wenig durcheinandergerät?«, fragte sie schärfer als beabsichtigt.

»Sicher«, gab Berengar zu, »obwohl mir mein Gefühl sagt, dass Ihr schon ganz andere Dinge bewältigt habt.«

Röte überzog Adolanas Gesicht, als durch seine Worte die Erinnerung an die verschiedenen Männer hochschwappte, denen sie im Auftrag Richenzas wichtige Auskünfte entlockt hatte. Niemals durfte ihr Mann davon erfahren!

Berengar deutete ihre Verlegenheit dagegen falsch. »Möglicherweise wart Ihr bereits verheiratet?«

Überrascht sah Adolana ihn an. Seine lockere Haltung war verschwunden, und in seinen dunklen Augen zeigte sich Interesse. Doch noch etwas anderes war zu sehen, das Adolana verblüfft als Furcht erkannte. Diese Empfindung war allerdings so kurz, dass sie glaubte, sie sich bloß eingebildet zu haben. Aber liegt hierin nicht ein Ausweg aus meinem Dilemma?, fragte sie sich. Kann ich ihm so meine fehlende Jungfräulichkeit erklären? Sie machte sich nichts vor. Selbstverständlich würde er es merken und sich seine Gedanken machen. Nein, es ging trotzdem nicht. Sie würde ihm keine weiteren Lügen auftischen. Es reichte, dass sie ihm ihre Botschaften verschweigen musste.

»Nein«, erwiderte sie nur.

Seine Miene verriet nichts über die Erleichterung, die er empfinden musste, wenn es wirklich Furcht gewesen war.

»Wer ist Beatrix?«

Verblüffung spiegelte sich auf seinem Gesicht. Kurz hatte es den Anschein, als wollte Berengar zu einer Antwort ansetzen, aber dann schüttelte er nur den Kopf.

»Ich werde Euch ganz bestimmt nicht auf diese Frage antworten, wenn Eure Sinne durch den Wein benebelt sind. Morgen ist auch noch ein Tag.«

Berengar ging zur Tür und verharrte dort unschlüssig. Dann drehte er sich nochmals zu seiner Frau um, die wie betäubt vor dem Bett stand, und wünschte ihr eine angenehme Nacht.

Als hinter ihm die Tür zufiel und seine Schritte verhallten, ging Adolana langsam auf, dass er in dieser Nacht anscheinend keinerlei Gebrauch von seinen ehelichen Rechten machen wollte. Seltsamerweise brachte diese Erkenntnis nicht die erhoffte Erleichterung, sondern verursachte eine gewisse Enttäuschung, die sie so nicht erwartet hatte.

»Alban!«

Der junge Mann ließ die Holzkelle zurück in den Eimer fallen und verdrehte anlässlich von Berengars gereizter Stimme die Augen.

»Hoffentlich lässt ihn seine Frau endlich ran. Er ist wirklich unausstehlich«, brummte Alban und machte sich auf den Weg zur Schmiede, wo sein aufgebrachter Vetter stand. Alban gehörte seit dem Italienzug zu Berengars Männern. Von ihm hatte er die Kunst des Schwertkampfes erlernt, ohne dabei auch nur den Hauch einer Chance gegen den Ritter zu haben. Es störte ihn aber nicht, denn das Verhältnis der beiden war fast brüderlich zu nennen. Nur durch Zufall hatten sie sich im Lager Kaiser Lothars vor drei Jahren kennengelernt. Sie wussten nichts voneinander, denn Berengars Vater Clothar hatte vor langer Zeit jeden Kontakt zur Familie seiner verstorbenen Frau abgebrochen.

»Hatte ich dir nicht die Aufsicht über den Aufbau der Schmiede erteilt? Jetzt sieh dir das an.«

Mit grimmiger Miene zeigte Berengar auf die trichterförmige Haube, die über der Esse angebracht war. An einer Stelle des gemauerten Rauchfangs bröckelte es.

»Morgen sollte der Schmied seine Arbeit wieder aufnehmen«, versetzte Berengar knapp und wies auf einen Mann von kräftiger Statur, der betreten zu Boden starrte. »Ich muss dir wohl kaum erklären, wie dringend wir neue Waffen benötigen. Sieh zu, dass du das schnellstens hinbekommst.«

Kopfschüttelnd sah Alban seinem wutschnaubenden Vetter nach, der mit weit ausholenden Schritten über den Hof eilte.

»Bin gespannt, wer jetzt seine schlechte Laune abbekommt«, murmelte er und machte auf der Stelle kehrt, um zwei Männer von ihrer Arbeit am Wirtschaftsgebäude abzuziehen.

Burg Wolfenfels war vor fast sieben Jahren den Erbstreitigkeiten zwischen dem Löwensteiner Grafen, Berengars früherem Lehnsherrn, und Welf zum Opfer gefallen, denn Berengars Vater hatte Stellung gegen den Welfen bezogen. Die Burg wurde überfallen und zerstört. Die einstürzende Treppe im Bergfried begrub den Burgherrn unter sich. Er behielt sein Leben und bezahlte mit dem Verlust beider Beine. Unfähig, für seinen Lehnsherrn die eingeforderten Pflichten zu erfüllen, war er seitdem abhängig von den Gnaden seines entfernten Verwandten, Adalbert von Löwenstein. Erst die Rückkehr Berengars, seines zweiten Sohnes, und dessen rasanter Aufstieg ermöglichten ihm die Rückkehr auf seine Burg. Allerdings nur gegen das Zugeständnis, sich nicht in die Handlungen seines Sohnes einzumischen und ihm freie Hand beim Wiederaufbau zu lassen.

Jeder, der Clothar kannte, wusste genau, wie schwer ihm dieses Versprechen gefallen war.

Entgegen seiner ursprünglichen Entscheidung, nach dem Fortschritt der Bauarbeiten am Gesindehaus zu sehen, schlug Berengar den Weg zum Stall ein. Der Zorn, der seit seinem Streit mit Adolana vor drei Tagen in ihm schwelte, schien übermächtig zu werden. Hinzu kam sein schlechtes Gewissen, denn eigentlich hätte er sich längst auf den Weg zu seinem Lehnsherrn begeben müssen. Zum Henker mit ihr, murmelte Berengar leise und drückte seinem Hengst die Fersen in die Flanken. Er brauchte jetzt dringend eine Abkühlung.

»Berengar!«

Der Ruf seiner Gemahlin ging in dem lauten Hämmern der Hufe seines Hengstes unter, und so entging ihm auch ihre anschließende Anweisung an den Stallburschen, rasch ihr Pferd zu satteln.

Bereits auf dem Weg zum kleinen Waldsee wurde Berengar ruhiger und seine Gedanken klarer. Selbstverständlich war ihm klar, dass der Beginn seiner Ehe unter keinem guten Stern stand. Dennoch gab es sicher schlechtere Ehemänner als ihn, schließlich hatte er die Schläge seines Vaters, die in regelmäßigen Abständen auf seine geliebte Mutter niedergeprasselt waren, noch in guter Erinnerung.

Bei Adolana gelegen hatte er ebenfalls noch nicht. Eine Tatsache, die ihm täglich mehr zu schaffen machte und die einer der Gründe für seine unerträglich schlechte Laune war. Trotzdem würde er niemals eine Frau mit Gewalt nehmen. Vielleicht lag es an dem Wimmern seiner Mutter, das er in manchen Nächten noch immer zu hören glaubte. Oder aber daran, dass er es bisher nicht nötig gehabt hatte. Die Frauen erwiesen ihm ihre Gunst, ohne dass er sie dazu zwingen musste.

Genau das war es, was er wollte. Wonach er sich sehnte. Er wollte Adolana, mit jeder Faser seines Körpers, aber sie sollte sich ihm freiwillig hingeben und nicht, weil sie es für ihre Pflicht hielt.

Seit dem unglückseligen Streit war diese Hoffnung allerdings in weite Ferne gerückt.

Er hatte am Tag nach ihrer Ankunft von ihr verlangt, ihm die ihr anvertrauten Auskünfte zu geben. Natürlich hatte Berengar keinen Augenblick gezweifelt, warum Adolana sich auf dieser Reise befand. Leider hatte sie sich beharrlich geweigert. Eher sterbe ich, als das in mich gesetzte Vertrauen zu brechen, hatte sie ihm entgegengeschleudert.

In seinem tiefsten Innern zollte er ihr für diese Haltung Respekt. Er würde keinen Deut anders handeln.

Aber sie war nun einmal sein Eheweib. Und aus diesem Grund stand es ihr nicht zu, sich seinen Wünschen zu widersetzen. Deshalb hatte er kurzerhand seinen Entschluss rückgängig gemacht, ihren Reisebegleitern freien Abzug zu gewähren. Es sollte sein Hochzeitsgeschenk an Adolana darstellen. Ebenso wie der filigrane goldene Ring, der in einer kleinen Schatulle darauf wartete, seine ganze Herrlichkeit am Finger seiner Gemahlin zu verbreiten.

Seufzend klopfte der Ritter dem Hengst den schweißnassen Hals. Er hatte das Tier zügig geritten und damit seine Wut erneut an einem treuen Gefährten ausgelassen.

Es wird Zeit, daran etwas zu ändern, dachte Berengar grimmig, während er sich seiner Kleider entledigte, ins kalte Wasser stapfte und mit kräftigen Zügen zur anderen Seite des Sees schwamm.

»Seid Ihr sicher, dass sich mein Gemahl dort aufhält?«, fragte Adolana zögernd. Sie mochte Alban, dessen Lippen fast immer ein spitzbübisches Lächeln umspielte. Aber hier, auf dem schmalen Pfad, der immer tiefer in den Wald hineinführte, kam ihr der spontan gefasste Entschluss, Berengar zu folgen, mit einem Mal unsinnig vor.

»Sicher kann man bei ihm nie sein«, rief Alban ihr über die Schulter hinweg zu. »Vielleicht ist er auch ins Dorf, aber das glaube ich nicht. Meistens reitet er zum See hinaus, wenn er schlechte Laune hat. Und in den letzten Tagen war er oft schwimmen.«

Obwohl Adolana nur den Hinterkopf des jungen Mannes sehen konnte, hätte sie schwören können, dass ein breites Grinsen auf seinem Gesicht lag. Ihr war klar, dass sämtliche Bewohner der Burg das Verhalten des jungen Ehepaares neugierig verfolgten. Adolana wagte gar nicht darüber nachzudenken, was für ein Getuschel Berengars regelmäßige Besäufnisse mit seinen Rittern seit ihrer Ankunft hervorriefen. Jedem war mittlerweile bekannt, dass der Burgherr das gemeinsame Gemach und damit seine Frau mied.

Unglücklicherweise war Adolana darüber wohl am

meisten verzweifelt. Sicher hätten sie zu der verlorenen Vertrautheit und der Anziehung wiedergefunden, die zwischen ihnen vor sechs Jahren geherrscht hatte. Wenn er nicht die Herausgabe der Nachricht Richenzas von ihr gefordert hätte.

Am Morgen nach ihrer Ankunft waren sie gemeinsam ausgeritten und hatten auf einer Wiese haltgemacht. Dort suchten sie unter einer großen Buche Schatten, während die beiden Pferde einträchtig nebeneinander grasten.

Zu Adolanas großer Überraschung erzählte Berengar aus den vergangenen Jahren und lockerte damit ihre Anspannung. Trotzdem war sie nicht in der Lage, von dem Teil ihres Lebens zu berichten, was sie mit Abscheu erfüllte. Im schlimmsten Fall hätte es ihr seine Verachtung eingebracht. Wärme erfüllte Adolana bei der Erinnerung an das, was Berengar ihr nach kurzem Zögern anvertraut hatte.

»Beatrix und ich kennen uns seit unserer Kindheit. Sie war mir bereits als kleines Mädchen versprochen, doch nachdem mein Vater alles verloren hatte, heiratete sie einen anderen«, sagte Berengar in die von Vogelgezwitscher erfüllte Luft hinein, während er, seitlich auf den Ellbogen gestützt, gedankenverloren mit einem Grashalm spielte. Die Bitterkeit, die in seinen Worten lag, ließ den Verdacht in ihr aufkommen, dass seine Gefühle für sie nicht erloschen waren.

Bevor der Mut Adolana wieder verließ, machte sie ihrem Herzen Luft. »Der Entschluss Eurer damaligen Verlobten hat Euch sicher tief verletzt«, brachte sie unsicher hervor. Fast atemlos begegnete sie dem nachdenklichen Blick ihres Mannes, der sich aufrichtete.

»Vielleicht. Ich will nicht abstreiten, dass ich mich eine Zeitlang ziemlich hängen ließ. Es geschah aber eher aus verletzter Eitelkeit«, antwortete er mit ruhiger Stimme.

»Wieso seid Ihr Euch da so sicher?«, fragte Adolana

eine Spur herausfordernder, als ihr zumute war. Aber sie musste wissen, inwieweit die geheimnisvolle Beatrix noch einen Platz im Herzen ihres Gemahls hatte.

Berengar ließ sich jedoch nicht provozieren. Er rückte näher an den Baumstamm heran und lehnte sich mit dem Rücken dagegen. »Ich nenne Euch zwei Gründe, die Euch hoffentlich überzeugen werden. Erstens war mein Stolz verletzt, nicht mein Herz. Beatrix ist eine schöne Frau, jedoch reicht das meines Erachtens als Basis für eine gute Ehe nicht aus. Zweitens spukte mir seit meinem Besuch im Gandersheimer Stift ein anderes junges Fräulein im Kopf herum.«

Eine zarte Röte überzog Adolanas Gesicht bei der Bemerkung ihres Gemahls, die sich vertiefte, als Berengar fast beiläufig nach einer Strähne ihres Haares griff.

»Ich begriff im Gegenteil nämlich ziemlich schnell, dass ich im Grunde meines Herzens froh über die Auflösung war. Und falls Ihr noch immer Zweifel an der Ehrlichkeit meiner Worte habt, so überzeugt Euch vielleicht die Tatsache, dass Beatrix mich vor ungefähr drei Wochen besucht hat.«

Adolana zuckte automatisch zurück, und die Strähne entglitt seinen Händen.

Berengar ließ den Arm sinken und rückte ein Stück vom Baumstamm ab, während er fortfuhr. »Mittlerweile ist ihr Mann gestorben, was kein Wunder war, denn er war über vierzig Jahre älter als sie. Die gute Beatrix ließ durchblicken, dass sie nach dem Trauerjahr gerne ihr gelöstes Versprechen mit mir einlösen würde. Ich habe dankend abgelehnt.«

Adolanas Anspannung löste sich, aber ein Rest Furcht blieb. Bei Berengars ehemaliger Verlobten handelte es sich offensichtlich um eine sehr energische Frau, die wusste, was sie wollte. Die Frage war nur, wollte sie noch immer den Mann zurück, der sie abgewiesen hatte? Stachelte eine Abfuhr diese Frau nur weiter an?

Eine zarte Berührung auf ihrer Wange holte Adolana aus ihren Gedanken zurück.

»Ich bin ihr dankbar dafür, dass sie mich freigegeben hat. Gewissermaßen bin ich sogar ihrem Bruder dankbar. Ohne Rudger wären wir beide jetzt nicht verheiratet, würden es vielleicht sogar nie sein«, murmelte Berengar mit rauer Stimme, die einen wohligen Schauer bei Adolana auslöste.

Mit einer Selbstverständlichkeit, die sie staunen ließ, legte Berengar ihr erneut die Hand auf die Wange und strich zärtlich über ihren Hals den Arm hinunter. Dabei näherte er sich ihr langsam, bis sein Mund ihre Lippen berührte.

In seinem Kuss steckte so viel Zärtlichkeit, dass Adolana vor Glück auf der Stelle hätte sterben können.

»Dort hinten schwimmt er«, sagte Alban. »Seht Ihr, ich hatte recht mit meiner Annahme.«

Mit Selbstsicherheit in der Stimme und dem üblichen Grinsen zeigte der Junge zum anderen Ufer des Sees und holte Adolana aus ihren Gedanken zurück. Hätte sie nicht gewusst, dass es sich um ihren Gemahl handelte, sie hätte ihn aus der Entfernung nicht erkannt. Trotzdem war sie sich nicht mehr sicher, ob es wirklich eine gute Idee war, ihm wegen der Botschaft des Herzogs nachzureiten.

»Vielen Dank, Alban, Ihr könnt ruhig schon zurückreiten.«

Das Grinsen des jungen Mannes wurde noch eine Spur breiter, als er sich mit einem Nicken entfernte.

Unschlüssig blieb Adolana auf Nebula sitzen und beobachtete ihren Gemahl, der sich ihr mit langen, gleichmäßigen Zügen näherte. Aus den Augenwinkeln sah sie sein Kleiderbündel, das achtlos hingeworfen unter einem

Baum lag. Erst dieser Anblick machte ihr bewusst, dass er unbekleidet war. Sofort verspürte sie wieder die Leidenschaft seiner Küsse. Seine fordernden Hände, die über ihren Köper glitten. Die raue Stimme, als er sie bat, mit ihr nach Hause zu reiten, da er sie sonst gleich hier auf der Wiese, im Schutz des Baumes nehmen würde. Von tiefem Glück erfüllt waren beide zur Burg zurückgeritten, und auf dem Heimweg hatte er dann beiläufig um die Botschaft Richenzas für den Welfen gebeten. So endete dieser wunderschöne Ausflug nicht wie erhofft im ehelichen Bett, sondern im Streit und mit gegenseitigen Vorwürfen. Adolana hatte ihm die geforderte Auskunft verweigert, was Berengar mit zunehmender Wut quittiert hatte. Nach einem heftigen Wortgefecht im Stall von Wolfenfels war er ohne ein weiteres Wort hinausgestürmt und hatte Adolana stehen lassen. Seitdem mied Berengar die Nähe seiner Gemahlin.

Plötzlich wurde Adolana klar, dass es so weit nicht wieder kommen durfte. Sie wollte nicht seinen Zorn, sondern seine Liebe erwecken. Womöglich war ihre Idee, ihm nachzureiten, gar nicht so schlecht. Vielleicht konnte sie die Nachricht des Herzogs dazu nutzen, erneut die Nähe ihres Mannes zu suchen?

Mit einem Schnalzen führte die junge Frau ihr Pferd zurück in den Schutz der Bäume, wo sie absaß und die Zügel locker um einen der Zweige schlug. Von hier aus konnte sie durch das Blätterwerk hindurch einen kleinen Ausschnitt des Ufers erkennen. Noch hatte sie Zeit, sich ihre Strategie zurechtzulegen. Mit geschlossenen Augen lehnte sich Adolana gegen den Baumstamm. Die eingenähten Goldmünzen drückten gegen ihre Rippen, und sie veränderte ihre Position. Selbstverständlich musste sie dafür sorgen, dass ihr Unterkleid nachher im Gemach geschickt vor Berengars Blicken verborgen blieb.

Wie hatte Mathilde ihr geraten? *Sucht Euer Glück und haltet es fest.* Genau das hatte Adolana auch vor.

Der mittelgroße, schlanke Mann sah dem Aufbau seines Lagers ohne großes Interesse zu. Zu oft hatte er in der letzten Zeit dieses Schauspiel miterlebt, als dass es noch Aufmerksamkeit bei ihm wecken würde. Welf VI. drückten zudem andere, weitaus größere Sorgen. Der schwäbische Herzog Friedrich hatte einen Landtag einberufen, und der Welfe überlegte nun schon seit mehreren Tagen, ob er daran teilnehmen sollte. Selbstverständlich galt es vorab im Verborgenen zu klären, ob seine Teilnahme überhaupt erwünscht war und man ihm, dem erklärten Gegner der Staufer, freies Geleit zusicherte. Seit seinen Erfolgen gegen Leopold bei der Burg Phalei und dem Löwensteiner Grafen beim Waiblinger Königsgut war der schwäbische Herzog sicher nicht gut auf ihn zu sprechen.

Andererseits hatten die beiden Männer schon früher gute Gespräche miteinander geführt. Welf schätzte den älteren Fürsten und wusste um seinen Einfluss beim König.

Mit seinen fünfundzwanzig Jahren hatte der Welfe nach dem Tod Heinrichs durchaus seine Handlungsfähigkeit unter Beweis gestellt. Es war ihm gelungen, die welfischen Güter im entzogenen baierischen Herzogtum zu verteidigen, obwohl nur wenige der baierischen Adligen ihm ihre Unterstützung offen angeboten hatten.

»Verräter allesamt«, stieß der unscheinbar wirkende Mann leise hervor. Niemand hörte die Bitterkeit, die in den Worten lag, denn er hatte um einen Moment der Ruhe gebeten. Welf hegte keinerlei Verlangen nach den ermüdenden kriegerischen Auseinandersetzungen, die nach seinen Erfahrungen für keine der beiden beteiligten Parteien am Schluss herausragende Erfolge brachten. Hierin lag der Unterschied zu seinem Bruder, der selbst nach der Schmach des Verlustes

358

seiner beiden Herzogtitel und dem geplatzten Traum der Thronnachfolge nicht aufgehört hatte zu kämpfen. Heinrichs plötzlicher Tod hatte Welf schwer getroffen.

Müde schüttelte er den Kopf, so, als wollte er damit die schlechten Gedanken verscheuchen, die ihn auch nach über sechs Monaten noch quälten. Hinzu kam die Sorge um seine Gemahlin. Würde es ihnen dieses Mal endlich vergönnt sein, in ein paar Monaten ein gesundes Kind in den Armen halten zu dürfen? Uta sehnte sich so sehr nach einem Kind. Trotz seiner vielen Beteuerungen, sie ebenso sehr zu lieben, wenn ihnen keine Elternschaft vergönnt sein sollte. Er hatte die Ungläubigkeit in ihren schönen braunen Augen gesehen, als er ihr seine Liebe in blumigen Worten versichert hatte.

Leider hatte sie mit ihren Zweifeln nicht ganz unrecht, denn Uta rief kaum leidenschaftliche Gefühle in ihm wach, was vielleicht auch daran lag, dass sie beide bei ihrer Vermählung noch Kinder waren. Selbst ihr mittlerweile frauliches Gesicht weckte kaum mehr als seine Beschützerinstinkte. Manchmal sehnte Welf sich daher unbewusst nach etwas, was er vielleicht nie kennenlernen würde.

Das Geräusch eines sich nähernden Reiters riss ihn aus seinen Gedanken. Mit zusammengekniffenen Augen versuchte er im Licht der untergehenden Sonne den Besucher zu erkennen. Schwach keimte in Welf die Hoffnung auf, dass es sich um seinen treuen Vasallen Waldemar handelte. Eigentlich wäre es längst an der Zeit, dass sich sein Ritter wieder an seine Pflichten erinnerte. Sicher hatte er dieses Edelfräulein Adolana bereits wohlbehalten bei Uta auf Burg Weinsberg abgeliefert. Als Welf jedoch endlich den Reiter erkannte, zog sich sein Magen zusammen. Etwas war schiefgelaufen!, durchfuhr es ihn. Waldemar würde niemals diesen Harbart schicken, der dem Welfen kaum vertraut war. Der Mann mit dem seltsam verschobenen

Unterkiefer zählte noch nicht allzu lange zu seinen Männern.

Lieber Herrgott, hilf mir in meiner Unwissenheit! Das inbrünstige Gebet kam lautlos über die Lippen des Welfen, während er auf den unwillkommenen Besucher wartete.

Unschlüssig stand Adolana an der Stelle, an der bis vor kurzem noch die Kleider ihres Gemahls gelegen hatten. Jetzt war weder von dem achtlos hingeworfenen Bündel noch von ihm etwas zu sehen.

Als Berengar das Ufer erreicht hatte und langsam, in gebückter Haltung dem Wasser entstiegen war, hatte sie verschämt den Blick abgewandt. Sie war sich sicher, dass er die zwei Reiter am Ufer gesehen hatte. Seine Angespanntheit war fast greifbar gewesen. Ob er sie erkannt hatte, war ihr dagegen nicht klar. Und jetzt war er wegen ihrer albernen Schüchternheit wie vom Erdboden verschwunden.

Gereizt drehte sich die junge Frau zum See und suchte die Wasseroberfläche ab. Dumme Gans, schalt sie sich und betrachtete die spiegelglatte Fläche vor ihr. Wieso sollte er seine Sachen holen, um dann erneut ins Wasser zu gehen? Im nächsten Moment blieb ihr fast vor Schreck das Herz stehen.

»Wenn ich gewusst hätte, dass Ihr ebenfalls schwimmen gehen wollt, hätte ich selbstverständlich gewartet.«

Erschreckt fuhr Adolana herum, während sie versuchte, nicht auf das laute Pochen ihres Herzens zu achten. Mit einem unergründlichen Lächeln stand ihr Gemahl keinen Schritt von ihr entfernt und bedachte sie mit einem prüfenden Blick.

»Ich will keineswegs schwimmen gehen, sondern habe Euch gesucht«, antwortete Adolana und trat unbewusst einen Schritt zurück. Ihr fast unbekleideter Mann brachte ihren vorher gefassten Entschluss ins Wanken. Mit einem

Mal war sie sich nicht mehr so sicher, ob sie ihn wirklich dazu bringen wollte, endlich die Ehe mit ihr zu vollziehen. Die alte Angst nahm wieder Besitz von ihr, und von einem Moment auf den anderen brach ihr der kalte Schweiß aus.

»Und, darf ich den Grund erfahren?«, fragte er.

Dankbar dafür, dass ihr Mann den Abstand zwischen ihnen nicht verringerte, atmete Adolana unbewusst aus. Etwas in seinem Blick sagte ihr, dass er ihre Furcht durchaus wahrgenommen hatte.

»Eine Botschaft«, flüsterte sie und räusperte sich schnell. Keinesfalls wollte sie den Eindruck erwecken, dass *er* der Auslöser ihrer Angst war. Verflucht seiest du, Graf Rudolf von Stade, dachte sie. Würde das schreckliche Erlebnis denn immer zwischen ihr und Berengar stehen? »Ein Bote hat eine Nachricht vom Herzog von Schwaben gebracht und wartet ungeduldig auf Eure Rückkehr. Ich habe ihn in die Halle gebeten und ihm ein Mahl auftragen lassen.«

»Wie aufmerksam von Euch. Nach außen seid Ihr die perfekte Ehefrau und Gastgeberin, ich danke Euch«, entgegnete Berengar in freundlichem Ton, der nicht recht zu der Ironie seiner Worte passen wollte. Als er ihr wie beiläufig über den Arm strich, zuckte sie erneut zusammen.

Wut glomm jäh in den Augen ihres Gemahls auf, und bevor sie überhaupt reagieren konnte, hatte Berengar sie bereits umfangen.

»Es wäre äußerst angenehm, wenn Ihr auch mir gegenüber als ergebene Ehefrau auftreten würdet«, murmelte er.

Die Kühle seines nackten Oberkörpers wurde von ihrer eigenen Hitze gierig aufgesogen. Adolana vermochte später nicht mehr zu sagen, was genau ihre Panik auslöste. Lag es an der Heftigkeit seines Kusses oder an der schraubstockartigen Umarmung? Von einem Augenblick auf den anderen fühlte Adolana wieder in sich das grauenhafte

Entsetzen aufsteigen, das sie bei der Vergewaltigung des Stader Grafen durchlebt hatte. Reflexartig drehte sie den Kopf zur Seite und fing an zu schreien, dabei trommelte sie mit den Fäusten auf Berengars breiten Rücken. Hätte er es darauf angelegt, wäre ihre Gegenwehr höchstwahrscheinlich sinnlos gewesen. Als Adolana jedoch das erste Nein herausschrie, zuckte er zusammen, ließ augenblicklich von ihr ab und packte ihre Handgelenke.

»Lass mich los! Ich will nicht!«

In die Schreie seiner völlig panischen Gemahlin hinein versuchte Berengar sie zu beruhigen und verzichtete auf eine erneute Umarmung. Adolana nahm weder seine Worte noch den bestürzten Ausdruck in seinen Augen wahr.

Erst die Ohrfeige brachte sie zur Besinnung. Abrupt verstummte Adolana und starrte Berengar fassungslos an. Langsam legte sie eine Hand auf die leicht brennende Wange, obwohl der Schlag nicht hart ausgeführt war.

»Es tut mir leid«, murmelte Berengar tief bekümmert und fuhr sich durch die nassen Haare. »Ich dachte, du wolltest es auch, ich wollte dich nicht ängstigen. Bitte verzeih mir.«

Erst jetzt bemerkte die junge Frau den Ausdruck tiefer Sorge auf dem Gesicht ihres Gemahls. Die Erkenntnis weckte erneut Verzweiflung in ihr, denn ihr war klar, dass ihr Verhalten jeden weiteren Versuch Berengars zunichtegemacht hatte. Schlagartig brach sie in Tränen aus.

Berengar tat in seiner Hilflosigkeit instinktiv das Richtige, als er zögernd die Arme um sie legte. Von Weinkrämpfen geschüttelt, fügte Adolana sich willig in seine vorsichtige Umarmung. Während er zum zweiten Mal beruhigend auf sie einredete, streichelte er ihr sanft über den Rücken. In ihrem Kummer fiel Adolana dabei nicht auf, wie er an der Stelle, an der sie die Goldmünzen in ihr Unterkleid genäht hatte, kurz verharrte. Diesmal zeigten seine gemurmelten

Worte jedoch Wirkung. Adolanas Schluchzen wurde leiser, bis es schließlich ganz verebbte.

»Was ist denn nur los mit dir? Du musst keine Angst haben, dass ich mein Recht mit Gewalt einfordere.«

Das Gefühl der Geborgenheit, das sie in seinen Armen verspürte, ohne sich gefangen zu fühlen, war neu für Adolana, und es gefiel ihr ausnehmend gut.

»Ich muss mich bei dir entschuldigen«, murmelte sie verschämt und löste sich entgegen ihrem eigentlichen Verlangen aus der Umarmung. »Ich weiß auch nicht, ich …«, brach sie ab, denn ihr fehlten die Worte. Hilflos hob sie die Arme und wandte sich ab.

»Wer hat dir das angetan?«, fragte Berengar mit versteinerter Miene.

Unfähig, einen weiteren Schritt zu tun, fiel jäh die Anspannung von Adolana ab, und sie blieb mit hängenden Schultern stehen. Das, was jahrelang in ihr verschlossen gewesen war, brach wie aus heiterem Himmel durch die verhärtete Schale hindurch. Erst langsam, dann immer schneller erzählte sie von dem Tag, an dem sie Richenza nach Stade begleitet hatte. Wohlweislich ließ sie ihre eigentliche Aufgabe weg. Wozu sich noch stärker demütigen? Die Schmach ihrem Mann gegenüber war ohnehin schon groß genug und würde eine unüberbrückbare Kluft zwischen ihnen lassen. Niemand wollte eine geschändete Frau. Es war allgemein bekannt, dass die Frauen selbst die Schuld daran trugen.

Während die Worte nur so herausflossen, drehte Adolana sich zu ihm um. Verwundert registrierte sie die Veränderung, die sich in der anfangs verhärteten Miene ihres Gemahls zeigte. Der Schmerz wandelte sich in Abscheu und schließlich in unterdrückte Wut.

»Warum stehst du trotzdem loyal zu ihr?«, fragte Berengar mühsam beherrscht.

Hilflos zuckte Adolana mit den Schultern. Ja, wieso eigentlich?, fragte sie sich. Gewiss brachte sie Richenza keine tiefe Zuneigung entgegen, aber vom ersten Tag an eine gewisse Form der Achtung, die nichts mit ihrer fürstlichen Stellung zu tun hatte. Vielmehr lag dieser Respekt begründet in der gradlinigen Art dieser Frau, die sich selbst alles abverlangte und niemals schonte. Außerdem spürte Adolana seit einigen Jahren, dass sie der älteren Frau ebenfalls nicht ganz egal war.

Trotzdem. Die Situation hatte sich grundlegend geändert, und sie musste irgendetwas tun, um sich bei ihrem Gemahl zumindest ein wenig Achtung zu erhalten. Hätte er nicht eingegriffen, wären die Münzen jetzt im Besitz dieses Rudgers. Adolana durchschaute noch nicht ganz die Position, die Berengar beim Herzog von Schwaben innehielt. Sie konnte sich aber noch gut an verschiedene Gespräche in den zurückliegenden Jahren am Hof Richenzas erinnern, in denen selbst die Kaiserwitwe mit Achtung von Berengars jetzigem Lehnsherrn gesprochen hatte.

Gertruds Botschaft würde sie dagegen niemals erwähnen. Mit ihrer ehemaligen Herrin verband sie ein tiefes Band der Freundschaft. Niemals würde sie das in sie gesetzte Vertrauen verraten. Auch nicht Berengar zuliebe.

»Du musst dich mir gegenüber nicht rechtfertigen«, unterbrach der Ritter ihre Gedanken und machte damit den Versuch, ihren Willen der Bereitschaft unter Beweis zu stellen, zunichte.

»Wenn der Welfe sich dem König unterworfen hat, werde ich den Stader Grafen töten«, fügte Berengar ausdruckslos hinzu. Dann räusperte er sich und strich in einer flüchtigen Bewegung über die Wange seiner Frau. »Wenn du möchtest, kannst du dein Gesicht noch erfrischen, bevor wir zurückreiten.«

Adolana nickte stumm und folgte seinem Vorschlag. Das

Wasser des Sees kühlte ihre Haut, und als sich die Oberfläche des Gewässers wieder beruhigte, blickten ihr zwei traurige Augen in einem verquollen wirkenden Antlitz entgegen.

Die Emotionslosigkeit seiner Aussage, den Mann zu töten, der ihr das angetan hatte, verschreckte und tröstete sie zugleich. Am meisten jedoch hoffte Adolana, niemals ihren Gemahl zum Feind zu haben, denn sie zweifelte keinen Moment daran, dass er sein Vorhaben in die Tat umsetzte.

Berengar hatte gerade die dunkelblaue Kotte aus matt schimmernder Seide in seinen Reisebeutel gelegt, als es vorsichtig an der Tür klopfte. Mit gerunzelter Stirn zögerte er kurz, denn eigentlich verlangte es ihn nicht nach Besuch. Dass sein Vater Einlass begehrte, schloss er aus, denn dessen herrisches Klopfen weckte in der Regel sämtliche Burgbewohner.

»Herein.«

Überraschung spiegelte sich in seiner Miene, als seine Frau in der Türöffnung erschien.

»Ihr seid am Packen?«, fragte sie.

Berengar nickte knapp. Er hatte sich nach dem Abendessen von ihr verabschiedet, da er nicht vorhatte, in ihrem gemeinsamen Gemach zu nächtigen. Der herzogliche Bote würde ihn und zwei seiner Männer nach Rottenacker begleiten, wo Friedrich einen Landtag einberufen hatte und nach Berengars Anwesenheit verlangte. Dass sein Lehnsherr ausdrücklich auch die frisch angetraute Gemahlin Berengars eingeladen hatte, verschwieg er ihr. Adolana brauchte Ruhe. Außerdem wollte er sie nicht gleich wieder aus ihrem neuen Zuhause herausreißen. Zur Sicherheit hatte er aber seinen Vater auf dessen Kammer aufgesucht und ihm in aller Schärfe klargemacht, dass er Adolana mit dem nötigen Respekt begegnen sollte.

»Eine der Mägde hat mir gesagt, wo ich Euch finde.«

Berengar hörte die Enttäuschung, die aus ihren Worten herausklang. Sicher hatte es sie große Überwindung gekostet, eine Magd nach dem Ort zu fragen, an dem ihr Gatte nächtigte.

»Ich denke, es ist im Augenblick besser so«, sagte er nur.

Adolana nickte bekümmert und presste die Lippen aufeinander. Der Anblick zerriss ihm fast das Herz. Am liebsten hätte er sie sofort in die Arme gezogen und nie wieder losgelassen. Doch der Nachmittag saß ihm noch in den Knochen, und er wollte seine Frau nicht wieder so erschrecken. Um nichts auf der Welt wollte er erneut diese hilflose Panik in ihren Augen sehen. Der unbändige Hass, den er seitdem auf den ihm unbekannten Grafen verspürte, erstaunte ihn selbst in seiner Heftigkeit.

Bewusst richtete er den Blick nicht auf ihren zarten, schlanken Körper, denn das hätte seine Vorsätze zweifellos wieder ins Wanken gebracht. Seit Adolana vor ein paar Tagen seine Küsse mit wachsender Leidenschaft erwidert hatte, genügte der Anblick ihrer sinnlichen Lippen, um eine Regung in seinem Schritt hervorzurufen.

Wieso zum Henker war sie gekommen? Machte es ihr Spaß, ihn mit ihrer Anwesenheit zu quälen? Hier, in dieser kleinen Kammer, in der normalerweise Gäste untergebracht wurden, war ihre Nähe für ihn kaum zu ertragen.

»Liegt Euch noch etwas auf dem Herzen? Sonst würde ich gerne zu Ende packen und dann schlafen gehen. Wir wollen morgen in aller Frühe aufbrechen.« Absichtlich war Berengar ebenfalls zur förmlichen Anrede übergegangen, was zusammen mit dem leicht gereizten Tonfall weiteren Abstand schaffte.

Adolana nickte hastig und streckte ihm unvermittelt die geschlossene Hand entgegen.

»Selbstverständlich. Ich wollte Euch nur das geben, was dieser Rudger begehrte und was auch Ihr von mir verlangt habt. Es handelt sich nicht um eine Botschaft, sondern um Goldmünzen. Welf benötigt Unterstützung, um die Ausrüstung seines Heeres zu verbessern.«

Verdutzt starrte Berengar auf Adolanas schmale Hand, die sich langsam öffnete und acht goldene Münzen zum Vorschein brachte.

»Wieso, ich meine, was soll ich ...« Sprachlos brach er ab, denn ihm fehlten die Worte angesichts des enormen Wertes. Damit konnte er bestimmt drei weitere Jahre den Baumeister und seine Gesellen für die Arbeit an Burg Wolfenfels bezahlen. Höchstwahrscheinlich würden die Bauarbeiten mit diesem Betrag sogar fertiggestellt werden können.

»Bitte, fragt nicht weiter, nehmt es als mein Ehemann und verfahrt damit nach Eurem Gutdünken.«

Der flehende Ton in der eindringlichen Stimme seiner Gemahlin holte Berengar aus seinen Träumen zurück. Plötzlich wurde ihm klar, wie viel Überwindung es sie kostete, ihre Herrin zu verraten. Es muss noch mehr zwischen den beiden Frauen geben, ging es ihm spontan durch den Kopf. Dann richtete er sein Augenmerk wieder auf die flach ausgestreckte Hand.

»Das ist ein kleines Vermögen«, murmelte er und dachte dabei flüchtig an den Nachmittag, als er die seltsamen Erhebungen am Rücken unter der Kotte seiner Frau gespürt hatte.

Adolana stimmte mit einem leichten Nicken zu und wirkte erleichtert, als er zögernd danach griff und die Münzen nach kurzer Überlegung in eine kleine lederne Geldbörse steckte. Und das nicht nur, weil das Gewicht der Münzen fast so schwer war wie ein Pfund Mehl.

»Gute Reise.«

Berengar fuhr auf und war mit zwei großen Schritten bei seiner Frau, deren Hand bereits auf dem Türknauf lag. »Wartet.«

Sofort spürte der Ritter, wie sich Adolanas Haltung veränderte. Angespannt, fast lauernd, wie eine Katze auf dem Sprung, kam sie ihm vor, und augenblicklich nahm Berengar seine Hand von ihrer Schulter.

»Danke für dein Vertrauen.«

Berengar war überrascht, als Adolana sich ihm langsam zuwandte. Möglicherweise habe ich es der Schlichtheit meiner Worte zu verdanken, dachte er flüchtig und achtete darauf, sie nicht zu bedrängen. Stumm erwiderte sie seinen Blick und lehnte sich dabei langsam mit dem Rücken gegen die Tür. Unsicher hob sie die Hand und strich ihm eine widerspenstige dunkle Haarsträhne nach hinten. Allein die Berührung ihrer Fingerspitzen reichte aus, um Berengars mühsam aufrechterhaltenes Gleichgewicht zu kippen.

Dieses Mal ging er es vorsichtiger an. Dabei musste er all seine Willenskraft aufbringen, um seine unterdrückte Leidenschaft unter Kontrolle zu halten. Obwohl er ihre Anspannung noch immer spürte, ermutigten ihn ihre geöffneten Lippen.

Anfangs noch spielerisch, wurden seine Küsse bald fordernder. Zu seiner großen Freude reagierte Adolana mit der gleichen Intensität wie vor ein paar Tagen unter dem Baum auf der Wiese. Als er ihren Mund freigab und mit den Lippen über ihren Hals fuhr, entrang sich ihrer Kehle ein leises Stöhnen. Fast beiläufig nestelte er an den Schnüren ihres Kleides, und sofort versteifte sich Adolanas Körper. Dieses Mal war er gewappnet und würde ihr keine Gelegenheit geben, die schlimmen Erinnerungen übermächtig werden zu lassen. Mit seinen Küssen raubte er ihr fast den Atem, während er mit den Händen routiniert ihren schlanken Körper erforschte. Zart streichelte er ihre kleinen festen

Brüste und genoss gleichzeitig die sanfte Rundung ihres Hinterteils.

Als Adolana ungeduldig die Bänder seiner Tunika zu öffnen versuchte, wusste Berengar, dass er den Kampf gegen ihre Dämonen gewonnen hatte.

14. KAPITEL

Etwas später als der junge Burgherr ursprünglich geplant hatte, brach die kleine Reisegruppe auf. Die Verzögerung hatten sie Adolana zu verdanken, die noch schnell ein paar Kleidungsstücke für den mehrtägigen Aufenthalt packen musste. Erfreut hatte Adolana nach der ersten gemeinsam verbrachten Nacht der Bitte ihres Gemahls entsprochen, ihn zu begleiten. Als sie das Burgtor passierten, hielt sie ihre Stute an und warf einen Blick über die Schulter. Wärme stieg in ihr auf, als sie ihr Zuhause betrachtete. Der halb fertige Zustand der Burg erinnerte sie ein wenig an das Zuhause ihrer Kindheit und Jungmädchenzeit. Burg Wohldenberg haftete immer eine gewisse Verlassenheit an, was dagegen von Wolfenfels in keiner Weise zu behaupten war. Hier pulsierte selbst zu dieser frühen Stunde bereits das Leben.

Auch nach einer guten Woche konnte Adolana noch immer nicht sagen, wie viele Bewohner außer den Rittern auf dem Anwesen ihres Gemahls weilten. Von seinen fünf Männern waren drei verheiratet und lebten mit ihren Familien in einem Wohnhaus, das sich neben dem Haupthaus der Burg befand. Wie alles, außer dem Bergfried, war auch dieses zweistöckige Gebäude neu erstellt. Im Gegensatz zur eigentlichen Burg waren die anderen Häuser aus Fachwerk gebaut und besaßen nur ein Fundament aus Stein.

Von den drei Ehefrauen der Ritter gab es keine, die Adolana nicht herzlich begrüßt und ihr Hilfe für den Anfang angeboten hatte. Adolana musste nach ihrer oft sehr einsamen Zeit bei Gertrud erst noch lernen, ihnen eine gewisse Offenheit entgegenzubringen. Vertrauen war etwas, das sich erst aufbauen musste und Zeit brauchte. Allerdings empfand die junge Herrin von Burg Wolfenfels spontan Zuneigung zu Heide, der Frau von Falko. Möglicherweise weil die dreifache Mutter sie sehr an Mathilde erinnerte. Heide lachte oft und gern, wobei sie jedes Mal ihre niedliche Stupsnase krauszog und die blauen Augen zu schmalen Schlitzen wurden. Anders als bei Adolanas alter Freundin war das Gesicht von Falkos Frau mit Sommersprossen übersät. Sogar auf den Rändern ihrer vollen Lippen fanden sich vereinzelt welche. Zwei bis drei Mal hatte Adolana mit Heide über Belanglosigkeiten geplaudert, und die offene und sympathische Art der gleichaltrigen Frau tat ihr gut. Von Heide hatte sie erfahren, dass Berengars Familie bereits in der dritten Generation auf Burg Wolfenfels lebte und große Ländereien besaß.

Ganz allmählich wurde Adolana bewusst, dass ihr Gemahl womöglich wohlhabender war, als sie angenommen hatte. Dieser Gedanke bereitete ihr Unbehagen, denn sie fühlte sich dadurch erneut an ihre eigene Mittellosigkeit erinnert. Sie konnte schlecht an Gertrud schreiben und die Mitgift einfordern, die der Stolze ihr einst versprochen hatte.

»Gute Reise und kommt gesund zurück.«

Heides fröhlicher und gutgemeinter Wunsch brachte Adolana aus ihren Gedanken zurück, und sie erwiderte lächelnd den Gruß. Als sie zum Ausgang strebte, sah sie sich ihrem Mann gegenüber, der gelassen auf sie wartete. Von den anderen drei Begleitern war nichts zu sehen.

»Verzeih mir bitte, ich war in Gedanken«, entschuldigte sich Adolana für die kleine Verzögerung und errötete leicht, als sie die Wärme in den dunklen Augen ihres Gatten erkannte.

»Kein Problem«, erwiderte er gut gelaunt und verließ Seite an Seite mit Adolana Burg Wolfenfels.

Hätten die beiden einen Blick zur Maueröffnung geworfen, die sich in der Mitte des wuchtigen Bergfrieds befand, wäre ihr Lächeln sicherlich zu Eis gefroren. So jedoch entging den beiden Frischverheirateten die düstere Miene Clothars.

Zwei Tage später erreichten sie gegen Mittag Rottenacker. Sie waren zu Adolanas Freude äußerst gemächlich gereist. Zudem hatte Berengar ihr noch die beiden kleinen Dörfer gezeigt, die zu seinem Besitz gehörten. Einigen seiner Pächter war sie vorgestellt worden, und der Müller hatte die Reisenden mit frisch gebackenem, herrlich duftendem Roggenbrot versorgt.

Unterwegs gab Berengar seiner Gemahlin immer wieder Erklärungen zu einzelnen Orten oder schönen landschaftlichen Stellen, damit sie ihre neue Heimat besser kennenlernte. Die Nacht verbrachten sie in Schwäbisch Gmünd, das fest in staufischer Hand lag. Da Berengar am zweiten Tag bis zum Kloster Blaubeuren gelangen wollte, ritten sie bereits im Morgengrauen los. Obwohl die Reise durch wunderschöne Gegenden führte, war sie aufgrund der vielen Erhebungen ziemlich beschwerlich, und sie erreichten ihr Ziel erst kurz nach Anbruch der Dunkelheit.

Die gemütliche Reisegeschwindigkeit gefiel ihren Begleitern Alban und Falko genauso wenig wie dem Boten, der Berengar die Nachricht des Herzogs überbracht hatte. In ihr leises Murren mischten sich gelegentlich leicht bissige Bemerkungen, denen Adolana entnehmen konnte, dass ihr Gemahl solche Entfernungen bisher an einem Tag zurückgelegt hatte.

Allein die Tatsache, dass Berengar sich von diesen Foppereien unbeeindruckt zeigte und seine gute Laune nicht verlor, machte Adolana glücklich, und sie genoss das ungewohnte Gefühl der Vertrautheit an seiner Seite.

Besonders froh darüber war sie, als Berengar sie am Mittag des dritten Tages dem schwäbischen Herzog vorstellte. Friedrich residierte während der Dauer des Landtags in Rottenacker im oberen Stockwerk des Wohngebäudes der Burg, in dem es trotz der schwülen Hitze, die draußen herrschte, angenehm kühl war. Das steinerne Gemäuer thronte abweisend über der Donau. Wie üblich bei solchen Versammlungen platzte der kleine Ort aus allen Nähten. Zwei größere Höfe dominierten das Dorf, dessen Bewohner ihren priesterlichen Segen in der kleinen Kapelle erhielten. Adolana hatte von ihrem Gemahl erfahren, dass bis zu siebenhundertfünfzig Teilnehmer erwartet wurden. Die Zelte drängten sich dicht an dicht auf den Flächen zwischen den Häusern. Die Bewohner des Ortes mussten für die Verköstigung doppelt so vieler Mägen Sorge tragen, und bestimmt sehnten sie das Ende des Landtages herbei.

Adolana hatte schon viele hochgestellte Persönlichkeiten kennengelernt, Friedrichs Erscheinung beeindruckte sie trotzdem. Möglicherweise spielte auch die Augenklappe aus dunklem Leder eine Rolle, denn mit dem verbliebenen Auge musterte er sie zwar nicht unfreundlich, aber forschend.

»Ich gratuliere Euch herzlich zu Eurer Eheschließung«, sagte der Herzog, nachdem er die Begrüßung der Neuankömmlinge erwidert hatte. »Leider war es mir aufgrund der Kürze der Zeit nicht möglich, ein geeignetes Geschenk für Euch zu finden. Seid aber versichert, dass ich diese Nachlässigkeit so schnell wie möglich nachholen werde.«

»Zu gütig, Euer Durchlaucht«, entgegnete Berengar und neigte den Kopf.

»Also ich muss schon sagen, Berengar, ich bin schwer enttäuscht, dass Ihr mir Eure hübsche Verlobte so lange vorenthalten habt.«

Adolana dankte dem Herzog mit einem Lächeln. Ein schneller Seitenblick zu ihrem Gemahl zeigte ihr dessen Verblüffung über den scherzhaft gemeinten Vorwurf. Die Miene Abd al-Mansurs, der neben Friedrich stand, blieb dagegen reglos.

»Sagt mir, edle Adolana, wo hat Euch dieser Unhold all die Jahre versteckt?«

Adolana spürte den warnenden Händedruck ihres Gemahls und suchte fieberhaft nach einer passenden Antwort. Anscheinend wollte er seinem Lehnsherrn gegenüber ihre Herkunft und den Auftrag verschweigen.

»Vergebt mir, Durchlaucht, aber weder ist er ein Unhold, noch hat er mich versteckt. Meine Eltern sind schon lange tot, und ich habe keine weiteren Verwandten. Der unendlichen Güte der Äbtissin Liutgart aus dem Gandersheimer Stift verdanke ich einige behütete Jahre ohne Sorge.«

»Nicht nur schön, sondern auch gebildet und Euch gegenüber äußerst milde gestimmt, lieber Berengar. Haltet sie fest, und verschreckt sie nicht mit Euren melancholischen Stimmungen.«

»Ich gebe mir die allergrößte Mühe, Herr«, versprach Berengar leicht konsterniert. »Jetzt würde ich meiner Gemahlin gerne unser Zelt zeigen. Sie ist müde von der Reise und möchte sich ein wenig ausruhen.«

»Sicher.« Auf Friedrichs knappen Wink hin eilte ein junger Bursche herbei. »So leid es mir tut, Euer frisches Eheglück zu stören, Berengar, aber ich brauche Euch jetzt hier an meiner Seite. Welf hat um ein Vieraugengespräch gebeten, und ich habe ihm sicheres Geleit und freien Abzug zugesichert.«

Bei der Erwähnung des Namens zuckte Adolana unbewusst zusammen, so dass sich der Herzog ihr zuwandte.

»Ihr solltet Euch wirklich ausruhen, Frau Adolana, Eure Blässe ist erschreckend. Berengar, geleitet Eure Gemahlin zum Zelt und wartet dort, bis es ihr bessergeht. Auf diese kleine Verzögerung kommt es jetzt auch nicht mehr an. Außerdem erwarte ich einen genauen Bericht über diese angebliche geheime Botschaft für den Welfen. Meinem Freund hier«, Friedrich legte vorsichtig eine Hand auf die Schulter des Mannes neben ihm, »konnte ich kaum etwas entlocken. Er hat beharrlich geschwiegen und auf Euch verwiesen.«

Nur mit Mühe und dank der eisernen Umarmung Berengars gelangte Adolana gerade und mit aufrechter Haltung zu ihrem Zelt. Dort schob er sie unbeirrt auf das gemütliche Lager und ließ sich neben ihr auf den mit Fellen und Decken gepolsterten Boden fallen.

»Mir war von Welfs Erscheinen nichts bekannt, das musst du mir glauben. Sonst hätte ich dich bestimmt nicht mitgenommen. Aber sorge dich nicht, mir fällt schon eine Lösung ein.«

Adolanas aufgewühltes Gemüt kam unter dem besorgten Blick und den tröstlichen Worten ihres Mannes schnell zur Ruhe. Ihre Erleichterung schwand allerdings sofort wieder, als Berengar fast beiläufig erwähnte, dass er dem Herzog nachher alles erklären würde.

»Aber das darfst du nicht.« Erregt sprang Adolana auf und sträubte sich gegen die Versuche ihres Gemahls, sie wieder auf das Lager zu ziehen.

»Wenn er erfährt, dass ich diese Botin bin, wird er Welf damit nachher konfrontieren. Wie soll ich dem standhalten? Und wie willst du deine Position beim Herzog halten, wenn er erfährt, dass du wissentlich eine Frau geheiratet hast, die seinem Gegner geldliche Unterstützung bringen sollte?«

»Hast du aber nicht.«

Seufzend erhob sich Berengar und legte ihr beide Hände auf die Schultern.

»Ich kenne Friedrich gut. Er wird Verständnis für deine Lage und mein Handeln haben. Viel mehr sorgt mich die morgige Ankunft des Welfen. Ich werde am besten gleich mit dem Herzog darüber sprechen. Vielleicht ist es sogar besser, wenn du morgen zurückreitest und so das Zusammentreffen vermeidest.«

Erneut drückte Berengar sie sanft nach unten, und dieses Mal wehrte sich Adolana nicht dagegen. Schlagartig fühlte sie sich erschöpft und wollte nur zu gern ihrem Gemahl die Entscheidung überlassen. Viel zu lange hatte sie für ihre Sicherheit und ihr Auskommen selbst kämpfen müssen.

Müde legte sie sich hin und schloss die Augen, nachdem Berengar nach einem zärtlichen Kuss das Zelt verließ.

»Meint Ihr, Eure Gemahlin hat sich bis zum Abendessen so weit erholt, dass sie unsere Runde mit ihrer Gegenwart beglücken kann?«, erkundigte sich Friedrich, nachdem die anderen Männer den Raum verlassen hatten und nur noch Berengar bei ihm verblieben war.

»Ich bin nicht sicher, Durchlaucht, es geht ihr nicht gut«, gab Berengar zurück. Voller Ungeduld wartete er nun schon seit über zwei Stunden darauf, seinen Lehnsherrn allein sprechen zu können. Endlich war der Moment gekommen, um Friedrich die ganze verzwickte Angelegenheit zu erklären. Berengar holte tief Luft und setzte mit seiner wohl zurechtgelegten Erklärung an. Da unterbrach das Signal des Horns sein Vorhaben.

»Nanu? Ich erwarte Welf doch erst morgen«, wunderte sich Friedrich und ging zur Fensteröffnung, um einen Blick nach draußen zu werfen. »Tatsächlich. Einen Tag früher als angekündigt. Na, dann wollen wir ihn mal willkommen heißen. Kommt Ihr, Berengar?« Er stutzte. »Was ist mit Euch?«

»Nichts, Euer Durchlaucht, ich bin so weit.«

Der kurze Moment war vergangen, in dem Berengars Sorge sich offen auf seinem Gesicht widergespiegelt hatte. Seine unbeteiligte Miene gab nun nichts mehr von seinen Gefühlen preis, obwohl in seinem Innern ein grauenhafter Kampf tobte. Verdammt! Wieso musste dieser Welfe auch einen Tag früher eintreffen?

»In Anbetracht unserer unerwartet großen Runde heute beim Abendmahl wäre es wirklich schön, wenn Eure Gattin uns mit ihrem Liebreiz beehren würde.«

Berengar murmelte eine ausweichende Antwort, während er dem Herzog die Treppe ins Erdgeschoss hinunter folgte.

Adolana durfte nicht mit dem Welfen zusammentreffen. Wie in aller Welt sollte Berengar sie nur von hier fortschaffen, ohne Friedrich zu verstimmen? Nun bot sich bestimmt so schnell keine Gelegenheit mehr für eine vertrauliche Unterredung.

»Soll ich für eine schnelle Zusammenkunft alles in die Wege leiten, Durchlaucht?«, fragte Berengar seinen Herzog, als sie vor dem Gebäude stehen blieben, um die Ankommenden zu empfangen. Vielleicht gab es jetzt noch die Möglichkeit, Adolana von hier fortzuschaffen?

»Das ist nicht nötig. Ich habe alles bereits veranlasst und brauche Euch an meiner Seite«, entgegnete Friedrich, ohne den Blick vom Anführer der Reiter zu nehmen.

Unbewusst presste Berengar die Lippen aufeinander, als der Herzog seine Chance mit der Anweisung vereitelte. Was soll ich jetzt tun?, dachte Berengar zerstreut, als er jäh spürte, dass er beobachtet wurde. Unauffällig ließ er den Blick über die Männer wandern, die an ihm vorbei zu ihrem Lagerplatz ritten. Seine Sinne waren geschärft und das Problem, das ihm auf der Seele lastete, vorerst in den Hintergrund geschoben.

Der Mann nahm ohne Hast seinen Blick von ihm, und Berengar zog seine Stirn in Falten. Der blonde Ritter kam ihm zunächst nicht bekannt vor, aber dann stutzte er. Irgendetwas rüttelte an seinem Gedächtnis, aber die erwartete Erinnerung blieb aus. Was hatte den schemenhaften Gedanken ausgelöst? Nachdenklich starrte Berengar dem Reiter hinterher, ohne dass die Ahnung sich verfestigte.

Berengar hielt sich wie üblich im Hintergrund. Von seiner Position aus konnte er nicht jeden einzelnen Begleiter Welfs begutachten, was aber nicht weiter tragisch war. Die Staufer befanden sich auf dem Königstuhl in der Überzahl, und der Welfe genoss mit seinen Männern das Gastrecht. Die anstehenden Verhandlungen mit dem Welfen waren die letzte Möglichkeit für den Frieden. Der Ritter bezweifelte allerdings, dass einer der beiden Verhandlungspartner auch nur einen Fingerbreit von seinen Forderungen abrückte. Welf konnte seine Position nicht verlassen, sonst wäre der Anspruch auf die Herzogwürde in Baiern und Sachsen verloren. Und Friedrich hatte bereits in vorangegangenen Gesprächen klargelegt, dass er die Welfenfrage ein für alle Mal geklärt haben wollte.

Zu staufischen Bedingungen.

Mit misstrauischen Blicken ritten die Neuankömmlinge in den Ort, während die staufischen Männer des Herzogs ihnen eine Gasse öffneten. Äußerlich war dem blonden Ritter, der drei Pferdelängen hinter dem Welfen ritt, nichts von seiner Anspannung anzusehen. Harberts Gelassenheit war natürlich reine Fassade, denn jede Faser seines gestählten Körpers war gestrafft und würde bei Gefahr sofort reagieren. Sein unschönes Merkmal, der hervorstehende Unterkiefer, wurde durch den dichten Bartwuchs verdeckt, so dass diese Deformierung erst auf den zweiten Blick auffiel. Obwohl er starr geradeaus blickte, nahm er jede Bewegung am Rand wahr. Deshalb registrierte er auch sofort das Interesse des dunkelhaarigen, hochgewachsenen Ritters, der dicht hinter dem Schwabenherzog stand. Und der für die Verunstaltung in seinem Gesicht verantwortlich zeichnete.

Unbewusst hielt Harbert die Luft an. Erst als Berengar von Wolfenfels die Stirn runzelte und verdrossen den Kopf schüttelte, atmete er erleichtert wieder aus. Der Vasall des Staufers erkannte ihn nicht wieder. Die erste Hürde war genommen.

Damit war die Gefahr für Harbert allerdings noch nicht gebannt. Das Risiko bestand für ihn hauptsächlich darin, hier in Rottenacker dem Mann über den Weg zu laufen, dem er die Nachricht über die Reisegruppe zugespielt hatte. Ein staufischer Anhänger, gewiss, aber jemand, der vor allem seinen eigenen Vorteil im Kopf hatte. Es war für den blonden Mann nicht vorherzusagen, wie dieser bei einem unvorhergesehenen Zusammentreffen reagieren würde.

Harbert war sich seines riskanten Spiels bewusst, das er seit fast zwei Jahren betrieb, er hatte den traumhaften Belohnungen für seine Dienste jedoch nicht widerstehen können. Verräter gab es viele, beide Seiten zu verraten, war dagegen eine Kunst! Seit der Absetzung des Stolzen war die ganze Sache für ihn richtig interessant geworden. Interessant und lukrativ.

Nicht einen Tag hatte er seine Flucht aus Dänemark bereut. Nach der verlorenen Schlacht an der Seite Magnus' von Dänemark war er nur mit knapper Not den Männern Eriks entkommen und hatte sich schließlich nach Süden durchgeschlagen.

»Durchlaucht. Wie schön, Euch bei guter Gesundheit zu sehen.«

Unmerklich verzog Harbert den Mund. Wie jämmerlich, diese Lügerei des Welfen. Bei diesem unwürdigen Schauspiel kann einem glatt die Galle hochkommen, dachte der Däne beim Anblick Welfs, der mittlerweile abgestiegen war und sich vor dem Schwabenherzog verbeugte.

»Die Truppen Eures Vasallen, Adalberts von Löwenstein, waren so schwach, dass sie mir nichts anhaben konnten, Welf«, entgegnete Friedrich kühl. »Aber es ist gut, dass nicht nur die Schwerter sprechen, sondern auch Ihr immer noch auf diplomatisches Geschick vertraut. Dort, in dem Gebäude des Schultheiß, könnt Ihr Quartier beziehen, Eure Männer können die Zelte weiter hinten aufschlagen. Ich erwarte Euch in einer Stunde.«

Nachdenklich fuhr Harbert sich durch den gepflegten, dichten Bart. Seit der schweren Verletzung, die ihm der staufische Ritter in der Schlacht beim Waiblinger Königsgut zugefügt hatte, war kein Tag vergangen, an dem sein Hass sich nicht tiefer in seiner Seele eingebrannt hatte. Den Namen von Friedrichs Getreuen hatte er schnell herausbekommen. Berengar von Wolfenfels genoss Respekt und besaß einen ziemlich guten Ruf unter den Männern des Herzogs, was Harbert kaum verwunderte. Schließlich hatte er mit diesem Mann gekämpft und war unterlegen. Am meisten wurmte es Harbert aber, dass der staufische Vasall ihm nun schon zweimal in die Quere gekommen war. Erst die Niederlage bei Waiblingen, und dann vereitelte dieser Kerl auch noch den Überfall Rudgers, bei dem eigentlich gar nichts hätte schiefgehen können.

Die Organisation des Angriffs auf die Reisegesellschaft der Hofdame war dank der Hinweise aus der direkten Dienerschaft ein Kinderspiel gewesen. Wäre nicht plötzlich dieser staufische Vasall aufgetaucht. Er hatte Berengar aus seinem Versteck zwischen den dichtbelaubten Ästen eines hohen Baumes heraus sofort wiedererkannt. Leider war es in dieser Situation nicht ratsam gewesen, seine langersehnte Rache zu bekommen. Ein anderes Problem hatte sich dagegen gelöst. Dem Welfenvasall Waldemar war zu dieser Zeit sein Fehlen sicher bereits aufgefallen. Aber Waldemar und die anderen Überlebenden waren verschwunden, verschleppt von diesem Berengar. Nur deshalb hatte er es gewagt, Welf vom Scheitern der Mission zu unterrichten. Dieser hatte in seiner Gutmütigkeit keinerlei Argwohn geschöpft, dass nur einer der Männer beim Überfall entkommen konnte.

Harbert hatte alles so schön geplant. Es reichte jetzt!

Deshalb war er hier, war er überhaupt dem Ruf des Welfen gefolgt. Der Reiz, endlich den Mann zu töten, dem er seine dauerhafte Verunstaltung zu verdanken hatte, war stärker als die Angst, entdeckt zu werden.

Vorsichtig spähte Adolana durch den Spalt der Zeltöffnung. Der Lärm der Ankömmlinge hatte sie geweckt, und beim Anblick des Welfen blieb ihr fast das Herz stehen.

Er war früher eingetroffen, als der Schwabenherzog angenommen hatte. Was sollte sie jetzt tun? Sie musste unbedingt verschwinden, bevor Welf sie erkannte. Auf ihren Gemahl konnte sie nun nicht zählen, denn der musste zweifellos seinen Dienst beim Herzog leisten. Es gab nur einen Ausweg, und der machte ihr keine Sorgen, sondern weckte totgeglaubte Kräfte in ihr.

Adolana hatte seit ihrer Kindheit einen fabelhaften Orientierungssinn, der durch die vielen Streifzüge in den Wäldern bei der Burg Wohldenberg geschult war. Jetzt würde sie ihn benötigen, um den Rückweg zu ihrem neuen Zuhause zu finden.

Als Adolana bei dem bewachten Gatter ankam, atmete sie erleichtert auf. Das Lager war größer, als es von der Burg aus den Anschein gehabt hatte, aber nun war die erste

Hürde geschafft. Jetzt ging es nur noch darum, möglichst unauffällig an ihr Pferd zu gelangen.

»Kann ich Euch behilflich sein, Frau Adolana?«

Sie fuhr herum und sah sich Alban gegenüber. Natürlich, schoss es ihr durch den Kopf, er ist der jüngste unserer Begleiter und hat daher die lästige Aufgabe übertragen bekommen, sich um die Pferde zu kümmern. Alban war knapp zwanzig und wartete sehnsüchtig darauf, seine Schwertleite zu empfangen. Er war von fröhlichem Naturell mit einem Hang zum Übermut und ihr von Anfang an sympathisch. In der kurzen Zeit auf Burg Wolfenfels war er gelegentlich an ihrer Seite aufgetaucht und hatte ihr für den Fall, dass sie auszureiten wünschte, seine Begleitung angeboten. Albans ergebene Schwärmerei rührte sie fast ebenso wie seine offensichtliche Bewunderung für Berengar.

Durfte sie diese Tatsache ausnutzen? Nein, sie *durfte* es nicht, aber sie *musste* es tun.

»Alban, wie gut, dass ich Euch hier treffe«, rief Adolana und lächelte ihn vielleicht eine Spur zu freundlich an. »Mein Gemahl wollte mit mir ausreiten, um mir die Gegend zu zeigen. Aber nun ist der Welfe bereits eingetroffen und Berengar damit unabkömmlich. Würdet Ihr mich begleiten?«

Adolana wusste, wie seltsam ihr Anliegen klingen musste, aber sie hatte keine andere Wahl. An dem Zögern des jungen Mannes konnte sie erkennen, dass er es ebenfalls so sah. Hastig verdrängte sie das schuldbewusste Gefühl und legte noch etwas mehr Wärme in ihren Blick.

Richenzas Belehrungen hatten sich ihr eingebrannt.

»Ich weiß nicht genau, Herrin. Herr Berengar hat nichts davon gesagt. Seid Ihr sicher, dass Ihr nach dem langen Ritt noch ausreiten möchtet?«, fragte der Junker unsicher, während sich in seinen braunen Augen ein Leuchten zeigte.

Alban tat ihr leid. Das oft großspurige Verhalten des jungen Mannes war offensichtlich reine Fassade.

Innerlich seufzend streckte sie die Hand nach ihm aus. Die beruhigenden Worte blieben ihr allerdings im Hals stecken, als sie hinter sich eine verhasste Stimme aus der Vergangenheit hörte und sich ihr die Nackenhaare aufstellten.

Harbert hätte sich ohrfeigen können. Oder besser noch den anderen. Dieser Tag nahm Wendungen, die ihm überhaupt nicht in den Kram passten. Wieso musste er auch so ein Pech haben und gleich in der ersten Stunde auf den Mann treffen, dem er am liebsten gar nicht begegnet wäre?

»Musstet Ihr unbedingt hierherkommen?«, fragte der frühere Graf von Winzenburg erregt und eine Spur zu laut.

»Sprecht gefälligst leiser«, zischte Harbert verärgert.

Die Arroganz dieses Mannes ist nur noch von seiner Selbstsucht zu überbieten, fügte er stumm hinzu. Zum Glück stand außer den Pferden niemand in der Nähe. Es wäre fatal, wenn jemandem auffallen würde, dass ein Gefolgsmann des Welfen mit einem Anhänger der Staufer ein geheimes Treffen abhielt.

»Ich habe meine Gründe, und die gehen Euch nichts an. Vielmehr hätte ich erwartet, dass *Ihr* so schlau seid und mich meidet.«

»Nachdem Ihr Eure letzte Aufgabe so verpfuscht habt, sollte ich Euch vielmehr dafür zur Rechenschaft ziehen. Es ist Euch nicht gelungen, diese verdammte Botschaft an den Welfen abzufangen. Eine Belohnung seht Ihr dafür jedenfalls nicht.«

»Es wäre alles wie geplant abgelaufen, wenn sich Euer Anfänger nicht von diesem Berengar von Wolfenfels hätte überwältigen lassen. Ich habe meinen Teil getan und werde zu gegebener Zeit die abgesprochene Bezahlung einfordern.«

»Ha, das denkt auch nur Ihr«, höhnte der Graf. »Rudger von Papenberg hat alles richtig gemacht. Ich habe von ihm selbst gehört, was geschehen ist. Obwohl ich die Rache für die Schmach seiner Schwester durch die erzwungene Vermählung Berengars mit diesem welfischen Weibsstück für überzogen halte.«

Harbert kannte den Winzenburger Grafen erst seit einem knappen Jahr, hatte aber einige Erkundigungen über ihn eingezogen. Daher wusste er, dass Hermann von Winzenburg unter Kaiser Lothar in der Blankenburg in Haft gesessen und anschließend irgendwo im Rheinland in Verbannung gelebt hatte. Er musste um die vierzig sein, wirkte aber älter, was womöglich an dem verbitterten Zug um seinen Mund lag. Oder an dem spärlichen Haarwuchs. Unbewusst fuhr sich Harbert durch seine vollen blonden Haare, während sich seine blauen Augen bei den Worten des Grafen zu schmalen Schlitzen verengten.

»Der Vasall Friedrichs befindet sich hier. Es liegt an Euch, ob Ihr Euer Versagen wieder geradebiegt.«

»*Ihr* müsst mir das gewiss nicht sagen«, zischte der Däne. Hermann von Winzenburg wurde blass, und Harbert fuhr zufrieden fort: »Ich sehe im Gegensatz zu Euch zu, dass ich Bescheid weiß. Deshalb bin ich noch am Leben und habe auch vor, daran nichts zu ändern.«

Der Graf erwiderte nichts, sondern schien noch immer schockiert zu sein. Mit offenem Mund und völlig reglos starrte er Harbert an.

»Mit der idiotischen Vermählung hat es dieser Trottel Rudger geschafft, die Botin außerhalb unseres Zugriffs zu bringen. Als Gemahlin eines der treuesten Staufervasallen kommen wir niemals mehr an sie heran.«

Noch immer zeigte der Graf keine Regung, und erst jetzt

fiel Harbert auf, dass er gar nicht ihn anstarrte, sondern knapp an seinem Gesicht vorbei. Eine kaum zu deutende Ahnung befiel ihn, als er sich langsam umdrehte und zwischen den Pferdeleibern die Frau sah, mit der das ganze Unglück überhaupt erst begonnen hatte.

Für einen Augenblick begegneten sich ihre Blicke, dann wandte sie sich um und rannte, als wäre der Teufel hinter ihr her.

Womit sie gar nicht so falsch liegt, dachte Harbert grimmig und setzte sich in Bewegung, ohne sich weiter um den verdutzten Grafen zu kümmern.

Adolana hetzte zwischen den Zelten hindurch und versuchte den straff gespannten Seilen auszuweichen. Sie konnte immer noch nicht glauben, dass sie gerade jetzt, hier an diesem Berg, weitab ihrer Heimat, ausgerechnet den Mann wiedertreffen musste, der so viel Leid über sie gebracht hatte.

Dass Hermann von Winzenburg bei ihrem Anblick selbst völlig perplex gewesen war, bereitete ihr nur sehr kurz Genugtuung. Zu einem anderen Zeitpunkt hätte sie sich darüber freuen können, dass er gewirkt hatte, als wäre ihm ein Geist begegnet. Nun musste sie zusehen, dass sie dem anderen Mann entkam. Der arme Alban hatte überhaupt nicht so schnell reagieren können, als sie unvermittelt davongeeilt war. Ihre Gedanken schlugen Purzelbaum. Was hatte ein Ritter des Welfen mit dem Winzenburger Grafen zu schaffen? Sie hatte den blonden Mann das letzte Mal kurz vor dem Überfall auf ihre Reisegruppe gesehen. Von Waldemars Onkel wusste sie, dass er sich nach dem Ende der Verbannung den Staufern angeschlossen hatte. Seine Ländereien und die Winzenburg waren für ihn verloren, denn die hatte Graf Siegfried, Berengars ehemaliger Lehnsherr, an sich gerissen.

Völlig außer Atem blieb Adolana stehen und warf einen hastigen Blick über die Schulter. Erst jetzt fiel ihr auf, dass sie bis ans Ende des Lagers gelaufen war. Nirgendwo sah sie einen von Friedrichs Männern und vermutete, dass sich die meisten in der Mitte des Lagers aufhielten, um dem ersten Treffen des Welfen mit dem Schwabenherzog beizuwohnen. In einiger Entfernung konnte sie ihren Verfolger erkennen, der offenbar zwischen den Zelten ihre Spur verloren hatte. Schnell schlüpfte sie in den offenen Zelteingang neben sich und sah sich um. Während sie nach Atem rang, hörte sie jemanden ihren Namen rufen. Sie lauschte angestrengt, doch alles blieb ruhig. Adolana sah sich um. Anscheinend war sie in das Versorgungszelt geraten, denn mehrere Säcke standen am Rand der Plane, und in grob zusammengezimmerten Kisten befanden sich Rüben und Zwiebeln. Adolana kannte weder die geplante Dauer des Landtags noch die gesamte Zahl der Teilnehmer. Der Menge an Lebensmitteln nach zu urteilen, würde aber keiner von ihnen Hunger leiden.

Der Anblick der großen Holzfässer brachte ihr den zündenden Einfall. Bevor sie sich dahinter zusammenkauerte, wagte sie jedoch noch einen vorsichtigen Blick nach draußen und zog fast gleichzeitig irritiert die Augenbrauen zusammen.

Der blonde Mann hatte seine Suche aufgegeben. Ganz offensichtlich gab es für ihn ein besseres Ziel.

In lauernder Haltung, mit ihr zugewandtem Rücken, versteckte er sich hinter einem der großen Transportwagen, auf dem höchstwahrscheinlich die Nahrungsvorräte herangeschafft worden waren. Der Mann beobachtete etwas oder jemanden, nur leider wurde Adolana die Sicht darauf versperrt.

Einen Lidschlag später offenbarte sich ihr jedoch, was ihren Verfolger abgelenkt hatte. Als sie beobachtete, wie er mit der rechten Hand nach seinem Messer griff, setzte ihr Herzschlag für einen Moment aus, und ein Gefühl der Panik erfasste sie.

Der Tag nahm wirklich ungeahnte Wendungen. In geduckter Haltung und mit geringem Abstand folgte Harbert dem Mann, der so überraschend zwischen den Zelten vor ihm aufgetaucht war.

Die Frau konnte warten. Wenn Fortuna ihm seine Beute praktisch auf dem goldenen Teller servierte, musste er schnell handeln. Hastig zog der Däne den Kopf ein, als Berengar sich unvermittelt umdrehte. Da dieser aber nicht damit rechnete, beobachtet zu werden, entging Harbert seinen suchenden Blicken.

Suchend!

Schlagartig wurde ihm klar, dass der Ritter selbst jemanden suchte. War es womöglich der staufische Hund gewesen, der nach der fliehenden Frau gerufen hatte? Ein Grund mehr, sich auf den bevorstehenden Messerwurf zu konzentrieren und die Sache schnell hinter sich zu bringen.

Vertraut und schwer lag der geriffelte Griff des Messers in seiner Hand. Der Dolch wartete dagegen weiterhin im Schaft seines Stiefels auf einen möglichen Einsatz. Er war gut im Töten. Egal, mit welcher Waffe.

Berengar drehte sich erneut um. Seine Miene verhieß nichts Gutes, er wirkte mehr als nur leicht verärgert. Wenn du wüsstest, was gleich auf dich zugeflogen kommt, dachte Harbert mit grimmiger Belustigung und hob den Arm.

Adolana zögerte nicht lange. Sie riss die Plane, die sie eigentlich vor den Blicken des Verfolgers schützen sollte, zur Seite und rannte los. Der Vorteil der Überraschung lag auf ihrer Seite, deshalb reagierte der feige Angreifer auch nicht schnell genug. In dem Moment, als Adolanas Körper mit ungebremster Wucht gegen ihn prallte, nahm das Messer seinen Flug auf.

Sie landete hart auf dem Boden, unterdrückte den jähen Schmerz in der Schulter und stemmte sich mit beiden Händen hoch. Im ersten Moment konnte sie Berengar nicht finden, gleich darauf sah sie ihn in aus seiner Deckung am Boden hervorkommen und mit dem Schwert in der Hand auf sie zustürmen. Sein wutverzerrtes Gesicht und das furchteinflößende Brüllen ließen ihr den Atem stocken.

»Miststück.«

Den Bruchteil eines Augenblicks reagierte nun Adolana zu spät. Das Gewicht des Mannes raubte ihr den Atem. Trotzdem versuchte sie sich dem Griff des Angreifers zu entziehen, wobei sie sich wie eine Schlange wand. Tatsächlich kam sie kurz frei, das kalte Metall an ihrem Hals spürte die junge Frau dabei kaum.

Damit endete jedoch auch das Brüllen ihres Mannes. Die einsetzende Stille war fast greifbar.

»Waffe runter, oder ich stoße ihr die Klinge in ihren wundervollen Hals«, zischte der Däne an Adolanas Ohr.

Sie konnte sich kaum rühren, so dicht hielt der Mann sie an sich gepresst. Stumm und mit weit aufgerissenen Augen starrte Adolana ihren Gemahl an, der mitten in der Bewegung innehielt. Das Schwert hoch in die Luft gereckt, hielt er die dunklen Augen auf die beiden am Boden Kauernden gerichtet. Darin zeigte sich für einen kurzen Moment pure Verzweiflung, dann verschloss sich sein Blick, während die todbringende Waffe langsam zu Boden sank.

»Für jeden Tropfen Blut, den sie vergießt, werde ich hundert aus dir herauspressen.«

Harbert lachte kurz auf und erhöhte fast unmerklich den Druck seines Dolches. »Ach ja? Im Augenblick wohl kaum. Besorg mir ein Pferd, damit ich mit diesem Weib das Lager verlassen kann. Und lass dein Schwert fallen.«

Der leichte Akzent des Mannes erinnerte Adolana jäh an Magnus. War sie dazu verdammt, von den Angehörigen dieses Volkes ein Messer an die Kehle gesetzt zu bekommen?

Mittlerweile hatten sie und ihr Peiniger die Aufmerksamkeit der anderen auf sich gezogen. Einem der gaffenden Männer nickte Berengar kaum merklich zu, wie Adolana aus ihrer unterlegenen Position bemerkte, ohne sie jedoch aus den Augen zu lassen. Sein Schwert lag neben ihm auf dem staubigen Boden.

»Du hast nicht die geringste Chance«, presste Berengar hervor.

Adolana schloss schaudernd die Augen, als sie Harberts heißen Atem an ihrer Wange spürte.

»Das sehe ich anders«, erwiderte Harbert mit einem Hauch von Liebenswürdigkeit. »Solange ich auf mein Pfand achtgebe, habe ich sogar eine sehr gute Überlebensgarantie.« Ohne Vorwarnung zog er Adolanas linken Arm ruckartig nach hinten, so dass sie leise aufstöhnte.

In Berengars Blick und in der Heftigkeit seiner Worte fand sie den Schmerz wieder, den sie in ihrer Schulter verspürte.

»Du bist tot. So oder so, ich werde dich töten. Dir bleibt nur die Wahl eines schnellen Todes«, stieß Berengar hervor, während er mit der linken Hand fast unmerklich zum Gürtel glitt.

»Das würde ich dir nicht raten. Du magst schnell sein, aber ihre Kehle ist durch, bevor dein Messer mich erreicht«, warnte Harbert.

Zum ersten Mal spürte Adolana die Furcht des Mannes. Er schien Respekt vor Berengar zu haben, und sie fragte sich, woher die beiden sich kannten. Denn ihr Gemahl war dem Dänen vertraut, sonst hätte er dessen Aufmerksamkeit nicht von ihr weg und auf sich gezogen.

Ein Schnauben ertönte hinter ihnen, und Harbert zwang sie hoch. Berengars verzweifelte Miene quälte Adolana und drängte ihre Angst in den Hintergrund.

Ohne den Blick von Berengar zu nehmen, zog ihr Peiniger sie langsam mit sich. Das herbeigeführte Pferd stand leicht seitlich von ihnen, gehalten von einem unbekannten Mann. Kurz vor dem Reittier blieb Harbert stehen. Jetzt kam der schwierigste Teil für ihn, und Adolana fragte sich, wie er sich auf den Rücken des Pferdes schwingen wollte, ohne seinen lebenden Schutz für den Moment freizugeben? Sie schöpfte Hoffnung. Vielleicht gab es eine Möglichkeit zur Flucht? Oder einen Glückswurf für Berengar?

Schon mit seiner nächsten Aussage machte der Däne ihre Hoffnungen zunichte.

»Du wirst das Pferd führen, bis wir aus dem Lager raus sind«, wies Harbert den Mann an, der mit finsterem Gesichtsausdruck die Zügel hielt.

Langsam gingen sie los. Wie einen lebenden Schutzschild presste Harbert sein Opfer gegen sich. Mit dem Hinterkopf stieß Adolana immer wieder gegen seine linke Schulter, während seine rechte Körperhälfte von dem Pferdeleib gedeckt wurde. Sollte es jemand wagen, ihm ein Messer in den Rücken zu rammen, zweifelte Adolana keinen Augenblick daran, dass ihr Peiniger ihr mit seinem letzten Atemzug die Kehle durchschneiden würde. Kaum dass sie Berengars Höhe passiert hatten, durchschnitt ein kaum hörbares Zischen die Luft, dem ein dumpfer Aufprall folgte. Hilflos sah Adolana in die schreckgeweiteten Augen ihres Mannes, als sich die Spitze des Messers in das Fleisch ihres Halses drückte.

Was ist das bloß für ein grauenhaftes Geschrei, ging es Adolana durch den Kopf, als sie zu Boden sackte. Innerlich bereitete sie sich auf den harten Aufprall vor, doch im letzten Moment wurde sie aufgefangen. Berengar riss seine entsetzte Gemahlin hoch, packte sie an den Schultern und presste sie an sich.

Erst jetzt bemerkte Adolana, dass die schrillen Schreie ihrer eigenen Kehle entfuhren, konnte damit aber nicht aufhören. Ein wenig hing es wohl auch mit der warmen Flüssigkeit zusammen, die auf sie gespritzt war, bevor sie zu Boden sackte. Völlig hysterisch fühlte Adolana, wie ihr die Tropfen über die Wange liefen und sich die Flecken langsam auf ihrer Kotte ausbreiteten. Möglicherweise lag es aber auch an dem Bild, das einfach nicht vor ihrem inneren Auge verschwinden wollte. Die Spitze des Messers, das sich durch den Hals des Dänen bohrte und vorne wieder austrat.

Erst als Berengar sie an den Armen packte und heftig, wenn auch nur kurz schüttelte, erstarb das Geschrei abrupt. Gleich darauf umschlang ihr Gemahl sie derart fest, dass ihr fast die Luft wegblieb.

»Verzeih mir, aber ich wusste mir wieder keinen anderen Rat«, murmelte er, in Erinnerung an eine ähnliche Situation am See, in der Nähe von Burg Wolfenfels.

»Lass los. Lass mich sofort los.«

Überrascht folgte Berengar ihrem heftigen Wunsch und trat einen Schritt zurück. Darauf folgte Erleichterung, als er sah, wie Adolana ungeniert den Rock ihrer Kotte hob und sich damit hektisch übers Gesicht fuhr. Den anwesenden Männern, die nach Beilegung der gefährlichen Situation nun neugierig gafften, schenkte sie keinerlei Beachtung. Sollten sie eben den Rock ihres Unterkleides sehen. Hauptsache sie bekam das Blut vom Gesicht.

»Warte, du machst damit alles nur noch schlimmer«, ermahnte Berengar sie und nahm ihr den Stoff aus der Hand. »Ich hole ein feuchtes Tuch, damit geht es besser.«

Bevor er sein Vorhaben in die Tat umsetzen konnte,

reichte jemand Adolana ein leinenes Tuch, vom dem noch das Wasser tropfte.

»Ihr beschämt mich, Abd al-Mansur. Nicht nur, dass Ihr meiner Frau mit Eurem bewundernswerten Wurf das Leben gerettet habt, kommt Ihr mir nun noch mit einer weiteren hilfreichen Geste zuvor.«

Dankbar ergriff Adolana das Stück Stoff und wischte sich damit übers Gesicht, während Berengar sich tief verbeugte.

»Berengar, jetzt beschämt Ihr mich. Ich habe nur das getan, was Euch nicht möglich war. Selbst wenn Ihr in meiner Position gewesen wäret, bin ich mir nicht sicher, ob Ihr den Wurf gewagt hättet. Obwohl ich durchaus schon das ein oder andere Mal Eure Treffsicherheit bewundern durfte«, erwiderte der Fremde mit dem hellen Turban.

Seine Augen schienen noch schwärzer als die ihres Mannes, wie Adolana in dem Moment auffiel. Spontan ließ sie den nassen Lappen fallen und ergriff die schmalen, gebräunten Hände des Mannes, dem sie ihr Leben zu verdanken hatte.

»Mein Gemahl hat recht, Euch zu danken. Wir stehen tief in Eurer Schuld.« Verblüfft sah Adolana ihren Retter an, der bestimmt und ohne zu zögern seine Hände den ihren entzog.

»Keine Schuld, edle Frau. Im Gegenteil, es war mir eine Freude und Ehre.« Abd al-Mansur neigte den Kopf und ging.

Adolana blieb mit dem seltsamen Gefühl, etwas falsch gemacht zu haben, verwirrt zurück. »Womit habe ich ihn gekränkt?«, fragte sie ihren Gemahl verwirrt.

»Wenn du das nächste Mal davon absehen könntest, ihn anzufassen, ist alles in bester Ordnung«, entgegnete Berengar belustigt. Dann rief er zwei Männer herbei, damit sie sich um den Leichnam des Mannes kümmerten.

»Schafft den Abschaum fort. Verbuddelt ihn irgendwo weiter hinten im Wald«, wies Berengar sie an.

Wie unter Zwang wanderte Adolanas Blick zu dem Toten hinüber, und völlig unvermittelt schoss ihr ein anderer Gedanke durch den Kopf. Nun würde sie niemals erfahren, woher dieser Mann von ihrem Auftrag gewusst hatte. Ihr war schon lange klar, dass er an dem Überfall auf Adolanas Reisegruppe die Schuld trug. Das Dumme daran war nur, dass er einen Helfer benötigt hatte. Jemand, der ihm oder dem Winzenburger, der allem Anschein nach mit dem Toten unter einer Decke steckte, das Wissen weitergegeben hatte. Waldemar schied aus, denn Adolana zweifelte nicht einen Augenblick an seiner Loyalität. Zudem war er selbst schwer bei dem Überfall verletzt worden, und bei den anderen Männern verhielt es sich ähnlich. Plötzlich sträubten sich Adolana die Nackenhaare, denn eigentlich fiel ihr nur eine Person ein, die von dem Auftrag wissen konnte. Sollte Ermentraud wirklich zu solch einem schweren Verrat fähig sein?

Die Menge zerstreute sich langsam, als die Männer den Toten fortschafften. Adolana schüttelte die grauenhaften Gedanken von sich ab. Sie würde sich später darum kümmern. Jetzt musste sie Berengar von der Anwesenheit des Winzenburgers unterrichten. Adolana sah die Gelegenheit als günstig an und zog ihren Gemahl zu sich herunter.

»Der Kerl hier hat sich mit jemandem getroffen. Hinten, bei den Pferden. Es war Graf Hermann von Winzenburg. Du erinnerst dich bestimmt an den Mann, der hinter dem Attentat auf den Gefolgsmann Lothars gesteckt hat«, flüsterte Adolana ihm hinter vorgehaltener Hand zu.

Berengars Gesichtszüge verhärteten sich, und er nickte stumm. »Bist du dir sicher? Sahen sie vertraut aus, oder war es eher eine flüchtige Begegnung?«

Adolana überlegte nur kurz, dann schüttelte sie entschieden den Kopf. »Sie kannten sich, dessen bin ich mir sicher. Aber der Mann gehörte zu Welfs Leuten. Er war unter den Männern, die mich zur Burg Weinsberg bringen sollten. Was hat er nur mit dem Winzenburger Grafen zu schaffen? Der gehört doch zu den Staufern, oder?«

Berengar nickte grimmig. Beiläufig erzählte er ihr, dass er bei der Waiblinger Schlacht gegen den vor ihnen liegenden Toten gekämpft hatte. Es war ihm, kurz nach dem Eintreffen des Welfen, wieder eingefallen.

»Das ist richtig. Gelegentlich fiel sein Name, wenn es um Neuigkeiten für den Herzog ging.«

»Wieso bist du überhaupt hier? Solltest du nicht beim Herzog sein?«, fragte sie ihren Gemahl.

»Alban hat mich aufgesucht, nachdem du so schnell verschwunden warst. Er konnte mir nur noch die grobe Richtung angeben, in die du geflüchtet bist. Völlig verstört war der arme Kerl, vor lauter Sorge um dich, weil du so blass warst wie das weiße Leinen der Fahne, die bei Kapitulation gehisst wird.«

Gerührt strich Adolana ihrem Gemahl über die Wange und genoss das Gefühl der Verbundenheit, während Berengar sie an sich zog.

»Leider habe ich die Bedrohung zu spät gespürt«, flüsterte er dicht an ihrem Haar.

»Nein, nicht zu spät«, verbesserte Adolana ihn leise und schmiegte sich an ihn.

»Was ist hier los, Berengar?«

Die beiden Eheleute fuhren auseinander und sahen sich dem schwäbischen Herzog gegenüber.

Adolana wurde blass, als sie den Mann erkannte, der neben dem Herzog stand.

»Fräulein Adolana? Was macht Ihr denn hier?«, fragte Welf verwirrt.

»Ihr kennt die Frau meines Gefolgsmannes?«, erkundigte sich Friedrich neugierig.

Der Welfe antwortete nicht. Sein Ausdruck veränderte sich jäh in ungläubige Wut. »Ihr seid es also gewesen. Euch haben wir den feigen Verrat zu verdanken? Wie lebt es sich damit, für den Tod von mehreren guten Männern verantwortlich zu zeichnen?«, spie Welf hervor.

Adolana erbleichte und schüttelte heftig den Kopf. »Edler Herr, ich kann Euch alles erklären. So war es nicht.«

»Ach nein? Wie war es denn? Brauchtet Ihr eine Mitgift für die Hochzeit mit diesem Edelmann? Spart Euch Eure jämmerlichen Entschuldigungen«, stieß Welf verächtlich hervor. Ohne eine Erwiderung abzuwarten, drehte er um und stapfte mit großen Schritten davon.

»Wartet, bitte!« Entrüstet wandte Adolana sich zu ihrem Mann um, der sie unerbittlich festhielt.

»Bleib hier! Ich werde mit ihm sprechen. Er wird dich mit Sicherheit im Augenblick sowieso nicht anhören. Spätestens, wenn ich ihm den wahren Täter nenne, wird er verstehen.«

»Euer Gemahl hat recht, edle Adolana. Vertraut uns, wir werden die Situation klären und Eure Unschuld mit unserem Ehrenwort beweisen«, mischte sich der Herzog ein. Dann wandte er sich Berengar zu. »Der wahre Täter würde mich allerdings auch interessieren. Lasst uns den Welfen suchen. Unterwegs erzählt Ihr mir alles.«

Welf VI. stand blass, aber gefasst neben dem schwäbischen Herzog und seinem Gefolgsmann. Berengar von Wolfenfels hatte sie zu dem Leichnam des Mannes geführt, der bisher in seinen Diensten gestanden hatte und dessen Blut nun die Erde tränkte.

Er konnte kaum glauben, dass der Mann vor seinen Füßen für das Scheitern der Reise verantwortlich war. Einer *seiner* Gefolgsmänner hatte die Nachricht darüber an den staufischen Rudger von Papenberg weitergeleitet, der in den direkten Diensten Adalberts von Calw und Löwenstein stand.

»Glaubt Ihr jetzt meinen Worten, dass meine Frau unschuldig ist? Der eigentliche Verräter liegt hier vor uns, und er ist Euch offensichtlich nicht unbekannt.«

Berengars Worte drangen nur undeutlich bis zu Welf durch. Das Geld! Wer befand sich jetzt im Besitz der Goldmünzen? Kritisch erwiderte er den Blick des staufischen Gefolgsmannes, zu dem er unglücklicherweise aufsehen musste.

»Dieser Mann stand noch nicht lange in meinen Diensten und wurde, trotz Eurer Zusicherung, uns friedlichen Aufenthalt und Abzug zu gewähren, kaltblütig ermordet«, versetzte Welf eisig, nachdem er sich dem Herzog zugewandt hatte.

»Auf Burg Wolfenfels befinden sich einige Eurer Männer im Gewahrsam meines Gefolgsmannes«, erwiderte Friedrich ruhig, während er sich mit einem Seitenblick auf Berengar von der Richtigkeit der Aussage versicherte. »Sie werden Euch bestätigen, dass dieser Mann Euch schändlich verraten hat, indem er uns Informationen zugespielt hat.«

Welf presste die Lippen zusammen. Dass Harbert die Staufer ebenfalls getäuscht hatte, musste er hier nicht zum Besten geben. Schließlich hatte Graf Siegfried von Bomeneburg ihn wärmstens empfohlen, nachdem der Däne zu seiner vollsten Zufriedenheit gegen die Staufer agiert hatte.

»Nun, dann kann ich wohl davon ausgehen, dass meine Männer unverzüglich freigelassen werden?«, forderte Welf Berengar auf und fügte in Gedanken hinzu: Und dass ich an Richenzas Gold gelange.

»Selbstverständlich, edler Herr, sobald mein Herzog mir die Anweisung erteilt«, erwiderte Berengar gelassen.

Aufgebracht wandte sich Welf erneut an Friedrich. »Was soll das? Erst überfallt Ihr eine friedliche Reisegruppe und nehmt meinem Eheweib die erwartete Unterstützung durch Fräulein Adolana. Und dann weigert Ihr Euch, meine Männer freizulassen?«

»Von einer Weigerung kann keine Rede sein, und das mit Eurer Gemahlin bedaure ich sehr. Dem Überfall lagen eindeutig die falschen Informationen zugrunde«, entgegnete Friedrich. »Ich würde die edle Adolana auf der Stelle mit Geleitschutz zu Eurer Gemahlin bringen lassen, aber leider ist sie nun einmal zwischenzeitlich verheiratet worden. Und diese nicht unerhebliche Tatsache kann selbst ich nicht außer Acht lassen. Doch seid unbesorgt, sobald unsere Verhandlungen den gewünschten Erfolg bringen, sind Eure Männer frei.«

Welf nickte düster. Einerseits erleichterte ihn das Wissen, dass der Staufer allem Anschein nach nichts von dem Geld erfahren hatte. Friedrich hatte keinen Grund, ihm die eigentliche Aufgabe Adolanas vorzuenthalten, und er wirkte in seinen Äußerungen authentisch. Das würde aber andererseits bedeuten, dass Berengar von Wolfenfels das Geld für sich behalten und seinem Lehnsherrn dieses nicht unerhebliche Detail verschwiegen hatte. Er wusste nicht viel über den Vertrauten des Herzogs. Aber solch eine große Summe musste verlockend für ihn sein. Welf blutete das Herz, als er an den herben Verlust dachte.

»Dann lasst uns anfangen. Je eher wir einen Konsens finden, desto besser für alle.«

Mit diesen Worten folgte der Welfe dem Herzog in sein Zelt, in dem Wissen, dass er auf die Unterstützung seines Vertrauten Waldemars noch einige Zeit würde verzichten müssen.

15. KAPITEL

Müde ging Berengar am späten Abend durch das Lager zu seinem Zelt. Seit dem Vorfall am Mittag hatte er Adolana nicht mehr gesehen. Der Herzog hatte ihrer Bitte entsprochen, nicht beim Abendessen erscheinen zu müssen. Jetzt schlief sie sicherlich schon, und er musste mit der guten Nachricht noch bis zum Morgen warten. Falls er sie dann sprechen konnte, denn Friedrich hatte bereits sehr früh den Fortgang der Verhandlungen angesetzt.

Die Gespräche gestalteten sich wie erwartet sehr zäh und hatten bisher kaum Ergebnisse gebracht. Berengar hätte die Hand dafür ins Feuer gelegt, dass der Welfe auf die Forderungen des Schwabenherzogs nicht eingehen würde. Er konnte es gar nicht, wenn er seine Machtstellung im Schwäbischen nicht verlieren wollte. Da er auch noch die baierischen Besitztümer zurückerhalten wollte, musste er alles auf eine Karte setzen. Wenigstens hatte er sich von Adolanas Unschuld überzeugen lassen. Berengar war es an sich ziemlich egal, was der Welfe von seiner Gemahlin dachte, aber er wusste, dass es Adolana viel bedeutete.

Die Zeltplane vor dem Eingang war offen. Nach dem stickigen und heißen Tag kühlte die Luft auch in der Nacht kaum ab. Es dauerte einen Moment, bis Berengar sich an die Dunkelheit im Innern des Zeltes gewöhnt hatte. Im Lager sorgten das Mondlicht der sternenklaren Nacht und die vereinzelten kleinen Lagerfeuer für eine ungewohnte Helligkeit.

Zu seiner Überraschung war seine Gemahlin noch wach. Adolana lag auf dem Lager, das aus einer dickeren Lage Decken bestand, und hob einladend das dünne Leinentuch. Berengars Müdigkeit verflog augenblicklich. Nachdem er sich schnell seiner Kleidungsstücke entledigt hatte, schlüpfte er unter das Laken und zog sie an sich.

»Glaubt er immer noch, dass ich eine Verräterin bin?«, fragte sie.

Berengar seufzte, stützte sich auf seinen Ellbogen, jedoch ohne seine Gemahlin loszulassen. Es war wie befürchtet. Der unberechtigte Vorwurf des Welfen hatte sie hart getroffen.

»Nein«, beruhigte er sie mit leiser Stimme. »Ich konnte ihn davon überzeugen, dass du nichts damit zu tun hattest. Es wäre natürlich noch besser, wenn Waldemar unsere Aussage bestätigen würde.«

»Das kann er bestimmt. Er würde niemals zulassen, dass sein Lehnsherr solch einen absurden Vorwurf gegen mich erhebt.«

Unwillig schüttelte Berengar die lange Haarsträhne ab, die sich in seinen Fingern verfangen hatte. Adolanas Eifer im Hinblick auf den welfischen Gefolgsmann gefiel ihm ganz und gar nicht.

»Das wird er aber nicht können, da er sich in Gefangenschaft befindet«, erinnerte er sie brüsk. Dann fuhr er mit gesenkter Stimme fort: »Dort wird er so lange bleiben, bis Welf mit seinen kriegerischen Akten aufhört.«

Adolana musste seinen Unmut gespürt haben, denn sie rückte ein wenig näher an ihn heran und seufzte wohlig, als er sie erneut an sich zog. Einen Moment keimte in Berengar der Verdacht auf, dass sie ihn mit der leidenschaftlichen Erwiderung seines Kusses nur besänftigen wollte. Als er mit seinen Lippen sanft über ihren Hals fuhr, fand er den Verdacht leider bestätigt.

»Hat Welf nach dem Geld gefragt?«

»Zum Henker mit diesem Welfen«, stieß Berengar wütend hervor und ließ sie abrupt los. »Nein, hat er nicht. Wäre auch unklug, wenn er das machen würde. Das würde nämlich heißen, dass er die Kaiserwitwe des Verrats bezichtigt. Richenza stellt sich damit offen gegen den König, anstatt wie bisher im Verborgenen zu agieren. Zudem hat sich ihr Widerstand in der Vergangenheit auf sächsischen Boden beschränkt und sie nicht in schwäbische Gefilde geführt.«

»Berengar, bitte«, flehte Adolana inständig. »Wäre es dir egal, wenn Herzog Friedrich glauben würde, dass du sein Geld unterschlagen hast?«

Entnervt ließ der Ritter sich auf den Rücken fallen und hob abwehrend beide Hände, obwohl Adolana die Bewegung in der Dunkelheit nicht erkennen konnte.

»Ist ja schon gut. Entschuldige bitte. Aber in dieser Hinsicht kann ich leider nichts daran ändern. Ich habe Friedrich nichts von den Münzen gesagt, was mir ebenfalls einiges an Kopfschmerzen bereitet. Sie befinden sich gut verwahrt auf Burg Wolfenfels. Ich bin mir immer noch nicht darüber im Klaren, was wir damit anfangen sollen. Eines weiß ich dagegen sicher, dem Welfen werde ich sie bestimmt nicht aushändigen«, beschied er und drehte seiner Gemahlin den Rücken zu.

Anfangs ignorierte Berengar noch das sanfte Streicheln, doch als Adolana ihm zärtlich mit den Lippen über die Schulter strich, verwarf er kurzerhand seinen zuvor gefassten Entschluss und schob sich über den warmen Körper seiner Frau, der ihn einladend willkommen hieß.

Schemenhaft tauchten in der Ferne die Umrisse von Burg Wolfenfels auf. Leichter Nebel waberte durch die waldreiche Gegend, denn es hatte fast den ganzen Tag geregnet.

Adolana und ihre zwei Begleiter waren bis auf die Haut durchnässt, da es aber nicht kalt war, sondern eine drückende Schwüle herrschte, störten die nassen Kleidungsstücke mehr wegen ihrer Schwere.

»Ein Krug kühlen Wein und dazu ein ordentliches Stück Fleisch«, rief Alban und streckte dem steinernen Gebilde in einer dramatischen Handbewegung einen Arm entgegen.

Adolana warf dem euphorisch wirkenden Junker einen erheiterten Seitenblick zu. Falko schüttelte dagegen nur fassungslos den Kopf. Derlei Gefühlsausbrüche waren dem besonnenen Ritter fremd. Adolana vermutete, dass es ihm mehr nach seiner Frau Heide dürstete, als dass er nach anderen Genüssen gierte.

Kurze Zeit später passierten die Reisenden das bewachte Tor und ritten in den Burghof. Der vierzehnjährige, hochaufgeschossene Stallbursche schenkte seiner Herrin wie üblich ein breites Grinsen, doch die Ankommende spürte instinktiv die veränderte Stimmung. Nachdem Adolana abgesessen hatte, sah sie sich verstohlen auf dem Hof um, während sie unbewusst eine Hand auf ihren Leib legte. Betrübt hatte sie bei ihrer letzten Rast die blutigen Schlieren auf der Innenseite ihrer Oberschenkel entdeckt. Wie befürchtet stellten sich nun auch die lästigen Unterleibschmerzen dazu ein.

Eines der Küchenmädchen scheuchte die Hühner zusammen, um sie in den Verschlag zu treiben. Aus dem Wirtschaftsgebäude, das zu einem der neuesten Häuser im Hof zählte, drang lautes Klappern durch die großen Fensteröffnungen nach draußen. Plötzlich stutzte Adolana. Genau dieses hektische Treiben hatte sie nicht erwartet.

Falko schien den gleichen Gedanken zu haben, denn er brummte verwundert: »Feiert der alte Herr hier ein Fest während der Abwesenheit seines Sohnes, oder warum ist hier so viel los?«

In dem Moment kam seine Gemahlin mit der kleinen Erma auf dem Arm aus dem Haus geeilt. Allem Anschein nach hielt das achtzehn Monate alte Mädchen nicht viel davon, denn es protestierte lautstark. Fast gleichzeitig öffnete sich die schmale Tür der kleinen Kapelle, die neben dem Eingangstor in die Außenmauer gebaut war, und Thomas trat heraus. Freude erfasste Adolana beim Anblick des Mönches, wenngleich seine besorgte Miene nichts Gutes verhieß.

»Frau Adolana, wir haben Euch nicht so früh erwartet. Wo ist Euer Gemahl?«, fragte der Ordensbruder, der die Ankommenden zeitgleich mit Falkos Frau erreichte.

»Wir sind allein«, antwortete Adolana. »Der Herzog braucht ihn noch. Aber sprecht, was herrscht hier für ein hektisches Treiben? Man könnte fast meinen, dass ein Fest bevorsteht.«

»Beatrix ist da. Mit ihrem Bruder, diesem Sohn einer Hündin«, raunte Heide leise ihrem Mann zu, der ihrem eindringlichen Blick irritiert begegnete.

In dem Moment öffnete sich die schwere Eingangstür zum Wohntrakt, und Adolana starrte fassungslos in das breit grinsende Gesicht Rudgers von Papenberg.

Mit dem unbestimmten Gefühl, eine letzte Chance ungenützt vertan zu haben, beobachtete Berengar den Abzug Welfs und seiner Männer aus Rottenacker. Obwohl innerlich davon überzeugt, dass Welf die Bedingungen des Schwabenherzogs nicht akzeptieren würde, war er dennoch enttäuscht. Er hatte die Resignation des Welfen gesehen, als Friedrich die Position des Königs, seines Bruders, dargelegt hatte. Ebenso war ihm die Entschlossenheit des Zurückgewiesenen nicht entgangen. Auch jetzt, als Welf mit versteinerter Miene an ihm vorbeiritt und er sich langsam verbeugte, ließ ihn das Gefühl nicht los.

Der Welfe beachtete ihn mit keiner Geste. Berengar wusste instinktiv, dass der Bruder des Stolzen ihm gegenüber keine Sympathie hegte. Warum sollte er auch, wo er doch davon ausgeht, dass ich mir seine Goldmünzen einverleibt habe, dachte er.

Mit geballten Fäusten und grimmigem Gesichtsausdruck verließ Berengar seinen Platz am Ortsrand, um Friedrich aufzusuchen. Seit sie vor über einer Woche hier angekommen waren, war alles schiefgelaufen. Von dem heimtückischen Mordversuch, den er nur dank des tatkräftigen und mutigen Einsatzes seiner Gemahlin überlebt hatte, bis hin zu den zähen und langen Verhandlungen mit dem Welfen.

Adolana!

Er vermisste seine Gemahlin schmerzlich und wunderte sich, wie ein solch starkes Gefühl innerhalb von so kurzer Zeit überhaupt entstehen konnte. Auch jetzt würde er sich am liebsten auf sein Pferd schwingen und nach Hause reiten.

Stattdessen musste er die Pläne seines Herrn verwirklichen und sich auf die Schlacht mit dem Welfen vorbereiten.

Verdammt! Ich bin dieses ständige Hin und Her so leid, fluchte er stumm. Aber genau hierin lag die berechtigte Sorge Friedrichs, dessen war Berengar sich bewusst. Der König musste einfach den rebellischen Welfen in seine Schranken verweisen. Seine Stellung als Herrscher des Reiches hing vor allem auch davon ab, dass innenpolitisch Ruhe herrschte und er sich auf seinen Vasallen verlassen konnte. Der Staufer Konrad war noch nicht lange genug an der Macht, und ihm fehlte noch immer die breite Unterstützung der Adligen. Dazu brauchte er Welf und vor allem seinen Bruder, Berengars Herrn. Friedrich der Ältere hatte die nötige Erfahrung, um diese Situation erfolgreich zu meistern. Und, was eigentlich noch viel wichtiger war, er stand loyal zu seinem Bruder und war ihm treu ergeben.

»Der Herzog wartet auf Euch.«

Berengar nickte Abd al-Mansur zu, der im Schatten eines der Ställe auf ihn gewartet hatte.

»Die Abreise des Welfen hatte sich verzögert, weil sein Pferd lahmte.«

Die beiden Männer legten den restlichen Weg bis zur Unterkunft des Herzogs gemeinsam zurück. Berengar mochte den schweigsamen Mauren, der durch seinen bravourösen Messerwurf Adolana das Leben gerettet hatte. Viel wusste er nicht über den Mann, der seit zwei Jahren beim Schwabenherzog lebte. Nur, dass Friedrich ihn von einem französischen Fürsten freigekauft hatte. Aus Gründen, die einzig dem Schwabenherzog bekannt waren. Von ihm hatte Berengar auch erfahren, dass Abd al-Mansur aus Al-Andalus stammte, dem muslimischen Teil der iberischen Halbinsel. Eine Gegend, die Berengar nur von Erzählungen kannte.

Das Lachen einer Frau riss ihn aus seinen Überlegungen und zog seine Aufmerksamkeit auf sich. Irgendetwas am Klang der Stimme erinnerte ihn an die seltenen Augenblicke, in denen Adolanas unbeschwerte Fröhlichkeit ihn verzückt hatte. Vor allem auf der Reise hierher hatte er die ungezwungene Vertrautheit genossen und sich vorgenommen, auf dem Rückweg einen Halt in Wimpfen einzulegen. Ende Juni fand dort der Talmarkt statt, ein herrliches Patroziniumsfest zu Ehren von St. Peter. Dort hätten sie sich nach der ganzen Aufregung ein paar schöne Stunden machen können. Vielleicht hätte er auch ein geeignetes Geschenk für seine Frau gefunden.

Nun ist mein schöner Plan dahin, dachte Berengar, der noch immer der jungen Frau nachstarrte, die mit einem Wäschekorb unter dem Arm in Richtung der Bleichewiesen ging. Es kommt immer anders, sagte er sich. Nun war es bereits Anfang Juli, der Markt war vorbei und Adolana längst wieder auf Burg Wolfenfels. Hoffentlich erinnert sich Vater an meine Warnung und hält sich mit seinen Kränkungen zurück, sorgte er sich.

»Können wir hineingehen?«

Ungeduld war eine Eigenschaft, die Abd al-Mansur selten zeigte. Dieses Mal konnte Berengar sie jedoch ohne Mühe aus seiner Frage heraushören, und er nickte hastig. Während er in das dämmrige Innere des Hauses trat, in dem Friedrich während der Zeit des Landtags logierte, ärgerte er sich darüber, dass er in letzter Zeit ständig abschweifte. Er musste sich auf seine vorliegende Aufgabe konzentrieren und durfte seinen Herrn nicht enttäuschen.

Berengar machte sich keine Illusionen darüber, was von ihm erwartet wurde. Die alles entscheidende Schlacht gegen den Welfen lag am Ende von allem. Von ihr hing alles ab, das Schicksal Welfs und der Machtanspruch seiner Familiendynastie ebenso wie die Festigung der Stellung des Königs.

Als sich die Tür zu dem Zimmer öffnete, in dem Friedrich mit einigen anderen Rittern über einer Karte brütete, straffte Berengar die Schultern und folgte mit entschlossenem Schritt Abd al-Mansur.

»Wenn Ihr mich bitte entschuldigen würdet. Ich möchte mich gerne vor dem Abendessen ein wenig ausruhen.«

Mit einer energischen Handbewegung stellte Adolana den zinnernen Becher auf die lange Tafel und verließ hocherhobenen Hauptes die gut gefüllte Halle, ohne die Antwort ihres Schwiegervaters abzuwarten. Sie brauchte unbedingt ein wenig Zeit für sich, um den unerwünschten Gästen weiterhin höflich begegnen zu können. Es hatte sie fast der Schlag getroffen, als Rudger ihr völlig unerwartet gegenübergestanden hatte. Aber der Gipfel der Unverschämtheit wartete ganz gelassen im Innern der Burg auf sie. Neben Berengars Vater Clothar saß mit einer Selbstverständlichkeit, als wäre sie die Burgherrin persönlich, Beatrix von Papenberg.

Die Frau, von der Adolana bisher nur in vagen, manchmal fast geheimnisvollen Andeutungen gehört hatte und die seit Kindertagen Berengar versprochen war. Zu allem Unglück war diese Frau nicht nur schön, sondern besaß eine überaus sinnliche Ausstrahlung.

Endlich verstand Adolana, warum ihr Gemahl immer so einsilbig wurde, sobald die Sprache auf Beatrix kam. Sie hatte ein paar Mal versucht, etwas mehr über Berengars Leben zu erfahren. Warum das Verhältnis zu seinem Vater so schlecht war und um welchen Mensch es sich bei seiner Mutter gehandelt hatte. Berengar hatte ihr zwar bereitwillig und mit liebevollen Worten die Frau beschrieben, deren Verlust er als Zwölfjähriger verkraften musste. Und aus der Beschreibung Bardolfs, seines durch Heinrich den Stolzen ermordeten Bruders, hörte sie die Bewunderung des Jüngeren heraus. Aber über seinen Vater und die nicht zustande gekommene Verbindung zu Beatrix erfuhr sie nur wenig. Jedes Mal, wenn Adolana das Gespräch auf einen von beiden lenkte, verdüsterte sich die Miene ihres Mannes, und er wich aus oder beendete brüsk die Unterhaltung.

Jetzt, da sie Beatrix kennengelernt hatte, keimte in Adolana der schmerzliche Verdacht auf, dass Berengar diese Frau geliebt hatte und er ihre Entscheidung, ihm einen anderen Mann vorzuziehen, nie verkraftet hatte.

Weil er sie womöglich noch immer liebt?, fragte sie sich.

Erschrocken fuhr Adolana herum, als es an der Tür klopfte.

»Verzeiht mir, Herrin, wenn ich Euch störe. Benötigt Ihr

Hilfe beim Umkleiden?«, fragte Ursula, die junge Magd. »Ich könnte Euch auch ein Bad einlassen, wenn Ihr es wünscht.«

Dankbar lächelte Adolana die junge Magd an und nickte zustimmend. Warum nicht? *Schließlich bin ich die rechtmäßige Herrin hier auf Burg Wolfenfels und Berengars Eheweib. Ich werde mich weder von meinem Schwiegervater noch von dieser verflixten Beatrix einschüchtern lassen.*

»Vielen Dank, ich komme gleich herunter. Könntest du bitte die Kotte mitnehmen, die ganz oben in der Truhe liegt?«

Die rothaarige junge Frau schloss die Tür hinter sich und ging zu dem schweren Möbelstück, das Berengar ihr ein paar Tage nach ihrer Ankunft hatte anfertigen lassen. Die Truhe aus Eichenholz war ungefähr so groß wie jene, die sie bei Gertrud zurückgelassen hatte. Auf dem Deckel befand sich ein herrliches Abbild ihres Amuletts, das wie gewohnt um Adolanas Hals hing. Berengar hatte die Kette vom Rottenacker Schmied reparieren lassen, nachdem der Däne sie ihr vom Hals gerissen hatte. Der Anblick der wunderschönen Schnitzerei rührte Adolana jedes Mal aufs Neue, und nicht selten fuhr sie mit den Fingern über den hölzernen Wolf auf dem Felsen, der den Mond anheulte.

»Ihr meint wirklich dieses Kleidungsstück, Herrin?« Ehrfurchtsvoll betrachtete die Magd die Kotte aus edler Seide in verschiedenen Rottönen und hängte sie sich, nachdem Adolana es ihr erlaubt hatte, vorsichtig über den Arm. Als sie das Zimmer verlassen wollte, erschrak die Magd, denn es klopfte abermals.

»Störe ich?«, fragte Heide.

Erfreut verneinte Adolana und bat Falkos Frau herein.

»Was kann ich für Euch tun?«, fragte die Burgherrin, nachdem die Dienstmagd die Tür hinter sich zugezogen hatte. Ihr war das Lächeln ihrer neuen Besucherin nicht entgangen, als Heides Blick flüchtig das Kleidungsstück über Ursulas Arm erfasst hatte.

»Ich war in Sorge um Euch, sehe nun aber mit Genugtuung, dass meine Angst unbegründet war.«

Fragend zog Adolana die Augenbrauen hoch und legte den Kopf schief. »Warum sorgt Ihr Euch um mich?«

»Hoffentlich haltet Ihr mein Verhalten nicht für unangemessen, aber mein Ehemann meinte auch, dass ich Euch meine Unterstützung anbieten soll. Wegen des Besuchs, meine ich«, antwortete Heide ungewohnt verlegen und nestelte an dem geflochtenen Gürtel herum. »Aber wie ich sehe, seid Ihr keineswegs gewillt, klein beizugeben, und darüber bin ich sehr froh. Frau Beatrix ist, nun, wie soll ich mich ausdrücken, eine etwas rücksichtslose Person, und Falko wollte Euch wissen lassen, dass wir auf Eurer Seite stehen.«

Wärme durchflutete Adolana bei dem unerwarteten Treuebeweis, und spontan umarmte sie die gleich große Frau. »Habt Dank. Und richtet meine Freude über Eure Unterstützung auch Eurem Mann aus. Aber macht Euch um Himmels willen um mich keine Sorgen.«

Erleichtert und eine Spur überrascht ergriff Heide ihre Hände und drückte sie fest. Dann wurde ihr Gesichtsausdruck wieder ernst. »Daran zweifele ich nicht. Aber vergesst den alten Herrn nicht«, warnte sie leise. »Er hat Beatrix schon immer in sein vergiftetes Herz geschlossen und sie nach dem Tod ihres Mannes in ihrem Vorhaben unterstützt, am Ende doch noch die Herrin von Wolfenfels zu werden. Ihr müsst wissen, dass ihr Vater mit Eurem Schwiegervater eng befreundet war. Außerdem muss ich Euch leider davon in Kenntnis setzen, dass sich Eure Zofe mit Beatrix verbündet hat.«

»Ermentraud?«, fragte Adolana verblüfft. Sie hatte ihr unsympathisches Dienstmädchen in den letzten Wochen fast vergessen, da sie Ursulas Hilfe bevorzugt hatte. Jetzt kroch das Gefühl kalter Furcht in ihr hoch.

»Ich weiß nichts Genaues, aber die beiden haben seit Beatrix' Ankunft am gestrigen Tag viel Zeit miteinander verbracht. Auch mit dem alten Burgherrn hat die junge Frau seit Eurer Abreise nach Rottenacker gelegentlich vertrauliche Gespräche geführt.«

Die Furcht setzte sich fest. Sollte ihr Verdacht stimmen und Ermentraud mit dem toten Dänen hinter dem Überfall auf die Gruppe stecken, würde sie vor einem weiteren Verrat bestimmt nicht zurückschrecken. Allerdings war Adolana sich ziemlich sicher, dass Ermentraud weder von den versteckten Münzen wusste noch Kenntnis von Gertruds Brief besaß.

Adolana schloss für einen Moment die Augen und sah ihre Besucherin danach eine Weile stumm an. Entschlossenheit zeigte sich in ihrem Blick. Ich werde nicht klein beigeben, sondern Ermentraud endlich in ihre Schranken weisen und die Wahrheit aus ihr herauspressen.

»Danke«, wiederholte sie schlicht und erwiderte Heides aufmunterndes Lächeln, bevor die Frau den Raum verließ.

Von innerer Zufriedenheit erfüllt, strich Beatrix sich über die leuchtend blaue Kotte, während sie mit halbem Ohr dem lästernden Gerede Ermentrauds lauschte. Der gutaussehenden dunkelhaarigen Frau wurde das Mädchen zunehmend lästig. Jetzt, da Beatrix alles Wichtige über ihre Nebenbuhlerin wusste, brauchte sie keine Freundlichkeit mehr vorzutäuschen. Die Zeit des Heuchelns war vorüber.

»Ich sage Euch, edle Beatrix, diese Adolana hat mit mehr Männern das Bett geteilt, als Ihr Euch vorstellen könnt«, erzählte Ermentraud voller Verachtung und gleichzeitig

Genugtuung in der Stimme. »Sie war ein williges Geschöpf Richenzas und wurde fürstlich von ihr belohnt. Ich habe es mit eigenen Augen durch den Spalt der Tür gesehen, als die Kaiserwitwe Adolana das Gold aushändigte. Bestimmt hat diese Hure die Münzen ihrem Gemahl gegeben.«

»Genug!«

Erschrocken hielt die junge, leicht dralle Frau inne und starrte Beatrix an. Die ungewohnte Schärfe in ihrer Stimme brachte Ermentraud wie erhofft völlig durcheinander und stoppte ihren Redefluss.

»Ihr habt mir das alles schon hundert Mal erzählt, aber wir haben nichts gefunden und können ihr somit auch nichts nachweisen«, sagte Beatrix unwirsch.

Eisig erwiderte sie den unsicheren Blick Ermentrauds, bis diese zu Boden sah und mit ihren dicklichen Fingern nervös an dem Ende des dünnen Schals herumspielte, der um ihre Schultern drapiert war.

»Ihr habt mich mit Euren lästerlichen Reden über die Burgherrin in große Schwierigkeiten gebracht. Zum Glück weiß außer dem edlen Herrn Clothar und meinem Bruder niemand etwas davon, und ich rate Euch, in Zukunft zurückhaltender mit Euren Anschuldigungen zu sein. Und jetzt raus mit Euch, verschont mich mit Eurer Anwesenheit.«

Zufrieden betrachtete Beatrix die bebende Unterlippe der jungen Frau, die in ihrer plumpen, bäuerlichen Art für manchen Mann sicher reizvoll war. Vor allem, weil Ermentraud sich nicht scheute, ihre Anziehungskraft gezielt einzusetzen. Jedenfalls behauptete das Rudger, vor dem sich Ermentraud fürchtete, seit er sie bei dem Überfall verprügelt hatte. Womöglich ahnte sie, dass dies durchaus seiner Art entsprach, mit Frauen umzugehen.

Instinktiv legte Beatrix eine Hand auf ihre Haare, deren Pracht, wie es sich für verheiratete und verwitwete Frauen gehörte, unter einem Tuch verborgen war. Nach kurzem

Zögern entledigte sie sich des Schleiers und schüttelte die offenen, seidig schimmernden schwarzen Haare.

Berengar hatte ihre Haare immer bewundert. Und wenn nicht diese unleidliche Sache mit dem Verlust des Besitzes Clothars dazwischengekommen wäre, hätte sie ihm mit Sicherheit schon mehrere Bälger geschenkt.

Trotz ihrer damaligen Entscheidung war Berengar stets ihre erste Wahl gewesen, und nun würde sie ihn sich zurückholen. Dabei konnte es nicht schaden, bei dem Burgherrn den einen oder anderen Hinweis auf gewisse Gerüchte über seine möglicherweise gar nicht so tugendhafte Gemahlin fallen zu lassen. Beatrix brauchte nur noch Berengars Rückkehr abzuwarten.

Es hatte sie nicht überrascht, dass der zielstrebige Berengar es zwischenzeitlich geschafft hatte, nicht nur seine verlustigen Besitztümer zurückzuerlangen, sondern sie auch noch zu vermehren. Die Abneigung ihres Bruders gegenüber Berengar störte sie nicht. Er besaß nicht die Macht, einen Ehemann für sie zu bestimmen. Leider hatte dieser Nichtsnutz jetzt doch noch einen Weg gefunden, um ihr Vorhaben zu vereiteln. Eine Heirat mit Berengar, das Ziel ihrer Wünsche, war für sie zumindest augenblicklich in unerreichbare Ferne gerückt.

Aber warum sollte sie nicht Clothars großzügige Einladung nutzen und ihre Nebenbuhlerin derweil ein wenig mit Andeutungen demütigen und quälen?

Adolana war keine leichte Gegnerin, das hatte sie bei ihrer ersten Begegnung in der Halle schnell festgestellt. Nach der ersten Unsicherheit wegen des ungewohnten Besuchs hatte sie es sogar fertiggebracht, Rudger in angemessener Haltung zu begrüßen. Und das, obwohl er für das Dilemma, in dem die Burgherrin steckte, verantwortlich war und ihr wohl kaum durch sein galantes Verhalten seinerzeit in Erinnerung geblieben war.

Zudem war ihre Rivalin hübscher als erwartet, wenn auch sehr klein und schmal. Beatrix wusste nämlich, dass der Herr von Wolfenfels eher hochgewachsene Frauen bevorzugte. Schmal war gut und schön, aber gegen üppige Rundungen hatte auch Berengar nichts einzuwenden. Wenngleich die vollen und sinnlichen Lippen Adolanas Leidenschaft versprachen, sorgte sich Beatrix nicht um das Erreichen ihrer Ziele. Eine Ehe konnte annulliert werden, vor allem wenn man die Umstände bedachte, unter denen sie zustande gekommen war. Gelassen verließ die junge Frau den Raum und ging hinunter in die Halle, in der bereits die lange Tafel gedeckt war.

»Was zum Teufel soll das?«

Clothar mochte durch das Fehlen seiner Beine mickrig und verbittert wirken, seine Stimme war aber kraftvoll wie immer.

»Bitte, Vater, was meint Ihr?«, entgegnete Adolana freundlich, wobei sie die ungewohnte Anrede besonders betonte.

»Wieso ist am Ende der Tafel noch gedeckt? Wir sind nicht so viele, und ich habe die Anweisung nicht gegeben«, donnerte ihr Schwiegervater erneut los.

Nach außen wirkte Adolana gelassen, aber in Wirklichkeit hätte sie am liebsten die Flucht ergriffen und sich in ihrem Schlafgemach eingeschlossen. »Gewiss habt Ihr das nicht getan, denn ich war es. Ihr konntet schließlich nicht wissen, dass meine Reisebegleiter mit uns speisen werden.«

Der Kopf ihres Schwiegervaters nahm eine bedenklich rote Farbe an, die der ihrer Kotte ungemein ähnelte. »Die welfischen Hunde werden nicht an meiner Tafel essen.«

»Es ist die Tafel meines Gemahls, und während seiner Abwesenheit bin ich die Herrin der Halle, werter Vater.«

Mit erhobenem Haupt und einem milden Lächeln auf den Lippen, so, als würde sie mit einem Schwachsinnigen sprechen, schritt Adolana zum Kopfende der Tafel. Falko rückte ihr den Stuhl heran, und auch Thomas nahm nach seinem kurzen Blickkontakt mit der Burgherrin wieder Platz. Adolana bemerkte die verstohlenen Blicke, die einige der Anwesenden dem alten Burgherrn zuwarfen, während sich seine Schwiegertochter neben ihn setzte. Fast noch stärker spürte sie aber den Hass Clothars, und sie musste sich zwingen, nicht ein Stück von ihm abzurücken. Kühl nickte sie Beatrix zu, die zu ihrer Rechten saß, und ignorierte das breite Grinsen Rudgers, der gegenüber von seiner Schwester Platz genommen hatte.

Wenigstens einer, der sich prächtig amüsiert, dachte Adolana innerlich zunehmend gereizt und winkte eine der Mägde heran, damit sie ihren Becher füllen konnte.

In dem Augenblick öffnete sich die große Flügeltür, und Alban trat mit mürrischer Miene in den Saal, gefolgt von der dezimierten Zahl der Welfengetreuen. Waldemar ging an der Spitze und hielt sich trotz seiner Verletzungen aufrecht. Seine Gefolgsleute machten in ihren zerrissenen und verdreckten Kleidern einen ziemlich kläglichen Eindruck. Hubert schien seine Verletzung ebenfalls gut überstanden zu haben, und die Wange von Ernst zierte als Andenken an den Überfall eine lange, gut verheilte Narbe. Einzig der Mann, dessen Namen Adolana im Moment nicht mehr einfiel, zog ein Bein beim Gehen ein wenig nach.

»Edle Frau, im Namen meiner Männer danken wir Euch für die Einladung«, sagte Waldemar betont höflich, aber sonst ohne jede Gefühlsregung. Falls er sich unter so vielen Staufern unwohl fühlte, so war es ihm nicht anzusehen. Im Gegensatz zu Ernst und Hubert, die sich immer wieder verstohlen umschauten.

»Esst und trinkt mit Euren Männern, Herr Waldemar.

Ihr seid meine Gäste und werdet auch als solche behandelt.« Mit einer Handbewegung winkte Adolana zwei der Mägde heran, die zögernd zwei volle Fleischplatten und einen Korb frisch gebackenes Brot brachten.

»Das wird Folgen haben, Weib. Vermutlich hast du meinen Sohn verhext, anders kann ich mir sein Verhalten nicht erklären. Aber die welfischen Hunde duldet er sicher nicht an seiner Tafel«, zischte Clothar ihr zu, während er sich ein Stück Brot nahm und es in das ausgetretene Fett auf der Platte tunkte.

»Mein Mann ist keineswegs verhext, sondern befolgt nur die Gebote christlicher Nächstenliebe«, entgegnete Adolana ungerührt. »Er hat befohlen, dass meine ehemaligen Begleiter hier gut versorgt werden sollen, und ich führe nur seine Anweisung aus.«

Adolana langte ebenfalls nach dem Brot und zog sich das kross gebackene Ende des geschnittenen Laibs heraus. Die Kaltschnäuzigkeit, mit der ihr die glatte Lüge über die Lippen kam, war durch ihre Vergangenheit vertraut und gleichzeitig befremdlich. Berengar hatte ihr auf dem Weg nach Rottenacker deutlich zu verstehen gegeben, dass Waldemar und seine Männer Gefangene blieben und den kleinen Vorratsraum im Keller, der für diesen Zweck extra leer geräumt worden war, nicht verlassen durften. Adolana vertraute jedoch darauf, dass ihr Gemahl in naher Zukunft nicht zurückkommen würde und Clothars Wut zwischenzeitlich verrauchte. Je näher sie ihren Schwiegervater kennenlernte, desto mehr geriet ihre Hoffnung allerdings ins Wanken.

Clothar griff sich eine große Scheibe Fleisch, dessen braun gebratene Kruste appetitlich glänzte, und fauchte mit unterdrückter Wut: »Gut versorgt, ja. Aber nicht, dass sie sich als Gäste hier in unserer Halle bedienen lassen.«

Damit hat es der alte Mann auf den Punkt gebracht,

dachte Adolana unbehaglich und verkniff sich eine Erwiderung. Dafür erhielt sie Unterstützung von Thomas, der neben Beatrix saß.

»Aber Herr Clothar, ich bitte Euch. Hat nicht Jesus selbst seinen Feinden die Hand gereicht? Was vergebt Ihr Euch, wenn Ihr diesen armen Männern heute Abend Eure Gastfreundschaft gewährt? Denkt daran, auch Ihr werdet Euch eines Tages vor dem Herrn für Eure Taten verantworten müssen.«

Dankbar lächelte Adolana den älteren Mönch an, der mit seinen wohlgesetzten Worten sogar Clothar zum Schweigen brachte. Norbert, der seinem Ordensbruder gegenübersaß, drückte mit seinem Blick die Bewunderung aus, die Adolana ebenfalls für den sympathischen Engländer empfand.

Ihr Schwiegervater schien ihre Gefühle dagegen nicht zu teilen, denn er brummte griesgrämig vor sich hin und ertränkte seinen Ärger in einem großen Schluck Wein. Fast schien es Adolana, als fürchtete sich Berengars Vater vor Thomas. Oder fürchtete er gar etwas ganz anderes? Womöglich den Zorn Gottes oder das ewige Schmoren in der Hölle?

»Auf unsere Gastgeberin.«

Fast wäre Adolana das Brot aus der Hand gefallen, als Waldemar mit erhobenem Becher den Trinkspruch von sich gab. Muss das sein?, dachte sie verstimmt, während sie mit einem gequälten Lächeln ebenfalls den Becher hob. Waldemars Blick, der unentwegt auf ihr ruhte, nötigte ihr den letzten Funken Geduld ab. Seht weg, flehte Adolana stumm.

Thomas hatte mit seinen Worten Ruhe in die bunt zusammengewürfelte Tischrunde gebracht, in der es nun wieder brodelte. Adolana war es durchaus klar, dass auch Falko und die anderen Ritter ihres Mannes nicht unbedingt mit ihrem Handeln einverstanden waren.

Seltsamerweise erhob Beatrix den Becher fast zeitgleich mit Adolana und Thomas, was bei der Burgherrin sofort Misstrauen erweckte. Überhaupt hatte sich die ungebetene Besucherin seit Adolanas Ankunft extrem zurückgehalten. Auch die Warnung Heides kam Adolana im Augenblick an den Haaren herbeigezogen vor, denn Ermentraud saß am anderen Ende der Tafel und beachtete Beatrix kaum. Und wenn, dann lag in ihrem Blick so viel Hass, dass Adolana sich wunderte, warum die dunkelhaarige Schönheit nicht auf der Stelle tot vom Stuhl fiel.

Zusammen mit seiner Frau brach Falko das Eis. Als die beiden fast zeitgleich ihre Trinkgefäße ergriffen, folgten auch die restlichen Anwesenden ihrem Beispiel. Als Letztes schlossen sich Rudger und Clothar an.

Danach wurde die Stimmung gelöster. Adolanas Anspannung fiel nach und nach von ihr ab, und als sie ein aufmunterndes Zwinkern Heides auffing, glaubte sie schon, das Schlimmste überstanden zu haben.

»Sagt, kennt Ihr Eure welfischen Begleiter schon länger?«, erkundigte Beatrix sich mit beiläufigem Ton.

Jetzt geht es also los, dachte Adolana und antwortete ausweichend: »Nicht alle von ihnen.« Ihr war klar, dass Beatrix vor allem auf Waldemar anspielte. Nur jemandem mit dem Feingefühl eines Steinbrockens konnten die verstohlenen Blicke entgehen, die der Gefangene der Burgherrin gelegentlich zuwarf.

»Aha!«, entgegnete Beatrix und warf ihrem Bruder einen vielsagenden Blick zu.

Entweder wollte dieser ihn aber nicht verstehen, oder er begriff die Mimik seiner Schwester wirklich nicht, denn Rudger wischte sich ungerührt mit dem Handrücken über den vor Fett triefenden Bart.

»Verzeiht mir meine Neugierde, Frau Adolana, aber wie kommt es, dass Ihr mit Welfen befreundet seid?«

»Oh, das ist ganz einfach. Ich habe die letzten Jahre in den Diensten der edlen Frau Gertrud gestanden.« Als Adolana die Unwissenheit in Beatrix' schönen dunklen Augen bemerkte, fügte sie erklärend hinzu: »Die Witwe des verstorbenen Sachsenherzogs Heinrich.«

»Er wurde gebannt«, rief Clothar.

Adolana überging den Einwurf ihres Schwiegervaters und griff erbost nach ihrem Becher. *Trinkst du immer so viel, oder liegt es an mir?* Berengars Worte fielen ihr so unvermittelt ein, dass sie nur beschämt am Wein nippte. Sie würde nicht die Haltung verlieren. Hier nicht!

»Verzeiht mir bitte meine Begriffsstutzigkeit, aber ich verstehe nicht ganz, wie Berengar Euch dann als seine Verlobte bezeichnen konnte? Zumal der Platz an seiner Seite seit Kindertagen bereits an mich vergeben war«, erkundigte sich Beatrix mit zuckersüßer Stimme.

Bleib ganz ruhig. Lass dich nicht in eine Falle locken und überlege, was du sagst, ermahnte sich Adolana. »Und den Ihr, meines Wissens, freiwillig geräumt habt«, gab sie dann ebenso freundlich zurück. »Mein Gemahl und ich kennen uns seit vielen Jahren. Nennt es eine Liebe im Verborgenen, Frau Beatrix, die nun in Erfüllung gegangen ist.«

Eine Woge des Triumphs überkam Adolana, als sie die zusammengepressten Lippen ihrer Nebenbuhlerin bemerkte. Aber sie ahnte, dass der Kampf nicht vorbei war. Beatrix war keine Frau, die nach einer kleinen Niederlage aufgab. Sie sammelte ihre Kräfte, um irgendwann unvermittelt wieder zuzuschlagen. Darüber machte Adolana sich keine falsche Hoffnung.

»Greift zu, Frau Beatrix, Ihr könnt kaum satt sein«, ermunterte Thomas die wie erstarrt wirkende Besucherin.

Entgegen ihres Vorsatzes ergriff Adolana erneut den Becher. Dieses Mal aber nur, um ihr Grinsen zu verbergen, das bei den ironischen Worten des Mönches fast wie von selbst ihre Lippen umspielte. Als sie aus den Augenwinkeln die selbstgefällige Miene Rudgers wahrnahm, schwand ihre gute Laune jedoch schlagartig wieder. Was hatte das zu bedeuten? Stand er etwa nicht auf der Seite seiner Schwester?

Adolanas Gedanken überschlugen sich, und als sie erneut Waldemars Blick auf sich spürte und die Wärme darin erkannte, wusste sie, dass ein weiteres Problem gelöst werden musste. Sie würde nicht zulassen, dass Waldemars zurückgekehrte Gefühle ihre Ehe belasteten. Sobald Berengar eintraf, würden ihm die Seelenqualen des welfischen Vasallen auffallen. Dafür würde die liebe Beatrix schon sorgen.

Es muss einen Weg geben, Waldemar zu befreien, dann könnte ich ihm Gertruds Nachricht anvertrauen und hätte mich so auch dieser Belastung entledigt, überlegte Adolana angestrengt und führte erneut den Becher an die Lippen.

16. KAPITEL

So entspannt wie schon lange nicht mehr streckte Waldemar sich auf seiner Decke aus. Das gute, reichhaltige Essen hatte ihn gestärkt, und nach dem Genuss des Weines erschien ihm und den Männern ihre Lage nicht mehr ganz so hoffnungslos. Wenigstens war der Kellerraum trocken, so dass der Aufenthalt in dem dämmrigen Licht, das durch die kleine vergitterte Fensteröffnung drang, nicht ganz so unerträglich war.

Jetzt wurden sie jedoch von tiefer Dunkelheit umhüllt, denn es war spät am Abend. Nach dem Essen hatte sie der Jüngste aus Berengars Ritterschar zurückgebracht. Vermutlich hielten sie die unbewaffneten und geschwächten Männer für keine ernstzunehmende Bedrohung. Womit sie sicher nicht ganz falsch liegen, dachte Waldemar mit einem Mal wieder grimmig. Wie sollten wir auch aus der gut bewachten Burg fliehen?

Die Abwesenheit des Burgherrn hatte ihm zwar ein gutes Essen und einen kurzen Freigang verschafft, mehr war jedoch vorerst nicht zu erwarten.

Aus der Ecke neben ihm setzte Huberts gleichmäßiges Schnarchen ein, und Waldemar erhob sich gereizt. Der Schwindel überkam ihn so unvorbereitet, wie er es in letzter Zeit mehrfach erlebt hatte. Waldemar schloss die Augen und stützte sich für einen Moment an dem kalten Mauerwerk ab, bis ihm wieder klarer wurde.

Vorsichtig ging er die paar Schritte bis zu der Stelle,

an der sich die vergitterte Öffnung befand. Waldemar
weilte lange genug in dem kleinen Lagerraum, um jede
Unebenheit im Boden zu kennen. Die Beine von Ernst
hatte der Ritter aber nicht bedacht, und er fluchte verhalten, während Ernst nur ein ungehaltenes Grunzen von
sich gab. An der gegenüberliegenden Seite angekommen,
drückte Waldemar sich so weit an die Gitter heran, dass
er am dicken Mauerwerk vorbei ein Stück von dem dunklen Himmel erkennen konnte. Wie ein Freund, der auf ihn
gewartet hatte, blinkte mit schwachem Licht ein einzelner
Stern.

Wie wunderschön sie ausgesehen hat, schoss es Waldemar mit einem Mal durch den Kopf. Obwohl er wusste,
dass es gefährlich war, hatte er immer wieder verstohlen
zu Adolana hinübersehen müssen. Die verschiedenen rötlichen Schattierungen ihrer Kotte hatten ihren Wangen
eine lebhafte Farbe verliehen, und obwohl ihre langen
Haare sittsam unter einem dunkelroten, fast durchschei-
nenden Schleier verborgen lagen, hatte sich eine vorwitzige
Strähne beim Essen über ihre Schulter gelegt. Einzig das
Amulett, das sie sonst immer unter ihrer Kleidung trug,
hing nun offen über dem mit einer golddurchwirkten Borte
verzierten Ausschnitt ihrer Kotte.

Am liebsten hätte Waldemar diesen verfluchten Wolf in
tausend Stücke geschlagen.

Das leise Geräusch des Schlüssels riss den Gefangenen
aus seinen Gedanken, und er fuhr herum. In dem flackernden Licht der rußenden Öllampe glaubte Waldemar zuerst
an eine Erscheinung, aber als er ihre Stimme hörte, wusste
er, dass sie wirklich hier war!

»Herr Waldemar«, flüsterte Adolana kaum hörbar und
winkte ihn zu sich heran.

Vorsichtig und mit einem aufkeimenden Gefühl der
Hoffnung bahnte er sich den Weg bis zur Tür und schlüpf-

te hindurch. Draußen im Flur wartete neben Adolana der missmutig dreinblickende junge Mann, der sie nach dem Essen zurück in ihre Zelle gebracht hatte.

»Fasst Euch kurz, Herrin. Ich warte dort vorn«, erinnerte er Adolana. Dann drehte er sich zu dem Gefangenen um und warnte ihn davor, irgendeine Dummheit zu begehen. Nachdem er die anderen Gefangenen wieder eingeschlossen hatte, schlenderte er zur Treppe und setzte sich auf die unterste Stufe. Die kleine Öllampe hatte er auf dem Boden im Gang abgestellt, so dass ihr zuckendes Licht seltsame Schatten an die Wände warf.

»Wir haben nicht viel Zeit«, wisperte Adolana, kaum dass der Mann Platz genommen hatte. »Ich komme direkt von einem Landtag, wo Euer Herr mit dem Schwabenherzog verhandelt hat.«

Waldemars Augen leuchteten auf, und ohne nachzudenken ergriff er Adolanas Hand. Fast gleichzeitig mit dem unmissverständlichen Räuspern des Mannes auf der Treppe zog Adolana die Hand zurück.

»Ich fürchte, es sieht schlecht für Euch aus«, fuhr Adolana nach einer Weile leise fort. »Nach der Ansicht meines Gemahls wird Welf nicht nachgeben, somit kann Euch auch nicht die Freiheit geschenkt werden.«

Waldemars Miene verdüsterte sich. So sehr er diesen Berengar auch verabscheute, musste er ihm in diesem Fall zustimmen. Niemals würde Welf auch nur eine Daumenbreite von seiner Forderung abrücken, so gut kannte Waldemar seinen Lehnsherrn. Aber was wollte Adolana dann bei ihm?

»Ich weiß noch nicht genau, wie ich es anstellen kann, aber ich werde versuchen, Euch zur Flucht zu verhelfen. Allerdings müssen Eure Gefährten hier ausharren, denn es wird schwierig genug, einen Mann zu befreien. Ihr müsst mir Euer Ehrenwort geben, dass Ihr den Brief, den ich Euch noch überreichen werde, nicht öffnen oder vernichten, sondern persönlich Eurem Herrn überreichen werdet.«

Überrascht nickte Waldemar. »Selbstverständlich gebe ich Euch mein Wort. Aber wieso wollt Ihr mir zur Flucht verhelfen? Damit bringt Ihr Euch in eine schwierige Lage, wenn Euer Gemahl wieder eintrifft.«

Tief in seinem Innern hoffte Waldemar darauf, dass Adolana ihm, wenn schon nicht ihre Liebe, dann wenigstens ihre Zuneigung gestehen würde. Aber ihre Antwort zerstörte auch diese Hoffnung.

»Ich habe der edlen Frau Gertrud mein Wort gegeben und gedenke es zu halten. Außerdem hoffe ich, damit unnötiges Blutvergießen verhindern zu können. Wenn ich Euch etwas bedeute, dann helft mir bitte dabei«, drängte Adolana und fuhr nach kurzem Zögern fort: »Und was meinen Gemahl angeht, so braucht Euch seine Reaktion nicht zu kümmern. Haltet Euch bereit, und zu keinem ein Wort.«

Bevor Waldemar antworten konnte, war Adolana bereits auf dem Weg zur Treppe, und er selbst wurde gleich darauf wieder von der Finsternis der Zelle umfangen.

»Alban, reitet Ihr mit mir aus?«

Zögernd löste sich der junge Mann aus seiner Unterhaltung mit Ermentraud. Adolana fiel fast aus allen Wolken, als ihre ehemalige Zofe sie fast schüchtern anlächelte.

»Ich würde auch alleine reiten, aber mein Gemahl wäre sehr erbost, wenn er davon erfahren würde.«

Der Junker nickte missmutig, wohl wissend, dass er andernfalls den Unwillen Berengars auf sich ziehen würde. Adolana hatte schließlich danebengestanden, als der Burgherr ihm eingeschärft hatte, seine Frau überallhin zu begleiten.

Adolana genoss den Ritt durch die waldige Gegend.

Bewusst wählte sie den Weg durch die Siedlung. Sie sprach mit mehreren Pächtern und stieg zwischendurch ab, um einen neugeborenen Jungen zu bewundern und den stolzen Eltern viel Glück zu wünschen. Schmerzhaft wurde sie an Volkert erinnert, Mathildes Jüngsten.

»Ich werde Falko bitten, der kleinen Familie ein Geschenk vorbeibringen zu lassen«, teilte sie Alban mit, als die Tiere durch den flachen Mühlbach trabten und die kühlen Wasserspritzer die Reiter erfrischten. Falko hatte die Position des Vogts auf der Burg inne. Adolana wusste um das Vertrauen, das Berengar dem besonnenen Ritter entgegenbrachte. Heide hatte ihr einmal erzählt, dass ihr Mann nur selten für längere Zeit weg musste, wofür sie dem Burgherrn von Herzen dankbar war.

Eine ganze Weile ritten die beiden schweigend nebeneinanderher, bis Alban schließlich, ohne es zu ahnen, von sich aus auf das Thema zu sprechen kam, über das Adolana mit ihm reden wollte.

»Seid Ihr auf der Seite der Welfen?«

Adolana zügelte Nebula und heftete ihren Blick auf den Junker. Sie mochte Alban, er war geradeheraus und besaß ein gutes Herz. Aber ihr war klar, dass ihn seit ihrer Bitte in der vergangenen Nacht große Gewissensbisse plagten.

»Ich stehe auf keiner der beiden Seiten«, antwortete sie wahrheitsgemäß. »Aber auch als Frau eines staufischen Vasallen kann ich doch meine Herkunft nicht verleugnen? Diese Männer sind gute, tapfere Ritter, die nichts anderes als ihre Pflicht tun wollten, nämlich mich zu beschützen. Wisst Ihr, Herr Alban, ich habe in den letzten sechs Jahren nur zwischen Welfengetreuen gelebt. Ich kann Euch sagen, es gibt dort genauso viele gute und weniger gute Menschen wie bei den Staufern.«

Alban schwieg, trotzdem spürte Adolana instinktiv, dass er über ihre Worte nachdachte.

423

»Meine beste Freundin lebt dort mit ihren beiden Kindern. Ihr Mann, ein einfacher Schmied, wurde von Feinden der Welfen ermordet. Sie fehlt mir sehr.« Wahrscheinlich werde ich sie niemals wiedersehen, fügte sie in Gedanken hinzu.

»Das tut mir sehr leid. Aber solche Geschichten kann ich Euch auch von unserer Seite berichten. Euch ist sicher bekannt, dass der Bruder Eures Gemahls von welfischer Hand getötet wurde?«

Adolana nickte ernst.

»Sicher. Und das ist schrecklich, denn er fehlt meinem Mann und ich hätte ihn gerne kennengelernt. Aber sagt mir, Alban, sind meine Gedanken so falsch? Oder könnt Ihr mich nun ein wenig besser verstehen, wenn ich die Ritter meiner ehemaligen Herrin an meine Tafel hole?«

Der junge Mann hielt ihrem Blick stand und schüttelte nach einer Weile den Kopf.

»Oder dem Anführer der Gefangenen in einem vertraulichen Gespräch Mut zuspreche?«, ergänzte Adolana daraufhin leise.

»Nein. Trotzdem bitte ich Euch darum, niemals wieder von mir zu verlangen, dass ich meine Pflicht gegenüber meinem Vetter und Herrn verletze.«

»Das verspreche ich Euch«, entgegnete Adolana erleichtert. Nun konnte sie einigermaßen sicher sein, dass Alban ihrem Mann nichts von ihrem Besuch bei Waldemar erzählen würde.

Kaum war Adolana zusammen mit Alban in den Burghof geritten, kam ihnen auch schon Gerwald entgegen. »Wo steckst du denn? Falko sucht dich seit geraumer Zeit. Beeil dich lieber, sonst zieht er dir noch das Fell über die Ohren«, sagte er aufgebracht.

Nach einem knappen Gruß in Richtung Adolanas

verschwand der hagere Mann, dessen Haare sich schon ziemlich gelichtet hatten, wodurch er älter als fünfundzwanzig aussah. Adolana trug ihm die kurz angebundene Art nicht nach, denn sie wusste, dass er erst kurz vor ihrer Ankunft Frau und Kind verloren hatte. Als seine Tochter endlich nach zwei Tagen und Nächten aus dem Mutterleib gezogen worden war, verließen die junge Mutter die letzten Kräfte. Das Neugeborene überlebte sie um genau eine Nacht.

Während sich der Stallbursche um Albans Pferd kümmerte, eilte der Junker in Richtung Haupthaus. Adolanas Angebot, Falko seine Abwesenheit zu erklären, lehnte er entrüstet ab.

»Ist schon gut, ich werde mich selbst um Nebula kümmern«, sagte sie daher nur. Leise vor sich hin summend betrat Adolana mit ihrer Stute den Stall. Plötzlich wurde ihr bewusst, wie lange es her war, seit sie Nebulas Fell das letzte Mal gestriegelt hatte, bis es glänzte. Langsam und mit gleichmäßigen Strichen führte sie die Bürste über den Pferderücken und genoss dabei die Ruhe. Es widerstrebte ihr gänzlich, zurück in die Halle zu gehen, denn dort würde sie unweigerlich einem der drei Menschen über den Weg laufen, die sie am liebsten überhaupt nicht mehr sehen wollte.

Oder, was noch schlimmer war, womöglich Beatrix, Rudger und ihrem Schwiegervater zusammen.

In ihr Gemach wollte Adolana allerdings auch nicht, denn dort erinnerte sie alles an Berengar. Er fehlte ihr, mehr als sie es je für möglich gehalten hätte, und sie stieß einen tiefen Seufzer aus.

»Welch rührender Anblick.«

Adolana zuckte zusammen, als sie die schnippische Stimme von Beatrix hinter sich hörte.

»Was genau? Meint Ihr mein Pferd, mich oder uns beide?«, erkundigte sich Adolana betont freundlich, nachdem sie sich langsam umgedreht hatte.

»Ihr könnt Euch Euer schlechtes Possenspiel sparen«, giftete Beatrix zurück.

Wie macht sie es nur, dass sie immer perfekt aussieht, ging es Adolana spontan durch den Kopf. »Ich weiß leider nicht, wovon Ihr sprecht. Ihr könnt von Glück sagen, dass ich Euch und Eurem Bruder nicht die Tür gewiesen habe.«

Beatrix lachte voller Hohn auf.

Am liebsten würde ich ihr in ihr makelloses Gesicht schlagen, dachte Adolana.

»Ihr! Der Herr der Burg hätte Euch gestraft, wenn Ihr es gewagt hättet«, fuhr Beatrix sie an, wobei sich ihre Stimme fast überschlug.

»Mein Gemahl hegt für Euren Bruder keinerlei Sympathie, und mit Eurer Anziehungskraft auf ihn scheint es auch nicht allzu weit her zu sein«, schlug Adolana zurück. »Sonst hätte er mich kaum geehelicht.«

Beatrix wurde eine Spur blasser, und für einen kurzen Moment lag ihre Verletzlichkeit offen. Aber der Moment verging, so dass Adolana sich nicht sicher war, ob es bloß Einbildung gewesen war.

»Ich weiß nicht, warum er Euch damit das Leben gerettet hat. Und es ist mir auch gleichgültig. Sobald Berengar zurückkommt, wird er den Fehler erkennen, den er mit dieser übereilten Eheschließung gemacht hat. Dafür werde ich schon sorgen.«

Der Hass, der in den leise gesprochenen Worten zum Ausdruck kam, schnürte Adolana die Kehle zu. Was besaß oder wusste diese Frau, das sie so sicher machte? Plötzlich fiel ihr wieder Heides Warnung ein. Was wäre wenn? Nein, unbewusst schüttelte Adolana den Kopf. Ermentraud konnte nichts von dem Brief wissen, und die Münzen hatte Berengar sicher verstaut. Mit einem Mal kam ihr ein anderer Gedanke, und Panik erfasste sie. Hektisch warf sie die Bürste in die Ecke des Stalles, raffte den Rock und rannte los.

Beatrix sah ihr völlig verdutzt hinterher.

Nachdenklich sah Rudger der davoneilenden Burgherrin nach und fragte sich, ob die Ursache dafür in den Worten seiner Schwester zu finden war. Aber wenn er es sich richtig überlegte, hatte Berengars Gemahlin erst noch eine Weile völlig versunken neben ihrem Pferd gestanden. Nach ihrem Auftritt am gestrigen Abend glaubte er sowieso nicht mehr daran, es mit einem hilflosen weiblichen Wesen zu tun zu haben. Bereits bei ihrem ersten Zusammentreffen hatten ihr Mut und ihre Furchtlosigkeit ihn beeindruckt. Nein, verbesserte er sich schnell, sie war nicht furchtlos, hatte es aber verstanden, ihre Angst zu verbergen. Ihr Verstand hatte nicht ausgesetzt, und trotz der ausweglosen Situation hatte sie ihm die Stirn geboten. Diese Adolana hatte sein Interesse geweckt.

Zu schade, dass er selbst dafür gesorgt hatte, dass sie nun das Weib eines anderen war.

Aber die Wut seiner Schwester war es ihm wert gewesen. Herr im Himmel, was hatte sie geflucht, als er ihr die Neuigkeit mit der angemessenen Zerknirschtheit mitgeteilt hatte. Bei Beatrix musste man wachsam sein. Wachsam und auf alles gefasst. Sie durfte niemals den Verdacht schöpfen, dass ihr Bruder für die schnelle Eheschließung verantwortlich war. Denn leider hatte sie ihn in der Hand.

Mit einem heftigen Ruck stieß Rudger sich mit der Stiefelsohle von der Stallwand ab. Keine der beiden Frauen hatte ihn bemerkt, dafür hatte er einiges von ihrem Gespräch mitbekommen. Vielleicht konnte er aus seinem Wissen noch Vorteile ziehen. Ihm fehlte zwar noch eine zündende Idee, aber beizeiten würde ihm schon etwas einfallen. Er musste sich bloß den schwachen Punkt seiner Schwester zunutze machen. Im letzten Jahr war bei ihm einiges schiefgelaufen, und seine finanziellen Reserven waren seit geraumer Zeit erschöpft. Aus den wenigen Bauern, die für ihn arbeiteten, war nichts mehr herauszupressen. Adalbert von Löwenstein verweigerte ihm wegen dem verpatzten Auftrag die versprochene Belohnung.

Verdammt! Seit dem Tod des Vaters war er das Oberhaupt der Familie. Er hatte das Recht, Beatrix zu sagen, wo es langging, und nicht umgekehrt. Rudger ballte die Faust und schlug unvermittelt gegen den stabilen Pfosten, der das Dach stützte. Seine Schwester stank vor Geld und nutzte ihre Macht weidlich aus. Sie degradierte ihn zum Befehlsempfänger und zahlte dafür einige seiner Schulden.

Wenn ihm doch bloß einfallen würde, wie ihm ihre Schwäche für den Herrn von Wolfenfels nutzen könnte. Es musste etwas sein, wonach sie ihm so sehr zu Dank verpflichtet war, dass er die drückende Schuldenlast endlich los wäre.

Grübelnd strich sich Rudger mit der Hand über den struppigen Bart. Plötzlich kam ihm ein Gedanke. Der Schlüssel zu seinem Problem lag in Adolana. Sie war der Dorn im Fleisch seiner Schwester. Wenn er sie beiseiteschaffen würde, wäre Beatrix ihm zu Dank verpflichtet!

Das Gute an dem Einfall war, dass er bei der Durchführung gleichzeitig seine körperlichen Bedürfnisse stillen konnte.

Jetzt brauchte er sich nur noch in aller Ruhe zu überlegen, wie er am besten vorgehen sollte.

17. KAPITEL

Ohne auf ihren Schwiegervater zu achten, der in seinem wuchtigen Lehnstuhl ein Nickerchen machte, eilte Adolana hinauf in ihr Gemach. Seit ihrer Rückkehr hatte sie noch keinen Blick in die Truhe geworfen, doch jetzt konnte sie nicht schnell genug den schweren Deckel hochwuchten. Hektisch wühlte sie zwischen den Sachen herum, bis sie endlich das gewünschte Unterkleid gefunden hatte.

Eine Welle der Erleichterung durchflutete Adolana, als sie den sorgsam eingenähten Brief Gertruds in dem geflickten Leinenhemd fand. Es schien ihr eine Ewigkeit her zu sein, dass sie das wertvolle Schriftstück dort befestigt hatte. Niemand würde diesem fadenscheinigen und alten Kleidungsstück einen zweiten Blick schenken, deshalb hatte sie es ausgewählt. Wegen seiner Unscheinbarkeit. Der Brief war dagegen keineswegs unscheinbar, und seine Last wog mit jeder untätig verbrachten Stunde schwerer.

Aus dieser Sorge heraus hatte sie das Unterkleid in Rottenacker auch dabeigehabt. Sie hatte Gertrud ein Versprechen gegeben und wusste, dass sie es halten musste. Unter allen Umständen, auch wenn es den Verrat an ihrem Mann bedeutete. Adolana machte sich nichts vor. Wenn sie Waldemar zur Flucht verhelfen würde, dann hätte sie Berengars Vertrauen schändlich missbraucht. Bei den Münzen verhielt es sich anders, denn die sollten für eine Fortsetzung der Kriegshandlung sorgen. Berengar hatte sie nicht seinem Herzog gegeben. Jedenfalls noch nicht. Sie wusste nicht, was er damit vorhatte, und es war ihr auch gleichgültig.

Dann begann Adolana ihre Suche fortzusetzen. Dieses Mal waren ihre Bewegungen allerdings eher zögernd, ja fast ängstlich. Aber je länger sie zwischen den verschiedenen Lagen Tüchern suchte, desto größer wurde die Panik in ihr.

Es muss hier sein. Es kann sich doch nicht einfach in Luft aufgelöst haben, schimpfte sie innerlich. Mittlerweile lag der bunte Inhalt der Truhe auf dem Boden rund um das wuchtige Möbelstück verteilt.

Erschöpft hielt Adolana inne und richtete sich auf. Eine tiefe Leere überfiel sie, als sie erkannte, dass sich das schwarze Tuch Berengars, das ihr Gesine kurz vor ihrer Abreise vor einigen Jahren gegeben hatte, keineswegs in Luft aufgelöst hatte. Adolana hätte ihr Amulett dafür verwettet, dass es sich im Besitz der wundervollen Beatrix befand. Woher bezog diese sonst ihre selbstsichere Überzeugung, dass sie bei Berengar Zweifel säen und ihn von dem Fehler seiner Eheschließung überzeugen würde?

Nur was wollte Beatrix mit ihrem Fund?

Plötzlich fiel Adolanas Blick auf den gewaltigen Kleiderkasten auf der gegenüberliegenden Seite des Raumes. Konnte es sein, dass Berengar ihre Sachen durchsucht hatte und auf sein verloren geglaubtes Tuch gestoßen war? Aber hätte er sie dann nicht mit seiner Entdeckung konfrontiert? Zögernd ging sie die paar Schritte und öffnete den schlichten Deckel, dessen schmiedeeiserner Verschluss nicht verriegelt war. Ihr Gemahl legte offensichtlich keinen großen Wert auf Kleidung, denn die Truhe war nur zur Hälfte gefüllt. Unschlüssig ließ Adolana die Hände zwischen die teilweise edlen Stoffe gleiten, ohne dass sie auf das raue Leinentuch stieß. Gerade als sie mit schlechtem

Gewissen die Sucherei beenden wollte, berührte sie mit den Fingerspitzen etwas, das sie stutzig machte. Vorsichtig, mit gespannter Erwartung, zog sie das Pergament heraus. Im nächsten Moment stockte ihr der Atem, als sie in das Gesicht ihrer Tante Eila blickte. Die dunklen Haare hatten ihre tiefe Farbe verloren, und auch das Rot der Lippen war verblasst. Seltsamerweise hatten die Augen ihr kräftiges Blau jedoch bewahrt. Fasziniert ließ Adolana die Finger darübergleiten. Jäh stürmten die verschiedensten Gedanken auf die verwirrte Frau ein, die intuitiv das leicht verblasste Bild zurückschob und sorgfältig den Deckel schloss.

Der Stachel des Verdachts hatte sich festgesetzt und bohrte sich tiefer in ihr Herz. Hatte Waldemar recht gehabt mit seiner Behauptung? Wie betäubt richtete sie sich auf und ließ den Blick ziellos im Raum umherwandern. Es kann, nein, es darf nicht sein, sagte sie sich. Aber wann und vor allem auf welche Weise war Berengar in Besitz dieses Porträts gelangt?

Ohne einen weiteren Gedanken an die Unordnung um sie herum zu verschwenden, wandte sich Adolana zur Tür. Es gab nur einen Menschen, der ihr bei diesem Problem weiterhelfen konnte.

Just in diesem Augenblick klopfte es.

Adolana sammelte sich kurz, denn die Störung kam äußerst ungelegen. »Ja, bitte?«

Sofort öffnete sich die Tür, und Ermentraud schlüpfte ins Zimmer. Leise schloss sie die Tür hinter sich und knickste mit verschlossener Miene vor ihrer überraschten Herrin. »Könnte ich Euch kurz sprechen, edle Frau?«

Edle Frau! Ermentraud musste krank sein, denn Adolana konnte sich nicht daran erinnern, wann das Mädchen sie das letzte Mal so angesprochen hatte.

»Es trifft sich gut, dass du kommst. Ich wollte gerade nach dir suchen«, entgegnete Adolana, die sich von ihrer

Überraschung schnell erholt hatte. Vielleicht lag sie mit ihrer Einschätzung gar nicht so falsch, und ihre ehemalige Zofe hatte wirklich eine unbändige Wut auf Beatrix. Ermentrauds Gesicht glich schon immer einem offenen Buch, und ihre Miene beim gestrigen Abendessen war mehr als säuerlich gewesen.

Flüchtig streifte Ermentrauds Blick das Durcheinander vor den Füßen Adolanas, dann holte sie tief Luft und begann zu erzählen.

»Warum solltest du das für mich tun?«, fragte Beatrix ihren Bruder misstrauisch. »Tiefe geschwisterliche Liebe steckt ganz bestimmt nicht dahinter.«

»Sagen wir mal, dass wir uns damit gegenseitig helfen. Du tilgst meine Schulden beim Löwensteiner, und ich verhelfe dir zu einem freien Zugang beim Mann deiner Wünsche. Was hältst du davon?«

»Was ist mit seiner Gemahlin? Was hast du mit ihr vor?«

Rudger winkte ab und bedachte seine Schwester mit einem nachsichtigen Blick. »Zerbrich dir darüber nur nicht dein hübsches Köpfchen. Wenn Adolana erst weg ist, liegt es an dir, wie du Berengar davon überzeugst, dass sie mit diesem Welfenvasall von der Burg geflohen ist.«

Äußerlich gelangweilt wandte Rudger den Kopf von Beatrix ab und blickte aus dem Fenster. Die Unterkunft seiner Schwester war klein, aber behaglich, während er sich mit einer schäbigen, kahlen Kammer zufriedengeben musste. Er hatte Beatrix am Haken, das konnte er deutlich spüren. Spannung lag in der Luft, und Rudger war sich sicher, dass ein falsches Wort von ihm alles zunichtemachen konnte. Die Forderung nach der Tilgung meiner Schulden hat sie nicht einmal kommentiert, dachte er ärgerlich. Ich hätte mehr fordern sollen. Aber wer weiß, vielleicht konnte er später noch mal nachlegen. Sollte es ihr gelingen, Berengar von der Schuld seiner Frau zu überzeugen und die Ehe annullieren zu lassen, dann könnte er immer noch mit seinem Wissen an den Burgherrn herantreten. Zufrieden mit der Lösung warf er seiner Schwester einen verstohlenen Blick zu.

Sie hatte sich halb von ihm abgewandt und grübelte mit gefurchter Stirn. Ein gutes Zeichen, dachte er. Jetzt heißt es nur noch hoffen.

»Also gut, wir versuchen es. Sobald Adolana von hier verschwunden ist, bekommst du das Geld. Und für die Zukunft kann ich dir nur den Rat geben, etwas weniger verschwenderisch zu leben. Deine Ländereien geben nun mal nicht so viel her«, riet ihm Beatrix herablassend.

Rudger zuckte die Schultern, ohne seinen Grimm zu offenbaren. Sie ist eine Teufelin, schoss es ihm durch den Kopf. Sogar in dieser Situation muss sie mich noch erniedrigen.

»Wann sollen wir die Sache durchziehen?«, erkundigte er sich dann betont freundlich.

»Je früher, desto besser. Berengar wird vermutlich spätestens nächste Woche zurückkommen. Bis dahin muss Adolana von hier verschwunden sein«, beschied seine Schwester energisch.

»Dann werde ich mit der edlen Frau wohl mal ein paar verschwiegene Worte wechseln.«

Beatrix schwieg, und Rudger kannte sie gut genug, um zu wissen, dass er keine Antwort mehr erwarten konnte. Gut gelaunt verließ er das Zimmer und ging leise summend den Gang entlang, um sich auf die Suche nach der Burgherrin zu begeben. Aus Gewohnheit strich er sich über seinen Bart und blieb abrupt stehen. Adolana würde ihm höchstwahrscheinlich nur widerstrebend Gehör schenken. Es konnte nicht schaden, wenn er sich vorher ein wenig

wusch und umzog. Der Bart gehörte ebenfalls wieder gestutzt. Wäre doch gelacht, wenn er das Interesse dieses
widerborstigen Weibes nicht wecken könnte.

»Aber wieso? Diese vielen Toten, und Berthold war einer
von ihnen. Ich hatte angenommen, dass du ihn magst.«

Fassungslos ließ sich Adolana auf dem Boden ihres
Gemachs, inmitten der achtlos herumliegenden Kleidungsstücke nieder und starrte Ermentraud an.

»Ich mochte ihn doch auch«, flüsterte das Mädchen und
starrte weiterhin auf einen imaginären Punkt oberhalb von
Adolanas Kopf. Sie war bleich wie das leinene Betttuch,
aber es flossen keine Tränen. Mit einem Ruck bewegte
Ermentraud den Kopf nach unten und heftete den Blick
auf die entsetzte Adolana. »Ich wollte das nicht. Nicht so.
Dieser Mann, Harbert hieß er, glaube ich, hat mich auf
dem Flur erwischt, als ich an der Tür zu Eurem Gemach
gelauscht habe. Er hat mir gedroht, alles der Kaiserwitwe
zu erzählen, wenn ich ihm nicht helfen würde. Was sollte
ich denn tun?« Die letzten Worte schleuderte sie Adolana
anklagend entgegen.

»Du hättest zu mir kommen können. Ich hätte dir geholfen«, warf sie dem Mädchen kopfschüttelnd vor.

»Ihr? Ihr habt mich noch nie leiden können«, gab Ermentraud schneidend zurück. »Außerdem wollte ich Richenza
eins auswischen. Für die Demütigung damals beim Essen,
vor allen Leuten. Vor allem aber für den abgewiesenen Antrag. Sie hat mir jede Chance genommen.«

»Welcher Antrag?«, fragte Adolana verwirrt.

»Der Gefolgsmann des Plötzkauer Grafen. Ihr erinnert
Euch sicher nicht an ihn. Er wollte mich zur Frau, und Richenza hat ihn abgewiesen, als Rache für mein Betragen«,
klärte Ermentraud sie auf. Der Hass war aus ihrer Stimme
verschwunden, und Mutlosigkeit klang heraus.

Mit einem Mal wusste Adolana, wen ihre ehemalige Zofe meinte. Der Mann, der an dem Abend von Richenzas Rüge neben Ermentraud gesessen hatte. Das war zwar tragisch, aber kein ausreichender Grund für einen solchen Verrat.

»Glaub ja nicht, dass die edle Richenza mich verschont hat. Deswegen habe ich trotzdem nicht den Tod von Menschen in Kauf genommen, nur um mich zu rächen«, sagte sie.

»Es sollte keiner sterben. Harbert hat mir versichert, dass er Euch nur die Münzen entwenden will, um sie den Staufern zu bringen. Mehr nicht. Wenn ich gewusst hätte …« Mitten im Satz brach Ermentraud ab und schluchzte auf. Die Tränen, die Adolana vorher vermisst hatte, rannen jetzt über die rundlichen Wangen ihrer Dienstmagd. »Erinnert Euch an die Misshandlungen, die ich erleiden musste. Glaubt Ihr wirklich, dass ich das gewollt habe?«

»Nein«, murmelte Adolana leicht angewidert und wandte den Blick ab.

»Ich weiß, dass es falsch war, und werde dafür bestimmt in der Hölle schmoren«, gab Ermentraud schroff zurück und hob trotzig das Kinn, während sie sich mit dem Handrücken über die Wangen wischte. »Wenigstens will ich ein wenig davon wiedergutmachen. Deshalb bin ich hier. Um Euch zu warnen.«

Adolana horchte auf.

»Euer Gast, das Fräulein Beatrix, hat mehrfach versucht, mich auszuhorchen. Außerdem habe ich sie erwischt, wie sie kurz vor Eurer Rückkehr aus Rottenacker aus Eurem Gemach geschlichen ist. Ich wollte, dass Ihr das wisst.«

»Was hast du ihr erzählt?« Abrupt erhob sich Adolana und baute sich drohend vor dem Mädchen auf. »Hast du Beatrix irgendetwas von mir erzählt?«

»Nein«, versicherte Ermentraud und wich verschreckt

ein Stück zurück. »Ich weiß doch gar nichts, außer der Sache mit den Münzen. Wirklich! Wenn ich irgendetwas für Euch tun kann, dann …« Erneut brach sie ab, schniefte und schaute Adolana abwartend an. Als diese stumm blieb, verließ das Dienstmädchen achselzuckend das Zimmer.

Adolana blieb noch eine Weile wie erstarrt am selben Fleck stehen. Ihr Verdacht hatte sich bestätigt, nur, was sollte sie jetzt tun? Der Überfall war geschehen, die Toten blieben tot. Außerdem hegte Adolana weiterhin Misstrauen gegenüber Ermentraud. Sicher, sie hatte geweint und auch ein wenig Reue gezeigt. Adolana nahm dem Mädchen sogar ab, dass es den Tod der Menschen nicht gewollt hatte. Trotzdem. Hatte Heide ihr nicht von dem fast verschwörerischen Umgang Ermentrauds mit Beatrix berichtet? Und Adolana gegenüber tat die ehemalige Zofe nun so, als hätte Beatrix sie genötigt. Irgendetwas passte nicht ganz zusammen.

Konnte Ermentraud von den gelegentlichen Aufträgen Richenzas an die Hofdame ihrer Tochter wissen? Im Lauschen war sie anscheinend geübt. Adolana wurde ganz übel bei dem Gedanken, was möglicherweise noch alles auf sie zukommen würde, und setzte sich schnell auf den Deckel von Berengars Truhe.

Die teilnahmslosen Gesichter in dem Kellerraum veränderten sich schlagartig, als der Schlüssel herumgedreht wurde. Mit wachsamen Mienen blickten die Gefangenen hinüber zur Tür, die sich langsam öffnete.

»Ihr?«

Verblüfft starrte Waldemar zu Thomas hinüber, der in seinem schwarzen Ordensgewand die Öffnung ausfüllte und einen respektvollen Anblick bot.

»Es tut mir leid, dass ich Euch erst jetzt besuchen komme, aber bisher wurde mir der Zutritt immer verwehrt«, antwortete der Mönch, ohne sich von der Stelle zu rühren. »Dank unserer Burgherrin hat sich dies jedoch geändert. Könntet Ihr mir einen kurzen Moment Eurer Zeit schenken und in den Gang folgen?«

Ernst schnaubte verächtlich. Waldemar wunderte sich nicht darüber, denn sein Getreuer hielt nichts von Mönchen, obwohl er selbst in einem Kloster aufgewachsen war.

»Selbstverständlich. Ich könnte durchaus etwas von meiner kostbaren Zeit für Euch erübrigen«, gab Waldemar zynisch zurück.

Zerknirscht wandte sich der Ordensbruder um, während Waldemar ihm folgte. Wie neulich bei Adolanas Besuch hatte sich der Bewacher auf der untersten Treppenstufe niedergelassen.

Thomas drehte Berengars Mann den Rücken zu, damit Waldemar ihn im Auge behalten konnte.

»Frau Adolana war bei Euch. Was hat sie von Euch gewollt?«

Waldemar schüttelte ungläubig den Kopf und machte Anstalten zu gehen.

Unsanft packte der Mönch ihn am Arm. Als Waldemar zusammenzuckte, zog Thomas die Hand abrupt zurück und entschuldigte sich. »Schmerzt Eure Verletzung noch immer?«

»Kaum von Bedeutung«, antwortete Waldemar müde. Nach einem kurzen Zögern fügte er leise hinzu: »Weitaus mehr Sorgen mache ich mir um meinen Kopf. Seit dem Stiefeltritt leide ich unter Schwindelanfällen. Anfangs konnte ich den Arm nicht mehr richtig bewegen, aber das ist zum Glück wieder besser.«

Der mitfühlende Blick des Mönches fachte seltsamerweise Waldemars Wut an. Wieso nur habe ich ihm gegenüber diese Schwäche zugegeben?, fragte er sich. Hat mich die Zeit in diesem Kellerloch völlig verweichlicht?

»Warum fragt Ihr sie nicht selbst?«, erwiderte er.

»Das habe ich versucht, sie weicht mir aus«, erwiderte Thomas.

»Wenn sie Euch nichts zu sagen hat, erfahrt Ihr von mir erst recht nichts«, fuhr Waldemar den Mann schärfer an als beabsichtigt. Er hätte nur zu gerne gewusst, auf welcher Seite der Ordensmann stand. Ohne weiter darüber nachzudenken, fragte er ihn unverblümt danach.

»Auf Gottes Seite, mein Sohn«, kam die prompte Antwort. »Davon abgesehen wollte ich beim König für unser Kloster Unterstützung gegen Graf Siegfried erbitten.«

Überraschung zeigte sich auf Waldemars Miene. »Ihr wolltet zum König? Was ist mit der unvergleichlichen Herrlichkeit dieser beiden Kunstwerke im Kloster Comburg? Alles gelogen, und das von einem Mann Gottes«, stieß er enttäuscht hervor.

»Eure Vorwürfe stimmen nur zum Teil, werter Waldemar. Die wundervollen Kunstwerke existieren, nur ist es mir leider augenblicklich nicht vergönnt, sie in Augenschein zu nehmen. Graf Siegfried, unser Vogt, saugt das Kloster förmlich aus und will zudem seinen Neffen als Abt einsetzen. Wir müssen uns wehren, und dabei kann uns nur der König helfen.«

Resigniert winkte Waldemar ab. »So hat jeder seinen Teil zu erfüllen. Ich den meinigen und Ihr den Euren.«

Thomas trat dichter an den niedergeschlagenen Waldemar heran und schrak zurück. Denn in dessen Augen loderte ein Feuer, das so gar nicht zu der hoffnungslosen Haltung passen wollte.

»Wenn Frau Adolana Euch wertvoll ist, dann lasst sie aus Euren Plänen heraus. Andernfalls ist ihr Leben verwirkt«, drängte der Mönch leise.

»Ich werde schon dafür Sorge tragen, dass der edlen Frau kein Leid zugefügt wird«, entgegnete Waldemar brüsk.

Der Mönch heftete seinen zweifelnden Blick auf den Ritter und erwiderte: »So wie Ihr sie bereits einmal beschützt habt?«

Waldemar zuckte zusammen, als hätte er einen Schlag abbekommen. »Ich denke, Ihr habt Eure Ansicht klar dargelegt. Lebt wohl«, gab er mit tonloser Stimme zurück.

Er drehte sich um und war einen Augenblick später hinter der Tür zu seinem Gefängnis verschwunden. Dabei bereitete ihm der Ausdruck von Scham auf dem Gesicht des Mönches keinerlei Befriedigung.

Nach einer Weile vernahm er endlich sich entfernende Schritte. Hätte Waldemar es nicht besser gewusst, wäre er davon ausgegangen, dass Thomas etwas sehr Schweres zu tragen hatte, so schleppend wie dessen Gang klang.

Innerlich bedrückt, aber nach außen gelassen und selbstbewusst, ging Adolana über den Hof. Sie war dabei geblieben, ihre schönsten Gewänder am Abend anzulegen. Sie gaben ihr Halt und die nötige Sicherheit, und beides brauchte sie nach Ermentrauds Offenbarung dringender denn je.

Bereits den vierten Abend in Folge musste sie schon den unerwünschten Besuch ertragen. Beatrix ging ihr meistens aus dem Weg, während Rudger ihr seit gestern ständig auflauerte, um mit ihr zu plaudern. Bisher war es ihr zwar gelungen, sich seinen aufdringlichen Versuchen zu entziehen, aber er war zusehends lästig. Der einzige Hoffnungsschimmer war seine Schwester, die auf ihrem Zimmer blieb, weil sie angeblich unter Kopfschmerzen litt. So konnte sie die Burgherrin wenigstens nicht mit ihren Spitzfindigkeiten quälen. Mitgefühl empfand Adolana keines. Clothar schnitt sie seit ihrer Auseinandersetzung, worüber Adolana ebenfalls nicht traurig war.

Lächelnd erwiderte sie den schüchternen Gruß der

schmächtigen, ungefähr vierzehnjährigen Magd, die mit dem Besen aus Birkenreisig den Bereich des Hofes kehrte, der zum Wohngebäude führte. Dabei wirbelte sie mächtig viel Staub auf, denn es hatte seit Tagen nicht geregnet, und die trockene Hitze hatte die Erdoberfläche ausgetrocknet.

»Darf ich mich zu Euch setzen?«, fragte Adolana.

Einladend rückte Heide ein Stück zur Seite, während Richberts schwangere Frau sich erhob und mit einer gemurmelten Entschuldigung davoneilte.

Kopfschüttelnd sah Adolana ihr nach. Seit sie hier lebte, hatte sie zu den Frauen von Berengars Rittern ein freundschaftliches Verhältnis aufgebaut. Einzig die unscheinbare Gemahlin Richberts wich ihr beständig aus. Anfangs hatte Adolana schon befürchtet, dass die junge strohblonde Frau eine heftige Abneigung gegen sie hegte, doch Heide hatte sie vom Gegenteil überzeugt.

»Lasst ihr Zeit. Sie fürchtet sich vor Eurem Gemahl und bezieht Euch in diese Furcht ein«, tröstete Falkos Frau Adolana, als sie deren ratlosen Blick bemerkte.

»Aber wieso nur? Auf welche Weise hat Berengar ihr Angst bereitet?« Die Vorstellung, dass ihr Gemahl diese junge Frau in Furcht und Schrecken versetzte, konnte Adolana nicht mit dem Bild vereinbaren, das sie selbst von ihm hatte. Es passte nicht zu ihm. Andererseits hatte auch sie Berengar schon in Situationen erlebt, in denen sie dankbar war, nicht zu seinen Feinden zu gehören.

»In keiner Weise«, plauderte Heide munter drauflos, während ihre Finger mit flinken Bewegungen eine Nadel führten, um die aufgerissene Naht am Wams ihres Mannes zu nähen. »Sie hat einmal mitbekommen, wie der Burgherr ihren Mann wegen einer groben Unachtsamkeit zusammengestaucht hat. Zudem behagen ihr wohl auch seine wortkarge Art und der düstere Blick nicht. Wobei ich sagen muss, dass seine Augen vor über zwei Wochen äußerst erfreut auf Euch ruhten«, beendete Heide ihre Ausführung neckend.

»Danke für Eure fabelhafte Beobachtungsgabe«, erwiderte Adolana und änderte schnell das Thema. »Eigentlich wollte ich Euren Gemahl fragen, ob er Neuigkeiten von Berengar für mich hat. Wisst Ihr, wo ich Falko finden kann?«

»Sicher. Er ist ins Dorf geritten, weil es Probleme mit einer Horde Wildschweine gibt. Er wollte die Schäden auf den Feldern begutachten und morgen zur Jagd gehen. Aber seht nur – als wenn er uns gehört hätte.«

Falko drückte dem Burschen die Zügel seines Pferdes in die Hand und eilte mit weit ausholenden Schritten den beiden Frauen entgegen. Seine Miene drückte Missmut und Besorgnis aus.

»Die edle Frau möchte kurz mit dir sprechen. Ich habe ihr gesagt, dass du bestimmt rechtzeitig zum Essen zurück bist«, zog Heide ihren Mann auf.

»Schweig, Weib. Mir steht nicht der Sinn nach deinen Sticheleien.«

Von der Rüge unbeeindruckt, senkte Heide den Kopf und wandte sich erneut ihrer Näharbeit zu. Das feine Lächeln, das ihre Lippen umspielte, entging Adolana jedoch nicht.

»Was kann ich für Euch tun?«, wandte sich Falko an die Gemahlin des Burgherrn.

»Ich wüsste zu gern, wann mit der Rückkehr meines Gemahls zu rechnen ist.«

Bedauernd schüttelte Falko den Kopf, wobei seine dunklen, von grauen Strähnen durchzogenen, schulterlangen Haare nur so flogen. Adolana schätzte ihn ein paar Jahre älter als Berengar. Der leicht grau melierte Vollbart war stets sorgfältig gestutzt, und durch seine ruhige Art strahle Falko eine vertrauensvolle Würde aus.

»Wenn er eine Nachricht geschickt hätte, dann hättet Ihr es erfahren. Aber ich denke, dass wir in den nächsten Tagen mit seiner Ankunft rechnen dürfen, sollte der Herzog keinen anderen Auftrag für ihn haben.«

Ernüchtert dankte Adolana ihm und ging in Richtung der Halle. Der raue Schrei Falkos, der seinen beiden raufenden Söhnen galt, ließ sie vor Schreck zusammenfahren.

In den nächsten Tagen. Vielleicht schon morgen, dachte sie und überlegte siedend heiß, wie sie ihren Plan schnellstens in die Tat umsetzen konnte. Dank Ermentrauds Angebot hatte sie jetzt wirklich eine Chance, Waldemar zur Flucht zu verhelfen. Und damit Gertruds Brief endlich seinem Empfänger zuzuführen.

Als sie die Halle betrat, stellte Adolana überrascht fest, dass Waldemar mit seinen Männern bereits an der Tafel saß. Ermentraud lehnte entspannt an der Wand und flirtete mit Alban, der für die Bewachung der Männer zuständig war. Alles verlief nach Plan. Erleichterung mischte sich in ihr schlechtes Gewissen, denn Alban würde eine fürchterliche Strafpredigt von Berengar über sich ergehen lassen müssen, sollte Waldemars Flucht gelingen. Wobei Adolana sich fest vorgenommen hatte, den Junker so weit wie möglich vor dem Wutanfall ihres Mannes zu schützen. Sie würde die komplette Schuld für Waldemars Flucht auf sich nehmen.

Gott allein wusste, was dann mit ihr geschah.

Hocherhobenen Hauptes schritt Adolana zum Kopf der Tafel und setzte sich mit einem knappen Nicken in Richtung Beatrix zu deren linker Seite. Gleich darauf betrat Falko mit seiner Familie die Halle. Nachdem Thomas das Gebet für alle gesprochen hatte, griffen die Hungrigen ungeniert zu. Es gab reichlich zu essen, doch Adolanas Kehle war wie zugeschnürt. Sie spürte Beatrix' lauernde Blicke ebenso auf sich wie die von Waldemar, der regelmäßig Augenkontakt suchte.

»Wie schlimm steht es mit den Feldern, Falko?«, fragte sie und richtete ihre Aufmerksamkeit auf den Vogt der Burg.

Der Ritter kaute bedächtig an einem Stück Wildbret und zuckte die Achseln. »Der Zaun muss ausgebessert werden. Diese verdammten Mistviecher«, er unterbrach sich und sah entschuldigend zu Thomas und Norbert hinüber, »haben alles niedergetrampelt. Eigentlich müssten die Bauern jetzt auf den Feldern arbeiten, damit den Roggengarben noch Zeit zum Trocknen bleibt, bis der nächste Regen einsetzt.«

In dem Moment kam Adolana eine Idee, und spontan äußerste sie ihren Vorschlag. »Könnten wir die Gefangenen nicht dazu einsetzen? Dann muss die Ernte nicht unterbrochen werden.«

Verblüfft starrte Falko sie an, und auch den Gefangenen war die Überraschung anzusehen.

»Möchtet Ihr Euren welfischen Freunden ein wenig frische Luft verschaffen?«, erkundigte sich Beatrix mit hochgezogenen Augenbrauen unter dem widerwärtigen Gekicher Clothars.

»Bedenkt nur, was es für eine Erleichterung wäre, Falko. Die Ernte könnte rechtzeitig eingefahren werden, und die Männer würden sich nützlich machen. Ihr könntet mit den anderen auf die Jagd reiten und bräuchtet nur einen Mann zur Bewachung zurücklassen«, bekräftigte Adolana ihren Vorschlag, ohne auf die spitzzüngige Bemerkung von Beatrix einzugehen.

»Nun, vielleicht ist das gar keine so schlechte Idee«, murmelte Falko nachdenklich, ohne von Adolanas innerlichem Bangen zu ahnen.

Bitte stimm zu und lass Alban zur Bewachung auf den Feldern, flehte sie stumm.

»So weit kommt es noch, dass eine Frau hier auf Burg

Wolfenfels Befehle erteilt«, eiferte sich Clothar, während er mit seinen wenigen Zähnen ein großes Stück Fleisch kaute.

»Vor allem eine Frau, die keinerlei Recht hat, sich hier als Burgherrin aufzuspielen. Euer Gemahl wird sich freuen, wenn er von Eurem heimtückischen Interesse an diesen welfischen Hunden erfährt. Dann wird Berengar endlich begreifen, was er für einen Fehler begangen hat«, fiel Beatrix triumphierend ein.

»Was genau soll ich denn begreifen?«, ertönte eine scharfe Stimme vom Eingang der Halle.

Alle Anwesenden fuhren herum. Müde, in staubiger Reisekleidung und nassen Haaren, stand Berengar in der breiten Türöffnung. Als er die Gefangenen am Ende der Tafel wahrnahm, gefror seine Miene zu Eis.

Mit schweren Schritten folgte Berengar der Länge der Tafel und erwiderte zwischendurch die Begrüßungen der Menschen, deren Anblick ihm ein vertrautes Bild war.

Was hat sie sich nur dabei gedacht?, fragte er sich. Dass seine Gemahlin dahintersteckte, stand außer Frage. Adolana hielt seinem Blick stand, aber er konnte ihre Angst förmlich spüren, als er sich ihr näherte. In dem Moment registrierte er den triumphierenden Blick von Beatrix und verstand. Wer diese Frau kannte, wusste, was das Aufleuchten in ihren Augen zu bedeuten hatte. Sie war sich ihres Sieges sicher. Zögernd erhob sich Adolana und ging ihm ein paar Schritte entgegen.

»Wie schön, dass Ihr zurück seid«, begrüßte sie ihn und reichte ihm die Hände.

Warum zur Hölle ist sie so förmlich?, dachte er, während er ihre linke Hand ergriff und flüchtig die Innenseite küsste. In dem Moment fiel ihm wieder ein, dass er ihr unbedingt noch den filigranen Ring überreichen musste.

»Ich habe mich draußen am Brunnenwasser erfrischt und fürchte noch ein wenig zu tropfen«, entschuldigte er sich. Dabei kämpfte er das Verlangen nieder, sie an sich zu reißen und leidenschaftlich zu küssen. »Vielleicht besitzt Ihr die Freundlichkeit, mich darüber aufzuklären, warum die Gefangenen mit an unserer Tafel speisen?«, fragte er betont höflich und ärgerte sich gleichzeitig, als Adolana errötete. War es etwa aus Scham?

»Eure Gattin hat noch am Abend ihrer Ankunft darauf bestanden! Es bestand für mich kein Zweifel an ihrer Vorliebe für diese Männer«, ergriff Beatrix sofort das Wort und fügte süffisant hinzu: »Vor allem für einen von ihnen.«

Adolana fuhr herum und funkelte die Widersacherin wütend an. Aber bevor sie etwas erwidern konnte, hatte Berengar ihr eine Hand auf den Arm gelegt, und der feste Druck ließ sie verstummen.

»Ich habe meine Gemahlin gefragt, nicht Euch, Beatrix. Außerdem habe ich nicht damit gerechnet, Euch so schnell wiederzusehen, Beatrix. Und auch Euch nicht, Rudger. Leide ich unter Gedächtnisschwund und habe bei unserer letzten Begegnung eine Einladung ausgesprochen?«

Rudger räusperte sich und rutschte auf seinem Stuhl herum, was in Anbetracht seiner kräftigen Statur seltsam anmutete.

»Ich habe sie eingeladen«, mischte sich Clothar ein.

Berengar heftete seinen unergründlichen Blick auf den Vater und murmelte leise: »Das hätte ich mir denken können.«

»Es tut mir leid, dass wir uns hier so aufgedrängt haben, Berengar«, begann Beatrix erneut. »Aber als ich von Eurer Eheschließung hörte, bat ich meinen Bruder, mich hierher zu begleiten, damit ich Euch meine Glückwünsche überbringen kann. Leider muss ich gestehen, dass ich mehr als schockiert über das Verhalten Eurer Gemahlin bin. Ebenso wie Euer Vater, wie Ihr sicher wisst. Sie will sogar die Gefangenen für den Bau eines Zaunes einsetzen.«

»Ihr spritzt mit Gift um Euch wie andere Leute mit Freundlichkeit«, versetzte Adolana scharf.

Berengar spürte, wie der Körper seiner Gemahlin sich spannte, und zog sie rasch an sich. Dann wandte er sich Beatrix zu.

»Ich bin müde und nicht darauf vorbereitet, Gäste in meinem Haus zu haben. Seht es mir bitte nach, wenn ich daher erst später auf Eure unerhörten Vorwürfe eingehe. Außerdem erwarte ich von Euch und Eurem Bruder, dass Ihr bis morgen Mittag wieder aufbrecht. Jetzt möchte ich in Ruhe essen.«

Indem er Adolana mit sich zog, ging Berengar zu seinem Platz und ließ sich nieder. Nachdem sein Zinnbecher gefüllt war, führte er ihn an die Lippen und trank in großen Zügen, ehe er zu essen begann. Doch das wohlschmeckende Fleisch blieb ihm fast im Hals stecken, als er die verstohlenen Blicke bemerkte, die der Welfenvasall seiner Gemahlin zuwarf.

Unruhig lief Adolana im ehelichen Gemach hin und her. Das Essen war nun schon über zwei Stunden her, und die angespannte Atmosphäre lastete noch immer auf ihr. Eigentlich hatte Berengar nur ein paar Worte mit seinem Vogt wechseln wollen, um ihr anschließend gleich nachzufolgen. Seitdem wartete sie auf ihn, während das mulmige Gefühl in ihr stetig wuchs.

Er hatte zu ihrer Erleichterung nicht verlangt, dass Waldemar und seine Gefährten sofort die Halle verlassen sollten. Obwohl sie ahnte, wie sehr ihn die Anwesenheit der Welfenanhänger gekränkt hatte. Wenn sie ihm doch nur ihre Beweggründe verständlich machen könnte.

»Ihr seid noch wach?«, erklang Berengars Stimme hinter ihr.

Adolana fuhr herum, denn vor lauter Sorge um seine Reaktion war ihr das leise Öffnen der Tür entgangen. Doch dann runzelte sie die Stirn. Etwas stimmte nicht. Trotz der unerhörten Anschuldigungen Beatrix' vorhin in der Halle hatte Berengar Ruhe bewahrt und sogar ein paar freundliche Sätze mit seiner Gemahlin gewechselt. Jetzt dagegen strahlte seine ganze Haltung Wut, ja fast sogar Feindseligkeit aus.

»Selbstverständlich habe ich gewartet. Du hast mir gefehlt, Berengar.« Adolana ging auf ihren Mann zu, der sich immer noch nicht rührte. Seine abwehrende Haltung ließ sie innehalten.

»Bist du dir sicher? Wieso warst du dann in der Halle so förmlich?«, erkundigte er sich kalt.

Verwirrt blinzelte Adolana. Sollte er den infamen Vorwürfen dieser Beatrix wirklich Glauben schenken? »Natürlich bin ich mir sicher! Und was deine andere Frage angeht, so war ich in dem Glauben, dass dir ein allzu vertrauliches Verhalten nicht recht ist«, entgegnete sie unsicher.

Berengar schnaubte unwillig und ließ seine Frau stehen. Am Fenster drehte er sich zu ihr um und fragte schneidend: »Habe ich dir nicht bewiesen, dass dem nicht so ist? Verhält es sich nicht vielmehr so, dass du die Gefühle deines welfischen Verehrers nicht verletzen wolltest?«

Ungläubig starrte Adolana ihren Gemahl an. Es war nicht zu übersehen, dass er seine Wut nur mühsam beherrschte. So konnte sie bestimmt nicht mit ihm reden.

»Ich werde mir diese unseligen Vorwürfe nicht weiter anhören. Wenn du deiner ehemaligen Verlobten mehr glaubst als mir, dann hättest du sie anstatt meiner heiraten sollen«, erwiderte sie verletzt und ging zu ihrer Seite des Bettes.

Mit wenigen großen Schritten war Berengar bei ihr und zog sie zu sich heran. »Untersteh dich, jetzt schlafen zu gehen. Beatrix hat mir vorhin noch ein paar Dinge anvertraut, die Falko zum Teil bestätigt hat.«

Adolana wurde blass unter seinem forschenden Blick und versuchte, sich aus seinem festen Griff zu befreien.

»Was sollen das für Vergehen sein?«, fragte sie ihn mit bebender Stimme. Dann räusperte sie sich und fuhr gefestigt fort: »Ich habe mir nichts zuschulden kommen lassen, außer, dass ich die Männer zu unserem abendlichen Mahl gebeten habe. Und jetzt lass mich los, du tust mir weh.«

»Ich werde dir gleich noch mehr weh tun, wenn du nicht stillhältst und mir die Wahrheit sagst. Stimmt es etwa nicht, dass du vorgeschlagen hast, die Männer freizulassen, damit sie beim Ausbessern des Zaunes helfen können?«, bohrte Berengar unbarmherzig nach.

Adolana wehrte sich noch immer und schrie auf, als er seinen Griff verstärkte und sie fast schon brutal festhielt.

»Nicht freilassen«, verteidigte sie sich, »sondern unter Bewachung. Was ist so falsch an dem Gedanken? So können die Bauern in Ruhe das Getreide ernten.«

Unvermittelt lockerte Berengar seinen Griff und fasste sich an den Gürtel. Adolana stockte der Atem, als sie im flackernden Licht der Öllampe das schwarze Tuch erkannte, das Gesine ihm in Halberstadt entwendet hatte.

»Wie kommt das hier in deinen Besitz?«

Mit Tränen in den Augen erklärte ihm Adolana stockend die ganze Geschichte und fragte abschließend: »Sollte die Frage nicht lieber lauten, wie Beatrix dazu kommt, in meinen Sachen zu wühlen?«

»Sie hat behauptet, dass du es auf der Bank in der Halle vergessen hast«, konterte er unverzüglich.

»Sie lügt!« Adolanas Stimme überschlug sich fast. Dann schloss sie für einen Moment die Augen und schüttelte wie betäubt den Kopf. Schließlich fügte sie betrübt und deutlich leiser hinzu: »Ich habe das Tuch die ganze Zeit zwischen meiner Kleidung aufbewahrt. Eigentlich hatte ich es dir gleich nach unserer Ankunft geben wollen, aber da warst du so abweisend. Später habe ich es dann einfach vergessen. Verzeih mir, aber es ist die Wahrheit.«

»Was ist mit deinen heimlichen Besuchen an der Fensteröffnung zum Lagerraum? Wie willst du mir das erklären?«

Völlig perplex hielt Adolana in ihren Befreiungsversuchen inne und starrte ihren Gemahl sprachlos an. Selbst in dem dämmrigen Lichtschein konnte sie die dunklen Schatten an seinem Kinn erkennen. Der müde Ausdruck in seinen dunklen Augen war allerdings völlig verschwunden. Dafür zeigte sich ein Lodern, das ihr Angst machte.

»Das ist eine Lüge«, stammelte sie. »Warum hätte ich das tun sollen?«

»Vielleicht weil Waldemars langes Sehnen nach deiner Gunst endlich Erfolg hatte? Wer weiß, was auf eurer Reise vor unserem Zusammentreffen alles passiert ist?« Geschickt fing Berengar Adolanas Hand auf und drehte sie ihr auf den Rücken. »Vielleicht aber auch, weil du in deinem Herzen noch immer Welfenanhängerin bist und dich ihm gegenüber verpflichtet fühlst?«, raunte er dicht an ihrem Ohr. »Aber ich werde dir zeigen, wo sich dein Platz befindet.«

Damit presste er ihr den Mund auf die Lippen, und sein Griff lockerte sich. Adolana nutzte ihre Möglichkeit und trat ihm mit voller Wucht gegen das Schienbein. Da er aber seine Stiefel noch trug, schmerzte ihr nackter Fuß sicher mehr. Für einen kurzen Moment ließ er von Adolana ab und warf sie aufs Bett. Während er sich hastig seiner Stiefel entledigte, krabbelte sie über das Bett, doch im letzten Augenblick bekam er sie an den Füßen zu fassen und zog sie zurück.

Gleich darauf lag er auf ihr und erstickte ihren wütenden Schrei mit einem Kuss. Obwohl es ihm diesmal an der gewohnten Zärtlichkeit fehlte, reagierte Adolanas Körper prompt, als er mit der Hand über ihre Brüste strich und an den Bändern ihres Gewandes nestelte. Anfangs noch zögernd, dann immer leidenschaftlicher, erwiderte sie den fordernden Kuss, und als Berengar ihren Rock hochschob, drängte sie sich bereitwillig an ihren Gemahl.

Die schwere Eingangstür zum Wohngebäude der Burg öffnete sich mit einem Ruck, und mit energischen Schritten trat Adolana hinaus in den sonnendurchfluteten Hof. Angesichts ihrer ungewohnt wütenden Miene sprang eines von vier Kindern hastig zur Seite und flüchtete gleich darauf zu seiner Mutter. Es verkroch sich zwischen den weiten Falten des Rockes und schielte verängstigt nach hinten, während sich auf dem ansonsten gutmütigen Gesicht der rundlichen Mutter ein besorgter Ausdruck zeigte.

Adolana bekam von alledem nichts mit. Am Morgen war die Seite neben ihr im Bett leer gewesen. Aber das war nicht der Auslöser für ihre schlechte Laune, denn Berengar stand oft vor Sonnenaufgang auf. Vielmehr war die vergangene Nacht daran schuld.

Sie hatten sich nicht wie Liebende verhalten. Es glich eher einem Kampf, ohne Sieger und Besiegte. Berengar benahm sich, als ob er seine Frau brandmarken wollte, als wäre sie ein störrisches Pferd, dem er zeigen musste, wer der Herr war. Aber Adolana hatte sich nicht gefügt. Seine Küsse hatten ein Feuer in ihrem Körper entfacht, und sie konnte nicht genug von seinen Händen bekommen. Sie wollte ihn ebenso, wie es ihn nach ihr verlangte, und stillte ihre Lust, genauso wie er es tat. Mit Genugtuung dachte sie an die Spuren, die er nun auf dem Rücken trug.

Danach war Berengar erschöpft auf ihr liegen geblieben,

und Adolana hatte sich zwingen müssen, ihm nicht über das volle Haar zu streichen. Stattdessen hatte sie sich unter ihm weggerollt und ihm den Rücken zugedreht. Leider hatte er sie nicht daran gehindert. Nach einer Weile war er aufgestanden und hatte leise das Zimmer verlassen. Ihre tiefen Atemzüge, mit denen sie sich schlafend gestellt hatte, waren erst verstummt und wurden dann von kaum hörbaren Schluchzern abgelöst.

Jetzt war sie auf der Suche nach ihrem Gemahl. Was war nur in ihn gefahren? Glaubte er wirklich, dass sie tiefere Gefühle für Waldemar hegte?

Kurz vor dem Stall blieb sie abrupt stehen. Der rothaarige Stalljunge kam ihr in geduckter Haltung entgegen, während ein Eimer dicht an seinem Kopf vorbeiflog und knapp vor Adolana auf den harten Boden schlug.

»Pack dich, du Hundsfott! Beim nächsten Mal werfe ich dir etwas anderes nach«, schallte ihm Rudgers Stimme aus dem Stall hinterher.

Adolana griff den Stallburschen am Arm und zwang ihn stehen zu bleiben. Die linke Wange des Jungen glühte rot, und das brachte die ohnehin schon schlecht gelaunte Burgherrin erst recht auf.

»Mit was für einem Recht maßregelt Ihr den Knecht meines Gemahls?«, beschuldigte Adolana den Mann, von dem sie gehofft hatte, ihn überhaupt nicht mehr antreffen zu müssen.

Gleich darauf zeigte sich der bullige Kopf Rudgers im offenen Stalltor. »Er hat mein Pferd nicht gründlich genug gestriegelt und kann froh sein, dass er sich nur eine Ohrfeige eingehandelt hat«, gab er ungerührt zurück. Er musterte Adolana eingehend, und ein selbstgefälliges Grinsen zeigte sich in dem frisch gestutzten Vollbart.

»Wir konnten uns bisher nicht über seine Dienste beklagen. Es steht Euch nicht zu, ihn zu strafen, sondern Ihr müsst Eure Anschuldigung meinem Mann vortragen. Nur er hat das Recht, darüber zu urteilen.«

Abwehrend hob Rudger die Hände. Eine Geste, die fast schon Ergebenheit signalisierte. »Schon gut, edle Adolana. Ich habe verstanden. Leider ist es mir nicht möglich, auf die Entscheidung Eures werten Gemahls zu warten, da er mich bei seiner Rückkehr hier nicht mehr antreffen will.«

»Ihr reitet fort? Wo ist Eure Schwester? Ich kann sie nirgendwo entdecken«, fragte Adolana und spürte gleichzeitig eine hässliche Ahnung in sich aufsteigen. Mit einer Handbewegung scheuchte sie den wartenden Burschen weg und näherte sich Rudger. So konnte sie vermeiden, dass noch jemand außer ihr die Antwort vernahm.

»Ach, Ihr wisst es noch gar nicht, meine Schöne?«, fragte Rudger amüsiert. »Meine Schwester bleibt auf Wunsch Berengars noch ein paar Tage hier auf Burg Wolfenfels. Leider gilt seine Einladung nur ihr, das hat er mir vorhin noch mal ausdrücklich zu verstehen gegeben.« Er griff nach ihrem Arm und erkundigte sich, indem er Mitgefühl vortäuschte: »Was ist denn mit Euch? Geht es Euch nicht gut?«

Nach Fassung ringend, riss Adolana ihren Arm los. »Alles bestens, Herr Rudger. Gute Reise.«

»Könnt Ihr Euren Gatten nicht zufriedenstellen, oder warum sucht er nachts noch meine Schwester auf?«

Wie angewurzelt blieb Adolana stehen. Ihr Magen krampfte sich zusammen, und die Kehle war auf einmal wie zugeschnürt. Lüge!, durchfuhr es sie.

»Ich weiß, dass Ihr dem Welfen zur Flucht verhelfen wollt, denn ich habe Euren heimlichen Besuch unten im Keller beobachtet. Lasst Euch von mir dabei helfen, dann bringe ich Euch ebenfalls in Sicherheit.« Mit einem widerlichen Grinsen legte er eine Hand auf das Heft seines Schwertes. »Um den einen Bewacher braucht Ihr Euch nicht sorgen.« Seine Stimme war jetzt dicht neben ihrem Ohr, und sein weingeschwängerter Atem verursachte ihr Brechreiz.

In Sicherheit? Ich befinde mich doch hier in Sicherheit, durchzuckte es sie. »Ihr könnt Euch die Lügen sparen, Rudger von Papenberg. Mein Gemahl hat die Nacht bei mir gelegen, und wer immer Eure Schwester aufgesucht hat, er war es nicht«, zischte sie leise über die Schulter hinweg.

»Ach ja?«, fragte Rudger gedehnt. Unvermittelt packte er die völlig überrumpelte Adolana und zog sie mit sich in den Stall. Mit seinem vollen Gewicht drückte er sie an die Bretterwand. »Macht Euch nichts vor. Eure Unwissenheit ist kaum zu ertragen, daher werde ich Euch jetzt mal ein paar Dinge über Euren treuen Gemahl und meine Schwester erzählen.«

Adolana starrte ihn mit weit aufgerissenen Augen an und versuchte sich aus ihrer misslichen Lage zu befreien. Die große Hand, die auf ihrem Mund lag, war verschwitzt und roch nach Dingen, von denen sie lieber nichts wissen wollte.

»Berengar war am Boden zerstört, als sein Vater vor vielen Jahren nicht nur beide Beine, sondern auch den größten Teil seines Besitzes verloren hat. Beatrix wollte nämlich keinen mittellosen Ehemann und heiratete einen Onkel des Grafen von Nantes. Der arme Mann überlebte den Tag der Eheschließung um knapp drei Jahre. Zu ihrer großen Freude hinterließ er ihr ein kleines Vermögen.«

Rudgers massiger Kopf befand sich nun direkt neben dem von Adolana, und ihre Übelkeit verstärkte sich. Sie konnte sich kaum rühren, nur mit der rechten Hand fuhr sie tastend über die rauen Bretter der Stallwand.

»Ihr könnt Euch vorstellen, dass ich nicht besonders angetan war, als meine Schwester mir eröffnete, sie wolle nun

Herrin von Wolfenfels werden. Schließlich habe ich als ihr Bruder das Recht, ihr den Ehemann auszuwählen. Aber zwischen ihr und Eurem Gemahl loderten schon immer die Flammen. Wie Euch bekannt ist, konnte ich zu meinem größten Vergnügen den Plan von Beatrix durchkreuzen. Sie tobte wie eine Verrückte, das könnt Ihr mir glauben.«

Zwischen ihren offenen Haare hindurch drückte Rudger seine Lippen auf ihren Hals, und Adolana kämpfte gegen die aufsteigende Panik an. Wer wird es mitbekommen, wenn er mich mit Gewalt nimmt?, fragte sie sich.

»Das Wichtigste hätte ich fast vergessen. Berengar wusste nichts vom Tod meines Schwagers.«

Adolanas Körper spannte sich bei der glatten Lüge, da ertastete sie mit den Fingerspitzen einen dünnen Gegenstand. Wieder senkte sich Rudgers Mund herab, und voller Ekel spürte sie seine Zunge an ihrem Ohr. Im nächsten Moment hatte sie den schlanken, langen Weidenstock erfasst, holte aus und schlug zu.

Der laute Knall erschreckte sie fast genauso sehr wie Rudger, der vor Schmerz laut fluchte und seinen Griff lockerte. Mit aller Kraft stieß Adolana ihn von sich und sauste wie der Blitz hinaus ins Freie, der völlig verdutzten Heide direkt in die Arme.

»Wenn ich dich erwische, du Miststück.« Wie ein wütender Bulle erschien Rudger hinter ihr am Eingang des Stalles. Beim Anblick der dicht beieinanderstehenden Frauen blieb er ruckartig stehen, warf Adolana einen letzten vernichtenden Blick zu und ging zurück in den Stall.

»Alles in Ordnung?«, fragte Heide besorgt.

Benommen nickte Adolana. Der blutige dünne Striemen, der sich über Rudgers rechte Stirnhälfte bis zu seinem Auge zog, bereitete ihr eine dumpfe Genugtuung.

»Lasst uns gehen. Bloß fort von hier.« Adolana hakte sich bei Heide ein und zog sie mit sich.

Keine der beiden Frauen sah sich um, als sich der dumpfe Klang der Pferdehufe hinter ihnen in Richtung des Burgtores entfernte.

»Soll ich nach Herrn Berengar schicken lassen?«, fragte Heide und zwang Adolana stehen zu bleiben. »Er ist draußen mit den Reparaturarbeiten am Zaun beschäftigt und würde diesen Mistkerl bestimmt liebend gerne dafür büßen lassen.«

»Er hilft bei der Reparatur? Ich dachte, er wollte mit Eurem Mann auf die Wildschweinjagd gehen?« Adolana war es völlig egal, ob sie damit ihre Unwissenheit kundtat. Sie vertraute Falkos Frau.

Heide gab an, nichts Näheres darüber zu wissen, und zuckte resigniert mit den Schultern als Adolana ihren Vorschlag ablehnte und sich stattdessen mit Kopfschmerzen entschuldigte. Ihre schnellen Schritte zum Eingang der Burg ähnelten fast einer Flucht.

»Wieso ist sie noch hier?«

Adolana schrie die Frage, die schon den ganzen Tag auf ihr lastete, fast heraus. Berengar war am frühen Nachmittag zurückgekehrt, verschwitzt und mit einem Ausdruck der Zufriedenheit in den Augen. Der löste sich allerdings nach ihren Worten sofort in Luft auf.

Ohne sie einer Antwort zu würdigen, entledigte sich Berengar seiner halblangen, verdreckten Kotte, die von der körperlichen Arbeit zeugte, und warf sie achtlos auf den Boden. Dann ging er zu der Schüssel, neben der stets ein Krug mit frischem Wasser stand, und wusch sich mit kraftvollen Bewegungen Gesicht und Hals.

Ihr Blick wanderte ungeniert über seine breiten Schultern hinunter über den mit Kratzern verunzierten Rücken bis zur schmalen Hüfte, auf der eine enge, speckige Hose aus Leder saß. Direkt über dem Bund konnte sie die leicht wulstige Narbe erkennen, die von der Schlacht beim Waiblinger Königsgut herrührte.

Entnervt darüber, dass sie sich von seinem Anblick ablenken ließ, stemmte Adolana die Hände in die Seiten und forderte erneut mit erhobener Stimme: »Ich hätte gerne eine Antwort.«

Berengar hielt in der Bewegung inne, griff nach dem dünnen Leinentuch, das neben der Schüssel lag, und fuhr sich damit achtlos über die nasse Haut, während er sich umdrehte.

»Und ich hätte gerne eine Frau, die ihre Gunst nicht wahllos verschenkt«, gab er mit unergründlicher Miene zurück.

»Dein Vorwurf ist absurd«, schleuderte sie ihm entgegen. »Ich empfinde nichts für den welfischen Vasallen. Außer vielleicht, dass ich mich schuldig an seiner Gefangenschaft fühle. Warum erledigst du die Arbeit der Knechte und lässt die Männer in ihrem dunklen Verlies schmoren? Und wieso ist sie noch hier?«, erneuerte Adolana ihre Frage.

»Ich finde, es ist eine gute und ehrliche Arbeit. Sie hilft mir, den Bezug zu meinem Land und meinen Pächtern nicht zu verlieren«, erklärte Berengar ruhig und griff sich ein frisches Oberteil aus der Truhe. »Die Gefangenen erledigen diese Arbeit nicht, weil sie Edelmänner sind und es unter diesen Umständen beleidigend wäre. Ich habe ihrem Lehnsherrn mein Wort gegeben, sie angemessen zu behandeln. Der Ort, an dem sie sich befinden, mag nicht gerade von Licht durchflutet sein, ähnelt aber ganz bestimmt keinem Kerker.«

Die schwarze, halblange Tunika, deren Halsausschnitt weit offen stand, erinnerte Adolana an ihre erste Begegnung. Jetzt fehlt nur noch das Tuch, dachte sie und verspürte augenblicklich die Ernüchterung, die mit seinem Vorwurf von vergangener Nacht zusammenhing.

»Und was deine letzte Frage angeht, so schulde ich dir für meine Entscheidung keine Erklärung.«

Sprachlos starrte Adolana ihren Gemahl an. Sie wusste nicht, was sie für eine Antwort erwartet hatte, aber diese ganz bestimmt nicht. »Du willst keine Ehefrau, sondern ein williges Geschöpf, das gedankenlos die Beine für dich breitmacht«, klagte sie mit Bitterkeit in der Stimme.

Mit zwei Schritten war Berengar bei ihr. Bei dem lauten Schlag, mit dem er den Deckel der Truhe hatte zufallen lassen, war Adolana zusammengezuckt. Er schien kurz vor einem Tobsuchtsanfall zu stehen, und Adolana erbleichte.

»Du verwechselst Ehrlichkeit und Vertrauen mit der Unterwürfigkeit eines Hundes. Ich habe mich offenbar in dir getäuscht«, presste er zwischen den Zähnen hervor.

Obwohl er sie nicht anfasste, konnte Adolana die Spannung spüren, die zwischen ihnen herrschte, aber sie widerstand der Versuchung, von ihrem Gemahl abzurücken.

»In einer Stunde breche ich wieder auf«, redete Berengar kaum freundlicher weiter. »Der Herzog erwartet mich, denn Welf will den Krieg. Seine Männer werden meine Halle nicht mehr betreten. Ist das klar?«

Adolana nickte stumm, ohne den Blick zu senken. Auch wenn in ihren Augen die Verzweiflung stand, die sie verspürte, würde sie ihm gegenüber keine Angst zeigen.

Im nächsten Moment war er verschwunden, das schwarze Tuch fest in der rechten Hand.

Berengar kochte vor Wut, als er die Treppe hinuntereilte und die Halle betrat. Wie erwartet hielt sich Beatrix an der Seite seines Vaters auf. In ihrer hellen Kotte aus Seide mit der floralen Stickerei am Ausschnitt bot sie einen entzückenden Anblick.

»Ich muss mit Euch reden«, befahl Berengar seiner früheren Verlobten ohne Umschweife, nickte seinem Vater kurz zu und ging weiter zum Ausgang. Er hatte Clothar schon lange nichts mehr zu sagen. Beatrix würde ihm folgen und ihre halbfertige Arbeit am Stickrahmen achtlos stehen lassen. Dazu brauchte er sich nicht umzusehen.

Am Ende des Wirtschaftsgebäudes blieb er stehen, ganz in der Nähe des vergitterten Fensters, in dem die Gefangenen hockten.

Sie wirkt tatsächlich wie eine Königin, ging es Berengar beim Anblick der sich ihm nähernden Frau durch den Kopf, und er schüttelte bestürzt den Gedanken ab. Beatrix war sicher vieles, aber die Tugenden, die eine Königin besitzen sollte, suchte man bei ihr vergeblich.

»Ihr ruft mich, und ich gehorche«, sagte Beatrix sanft und mit verführerischem Augenaufschlag.

Fast hätte Berengar laut aufgelacht. Ihm war klar, warum sie sich so verhielt. Sie glaubte, dass es die fehlende Fügsamkeit war, die er an ihr vermisste, doch da irrte sie.

»Bleibt Ihr bei Euren Anschuldigungen gegenüber meiner Gemahlin?«, fragte er kühl, ohne auf ihre vertrauliche Art einzugehen.

»Es bricht mir fast das Herz, Euch das antun zu müssen, Berengar. Aber ja, es ist alles wahr, was ich gesagt habe«, entgegnete Beatrix offensichtlich zerknirscht. »Ganz zu schweigen von den Dingen, die ich nicht erwähnt habe«, fügte sie mit einer vieldeutigen Geste hinzu.

»Habt Ihr Beweise?«

»Ist mein Wort nicht Beweis genug?«, fragte Beatrix sichtlich verletzt.

Ungeduldig folgte Berengar ihrem Blick in Richtung des Brunnens, wo Ermentraud stand und unbefangen mit Alban plauderte. Für den Bruchteil eines Augenblicks zögerte Beatrix, fast so, als hinge Adolanas ehemalige Zofe mit der Ehrlichkeit ihrer Anschuldigungen zusammen. Doch der Moment verflog, und sie legte ihre schmale Hand auf das Tuch um Berengars Hals.

»Ich kenne Euch schon so lange, und Ihr wisst um meine Gefühle für Euch. Euer Bruder hat immer darüber gespottet, erinnert Ihr Euch noch? Ich bitte Euch, scheucht sie weg und steht zu dem Eheversprechen, das uns einst verbunden hat.«

Mit einem Mal fielen alle negativen Gefühle von Berengar ab. Ruhig, aber bestimmt schob er ihre Hand weg und erwiderte gelassen den flehenden Blick aus ihren schönen, leicht schräg stehenden Augen. Er hatte immer schon gewusst, dass ihrem sinnlichen Mund lauter Lügen entwichen, aber nun hatte sie sich selbst verraten. Bardolf hatte gespottet, allerdings nicht über sie, sondern über die Verlegenheit seines jüngeren, unerfahrenen Bruders. Beatrix hatte Bardolf zu keiner Zeit ausstehen können. Sie ist kalt wie der Schnee, der im Winter nicht aus unseren Wäldern verschwinden will, pflegte er zu sagen. Wieso nur, um Himmels willen, habe ich zugelassen, dass sie ihre vergifteten Anschuldigungen in mich bohrt?, dachte Berengar mit einem Mal müde und ratlos.

»Es ist vorbei, Beatrix. Spart Euch Eure Mühe, denn es lohnt sich nicht. Morgen nach dem Frühstück werdet Ihr aufbrechen. Einer meiner Männer wird Euch sicher nach Hause geleiten.«

Er wandte sich um, um sich auf die Suche nach Falko zu begeben.

»Wartet. Ihr wisst das Schlimmste ja noch gar nicht. Eure Gemahlin hat sich für die Welfen mit ...«

»Schweigt still!«

Berengar fuhr herum, und bestürzt brach Beatrix beim Anblick seiner von kalter Wut beherrschten Miene ab und wich zurück.

»Ich will Euch nie wieder hier sehen. Habt Ihr mich verstanden? Und wenn Ihr auch nur noch ein weiteres Wort gegen meine Gemahlin vorbringt, dann schwöre ich Euch, es wird Euch leidtun.« Im nächsten Moment drehte sich der aufgebrachte Ritter um und entfernte sich mit langen Schritten.

Nur langsam kam Berengar zur Ruhe. Eigentlich sollte er sofort zu seiner Gemahlin zurückeilen und sie auf Knien um Verzeihung bitten. Er konnte sich sein Verhalten nur so erklären, dass bei den sehnsüchtigen Blicken des Welfen an der Tafel sein Verstand ausgesetzt hatte.

Leider musste Adolana noch etwas auf sein Eingeständnis warten, denn er war ohnehin spät dran. Zudem gab es vor seiner Abreise noch einiges zu regeln. Manche Dinge nagten nach wie vor an ihm und bedurften der Klärung, das spürte Berengar. Aber nicht heute, denn die Zeit drängte, da der Herzog ihn erwartete. Er musste den Kopf frei haben für die Schlacht, die nicht mehr abzuwenden war.

Danach würde er mit Adolana sprechen.

18. KAPITEL

Leise huschte Adolana aus dem großen, wuchtigen Gebäude und schloss die schwere Tür behutsam hinter sich. Es war spät, kurz vor Mitternacht, und die meisten Bewohner von Wolfenfels schliefen. Trotz der Wärme hatte sie sich ihren Reiseumhang übergeworfen. Die silberne Fibel, die beide Stoffenden zusammenhielt, leuchtete im fahlen Mondlicht auf. Das Schmuckstück war ein Andenken an ihre Mutter und hatte bereits ihren Umhang auf der Reise von Gandersheim nach Halberstadt geziert. Sonst wäre das Schmuckstück mit seiner Erinnerung wohl für immer für sie verloren gewesen.

Kurz danach hatte sie ihr Ziel erreicht. Ein unterdrücktes Kichern gab ihr recht. Wie vereinbart stand die Tür zum Stall einen Spaltbreit offen, und Adolana schlüpfte geräuschlos hindurch.

Nachdem sich ihre Augen an die Dunkelheit gewöhnt hatten, konnte sie die beiden Gestalten am Ende des Stalls erkennen. Wieder erklang ein helles Kichern, vermischt mit einem tieferen, verhaltenen Lachen. Ermentraud macht ihre Sache gut, dachte Adolana beklommen. Zudem kam ihr Berengars Entschluss entgegen, die Männer des Welfen in dem kleinen Geräteraum beim Stall unterzubringen. Adolana ahnte, dass er die Verlegung vorgenommen hatte, um ihnen eine standesgemäßere Unterkunft zu gewährleisten. Der Raum war hell und trocken, ein wahrer Fortschritt zu dem dunklen und muffigen Keller.

Vor allem aber war es hier sehr viel leichter, ihr Vorhaben in die Tat umzusetzen. Jetzt galt es nur noch zu warten.

Ermentraud zog Alban dichter an sich heran. Die harte Wand im Rücken hielt sie davon ab, sich von seinen leidenschaftlichen Küssen und seinem deutlich erregten Körper ablenken zu lassen. Sie musste bei klarem Verstand bleiben. Zum einen, weil sie sich schuldig fühlte. Nicht nur wegen des Verrats durch Beatrix, von dem sie Adolana nicht einmal die Hälfte gestanden hatte, sondern auch, um wenigstens einen Teil ihrer Schuld am Tod Bertholds und der anderen Männer wiedergutzumachen. Wenngleich die junge Frau durch Rudgers Schläge nach dem Überfall bereits bitter dafür bezahlt hatte.

Zum anderen bot sich hiermit eine Möglichkeit, es diesem hochmütigen Miststück heimzuzahlen. Alles, was Adolana half, ärgerte diese verfluchte Beatrix. Dabei hatte es anfangs so gut für sie ausgesehen. Die wunderschöne, edle Frau hatte sich für sie interessiert und ihr sogar eine Stellung als Zofe angeboten. Munter hatte Ermentraud ihr dafür sogar von ihren Vermutungen erzählt und alles, was sie je beobachtet hatte, unbedacht an Beatrix weitergegeben.

Im Nachhinein musste sich Ermentraud verschämt eingestehen, dass die edle Dame sie nur benutzt hatte, um Unannehmlichkeiten über Adolana in Erfahrung zu bringen. Und Ermentraud hasste es, benutzt zu werden. Genauso wie sie es hasste, Alban jetzt zu benutzen.

Sie empfand nämlich zum ersten Mal in ihrem Leben echte Gefühle für einen Mann. Aber obwohl sie sich Adolana nicht gerade freundschaftlich verbunden fühlte, wusste sie, dass sie sich auf das Wort ihrer Herrin verlassen konnte. Die Burgherrin hatte ihr versprochen, sich für Alban einzusetzen.

Mit der linken Hand tastete sie nach dem Schlüssel für den Geräteraum, während sie die rechte auf sein anschwellendes Gemächt legte. Alban stöhnte auf und zog Ermentraud mit sich ins Stroh. In dem Augenblick, als beide auf der weichen Unterlage landeten, fiel der Schlüssel mit einem dumpfen Geräusch auf den Boden.

Wie erstarrt hielt Adolana einen kurzen Moment inne, aber der erwartete zornige Aufschrei Albans blieb aus. Er hatte in seiner Erregung nicht gemerkt, dass er gerade hinters Licht geführt wurde.

Leise schlich Adolana zu der Stelle, an der sie den Schlüssel vermutete. Mit fahrigen Bewegungen fuhr sie über den mit Stroh bedeckten Boden, bis sie den eisernen Gegenstand ertastete.

Sie blendete die rhythmischen Bewegungen im Hintergrund aus und ging vorsichtig auf die Tür zu, hinter der Waldemar mit seinen Männern festsaß. Der Schlüssel hakte etwas, und die Tür gab ein leises Quietschen von sich. Aber dann ging alles sehr schnell. Kaum hatte sie seinen Namen geflüstert, stand Waldemar auch schon neben ihr und drängte nach draußen. Er wollte noch etwas sagen, doch sie legte den Finger auf die Lippen und hoffte, dass er die Geste erkennen konnte. Dann zog sie ihn mit sich. Bevor sie mit ihm unerkannt in die nächtliche Dunkelheit schlüpfte, deponierte Adolana den Schlüssel wie vereinbart neben der Tür. An den lauten Geräuschen im Hintergrund war unschwer zu erkennen, dass die Zeit knapp wurde.

Draußen atmete Adolana leise auf. Der schlimmste Teil ihres Plans war geschafft. Leider musste sie auf ihre geliebte Nebula verzichten, denn niemals hätte sie das Tier unbemerkt durch das Tor bekommen. Stattdessen wollten sie durch die kleine Tür gleich daneben schlüpfen, ohne dass der Wachhabende etwas davon mitbekam. Wenn ihnen das Glück weiter hold blieb.

Plötzlich stoppte Waldemar und drängte sie an die Wand. Jemand ging über den Hof und verschwand in der Tür, die zu dem winzigen Raum der Wachen führte. Unbewusst hatte Adolana die Luft angehalten, die sie jetzt leise entweichen ließ.

»Gebt mir den Brief«, verlangte Waldemar und schaute sie verständnislos an, als sie den Kopf schüttelte.

»Ich komme mit Euch. Die Aufgabe wurde mir anvertraut, daher werde ich sie auch selbst ausführen«, wisperte sie kaum hörbar. Es war zu dunkel, um seine Miene zu deuten, aber Adolana war es nur recht. Auf die Freude, die sich zweifellos darin widerspiegelte, konnte sie gut verzichten.

Eine Stunde später hatten sie die Stelle erreicht, an der Adolana den Beutel mit den Kleidungsstücken deponiert hatte. Das alte Unterkleid, in das noch immer Gertruds Brief eingenäht war, trug sie unter dem schlichten dunkelblauen Oberkleid aus Leinenstoff. Nichts sollte unterwegs darauf hinweisen, dass es sich bei ihr um eine Frau edler Herkunft handelte.

»Wieso?«, unterbrach Waldemar die Stille des nächtlichen Waldes und griff nach ihrer Hand.

»Lasst mich bitte los«, erwiderte Adolana ruhig, aber entschieden. »Es hat nichts mit Euch zu tun. Gebt Euch bitte keiner falschen Hoffnung hin. Ich habe meine Gründe. Nun lasst uns gehen, damit wir ein großes Stück des Weges hinter uns bringen.«

Ihre äußerliche Ruhe und Entschiedenheit gaben nichts von dem Kampf preis, der seit Berengars Abreise in ihr tobte. Von seinem heftigen Wortwechsel mit Beatrix hatte sie nichts erfahren. Vielmehr war sein Entschluss, ihr die Gründe für den weiteren Verbleib der Rivalin vorzuenthalten, ausschlaggebend für ihr Handeln gewesen. Adolana fühlte sich verletzt und missbraucht. Möglicherweise spielte auch das Bildnis ihrer Tante, das sie in der Truhe ihres Gatten gefunden hatte, eine Rolle, obwohl Adolana sich das niemals eingestehen würde. Allein der Gedanke, Berengar könnte der kaltblütige Mörder ihres Onkels Bernhard sein, erschien ihr unmöglich.

Im nächsten Augenblick hörten die beiden hinter sich Schritte, und Adolana griff nach ihrem Dolch, während Waldemars Körper sich anspannte. Er war waffenlos, und sie nahm an, dass er sich somit fast nackt fühlte.

»Ihr?«

Fassungslos starrte Adolana den älteren Ordensbruder an, der eine kleine Verbeugung andeutete.

»Da ich keinen von Euch zur Vernunft bringen konnte, werde ich Euch begleiten. Alles andere könnte ich nicht mit meinem Gewissen vereinbaren«, erwiderte Thomas schlicht, wenngleich in einem Ton, der keinen Widerspruch duldete.

»Man wird Euer Fehlen morgen bemerken und nach Euch suchen«, unternahm Adolana zumindest einen schwachen Versuch.

»Mich wohl kaum. Norbert wird erzählen, dass ich zur Comburg aufgebrochen bin. Aber was ist mit Euch und ihm da?«

Ergeben hob Adolana beide Hände. »Ermentraud wird Essen für mich aus der Küche nach oben bringen und mich wegen Kopfschmerzen entschuldigen. Ich habe gestern bereits überall verbreitet, dass ich die Dienste meiner ehemaligen Zofe wieder in Anspruch nehme, daher wird zunächst niemand Verdacht schöpfen. Und was Herrn Waldemar angeht, so werden seine Gefährten sein Lager so gestalten, dass die Bewacher zumindest einen Tag lang davon ausgehen werden, dass er schläft, weil er sich nicht gut fühlt. Mit viel Glück sind wir dann bereits ein gutes Stück von der Burg entfernt.«

Dass sie zudem einen Brief für Berengar zurückgelassen hatte, in dem sie versuchte, ihm die Beweggründe für ihr Verschwinden verständlich darzulegen, erzählte sie nicht. Ihr Gemahl würde die Nachricht so schnell kaum erhalten, und es ging ihre Begleiter schlichtweg nichts an. Das Amulett, das sie in dem gefalteten Stück Pergament hatte verschwinden lassen, blieb ebenfalls unerwähnt. Die Kühle des Silbers, die sie all die Jahre begleitet hatte, fehlte ihr schmerzlich. Der Gedanke, dass Beatrix bald Trägerin des Schmuckstücks sein könnte, schmerzte, daher verdrängte Adolana ihn schnell.

»Lasst uns aufbrechen«, beschied Thomas und drückte das Ende seines dicken, langen Wanderstabs in den Waldboden.

Berengar schirmte die Augen vor dem hellen Sonnenlicht des Vormittags ab. Wäre Falkos Frau nicht gewesen, würde er sich jetzt beim Schwabenherzog befinden und mit ihm über die Möglichkeiten sprechen, die sie in der Auseinandersetzung mit Welf in Erwägung ziehen konnten. Glücklicherweise hatten Heides Misstrauen und ihre Sorge um Adolana jedoch die Oberhand gewonnen, weshalb sie das Fehlen seiner Gemahlin sofort bemerkt hatte. Alban, von Gewissensbissen geplagt, hatte ihm am Mittag zudem die Nachricht von der Flucht des welfischen Vasallen überbracht.

Zögernd und mit Furcht in der Stimme hatte ihn Falko kurz darauf davon in Kenntnis gesetzt, dass mit dem Gefangenen auch der alte Ordensbruder verschwunden war. Und seine eigene Frau.

Der Ritter ballte die Hand zur Faust, während er weiterhin die Ebene absuchte. Er hatte die hügeligen Wälder um Burg Wolfenfels herum längst hinter sich gelassen. Die Gegend war nicht ungefährlich für einen Anhänger der Staufer. Die trutzigen Umrisse der Burg Weinsberg auf der Anhöhe gegenüber von ihm zeichneten sich deutlich am Horizont ab. Somit befand er sich bereits auf welfischem Besitz. Mit einem ausgeruhten Pferd benötigte man von Wolfenfels bis hierher nicht mehr als einen halben Tagesritt. Wenn sie also schnell gingen und wenig Pausen machten, konnten die drei Flüchtigen die Strecke durchaus in einem Tag bewältigen.

Dann würde er sie nie mehr einholen.

Dagegen sprach, dass Adolana solch eine Anstrengung nicht gewohnt war, da sie weitere Entfernungen stets hoch zu Ross zurücklegte. Nebula stand aber im Stall von Burg Wolfenfels, wie der arme Alban ihm mehrfach versichert hatte.

Alban!

Wäre nicht Adolanas Brief gewesen, hätte er den armen Mann möglicherweise für sein Versagen auf der Stelle getötet. Oder ihn zumindest einer harten Bestrafung unterzogen und anschließend verstoßen. Verwandtschaftliche Gefühle mussten bei derlei Angelegenheiten außer Acht gelassen werden.

Nachdem er aber ihre Erklärung gelesen hatte, sah er davon ab. Einer Bestrafung würde Alban trotzdem nicht entgehen, denn seine körperlichen Triebe hatten ihn von der Erfüllung seiner Pflicht abgelenkt. Das war nicht hinnehmbar und konnte im Zweifelsfall über Leben und Tod entscheiden. Darüber würde der Junker in den nächsten Wochen sicher oft nachdenken, denn Berengar hatte ihn nach Hause geschickt. Sonst wäre vielleicht doch noch sein Zorn mit ihm durchgegangen.

Außer ein paar Bauern auf dem Feld, die ihrem Tagwerk nachgingen, war nichts zu erkennen. Die Vorstellung, Adolana für immer verloren zu haben, quälte ihn unsagbar. Langsam senkte er den Blick, öffnete die Faust und erfasste das Amulett, das auf der geöffneten Handfläche lag. Wieso hat sie bloß unsere Ehe in Frage gestellt?, fragte er sich. Er konnte bis zu einem gewissen Grad nachvollziehen, dass sie Gertruds Vertrauen nicht enttäuschen wollte. Dieser komplette Bruch mit ihm war hingegen etwas, das er nicht begreifen konnte. Wieder tauchte ein Gedanke auf, den er bisher immer von sich geschoben hatte. Konnte es wirklich sein, dass Adolana vermutete, er würde Beatrix ihr vorziehen? Oder lag es an der letzten gemeinsam verbrachten Nacht, in der ihrem Liebesakt jegliche zärtliche Hingabe gefehlt hatte? Wie betäubt schüttelte Berengar den Kopf und umschloss das Amulett, indem er erneut die Hand zur Faust ballte.

Plötzlich stutzte er. Dort unten, ein kleines Stück von der Burg entfernt, bewegten sich drei Gestalten zwischen verschieden großen Felsstücken. Keine Felsen, sondern Reste eines Gebäudes aus Stein, verbesserte er sich. Bisher waren sie seinem Blick verborgen geblieben, weil sie sich hinter den eingefallenen Mauern verborgen hatten. Zuerst erkannte er Thomas, dessen schwarzes Gewand sich deutlich vor den hellen Steinen abhob.

Dann sah Berengar seine Gemahlin.

Sie ging an der Seite des Mönches, der Adolana von Waldemar trennte.

Es war idiotisch, aber wenn er den Hengst richtig antreiben würde, könnte er die kleine Gruppe erreichen, bevor sie im Schutz der Burgmauern für immer verschwand. Sein Pferd war schnell, er konnte es schaffen.

Gleich darauf schwang er sich in den Sattel und fasste sein Ziel scharf ins Auge. Mit dem Erscheinen einer vierköpfigen Reitergruppe, die von der Burg heruntergaloppiert kam, sank Berengars Erregung in sich zusammen.

Ohne Frage ritten die Männer den Neuankömmlingen entgegen, denn vermutlich hatten sie Waldemar erkannt. Einen der ihren.

Ernüchtert verfolgte Berengar das Treiben unten im Tal. Es war vorbei. Er hatte es nicht geschafft.

Mutlos verharrte er auf der Stelle, den Blick unbeweglich auf Adolana gerichtet, die mit den anderen auf die Reitergruppe wartete.

In dem Augenblick drehte sie sich um und sah genau in seine Richtung. Obwohl er im Schutz eines Baumes stand, spürte er instinktiv, dass sie ihn gesehen hatte. Ohne zu überlegen, hob er den Arm und führte ihn nach rechts. Fast zeitgleich mit dem Eintreffen der Reiter schaute Adolana wieder weg.

Schlagartig wurde ihm klar, was er zu tun hatte, und er öffnete erneut die Faust. Das Funkeln des silbrigen Amuletts erschien ihm wie eine Aufforderung, es seiner Besitzerin zurückzugeben. Und auch das Glitzern des zweiten Kleinods spendete ihm Mut. Es handelte sich um den filigranen Ring, den er Adolana noch immer nicht geschenkt hatte. Jetzt holte er es nach. Die Frage war nur, ob seine Gemahlin den Fingerzeig richtig deuten würde.

Gleich darauf wendete er und machte sich auf den Rückweg.

»Ich glaubte erst zu träumen, Herr Waldemar, aber es ist wahr.«

Uta von Calw, die Gemahlin Welfs, drückte mit erfreuter Miene die Hand des Getreuen ihres Mannes und wandte sich dann mit gleichbleibender Miene Adolana zu.

»Wie wundervoll, dass Ihr nun doch noch zu uns gekommen seid. Was musset Ihr nicht alles erdulden. Ich war außer mir vor Sorge, als mein Mann mir von Eurer erzwungenen Vermählung berichtet hat.«

Mit einem Knicks begrüßte die Burgherrin gleich darauf den älteren Mönch, dem die ehrfurchtsvolle Geste sichtlich unangenehm war. Adolana war froh, dass Uta dadurch der offensichtliche Schmerz in ihrer Miene entging.

»Ich habe bereits nach meinem Gemahl schicken lassen. Er befindet sich eine Tagesreise von hier entfernt und wird bestimmt so schnell wie möglich zurückkommen.«

Waldemar dankte ihr höflich und bat dann für Adolana um die Möglichkeit, sich zurückzuziehen.

»Aber natürlich, wie eigensüchtig von mir. Ihr müsst unglaublich erschöpft sein«, rief die Herrin der Burg und hielt sich erschrocken die Hand vor den Mund.

Dann klatschte sie in die Hände, und eine ältere Magd erschien.

»Zeig Frau Adolana bitte ihr Zimmer. Sie soll die Kammer neben meinem Gemach bekommen.«

Dankbar verabschiedete sich Adolana und folgte der Frau. Sie war wirklich unglaublich müde und erschöpft. Ihre Füße schienen aus rohem Fleisch zu bestehen, denn sie hatte ihre weichen Lederschuhe angezogen. Diese eigneten sich mit der locker gebundenen Öffnung zwar für einen Spaziergang, aber ganz sicher nicht für eine mehrstündige Wanderung. Als sie stattdessen die Stiefel überstreifen wollte, die sie vorsichtshalber in ihr Bündel gepackt hatte, hinderten die aufgeplatzten Blasen sie schmerzhaft daran.

Es gab aber noch einen anderen Grund, warum sie sich auf das Alleinsein freute. Sie musste sich vergewissern, ob der einsame Reiter auf der bewaldeten Anhöhe wirklich Berengar gewesen war. Verrückterweise drängte sich seitdem immer wieder der Vergleich mit dem Wappen seiner Familie auf. Der einsame Wolf auf dem Felsen. Doch um Gewissheit zu erlangen, brauchte sie zuerst Ruhe und musste dann nach einer plausiblen Lösung suchen, warum sie zurück zu der Stelle wollte.

Wahrscheinlich war sie nun vollkommen verrückt geworden, aber sie bildete sich ein, dass die Gestalt auf dem Pferd etwas hochgehalten hatte. Dann war sein Arm in den Zweigen des Baumes verschwunden, die ihr die Sicht versperrten.

Eigentlich hatte Adolana nur über die Schulter gesehen, weil sie das Gefühl gehabt hatte, beobachtet zu werden. Einen Wimpernschlag später war der dunkel gekleidete Mann auf dem Pferd verschwunden.

Wenn ihr bloß ein unverdächtiger Grund einfallen würde, um das Burggelände kurz zu verlassen. Sie musste die Stelle aufsuchen und überprüfen, ob Berengar wirklich dort gewesen war oder ob ihr die Wunschvorstellung nur einen Streich gespielt hatte.

Nicht zum ersten Mal kam ihr Thomas zu Hilfe, den sie um Rat gefragt hatte, denn er achtete und schätzte Berengar sehr.

»Wie habt Ihr es nur geschafft, dass uns die beiden Pferde überlassen wurden?«, fragte Adolana kurz darauf, als sie langsam nebeneinander die Anhöhe hinunterritten. Zum Glück hatte Uta nicht auf Begleitschutz bestanden, da sie die nähere Umgebung für sicher hielt.

»Nichts leichter als das«, wiegelte der Mönch ab. »Ich habe der edlen Frau Uta gesagt, dass ich bei einer kurzen Rast auf dem gegenüberliegenden Höhenzug ein Schmuckstück verloren haben muss.«

»Ein Schmuckstück? Darf man als Angehöriger Eures Ordens denn überhaupt so etwas besitzen?«, erkundigte sich Adolana neugierig, die von den Bewohnerinnen des Gandersheimer Stiftes wusste, dass sie alle Besitztümer abgeben mussten. »Oder handelt es sich nur um eine Ausrede? Sicher will die edle Frau mit ihren eigenen Augen sehen, ob unsere Suche erfolgreich war.«

»Nichts leichter als das«, antwortete Thomas, griff in

die faltenreiche Weite seines schwarzen Habits und hielt Adolana gleich darauf seine geöffnete Hand hin.

»Wunderschön!«

Adolanas ergriffene Miene bereitete dem Mönch augenscheinlich Unbehagen, denn er verstaute die edel verzierten goldenen Tasseln schnell wieder unter seinem Gewand.

»Und was Eure andere Frage betrifft, so kann ich guten Gewissens sagen, dass wir zwar die Regula benedicti befolgen, die von uns Demut, Schweigsamkeit sowie Gehorsamkeit verlangen. Das Leben eines Asketen müssen wir aber nicht führen. Sicher findet Ihr es verwunderlich, dass ich Tasseln mit mir herumtrage, obwohl mein Mönchsgewand gar keine benötigt. Aber es handelt sich um das Geschenk eines lieben Freundes aus vergangenen Zeiten, dessen Andenken ich gut bewahre«, klärte Thomas sie verlegen auf.

Adolana drang nicht weiter in den Mönch, denn es war offensichtlich, dass er es dabei belassen wollte. Sie wusste zwar aus früheren Erklärungen, dass Thomas vor vielen Jahren aus England gekommen war, hatte aber keinerlei Vorstellung von dem fernen Land.

Kaum hatten sie den Hügel erklommen, sprang Adolana vom Pferd und suchte mit den Augen die Zweige der Bäume ab, während Thomas sitzen blieb. Nach einer Weile zuckte sie mutlos mit den Schultern.

»Ihr hättet gar nicht abzusteigen brauchen«, sagte Thomas unvermittelt.

Adolana fuhr herum. Wärme durchflutete sie, als sie das Amulett erkannte, das an der silbernen Kette in der Hand des Mönches baumelte. Doch dann stutzte sie, denn noch etwas anderes blinkte gleich daneben. Mit zittrigen Händen griff sie nach dem wunderschönen, filigranen Ring. Erneut wurde sie von einer tiefen Niedergeschlagenheit umfangen. Warum nur hat er mir das unbekannte Kleinod dagelassen?, fragte sie sich. Gab er ihr damit zu verstehen, dass ihre Ehe beendet war? Oder bestand im Gegenteil Grund zur Hoffnung, weil er ihr sagen wollte, dass sie zu ihm gehörte?

Adolana wagte es nicht, sich den Goldring anzustecken, und beließ ihn an der Kette. Beides verschwand schnell im Ausschnitt ihrer Kotte. Sie würde sich wieder angewöhnen müssen, ein Tuch zu tragen. Vor allem wegen Waldemar, der von dem Amulett wusste. Es wäre fatal, wenn er seinem Herrn davon berichtete. Womöglich würde Welf auf die Herausgabe bestehen. Er ging davon aus, dass sie zu dieser Ehe gezwungen worden war, und eine Weigerung würde sicher sein Misstrauen wecken.

»Wir sollten zurückreiten«, drängte Thomas und durchbrach ihre Gedanken. »Dahinten kommen Reiter.«

Adolana schwang sich aufs Pferd und folgte mit den Augen dem Fingerzeig des Mönches.

»Es ist Herr Waldemar«, sagte sie überrascht, denn sie hatte ihn auf der Burg vermutet. »Dann wird Welf bei ihm sein. Kommt, lasst uns eilen.«

Thomas und Adolana verließen gerade den Stall, als die beiden Reiter im Burghof eintrafen. Der Mönch hatte sie bereits davon in Kenntnis gesetzt, dass Waldemars Ungeduld zu groß gewesen war, um hier auf seinen Herrn zu warten, und er ihm deshalb entgegengeritten war.

»Warum habt Ihr nicht auf uns gewartet? Und was habt Ihr da draußen überhaupt verloren?«, rief der Ritter Adolana zu, kaum dass er vor ihr angehalten hatte.

Waldemar sprang vom Pferd, einem mächtigen grauen Schlachtross, nicht unähnlich dem, das er im Stall von Burg Wolfenfels hatte zurücklassen müssen.

»Ich habe etwas gesucht, und Frau Adolana hat darauf bestanden, mir dabei zu helfen«, sprang Thomas unterstützend ein.

473

»Darf ich fragen, worum es sich dabei handelt? Oder war Eure Suche nicht erfolgreich?«, mischte sich der Burgherr ein.

Adolana knickste tief und war froh, so Welfs durchdringendem Blick zu entgehen. Als sie wieder aufblickte, hielt Thomas ihm bereits den geforderten Beweis auf der flachen Hand entgegen. Waldemars misstrauischer Blick entging ihr dennoch nicht.

»Ihr habt Euch also an Eure Wurzeln erinnert?«, wandte sich der Welfe hochmütig an Adolana, die automatisch die Schultern straffte.

Sie hatte seinen Bruder nicht gefürchtet und würde auch vor ihm nicht zurückweichen. »Ich habe nur mein Versprechen erfüllt und bringe Euch eine Nachricht von meiner ehemaligen Herrin, der edlen Frau Gertrud.«

Irritiert zog Welf eine Augenbraue hoch und entgegnete: »Nun denn, ich hoffe doch sehr, dass Ihr vor allem eine Nachricht unserer edlen Richenza bei Euch tragt. Folgt mir, damit wir Klarheit schaffen können.«

Adolana schüttelte unmerklich den Kopf, als sie Thomas' fragenden Blick spürte. Das musste sie allein durchstehen. Schließlich hatte sie genug Zeit gehabt, um sich passende Antworten zurechtzulegen. Nicht im Traum hatte sie geglaubt, dass Welf die Hoffnung auf Richenzas versprochenes Gold aufgegeben hatte. Sein Erstaunen verwunderte sie daher keineswegs.

An Waldemars Seite ging sie hinter dem Welfen zum Eingang des Palas. Jetzt würde sich herausstellen, ob ihr Entschluss, das Gertrud gegebene Versprechen zu erfüllen, sich als tragischer Fehler erweisen würde.

»Was zum Teufel ist eigentlich mit Euch los?«

Nicht nur der scharfe Ton des schwäbischen Herzogs riss Berengar aus seinen Gedanken, sondern vor allem der harte Schlag mit der Faust auf die massive Tischplatte. »Hätte ich gewusst, dass Euch der Besuch bei Eurer Gemahlin so durcheinanderbringt, hätte ich dem Abstecher zur Burg Wolfenfels nicht zugestimmt. Konzentriert Euch endlich wieder auf unser Vorhaben, alles andere ist nebensächlich.«

Sie befanden sich auf Burg Beuren und hatten den Vormittag in Lorch verbracht, wo sich das Hauskloster und die Grablege der Staufer befanden.

»Ich bitte um Vergebung, Herr, es wird nicht wieder vorkommen«, entschuldigte sich Berengar zerknirscht. Durcheinander? Eine gnädige Untertreibung seines Zustands. Niemand hier wusste davon, dass seine Gemahlin ihm weggelaufen war. Doch ewig konnte er diese Schmach nicht geheim halten, obwohl er sich auf das Schweigen seiner Männer verlassen konnte.

Alban schämte sich für sein Versagen sowieso in Grund und Boden. Es war für jedermann ersichtlich, dass der Junker entsetzlich unter Berengars kalter Verachtung litt. Normalerweise hätte er den Burgherrn zum Schwabenherzog begleiten sollen. Natürlich war Berengar klar, dass Alban nicht allein die Schuld daran trug. Adolana wäre früher oder später auch ohne ihn die Flucht gelungen, um ihr Versprechen einzulösen. Das Versprechen des geheimen Auftrags, von dem selbst er anscheinend nicht alles erfahren hatte, denn Richenzas Münzen lagen gut verstaut zu Hause. Um was, zum Henker, mochte es Adolana jetzt gehen? Berengar hatte den starken Verdacht, dass es mit der ehemaligen Herrin seiner Frau zusammenhing, denn von der starken Bindung Adolanas zu Gertrud wusste er. Bedauerlicherweise hatte er ihre Zerrissenheit zu spät erkannt.

»Lasst mich für einen Moment allein. Wir reden nach dem Abendessen weiter«, stieß Friedrich seufzend hervor.

Wunschgemäß zogen sich die anwesenden Vasallen unter Verbeugungen zurück. Berengar verspürte Erleichterung über die unerwartete Möglichkeit, sich den Kopf über seine eigene Situation zu zermartern. Zum wohl hundertsten Mal und höchstwahrscheinlich mit dem gleichen unklaren Ergebnis.

»Ihr bleibt, Berengar!«

Ergeben kehrte der Ritter zurück zum Fenster, an dem Friedrich saß und den Blick auf das bewaldete Beutental richtete. Ende August schien der Sommer zu Ende zu sein. Jetzt, zum Abend hin, wurde es bereits ungewohnt kalt, zumal sich die Sonne den ganzen Tag hinter schweren grauen Wolken verborgen hielt.

»Heute kommt Ihr mir so nicht davon. Was ist seit dem Rottenacker Landtag geschehen? Und weicht mir ja nicht wieder mit Unwichtigkeiten aus. Ich frage Euch als Freund und nicht als Euer Lehnsherr.«

Sollte er sich Friedrich anvertrauen? Zugeben, dass seine Gemahlin ihn verlassen hatte und sich auf Burg Weinsberg aufhielt, um Welf eine Nachricht zu übermitteln?

»Ich frage aber nur einmal als Freund. Das nächste Mal werde ich Euch befehlen zu antworten«, drang Friedrichs Warnung zu ihm durch.

Die darauffolgende Stille legte sich wie dichter Nebel auf Berengar. Er rang mit sich, wog alle Punkte gegeneinander auf und richtete den Blick schließlich wieder auf den schwäbischen Herzog, dessen Ruhe eine kaum zu begründende Sicherheit anhaftete. Dieses Mal hielt der Vasall dem intensiven Blick des gesunden Auges stand und begann zu erzählen. Anfangs etwas stockend, dann ruhig, fast resigniert. Berengar ließ nichts aus. Nur Richenzas Geld blieb unerwähnt. Er wusste noch immer nicht, was er damit anfangen sollte. Wenn er Friedrich davon erzählte, war klar, dass dieser es für Kriegszwecke nutzen würde. Irgendwie schreckte er davor zurück, welfisches Gold *gegen* Welfen einzusetzen. Wegen Adolana? Er wusste es nicht.

Nachdem Berengar geendet hatte, herrschte erneut Stille in dem gemütlich eingerichteten Raum, den Friedrich oft auf seinen Reisen aufsuchte. Der große, in warmen Erdtönen gehaltene Wandteppich passte zu dem bodenständigen Herzog, ebenso wie die dargestellte, glorifizierte Schlacht.

»Euch ist wirklich nichts von dieser Nachricht bekannt?«

Berengar zögerte kaum merklich. »Nein. Ich vermute, es hat mit ihrer damaligen Herrin, Gertrud von Sachsen, zu tun, denn meine Gemahlin hat ihre Weigerung damit begründet, einen solchen Vertrauensbruch nicht mit ihrem Gewissen vereinbaren zu können.«

Friedrich runzelte die Stirn. »Die Gemahlin des verstorbenen Welfenfürsten? Was sollte sie für eine wichtige Nachricht an ihren Schwager haben? Könnte es sich nicht um die Witwe des verstorbenen Kaisers handeln? Richenzas Hass auf uns Staufer ist legendär, und sie ist maßgeblich am fortwährenden Widerstand der Sachsen beteiligt.«

In Erinnerung an Richenzas Geld, das sicher verwahrt auf Burg Wolfenfels schlummerte, schüttelte Berengar den Kopf. Wenigstens musste er seinen Herrn in diesem Fall nicht anlügen, denn um eine *Nachricht* der Kaiserwitwe ging es nicht. »In diesem Fall hätte meine Gemahlin nicht so beharrlich geschwiegen«, hielt der Ritter entschieden dagegen.

»Die Witwe des Stolzen«, murmelte Friedrich nachdenklich. »Anders als ihre Mutter ist sie bisher kaum in Erscheinung getreten. Ich bin ihr einmal begegnet. Es muss Jahre her sein. Eine hübsche junge Frau, von zurückhaltender, fast schüchterner Anmut.« Bisher hatte der Schwabenherzog mehr zu sich gesprochen, jetzt wandte er sich wieder seinem bedrückten Vasallen zu. »Nach dem Tod

Heinrichs kursierten sogar Gerüchte, dass seine Witwe im Verborgenen gegen die harte Linie ihrer Mutter und Welfs nach Verbündeten suchte. Angeblich lag ihr ein friedlicher Ausgleich mit uns am Herzen.«

»Sie ist in erster Linie Mutter«, gab Berengar zu bedenken.

»Das ist Richenza auch«, versetzte Friedrich scharf. »Deshalb will sie ja auch um jeden Preis die Macht für ihre Familie erhalten. Ich kann es ihr nicht einmal verdenken. Zweifellos würde ich genauso handeln. Davon abgesehen hat mich Euer langes Schweigen enttäuscht, Berengar von Wolfenfels. Aber Ihr habt mein Vertrauen bisher noch nie missbraucht und immer loyal zu mir gestanden. Deshalb vergebe ich Euch und will Euch die Möglichkeit bieten, Euren Fehler wiedergutzumachen.«

»Meine Heirat war kein Fehler, Herr. Falls Ihr eine Annullierung meiner Ehe verlangt, kann ich dem nicht Folge leisten«, entgegnete Berengar entschlossener, als ihm zumute war.

Das Gesicht des Fünfzigjährigen verzog sich gequält, wodurch sich die kleinen Falten um das gesunde Auge herum verstärkten. Gleich darauf fuhr er sich nachdenklich mit einer Hand durch den graumelierten Vollbart.

»Wisst Ihr, ich kann Euch gut verstehen. Vielleicht ist das sogar der Hauptgrund dafür, dass ich mich Eurem fehlerhaften Handeln gegenüber so nachsichtig zeige. Durch Judith, Gott beschütze ihre Seele, weiß ich, was für einen Gewissenskonflikt Ihr durchmacht«, erklärte Friedrich mit einer ungewohnten Sehnsucht in der Stimme.

Fragend begegnete Berengar dem Blick des mittelgroßen Mannes, der seine geringe Körpergröße durch natürliche Autorität wettmachte.

»Ach ja, meine erste Gemahlin ist Euch höchstwahrscheinlich gar nicht bekannt. Ich war in erster Ehe mit einer Schwester der Welfenbrüder verheiratet«, fuhr der Herzog fort.

Berengars Verblüffung war offensichtlich, aber Friedrich ging nicht darauf ein.

»Sie starb vor zehn Jahren, nachdem sie mir einen Sohn und eine Tochter geschenkt hatte, mit gerade mal Anfang zwanzig. Sie war schön und wie die meisten Welfen von Stolz geprägt. Von Anfang an war ich fasziniert von ihrer südländischen Ausstrahlung und den geheimnisvollen dunklen Augen. Mein Sohn gleicht mir mit seiner hellen Haut und den rotblonden Haaren und ist damit von der Erscheinung her ein Staufer. Die Schönheit seiner Mutter hat sich auf unsere Tochter vererbt.«

Friedrich schwieg erneut, während er gedankenverloren durch Berengar hindurchzusehen schien. Dann heftete er den Blick grübelnd auf seinen Vasallen, so als müsse er seine nächsten Worte gut abwägen.

Berengar war das Verhalten nicht fremd, denn Friedrich war ein Mann, der sich seine Worte gut überlegte. Das Blau seines gesunden Auges war von einer Tiefe, die ihn dagegen immer wieder in Staunen versetzte. Ebenso wie seine weiteren Ausführungen.

»Bei Euch hat sich das Erbe Eurer Mutter durchgesetzt, worüber Ihr dankbar sein solltet, denn sie war von einer betörenden Anmut, die erst im Laufe ihrer Ehe zunehmend von einer tiefen Melancholie überschattet wurde.«

»Ihr kanntet meine Mutter?«, brachte Berengar unter großer Anstrengung hervor.

»Sicher. Eine Perle unter den Frauen. Ich werde Euch bei Gelegenheit gerne von ihr erzählen, denn ich kann mir gut vorstellen, wie Euer Vater von ihr spricht.«

»Gar nicht«, antwortete Berengar mit Bitterkeit in der Stimme. »Ich habe ihm verboten, ihren Namen jemals wieder in den Mund zu nehmen.«

Erstaunt betrachtete Friedrich den Ritter, doch dann nickte er mit verständnisvoller Miene. »Davon ein andermal. Wie gesagt, ich war mit einer Welfin verheiratet und kann mir Eure Gewissensnöte lebhaft vorstellen. Zu Beginn unserer Ehe war von den späteren Schwierigkeiten nichts zu erkennen. Ihr Vater, der Herzog von Baiern, hat mich sogar anfangs bei der Königswahl unterstützt. Kurz vor der entscheidenden Wahl stimmte er aber, entgegen der mir gemachten Zusage, für Lothar von Süpplingenburg. Dieser hatte eine Tochter, Gertrud, und wessen Gemahlin sie wurde, ist Euch bekannt.«

»Die von Heinrich dem Stolzen«, erwiderte Berengar tonlos. Aufgrund seines Alters hatte er sich niemals Gedanken um die Vorgänge vor fünfzehn Jahren bei der Königswahl Lothars gemacht. Für ihn war die Feindschaft zwischen Welfen und Staufern einfach eine gegebene Tatsache. Erst jetzt begann er zu verstehen.

»Genau«, stimmte Friedrich mit harter Stimme zu. »Hohe Politik, mein lieber Berengar, die mich um die Krone brachte und meine Gemahlin an gebrochenem Herzen sterben ließ. Sie litt sehr unter dem ständigen Konflikt, den ich mit ihrem Bruder Heinrich lebte. Anfangs zerrissen zwischen ihrer alten und neuen Familie, entschied sie sich nach dem fehlgeschlagenen Attentat des Stolzen auf mich gegen die Welfen und damit gegen ihre eigene Herkunft. Sie starb vor unserer schmachvollen Niederlage gegen den Süpplingenburger.«

»Was kann ich tun, um Euer Vertrauen in mich zu erneuern?«, fragte Berengar leise, fast ängstlich.

Wortlos ging Friedrich zu seinem Schreibtisch und zog eine der beiden Schubladen auf. Mit einem versiegelten Brief in der Hand kehrte er zu Berengar zurück.

»Ich habe hier eine Nachricht für meinen Bruder. Der König kann nicht mehr länger tatenlos zusehen, wie der

Welfe seine Besitzungen in unseren Landen verteidigt. Tragischerweise ist der elende Konflikt mit dem Tod des Stolzen nicht zu Ende. Lassen wir die Sachsen mal außen vor und wenden uns unserem Kernland zu. Es geht um die Festigung unserer Macht in Baiern und Schwaben. Wir müssen ihn dort treffen, wo seine Position am schwächsten, unsere dagegen stark ist. Stimmt Ihr mir zu?«

»Im Grenzland zwischen Schwaben und Franken«, entgegnete Berengar ohne zu zögern. Unbehagen hatte ihn erfasst, denn die wachsame, fast lauernde Haltung Friedrichs war ihm nicht entgangen. Eine böse Ahnung, welche Stelle der Herzog genau meinte, nahm Gestalt in seinem Kopf an, doch solange die beiden Worte nicht gefallen waren, bestand noch Hoffnung.

»Zweifellos«, stimmte der Schwabenherzog ihm zu. »Der König befindet sich augenblicklich westlich vom Rhein, und Ihr werdet Euch mit meiner Botschaft zu ihm begeben. Damit rechtfertigt Ihr mein erneutes Vertrauen. Mein Bruder wird meinem Vorschlag zustimmen, denn es gibt keine bessere Lösung. Wir müssen Welf dort treffen, wo er nicht mit uns rechnet, und das zerschlagen, was ihm viel bedeutet, da er es schon einmal erkämpft hat. Ihr wisst, wovon ich rede?«

Berengar schloss für einen Moment die Augen. Das, wovor er sich gefürchtet hatte, war eingetreten. Würde er die Kraft haben, weiterhin treu und loyal zu seinem Lehnsherrn zu stehen? Auch, wenn dadurch möglicherweise das Leben seiner Gemahlin auf dem Spiel stand? Berengar wusste es noch immer nicht. Leider musste er sich entscheiden, denn Friedrich würde ihm keine zweite Chance geben.

»Burg Weinsberg«, murmelte er kaum hörbar und mit versteinerter Miene.

»Werdet Ihr Euren Treueid mir gegenüber erneuern?«, fragte der Herzog leise.

Wortlos sank Berengar auf die Knie und sprach zum zweiten Mal die Worte, die ihn an seinen Lehnsherrn banden. Die anderen Gedanken, die ihn währenddessen peinigten, gingen den Herzog nichts an. Ich werde eine Lösung finden. Adolana ist vorerst hinter den dicken Mauern der Burg in Sicherheit, sprach er sich Mut zu.

»Erhebt Euch, Berengar von Wolfenfels«, befahl Friedrich, nun wesentlich freundlicher und erkennbar erleichtert. Dann reichte er ihm den Brief, den der Vasall in die Innentasche seiner dunkelblauen Tunika steckte. »Ich wünsche Euch eine gute Reise.«

Nach einer knappen Verbeugung ging Berengar zur Tür. Als Friedrich ihn nochmals ansprach, hielt er inne, ohne sich umzudrehen.

»Ich weiß nicht, ob es wichtig für Euch ist, aber Weinsberg stand für mich fest, bevor Ihr Euch mir gegenüber offenbart habt. Möge Gott Euch und Eure Gemahlin beschützen und seine Hand über Eure Verbindung halten.«

Das Platschen des Eimers auf der Wasseroberfläche der halbrunden Zisterne, die sich im Burginnern von Weinsberg dicht an der Außenmauer befand, riss Adolana aus ihren Gedanken. Seit vier Wochen befand sie sich nun bereits hier, und ein Ende ihres Aufenthalts war nicht in Sicht. Bruder Thomas hatte anfangs ihre Sehnsucht nach Berengar, die sie trotz aller Zweifel nicht in Ruhe ließ, zum Anlass genommen und sie in ihrem Entschluss bestärkt, zurück nach Wolfenfels zu gehen. Adolana wollte nun unbedingt von ihrem Mann die Erklärung einfordern, wie das Bildnis ihrer Tante Eila in seinen Besitz gekommen war. Sie glaubte noch immer nicht daran, dass er etwas mit dem Tod ihres Onkels zu tun hatte, doch das Misstrauen hatte sich festgesetzt wie ein lästiger Holzsplitter. Allein deshalb musste sie zurück. Was sie tun würde, wenn

Beatrix sich auf der Burg eingenistet hatte, wollte sie jetzt nicht wissen.

Waldemar wurde von seinem Herrn mit unzähligen Aufgaben betreut, so dass ihm zum Glück die Zeit fehlte, um Adolanas Geduld mit seiner Anwesenheit zu strapazieren.

Am Abend vor ihrem geplanten Aufbruch kam aber alles ganz anders. Ironischerweise war es Adolana selbst, die ihre eigene Courage Lügen strafte.

Uta war mit starken Unterleibskrämpfen zusammengebrochen. Da deren engste Vertraute ebenfalls erkrankt war, brachte Adolana es einfach nicht fertig, sie in der Not allein zu lassen. Zwei Monate, sagte sie sich immer wieder, zwei Monate muss ich durchhalten, ebenso wie das ungeborene Kind im Mutterleib, dann kann ich nach Hause zurückkehren. Wenn Mutter und Kind die Geburt gut überstanden hatten, gab es keinen Grund mehr für Adolana, die Abreise aufzuschieben. Die Sorge um den Fortbestand ihrer Ehe setzte ihr täglich mehr zu.

Vor allem, seit ihre Monatsblutung ausgeblieben war. Wenn Berengar tatsächlich die Annullierung ihrer Ehe beschlossen hatte, würde sie einen Bastard gebären. Wie jedes Mal, wenn sich diese trostlose Aussicht in ihr festsetzte, zog sich ihr der Magen zusammen und verschnürte damit all ihre Energie.

»Störe ich?«

Adolana schrak zusammen, denn sie hatte Waldemars Schritte nicht gehört. Langsam drehte sie sich um und verneinte stumm.

»Ich wollte eigentlich nur die Gunst der Stunde nutzen und mich von Euch verabschieden. Wir reiten morgen in aller Frühe los. Es gibt noch viele Vorbereitungen zu treffen, und ich werde wohl kaum Zeit für eine kleine Unterhaltung mit Euch finden.«

Mit neu erwachtem Interesse lud Adolana den Ritter

ein, auf der Bank neben ihr Platz zu nehmen. Es war ein schöner, sonniger Septembertag, und sogar der kühle Wind der letzten Tage hatte sich gelegt. Ungeachtet dessen kündigten die vereinzelt herabfallenden bunten Blätter den Beginn des Herbstes an.

»Hängt dieser Aufbruch mit dem Boten zusammen, der gestern Abend eingetroffen ist?«, erkundigte sich Adolana.

Waldemar nickte düster. »Er kam aus der Calwer Gegend und hat uns von starken Aktivitäten berichtet. Graf Adalbert von Calw und Löwenstein hat sein Bündnis mit meinem Herrn gebrochen und unterstützt die Staufer. Es handelt sich bei ihm um einen Vetter der edlen Frau Uta, und er musste sich vor Jahren bereits Welf geschlagen geben. Weinsberg fiel seinerzeit meinem Herrn zu.«

»Es muss schlimm für Euren Herrn und seine Gemahlin sein, gegen die eigene Familie zu kämpfen«, erwiderte Adolana mitfühlend.

Mit wenigen Worten klärte Waldemar sie über den Sieg des Welfen über das Heer des Calwer Grafen beim Waiblinger Königsgut auf. Adolana unterließ es bewusst, ihm von ihrem vorhandenen Wissen zu berichten.

»Ihr seht, diese verräterische Schlange hat bereits seine Lektion erhalten. Leider kam er dank des Eingreifens des schwäbischen Herzogs mit seinem kümmerlichen Leben davon.«

Adolana zuckte unter dem forschenden Blick des Ritters zusammen. Jetzt war ihr klar, dass Waldemar von der Beteiligung ihres Gemahls wusste.

»Wir befürchten, dass der Calwer mit seinen Truppen in südöstliche Richtung gegen die Altenburg ziehen wird. Die Herren der Burg, die Grafen von Falkenstein, haben uns bei der Schlacht gegen den baierischen Herzog Leopold vor einigen Monaten unterstützt und stehen treu zu den Welfen. Auch vom König werden Truppenbewegungen gemeldet. Er hält sich augenblicklich noch in Nürnberg auf, kleinere Reitergruppen wurden allerdings schon Richtung Süden gesichtet«, schilderte der Ritter die Lage.

Eine Frage interessierte Adolana brennend, doch sie fürchtete sich davor, sie zu stellen. Als hätte Waldemar gespürt, was sie beschäftigte, erhielt sie die Auskunft im nächsten Moment.

»Friedrich von Schwaben befindet sich noch immer auf seinem Stammsitz in der Nähe des staufischen Hausklosters Lorch. Würden wir ihn nicht besser kennen, könnte man glauben, dass ihn dieser Konflikt nicht interessiert.«

Betont gleichgültig begegnete Adolana seinem Blick. Die hellblauen Augen zeigten ein Funkeln, das ihr nicht behagte. »Ich interessiere mich nicht für die Politik der hohen Herren. Dafür fehlen mir die erforderliche Bildung und der nötige Weitblick. Schließlich bin ich nur eine Frau, Herr Waldemar.«

Wie aus heiterem Himmel brach der Ritter in lautes Gelächter aus. »Ihr seid vieles, edle Adolana, aber ganz sicher nicht ungebildet und politisch unbeteiligt. Mir ist durchaus bekannt, mit welchem Einsatz Ihr gelegentlich dem süpplingenburgischen und damit auch dem welfischen Haus geholfen habt.«

Flammende Röte überzog ihr Gesicht, doch Waldemar sprach unbeirrt weiter und ignorierte ihre Verlegenheit.

»Trotz Eurer in der Vergangenheit getätigten Dienste hegt mein Lehnsherr noch immer Misstrauen gegen Euch. Er zweifelt an der erzwungenen Ehe, die Ihr eingehen musstet, und glaubt, dass Ihr das ihm zustehende Geld vereinnahmt habt.«

Adolana hatte ihre Befangenheit überwunden und erhob sich ruckartig. »Ach, und wie sollte ich seinen Argwohn entkräften? Mich nach Wolfenfels schleichen und nach dem Geld suchen?«, gab sie spitzzüngig zurück.

»Nein, im Gegenteil. Das ist das Letzte, was Ihr tun sollt«, erwiderte Waldemar ruhig. Zu Adolanas Entsetzen nahm er ihre Hand und sank mit dem rechten Knie auf den mit Laub übersäten Boden. »Bittet ihn um Hilfe bei der Annullierung Eurer Ehe und erhört mein Werben.«

»Gebt meine Hand frei und steht auf«, forderte Adolana ihn auf.

Möglicherweise lag es an der Schärfe ihrer leisen Worte, dass Waldemar nach kurzem Zögern der Aufforderung nachkam.

»Das ist falsches Pflichtgefühl, Adolana. Wovor habt Ihr Angst? Vor dem Höllenfeuer, wenn Ihr eine Ehe rückgängig macht, die gegen Euren Willen geschlossen wurde? Ich liebe Euch, seit ich Euch das erste Mal gesehen habe. Wäre mein verfluchter Onkel nicht gewesen, würden wir seit Jahren mit einer großen Kinderschar eine glückliche Ehe führen. Liegt es noch immer an dem Jungen, der damals umgekommen ist? Warum könnt Ihr mir nicht endlich vergeben?«

Waldemars Bekenntnis und sein Flehen machten es Adolana schwer, die nötigen Worte in eine Antwort zu fassen. Flüchtig zeigte sich die Seelenpein des jungen Waldemars von früher, doch der Moment verging. Die junge Frau erkannte, dass sie seinen Hoffnungen ein für alle Mal ein Ende setzen musste. Vor allem aber wollte sie ihre Ehe nicht verleugnen.

»Wieso seid Ihr eigentlich so sehr davon überzeugt, dass ich meine Ehe nicht weiterführen will?«, fragte Adolana. »Wie jeder gottesfürchtige Mensch habe ich eine natürliche Angst vor dem Feuer der Hölle, aber darin liegt sicher nicht der Grund, dass ich einer Annullierung nicht zustimmen werde. Ich tue es auch nicht aus einem übertriebenen Pflichtgefühl heraus. Der Grund liegt einzig und allein in der Zuneigung, die ich für meinen Gemahl empfinde«, fuhr Adolana schonungslos fort und ignorierte bewusst Waldemars wechselndes Mienenspiel. »In einer Sache gebe ich Euch trotzdem recht. Wenn ich das in mich gesetzte Vertrauen Gertruds nicht unter keinen Umständen enttäuschen wollte, wäre ich gar nicht hierhergekommen und erst recht nicht geblieben. Und was die Vergebung angeht, Herr Waldemar. Vergeben kann nur Gott, verziehen habe *ich* Euch schon lange. Denn wenn ich Euch die Schuld am unsinnigen Tod von Johannes vorwerfen würde, müsste ich zuerst mein eigenes Versagen genauer betrachten. Wäre ich nicht so feige gewesen und hätte meinen Plan allein verfolgt, würde mein treuer Begleiter von einst noch leben.«

Das Eingeständnis fiel Adolana unerwartet leicht, obwohl sie diese Gedanken noch nie zuvor in solch klare Worte gefasst hatte. Selbst damals, kurz nach dem Tod des Jungen, als sie in Berengars Armen um ihn geweint hatte, hatte sie ihre eigene Schuld teilweise verdrängt.

Waldemar hatte sich wieder gefasst. Seine Gesichtszüge wirkten erstarrt, und in seiner Stimme lag eine Kälte, die Adolana erschauern ließ. »Unter diesen Umständen tut es mir leid, Euch mitteilen zu müssen, dass sich in diesem Augenblick der päpstliche Gesandte des Papstes, Kardinal Dietwin, auf dem Weg zum König befindet. Sicher wird Seine Heiligkeit nicht nur über den Antrag Eures Gemahls zu befinden haben, aber dass er ihm vorgelegt wird, steht außer Frage.«

»Ihr lügt«, stotterte Adolana, deren äußerer Schutzschild in sich zusammenfiel. »Woher bezieht Ihr diese Überzeugung?«

Waldemar zuckte mit den Schultern. »Wir haben überall unsere Mittelsmänner. Es geht das Gerücht um, dass Berengar von Wolfenfels eine neue Verbindung eingehen will. Aber das könnt Ihr sicher besser beurteilen«, gab Waldemar ungerührt zurück. »Mein Lehnsherr wird siegreich aus diesem Konflikt hervorgehen. Und dann befindet Ihr Euch leider auf der falschen Seite, Frau Adolana.«

Der Ritter verbeugte sich knapp, ohne die Genugtuung zu zeigen, die er angesichts ihrer plötzlichen Blässe und offenkundigen Verzweiflung bestimmt empfinden musste. Seltsamerweise empfand Adolana keinen Hass für ihn. Dagegen machte sich ein anderes Gefühl breit, und die Worte kamen ihr ohne zu zögern über die Lippen. Waldemar hatte ihr bereits den Rücken zugewandt und hielt inne, ohne sich umzudrehen.

»Ich habe Euch in den letzten Wochen als einen Menschen mit gutem Charakter schätzen gelernt. Jetzt empfinde ich Mitleid mit Euch. Mitleid, auch wegen Eures Onkels, der seine verräterischen Dienste dem Staufer angeboten hat. *Ihm* habt Ihr den Überfall auf unsere Reisegruppe zu verdanken, denn er hat dem dänischen Söldner den Auftrag erteilt. Wie gesagt, Ihr könnt einem leidtun mit so einer Familie.«

Die Bitterkeit in ihrer Stimme erschreckte Adolana selbst. Was ihre Worte bei Waldemar auslösten, vermochte sie nur zu erahnen, da er weiterhin mit dem Rücken zu ihr stand. Eine Spur gestraffter setzte er seinen Weg fort, weshalb Adolana nur rätseln konnte, ob er von den Aktivitäten seines verhassten Verwandten gewusst hatte.

Sie glaubte ihm nicht, was Berengar betraf. Sie wollte ihm nicht glauben! Trotzdem setzte sich der Stachel des Misstrauens in ihr fest, breitete sein Gift weiter aus.

Wie so oft in den letzten Tagen legte Adolana unbewusst eine Hand auf ihren noch flachen Bauch. Sie achtete darauf, dass einem Außenstehenden die Geste nur flüchtig erscheinen konnte. Das war es, woran sie jetzt denken musste. Alles andere war unwichtig. Das Schicksal war launisch, und Adolana hatte mittlerweile gelernt, dass ihre Träume und Wünsche sich leider nur selten erfüllten.

19. KAPITEL

In der Ferne tauchte die Silhouette von Burg Weinsberg auf, und nicht nur Berengars Anspannung ließ damit langsam nach. Der Plan der Stauferbrüder schien geglückt, denn von einer welfischen Streitmacht, die sich ihnen in den Weg stellen könnte, war weit und breit nichts zu sehen. Friedrichs Männer hatten sich mit dem königlichen Heer, das aus Richtung Nürnberg kam, vor zwei Tagen getroffen. Es war Ende Oktober, und ein empfindlich kalter Wind blies ihnen seit Stunden in die taub gewordenen Gesichter, die nur teilweise mit wollenen Tüchern geschützt waren.

»Halt!«

Berengars Blick suchte den Markgrafen Hermann von Baden, der auf Geheiß des Königs das Zeichen zum Stillstand gegeben hatte. Nach einem kurzen Blickwechsel mit Falko führte Berengar sein Pferd ebenfalls zur Spitze des machtvollen Verbandes. Es würde sich bald herausstellen, ob die Streitkraft der Stauferbrüder sich mit der Anhängerschaft des Welfen messen konnte.

»Das Glück ist uns hold, denn unsere Hoffnungen scheinen sich zu bewahrheiten. Welf hat sich von uns in die Irre führen lassen und braucht sicher noch zwei Wochen, bis er genügend Männer zusammengetrommelt hat, um sich auf eine Schlacht mit uns einzulassen. Ich schätze, wir werden Weinsberg in ein bis zwei Stunden erreichen. Dann werdet Ihr die nötigen Anweisungen erteilen, damit unser Lager zügig am Fuße des Burgbergs aufgeschlagen wird. Noch Fragen?«

König Konrad ließ den Blick langsam über die Runde der dick vermummten Reiter wandern. Im Gegensatz zu den meisten seiner Vasallen trug der Herrscher die Kapuze seines Umhangs aus dunkler, purpurfarbener Wolle nicht tief ins Gesicht gezogen, so, als wollte er zeigen, dass ihm weder Wind noch Kälte etwas anhaben konnten. Seine Gesichtszüge wirkten entspannt, was angesichts des vor ihnen liegenden Vorhabens mehr als erstaunlich war. Nachdem die Männer allesamt stumm geblieben waren, nickte Konrad zufrieden und überraschte die Versammelten mit einer Einladung.

»Ich freue mich heute Abend auf Eure Anwesenheit in meinem Zelt, meine Herren. Wir werden ein gemeinsames Abendmahl zu uns nehmen und unsere Becher auf den Erfolg heben.«

Wieder richtete der König stumm den Blick auf jeden einzelnen seiner Gefolgsleute. Berengar nutzte den Moment, um seinerseits die anderen zu mustern. Er kannte die meisten Anwesenden, wenn auch teilweise nur vom Hörensagen. Dank Friedrich, seinem Lehnsherrn, war er in die Riege der Heerführer emporgestiegen. Unter seinem Kommando standen seine eigenen Männer, zu denen neben seinen Rittern auch Fußsoldaten gehörten, die gezwungenermaßen ihr bisheriges Leben als Bauern für die Schlacht aufgeben mussten. Außerdem hatte der Schwabenherzog ihm Soldaten seines eigenen Heeres unterstellt.

Trotzdem mutete seine knapp achtzig Mann starke Truppe fast winzig an, im Gegensatz zu den bewaffneten Streitmächten des staufischen Bruderpaars. Auch Adalbert von Calw und Löwenstein, Berengars ehemaliger Lehnsherr, war mit von der Partie. Die Wunden aus der verlorenen Schlacht beim Waiblinger Königsgut waren äußerlich längst verheilt, aber es war allgemein bekannt, dass in seiner Seele weiterhin der Hass auf den Mann seiner Base Uta tobte.

»Dann lasst uns die letzte Wegstrecke hinter uns bringen«, beschied Konrad, woraufhin sich die kleine Gruppe zerstreute. Kurz darauf setzte sich das große Heer wieder in Bewegung.

Bis zu ihrem Ziel hing Berengar seinen Gedanken über den König nach. Konrad war erst seit zwei Jahren der Herrscher des Reiches und für seine umsichtige Politik bekannt. Manche nannten diese Art aber auch hinter vorgehaltener Hand zu weich und nachsichtig. Ihm fehlte das kühne und entschlossene Auftreten seines älteren Bruders, das sich auch in seinem Gesicht widerspiegelte. Die tiefliegenden blauen Augen und die gerade, spitz zulaufende Nase verliehen dem König einen leicht elegischen Ausdruck, der sich durch die Niederlagen gegen Kaiser Lothar verfestigt hatte.

Friedrich besaß dagegen einen eisernen Willen und verfolgte auch nach Niederlagen weiter beharrlich seine Ziele. Aus der Zeit, als ihm unter dem damaligen Kaiser Heinrich die Sicherung der Seite links vom Rhein oblag, wurde ihm nachgesagt, am Schweif seines Pferdes stets eine Burg hinter sich herzuschleppen. Indem er langsam den Fluss entlangzog, unterwarf Friedrich von Basel bis Mainz die gesamte Gegend.

Berengar war der Ansicht, dass der König sein zauderndes Verhalten gegenüber dem Welfen bereits abgelegt hatte, indem er die Einnahme von Burg Weinsberg zum Ziel erklärte. Damit setzte er alles auf eine Karte, denn ihm fehlte noch immer die breite Unterstützung beim Adel.

Spät am Abend verließ Berengar das geräumige Zelt des Königs. Trotz der geringen Zeit war die herrschaftliche Unterkunft bereits sehr behaglich eingerichtet. Mehrere Lagen Wolldecken und Felle wärmten die Schlafstätte Konrads, und sogar ein Teppich fand sich unter seinem Nachtlager. Das besonders dicke Zelttuch hielt den Wind gut ab, der aber zum Glück am Abend endlich nachgelassen hatte. Müde von dem guten und reichhaltigen Essen drängte es ihn zu seiner eigenen Unterkunft. Er hatte genug vom blasierten Getue einiger fürstlicher Teilnehmer am Abendessen und war nicht unglücklich darüber, dass er sicher keine regelmäßige Einladung erwarten durfte. Seine Befehle würde er weiterhin wie gewohnt von Friedrich erhalten.

Nachdem Berengar von seiner Reise als Bote des Schwabenherzogs zurückgekehrt war, hatte Friedrich kein Wort mehr über die Angelegenheit mit Adolana verloren.

»Nun, hast du gut gespeist?«, erkundigte sich Falko.

Berengar ging auf die sarkastische Bemerkung seines Vertrauten nicht ein. Er wusste, dass Falko der Letzte war, der ihm seine Stellung neidete.

»Ihr habt gute Arbeit geleistet. Werden die Unterkünfte der Fußsoldaten morgen ebenfalls fertig?«, erkundigte Berengar sich stattdessen mit einem raschen Seitenblick auf die vielen kleinen Lagerfeuer.

Die Teilnehmer der Belagerung hatten sich zum Schutz vor der nächtlichen Kälte dort niedergelegt. Die einfachen Männer mussten sich aus Zweigen und Decken Unterkünfte bauen, denn es standen nicht allen Zelte zur Verfügung. Neben Berengar, der sich das Nachtlager mit Falko teilte, gab es noch sieben weitere wetterfeste Unterkünfte, in denen Gerwald, Diether und Alban untergekommen waren. Die übrigen Schlafstätten teilten sich die Ritter, die ihm Friedrich zugeteilt hatte.

»Hast du dich bereits mit jemandem ausgetauscht?«, fragte Berengar leise mit einer Kopfbewegung zu der Stelle, an der diese Männer lagerten. Ein paar von ihnen waren noch wach und unterhielten sich am Feuer. Die meisten hatten sich jedoch bereits schlafen gelegt.

»Kann ich nicht gerade behaupten«, erwiderte Falko. »Außer ein paar belanglosen Floskeln war nicht viel drin. Einige scheinen aber ganz in Ordnung zu sein. Vielleicht sollten wir uns an einem ruhigen Abend mit ihnen zusammensetzen. Wir haben sicher ausreichend Zeit, oder?«

Berengar zuckte mit den Schultern. »Beide Staufer gehen davon aus, dass die Burg nur gering bemannt ist und über keinen Brunnen verfügt. Das Wasser wird von dem Fluss herangeschafft, der durch das Tal fließt. Wenn sie ab heute kein Wasser mehr aus der Sulm holen können, um ihre Zisterne zu füllen, halten sie sicher nicht lange durch.«

»Es sei denn, wir bekommen einen frühen Winter«, gab Falko zurück, während er nachdenklich das vom Feuer beschienene Gesicht seines Freundes betrachtete. Sie hatten die ausgehende Glut angefacht und genossen das vertraute Beisammensein.

»Sicher, dann haben sie Schnee zum Schmelzen. Außerdem könnte uns der Welfe dazwischenkommen. Sollte er sein Heer schneller als gedacht zusammenstellen, wird es nichts mit der erhofften Kapitulation der Burgbewohner. Möglicherweise setzt sich auch unser Herzog durch, und es kommt zur Erstürmung. Du siehst, es gibt viele Wenn und Aber. Ich persönlich bleibe skeptisch. Weinsberg hat eine gute Position, und die Befestigung sieht auf den ersten Blick auch nicht schlecht aus. Die kleineren Gehöfte sind übrigens verlassen, ebenso wie der Weiler. Die Bewohner haben sicher alle Schutz in der Burg gesucht und ihre Tiere mitgenommen«, resümierte Berengar frustriert.

»Du weißt doch überhaupt nicht, ob sie sich immer noch dort oben befindet.«

Überrascht wandte Berengar sich seinem Vertrauten zu.

Er war sich nicht bewusst, dass seine Gedanken für Falko so offensichtlich waren.

»Für mich besteht kein Zweifel, dass sie dort oben ist. Adolana entzieht sich ihrer Pflicht nicht, und ich gehe davon aus, dass sie bei Welfs Gemahlin gebraucht wird«, entgegnete der Ritter nach einer Weile und fügte kaum hörbar hinzu: »Außerdem weiß sie augenblicklich nicht, wohin sie sonst gehen soll.«

»Was meinst du damit?«, fragte Falko verwundert.

»Dass ich den Zeitpunkt verpasst habe, um gewisse Missverständnisse aufzuklären. Und jetzt ist es zu spät«, gab Berengar gepresst zurück.

Der Vogt von Burg Wolfenfels schwieg auf die Erklärung hin, ebenso wie Berengar wieder in brütendes Schweigen verfiel. Er ahnte, dass sein Freund instinktiv wusste, wann keine weiteren Fragen erwünscht waren, denn er machte seine Probleme meistens mit sich selbst aus, und bisher respektierte Falko diese Haltung. Jetzt musste Berengar feststellen, dass Gewohnheiten gebrochen werden konnten.

»Heide hat oft mit Adolana gesprochen. Die beiden Frauen haben sich von Anfang an gut verstanden. Ich weiß zwar nicht, was bei euch vorgefallen ist, aber deine Gemahlin liebt dich. Es ist nie zu spät«, versuchte Falko seinen niedergeschlagenen Freund aufzumuntern.

Berengar, der mit angezogenen Knien und aufgestützten Armen dasaß und ins Feuer starrte, lauschte der leisen Stimme seines Freundes. Er wusste dessen aufbauende Worte zu schätzen, auch wenn sie nicht sonderlich halfen. Mit einem missglückten Lächeln nickte er Falko zu, als dieser ihm eine gute Nacht wünschte.

Im Lager herrschte jetzt nahezu Ruhe, und auch die nächtlichen Geräusche aus dem angrenzenden Wald ebbten langsam ab. Selbst von der nahen Sulm drang kein Plätschern herüber.

Es war weit nach Mitternacht, aber Müdigkeit wollte sich bei Berengar einfach nicht einstellen. Er löste den Blick von dem flackernden Licht vor ihm und suchte in der Dunkelheit nach den Umrissen der belagerten Burg. Die stockfinstere Nacht gab aber nichts von ihrer Umgebung preis und verschluckte selbst den mächtigen Bau auf der Anhöhe rechts von ihm. Sein Blick wanderte höher. Die dichten Wolken des hinter ihm liegenden Tages hatten nichts von ihrer Stärke verloren, denn nicht ein Stern drang mit seinem funkelnden Licht bis zur Erde durch.

Er spürte, dass seine Gemahlin sich irgendwo in der Dunkelheit hinter den schützenden Mauern der Burg befand. Sie war ihm so nah wie seit Wochen nicht mehr und dennoch unerreichbarer denn je.

Als Berengar an die großen Wagen dachte, die am anderen Ende des Lagers standen, hüllte ihn die Verzweiflung erneut ein. Friedrich hatte nichts dem Zufall überlassen und das schwere Katapult fachgerecht in Einzelteile zerlegt. Nun warteten die Bretter und Seile darauf, wieder zusammengebaut zu werden.

Mochten die Mauern für ihn auch unüberwindbar sein, einem dauerhaften Beschuss würden sie nicht lange standhalten.

Falko hatte unrecht. Es war längst zu spät.

Mit leichtem Schaudern spähte Adolana durch die schmalen Schlitze der Maueröffnung hinunter ins Sulmtal. Das Frösteln, das ihren Körper erzittern ließ, rührte nicht nur von dem kalten Novemberwind her, der zu ihrem Leidwesen nun auch Graupel mit sich führte. Der dicke Umhang aus derber brauner Wolle schützte höchst unzulänglich gegen die harten, kleinen Körner, die auf ihren zusammengekauerten Körper trafen. Wie so oft in der letzten Zeit wünschte sich Adolana ihren pelzverbrämten Umhang herbei. Leider ruhte das mit Kaninchenfell gefütterte, herrlich warme Kleidungsstück in ihrer Süpplingenburger Truhe, oder, was wahrscheinlicher war, es wärmte bereits eine andere Zofe Gertruds.

Ein weiterer Grund für die Kälte, die seit fast drei Wochen in ihrem Innern herrschte, breitete sich unten im Tal zu Füßen der Burg vor ihr aus. Die unglaubliche Größe des königlichen Lagers verunsicherte selbst die hartgesottenen Burgmannen. Einzig die verschiedenen bunten Banner des Königs und seiner Vasallen erfreuten sich an dem heftigen Wind. Adolana konnte sich des Eindrucks nicht erwehren, als machten sich die flatternden Fahnen über die belagerten Burgbewohner lustig.

Das Banner des Schwabenherzogs, ein bedrohlich wirkender schwarzer Löwe auf gelbem Grund, zählte mit zu den größten und befand sich mittendrin in der Ansammlung von Zelten. Das königliche Banner unterschied sich davon nur in der Form des Löwen und dem farblichen Untergrund, einem strahlenden Gold.

Den schwarzgrauen Wolf auf dunklem Fels hatte Adolana gleich zu Beginn der Belagerung entdeckt.

»Ihr solltet Euch hier nicht aufhalten, edle Frau. Es geht ja gerade mal die Sonne auf«, schimpfte Grimwald, einer der welfischen Burgmannen.

Seufzend drehte sich Adolana in ihrer gebückten Haltung zu ihm um. Sein Name passte vorzüglich zu seiner Erscheinung, denn der Soldat wirkte mit seiner mittelgroßen, sehr kräftigen Statur auf den ersten Blick ungeheuer bedrohlich. Der Hals des Mannes hatte sich offenbar in Luft aufgelöst, denn der Übergang von dem fast quadratischen Schädel zu den breiten Schultern war fließend. Auch zu dieser Jahreszeit schützte Grimwald seine wie poliert wirkende Glatze nicht vor dem beißend kalten Wind, denn er war der Ansicht, dass seine Kopfhaut ohnehin bereits aus gegerbtem Leder bestand. Die grimmige Bedeutung seines Namens verlor sich dagegen, sobald der massige Mann anfing zu lachen. Dann bebte sein ganzer Körper, und in dem struppigen grauen Bart, der die Hälfte seines Gesichts bedeckte, öffnete sich ein großes Loch, in dem sich zwar nur noch wenige Zähne befanden, dem aber das ansteckendste Lachen entwich, das Adolana jemals gehört hatte. Jetzt war die Miene des Mannes todernst.

»Ihr wisst, dass der Vogt Euch das Betreten der Brüstung verboten hat. Und er hat verdammt recht damit, denn wer weiß, wann die ihr Höllengerät einsetzen. Kommt, ich geleite Euch runter.«

Ergeben fügte sich Adolana und schlich in gebückter Haltung hinter Grimwald zur Treppe. Mit Höllenmaschine meinte der gutmütige Soldat das Katapult der Belagerer, das seit einigen Tagen fertig zusammengebaut auf seinen Einsatz wartete. Neben dem Konstrukt befand sich ein ansehnlicher Haufen Steine, die Adolana lieber dort unten im Tal als hier oben auf dem Burggelände sah. Sie hatte noch niemals solch ein Belagerungsgerät gesehen, geschweige denn miterlebt, was man damit anrichten konnte. Leider besaß die junge Frau eine ausgeprägte Vorstellungskraft, auf die sie in diesem Fall herzlich gerne verzichtet hätte.

»Da unten ist ziemlich viel los. Meinst du, dass der erste Angriff kurz bevorsteht?«, fragte Adolana leise, als sie die letzte der nassen und äußerst rutschigen Holzstufen hinter sich gebracht hatten.

Grimwald schüttelte den bulligen Kopf und erklärte ihr, dass es seiner Meinung nach mit dem gestrigen Besuch zusammenhing.

»Waren wohl wichtige Leute dabei. Möchte wissen, was der König da unten so alles zu schaffen hat. Eigentlich könnte man meinen, dass er mit seiner Belagerung genug am Hals hat.«

Pflichtschuldig stimmte Adolana ihm zu, obwohl ihr selbstverständlich klar war, dass der Herrscher des Reiches sich natürlich noch um andere Aufgaben zu kümmern hatte. Aber sie mochte Grimwald und wollte ihn mit ihren Belehrungen nicht verstimmen. Von ihrer Ehe mit einem staufischen Vasallen war ihm nichts bekannt. Niemand wusste hier auf der Burg davon, außer Wipert, dem Vogt, und natürlich Uta. Adolana hatte Grimwald gleich nach der Abreise des Welfen und seines Heeres kennengelernt. Er stammte aus der Gegend, und sein Vater hatte als Knecht auf dem Weiler unten im Tal gearbeitet. Auf dem Gut, das jetzt von staufischen Truppen besetzt war.

»Wenn sich die Hurensöhne wenigstens mal in die Reichweite unserer Pfeile wagen würden. Dann würde ich denen schon zeigen, was mein Wurfgeschoss anrichten kann«, brummte der bullige Soldat und strich liebevoll über seine Armbrust. Er war ein einfacher Mann und hatte sich anfangs immer zerknirscht für seine derben Ausdrücke bei Adolana entschuldigt. So lange, bis sie ihm entnervt zu verstehen gegeben hatte, dass die vielen Entschuldigungen fast noch lästiger waren als seine Flüche.

»Frau Adolana?«

Sie drehte sich um und erfasste das ernste Gesicht des Mönches. Bei dem Gedanken an das Ereignis, wegen dem er sie aufsuchte, krampfte sich Adolanas Magen zusammen. Wie um sich zu vergewissern, spähte ihm die junge Frau über die Schulter. Die Eingangstür vom Palas stand noch sperrangelweit offen.

Stell dich nicht so an. Ständig bekommen irgendwelche Frauen Kinder, es ist völlig natürlich und nicht erschreckend, ermahnte sich Adolana innerlich. Ihre Beklemmung ließ trotzdem nicht nach, denn sie hatte bisher einer Geburt nie beigewohnt.

»Ist es so weit?«, fragte sie besorgt und schloss für einen Moment die Augen, als der Mönch kaum merklich nickte.

Dann raffte sie ihren Umhang samt Kleid und eilte zu Uta.

Das schmerzerfüllte Stöhnen war schlimmer als die Schreie der Verurteilten am Pranger, deren Auspeitschung Adolana vor Jahren in Begleitung des Stader Grafen hatte beiwohnen müssen. Möglicherweise lag ihr Grauen aber auch in ihrem eigenen Zustand begründet. Trotz der ungewissen Zukunftsaussichten hatte Adolana sich immer auf ihr Kind gefreut. Angesichts Utas gepeinigter Miene wurde die heimliche Glückseligkeit jetzt jedoch von panischem Entsetzen verdrängt.

Wieder zuckte sie zusammen, als Uta eine erneute Welle des Schmerzes verkraften musste. Seit Stunden schon zog sich die Geburt hin, ohne dass irgendwelche Fortschritte zu verzeichnen waren. Selbst Marga, mit deren Hilfe in den letzten Jahren unzählige Kinder auf die Welt gekommen waren, sah zunehmend besorgt aus.

Bis zur Belagerung lebte sie zusammen mit der Familie ihrer Schwester auf dem Weiler im Sulmtal und verdiente sich ihren Lebensunterhalt mit der Heilung größerer und kleinerer Gebrechen. Marga war eine bodenständige Frau, die in ihrem fast dreißigjährigen Leben schon viele Höhen und Tiefen erfahren hatte. Trotz der steilen Sorgenfalte, die sich zwischen ihren Augen zeigte, sorgte sie für Zuversicht und Ruhe. Adolana war unglaublich dankbar für ihre Anwesenheit.

»Sorgt dafür, dass die Magd frisches Wasser aufsetzt. Aber es muss wirklich frisch sein, nicht dieses brackige Wasser aus der Zisterne, hört Ihr.«

Adolana nickte stumm und schlüpfte aus dem Zimmer. Sie schämte sich für das Gefühl der puren Erleichterung, das sie über die Möglichkeit der kurzen Flucht empfand. Vielleicht lag es an ihrem schlechten Gewissen, dass sie sich spontan überlegte, selbst für das verlangte Wasser zu sorgen. Nach einem kurzen Umweg über die Küche, in der längst nicht mehr so viel Betrieb herrschte wie vor der Belagerung, eilte sie hinaus in den Hof.

Ihr Weg führte sie in entgegengesetzter Richtung zur Zisterne. Zum Schutz vor dem Regen eilte Adolana mit gesenktem Kopf und tief ins Gesicht gezogener Kapuze zum Burgtor. Es war nicht ungewöhnlich, dass sich über dem Eingang zur Burg eine kleine Kapelle befand, denn Gottes Hilfe wurde überall benötigt. Hier konnte er am besten dafür sorgen, dass niemand, der den Bewohnern Schlechtes wollte, in den Hof gelangte. Leider stand es nicht in seiner Macht, das Material für die dringend notwendige Reparatur des Daches zu besorgen. Daher hatte Thomas immer einen großen Eimer unter der nur notdürftig ausgebesserten Stelle stehen. Mittlerweile hatte sich genug frisches Regenwasser darin gesammelt. Vorsichtig füllte Adolana damit ihren mitgebrachten tönernen Krug und eilte zurück.

Es dauerte eine Weile, bis das Wasser in dem gusseisernen Kessel in der Küche richtig heiß war, und Adolana dachte über die Bemerkung der Hebamme nach, während hinter ihrem Rücken Roswitha herumwerkelte, die schmuddelig wirkende Küchenhilfe. Bisher hatte sie sich noch keine Gedanken über das Wasser in der Zisterne gemacht, das durch den ständigen Regen der letzten beiden Wochen immerfort aufgefüllt wurde. Jetzt war sie sich über die Qualität nicht mehr sicher. Es konnte sicher nicht schaden, sich des Problems anzunehmen.

»Sorge dafür, dass die Frauen täglich Eimer und Schüsseln aufstellen, um darin das Regenwasser zu sammeln. Von nun an wird nur noch dieses Wasser getrunken. Mit dem aus der Zisterne wird weiterhin gewaschen und werden die Tiere getränkt. Du bist dafür zuständig, dass alle sich daran halten.«

Roswitha nickte zögernd und schlurfte aus der Küche. Adolana war sich darüber im Klaren, dass die meisten Burgbewohner sie mit Argwohn betrachteten. Schließlich war sie eines Tages wie aus dem Nichts mit dem verletzten Waldemar und einem Mönch müde und verdreckt hier aufgetaucht. Adolana wusste, dass sie es Uta zu verdanken hatte, wenn einige der Menschen hier ihr immer öfter Sympathie entgegenbrachten. Die Burgherrin vertraute Adolana und hielt sich seit ihrem unerwarteten Eintreffen häufig in ihrer Nähe auf, was den Bewohnern nicht entging.

Grimwald zählte zu den Menschen, die ihre Zweifel gegenüber Adolana bereits beiseitegeschoben hatten, das merkte sie deutlich an seinem Verhalten. Roswitha hingegen nicht, doch die Skepsis der Burgbewohner störte Adolana nicht. Sie war aus früheren Zeiten daran gewöhnt.

Kaum hatte sie die Tür zur Kemenate Utas geöffnet, wurde sie von dem gleichen jammervollen Stöhnen empfangen, das sie schon beim Verlassen des Gemachs begleitet hatte. Nachdem Adolana den Krug abgestellt hatte, wanderte ihr Blick zu dem kleinen Kranz aus getrockneten Johanniskrautblüten, der am Bettpfosten hing. Die Hebamme hatte ihr erklärt, dass er zur Abwendung des Bösen diente. Adolana hatte nicht weiter nachgefragt, denn so genau wollte sie es gar nicht wissen. Gegen die Schmerzen schienen die Kräfte der Pflanze nicht zu helfen.

»Geht es immer noch nicht voran?«, fragte Adolana leise, während Marga das kochend heiße Wasser mit kaltem vermischte. Anschließend wusch sich die Hebamme gründlich die Hände, griff nach einem der Leinentücher und trocknete sich ab.

»Das Kind liegt falsch. Ich muss versuchen, es zu drehen. Vorher helft Ihr der edlen Frau dabei, den Becher zu leeren«, wies Marga sie ruhig an und nickte in Richtung des tönernen Gefäßes. Dabei strich sie sich eine Strähne ihres aschblonden Haares zurück unter das Kopftuch.

Adolana nutzte die Pause zwischen zwei Wehen und hielt der erschöpften Uta den Becher an die blutigen Lippen. Welfs Gattin zählte nicht zu den Frauen, die ihren Schmerz laut herausschrien. Sie biss sich lieber auf die Lippen, um nicht mehr als ein Stöhnen von sich zu geben. Verzweifelt fragte sich Adolana, warum diese nette und gütige Frau so leiden musste.

Zwei Wehen später hatte Uta den Becher geleert, und Marga kniete in gebückter Haltung zwischen ihren aufgestellten Beinen. Wie gebannt verfolgte Adolana, wie die rechte Hand der Hebamme langsam im geöffneten Unterleib der Gebärenden verschwand. Erst der laute Schrei der Gepeinigten riss sie aus ihrer Starre. Schnell umfasste sie mit beiden Armen Utas Oberkörper und hielt sie fest, während ihr Blick voller Entsetzen an der blutverschmierten Hand der Hebamme hängen blieb. Utas Schreie waren mittlerweile zu einem kläglichen Jammern verebbt, und ihr Oberkörper hing schlaff in Adolanas Armen.

»Es hat geklappt«, murmelte Marga fünf Wehen später, ohne die Hand vom gewölbten Leib der Gebärenden zu nehmen. Die Freude über den ersehnten Fortschritt der Geburt wurde davon überschattet, dass Uta zunehmend schwächer wurde.

»Wenn ich es Euch sage, müsst Ihr den Oberkörper der Herrin hochdrücken.«

Es bedurfte noch sechs weiterer Wehen, bis endlich nach dem Köpfchen mit dem nassen blonden Flaum auch der restliche kleine Körper herausrutschte. Vorsichtig ließ Adolana die völlig erschöpfte Frau zurück auf das Kissen sinken und erschrak beim Anblick ihres bleichen Gesichts.

Adolana hastete zu dem kleinen Schränkchen neben dem verhängten Fenster, in dem Welfs Gemahlin ihre persönlichen Gegenstände aufbewahrte. Endlich fand sie das Gesuchte und eilte mit dem silbergefassten, kleinen Spiegel zum Bett zurück. Erleichterung und Dankbarkeit durchfluteten Adolana, als die ovale Fläche des Spiegels schwach beschlug.

»Holt bitte schnell den Krug, den ich in die Nähe des Feuers gestellt habe. Die edle Frau muss unbedingt davon trinken. Sie verliert zu viel Blut«, bat Marga, ohne in ihrer Arbeit innezuhalten.

Mit routinierten Handgriffen hatte sie die Nabelschnur bereits abgeklemmt und das Neugeborene in warme Tücher gewickelt. Dieses Mal war es nicht so einfach, Uta das stärkende Getränk in kleinen Schlucken einzuflößen, da diese zwischendurch immer wieder wegdämmerte. Andächtig betrachtete Adolana in den Pausen das Gesicht des kleinen Welfen, der von der Anstrengung seiner Geburt mindestens genauso erschöpft war wie seine Mutter. Marga hatte ihn an Utas Seite gelegt und beide fürsorglich zugedeckt. Adolana war gänzlich in die Betrachtung von Mutter und Sohn versunken, so dass ihr völlig entging, wie Marga geschickt die Nachgeburt herauszog, sie in ein dunkles Tuch einwickelte und unter das Bett schob.

Erst als das Neugeborne ein leises Greinen von sich gab, drehte sich Adolana zur Hebamme um und fragte leise: »Wird sie überleben?«

Marga, die gerade dabei war, sämtliche blutigen Tücher zu einem Bündel zu schnüren, hielt kurz inne. »Das liegt in Gottes Hand. Sie ist eine kleine, zarte Person ohne große Kraftreserven und braucht jetzt Ruhe und Stärkung. Dann wird sie es schaffen.« Vielleicht spürte die erfahrene Frau Adolanas Unsicherheit, denn sie fügte nach kurzem Zögern hinzu: »Nicht jede Geburt ist so schwer wie diese.«

Im nächsten Augenblick fuhren die beiden Frauen zusammen, denn ein ohrenbetäubendes Donnern drang von draußen herein. Zeitgleich mit dem einsetzenden Geschrei des Säuglings rannte Adolana zum Fenster und riss die Abdeckung herunter. Der Ochsenwagen, der seit Beginn der Belagerung ein Stück unterhalb des Burgtors gestanden hatte, weil niemand sich mehr nach draußen wagte, war verschwunden. Auf einem Trümmerhaufen zerborstenen Holzes lag ein großer Steinbrocken, wie ein Sieger auf dem Besiegten. Erst jetzt realisierte Adolana den verhaltenen Jubel aus dem Tal. Der erste Wurf hatte sein Ziel nur knapp verfehlt. Aber es würde sicherlich nicht mehr lange dauern, bis die schweren Steine noch ein gutes Stück höher flogen und die schützenden Mauern der Burg nach und nach in Stücke schlugen.

Mit bleichem Gesicht und zitternden Lippen stand Marga neben ihr und starrte auf den zerstörten Wagen. Eben noch unerschütterlich wie ein Fels, wirkte sie nun verloren wie das Neugeborene, dessen Schreie nun kräftiger klangen. Unentschlossen betrachtete Adolana die schockierte Hebamme und entschied sich dann dafür, zuerst das Geschrei zu unterbinden.

Vorsichtig nahm sie den Säugling hoch und schaute verzückt in das mittlerweile krebsrote Gesicht.

»Hast du das gehört? Sie begrüßen dich, kleiner Welf. Wollen wir nur hoffen, dass auch dein Vater dich bald begrüßen kommt.«

Dann legte Adolana das schreiende Bündel an die Seite seiner Mutter, drehte die auf dem Rücken liegende Uta langsam um und schob ihr zur Stütze ein Kissen in den Rücken. Die Schlaufe des verschwitzten Unterkleids war bereits offen, und nach einigen Schwierigkeiten schaffte Adolana es schließlich, dass der suchende kleine Mund des Kindes die Brustwarze umschloss.

»Verdammt! Wie kann er es wagen?«, tobte Welf zornentbrannt.

Unter dem Fluch des Welfen zuckte der junge Bote der Grafen von Valley zusammen, während der harte Gesichtsausdruck des vierzigjährigen Adalbert von Bogen ohne Regung blieb. Selbst als Welf voller Wut einen Stuhl ergriff und ihn quer durch die Halle warf, verzog der Herr des Hauses keine Miene. Der unglückliche Übermittler der schlechten Nachricht machte hingegen den Eindruck, als würde er am liebsten so schnell wie möglich das Weite suchen. Leider stand ihm dieser Wunsch nicht frei.

Nachdem der selbsternannte Herzog von Baiern wie ein eingesperrtes wildes Tier mit großen Schritten mehrere Male die Halle durchmessen hatte, blieb er plötzlich stehen.

»Wie weit ist das Heer der Grafen von Valley noch entfernt?«

Der junge Mann wand sich unter dem bohrenden Blick des Welfen und räusperte sich kräftig, wohl um seiner Stimme ein wenig die Angst zu nehmen. Was ihm leider gänzlich misslang.

»Ein bis zwei Tagesreisen von hier, Euer Durchlaucht«, antwortete er zitternd.

Welf beachtete den Boten kaum, der ihn mit der herzoglichen Anrede ansprach. Hier, unter seinesgleichen, war er für jeden der rechtmäßige Baiernherzog, und der Herr des Boten, Konrad von Valley, hielt seit je dem Welfenhaus die Treue. Obwohl Welf seinen Anspruch bislang immer noch nicht beim König durchsetzen konnte.

»Wie viele Männer führen sie mit sich?«, hakte Welf ungeduldig nach.

»Meinem Herrn unterstehen ungefähr zweihundert Männer, und sein Bruder, Graf Gebhard, hat nochmals knapp einhundertfünfzig Bewaffnete unter seinem Kommando, mein Fürst.«

»Mit den Truppen der Grafen von Falkenstein bekommen wir ein mächtiges Heer zusammen, Euer Durchlaucht. Womöglich ist diese Nachricht gar nicht so furchtbar schlecht, denn so können wir unsere Kräfte bündeln«, mischte sich zum ersten Mal Graf von Bogen ein. »In spätestens einer Woche können wir in westliche Richtung marschieren und die Staufer endlich bei Weinsberg schlagen.«

Ruhiger als wenige Minuten zuvor, aber noch immer aufgewühlt begegnete Welf dem lodernden Blick des Bogener Grafen. Sein Vasall hatte ihn bereits bei der Schlacht um die Burg Phalei unterstützt und sich dort eine schwere Verletzung zugezogen. Diese war längst verheilt. Sein Sohn, der das gleiche Schicksal erlitten hatte, lebte seitdem krank und verstümmelt als Mönch im Kloster St. Blasien.

Welf ließ die Worte seines Weggefährten auf sich wirken. Bisher hatte er den Rat des Bogener Grafen geschätzt, zumal er sich auf dessen Loyalität und Treue immer verlassen konnte. Aber seit dem Rückzug seines einzigen Sohnes und dessen nahendem Tod loderte der Hass in dem verbitterten Mann. Er wollte Rache. Rache an den Staufern, die für das Schicksal seines Sohnes verantwortlich zeichneten.

»So sei es«, beschied Welf, ungeachtet seiner Bedenken im Hinblick auf den ungetrübten Verstand seines Vasallen. Er hatte ohnehin keine andere Wahl.

Wie hatte er sich nur so täuschen können? Felsenfest war er davon ausgegangen, dass die Staufer ihn auf baierischem Gebiet bekämpfen wollten. Der Gedanke, dass sie ihn bei seinen geerbten, schwäbischen Gütern zur Schlacht treffen würden, war ihm gar nicht gekommen. Weinsberg. Sollte die Burg fallen, hätte das eine nicht wiedergutzumachende Wirkung auf die unentschlossenen Adligen des Reiches. Möglicherweise würden sich diese dann zur königlichen Unterstützung entschließen, was fatale Folgen für seinen geforderten Machtanspruch hätte.

Ein anderer Gedanke drängte sich in den Vordergrund. Einer, bei dem sich ihm die Eingeweide zusammenzogen und sein Puls zu rasen anfing. Wenn Weinsberg fiele, was würde dann mit seiner Frau geschehen? Würde sie eine mögliche Stürmung überleben? Kalter Schweiß brach ihm aus, als er an das ungeborene Kind dachte. Wieso nur hatte er vor Monaten dem Wunsch seiner Frau nicht nachgegeben? Sie wollte nicht auf Burg Weinsberg bleiben, sondern ihr erstes Kind auf der Schauenburg zur Welt bringen. Hätte er ihrem Anliegen bloß entsprochen.

Hin- und hergerissen zwischen der vagen Hoffnung, Wipert, sein Weinsberger Burgvogt, möge seinem ausdrücklichen Befehl zuwiderhandeln und einer kampflosen Übergabe der Burg zustimmen, und dem Wunsch des erbitterten Standhaltens der Burgfeste, schrieb Welf seine Antwort.

»Brecht sofort auf und bringt das Eurem Herrn. Eilt Euch!«, wies der Welfe den jungen Boten an, dessen furchtsame Miene nüchterner Enttäuschung wich.

Zweifellos hatte er nicht nur auf eine warme Mahlzeit, sondern vor allem auf eine Nacht in geschützten Räumen gehofft. Missmutig verbeugte sich der junge Mann und strich sich beim Verlassen der Halle resigniert eine Strähne seines unordentlichen rötlichen Haares aus dem Gesicht.

Indes rollte Welf ein kleines Stück Pergament zusammen und rief mit herrischer Stimme nach einem der Dienstboten. »Hol mir Ritter Eggert her.«

»Weinsberg wird nicht fallen, edler Welf«, unterbrach der Graf von Bogen die unangenehme Stille. In seinen graublauen Augen lag unterschwelliges Misstrauen, als er die kleine Nachricht beäugte, die zusammengerollt in Welfs Hand ruhte.

»Ihr sorgt Euch, dass ich meinem Vogt die Kapitulation befehle«, stellte Welf mit hochgezogenen Brauen fest. »Ich kenne meine Pflicht, Adalbert, dessen könnt Ihr gewiss sein.«

Schwere Stiefelschritte kündigten die Ankunft Eggerts an. Der eher kleine, sehnige, kampferprobte Mann Ende zwanzig, der seit einigen Monaten zum engsten Kreis der Ritter um den Welfen zählte, schob sich beim Betreten der Halle die schneebedeckte Kapuze aus dem mit roten Äderchen durchzogenen Gesicht.

»Ihr habt mich rufen lassen, mein Fürst?«

»Bring diese Nachricht hier zu Otto. Er soll seine zuverlässigste Taube auswählen. Das Tier muss in Weinsberg ankommen, hört Ihr.«

Eggert verbeugte sich wortlos, ergriff die kleine Rolle und verließ die Halle. Auf dem Weg ins unwirtliche Schneegestöber steckte er die Nachricht zur Vorsicht in die Tasche seines Wamses.

»Glaubt Ihr wirklich an diese Viecher? Bei dem Wetter kann sich sogar ein Reiter verirren«, schnaubte der Graf.

»Schon möglich«, lautete die knappe Antwort des Welfen, der sich vor dem warmen Feuer aufgebaut hatte, weshalb die Silberfäden seines reichhaltig bestickten dunkelroten Wamses im Schein der Flammen aufblitzten. Der Einsatz von Brieftauben war in diesem Teil des Reiches in Vergessenheit geraten, was den leicht herablassenden Blick des Bogener Grafen erklärte, wurde aber auf seinen italienischen Gütern durchaus noch angewandt. Auch auf einigen seiner schwäbischen Sitze hielt der Welfe ein paar Tiere. Bei der Abreise aus Weinsberg vor wenigen Wochen hatte er Otto, der für die Pflege der Brieftauben verantwortlich zeichnete, in weiser Voraussicht angewiesen, zwei der geflügelten Boten mitzunehmen. In einem dieser unscheinbaren Tiere steckte nun seine ganze Hoffnung. Dabei hätte er sogar den Teufel höchstpersönlich geschickt, um seiner Gemahlin Uta eine Botschaft zukommen zu lassen.

Trotz der beißenden Kälte unterbrachen die Menschen ihre anstrengende und mühselige Arbeit im Innenhof der Burg nicht. Auch Adolana hatte sich in die Kette eingereiht und reichte die Steine an Bruder Thomas weiter, dessen besorgter Blick in regelmäßigen Abständen auf ihr ruhte. Nachdem sie es rundweg abgelehnt hatte, der edlen Uta Gesellschaft zu leisten und sich dabei selbst zu schonen, war der ältere Ordensbruder sichtlich verschnupft. Obwohl Adolana ihm gegenüber mit keiner Silbe ihren Zustand erwähnt hatte, schien der Mönch etwas zu ahnen. Hier zeigte sich wieder Adolanas Widerwille gegenüber Bevormundungen, auch wenn sie in guter Absicht getätigt wurden. Da sie Thomas aber im Laufe der letzten Monate in ihr Herz geschlossen hatte, kämpfte Adolana gegen ihr schlechtes Gewissen an. Schließlich meinte er es nur gut.

Letztendlich siegte ihr starker Wunsch mitzuhelfen, und wie sich herausstellte, gereichte ihr die Entscheidung nun zum eigenen Vorteil. Das anfängliche Staunen über die tatkräftige Unterstützung der adligen Dame verwandelte sich in offene Bewunderung, die Adolana guttat. Ihr Körper rebellierte dagegen ziemlich schnell gegen die ungewohnt schwere körperliche Arbeit. Da sie seit Beginn ihrer Schwangerschaft mit permanenter Übelkeit zu kämpfen hatte, waren ihre Kraftreserven schnell verbraucht.

»Ihr ruht Euch jetzt sofort aus, Frau Adolana«, schimpfte Thomas erbost und packte sie am Arm.

Der Stein, den sie gerade von Irmgard entgegengenommen hatte, war mit einem dumpfen Geräusch auf den Boden aufgeschlagen und hatte nur knapp Adolanas Fuß verfehlt. Das Schwindelgefühl verging so schnell, wie es gekommen war, und als Antwort griff sie nach dem nächsten Stein.

»Bruder Thomas hat recht. Ihr solltet Euch ausruhen. Die Arbeit läuft Euch schon nicht weg.«

Resolut zog Irmgard die Hände zurück. Die scharfkantigen Steine hatten längst ihre Wollfäustlinge zerschnitten, aber die rundliche, kleine Frau arbeitete unermüdlich weiter. Sie hatte ihren Hof unten im Tal im Stich gelassen, um sich in den Schutz der Burg zu begeben, auf der ihr Mann als einfacher Soldat diente. Nur wenige der knapp sechzig Burgmannen waren alleinstehend. Seitdem die Burg nach dem Tod von Utas Vater Gottfried in welfischen Besitz gelangt war, gab es eine feste, wenn auch kleine Burgbesatzung. Außer Wipert, dem Vogt, und zwei weiteren Rittern, die nicht mehr zu den Jüngsten gehörten, oblag die Verteidigung der Burg den einfachen Soldaten. Hierin zeigte sich Welfs Fehleinschätzung, da er sonst zweifellos für eine stärkere Bemannung der Burg gesorgt hätte.

»Ich rede mit dem Vogt«, versprach Thomas und hakte Adolana unter. »Ihr braucht alle eine Pause. Bei dem Wetter müssen wir ohnehin nicht mit weiteren Angriffen rechnen.«

Widerspruchslos ließ sich Adolana von dem Mönch wegführen. Kaum hatten sie die warme Halle des zweigeschossigen Palas erreicht, überkam die junge Frau eine bleierne Müdigkeit. Nur mit Mühe schaffte sie es, einen Fuß vor den anderen zu setzen.

»Ihr seht aus wie der Tod. Euer Verhalten ehrt Euch, aber wieso müsst Ihr Euch nur so schinden?« Mit einem Ruck schloss Thomas hinter sich die Tür zu Adolanas kleiner Kammer. Da der Raum nicht beheizt war, herrschte bittere Kälte. »Ich werde Euch ein paar heiße Steine bringen lassen, sonst geht es Euch bald noch schlechter als der edlen Frau Uta.«

Adolana nickte ergeben, während sie sich auf die schmale Bettstatt fallen ließ und dem Mönch dabei zusah, wie er nach einer dicken Wolldecke griff. Welfs Gemahlin hatte die Strapazen der Geburt zum Glück überlebt, ebenso wie ihr kleiner Sohn, der den Namen seines Vaters trug. Da Uta noch immer sehr geschwächt war, verließ sie kaum das Bett und blieb weiterhin in Margas Obhut.

»Was ist mit Euch?«, erkundigte sich Thomas mit hochgezogenen Augenbrauen. »Euch beschäftigt doch etwas, das sehe ich Euch an.«

Adolana war keineswegs von der Frage überrascht, denn der Mönch war ein Kenner der menschlichen Seele, und in ihrer wusste er besonders gut zu lesen. Durch Grimwald hatte Adolana erfahren, dass weitere Truppen zu den Belagerern gestoßen waren, obwohl er argwöhnte, dass es sich hierbei nicht um Verstärkung für die Staufer handelte. Welche Funktion dabei allerdings der päpstliche Legat einnahm, wusste Grimwald beim besten Willen nicht. Adolana ließ diese Neuigkeit seit Tagen keine Ruhe. Waldemars Worte hallten in ihr nach. Deshalb überwand sie ihre Scheu und sprach den Ordenbruder direkt darauf an.

»Das Wappen des Heiligen Vaters?«, fragte Thomas überrascht. »Ich muss schon sagen, edle Adolana, für eine Frau steckt Ihr Eure Nase viel zu tief in Dinge, die Euch nichts angehen. Bleibt der Brüstung fern. Gerade jetzt, wo jederzeit das Katapult wieder eingesetzt werden kann.«

»Seit dem Beschuss war ich nicht mehr oben«, verteidigte sich Adolana müde. Dann atmete sie tief durch und fügte leise hinzu: »Glaubt Ihr, dass mein Gemahl unsere Ehe annullieren will?«

»Ihr denkt, dass der Abgesandte des Papstes aus diesem Grund hier ist?«, fragte Thomas verblüfft. »Vergebung, edle Adolana, aber ich habe nicht erkannt, wie tief die Verwirrung Eurer Gefühle geht. Ich kann Euch aber versichern, dass ein Legat des Heiligen Vaters ganz sicher nicht aus diesem Grund das königliche Lager aufsucht.«

Erleichterung zeigte sich auf Adolanas Antlitz, als sie sich auf ihrem Bett ausstreckte. »Wie dumm von mir, so etwas anzunehmen. Verzeiht, ich weiß auch nicht, was mit mir ist«, erwiderte sie tonlos. Die Augen fielen ihr zu, noch während sie sprach.

»Ihr hättet auf mich hören und nach der Erledigung Eures Auftrags mit mir zusammen von hier verschwinden sollen«, murmelte der Mönch mitleidig und schloss leise die Tür hinter sich, so dass sie den letzten Satz nicht mehr hören konnte. »Jetzt ist es womöglich zu spät.«

Trotz ihrer bleiernen Müdigkeit fand Adolana nicht gleich in den Schlaf. Ein gedämpftes Poltern, gefolgt vom verhaltenen Schelten Utas, drang von nebenan zu ihr. Ein dankbares Lächeln huschte ihr übers Gesicht, als sie daran dachte, wie schlimm es um die junge Mutter nach der Geburt gestanden hatte. Von den knapp zwei Tage dauernden Angriffen mit dem Katapult hatte Uta kaum etwas mitbekommen. Nachdem die ersten Steine ihr Ziel verfehlt hatten, schlugen am zweiten Tag vereinzelte Steinbrocken in die Mauern der Burg ein, ohne jedoch große Schäden anzurichten. Außer ein paar Leichtverletzten, die von den versprengten Steinen getroffen worden waren, hatten sie keine Verluste zu beklagen. Allerdings gab es zum Leidwesen aller Eingeschlossenen einen Volltreffer auf den hinteren Teil des Stalls. Mehrere Schweine waren auf der Stelle tot, und drei Pferde mussten von ihren Qualen erlöst werden. Das Fleisch wurde verarbeitet und erleichterte den Menschen kurzfristig das Überleben. Tragisch war ebenfalls, dass ein weiteres Geschoss einen Teil der Zisterne zerstört hatte. Jetzt zeigte sich die Klugheit der Anweisung, Wasser zu sammeln. Fast gleichzeitig mit dem vorübergehenden Ende der Angriffe hatte Uta ihren Dämmerzustand überwunden und sammelte neue Kräfte.

Das ausgelassene Lachen einiger Kinder entging Adolana, die in einen tiefen Schlaf gefallen war.

»Dort hinten steht das Wasser bereits kniehoch«, sagte Falko und wies mit dem ausgestreckten Finger zu der Stelle, an der Berengar seine Gemahlin das letzte Mal gesehen hatte. An den Ruinen des Hofes aus vergangenen Zeiten, wo Adolana mit Thomas und Waldemar unweit der Burg Weinsberg gerastet hatte, leckte das schmutzig kalte Wasser der Sulm. Die tagelangen Regenfälle hatten den Pegel des kleinen Flusses ansteigen und über die Ufer treten lassen. An manchen Stellen im staufischen Lager sah es kaum besser aus, wenngleich der Ort weise gewählt war. Zudem befanden sich viele Zelte auf Holzplanken, so dass die Insassen auf ihren Decken und Fellen nicht nach und nach im Schlamm versanken. Der frühe Wintereinbruch und der starke Regen erschwerten die Belagerung zusätzlich.

»Möchte wissen, welcher Schwachkopf damals hier unbedingt einen Gutshof bauen musste«, knurrte Berengar und zog sich die Kapuze tiefer ins Gesicht. Wie bei Erkundungsritten üblich, trugen beide Männer ihre Kettenhemden zum Schutz vor Pfeilangriffen. Sie befanden sich zwar außerhalb der Reichweite der Bogenschützen auf der Burg, doch konnte man nie sicher sein.

»Lass uns zurückreiten. Mein Magen knurrt lauter als Gerwalds grässlicher Köter, wenn ich ihm zu nahe komme«, fordert Falko seinen schlechtgelaunten Gefährten auf. »Sie haben vorhin eine Wildsau aus dem Wald getragen. Bestimmt strömt der Geruch bald durch das Tal zur Burg hinauf. Den armen Schweinen dort oben wird sicher das Wasser im Mund zusammenlaufen.« Kaum hatte Falko ausgesprochen, da verfluchte er seine unbedachte Äußerung bereits wieder leise. »Vergib mir, Freund, bei dem Regen rostet mein Gehirn ein. Sie haben bestimmt noch genug zu essen auf der Burg. Schließlich sind sämtliche Viecher der Umgebung vor unserem Eintreffen dorthin getrieben worden.«

Berengar nickte knapp. Einzig seine zusammengepressten Lippen gaben etwas von seinem Innern preis.

»Wie viel Mann Besatzung hat der Welfe dort oben postiert? Was schätzt du? Mehr als hundert? Sicher nicht. Er hat nicht mit einem Angriff auf die Burg gerechnet. Vielleicht vierzig bis fünfzig, dazu die Familien und die Bewohner der Siedlung und der Weiler. Damit sind wir bei ungefähr hundertzwanzig Menschen, die kaum die Möglichkeit hatten, sich auf eine längere Belagerung einzustellen. Einen Brunnen haben sie auch nicht, deshalb danke ich Gott für den starken Regen. Nein, Falko, sie wird sich die Lippen nach dem Geruch des gebratenen Wildes lecken.«

Es war Berengar gar nicht aufgefallen, dass er am Schluss nur von einer Person gesprochen hatte anstatt von mehreren. Falkos Miene verriet, dass ihn das schlechte Gewissen plagte, weil er erneut nicht an die prekäre Situation gedacht hatte, in der sich sein Freund und Lehnsherr befand. Berengar nahm ihm diese Äußerung jedoch kaum übel. Im Gegenteil. Eigentlich war er Falko dankbar dafür, dass er sich nicht wie die anderen vor Berengars unerträglich schlechter Laune zurückgezogen hatte. Die Rechtfertigung seines Freundes zeigte ihm gleich darauf, wie nah er damit der Wahrheit kam.

»Wenn deine Frau dich so sehen würde, würde sie sicher sofort den dünnhäutigen Kardinal Dietwin um Annullierung eurer Verbindung anflehen. Du ertrinkst in Selbstmitleid und drückst deine nähere Umgebung mit deiner griesgrämigen Laune zu Boden. Aber fast noch schlimmer finde ich deine ablehnende Haltung gegenüber Alban. Es ist eine Schande, wie du ihn für dein teilweise selbst verschuldetes Schicksal büßen lässt«, verteidigte Falko seine Äußerung und ritt davon, ohne Berengars Antwort abzuwarten.

Zum Abschiedsgruß spritzte das Wasser nur so unter den Hufen seines Pferdes.

Mit einer Mischung aus Enttäuschung und Wut sah Berengar seinem Freund hinterher. Enttäuschung darüber, dass nun nicht einmal mehr Falko ihn ertragen konnte, und Wut, weil er sich selbst für sein Betragen hasste. Vor allem aber darüber, dass er es nicht schaffte, etwas daran zu ändern. Die Bitterkeit überwältigte ihn schier, und mit einer schnellen Bewegung fuhr sich der sehnige, fast hager wirkende Mann durch den ungepflegten Bart. Seine mittlerweile bis über die Schulter fallenden Haare umrahmten das schmale Gesicht, und der durchdringende Blick seiner Augen bohrte sich in seine Umgebung. Es erschreckte Berengar, dass es ihm egal war, wenn seine Männer sich von ihm zurückzogen. Selbst Albans offensichtliche Resignation weckte kaum Mitleid in ihm.

Düster blickte Berengar zur Burg hinauf. Fast trotzig wirkte der steinerne Ring um das Gemäuer, von dem nur der Bergfried und das Dach des Palas zu sehen waren. Es gab Tage und vor allem Nächte, in denen er sich mit aller Macht dagegen wehren musste, alleine über die Mauer zu klettern und seine Gemahlin zu sich zu holen. Nur sein Verstand hielt ihn bisher davon ab.

Der Regen hatte endlich ein wenig nachgelassen. Einerseits ein gutes Zeichen, da die Aussicht bestand, dass irgendwann die unangenehme Nässe aus den Zelten verschwinden würde. Andererseits konnte der Beschuss damit in Kürze wieder einsetzen.

Große Schäden hatte das Katapult bisher noch nicht angerichtet. Nur an der Mauer gab es ein paar kaum nennenswerte Treffer. Wie es im Hof aussah, wollte er sich lieber nicht vorstellen. Berengar kannte von früheren Belagerungen das mögliche Ausmaß der Zerstörungen. Die Steine, die mit großer Wucht ihrem Ziel entgegenflogen, zerschlugen nicht nur Mauern.

Beruhigend klopfte der Ritter mit der behandschuhten

Hand den Hals seines Hengstes. Das schiefergraue Fell passte sich hervorragend der tristen Umgebung an. Ein paar Krähen stießen ihre heiseren Rufe aus, während sie über der Burg kreisten. Ein grauenhafter Gedanke setzte sich plötzlich in Berengar fest. Ging es den eingeschlossenen Menschen bereits so schlecht, dass die Toten im Hof herumlagen?

Eine flüchtige Bewegung über ihm riss den Ritter aus seinen Gedanken. Noch so ein Mistvieh, dachte er bitter. Als er den Irrtum erkannte, brach eine Welle durcheinanderströmender Gedanken auf ihn ein. Das Tier, das zielstrebig auf die Burg zuhielt, während es sich durch den Regen kämpfte, war kleiner als eine Krähe und heller im Gefieder. Mit neuer Hoffnung und einem leisen Schnalzen lenkte der Ritter sein Pferd zurück ins Lager.

20. KAPITEL

Weg da!«
Grimwalds Schrei ging in dem ohrenbetäubend lauten Aufprall der Steine unter. Mit einem Hechtsprung warf sich Adolana in letzter Minute vor die Mauer auf den durchweichten Boden. Die Schüssel mit der dünnen Grütze aus Dinkel hielt sie noch immer krampfhaft in den Händen, doch als sie das Gesicht aus dem Dreck hob und vorsichtig hineinspähte, war der klägliche Inhalt mit Schlammspritzern verunreinigt.

»Habe ich Euch nicht schon unzählige Male gesagt, dass Ihr im Haus bleiben sollt? Verdammt, Ihr seid sturer als hundert Ziegenböcke!«

Seufzend ließ Adolana die wüste Schimpftirade des Soldaten über sich ergehen, während sie sich mit einem Zipfel ihres schmutzigen Umhangs übers Gesicht wischte. Es war nicht das erste Mal und würde sicher auch nicht zum letzten Mal geschehen. Sie nahm es ihm niemals übel, wusste sie doch, dass es nur aus Sorge um ihr Wohlergehen geschah.

Der natürliche Abstand zwischen den Menschen einfachen Standes und den wenigen Adligen hatte sich während der letzten Wochen fast in Luft aufgelöst. Einzig Uta gegenüber verhielten sich die Untergebenen weiterhin ehrfürchtig, und Wipert, der Vogt, würde ohne mit der Wimper zu zucken jeden auspeitschen lassen, der bei ihm oder seiner Frau den nötigen Respekt vermissen ließe. So weit war bisher noch niemand.

Aber der Hunger nagte ständig schlimmer an ihnen. Vor allem die Kinder und die Alten litten meist stumm vor sich hin. Das Vieh war längst geschlachtet. Zwei Kühe hatte Grimwald gerettet, damit wenigstens noch Milch für die Kleinsten vorhanden war. Außerdem hütete Marga mit Hilfe Adolanas die letzten zehn Hühner, so gab es wenigstens ab und an ein paar Eier. Für über hundert Menschen reichte das bei weitem nicht aus.

»Hör auf zu murren, Grimwald, du brauchst schließlich was zu essen«, fuhr Adolana ihn an, als es ihr reichte.

In den letzten Wochen hatte sie sich ein hohes Ansehen bei den Menschen hier verschafft. Sie schonte sich kaum und verlangte von den anderen immer weniger als von sich selbst. Dieses Verhalten ehrte sie, hatte aber deutliche Spuren hinterlassen. Obwohl bereits im fünften Monat schwanger, hatte Adolana keine Mühe, ihren Zustand zu verbergen. Die unzureichende und mangelhafte Ernährung sorgte zusammen mit der harten Arbeit für eine geringe Gewichtszunahme. Sie hatte Wolfenfels im Sommer verlassen, zwei Tage nach der Nacht, in der Berengar und sie sich voller Leidenschaft, aber ohne Zärtlichkeit geliebt hatten. Die Nacht, in der das Kind gezeugt wurde.

»Ich hab genug, wovon ich zehren kann«, wehrte Grimwald stoisch ab und zog Adolana mit sich in die kalte Halle.

Ein Feuer wurde nur noch am Abend entzündet, denn Holz war knapp. Sorgenvoll betrachtete Adolana den schlabbernden braunen Kittel des Soldaten, der unter dem vor Dreck strotzenden Umhang hervorlugte und die Worte Lügen strafte. Aber im Gegensatz zu vielen anderen seiner Männer war Grimwald gesund, denn er hatte der Versuchung widerstanden und nicht das abgestandene Wasser der notdürftig reparierten Zisterne getrunken. Die Sorge um sauberes Wasser war dank des Regens, der sich Ende

November fast Tag und Nacht über das Land ergossen hatte, vorüber. Zwei Wochen danach sehnte so mancher ein Ende der ständigen Nässe von oben herbei. Mitte Dezember wurden die Wünsche zwar erhört, doch setzte gleichzeitig der Beschuss wieder ein.

»Wieso die kleinen Steine? Warum nehmen sie nicht wie zu Anfang große Brocken?«, fragte Adolana, während sie Grimwald dabei beobachtete, wie dieser mit dem Löffel in der Grütze rührte und diese achtlos mit den Dreckspritzern vermischte.

Die Anspannung, die sich seit Wiederaufnahme des Beschusses eingestellt hatte, ließ sie auch jetzt mit halbem Ohr nach dem Surren der Steine lauschen. Zum Glück blieb es still. Überhaupt setzten die Belagerer das Wurfgerät nur sporadisch ein. Es war wohl einfacher, die Bewohner auszuhungern.

»Das Katapult ist zu weit entfernt, um unsere Mauern ernsthaft zu zerstören. Kleinere Steine fliegen weiter und richten auf Dauer enorme Schäden an. Die Aussicht auf mögliche Treffer ist damit viel größer.«

Grimwald schob sich den Holzlöffel in den Mund und nickte nachdenklich einem seiner Männer zu. Der rothaarige, schmächtige Bruno war ein stiller und angenehmer Mensch. Doch heute wirkte er aufgewühlt, fast glücklich, und Adolana sprach ihn darauf an.

»Ach, edle Frau, ich habe mich endlich durchgerungen und Bruder Thomas meinen Wunsch vorgetragen.«

»Und?«, drängte Adolana, obwohl sie die Antwort ahnte.

»Er hat zugestimmt. Er wird Siglind und mich trauen.«

»Das freut mich für euch«, erwiderte Adolana mit Wärme in der Stimme und drückte kurz die Hand des jungen Mannes. »Ich habe mich schon gefragt, wie lange ihr beiden wohl noch warten wollt.«

»Nun ja, Siglind hat sich nicht getraut, ihrer Mutter von uns zu erzählen. Aber es war überhaupt nicht schlimm, und sie hätte es gar nicht so lange aufschieben müssen.«

»Marga ist eine fabelhafte Frau«, brummte Grimwald und blitzte Adolana wütend an, als diese schmunzelte. Jeder hier in der Burg wusste, dass der Hauptmann schon seit längerem für die Frau schwärmte, die Uta erfolgreich von ihrem gesunden Sohn entbunden hatte. Bruno verbarg sein Grinsen geschickter, indem er den Kopf senkte, während er sich die fadenscheinige Wolldecke über die Schultern zog.

»Heute Abend sind wir ein Ehepaar, hat Bruder Thomas gesagt.«

Da der Mönch Jahre vor seinem Klostereintritt die Priesterweihe erhalten hatte, durfte er, wie schon bei Adolana und Berengar, die Trauung vollziehen.

»Er macht es sicher wunderschön«, sagte Adolana in einem Anflug von Traurigkeit.

Schnell wandte sie ihren Blick ab, um die verräterischen Tränen verbergen zu können, und schaute ziellos durch die überfüllte Halle. Zum Schutz vor der Kälte und den todbringenden Steinen hielten sich die Menschen meistens hier auf. Viele kauerten in Decken gewickelt dicht beieinander auf den Holzbänken, die in der Nähe des Feuers standen. Jetzt zeugte allerdings nur ein weißgraues Häufchen Asche von der Wärme des letzten Abends. Vereinzeltes Gemurmel erklang, unterbrochen von verschleimtem Husten und dem Schnäuzen unterschiedlicher Personen. Das monotone Geräusch der beiden Spinnräder, an denen zwei Frauen die Wolle von den letzten Schafen spannen, lullte die Menschen ein. Die Lieferanten der Fäden hatten die Bewohner an Nikolaus mit Genuss verspeist.

»Heute? Ich bin zwar kein Mann der Kirche, aber in der Adventszeit darf doch nicht geheiratet werden«, wunderte sich Grimwald und kratzte dabei geräuschvoll in seiner leeren Schüssel herum.

Reste der Grütze klebten in seinem grauen Bart und verursachten Adolana Übelkeit. Andererseits bot sie selbst bestimmt auch keinen liebreizenden Anblick mehr und roch auch nicht besonders gut, denn das Wasser wurde zum Trinken und Kochen benötigt und reichte gerade für ein paar morgendliche Spritzer ins Gesicht. Für eine schnelle Körperwäsche zweigte sie einmal in der Woche etwas von ihrem Anteil ab.

»Da hast du völlig recht, Grimwald«, antwortete eine Stimme hinter Adolana, die sofort ein wenig zur Seite rückte, um Thomas Platz zu machen. »Ich bin aber davon überzeugt, dass Gott in Anbetracht dieser unschönen Gesamtsituation sicher ein Einsehen mit den beiden Verliebten hat.«

Adolana blinzelte ein paar Mal und schniefte leise, dann schenkte sie dem Mönch ein vertrautes Lächeln.

»Wie geht es der edlen Frau? Benötigt sie meine Hilfe?«

Thomas schüttelte den Kopf. »Sie weiß, dass Ihr hier gebraucht werdet. Marga und ihre Tochter stehen ihr mit den Kindern zur Seite. Sie ist zwar noch immer sehr geschwächt, aber ihrem Sohn zuliebe hält sie durch. Außerdem ist es dort oben schön warm, was man von der Halle nicht be…« Ein Hustenanfall unterbrach die Ausführungen des Kirchenmannes. Der trockene Husten plagte ihn schon seit mehr als zwei Wochen und hielt sich, obwohl er regelmäßig Margas Kräuteraufgüsse trank, hartnäckig.

»Nicht mehr lange, und es wird auch kein Holz mehr für die Kemenate geben. Ich wage gar nicht daran zu denken, was das für Auswirkungen für die Kleinsten haben wird«, gab Adolana missmutig von sich und strich Thomas sachte über den Rücken.

Nachdem Wipert angeordnet hatte, dass die Halle nur noch abends beheizt werden sollte, hatte Welfs Gemahlin spontan die kleinsten Bewohner der Burg zu sich in ihre Kemenate geholt. Nun tummelten sich im ersten Stock vierzehn Kinder unter acht Jahren, deren gelegentliches Gelächter den übrigen Menschen die Herzen erwärmte.

Als die große Eingangstür aufgedrückt wurde und ein Schwall kalter Luft hereinströmte, drehten die Menschen der Halle die Köpfe.

»Anstatt euch die Bäuche vollzuschlagen, solltet ihr lieber draußen auf Posten sein.« Noch eisiger als die Luft war Wiperts Stimme.

Mit rot gefrorenem Gesicht versetzte er der Tür einen Tritt und riss sich die warmen Fäustlinge aus Wolle von den Händen. Dann stapfte er mit großen Schritten auf die lange Tafel zu und baute sich drohend vor dem am Ende sitzenden Grimwald auf. Die steile Falte zwischen den buschigen grauen Augenbrauen vertiefte sich, als sich der Hauptmann betont langsam mit dem Handrücken über den verschmierten Bart fuhr. Seine Trägheit täuschte allerdings, denn als Bruno unter dem zornigen Blick des Vogtes aufspringen wollte, drückte Grimwald ihn mit seiner mächtigen Pranke zurück. In den hellen, fast wimpernlos wirkenden Augen des jungen Mannes stand Furcht.

»Wir haben uns eine kleine Pause verdient, Herr. Meine Männer stehen draußen Wache«, entgegnete Grimwald bedächtig.

Wiperts ohnehin rotes Gesicht nahm eine bedenkliche Färbung an, so dass Adolana sich rasch erhob. Der Vogt war im Grunde kein bösartiger Mensch, doch mit seiner Aufgabe völlig überfordert. Seit der letzte Tropfen Wein geleert war, war seine Stimmung noch tiefer gesunken.

»Es war meine Schuld, Herr Wipert. Ich habe die beiden Männer zum Essen genötigt«, sprang Adolana helfend ein.

Notgedrungen wandte sich der Vogt ihr zu. Adolana machte sich im Hinblick auf seine Meinung über sie nichts vor. Wipert mochte ihre Art nicht und gab dies in schöner Regelmäßigkeit zum Besten.

»Ihr, verehrte Frau Adolana«, antwortete er gedehnt, »solltet Euch lieber auf Eure Stellung besinnen und Euch an Euren eigentlichen Platz zurückziehen. Eine Frau Eures Standes hilft nicht in der Küche und räumt auch keine Steine weg.«

Adolana verkniff sich die Gegenfrage, ob er damit das Verhalten seiner eigenen Frau meinte. Seit es Uta wieder besserging, hielt diese sich bei ihr und den Kindern in der Kemenate auf. Ihre Begründung, sie wolle die edle Frau bei der Arbeit mit den Bälgern unterstützen, war mehr als vorgeschoben.

»Sicher, Herr Wipert, wenn die Belagerung vorüber ist und das normale Leben wieder Einzug hält«, entgegnete Adolana stattdessen.

»Der edle Welf wird kommen. Er wird den Feind zerschlagen wie eine lästige Fliege und uns befreien. Und du«, wandte sich Wipert erneut dem wenig überzeugt wirkenden Grimwald zu, »du wirst dann für dein respektloses Benehmen bezahlen. Nach fünfzehn Hieben mit der Peitsche behältst du deine freche Zunge dann sicher im Maul.«

Gleich darauf war der Vogt mit wehendem Umhang nach draußen verschwunden und ließ eine unangenehme Stille zurück. Die übrigen Menschen der Halle hatten das Schauspiel natürlich verfolgt. Wie erwartet setzte kurz danach leises Gemurmel ein.

»Fragt sich nur, wann unser verehrter Burgherr uns zu retten gedenkt. Das Eintreffen seiner Nachricht mit dieser halbtoten Brieftaube liegt schon fast eine Woche zurück«, brummte Grimwald und stützte sich mit den Händen auf der Tischplatte ab, um dem Vogt nach draußen zu folgen.

Der darauffolgende Donnerschlag ließ die Zuflucht-suchenden zusammenfahren. Zusammen mit Thomas fing Grimwald sich als Erster und stolperte laut fluchend aus der Halle. Adolana eilte mit Bruno und anderen Burgmannen hinterher, während die zurückgebliebenen Frauen sich um die verängstigten Kinder kümmerten, die zu groß waren, um den Schutz der wärmenden Kemenate genießen zu können.

Es war ein großer Brocken. Der Jubel, der gedämpft aus dem Tal zu ihnen heraufkroch, verstärkte die Hoffnungslosigkeit der Menschen beim Anblick des zerstörten Gebäudes.

»Der Teufel ist mit den elenden Staufern im Bunde«, fluchte Grimwald und eilte zu dem zertrümmerten Gebäude, in dem die letzten Vorräte untergebracht waren. Das Geschoss hatte das strohgedeckte Dach zerschlagen und nur zwei der Außenwände verschont.

»Der Vogt! Der Vogt ist da drin!«

Beim gellenden Schrei Irmgards schreckte Adolana zusammen. Wie alle anderen eilte sie zu dem ehemaligen Vorratshaus und half Grimwald dabei, die Trümmer zur Seite zu schaffen. Sie arbeiteten stumm nebeneinander, ohne an die Gefahr durch ein neues Geschoss zu denken.

Ein Stein nach dem anderen wurde von dem Trümmerhaufen gehoben. Bei den Balken, die durch die Wucht des Aufpralls nicht zerborsten waren, fassten die Männer zu zweit an.

Obwohl Adolana wusste, wonach sie suchten, fuhr sie entsetzt zurück, als einer der Steine das freigab, was sich unter ihm verbarg. Aber die starren, weitaufgerissenen Augen inmitten der blutigen Masse gehörten nicht Wipert.

»Es ist Ritter Ulf«, kreischte Roswitha, die Adolanas Schreck bemerkt und einen neugierigen Blick über die Schulter der jungen Frau geworfen hatte.

»Mach Platz, geh zur Seite, Weib.«

Beleidigt wich Roswitha dem massigen Körper Grimwalds aus, ohne jedoch das Gesicht des Toten aus dem Blick zu lassen. Auch ihr Antlitz zeigte die Spuren des Hungers, und die schmale Hakennase unterstrich ihre harte Ausstrahlung umso mehr.

Plötzlich kam Adolana ein schrecklicher Verdacht.

»Wo ist eigentlich der Edle von Weberg?«, fragte sie stockend und sah sich zögernd um. Der zweite Ritter der Burg war jedoch nirgendwo zu sehen. Ein Schaudern durchfuhr sie, als sie daran dachte, dass sie die beiden Ritter des Öfteren zusammen mit Wipert im Vorratshaus verschwinden sehen hatte.

Thomas, der sie ein Stück vom Geschehen weggezogen hatte, legte einen Arm um sie und führte sie zum Haus. Sein Schweigen war fast noch schlimmer als der entsetzte Aufschrei Roswithas.

Ritter von Weberg war ebenfalls gefunden.

»Ihr legt Euch jetzt hin, und ich will Euch erst wieder am Abend sehen, wenn das Feuer in der Halle die Kälte aus unseren Körpern vertreibt«, warnte Thomas sie und öffnete die Tür.

Gleichzeitig hörten sie das fast schon vertraute Surren. Das Dröhnen des nächsten Einschlags ließ den Boden erzittern. Thomas riss Adolana mit sich in die Halle und schützte dabei ihren Körper mit seinem eigenen.

Die gellenden Schreie von draußen konnte er damit aber nicht abwehren.

Obwohl ihn die eingeübten Handlungen der Männer fast in den Wahnsinn trieben, gelang es Berengar nicht, den Blick von dem hölzernen Gerät abzuwenden. Wie gebannt verfolgte er, wie die Männer die eiserne Schale mit einem Stein füllten, der wie der Teil eines Grabsteins aussah. Seiner ursprünglichen Verwendung beraubt, würde er in Kürze durch die Lüfte fliegen. Der kräftigste der vier Männer holte mit einem großen Hammer aus und löste mit Hilfe eines Schlags das eingepflöckte Spannseil. Blitzschnell schlug das Gegengewicht auf den Boden, während der lange Holzbalken, an dem sich die Schale befand, emporflog und sein Geschoss auf den Weg brachte.

Es gelang Berengar kaum, seine Erleichterung zu verbergen, als der halbe Grabstein in einiger Entfernung von seinem Ziel in den Berg schlug. Zwei Treffer hintereinander, wie es den Männern in der letzten Stunde gelungen war, kamen selten vor, denn die Präzision des Antwerks war nicht besonders genau. Ungeachtet dessen war das Katapult ein tödliches Gerät. Beim zweiten Einschlag hätte Berengar schwören können, die Schreie der Menschen oben in der Burg vernommen zu haben.

Vielleicht hatte ihm seine Einbildung auch einen Streich gespielt.

Erneut spannten die Männer des Schwabenherzogs das Seil. In Berengar rumorte es. Seine Nerven glichen dem Seil, das nun wieder straff gespannt war. Trotz der Kälte lief den drei Soldaten der Schweiß übers Gesichter, als sie die zweite Hälfte des Steins in die Schale wuchteten. Nun konnte Berengar die verwitterte Aufschrift darauf erkennen. Als der Hammer niedersauste, schloss er die Augen und ballte die Fäuste. Die sich ihm nähernden Geräusche der Reiter waren ihm komplett entgangen.

»Daneben! Zu schade, nicht wahr, Berengar«, frotzelte Rudger.

Langsam öffnete der Ritter die Augen. Es war eisig kalt, und der tiefblaue Himmel, von dem die Sonne ihre geringe Wärme zur Erde schickte, täuschte einen herrlichen Wintertag vor.

In Kriegszeiten gab es jedoch keine Herrlichkeit.

»Dieser Zustand müsste Euch bestens bekannt sein, Rudger. Langt Ihr nicht immer daneben?«, gab Berengar zurück. Es ärgerte ihn, dass er zu dem Reiter aufsehen musste, auch wenn dessen Miene sich augenblicklich verfinsterte. Kann dieser Mistkerl davon wissen, dass sich Adolana auf der Burg befindet?, fragte er sich.

»Immer zu einer freundlichen Erwiderung aufgelegt. Meine Schwester vermisst Eure liebenswürdige Art sicher ebenfalls. Ihr sollt übrigens zum Herzog kommen«, stieß Rudger zwischen zusammengepressten Zähnen hervor. »Ach, und was ich Euch noch sagen wollte, für den Fall, dass Ihr mir eine Botschaft für Eure liebenswerte Gemahlin mitgeben möchtet. Ich bin morgen im Auftrag Friedrichs unterwegs und werde ihr bei der Gelegenheit vielleicht meine Aufwartung machen.«

»Die Mühe könnt Ihr Euch sparen, Rudger. Keiner meiner Männer wird Euch näher als zwanzig Fuß an meine Burg heranlassen«, erwiderte Berengar betont gelangweilt. Die Erleichterung darüber, dass er mit seiner Vermutung falsch gelegen hatte, war ihm nicht anzumerken.

»Wir werden ja sehen.«

Gedankenverloren blickte Berengar dem davonpreschenden Reiter nach. Zum Teufel mit ihm! Sollte Beatrix' Bruder wirklich vorhaben, sich Zugang zur Burg Wolfenfels zu verschaffen, konnte es ihm durchaus gelingen. Je nachdem, wie viele Männer er mitführte. Richbert hatte zwar noch drei Männer zur Unterstützung, würde aber einem Überraschungsangriff kaum etwas entgegensetzen können. Berengars Eingeweide zogen sich bei dem Gedanken an das Gemetzel, das Rudger anrichten könnte, zusammen. Ganz davon abgesehen, dass der Mistkerl in diesem Fall von Adolanas Verschwinden erfahren würde. Dazu durfte es nicht kommen. Auf das Hohngelächter Rudgers konnte er getrost verzichten.

Zwischenzeitlich hatte der Ritter das Zelt des Schwabenherzogs erreicht und wurde von den Wachen durchgewinkt. Im Gegensatz zu seiner eigenen Unterkunft, in der es nur noch mittig einen einigermaßen trockenen und sauberen Platz gab, befand sich Friedrichs Zelt auf einer Erhöhung und war komplett mit Holzbohlen ausgelegt. Die üppig verteilten Felle und die mit glühenden Kohlenstücken bestückte gusseiserne Schale sorgten für eine fast wohnliche Atmosphäre.

»Berengar. Wir haben Nachricht erhalten, dass mit dem Eintreffen Welfs bald zu rechnen ist. Er hat vor zehn Tagen Regensburg passiert. Sein Vasall, der Graf von Bogen, ist der dortige Vogt. Die Angaben über die Größe seines Heeres schwanken von eintausendfünfhundert bis zweitausend Männer. Wegen des Wetters kommen sie allerdings nur langsam voran.«

»Wie viele Berittene?«

Friedrich zuckte die Schultern. Er wirkte wie immer voller Tatendrang und hellwach, wenngleich in seinem Blick eine Spur Frustration lag. Berengar wusste, warum. Hätte der Schwabenherzog das letzte Wort gehabt, wäre der Beschuss dauerhaft erfolgt. Sein Bruder zog es dagegen vor, die Bewohner der Burg mit der ständigen Unsicherheit, wann der nächste Angriff erfolgen könnte, zu zermürben. Außerdem erforderten andere Dinge die Aufmerksamkeit des Königs. Die hochherrschaftlichen Besucher wechselten sich im Lager wöchentlich ab. Konrad wollte unter keinen Umständen seine Aufgaben als Herrscher des Reiches vernachlässigen und hielt in seinem geräumigen Zelt Hof, wie er es sonst in den Pfalzen des Reiches tat.

»Auch hier gibt es widersprüchliche Angaben. Ich denke, mit sechshundert müssen wir rechnen.«

»Selbst wenn die geringere Zahl stimmt, sind sie immer

noch knapp in der Überzahl«, murmelte Berengar nachdenklich.

In dem Moment erklang über dem Zelt das vertraute Zischen, gefolgt von einem dumpfen Schlag.

»Die Glückssträhne scheint vorbei zu sein«, bemerkte Friedrich beiläufig. »Nach den beiden Treffern von gestern verfehlen die Geschosse jetzt ihr Ziel.«

»Setzt die Angriffe aus, Herr«, bat Berengar einer Eingebung folgend. »Wir haben bisher keinen direkten Angriff gestartet, weil Euer Bruder auf das Aushungern der Menschen setzt. Was bringen Euch die wenigen Treffer, wenn Ihr kein nachhaltiges Ziel damit verfolgt?«

»Es geht Euch nicht um Nachhaltigkeit, sondern einzig und allein um Eure Gemahlin«, gab Friedrich unwillig zurück. »Euch müsste aber klar sein, dass dies kein Grund für mich darstellen darf, den Beschuss einzustellen. Wir hatten das Thema bereits, wenn ich Euch erinnern darf.«

»Ich weiß, Durchlaucht. Aber bedenkt, dass sich auch Welfs Gemahlin auf der Burg befindet. Die Bewohner werden nicht kapitulieren, das hat der Vogt am Anfang der Belagerung deutlich zum Ausdruck gebracht. Außerdem habe ich Euch von der Brieftaube erzählt. Der Welfe hat sie geschickt, da bin ich mir sicher«, versuchte Berengar es erneut.

»Nichts als Spekulationen. Die Anwesenheit Utas von Calw ist nach all den widersprüchlichen Angaben völlig ungewiss.«

Berengar wusste, dass er sich um Kopf und Kragen redete. Friedrich war gerecht, aber auch seine Geduld war begrenzt. Es war ihm egal.

»Gut. Was wäre, wenn wir die Burg vor dem Eintreffen des Welfen stürmen und einnehmen? Würdet Ihr Euch dort verschanzen? Niemals! Die Einnahme von Weinsberg würde uns keineswegs nutzen, sondern nur schaden.

Wir hätten sicherlich Verluste zu beklagen, auch wenn die derzeitige Besatzung körperlich geschwächt und überschaubar ist. Ihr wollt die Entscheidung in einer offenen Schlacht. Wir können den Welfen schlagen, auch wenn wir in der Unterzahl sind. Deshalb bitte ich Euch nochmals, verzichtet auf einen weiteren Beschuss.«

Friedrich schwieg, während er seinen Vasallen musterte und sich nachdenklich über den hellgrauen Bart strich. »Wieso seid Ihr so sicher mit Eurer Einschätzung? Welf ist kein schlechter Feldherr, und sollte seine Frau wirklich dort oben eingeschlossen sein, treibt ihn ohnehin die schiere Verzweiflung an.«

»Verzweiflung ist ein schlechter Begleiter, Durchlaucht. Ich weiß, wovon ich spreche. Welf ist davon unterrichtet, dass wir ihn erwarten, und er kennt sicher die Größe unseres Heeres, so, wie wir die seine kennen. Möglicherweise sind seine Angaben ebenfalls ungenau.«

»Worauf wollt Ihr hinaus?«, mischte sich unerwartet der König ein, der hinter ihnen eingetreten war.

Überrascht richteten die beiden Männer ihre Aufmerksamkeit auf den Zelteingang, wo der König stand und langsam auf sie zuging. Hinter ihm folgten Hermann, der Markgraf von Baden, und Graf Adalbert von Löwenstein, Berengars früherer Lehnsherr. Konrad quittierte Berengars Verbeugung mit einem knappen Nicken und trat mit seinen Begleitern an den Tisch, auf dem eine ausgerollte Karte lag.

»Ich dachte, du befindest dich noch mitten in der Unterredung mit den Bischöfen von Mainz und Würzburg?«, richtete Friedrich das Wort an seinen Bruder.

»Wir sind fertig. Die Urkunde mit der Schenkung an das Kloster Walkenried ist unterzeichnet, und die Herren bereiten ihren Aufbruch vor. Die Verhandlungen gingen deutlich zügiger voran als mit dem päpstlichen Gesandten.«

»Geht es um den zugesicherten Schutz für das Kloster Polirone, das dem Kardinal so am Herzen liegt?«

Konrad nickte und wandte dann seine Aufmerksamkeit Berengar zu, der sich von seiner Überraschung erholt hatte und äußerlich gefasst wirkte. Von den Wünschen des päpstlichen Gesandten, Kardinal Dietwin, hatte er kaum etwas mitbekommen. Es interessierte ihn auch nicht sonderlich.

»Also, welches Ziel verfolgt Ihr mit Euren Äußerungen?«

»Euer Majestät, ich war in der Schlacht bei Waiblingen dabei, damals waren wir ebenfalls in der Unterzahl.« Berengar warf einen schnellen Seitenblick auf seinen ehemaligen Herrn, dessen wütende Miene ihn nicht verwunderte. Schließlich stand es ihm nicht zu, die Vorgehensweise eines über ihm stehenden Adligen zu kritisieren, und Graf Adalbert hatte seinerzeit die Führung innegehabt. Trotz dieser Ungeheuerlichkeit fuhr der Ritter mit seinen Ausführungen fort. »Wir haben zu lange gewartet, weshalb Welf ungehindert seine Reiterei gegen unseren Rücken einsetzen konnte.«

»Was fällt Euch ein?«, fiel ihm der Löwensteiner Graf zornig ins Wort, doch der König brachte ihn mit einer Handbewegung zum Schweigen.

»Welf liebt die Überraschung in der Schlacht, genauso ist er bei Phalei vorgegangen. Wir müssen ihn mit seinen eigenen Waffen schlagen, dann brauchen wir auch die feindliche Überzahl nicht fürchten.«

Konrads Interesse war geweckt, genau wie das der anderen Anwesenden, mit Ausnahme des Löwensteiners, dessen vernichtender Blick seinen ehemaligen Vasallen zu durchbohren schien.

»Und? Spannt uns nicht auf die Folter, Berengar«, forderte Friedrich ihn ungeduldig auf.

»Zieht Euch mit Euren Truppen zurück, Herr. Welf wird

denken, dass Euer Bruder anmaßend genug ist, um es ohne Eure Hilfe gegen ihn aufzunehmen. Verzeiht mir, Majestät. Es liegt mir fern, Euch zu beleidigen.«

Ruhig und ohne erkennbare Unsicherheit verbeugte sich Berengar vor dem König, der ihn mit unbeteiligter Miene musterte. Kaum merklich nickte er und gab damit Berengar zu verstehen, dass er fortfahren solle.

»Damit befände sich Euer Bruder in der Position, dem welfischen Heer in den Rücken zu fallen, und Euer Majestät wäre dem Sieg durch diesen Überraschungsangriff deutlich näher. Weinsberg würde sich zweifellos ergeben, wenn Welf mit seiner Streitmacht in die Flucht geschlagen würde.«

Gespannt wartete Berengar auf eine Regung des Königs. Er hatte sich mit seinem Vorschlag weit vorgewagt. Zu weit?

Der König beugte sich über die ausgerollte Karte und schlug mit einer beiläufigen Bewegung seinen mit Fuchsfell gefütterten Umhang zurück, wodurch er den Blick auf ein warm gefüttertes Wams aus edlem dunkelrotem Tuch freigab.

»Welf kommt aus östlicher Richtung. Hm. Was denkst du, Bruder. Würde dir diese Stelle hier gefallen?«

»Zumindest würde sicher keiner von seinen Männern auf die Idee kommen, in westlicher Richtung nach uns Ausschau zu halten. Außerdem befindet sich hier der Neckar«, antwortete Friedrich und fuhr mit dem Zeigefinger eine gewundene Line nach. »Es wäre möglich, denke ich.«

Innerlich dankte Berengar seinem Herrn für die Unterstützung, äußerlich blieb seine Miene unbewegt.

»Das ist doch alles an den Haaren herbeigezogen«, mischte sich der Löwensteiner aufgebracht ein. »Wir sollten uns dem Welfen mit unserer ganzen Macht entgegenstellen.«

Kein König liebte Kritik, Konrad machte da keine Ausnahme. Fragend zog er die Augenbrauen in die Höhe und setzte zu einer Erwiderung an.

»Meint Ihr wie in der Nähe des Waiblinger Königsgutes?«, kam ihm sein Bruder zuvor. Friedrichs schneidender Tonfall und die Kälte, die in dem einen Auge lag, brachten den Grafen zum Schweigen. In seiner Wut auf Berengar hatte er übersehen, dass er nicht seinen ehemaligen Vasall kritisierte, sondern die Stauferbrüder höchstpersönlich.

Ein unverzeihlicher Fehler.

»Gut, so sei es. Und was den Beschuss betrifft, so bin ich ebenfalls Eurer Meinung, Berengar.«

Friedrich wollte gerade zu einer heftigen Erwiderung ansetzen, als die Zeltöffnung zur Seite gehoben wurde und Wolfram von Weinsberg eintrat.

»Verzeiht die Störung, Majestät, aber eine dringliche Angelegenheit erfordert Euer sofortiges Erscheinen.«

Irritiert runzelte Konrad die Stirn, was ihm durch die eng zusammenstehenden Augen einen missmutigen Ausdruck verlieh. Wortlos folgte er Wolfram von Weinsberg, den Welf vor Jahren als Vogt abgesetzt hatte. Berengar, der mit den anderen Männern dem König nach draußen gefolgt war, stockte der Atem.

Langsam, fast wie bei einer Prozession, kam eine Abordnung der Burgbewohner den Weg herunter, der zur Festung führte. Ein Mönch führte ein Pferd am Zügel, da die Reiterin ein Bündel in den Armen hielt. Bei der dritten Person handelte es sich ebenfalls um eine Frau.

Trotz der Trauer, die sie seit gestern umfing, war es Adolana gelungen, dem Wunsch Utas nachzukommen, und so begleitete sie ihre Herrin nun auf ihrem Weg hinunter ins Lager.

Grimwalds Tod hatte sie schwer mitgenommen. Der zweite Treffer war genau an der Stelle eingeschlagen, an der sich das Vorratsgebäude befunden hatte und wo die Helfer emsig mit der Befreiung der Verschütteten beschäftigt waren. Neben Grimwald gab es fünf weitere Tote zu beklagen, zu denen auch Roswitha zählte. Das Mädchen hatte seine Neugier teuer bezahlt. Wipert, den Burgvogt, fanden sie zuletzt. Die Männer brachten die Verletzten auf Utas Anweisung in ihre Kemenate. Bruno fror zwar nun nicht mehr, litt dafür aber starke Schmerzen. Ein herabfallender Balken hatte ihm eine schlimme Verletzung an der Schulter beigebracht, die Marga zum Glück behandeln konnte. Die Quetschungen am Arm waren umso besorgniserregender.

Durch den grauenhaften Angriff hatte Thomas viel zu tun, worauf er liebend gerne verzichtet hätte, aber noch waren nicht alle Toten begraben, denn der Boden war gefroren, und die Männer kamen nur mühsam voran. Grimwald lag in der kleinen Kapelle über dem Burgtor. Nicht nur Adolana hatte um ihn getrauert, sondern auch Marga weinte bittere Tränen um den Hauptmann. Adolana lief es noch immer kalt den Rücken herunter, wenn sie an die Selbstvorwürfe der Frau dachte. Sie hatte sich offenbar aus Scham dem verlegenen Werben Grimwalds entzogen, obwohl sie dem gutmütigen Soldaten durchaus zugeneigt war. Jetzt war es dafür zu spät.

Dafür hatte der Mönch noch am selben Abend den schwer verletzten Bruno und Siglind getraut.

»Sollen wir nicht auf halbem Weg warten?«, fragte Adolana, während sie mit stetig wachsendem Unbehagen die Männer im Lager beobachtete, die gerade ihre Pferde in Empfang nahmen. Erst als sie sich sicher war, dass Berengar nicht unter den fünf Männern weilte, lockerte sich ihr Griff um die Zügel.

»Ich denke, Frau Adolana hat recht. Wir sollten uns nicht ins Lager begeben, da der König uns offenbar entgegenkommen will.«

Uta nickte zustimmend und schenkte Thomas ein nervöses Lächeln. Der kleine Welf schlief, dick eingepackt in mehrere Wolltücher, ruhig in ihrem Arm. Er ahnte nichts von dem schweren Weg, den seine Mutter vor sich hatte.

Auch Thomas wirkte mitgenommen. Adolana entdeckte einen ungewohnt verhärmten Zug um seinen Mund. Selbst die Trauung am Abend zuvor hatte ihm nichts von seiner Schwermut genommen.

»Dann lasst uns hier halten.«

Trotz der Blässe und des schmalen, mitgenommen wirkenden Gesichts unter der viel zu großen Kapuze machte Uta einen gefassten Eindruck. Obwohl ihre Kräfte noch nicht wieder vollständig zurückgekehrt waren, hatte sie darauf bestanden, den Weg des Bittstellers anzutreten. Adolana bewunderte die junge Mutter für ihren Mut und vermutete, dass vor allem die Sorge um den kleinen Welfen den Ausschlag dazu gegeben hatte. Wer wusste schon, nach wem die kalten Finger des Todes in Kürze greifen würden?

»Beide Stauferbrüder geben uns die Ehre«, murmelte Uta mit Bitterkeit in der Stimme. Und fügte auf Adolanas fragenden Blick hinzu: »Ich kenne die beiden schon sehr lange, Adolana. Noch vor meiner Heirat sind wir uns ein paar Mal begegnet. Sie haben meinen Vater, Gott habe ihn selig, sehr geschätzt. Allein deshalb hoffe ich, dass sie Einsicht zeigen werden.«

Adolanas Herz krampfte sich bei den Worten erneut zusammen. Herzog Friedrich. Sie war ihm in Rottenacker vorgestellt worden, vor einer Ewigkeit, wie es ihr jetzt schien. Wie würde er reagieren? Als schien Thomas ihre Furcht zu spüren, legte er seine Hand auf die ihre und lächelte ihr beruhigend zu.

Er hatte am frühen Morgen sofort ihrer Bitte entsprochen, wusste er doch von ihrer Angst, Berengar gegenübertreten zu müssen. Eigentlich hatte sie Utas Bitte ablehnen wollen, doch letztendlich hatte sie es nicht über sich gebracht.

»Verzeiht mir bitte, dass ich Euch nicht die nötige Ehrerbietung entgegenbringe, Euer Majestät, aber wie Ihr seht, halte ich mein Kind in den Armen«, begrüßte Uta gleich darauf ihren König.

»Nehmt meine Glückwünsche zur Geburt entgegen, edle Uta«, entgegnete Konrad gnädig. »Es macht mich untröstlich, dass unsere Begegnung nach so vielen Jahren unter solch tragischen Umständen stattfindet. Mir war nicht bekannt, dass Ihr auf Burg Weinsberg weilt.«

»Hättet Ihr sonst von einer Belagerung Abstand genommen?«, fragte Uta mit einer Ironie, die Adolana an ihr fremd war. »Oder uns möglicherweise nur dem Hunger ausgesetzt und auf den schrecklichen Einsatz Eures Antwerks verzichtet?«

Adolana, die bisher den Kopf gesenkt gehalten hatte, hob ihn nun ungläubig und bereute es noch im selben Augenblick. Friedrichs Auge bohrte sich direkt in ihr Innerstes.

Röte überzog Adolanas Gesicht, und schnell senkte sie erneut das Haupt, so entging ihr Konrads leichte Verlegenheit.

»Wir befinden uns im Krieg mit Eurem Gatten, edle Uta. Er hat sich meinen Befehlen widersetzt und fordert ein Herzogtum, auf das er keinen Anspruch hat. Aber ich bin ein guter Christ und gebe Euch eine Woche Zeit, um die Burg zu verlassen. Die beiden hier dürfen Euch begleiten«, fuhr Konrad mit gefestigter Stimme fort und zeigte auf Adolana und Thomas. »Aber für die restlichen Bewohner kann es keine Gnade geben. Frauen und Kinder kommen in Gefangenschaft, die Burgmannen sind des Todes. Sie hatten ihre Chance, die der Burgvogt abgelehnt hat.«

»Vogt Wipert ist tot«, entgegnete Uta tonlos und fing plötzlich an zu schwanken.

Thomas, der im Gegensatz zu Adolana die Unterhaltung mit erhobenem Haupt verfolgt hatte, reagierte sofort und stützte sie mit beiden Händen.

»Es geht, danke, Hochwürden«, sagte Uta.

So schnell die Schwäche von ihr Besitz ergriffen hatte, so schnell verschwand sie auch wieder.

»Ich danke Euch für Euer Entgegenkommen, Majestät. Aber ich werde die Menschen nicht ihrem Schicksal überlassen«, brachte Uta ihre Antwort leise, jedoch entschlossen hervor.

»Ich stehe zu meinem Wort. Ihr habt die zugesagte Zeit, falls Ihr es Euch doch noch anders überlegen solltet.«

Uta dankte Konrad, verabschiedete sich und ließ sich von Adolana und Thomas zurückführen.

Das Gefühl der Angst hatte sich bei des Königs Worten in Adolanas Kopf immer mehr ausgebreitet. Die Bilder von Marga und den anderen Frauen als Gefangene und von dem erschlagenen Bruno ließen sich nicht mehr vertreiben.

Berengar bückte sich nach seiner Decke, während Falko bereits sein Bündel gepackt hatte und ihn mit nachdenklicher Miene beobachtete.

»Es war sicher besser so«, sagte Falko.

Der Ritter hielt in seiner Arbeit inne. Die wenigen Habseligkeiten, die er mit ins Lager genommen hatte, steckten in dem großen Sack aus grobem Leinen, der vor ihm stand.

»Was hättest du getan, wenn Friedrich dich mitgenommen hätte?«

Langsam hob der in die Hocke gegangene Ritter den Kopf und begegnete ruhig dem Blick seines Freundes. »Ich weiß es nicht.«

Das Schweigen Falkos sagte ihm mehr als tausend Worte. Selbstverständlich war Berengar klar, dass der Schwabenherzog mit seinem Befehl an ihn, im Lager zu bleiben, richtig gehandelt hatte. Es war mehr als wahrscheinlich, dass Berengar sein Pferd an Adolanas Seite gelenkt hätte, um sie hochzuheben und mit ins Lager zu nehmen. Aber dank Friedrichs vorausschauendem Handeln blieb dem Ritter nichts weiter übrig, als das Treffen aus der Ferne zu beobachten.

Er hatte sie sofort erkannt. Der weite Umhang verbarg zwar ihre Figur, aber sie wirkte deutlich schmächtiger als bei ihrer letzten Begegnung. Die Wucht der Gefühle, die ihn beim Anblick Adolanas durchströmten, überraschte ihn dagegen längst nicht mehr.

»Auch wenn sie dich nicht gesehen hat, ist es gut, dass du dich wieder in einen zivilisierten Menschen verwandelt hast«, zog Falko ihn mit leiser Stimme auf. Es war der Versuch, seinen deprimierten Freund wieder aufzubauen, dessen nun glattrasiertes Gesicht wie in Stein gemeißelt wirkte.

»Na, dann schick mal Alban zu mir«, entgegnete Berengar ausdruckslos, griff nach dem dünnen Lederband und schnürte mit energischen Handgriffen den Kleidersack zu.

Der Schnee knirschte kaum hörbar unter Adolanas Schritten. Seit zwei Tagen schneite es in unregelmäßigen Abständen. Der Innenhof der Burg wurde von einer zwei Fuß hohen, kalten Decke bedeckt, die mit ihrem reinen Weiß auch die letzten Schlammfurchen verbarg.

Ruhe und Frieden herrschten seit sieben Tagen auf Burg

Weinsberg, wären da nicht Hunger und Angst gewesen, die jedes Gefühl von Entspannung im Keim erstickten.

»Seid Ihr fertig?«, fragte Thomas in die Stille hinein.

Adolana nickte zerstreut und überreichte ihm den Beutel mit Proviant. Außer einem Kanten Haferbrot, das mit Erbsenmehl gestreckt worden war und eine unappetitliche graue Farbe besaß, hatten sie nur noch fünf verschrumpelte kleine Äpfel für die bevorstehende Reise. Uta hatte sich lange gegen die Überredungsversuche von Thomas und den anderen Bewohnern gesträubt, aber am gestrigen Abend, einen Tag vor Ablauf des königlichen Ultimatums, hatte sie nachgegeben. Der kleine Welf hatte den Ausschlag dafür gegeben, denn er kränkelte und trank seit Tagen nicht mehr richtig an der Mutterbrust. Marga hatte die Burgherrin davon überzeugt, dass es an der mangelhaften Ernährung lag.

»Ihr könnt von hier fliehen, dann tut es auch endlich«, hatte sie gedrängt.

Für Adolana war dadurch eine schwierige Situation entstanden. Fest entschlossen zu bleiben, befand sie sich nun in einer Zwickmühle. Sie konnte Uta mit dem Kind nicht alleine ziehen lassen, aber die anderen Bewohner waren ihr ebenso ans Herz gewachsen. Es war feige, sie ihrem furchtbaren Schicksal zu überlassen und selbst das Weite zu suchen. Und so hatte sich Adolana mit der Entscheidung herumgequält, bis Thomas sie am frühen Morgen aufgesucht hatte.

»Ich spreche nicht nur für mich, sondern für alle Menschen hier. Geht mit Uta und bringt Euch in Sicherheit. Euer Gemahl befindet sich irgendwo dort unten. Er wird Euch mit Freuden nach Hause geleiten lassen«, hatte er sie bedrängt, ohne ihre Zweifel zu zerstreuen.

Erst als er sie an ihr ungeborenes Kind erinnerte, fielen die schützenden Mauern um Adolana zusammen. Sie wusste nicht, ob Marga sie verraten hatte, der sie sich aufgrund der nicht enden wollenden Übelkeit anvertraut hatte, oder ob der Geistliche es einfach nur ahnte. In den Armen des Mönchs weinte sie all die Tränen, die sich in den letzten Wochen aufgestaut hatten. Über die verpasste Chance einer guten Ehe, über den Tod Grimwalds und das Leid der beiden Verliebten, über Bruno und Siglind. Sogar über das brutale Ende von Johannes und den ungeklärten Tod ihres Onkels weinte Adolana.

Die Leere, die sie danach erfüllte, war kaum besser zu ertragen als die aufgestauten Gefühle.

Jetzt folgte sie blass, aber gefasst dem älteren Ordensbruder, der als Unterstützung der Eingeschlossenen auf der Burg bleiben wollte. Kurz vor dem notdürftig geflickten Stall, der sich ein Stück hinter dem Burgtor befand, blieb Adolana stehen.

»Utas Pferd ist mittlerweile ebenfalls recht dürr. Vielleicht könnte sie zwischendurch ein Stück laufen, sonst bricht das Tier vor Erschöpfung noch unter Mutter und Kind zusammen«, ermahnte Thomas sie. »Den Wasserschlauch habe ich mit einer Mischung aus Wein und Wasser gefüllt. Marga hat ein kleines Fass vor den gierigen Händen des Vogts versteckt und für die Verletzten zurückbehalten. Ach ja, und wenn Ihr in Wolfenfels eintrefft, grüßt bitte Norbert recht herzlich von mir. Wir sehen uns bald wieder.«

Mit einem Ruck öffnete der Mönch die schief sitzende Tür und erstarrte mitten in der Bewegung.

»Er kommt! Er kommt! Das welfische Heer rückt an«, schallte fast gleichzeitig eine euphorische Stimme von oberhalb zu ihnen herunter.

Waldemar spürte die eisige Kälte ebenso wenig wie die schwere Rüstung, die er über dem gesteppten Wams trug.

Endlich!

Die Unruhe, die ihn seit Bekanntwerden der Belagerung von Weinsberg erfasst hatte, legte sich beim Anblick der Burg. Der Ritter ließ den Blick langsam den Hügel hinab ins Tal wandern, zum königlichen Lager Konrads. Es war kleiner, als sie ursprünglich erwartet hatten. Zumindest bis zu dem Zeitpunkt, als sie die seltsame Nachricht des Boten erhalten hatten. Dazu passte ebenfalls, dass Waldemar das Banner des Schwabenherzogs nirgendwo entdecken konnte.

Friedrich war also tatsächlich abgezogen. Leider war mit ihm auch das Wolfsbanner verschwunden und damit Waldemars Chance, den verhassten Widersacher endgültig zu vernichten.

Ungläubig hatten Welf und seine Vertrauten die Nachricht vom Abzug Friedrichs vernommen. Konnte der staufische König wirklich so von seinem Sieg überzeugt sein, dass er auf die Männer und langjährige Erfahrung seines Bruders verzichtete? Es hatte den Anschein.

»Wir werden erwartet. Wie entgegenkommend vom Staufer, dass er uns gebührend empfängt.«

Der beißende Spott des Welfen passte zu seiner eisigen Miene, welche der Kälte, die das Land seit Tagen im Griff hatte, in nichts nachstand. Es mutete Waldemar fast wie Hohn an, dass in drei Tagen Weihnachten gefeiert werden sollte.

Der Ritter erfasste die unzähligen Reihen der Soldaten im Tal. Konrad hatte seine Truppen ein gutes Stück außerhalb des Lagers aufstellen lassen. In der Ferne schimmerte das graublaue Band des Neckars. Die bunten Banner, die zwischen den einzelnen Reihen auf langen Stangen steckten, hingen genauso schlaff herunter wie das des Welfen. Der einsame Reiter mit der Lanze auf blutrotem Hintergrund wirkte auf Waldemar seit je wie von trotzigem Stolz erfüllt.

»Dann wollen wir die Begrüßung mal erwidern, Waldemar. Möge Gott uns in den kommenden Stunden beistehen.«

An der Seite seines Lehnsherrn folgte Waldemar dem sanft abfallenden Hügel ins Tal, so dass sie das staufische Lager zu ihrer Linken liegen ließen. Sie würden sich auf dem freien Feld treffen, auf dem das königliche Heer bereits Stellung bezogen hatte. Das welfische Heer war mit seinen knapp zweitausend Mann fast doppelt so groß wie das der Gegner. Spätestens am Ende des Tages würde Waldemars Lehnsherr dann sein erstes lang ersehntes Kind begrüßen.

So Gott will, dachte er.

»Hie Welf!« Der Schlachtruf des welfischen Heeres wurde mit dem der Staufer beantwortet.

»Hie Waibling!«, erscholl es aus Hunderten von Männerkehlen den Feinden entgegen.

Der Kampf tobte bereits seit einer knappen Stunde, als die ersten Reiter die Anhöhe erreichten. Friedrich hatte sich aus Angst vor einer frühen Entdeckung ein gutes Stück mit seinen Männern zurückgezogen. Seit zwei Tagen harrten sie in gespannter Erwartung dem Eintreffen des Welfen.

Nun hatte die Schlacht endlich begonnen. Die königlichen Truppen kämpften verbissen, doch es überraschte Berengar nicht, dass sie vor der welfischen Übermacht zurückweichen mussten. Lange würde Konrads Heer nicht standhalten.

Die knapp zweihundert Reiter, zu denen auch Berengar zählte, führten fast fünfhundert Fußsoldaten an, um der größeren Armee des Welfen in den Rücken zu fallen.

Wie immer kurz vor der Schlacht schaltete Berengar sämtliche Gefühlsregungen aus, um sich klar und zielgerichtet auf die vor ihm liegende Aufgabe zu konzentrieren.

Selbst die Kälte verbannte er, und die Schwere des bis zu den Knien reichenden Ringpanzers belastete ihn kaum. Zum Schutz trug er ein warm gepolstertes Wams. Ledergefütterte Handschuhe verhinderten Wundschürfungen an den Fingern durch die eisernen Ringe der Fäustlinge, die mit dem Ringpanzer verbunden waren. Ein weiterer geschmiedeter Schutz war mit festen Lederbändern um seine Schienbeine geschnürt.

Den Blick fest auf das Kampfgetümmel im Tal gerichtet, zog Berengar sich die am Ringpanzer befestigte Kapuze über den Kopf und stülpte sich den Rundhelm über. Aus den seitlich verlängerten Eisenteilen waren nur noch seine Nase und die Augen zu erkennen.

Auf Friedrichs Kommando stürmten die Ritter auf ihren gepanzerten Schlachtrössern den Hügel hinab. Das Donnern unzähliger Hufe zusammen mit dem Angriffsgeschrei der Ritter übertönte sogar das Getöse des Kampfgeschehens. Überraschung zeigte sich auf den Gesichtern der welfischen Soldaten, als sie sich den unerwarteten Angreifern in ihrem Rücken zuwandten.

Nun hatten sie einen Zweifrontenkampf vor sich. Mit voller Wucht prallte Berengar in die feindlichen Linien und hieb sein Schwert zwischen die Körper. Die Berittenen hatten sich mit den Fußsoldaten vermischt, und das Geschrei der Getroffenen vermengte sich mit dem frenetischen Gebrüll der immer noch nachströmenden Männer des Schwabenherzogs.

Friedrich führte seine Truppen an vorderster Front an. Mit der gewohnten Kaltblütigkeit sauste sein Schwert auf die Gegner nieder. Berengar befand sich in seiner Nähe, als sich das Blatt langsam, aber unaufhaltsam wendete. Die welfischen Reihen lichteten sich. Immer mehr der gegnerischen Soldaten wurden getötet oder verstümmelt. Die Schreie der Sterbenden legten sich wie eine Glocke über das weite Feld, auf dem noch immer mit unverhohlener Kraft die Schlacht tobte. Als ein heftiger Schwerthieb Berengar am linken Arm traf und die Ringpanzerung durchschnitt, stöhnte der Getroffene auf. Gleichzeitig riss er sein eigenes Schwert herum und trennte dem welfischen Ritter mit einem gewaltigen Schlag den Kopf vom Rumpf.

Schwer atmend suchte Berengar in dem verheerenden Durcheinander, das um ihn herum herrschte, seinen Lehnsherrn. Die erlittene Verletzung war zum Glück nicht tief, da Berengar sich im Moment des Angriffs seitlich weggedreht hatte. Ein gutes Stück entfernt entdeckte er den welfischen Heerführer, der in ein Gefecht mit einem der königlichen Ritter verstrickt war. Berengar meinte, Wolfram von Weinsberg unter der Rüstung zu erkennen, war sich aber nicht sicher. Noch weiter von ihm entfernt kämpfte Konrad an der Seite Abd al-Mansurs. Der weiße Turban war weithin zu erkennen, den Schutz eines Kettenhemdes hatte der Maure verächtlich abgelehnt und dabei auf seinen Krummsäbel gedeutet. Etwas anderes benötige er zu seiner Verteidigung nicht, lautete seine knappe Erklärung.

Abgelenkt durch die Suche, reagierte Berengar auf die geschwungene Waffe erst im letzten Augenblick. Nur um Daumenbreite verfehlte die mit Eisenspitzen bewehrte Kugel seinen Kopf. Fast zeitgleich griff der Ritter nach seinem langen Messer, um dem Angreifer mit einer schnellen Handbewegung die ungeschützte Kehle durchzuschneiden, aber Alban war ihm bereits zuvorgekommen.

In dem Moment sah Berengar, wie der Stauferherzog mit einem Spitzhaken vom Pferd gezogen wurde und in dem tobenden Gewühl verschwand. Rücksichtslos drängte er seinen schweißüberströmten Hengst vorwärts, ohne die am Boden liegenden Körper zu beachten, auf die das nervöse Tier die mit Blut und Dreck verschmierten Hufe setzte. Dass sein eigenes Blut mittlerweile den Ärmel seines Hemdes durchtränkt hatte, bemerkte Berengar nicht. Endlich hatte er die Stelle erreicht, an der der Herzog zu Boden gegangen war, und entdeckte voller Grauen den hingestreckten Leib von dessen Schlachtross. Fast im selben Moment stellte Berengar erleichtert fest, dass sein Lehnsherr sich ein Stück weiter links in aufrechter Haltung gegen zwei Gegner gleichzeitig zur Wehr setzte. Mit einem harten Fußtritt gegen den nur mit einer Lederkappe geschützten Kopf des einen Soldaten schaffte Berengar ihn zur Seite, versetze danach einem welfischen Ritter einen todbringenden Schlag und griff nach den Zügeln des Pferdes. Kurz darauf nickte ihm Friedrich auf gleicher Höhe knapp zu.

Als das Horn erklang, um das welfische Heer zum Rückzug zu rufen, zeigte sich die taktische Klugheit des Königs. Auf sein Kommando hin steckten einige seiner Männer die Zelte des eigenen Lagers an und schnitten den gegnerischen Soldaten damit den Rückzug ab.

In der einsetzenden Panik vor den sich schnell ausbreitenden Flammen suchten viele Männer des welfischen Heeres ihr Heil in der Flucht. Kopflos sprengten die überlebenden Reiter in Richtung des Neckars davon, gefolgt von den Soldaten, die sich noch auf den Beinen halten konnten.

Der königliche Befehl lautete, niemanden entkommen zu lassen, und so setzten die staufischen Vasallen den Fliehenden nach und richteten ein furchtbares Gemetzel unter ihnen an. Diejenigen, die den staufischen Schwertern entkamen, ertranken in den kalten Fluten des Neckars.

Eine größere Gruppe, zu denen auch Welf und Waldemar zählten, schlug sich gnadenlos durch die feindlichen Reihen und entkam. Das enthusiastische Gejohle ihrer Feinde begleitete die jeglicher Hoffnung beraubten Männer auf ihrer Flucht in östliche Richtung.

Das Wehklagen der Frauen auf der Burg war schon lange verklungen. Noch immer standen Uta und die anderen Bewohner auf der Brüstung und starrten voller Entsetzen hinab ins Tal. Das grauenhafte Schauspiel der letzten Stunden stand dem Anblick, der sich ihnen jetzt bot, kaum nach. Tragisch war das Ende der Schlacht und bedrückend das anschließend stattfindende Geschehen auf dem Schlachtfeld. Staufische Soldaten durchsuchten die Toten. Hin und wieder zuckten die Menschen auf der Brüstung zusammen, wenn sich eine Lanze in den Körper eines Sterbenden bohrte und der Stoß das Leben auslöschte.

Adolana hatte den Arm um die schockierte Uta gelegt. Mit der Niederlage ihres Mannes war der Wille der Frau gebrochen, ebenso wie der Keim der Hoffnung bei den restlichen Eingeschlossenen langsam und qualvoll zurück in den Boden gestampft worden war.

»Was sollen wir jetzt nur tun?«, klagte eine der Frauen, deren Mann zur Burgbesatzung zählte.

»Sie werden die Burg stürmen und uns alle töten«, jammerte die junge Siglind und warf sich schluchzend in die Arme ihrer Mutter, die sie wortlos mit sich die Treppe hinunter in den schneebedeckten Burghof führte.

Nach und nach folgten auch die anderen. Nur wenige schrien ihre Angst laut heraus, viele weinten leise in den Armen anderer, die von der Furcht wie gelähmt schienen.

Zum Schluss führte Thomas mit Adolanas Hilfe die erschütterte Burgherrin nach unten, nachdem er ein paar der Burgmannen angewiesen hatte, das Geschehen im Tal genau zu beobachten und ihm jede noch so kleine Veränderung sofort zu melden. Seit Grimwalds Tod hatte er sich mit seiner natürlichen Autorität an die Spitze gesetzt. Anstatt den Weg zum Palas einzuschlagen, gingen die drei zum Burgtor und erklommen die Stufen zur Kapelle.

Adolana blieb zu ihrem eigenen Erstaunen völlig ruhig.

Welf war geschlagen, hatte aber überlebt. Unter der Gruppe der Fliehenden hatten sie ihn ausmachen können. Das Schicksal ihres eigenen Gemahls lag dagegen weiterhin im Dunkeln. Zwischen den fast viertausend Männern war es nicht möglich gewesen, ihn ausfindig zu machen. Auch jetzt, nach dem Sieg der Staufer, hatte sie ihn nirgendwo auf dem Schlachtfeld entdeckt. Einerseits war sie froh darüber, denn der Anblick des Leichen schändenden Berengar hätte ihre mühsam aufrechterhaltene Fassung vielleicht zum Einstürzen gebracht. Andererseits nagte die Vorstellung, ihr Gemahl könnte tot sein, schwer an ihr. Sie klammerte sich jedoch an die Hoffnung, dass Berengar sich bei seinem Lehnsherrn befand, dessen Banner sie nach der Schlacht in der Nähe von dem seines Bruders gesehen hatte.

Oder dass er dem fliehenden Welfen nachsetzte.

»Wir müssen handeln, und zwar schnell.«

Die drängende Stimme des Mönches erreichte Adolana wie aus einer anderen Zeit. Reiß dich zusammen, ermahnte sie sich selbst energisch. Alles war verloren, sie mussten nun versuchen, das Unmögliche möglich zu machen. Mit Utas Hilfe war augenblicklich nicht zu rechnen. Bleich und mit entrücktem Blick kniete sie auf der Bank vor dem schlichten hölzernen Kreuz, halb auf dem eingetrockneten Blutfleck Grimwalds, und schien von ihrer Umgebung nichts wahrzunehmen.

»Woran genau denkt Ihr?«, fragte Adolana gefasst.

Offensichtlich überrascht durch die Beherrschtheit in ihrer Stimme, erwiderte Thomas forschend den Blick der jungen Frau.

»Ich weiß es leider nicht.«

Resigniert hob er die Schultern. Mit einem Mal wirkte der ältere Mönch unsagbar müde, als wäre er seines unerschütterlichen Glaubens beraubt.

»Bei unserem letzten Aufeinandertreffen hat der König

sich nur wenig entgegenkommend gezeigt. Wieso sollte er nach seinem grandiosen Sieg uns gegenüber nachgiebiger handeln?«, überlegte Adolana fieberhaft. Etwas in den Worten des Mannes, der immer zu ihr gestanden hatte, war wichtig. Würde sie einer Lösung näher bringen. Überleg! Was war es?, spornte sie sich an.

Plötzlich wusste sie, welcher Strohhalm sich ihnen bot.

»Die königliche Großmut«, sprudelte es aus ihr heraus. »Wir müssen an sein Ehrgefühl appellieren. Er hat alles gewonnen, wieso sollte er sich uns gegenüber kleinmütig zeigen? Der Vogt ist tot, und die beiden Ritter ebenfalls. Hier oben leben nur einfache Menschen, die mit dem Krieg nichts zu schaffen haben.«

»Ihr vergesst die Burgmannen«, widersprach Thomas heftig. »Kriegsleute, genau wie die da unten.«

»Nun gut«, gab Adolana zu, ohne sich in ihrer Begeisterung bremsen zu lassen, »mag sein, dass nicht alle völlig unbeteiligt sind. Aber die Mehrzahl der Leute hier sind Frauen und Kinder, die hier oben Zuflucht gesucht haben. Es ist unser einziger Ausweg. Etwas anderes bleibt uns nicht.«

Die Zweifel standen dem Ordensbruder ins Gesicht geschrieben, als er zögernd zustimmte.

»Mir fällt auch keine andere Lösung aus dieser Misere ein. Vielleicht gelingt es uns damit, wenigstens die Frauen und Kinder vor der drohenden Gefangenschaft zu retten. Was allerdings aus den Männern wird? Ich wage nicht daran zu denken. Aber wer soll gehen? Ich könnte den Weg ins Lager beschreiten und im Namen Gottes den König um Verschonung der Menschen bitten.«

»Ich werde gehen.«

Verblüfft drehten sich Adolana und Thomas fast gleichzeitig zur Gemahlin des Welfen um.

Immer noch bleich, aber deutlich gefasster und mit einer Spur Stolz, den Uta normalerweise nicht an den Tag legte, stand sie unter dem Kreuz. Eine schmale Gestalt, um ihre Hoffnungen betrogen. Es war Adolana klar, dass Uta dieser erneuten Demütigung nicht gewachsen war, und sie brachte ihre Überzeugung mit vorsichtigen Worten zum Ausdruck.

»Verzeiht mir, wenn ich Euch widersprechen muss, Frau Uta, aber ich glaube, dass Ihr Euch dieser Schmach nicht aussetzen solltet.«

»Ich weiß Eure Sorge um mein Wohlergehen zu schätzen, Bruder Thomas, aber ich empfinde das Flehen um Gnade für die Menschen, die sich in den Schutz dieser Burg begeben haben, nicht als Schmach«, widersprach Welfs Gemahlin leise.

»Eure Entscheidung ehrt Euch, Frau Uta, aber ich denke, Thomas hat recht. Der König hat auf Euer Ersuchen bereits geantwortet. Er kann einem erneuten Gnadenappell von Euch kaum zustimmen, ohne sich Wankelmütigkeit und mangelnde Entschlusskraft vorwerfen zu lassen. Ich werde gehen. Als Botin der einfachen Bewohner. Mit Bruder Thomas an meiner Seite«, entschied Adolana mit fester Stimme und registrierte freudig und erleichtert die Zustimmung des Mönches.

»Aber Euer Gemahl?«, warf Uta unsicher ein. »Was wollt Ihr tun, wenn er Euch den Rückweg verweigert?«

»Das wird nicht geschehen«, antwortete Adolana überzeugter, als ihr zumute war. »Und falls doch, kann Thomas mit der Antwort des Königs zurückkehren.«

»Also gut, so soll es geschehen.« Die Erleichterung stand Uta ins Gesicht geschrieben, als sie Adolana liebevoll umarmte. »Gott sei mit Euch, liebste Adolana.«

»Und mit uns allen«, murmelte die junge Frau, als Uta die Kapelle verließ, um nach ihrem Sohn zu sehen.

21. KAPITEL

Die Plünderung der Toten auf dem Schlachtfeld war noch immer nicht beendet. Die eigenen Verletzten wurden nach und nach eingesammelt und zum Schutz vor dem erneut einsetzenden Schneefall mit Planen abgedeckt. Berengars Wunde war nur notdürftig versorgt, denn er hatte sich seiner hinderlichen Rüstung noch nicht gänzlich entledigt. Auch die beiden Stauferbrüder hatten bisher lediglich Arm- und Beinschutz abgelegt und wärmten sich die durchfrorenen Knochen. Die Euphorie der gewonnenen Schlacht ebbte langsam ab und machte bei einigen Soldaten einem anderen, von der Plünderung angefachten Gefühl Platz.

»Lasst uns die verdammte Burg stürmen.«

Immer wieder tauchte diese Forderung unter den Vasallen des Königs auf. Das anfängliche Murmeln wurde vehementer, bis der König schließlich eingriff. Er kletterte auf sein Schlachtross und lenkte das Tier mitten zwischen die Männer auf das Feld, wo sie bis vor kurzem noch ohne Gnade gegeneinander gekämpft hatten.

»Niemand stürmt die Burg ohne meinen ausdrücklichen Befehl«, sagte er.

Die einsetzende Stille war fast greifbar, und mit gewohnter Autorität sprach Konrad weiter, während sein mächtiges Pferd unruhig zwischen den Toten tänzelte.

»Wir geben ihnen noch eine Stunde Zeit. Wenn bis dahin keine Kapitulation erfolgt ist, werden wir die Burg stürmen.«

Frenetischer Jubel setzte ein, weshalb der König die Worte seines Bruders, der sein Pferd neben ihn gelenkt hatte, kaum hörte.

»So lange brauchen wir wohl nicht zu warten. Sieh nur!«

Hinter den beiden Menschen, die auf sie zusteuerten, wurde das Burgtor wieder geschlossen. Mit langsamen, aber entschlossenen Schritten gingen die Abgesandten der Burgbewohner über den Weg ins Tal. Sie hielten die Köpfe gesenkt, ob nun aus Schutz vor dem Schnee oder aus Verzweiflung, konnte aus dieser Entfernung nur vermutet werden.

Dass es sich um einen Angehörigen des Benediktinerordens und eine Frau handelte, war dagegen nicht zu übersehen.

»Vier unserer Ritter sollen uns begleiten. Wir reiten den beiden entgegen.«

Als Friedrich sich umdrehte, um den Männern ein Zeichen zu geben, saß Berengar bereits im Sattel. Seine Miene ließ keinen Zweifel an seiner Entschlossenheit, und nach kurzem Zögern nickte der Schwabenherzog ihm zu.

Es war fast die gleiche Stelle, an der Uta vor einer guten Woche um Gnade gebeten hatte. Adolana war sich nicht sicher, ob dies nun ein gutes oder ein schlechtes Zeichen war. Furchtbar war auf jeden Fall die Tatsache, dass sich Berengar dieses Mal unter den begleitenden Rittern befand. Ihre Kehle war wie zugeschnürt, als sein forschender Blick sie erfasste. Eine Mischung aus Sorge und Mitleid lag in seinen dunklen Augen, und beides war für Adolana kaum zu ertragen.

Spontan fiel sie auf die Knie, ohne auf den Schnee zu achten, dessen nasse Kälte sich augenblicklich in ihr wollenes Tuch fraß. Sie hatte sich absichtlich Siglinds Kotte aus grauer Wolle und einen zerschlissenen Umhang ausgeliehen, um nicht das Missfallen des Königs durch ein Kleid aus edlem Stoff heraufzubeschwören. Adolana wollte den König um Gnade für die einfachen Bewohner der Burg ersuchen. Da war es am besten, wenn er sie für eine Dienstmagd hielt. Dass er sie wiedererkannte, hielt sie für unwahrscheinlich. Uta hatte beim letzten Treffen gänzlich die Aufmerksamkeit des Königs auf sich gezogen, und Adolana war zudem darauf bedacht gewesen, den Kopf die ganze Zeit gesenkt zu halten. Ihre einzige Sorge galt dem Schwabenherzog. Er kannte sie und konnte ihren schönen Plan zunichtemachen. Oder ihr eigener Gemahl.

»Erheb dich, Weib, und sprich.«

Konrads Ton war nicht unfreundlich, und Adolana kam seinem Befehl mit Unterstützung des Benediktinermönches nach.

»Vergebung, Majestät, aber ich komme, um Eure Gnade zu erflehen. Die Menschen, die oben in der Burg Zuflucht gesucht haben, sind einfache Bauern mit ihren Frauen und Kindern. Sie hungern und frieren und stehen Todesängste aus. Bitte habt Erbarmen und zeigt Euch uns gegenüber großmütig, edler Fürst«, flehte Adolana eindringlich, vermied aber den direkten Blickkontakt und starrte auf den Kopf des königlichen Schlachtrosses. Trotz der Kälte wurde ihr Körper von aufsteigender Hitze erfasst, woran der durchdringende Blick ihres Gemahls nicht ganz unschuldig war.

»Was ist mit deiner Herrin? Warum kommt sie nicht? Und was redest du für einen Unsinn, wenn du behauptest, dass dort oben nur Bauern und Knechte mit ihren Familien zu finden sind? Willst du deinen König verhöhnen?«

»Aber nein«, rief Adolana entsetzt. Die Hitze hatte ihr Gesicht erreicht, was sich durch eine tiefe Röte offenbarte. »Niemals würde ich so etwas wagen. Die edle Uta ist sehr geschwächt. Sie hat die Niederlage ihres Gemahls mit angesehen und …«

»Fraglos ein schwerer Schlag«, gestand Konrad ihr zu. »Aber was ist mit den Burgmannen? Sie werden wohl kaum ebenfalls vor Schwäche daniederliegen.«

»Nein, Herr«, entgegnete Adolana kaum hörbar und wiederholte hastig ihre Antwort, als Friedrich sie deutlich ungehalten dazu aufforderte. »Einige sind gestorben oder wurden durch die Wurfgeschosse verletzt. Unser Vogt Wipert ist ebenso tot wie die beiden Ritter, die unser Burgherr bei uns gelassen hatte.«

Stille trat ein, in der nur das tiefe Einatmen des Königs zu hören war. Adolana wagte einen hastigen Blick und bemerkte zu ihrer großen Überraschung den nachdenklichen Ausdruck des Königs. Ein Funken Hoffnung entzündete sich in der jungen Frau, der durch den leichten Händedruck von Thomas weiter angefacht wurde. Sein Gesichtsausdruck verriet, dass auch er die schwindende Ablehnung des Herrschers spürte.

»Wie nennt man dich, Weib?«

Unter Berengars schneidender Stimme zuckte Adolana zusammen. Zögernd wandte sie den Blick nach rechts, bis sie ihm schließlich offen begegnete. Adolana war sich nicht sicher, ob er ihre stumme Bitte verstand, aber sie hatte keine andere Wahl. Den ungehaltenen Seitenblick des Schwabenherzogs beachtete sie nicht. Es war ihr ohnehin klar, dass dieser verärgert auf eine unaufgeforderte Einmischung seines Vasalls reagierte. Der König schien sich dagegen nicht daran zu stören.

»Eila ist mein Name, Herr«, antwortete Adolana mit zitternder Stimme.

Als Berengar für die Länge eines Atemzugs die Augen schloss, hätte Adolana vor Freude laut aufschreien können.

Es gab noch Hoffnung! Er hatte den Grund verstanden, warum sie sich den Namen ihrer Tante gegeben hatte. Genau wie damals, als sie sich kennengelernt hatten und sie aus Angst ihren Namen ebenfalls nicht genannt hatte, musste sie auch jetzt ihre wahre Herkunft verschweigen. Konrad würde kaum einer Frau Gehör schenken, die einem seiner Vasallen davongelaufen war, um seinem erbitterten Feind eine Nachricht zu überbringen. Tränen traten ihr in die Augen, und Adolana senkte schnell den Kopf. Jetzt kam es nur noch darauf an, ob der Schwabenherzog sein Wissen weiterhin für sich behielt.

»Ich will gnädig sein, wenn es sich so verhält, wie du es sagst. Ihr Weiber dürft mit euren Kindern die Burg verlassen. Was ihr vermögt, tragt auf euren Schultern fort. Die Männer erwartet dagegen der Tod. Ich gewähre euch eine Stunde Zeit. Dann werden wir die Feste übernehmen.«

Schlagartig erlosch der Funke. Adolana wagte keinen Widerspruch, es wäre sowieso sinnlos gewesen. Wie erstarrt blickte sie dem Regenten mitten ins Gesicht, bis Thomas schmerzhaft ihren Arm drückte und sich beim König für sein edles und großmütiges Entgegenkommen bedankte.

Friedrich hatte geschwiegen, trotzdem gab es kaum Grund zur Freude.

»Ohne unsere Männer?«

Fassungslos schüttelte Siglind den Kopf. Betroffenheit zeigte sich auf den Gesichtern der Umstehenden, und vereinzelt war entsetztes Raunen zu hören.

»So lautet die Antwort des Königs«, bestätigte Adolana tonlos. »Wir müssen uns beeilen, denn wir haben keine Stunde mehr zum Packen.«

Zur Untätigkeit verdammt, beobachtete Thomas an Adolanas Seite die stetig wachsende Gruppe der Frauen, die vor der Entscheidung standen, ihre Männer zu verlassen, um sich in Sicherheit zu bringen. Es würde ein Abschied für immer werden. Leises Weinen vermischte sich mit dem Klagen der Frauen und Kinder, die unter dem Gnadenbeweis des Königs verzweifelten.

»Was sollen wir bloß tun?«, fragte Adolana hilflos an Thomas gewandt.

Das bleiche Gesicht Utas, die mit ihrem kleinen Sohn auf dem Arm in der Tür zum Palas stand, versetzte ihr einen weiteren Stich. Die Burgherrin konnte ihr Kind retten, aber was war mit den Frauen, die ihre fast erwachsenen Söhne zurücklassen mussten? Niemals würden die Staufer einen hochgewachsenen Dreizehnjährigen ziehen lassen. Von den Männern ganz zu schweigen.

Hoffnungslosigkeit legte sich auf sämtliche Burgbewohner wie ein nasses Tuch, dessen Schwere alles unaufhaltsam zu Boden drückt. Aus den Augenwinkeln bemerkte Adolana die zwölfjährige Johanna, die ihren verletzten Bruder auf dem Rücken trug. Er gehörte zu der Gruppe Jungen, die hier oben auf ihren sicheren Tod warten mussten. Der Halbwüchsige war beim Einsturz des Stalls von einem der schweren Deckenbalken getroffen worden. Seitdem war sein Bein mehrfach gebrochen, und das Gehen fiel ihm schwer. Die beiden Kinder hatten schon immer auf der Burg gelebt, denn ihre Mutter half in der Küche.

Plötzlich durchfuhr Adolana ein Gedanke, der die Verzweiflung mit einem Schlag zur Seite drängte. Sie durften mitnehmen, was sie auf dem Rücken tragen konnten, hatte der König gesagt.

War das möglich? Konnten sie es überhaupt wagen, oder würden sie durch die verrückte Idee alle den Tod finden?

»Siglind, was oder *wen* würdest du auf jeden Fall mitnehmen, wenn du die Wahl hättest?«, fragte Adolana und fügte mit einem Blick auf die Mutter des Mädchens hastig hinzu: »Außer deiner Mutter, meine ich.«

Mit verständnisloser Miene und verheulten Augen begegnete die Frischvermählte Adolana, die ihre Ungeduld kaum zügeln konnte. Wie aus heiterem Himmel veränderte sich Siglinds Gesichtsausdruck. Die rotgeränderten Augen blitzten mutwillig auf, als ihre klare Stimme laut über den Innenhof der Burg hallte. »Ich würde Bruno wählen.«

Abrupt brach das Gemurmel und Wehklagen ab, und ungläubige Verblüffung zeigte sich auf den Gesichtern der Menschen.

»Ihr seid völlig verrückt«, murmelte Thomas. »Ich bin mir nicht sicher, ob ich Euch für Euren Einfall bewundern oder an Eurem Verstand zweifeln soll.«

Strahlend wie seit langem nicht fiel Adolana ihm um den Hals. Dann wurde ihre Miene wieder ernst. Es gab viel zu tun, und die Zeit rannte ihnen davon. In Kürze würde sich zeigen, ob sie von Sinnen oder einfach nur mutig war.

Berengar stand in der Nähe seines Lehnsherrn, der sich gerade in einer vertraulichen Unterhaltung mit dem König befand. Deshalb entging dem Ritter zuerst das lautlose Staunen der Gefolgsmänner Konrads, die mit offenem Mund zur Burg hinaufstarrten. Als Falko ihm unsanft den Ellbogen in die Rippen stieß, wandte er sich ungehalten zu ihm um. Die Rüge blieb ihm aber gleich darauf im Halse stecken.

Der Anblick, der sich ihnen bot, war unwirklich, fast schon grotesk. Allein oder zu zweit nebeneinander traten die Frauen aus dem weit offen stehenden Burgtor. In einer langen Reihe, mit langsamen, aber stetigen Schritten folgten sie dem Weg hinunter ins Tal. Die meisten hielten die Köpfe gesenkt. Vielleicht aus Angst, möglicherweise aber auch aufgrund der schweren Last, die sie auf dem Rücken trugen: die Männer von Weinsberg.

Als den Stauferbrüdern die merkwürdige Stille im Lager auffiel, brauchten sie nur den ungläubigen Blicken ihrer Männer zu folgen. Die Ursache für deren Fassungslosigkeit näherte sich Schritt für Schritt dem Tal.

»Das darf doch nicht wahr sein«, zischte Friedrich und rief wütend einen der Burschen herbei. Gleich darauf schwang er sich auf sein Pferd und lenkte das Tier in Richtung des langen Zugs der Frauen.

»Warte, wir reiten zusammen«, hielt sein Bruder ihn auf, und der warnende Unterton ließ den Schwabenherzog innehalten.

Berengar, der zeitgleich mit seinem Herrn im Sattel saß, drehte sich ebenfalls zum König um. Verblüfft bemerkte er einen belustigten Zug um Konrads Mund, als dieser gemächlich aufsaß.

»Vergiss nicht, ich bin der König, also werde ich die Angelegenheit klären«, erinnerte er seinen Bruder freundlich, aber bestimmt und sprengte los, ohne dem offensichtlichen Unmut Friedrichs Beachtung zu schenken.

Das mulmige Gefühl, das von Berengar Besitz ergriffen hatte, verstärkte sich, als sie auf die Vertriebenen zuritten. Noch nie zuvor hatte er so etwas erlebt, und eigentlich konnte er es noch immer nicht richtig glauben. Berengar schwankte zwischen Bewunderung und maßlosem Ärger über seine Gemahlin. Denn dass Adolana die Urheberin dieses Abzugs war, stand für ihn so fest wie das Amen in der Kirche.

Sein Lehnsherr war anscheinend zu derselben Erkenntnis gekommen.

»Dieses Weibsstück hat sich dein großmütiges Entgegenkommen einfach zurechtgebogen«, hielt er seinem Bruder vor. Anschließend lehnte er sich aus dem Sattel und sagte

in spöttischen Ton: »Ich bin wirklich enttäuscht, Berengar. Mein Bild von Eurer gehorsamen Gemahlin schwankt
nicht mehr. Es ist gekippt.«

Konrad hatte den leisen Vorwurf mitbekommen und erkundigte sich irritiert, was denn die Gemahlin von diesem
Ritter damit zu schaffen hatte. Bevor er jedoch eine Antwort erhalten sollte, erreichten sie die Spitze des Zugs.

Uta führte als einzige Berittene die lange Reihe an.
Bleich, aber mit entschlossener Miene hielt sie den kleinen,
tief schlummernden Welf im Arm, der von dem ganzen
Trubel nichts mitbekam.

Adolana erstarrte innerlich, als der König Utas Gruß erwiderte und sich anschließend ihr zuwandte. Das Gewicht
des stämmigen Soldaten auf ihrem Rücken wurde stetig
schwerer, obwohl Thomas den Mann zusätzlich stützte.
Vergeblich hatte der Ordensbruder versucht, Adolana
aufgrund ihres Zustandes davon abzuhalten, eine derart
schwere Last zu tragen. Mit gewohnter Sturheit hatte sie
darauf bestanden, da Irmgard, die Ehefrau des Mannes,
selbst Fieber hatte und geschwächt war. So blieb dem
Mönch nichts weiter übrig, als den Arm unter das Gesäß
des vor Wochen noch deutlich fülligeren Mannes zu legen,
um ihr damit einiges an Last abzunehmen.

»Verzeiht mir, Majestät, aber eine standesgemäße Begrüßung ist mir unter diesen Umständen nicht möglich«,
entschuldigte Adolana sich, während sie mit klammen
Händen die Kniekehlen des Soldaten umfasste. Dieses Mal
sah sie dem König offen ins Gesicht und konnte es kaum
glauben, als sie nicht das kleinste Anzeichen von Zorn
darin entdeckte.

»Ihr glaubt doch nicht, dass ihr mit dieser tückischen
List davonkommt?«, fuhr Friedrich sie wütend an. »Dieses
Verhalten verspottet den König.«

Obwohl die barschen Worte Adolana zutiefst erschreckten, ließ sie sich ihre Furcht nicht anmerken. Hinter ihr vernahm sie vereinzeltes Stöhnen. Die schwere Last wurde für die Frauen mit jeder Minute, die verstrich, unerträglicher. Schnell streifte ihr Blick das Gesicht ihres Gemahls, der mit zusammengepressten Lippen und gefurchter Stirn dastand und seine Besorgnis nicht verhüllen konnte.

»Euer Majestät, bitte, Ihr müsst mir glauben, dass es keinesfalls in unserer Absicht lag, einen solch großzügigen und edelmütigen Herrscher wie Euch zu verspotten. In Eurer Großmut habt Ihr uns einen freien Abzug zugesichert und zudem erlaubt, alles mitzunehmen, was wir auf dem Rücken tragen können.«

»Erinnere mich nicht an meine eigenen Worte, Weib«, wies Konrad sie leicht verstimmt zurecht. Adolana fühlte sich jäh um Jahre zurückversetzt, als Heinrich der Stolze sie mit ähnlichen Worten ermahnt hatte. »Du hast eine spitze Zunge und weißt sie einzusetzen. Wärst du ein Mann und von gehobenem Stand, würdest du einen guten Vermittler abgeben.«

Adolana hatte mit angehaltenem Atem zugehört. Sie wusste nicht, wie sie die Worte des Königs einschätzen sollte, und einem inneren Gefühl folgend, sah sie erneut zu ihrem Gemahl hinüber. Berengars Anspannung hatte sich erkennbar in Luft aufgelöst, und in dem Moment wusste Adolana, dass der Stauferkönig Wort halten würde. Verstohlen blickte sie über die Schulter. Hinter ihr stand Marga mit ihrem vierzehnjährigen Sohn auf dem Rücken und einem fast erlöst wirkenden Ausdruck auf dem Gesicht. Auch sie spürte, dass ihr Ziel in greifbare Nähe gerückt war.

»Zieht weiter, Weiber von Weinsberg. Ich nehme euch eure Hinterlist nicht übel und werde mein Wort nicht wandeln. Bis zum Schlachtfeld müsst ihr eure Männer tragen, dann seid ihr von der Last befreit. Morgen will ich niemanden mehr von euch hier sehen. Ist das klar, Eila von der Weinsberger Burg?«

Adolana nickte eifrig, aber die blumigen Dankesworte, die sie sich zurechtgelegt hatte, blieben ihr im Hals stecken. Ihre List war geglückt, die Männer gerettet. Doch wohin würde *ihre* Reise gehen? Der Blick, den sie zum Abschied ihrem Gemahl zuwarf, erzählte von der Unsicherheit, die sie in dem Moment empfand.

Berengar erwiderte den Blick stumm, und Adolana schauderte, als sie erkannte, dass nichts vorbei war. Er würde sie ziehen lassen, wie es der König versprochen hatte. Doch dann würde er sie suchen.

Und finden, um sie für ihr Verhalten zur Rechenschaft zu ziehen.

Suchend glitt Falkos Blick durch die überfüllte Halle. Die Flammen des wärmenden Feuers in der Mitte der langen Wand zum Hof schlugen hoch und brachten eine angenehme Wärme mit sich.

»Ekelhafter Gestank«, gab der Ritter angewidert von sich und rümpfte wegen der unangenehmen Körperausdünstungen die Nase.

»Was meinst du? Ich rieche nur den köstlichen Eintopf«, wunderte sich Alban und sog gierig die umherwabernden Düfte ein.

»Du bist ein hoffnungsloser Fall.«

Über die mangelnde Geruchsempfindlichkeit Albans schüttelte Falko resigniert den Kopf und bahnte sich seufzend einen Weg durch die eng beieinanderstehenden Männer. Der Sieg über den Welfen musste gebührend gefeiert werden, und immer mehr staufische Vasallen drängten in die Halle der Burg Weinsberg.

Die mitgereisten Köche hatten in der Burgküche alle Hände voll zu tun.

»Platz da! Macht Platz für die Speisen.«

Berengars Männer stellten sich an die Seite, wobei sie sich zwischen die Herumstehenden drängten und sich wüste Beschimpfungen einhandelten. Mit leuchtenden Augen verfolgte Alban, wie die Knechte auf den Schultern große Holzbretter zum Kopfende der Halle brachten. Dort bog sich die lange Tafel, auf der gegrillte Brachsen und Hechte sich den Platz mit saftigem Wildschwein und zartem Reh sowie mehreren gebratenen Hasen teilten.

»Geh ruhig schon rüber und schlag dir den Bauch voll, bevor der Sabber noch auf den Boden tropft«, wies Falko seinen jüngeren Begleiter an, der im nächsten Augenblick bereits im Gewühl verschwunden war.

»Wo steckt er denn nur?«, murmelte Falko leise und versuchte sich einen Überblick zu verschaffen.

Doch viele der Männer waren größer als er, was seine Bemühungen von Anfang an zum Scheitern verurteilte. Das Dröhnen hunderter Männerstimmen ließ seinen Schädel brummen. Er war müde und sehnte sich nach seiner Familie. Wenn es nach ihm gegangen wäre, würde er auf der Stelle losreiten. Doch zuvor musste er Berengar finden. Ein unbestimmtes Gefühl erinnerte ihn daran, dass dieser seine Abneigung in Bezug auf überfüllte Hallen teilte, und er musste an sich halten, damit er die Halle nicht fluchtartig verließ. So benötigte er zwar etwas länger, aber schließlich stand er im Burghof und atmete erleichtert tief durch.

»Schon genug gegessen, mein Freund?«, hörte er im selben Moment die Stimme des Gesuchten hinter sich, während sich eine Hand schwer auf seine Schulter legte.

»Im Gegenteil«, erwiderte er und drehte sich um. »Ich habe dich gesucht, um gemeinsam mit dir zu schlemmen.«

»Nur deshalb, oder vielleicht auch, um mich etwas zu

fragen?« Berengar schmunzelte und schlug Falko noch mal auf die Schulter, bevor er mit der Hand in Richtung des Burgtors wies und ihm damit einen ruhigeren Platz vorschlug.

An einem der Grillfeuer ließen sie sich zwei saftige Scheiben gebratene Wildsau abschneiden und legten diese auf ein dickes Ende frischen Brotes, das Falko auf seinem Weg aus der Halle eingesteckt hatte. So schlenderten sie an dem halb zerstörten Stall vorbei, und die Wache am Tor trat zur Seite, als Berengar die Freigabe forderte. Gleich darauf befanden sie sich in der kleinen Kapelle oberhalb des Tores.

»Ein besserer Platz, um sich zu unterhalten«, sagte Falko anerkennend und biss erneut in das dampfende, kross gebratene Fleischstück. »Ich bin froh, dich gefunden zu haben. Langsam war ich am Zweifeln, ob du dich bereits auf den Weg gemacht hast.«

Überraschung spiegelte sich im schattigen Licht der kleinen Kapelle auf Berengars Miene. Durch die Feuer im Hof und das Licht der am Tor befestigten Fackeln war der kleine Raum gerade so weit erhellt, dass die Konturen der Männer zu erkennen waren.

»Du kennst mich anscheinend besser als ich mich selbst. Ich war mir bis vor kurzem überhaupt nicht sicher, ob ich der Spur der Weinsberger Weiber folgen sollte«, erwiderte Berengar mit einem gezwungenen Lächeln.

»In deinem Herzen warst du dir sicher. Die Schlacht ist geschlagen, und wir haben auf der ganzen Linie gesiegt. Du kannst deine Gemahlin nach Hause holen. Wenn du sie noch willst.«

Die letzten Worte klangen herausfordernd. Berengar wandte den Kopf ab und starrte aus der kleinen Öffnung in dem dicken Mauerwerk ins Tal hinab, während er genussvoll kaute. Falkos Blick blieb kurzzeitig an einem seltsamen dunklen Fleck am Boden hängen, dann folgte er dem seines Freundes. Auch dort brannten die Lagerfeuer, und vereinzelte Freudengesänge klangen zu ihnen herauf. Oben auf der Burg war nicht ausreichend Platz für des Königs Männer. Die einfachen Soldaten verblieben daher im Lager am Fuße der Burg. In spätestens drei Tagen würden die meisten von ihnen die Rückreise antreten. Wolfram von Weinsberg hatte das Amt des Vogts übernommen. Wie vor Jahren, als die Burg noch zum Besitz von Utas Vater gehört hatte. Mit ihm verblieben knapp einhundert Männer als Burgbesatzung. Falko verspürte bei dem Gedanken eine tiefe innerliche Freude, denn er wusste, wohin er gehörte, und musste sich nicht auf eine neue Umgebung einlassen.

»Die Frage des Wollens stellt sich mir nicht«, gab Berengar düster zurück.

»Woran liegt es dann? Hat dich Friedrichs Groll getroffen?«

Dessen Wut über die List der Frauen war ein offenes Geheimnis unter seinen Männern. Während mancher Stauferanhänger voller Inbrunst ins gleiche Horn blies, überwog doch die Masse derer, die sich mit verhaltener Bewunderung über den Mut der Frauen äußerten. So oder so, alles wurde nur hinter vorgehaltener Hand getan, denn des Königs Wort galt und wurde nicht in Frage gestellt. Es war aber auch niemandem daran gelegen, sich den Ärger des Herzogs einzuhandeln.

Falko lag mit seiner Vermutung richtig, denn Berengar hatte sich einiges von seinem Lehnsherrn anhören dürfen, wie der Freund ihm nun mit knappen Worten mitteilte. Friedrich war davon überzeugt, dass Adolana hinter dieser List steckte, und äußerte ausführlich seinen Unmut gegenüber seinem Vasall.

Mit einer wegwerfenden Handbewegung wischte Berengar die ganze Angelegenheit beiseite.

»Unser Herzog wird sich schon wieder beruhigen. Insgeheim bewundert er Adolanas Schneid. Nein, ich habe vielmehr Angst davor, dass sie nicht mit mir gehen möchte. Ich bin mir nämlich absolut nicht sicher, ob ich sie dann ziehen lassen kann«, gab Berengar bedrückt zu.

»Du bist in deinen Entscheidungen meistens frei von Zweifel und zweifelst nun an der Liebe deiner Gemahlin?«, fragte Falko kopfschüttelnd. »Das ist mehr als sonderbar. Es ist mir sogar unbegreiflich. Du selbst hast mir von ihrer Auffassung der Pflichterfüllung erzählt. Sie gleicht der unsrigen und findet durchaus meinen Zuspruch. Jetzt ist ihre Pflicht erfüllt, und Adolana wartet nur darauf, dass du sie zurückholst. Nach allem, was Heide mir über deine Gemahlin erzählt hat, und wie ich sie kennen- und schätzen gelernt habe, braucht man für diese Erkenntnis nichts weiter als gesunden Menschenverstand. Der scheint dir irgendwie abhandengekommen zu sein.«

Berengars zweifelnde Miene verschwand, stattdessen zeigte sich Gelassenheit. »Danke, mein Freund.«

Falko grinste breit. »Keine Ursache. Ich habe dich nur auf das Offensichtliche gestoßen, weil du dich so für Alban eingesetzt hast. Er war völlig außer sich vor Freude, nachdem er die Nachricht erhalten hatte, dass er den Ritterschlag erhalten soll. Wann wird die Zeremonie stattfinden?«

Berengar zuckte mit den Schultern. »Ich weiß es nicht genau. Kann gut sein, dass der Herzog mehrere der auserwählten Knappen zusammenfasst. Doch jetzt lass uns zusammen einen Becher Wein auf unseren Sieg trinken und das gute Essen kosten. Ich werde morgen in aller Frühe aufbrechen. Richtest du deiner Gemahlin bitte Grüße von mir aus?«

Sein Freund brach in lautes Gelächter aus. »Du kennst mich genauso gut wie ich dich. Ich habe mir schon den

Kopf darüber zerbrochen, wie ich am schnellsten wieder nach Hause komme.«

Zusammen verließen die beiden Männer die Kapelle und gingen die Treppe hinunter. In stiller Eintracht folgten sie dem Weg zum Hof hinauf. Lautes Gelächter vermischte sich mit dem Gegröle der Männer, als sie zwischendrin die Rufe Albans vernahmen.

»Herr Berengar, der Herzog! Er hat für morgen Vormittag den Ritterschlag angesetzt.«

Völlig außer Atem erreichte der junge Mann die beiden Ritter, deren niedergedrückte Miene ihm in seiner Freude offensichtlich völlig entging.

»Wir sind zu elft. Und jetzt müsst Ihr mich entschuldigen, denn ich muss mich vorbereiten.«

Alban hastete an den beiden vorbei und lief die Treppe zur Kapelle hoch, um die Nacht vor seinem Ehrentag im Gebet zu verbringen. Auf der obersten Stufe hielt er noch einmal inne, drehte sich um und schrie: »Habt Dank für Eure Fürsprache beim Herzog, Herr Berengar.«

Im nächsten Augenblick war er hinter der kleinen Tür zur Kapelle verschwunden.

Schweigend setzten die Freunde ihren Weg fort. Der Appetit war ihnen vergangen, daran konnten auch die herrlichen Gerüche vom Hof nichts ändern. Falko wusste, dass Berengar unmöglich fehlen konnte, wenn morgen Vormittag Albans Zeit als Knappe feierlich beendet wurde und damit sein langersehnter Wunsch in Erfüllung ging.

Adolana fühlte sich unter dem angstvollen Blick Utas unwohl, offenbarte ihre Gefühle aber nicht. Welfs Gemahlin war so vorausschauend gewesen und hatte Adolanas dunkelblaues Oberkleid aus Samt zusammen mit einem fellverbrämten Umhang in ihren Beutel gepackt und am Sattel ihres Pferdes aus der Burg gebracht.

»Seid Ihr wirklich sicher?«, fragte Uta bekümmert.

»Macht Euch keine Sorgen, Herrin«, erwiderte Adolana ruhig. Es war das erste Mal, dass sie die junge Mutter so ansprach, um ihre Wertschätzung zum Ausdruck zu bringen. »Bruder Thomas begleitet mich, ich genieße sozusagen kirchlichen Beistand auf meinem Weg.«

»Aber wie wird Euer Gemahl reagieren? Er hat Euch gestern ziehen lassen«, gab Uta voller Bedenken zurück. Das Grauen, das sie bei dem Gedanken an eine Rückkehr zur Burg Weinsberg packte, war offensichtlich.

»Ich bin sein Eheweib und vertraue auf seine Entscheidung. Er wird mich und mein Handeln verstehen«, sagte Adolana weitaus zuversichtlicher, als ihr zumute war. Hätte Thomas nicht so stur darauf bestanden, sie zu begleiten, wäre die Furcht vor dem, was vor ihr lag, sicher stärker gewesen. Adolana war dem Mönch, der ihr in den letzten Monaten so vertraut geworden war, unendlich dankbar.

»Wir sollten uns auf den Weg machen, wenn wir am Mittag dort sein wollen, Frau Adolana«, drängte Thomas nun und verbeugte sich zum Abschied vor Welfs Gemahlin. »Möge Gott Euch und Euren Sohn beschützen, edle Frau.«

Mit dem Gefühl trauriger Gewissheit umarmte Adolana Marga und ihre Tochter. Brunos Fieber war noch immer nicht gesunken, und dem Blick Margas konnte Adolana entnehmen, dass es schlecht um ihn stand. Schweren Herzens wandte sie sich von den beiden Frauen ab und folgte Thomas, der bereits vorausgegangen war.

Es hatte die Nacht hindurch immer wieder geschneit, was ihr Vorankommen erheblich erschwerte. Als sie die ehemaligen Bewohner der Burg Weinsberg zurückließ, fühlte Adolana eine Leere in sich, die sie so nicht erwartet hatte. Neben Uta fiel ihr besonders der Abschied von Marga und ihrer Tochter schwer, die sie beide ins Herz geschlossen hatte. Das sorgenvolle Gesicht der jungen Siglind begleitete Adolana noch lange, und in den folgenden Tagen schickte sie noch viele stille Gebete für den schwerkranken Bruno zum Himmel. Der Knochen seines gequetschten Arms war mehrfach gebrochen, und die Wunde hatte sich infiziert. Es bestand die Gefahr, dass Bruno den Arm verlor. Im schlimmsten Fall würde eine zu späte Amputation seinen Tod bedeuten.

»Was ist mit Euch?«

Irritiert wandte sich Adolana Thomas zu, der wie aus heiterem Himmel mitten auf dem schmalen Weg stehen geblieben war. Tief in Gedanken versunken, war es ihr nicht gleich aufgefallen.

»Seltsam. Wieso sind hier auf einmal Hufspuren? Bisher war der frisch gefallene Schnee jungfräulich, und jetzt tauchen auf einmal diese Spuren auf. Ein Stück vor uns muss sich ein Reiter befinden. Wir sollten den Weg verlassen, man weiß nie, wer sich nach der Schlacht hier herumtreibt.«

Als sie das Schnauben des Pferdes hörten, war es zur Flucht bereits zu spät.

Vorsichtig, im kärglichen Schutz der kahlen Bäume, erreichte die kleine Reitergruppe den Rand des Waldes, in dem sie nach ihrer halsbrecherischen Flucht Zuflucht gesucht hatten. Trotz seiner schweren Verletzung hatte Waldemar sich freiwillig bei dem Suchtrupp gemeldet, in dem Wissen, dass sein Lehnsherr ihm die Einwilligung dazu ohne zu zögern erteilen würde.

Die Sorge um Adolanas Schicksal quälte den Ritter mindestens so sehr, wie Welf von der Vorstellung seiner festgesetzten Gemahlin gepeinigt wurde.

Bei dem Anblick, der sich ihnen bot, legte sich ungläubiges Staunen auf die mutlosen Gesichter der Männer.

Welf fasste sich als Erster. Wortlos, ohne einen Befehl von sich zu geben, jagte er im nächsten Moment sein Ross die Anhöhe hinunter, dicht gefolgt von Waldemar und den anderen Rittern.

Die anfängliche Furcht auf den Gesichtern der ehemaligen Bewohner der Weinsberger Burg, die in langer Reihe dem verschneiten Weg folgten, verschwand sofort, als sie die sich schnell nähernden Reiter erkannten. Uta schloss für einen Moment die Augen. Es war ihr anzusehen, dass sie Gott mit einem stillen Gebet dankte. Als sie die Augen wieder öffnete, hatte ihr Gemahl sie schon fast erreicht.

Waldemar suchte noch immer in den vielen ausgemergelten Gesichtern nach der Frau, die ihn in den letzten Jahren nicht mehr losgelassen hatte. Als die Unruhe übermächtig wurde, sprang er vom Pferd und drängte sich in das glückliche Wiedersehen der Familie seines Lehnsherrn.

»Verzeiht, edle Herrin, aber wo ist Frau Adolana?«

Zögernd, fast widerstrebend, drehte sich Uta zu ihm um, ohne den Schutz der Umarmung ihres Gemahls zu verlassen. Der kleine Welf lag unzufrieden greinend in dem Arm seines Vaters, der mit Tränen in den Augen auf seinen Sohn herabsah und die Welt um sich herum augenscheinlich vergessen hatte.

»Es tut mir unendlich leid, Herr Waldemar«, begann Uta stockend. Sie schien nach den richtigen Worten zu suchen.

Schreckt die edle Frau, die von meiner unerfüllten Liebe zu Adolana weiß, vor einer Antwort zurück, weil sie mich nicht mit weiteren Schicksalsschlägen peinigen will?, schoss es Waldemar durch den Kopf.

»Ist sie tot?«, fragte er kaum hörbar.

»Nein, nein. Sie lebt. Ihr haben wir es doch zu verdanken, dass wir alle die Burg verlassen durften. Aber …«, brach Uta erneut ab. Dann holte sie tief Luft und sprach das aus, was gut und richtig für andere und gleichzeitig furchtbar und niederschmetternd für den Vasall ihres Mannes war. Die zitternde Stimme der jungen Mutter hatte selbst Welf aus seiner Verzückung gerissen, und er beobachtete seine Frau aufmerksam. »Adolana ist heute in aller Frühe zurück zur Burg gegangen. Ihr Gemahl befindet sich im Gefolge des Schwabenherzogs Friedrich.«

»Zurück?«, echote Waldemar tonlos.

»Vergesst sie, mein Freund, sie hat Euch nicht verdient. Ihr werdet den Schmerz überwinden und eine andere finden«, unternahm Welf den zaghaften Versuch, seinem Ritter Mut zuzusprechen.

Plötzlich verschwand die Leere auf Waldemars Gesicht, und Entschlossenheit zeigte sich. »Erlaubt mir, sie zu suchen, Herr. Bei dem Schnee kann sie nicht weit sein. Ich muss sie vor dem Wahnsinn schützen, sich in die Hände der Feinde zu begeben.«

»Adolana ist mit einem unserer Feinde verheiratet«, erinnerte Welf seinen Vasall zunehmend verstimmt. »Ihr wird kaum Schlimmeres geschehen, als dass sie zur Burg Wolfenfels zurückkehrt. Aber wenn Ihr durchaus wollt, dann halte ich Euch nicht auf.«

Mit einem knappen Nicken bedankte sich Waldemar, schwang sich auf sein Pferd und ritt davon.

Die nachdenklichen Blicke von Welf und seiner Gemahlin folgten dem Reiter noch lange, bis er im aufgewirbelten Schnee nur noch als kleiner Punkt zu erkennen war.

»Haben mich meine Augen doch nicht getäuscht.«

Bei Hermann von Winzenburgs schnarrender Stimme stellten sich Adolana sofort die Nackenhaare auf. Der feste Händedruck des Mönchs half ihr dabei, die aufsteigende Panik unter Kontrolle zu halten.

»Ihr?«, fragte sie bebend. »Was habt Ihr hier verloren?

Befindet Ihr Euch etwa immer noch in den Diensten der Staufer, obwohl Ihr falschgespielt habt?«

Der Winzenburger drängte sein Pferd rücksichtslos näher an die beiden schutzlosen Personen heran. »Dank Eurer erneuten Hilfe und der Einmischung Eures Gemahls bin ich augenblicklich in niemandes Diensten. Ihr erweist mir ständig Gefälligkeiten, um die ich Euch nicht gebeten habe. Seit mein Neffe mich seinerzeit wegen Euch beim Kaiser schändlich verraten hat, verfolgt mich das Pech. Es hat Eure Gestalt angenommen.«

Adolana war mit Thomas, soweit es möglich war, vor dem Körper des Tieres zurückgewichen. Hinter ihnen versperrten trockenes, mit Schnee bedecktes Gestrüpp und ein vereister kleiner Bach den Fluchtweg. Zu beiden Seiten verwehrten Bäume in ihrer ganzen Unerschütterlichkeit einen Ausweg.

Adolana schrie vor Schmerz laut auf, als der harte Stiefeltritt des Winzenburgers sie völlig unvorbereitet an der rechten Schulter traf.

»Lasst sie in Ruhe! Gott wird Euch für Eure Taten zur Rechenschaft ziehen.«

Thomas schleuderte ihm die Worte entgegen, während er gleichzeitig die schwankende Adolana hielt.

»Gottes Strafe, pah! Auge um Auge, Zahn um Zahn. Wer sich mir in den Weg stellt, wird dafür mit dem Leben bezahlen. Wie der störrische Onkel dieses Weibsstücks, als er sich geweigert hat, mir ihr Versteck zu nennen«, brüllte Waldemars Onkel, griff zum Schwert und wandte sich mit einem boshaften Grinsen Adolana zu. »Und jetzt seid Ihr dran.«

Für den Bruchteil eines Augenblicks reagierte Adolana schneller als Thomas, der sich schützend vor sie stellen wollte. Sie entwand sich seinem Arm und versetzte dem Mönch einen heftigen Stoß. Thomas fiel unsanft nach links in das hartgefrorene Gestrüpp, und der Angreifer lenkte sein Pferd zwischen die beiden. Fast zeitgleich sauste die lange Klinge auf die zur Seite hechtende Adolana nieder und verfehlte sie um Haaresbreite. Unerwartet schnell für sein Alter hatte sich Thomas wieder aufgerappelt. Adolana rollte zur Seite und suchte Schutz hinter einem der Bäume. Der nächste Schlag fuhr durch die trockenen Zweige und verfehlte erneut sein Ziel.

Seine erhöhte Position verschaffte Hermann von Winzenburg einen zusätzlichen Vorteil. Sein Ross stieg, und die Hufe streiften die fliehende Adolana erneut an der Schulter. Sie fiel der Länge nach auf den hartgefrorenen Boden, wobei der Schnee ihren Sturz immerhin leicht abmilderte. Instinktiv rollte sich Adolana auf den Rücken und hob gleichzeitig schützend den Arm. Mit einem boshaften Grinsen drängte der Reiter sein Pferd auf sie zu, als Thomas mit einem langen Knüppel zuschlug. Das schrille Wiehern des verletzten Tieres zerriss die Stille, als die gebrochenen Knochen des rechten Vorderlaufs einknickten und das Pferd zusammenbrach.

Nach einem kurzen Moment der Verblüffung reagierte der Reiter schnell. Er sprang mit gezogenem Schwert vom Pferd, holte aus und schlug mit aller Kraft zu.

Adolanas gellender Schrei ließ Waldemar das Blut in den Adern gefrieren. Er trieb sein Pferd mit unerbittlicher Härte weiter durch den Wald, in die Richtung, aus der der Schrei gekommen war. Als er kurz darauf den Schauplatz des Geschehens erreicht hatte, wollte er seinen Augen kaum trauen.

Begleitet von schmerzerfülltem Stöhnen versuchte ein Pferd vergeblich auf die Beine zu kommen. In der Nähe stand sein Onkel. Die blutverschmierte Klinge seines Schwertes glänzte zwischen den vereinzelten Schneeflocken. Vor ihm auf dem Boden lag die weinende Adolana, in den Armen hielt sie einen Mann, der die Kutte eines Benediktinermönches trug. Erst auf den zweiten Blick erkannte der Ritter den Ordensbruder, der sich ihm seinerzeit auf der Reise zur Burg Weinsberg angeschlossen hatte. Auf der Mönchskutte breitete sich ein großer, dunkler Fleck aus.

Von den Hufen des herannahenden Pferdes gewarnt, hatte sich sein Onkel ihm zugewandt, und seine Miene wandelte sich in ungläubiges Staunen.

»Du?«

Die Antwort blieb aus. Ein alles überwältigender Hass stieg in Waldemar auf. Er zog seine Waffe und trieb sein Pferd an. Erst im allerletzten Moment fasste sich Hermann und riss sein Schwert zur Abwehr hoch. Die Wucht des Aufpralls zwang den Winzenburger in die Knie. Waldemar zerrte an den Zügeln seines Pferdes und fasste seinen Gegner erneut ins Auge.

»Ein Schwächling warst du schon immer. Aber dass du auch noch feige bist, ist eine Schande«, schrie sein Onkel ihm angriffslustig entgegen.

Ohne zu zögern sprang Waldemar aus dem Sattel und ging mit erhobenem Schwert und wutverzerrter Miene auf seinen wartenden Gegner zu. Durch die Anstrengung war seine frische Wunde erneut aufgebrochen, und das Blut tränkte bereits sein Hemd. Doch davon merkte der hasserfüllte Kämpe nichts, als er mit einer flüchtigen Bewegung seinen Umhang nach hinten warf und zustieß.

Als die Klingen aufeinanderschlugen, versuchte Adolana den verletzten Thomas zur Seite zu ziehen. Kurz entschlossen entledigte sie sich ihres Umhangs und bettete den Oberkörper des Mönchs darauf. Immer wieder wischte sie sich dabei mit einer gereizten Handbewegung über die tränenverschleierten Augen.

»Ich bin gleich wieder da«, flüsterte sie Thomas zu, nicht sicher, ob der Schwerverletzte ihre Worte überhaupt noch vernahm. Dann wandte sie sich den kämpfenden Männern zu.

Das Alter machte sich beim Winzenburger bemerkbar, denn seine Reaktionen wurden langsamer, das konnte Adolana deutlich erkennen. Er griff kaum an, sondern wehrte nur ab. Waldemar hatte ihm eine Verletzung an der Hüfte zugefügt, doch der Ältere hielt sich noch auf den Beinen. Aber auch Waldemar musste starke Schmerzen verspüren, stellte Adolana voll Grauen fest. Das Blut der Wunde aus der gestrigen Schlacht hatte das Hemd getränkt und sogar schon das gefütterte Innentuch seines Wamses durchgeblutet. Als er in einer schnellen Bewegung seine Waffe nach vorne stieß, war sein Onkel eine Spur zu langsam. Die scharfe Klinge verletzte ihn am Arm, und der Winzenburger stieß einen derben Fluch aus. Bevor Waldemar zum letzten, entscheidenden Schlag ausholen konnte, zog sein Onkel aus dem Stiefelschaft ein langes Messer und stieß es ihm in den Oberschenkel.

Im selben Moment, als Waldemar vor Schmerz aufstöhnte, packte Adolana den dicken Ast, der Thomas bereits als Waffe gedient hatte, holte weit aus und schlug zu. Dem grässlichen Geräusch splitternder Knochen folgte der dumpfe Ton des auf den Boden schlagenden Körpers. Zitternd, mit beiden Händen den Knüppel fest umklammernd, stand Adolana breitbeinig vor dem zusammengesackten Körper des Winzenburgers.

Nach einem gehetzten Blick zu Waldemar ließ sie angeekelt das harte Stück Holz fallen, wandte sich um und eilte zu Thomas hinüber.

Zuerst glaubte sie, er wäre tot.

Gestorben, ohne dass jemand bei ihm war. Doch dann schlug der Mönch noch mal die Augen auf. Die Lider flatterten, selbst die Kraft zum Aufhalten hatte ihn bereits verlassen.

»Ihr dürft nicht sterben«, schluchzte Adolana und rang mühsam um den Rest ihrer Selbstbeherrschung.

Kaum merklich bewegten sich die Lippen des Sterbenden, doch der Sinn der Worte war für die verzweifelte junge Frau nicht erkennbar.

»Was? Was sagt Ihr? Ich verstehe Euch nicht«, weinte sie und hielt ihr Ohr dicht an die bleichen Lippen des Mönches.

»Norbert … er muss … Klosterrechte.«

Dann rollte sein Kopf zur Seite, und Adolana schrie ihre Trauer laut in den verschneiten Wald hinein.

Es dauerte eine Weile, bis das Geräusch eines dumpfen Schlags durch ihr hemmungsloses Weinen zu ihr hindurch drang. Kraftlos und voller Schmerz über den schweren Verlust hatte Adolana das Gesicht auf die Brust des Mönches gebettet. Nur mühsam gelang es ihr, sich von Thomas zu lösen. Zögernd, fast widerstrebend hob sie den Kopf, strich sich die Haare aus dem verweinten Gesicht und drehte sich um.

Adolana sog scharf die Luft ein, als sie Waldemar dicht hinter sich im Schnee liegen sah. Das Blut seiner Wunden tränkte den weißen Schnee und färbte ihn hellrot. Auf allen vieren kroch sie zu ihm und bettete seinen Kopf auf ihren Schoß.

»Und wieder konnte ich Euch nicht schützen«, murmelte der Schwerverletzte kaum hörbar, während er mit der Hand durch den Schnee tastete.

Instinktiv legte Adolana ihre Hand auf seine. »Was redet Ihr nur für einen Unsinn. Wärt Ihr nicht gewesen, wäre ich nicht mehr am Leben«, widersprach sie heftig und warf einen verstohlenen Seitenblick auf den Winzenburger. Aus der Wunde am Kopf quoll bereits kein Blut mehr. Schnell wandte sie den Blick wieder seinem Neffen zu, dessen Augen sich an ihrem Gesicht festzusaugen schienen.

»Vergebt mir. Ich habe Euch zu sehr geliebt und habe alles falsch gemacht.«

»Ihr dürft nicht so viel sprechen«, flehte Adolana verzweifelt und schluchzte erneut auf. Sie konnte förmlich sehen, wie das Leben Stück für Stück aus Waldemar schwand. Er war ihr zwar oft lästig gewesen, doch wusste sie schon lange, dass er im Grunde kein schlechter Mensch war.

»Es ist aus. Vielleicht ist es auch besser so. Ich hätte nicht ertragen, wenn Ihr an seiner Seite glücklich geworden wärt. Doch eines muss ich noch sagen«, flüsterte er leise und mit zunehmender Anstrengung. »Er war es nicht. Mit Eurem Onkel, meine ich.«

»Schscht, ist schon gut«, beruhigte Adolana ihn und fügte hinzu, dass der Winzenburger selbst mit seiner Tat geprotzt hatte.

»Aus dem Turm geworfen. Ich habe es gesehen. Es tut mir leid, unendlich leid«, flüsterte Waldemar.

Die letzten Worte waren kaum noch zu verstehen, dann verstarb auch der dritte Mann auf dem kleinen Waldweg. Binnen weniger Augenblicke hatte Adolana erfahren, wer ihren Onkel ermordet hatte und wie Bernhard von Wohldenberg gestorben war.

Es dauerte lange, bis ihre Tränen versiegt waren. Ihre Augen brannten, als sie schwerfällig die Leichen von Thomas und Waldemar notdürftig mit ein paar Zweigen und Ästen abdeckte. Wenn Gott ihr zugeneigt war, würde sie morgen dafür sorgen können, dass die beiden ein anständiges Begräbnis erhielten.

Das Einverständnis ihres Gemahls vorausgesetzt.

Das Ende der feierlichen Zeremonie lag bereits über eine Stunde zurück, und Berengar konnte seine zunehmende Unruhe kaum noch verbergen. Er hatte den Herzog bereits um kurzfristige Befreiung gebeten und hielt die Zeit, die er auf dem Fest verbracht hatte, für ausreichend.

Gerade als er Falko seinen Entschluss zuflüstern wollte, trat der Hauptmann der Wachen in die große Halle und sah sich suchend um. Die Augen des Mannes hellten sich gleich danach auf, und mit großen Schritten ging er auf den König zu, der in Berengars Nähe stand und sich mit Wolfram von Weinsberg unterhielt.

»Vergebung, Euer Majestät, aber eine Besucherin bittet darum, zu Euch vorgelassen zu werden.«

Konsterniert über die Unterbrechung runzelte Konrad die Stirn und erkundigte sich nach dem Namen der Frau.

»Adolana von Wolfenfels, Euer Majestät.«

Erstaunt drehte sich Konrad zu Berengar um, der wie vom Donner gerührt den Soldaten mit offenem Mund anstarrte.

»Ich wusste überhaupt nicht, dass Ihr geheiratet habt, Herr Berengar. Davon abgesehen, finde ich es etwas befremdlich, wenn Gemahlinnen ihren Männern in den Krieg hinterherreisen«, wies er Berengar zurecht und gab gleich darauf dem Hauptmann den Befehl, die arme Frau sofort hereinzuholen.

»Ich bin gespannt, wie Ihr Euch aus der Sache herauswindet«, flüsterte Friedrich seinem Vasallen ins Ohr.

Wie betäubt erwiderte Berengar den neugierigen Blick seines Lehnsherrn, der merkwürdigerweise frei von Häme war. Das wüsste ich selbst gerne, ging es ihm durch den Kopf, während seine Aufmerksamkeit durch die überfüllte Halle zur geöffneten Tür wanderte.

Kurz darauf erschien erneut der Hauptmann der Wache und bahnte sich einen Weg durch die Menge. Wie Berengar erwartet hatte, verstummte nach und nach das Gemurmel, als Adolana hocherhobenen Hauptes dem Soldaten folgte. Sie hielt den Blick starr geradeaus gerichtet, ohne dabei den Eindruck von Unbehagen oder gar Furcht zu vermitteln. Ein unbestimmtes Gefühl der Wärme, vermischt mit Zweifel, überkam Berengar und drohte ihn fast zu überwältigen. Ihm war sofort die Veränderung auf dem Gesicht seiner Gemahlin aufgefallen. Zu der Blässe und den Zeichen der Entbehrungen kamen einige verräterische rötliche Schwellungen. Sie hatte eindeutig geweint. Warum? Um wen? Um das grausame Leid des Krieges im Allgemeinen oder um jemand Bestimmtes?

»Du? Ich meine, Ihr seid das?«

Hatte Berengar bei der Ankündigung seiner Gemahlin einen verstörten Eindruck vermittelt, übertraf die entgeisterte Miene des Königs ihn um ein Vielfaches. Dem Ritter war klar, dass Konrad diese Frau, die in edler, wenngleich verschmutzter Kleidung vor ihm stand, ohne Zweifel wiedererkannte.

Adolana, die in einem tiefen Knicks verharrte, ergriff die Initiative und sagte mit einer Stimme, die ihre Anspannung verriet: »Gott zum Gruß, Majestät. Vergebt mir mein unaufgefordertes Eindringen, aber ich wusste mir keinen anderen Ausweg.«

»Adolana von Wolfenfels nennt Ihr Euch? Ich verstehe nicht ganz. Berichtigt meine Worte, aber habt Ihr nicht gestern erst Euren Namen mit Eila angegeben?«

»Majestät? Dürfte ich vielleicht eine Erklärung abgeben?« Berengar war einen Schritt vorgetreten. Das Bedürfnis, seiner Gemahlin zur Seite zu stehen, war fast so groß wie das Verlangen, sie sich einfach über die Schulter zu werfen und mit ihr von hier zu verschwinden.

Sie ist gekommen, dachte er. Alles andere war mit einem Mal für ihn ohne Bedeutung. Ihre Aufgabe war erfüllt, und sie hatte aus freien Stücken die Rückkehr zu ihm gewählt. Davon war er in diesem Augenblick fest überzeugt.

»Sicher. Aber nicht jetzt. Ich schätze Eure Gemahlin als couragiert genug ein, um für sich selbst zu sprechen. Erhebt Euch, Frau Adolana, und antwortet mir.«

Wenngleich seine Gemahlin weiterhin nur den König ansah, spürte Berengar, dass sie durch sein Eintreten an Stärke gewonnen hatte.

»Zuerst möchte ich mich bei Euch bedanken, Majestät. Es zeugt von Eurem Großmut, dass Ihr mich anhören wollt. Es ist richtig, ich habe mich unter dem Namen Eila vorgestellt. Es ist der Name meiner leider früh verstorbenen Tante, die ich über alle Maßen geliebt habe. Sie hat sich stets für andere Menschen eingesetzt, vielleicht habe ich deshalb ohne zu überlegen ihren Namen gewählt. Denn das war der Grund für die Verleugnung meines Namens, den ich seit meiner Vermählung mit Stolz trage.«

Adolana wagte einen schnellen Seitenblick zu ihrem Mann, der ihn reglos erwiderte.

»Ohne diese kleine Täuschung hätte ich das Vertrauen der Menschen enttäuscht«, fuhr sie fort. »So konnte ich als eine von ihnen für sie sprechen und ihnen das Leben retten.«

»Dafür habt Ihr Euren Gemahl verleugnet und Euren König belogen«, erwiderte Konrad trocken. »War es das wert?«

Adolana überlegte einen Augenblick, dann nickte sie. »Ich denke schon, Euer Majestät. Ich bin mir selbstverständlich der Schwere meines Vergehens bewusst und hoffe auf Eure Güte und Nachsicht.« Adolana verharrte kurz und fügte dann leise hinzu: »Und auf die meines Gemahls.«

Eine Weile war es still, während nicht nur Konrads Blick

auf Adolana ruhte. Berengar fühlte sich mehr als unwohl und fand die unverhohlene Neugier der Anwesenden unerträglich.

Endlich, nach einer Ewigkeit, wie es ihm schien, räusperte sich der König.

»Eure letztgeäußerte Hoffnung liegt nicht in meinem Ermessen. Aber was mich angeht, so schätze ich Euer beherztes Verhalten höher ein als die List, derer Ihr Euch bedient habt. Vorher habe ich allerdings noch einige Fragen an Euch. Aber nicht hier. Folgt mir bitte.«

Ohne zu zögern trat Berengar zu seiner Gemahlin und bot ihr seinen Arm als Halt. Die Erleichterung in ihren Augen schmerzte ihn, denn offensichtlich hatte sie nicht damit gerechnet. Weiß sie denn nicht um meine Gefühle?, fragte er sich. Ohne auf die neugierigen Blicke der Anwesenden zu achten, folgten sie dem König, der Berengar mit einer Handbewegung zu verstehen gab, dass seine Anwesenheit erwünscht war.

Aber auch ohne den königlichen Befehl hätte Berengar nichts davon abgehalten.

Die Kraft hatte Adolana schlagartig verlassen. Im selben Moment, als ihre klammen Finger den Arm ihres Gemahls berührt hatten, fühlte sie sich schwach. Schwach und gleichzeitig in Sicherheit. Das fast vergessene Gefühl war urplötzlich aufgetaucht, es hatte sich seinen Weg aus den Tiefen ihrer Seele wieder freigekämpft. Seine Nähe tat so unglaublich gut.

Gleichzeitig krampfte sich ihr Herz beim Anblick der versteinert wirkenden Miene ihres Gemahls zusammen. Sie kannte ihn noch nicht lange genug, um wirklich wissen zu können, ob er ihre Beweggründe nachvollziehen konnte. Vielleicht wollte sie auch nur, dass er sie verstand. Machte sie sich etwas vor? Adolana zuckte zusammen, als er mit seiner Hand ihre kalten Finger umschloss, und hätte sich im selben Moment ohrfeigen können. Natürlich war Berengar ihre Reaktion nicht entgangen, wie sie an seinen zusammengepressten Lippen unschwer erkennen konnte.

Sie hatten den Burghof fast überquert, als ein einzelner Reiter an ihnen vorbeiritt. Überrascht erkannte Adolana den Mauren, der Berengar zunickte und seine Hand zum Herz führte. Kurz darauf waren Pferd und Reiter aus ihrem Blickfeld verschwunden, und das Tor schloss sich hinter ihnen.

»Ein seltsamer Mann«, murmelte Friedrich, der sich ihnen angeschlossen hatte. »Nachdem er dem König bei der Schlacht das Leben gerettet hat, verabschiedet er sich heute von uns, um in seine Heimat zurückzukehren. Er fühlte sich wohl in der Pflicht, nachdem ich ihn seinerzeit vor dem Strang gerettet habe.«

Als weitere Erklärungen ausblieben, blickte Adolana ihren Gemahl fragend an. Berengar schüttelte jedoch den Kopf und raunte ihr ein leises »Später« zu.

Mittlerweile hatten sie ihr Ziel erreicht.

Konrad hieß eine der Wachen, eine Öllampe hinauf in die kleine Kapelle zu tragen, denn es drang nur spärliches Licht durch die Maueröffnung. Durch den Schneefall war es an diesem Tag sowieso kaum hell geworden.

»So, hier sind wir ungestört«, sagte Konrad mit einem kurzen Seitenblick auf Friedrich. »Der Gelassenheit meines Bruders nach zu urteilen, bin ich wohl der Einzige, der sich in Unkenntnis befindet. Ändert diesen Zustand, Adolana von Wolfenfels, und Ihr habt meine Vergebung.«

Anfangs stockend, aber dann immer sicherer begann Adolana zu erzählen. Die Nähe ihres Gemahls half ihr dabei, wenngleich die reglosen Gesichter der Stauferbrüder sie im Ungewissen ließen. Wie schon bei ihrem eigenen Gemahl, ließ Adolana einiges weg. Ihre gelegentlichen Aufgaben bei Richenza gingen den König und seinen Bruder erst recht nichts an.

Berengar würde sie dagegen davon erzählen. Später. Wenn er es wollte.

Schließlich war sie am Ende angekommen und seufzte kaum hörbar. Tief erschöpft lehnte sich Adolana unbewusst gegen ihren Gemahl.

»Ein bewegtes Leben, das Euch bisher widerfahren ist, Frau Adolana. Ich denke, Eure Entscheidungen kamen vom Herzen, und ich stehe zu meinem Wort, wie Ihr wisst. Eine Frage habe ich aber noch, bevor wir zurück zur Halle gehen. Was war der eigentliche Grund Eurer Rückkehr?«

Röte überzog Adolanas bleiche Wangen. »Die tiefe Hoffnung auf Vergebung und die Liebe meines Gemahls, Majestät«, antwortete Adolana leise, aber bestimmt.

Konrad nickte verstehend, während der nachdenkliche Blick seines Bruders auf Adolana ruhte. »Ich kann zwar nicht für ihn sprechen, bin mir aber ziemlich sicher, dass Eure Hoffnung berechtigt ist.«

Gleich darauf verschwand der König, gefolgt von Friedrich, der vorher noch seiner Hoffnung Ausdruck verlieh, Adolana vielleicht endlich als Gast beim Abendessen begrüßen zu können. Irritiert von dem Zwinkern seines einen Auges, schaute Adolana dem Schwabenherzog hinterher. Dass sein Ärger über sie so plötzlich verraucht sein sollte, kam ihr merkwürdig vor. Dann sah sie langsam zu ihrem Gemahl auf.

Unsicherheit überfiel Adolana, und fast schüchtern fragte sie: »Hat der König recht mit seiner Behauptung?«

Berengar zuckte mit den Schultern und erwiderte gelangweilt: »Hat ein König nicht grundsätzlich recht?«

Ungläubig erwiderte Adolana den Blick ihres Gemahls. Wie sollte sie diese Äußerung verstehen? Erst als es um seine Mundwinkel herum zuckte, erkannte sie seine Absicht.

»Du Schuft! Schiebst den König vor, anstatt für dich selbst zu sprechen.«

»Anscheinend hast du beim Ehegelübde nicht richtig zugehört, als Thomas davon gesprochen hat, dass die Frau dem Mann untertan ist«, gab er mit einem schiefen Grinsen zurück.

»Was ist los? Du solltest wissen, wie ich es meine«, wunderte sich Berengar, als Adolanas Miene sich verdüsterte.

Nachdem sie ihm traurig von dem Tod des Mönches berichtet hatte, zog Berengar sie an sich und hielt sie eine Zeitlang stumm in seinen Armen. Schließlich löste Adolana sich widerstrebend. Es galt noch eine weitere Bitte anzubringen.

»Was mit dem Winzenburger geschieht, ist mir gleichgültig. Aber es wäre mir nicht recht, wenn der Vasall des Welfen nicht in geweihter Erde bestattet wird. Ich schulde ihm mein Leben.«

Berengar presste die Lippen zusammen und schloss für einen Moment die Augen. Dann nickte er. »Ständig nagte die Angst an mir, dass er deine Liebe errungen hat. Seit dem Tag, an dem du mit ihm fortgegangen warst. Aber er soll sein Begräbnis bekommen. Konrad wird es einem Ritter des Welfen nicht verwehren.«

»Du hast an mir gezweifelt?«, fragte Adolana fassungslos. »Was war mit mir? Was sollte ich von deinem Interesse an der schönen Beatrix halten? Ihren Bruder schickst du fort, und sie darf bleiben? Hast du dich nie gefragt, wie ich mich gefühlt habe?«

»Doch, sogar unzählige Male. Es war gedankenlos von mir, und ich kann zu meiner Verteidigung nur anbringen, dass ich einzig aus dem Grund heraus gehandelt habe, weil mir Rudgers gelegentliche Blicke in deine Richtung nicht gepasst haben. Von Beatrix wollte ich dagegen noch ein paar Fragen beantwortet haben. Unter anderem wegen dem hier«, rechtfertigte sich Berengar und zupfte kurz an dem schwarzen Halstuch, das er wie gewohnt trug. »Ich habe nie an der Wahrheit deiner Aussage gezweifelt. Es gehörte meinem Bruder und bedeutet mir viel, wie du weißt. Ebenso wie das Wolfsamulett, das du zu meiner großen Freude wieder trägst. Hast du meine Geste also richtig gedeutet?«

Adolana nickte glücklich und schmiegte sich an ihren Gemahl. Statt einer Antwort bot sie ihm die geöffneten Lippen zum Kuss dar. Alle aufgestauten Gefühle der vergangenen Monate lagen in diesem einen Kuss. Die ganze Leere und Verzweiflung, aber auch das Hoffen und Sehnen sowie der Gedanke an das kurze Glück, das sie bereits miteinander erlebt hatten.

Als sie sich endlich voneinander lösten, spielte Adolana kurz mit dem Gedanken, ihm von ihrer unterschwelligen Angst zu erzählen, die sie beim unerwarteten Auffinden des Bildes ihrer Tante in seiner Truhe befallen hatte. Und die Waldemar geschürt hatte. Aber dann fiel ihr ein, dass er dort draußen in der eisigen Kälte auf dem Waldboden lag, und sie wusste, dass dieses Geständnis noch etwas warten musste.

»Meinst du, deine Männer könnten Thomas und die beiden Männer noch vor Einbruch der Dunkelheit aus dem Wald holen? Der Gedanke, dass Tiere sich an dem Körper laben könnten, bereitet mir Grausen.«

»Wenn wir zurückgehen, werde ich Falko Bescheid sagen. Er wird sich darum kümmern. Seine letzte gute Tat, bevor er morgen zurückreitet.«

»Warte.«

Adolana lächelte verhalten. Es gab noch eine Sache, die sie unbedingt vorher loswerden musste. Langsam löste sie sich aus der Umarmung und schlug mit einer raschen Handbewegung den Umhang zurück. Dann nahm sie Berengars

Hand und zögerte mitten in der Bewegung. Auf einmal befiel sie eine Scham, die sie verunsicherte. Unwirsch schüttelte Adolana den Kopf, so als wollte sie sich von diesem unpassenden Gefühl befreien, und sie legte die Hand ihres Gemahls auf ihren bereits leicht gewölbten Leib.

Ungläubiges Staunen zeichnete sich auf Berengars Gesicht ab, als er mit rauer Stimme fragte: »Du erwartest ein Kind?«

»Nein, *wir* erwarten ein Kind«, gab Adolana glücklich lächelnd zurück.

Berengars Lippen suchten die ihren. Zuerst vorsichtig, dann immer fordernder küssten sich die beiden, fast so, als würden sie damit ihr Versprechen erneuern. Es gab noch vieles, was sie einander würden erzählen müssen. Vertrauen brauchte Zeit, doch in diesem Augenblick zweifelte Adolana nicht daran, dass sie es schaffen würden.

Am Entstehen dieses Buches waren wieder viele unterschiedliche Personen beteiligt:

Ich danke für die Hilfe bei meiner Recherchearbeit:

- dem Archäologen Herrn Friedrich Kunkel vom Städtischen Museum der Stadt Halberstadt, der mir mit seiner ausführlichen Beschreibung der Domburg samt Umgebung und der Reichstagbeschreibung sehr weitergeholfen hat;
- der Kreisarchäologin Frau Dr. Monika Bernatzky aus Helmstedt für ihre anschaulichen Erklärungen zur Süpplingenburg, zur St.-Johannis-Kirche und zu der mittelalterlichen Grubenhaussiedlung;
- dem Historiker und Archivar der Gemeinde Rottenacker, Herrn Gunther Dohl, und seiner Frau Inge für die Erkenntnisse vom Landtag und der Erläuterung der damaligen örtlichen Gegebenheiten;
- Frau Heidrun Hamberger und Frau Birgit Münz von der Stadt Weinsberg für die phänomenale Burgführung, die mit interessanten Ausführungen geschmückt war, und sämtlicher unterstützender Unterlagen über die Weinsberger Burg;
- der Historikerin Frau Dr. Katrin Baaken für ihre wertvollen Erläuterungen zu Welf VI. und für das anschauliche Siegel;
- sowie wie immer Frau Dr. Andrea Roderfeld aus Marbach, die für einen Laien wie mich die Folgen bei kleineren und größeren Verletzungen und Erkrankungen verständlich formuliert.

Selbstverständlich trägt keine dieser Personen die Verantwortung dafür, wie ich ihre Auskünfte weiterverarbeitet habe. Etwaige Fehler liegen bei mir. Die Reihenfolge der Personen hat ebenfalls keine Bedeutung, sondern gibt nur den zeitlichen Ablauf meiner Recherchearbeiten wieder.

Die beiden Personen, die auf keinen Fall fehlen dürfen, sind meine Lektorinnen: Frau Julia Wagner vom Ullstein Verlag danke ich für ihre ständige Bereitschaft und die ebenso hilfreichen wie motivierenden Anmerkungen während des Schreibprozesses, und Frau Angela Troni, die mich seit meinem ersten Roman mit konstruktiver Kritik und wärmenden Worten begleitet und mich an ihrem Fachwissen teilhaben lässt.

Außerdem gehört mein Agent, Herr Joachim Jessen, von der Agentur Schlück unbedingt noch hierher. Seine sachliche und besonnene Art ist für mich ein Glücksfall.

Mein Dank gebührt am Ende wie gewohnt meiner Familie, für ihr zeitliches Verständnis und ihr Mitfiebern, ebenso wie meinem engsten Freundeskreis.

CHRONOLOGISCHE AUFLISTUNG DER HISTORISCHEN EREIGNISSE

08/1125
- Lothar von Süpplingenburg setzt sich bei der Königswahl in Mainz u. a. gegen Friedrich II., Herzog von Schwaben, durch. Dieser widersetzt sich, zusammen mit seinem Bruder Konrad, der königlichen Forderung auf Herausgabe des Königsguts. (Anm. der Autorin: Die Stauferbrüder waren verwandtschaftlich mit dem letzten salischen Kaiser Heinrich verbunden.)

05/1127
- Heirat Gertruds, der Tochter von Lothar und Richenza, mit Heinrich dem Stolzen zu Pfingsten.

12/1127
- Konrad wird in Nürnberg von baierischen, fränkischen und schwäbischen Anhängern zum Gegenkönig akklamiert. Höchstwahrscheinlich wurde der jüngere Stauferbruder erhoben, weil er, im Gegensatz zu seinem Bruder Friedrich, Lothar III. noch nicht gehuldigt hatte und ihm daher auch kein Eidbruch vorgeworfen werden konnte. Spätere Nachrichten nennen auch die Einäugigkeit Friedrichs als Grund.*

1130
- Ermordung Burchards I. von Loccum durch Hermann II. von Winzenburg, Belagerung der Winzenburg durch königliche

---

* Knut Görich, Die Staufer, Verlag C. H. Beck oHG, München 2006

Truppen bis zur freiwilligen Übergabe, Zerstörung der Burg, Verurteilung durch Lothar auf dem Fürstentag zu Quedlinburg und Entzug aller Würden und Lehen. Nach Haft in Blankenburg folgt die jahrelange Verbannung des Winzenburger Grafen. (Anm. der Autorin: Dieses Ereignis habe ich in meiner Geschichte zeitlich etwas nach hinten verschoben.)

- Judith, die erste Gemahlin des schwäbischen Herzogs Friedrich II., stirbt.

1131

- Ermordung seines Cousins Knud Laward von Schleswig durch Magnus, den späteren dänischen Mitkönig.

1132/33

- Kriegerische Auseinandersetzungen zwischen Welf VI. und dem Vetter seiner Frau Uta, Graf Adalbert von Calw, um ihr Erbe nach dem Tod ihres Vaters Gottfried. Nach dem Eingreifen Lothars setzt sich Welf VI. durch, und u. a. Burg Weinsberg fällt an ihn.

06/1133

- Kaiserkrönung Lothars III. in der Lateranbasilika, Rom.

1134

- Reichstag in Halberstadt – Bedeutende Handlungen sind u. a. der Treueid des dänischen Mitkönigs Magnus an Kaiser Lothar III. und die Belehnung Albrechts von Ballenstedt (der spätere sächsische Herzog, nach der Absetzung von Heinrich dem Stolzen) mit der Nordmark.

1135

- Baubeginn der Stiftskirche St. Peter und Paul (Kaiserdom Königslutter).

03/1135

- Fußfall Friedrichs auf dem Hoftag in Bamberg, sechs Monate später folgt die Unterwerfung seines Bruders, des Gegenkönigs Konrad, in Mühlhausen.

04. 12. 1137
- Kaiser Lothar III. stirbt auf dem Rückweg von Italien – seine Gebeine werden am Silvestertag unter einem provisorischen Totenhaus im Kaiserdom bei Lutter (heutiges Königslutter) beigesetzt, der zu der Zeit noch lange nicht fertiggestellt ist.*

07. 03. 1138
- Der Staufer Konrad wird in Mainz von einer Minderheit der Fürsten zum König gewählt. Pfingsten erscheinen auf dem Hoftag zu Bamberg die Sachsen unter der verwitweten Kaiserin Richenza. Im Juni gibt Heinrich der Stolze seinen Thronanspruch auf und händigt die Reichsinsignien seines verstorbenen Schwiegervaters Lothar an den neuen König Konrad aus.

08/1138
- In Würzburg verhängen die Fürsten auf Konrads Hoftag über Heinrich den Stolzen den Achtspruch, der sein sächsisches Herzogtum verliert. (Nachfolger ist Albrecht von Ballenstedt.) Vier Monate später wird ihm auf dem Hoftag zu Goslar auch der baierische Herzogtitel (Nachfolger wird der Babenberger Luitpold IV.) aberkannt.**

1138/39
- Beginn der kriegerischen Auseinandersetzungen auf sächsischem Gebiet gegen den neuen Herzog Albrecht von Ballenstedt. Rudolf von Stade (1144 von Bauern ermordet) zählt zu den großen Unterstützern der Welfen.

---

 * Kaiserdom Königslutter, Tobias Henkel, Stiftung Braunschweigischer Kulturbesitz
** Bernd Schneidmüller, Die Welfen – Herrschaft und Erinnerung, W. Kohlhammer GmbH, Stuttgart

20. 10. 1139

- Nachdem sich Heinrich der Stolze erfolgreich gegen Albrecht von Ballenstedt und König Konrad in Sachsen behauptet hat, stirbt er völlig unerwartet beim Fürstentag in Quedlinburg. Er wird neben seinem Schwiegervater im Kaiserdom Königslutter bestattet.

1140

- Nach dem Tod seines Bruders beansprucht Welf VI. nach Erbrecht das Herzogtum Baiern unter dem Titel der Vormundschaft.* Auch Richenza und ihre Tochter Gertrud setzen ihren Widerstand in Sachsen gegen den König weiter fort, um dem Machtanspruch Heinrichs, des Sohns des Stolzen, zu festigen. Nachdem Konrad das geforderte Recht Welfs auf das baierische Herzogtum nicht anerkannt hat, nimmt dieser den Kampf wieder auf.

13. 08. 1140

- Welf VI. besiegt die Truppen des neuen baierischen Herzogs Luitpold (Leopold) bei Valley. (Anm. der Autorin: Die Schlacht habe ich aufgrund der Schlüssigkeit in meiner Geschichte ein paar Monate vorverlegt.)

11/1140

- Beginn der Belagerung von Burg Weinsberg durch die königlichen Truppen. (Ersichtlich aus einer Urkunde Konrads an das Kloster Einsiedeln. Aus weiteren Urkunden dieser Zeit ist der Besuch bedeutender geistlicher und weltlicher Persönlichkeiten, wie z. B. der Gesandte des Papstes Kardinal Dietwin, zu entnehmen – die Art der Belagerung sowie der Aufenthalt von Welfs Gemahlin Uta entspringt der Phantasie der Autorin.)

---

* Karin Feldmann, Herzog Welf VI. und sein Sohn, Philosophische Fakultät der Universität Tübingen

21. 12. 1140

- Schlacht bei Weinsberg – trotz größerem Aufgebot unterliegt Welf dem König unter großen Verlusten.
- Die Burg muss sich Konrad III. ergeben, und der König gibt den Frauen die Erlaubnis: »dass jede forttragen dörfe, was sie auf ihren Schultern vermöchte«. Der schwäbische Herzog Friedrich widerspricht, als die Frauen mit ihren Männern auf den Rücken die Burg verlassen, doch der König nimmt es den Frauen nicht übel: »Es schicke sich nicht, ein Königswort zu wandeln«.
- (Die Überlieferung findet sich in den Paderborner Annalen, der Kölner Königschronik und den Annalen von Pöhlde.)

Anmerkung der Autorin zur Porträtzeichnung

Im Mittelalter gab es im europäischen Raum erst ca. zweihundert Jahre später Porträtzeichnungen. Ich habe mir hier die Freiheit erlaubt, diese Art der Malerei zeitlich vorzuziehen.

JETZT NEU

 Aktuelle Titel   Login/ Registrieren   Über Bücher diskutieren

Jede Woche vorab in einen brandaktuellen Top-Titel reinlesen, ...

... Leseeindruck verfassen, Kritiker werden und eins von **100** Vorab-Exemplaren gratis erhalten.

 vorablesen.de